营销学

最重要的14堂课

ESSENTIALS *of* MARKETING

弗朗西丝·布拉辛顿博士（牛津布鲁克斯大学高级讲师）
斯蒂芬·佩蒂特博士（鲁顿大学副校长） | 著

李骁 李俊 译

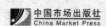

中国市场出版社
China Market Press

图书在版编目（CIP）数据

营销学最重要的 14 堂课/(英) 布拉辛顿，（英) 佩蒂特著；李骁，李俊译.—北京：中国市场出版社，2008.1

ISBN 978-7-5092-0307-1

Ⅰ.营... Ⅱ.①布... ②佩... ③李... ④李... Ⅲ.市场营销学 Ⅳ.F713.50

中国版本图书馆 CIP 数据核字 (2007) 第 172471 号

著作权合同登记号：图字 01-2006-5836

书　名：	营销学最重要的 14 堂课
著　者：	[英]弗朗西丝·布拉辛顿　斯蒂芬·佩蒂特
译　者：	李　骁　李　俊
责任编辑：	郭　佳
出版发行：	中国市场出版社
地　址：	北京市西城区月坛北小街 2 号院 3 号楼 (100837)
电　话：	编辑部 (010) 68033692　读者服务部 (010) 68022950
	发行部 (010) 68021338　68020340　68053489
	68024335　68033577　68033539
经　销：	新华书店
印　刷：	三河市华晨印务有限公司
开　本：	787×1092 毫米　1/16　33.5 印张　754 千字
版　次：	2008 年 1 月第 1 版
印　次：	2008 年 1 月第 1 次印刷
书　号：	ISBN 978-7-5092-0307-1
定　价：	98.00 元

Visit the **Essentials of Marketing, Second edition** companion
Website With Grade Tracker at **www.pearsoned.co.uk/brassington**
to find valuable **student** learning material including:

· Multiple choice questions with instant feedback and results,
  designed to help you track your progress and dianose your
  strengths and weaknesses through the use of an online
  gradebook
· Annotated links to relevant sites on the web
· Online glossary
· Flashcards to test your knowledge of key terms and edfinitions
· Video interviesws with top Marketing Managers, answering your
  question on how they use the theories of marketing every day in
  their professional lives

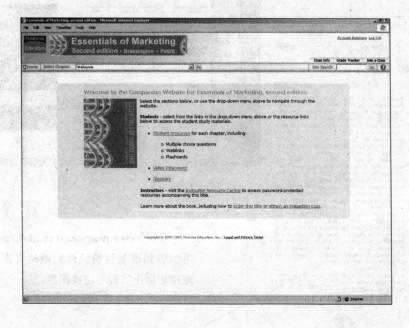

本 书 导 读

每章均有时新的"范例",生动说明了市场营销如何运用于不同国家、不同产品和不同行业。

登陆 www.pearsoned.co.uk/brassington 可以看到市场营销经理们谈论将市场营销理论运用于实践的**访谈视频**。

"营销进行时"一栏介绍了市场营销在现实生活中的运用。

"**企业社会责任进行时**"一栏强调道德在营销决策和实践中的重要性。

"**复习讨论题**"帮助检查你对问题的理解程度，激发进一步的探索和争论。

网站上的"**多项选择题（Multiple choice questions）**"帮助你跟进进度。

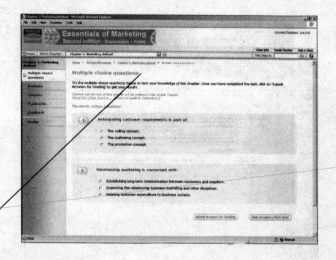

每章均以"**案例分析**"结尾，讨论了知名品牌著名的营销理念。

每章还包括了"**参考资料**"，帮助你在现实生活中进行进一步的研究。

在 **www.pearsoned.co.uk/brassington** 网站上可以获得相关网站的链接。

目录
Contents

动态化的市场营销！

Marketing dynamics

学习目标

本章将帮助你：

1. 定义什么是市场营销；

2. 追溯市场营销作为一种开展业务的方式是如何发展的，并思考市场营销的变化方式；

3. 认识市场营销的重要性和贡献，它既是一项业务职能，也是组织及顾客之间的一个界面；

4. 了解市场营销的任务范畴，以及市场营销所适用的不同的组织情况。

导言

对于什么是市场营销，你可能会有某种认识，因为毕竟你每天都要面对某种形式的市场营销。你每次购买或使用一种产品，逛商店，看广告牌，收看广告，听朋友介绍他们试用过的奇妙的新产品，甚至当你在互联网上冲浪，为了完成作业调查一个市场、一家公司或一种产品时，你都在从营销中获益（或是成为其受害者）。当你对营销的产品非常熟悉时，就很容易视其为理所当然的东西，并用自己身边所见到的东西来狭隘地判断和定义它。然而，将市场营销误解为"就是广告"、"就是销售"或者"让人们买他们并不真正想要的东西"是错误的。

本书想告诉你的是市场营销实际上非常广泛地涵盖了一系列重要的商业活动，它在你想要的时间、想要的地点以你能承受的价格为你提供你确实想要的产品，并提供所有你作出明智的、满意的消费者选择所需的信息。这才是市场营销为你做的事情！拓展你的思维，把市场营销可以为组织从其他组织采购产品和服务所做的事情也包括进来，你就会开始明白过于随便地对待专业、老练的市场营销是错误的。没有一件事情是容易的。市场营销产品，如包装、广告、精美的小册子、五花八门的网站、诱人的零售点和令人难以置信的特惠价格，这些看起来既普通又老套，但为了想出这些点子，幕后已经进行了大量的管理策划、分析和决策。当你看完本书时，你应该能了解全套营销活动，以及管理营销活动的困难。

然而，在对补充营销功能的运营任务进行进一步的详细描述、解释和分析前，重要的是对营销的真正定义进行基础性介绍，更详细地告诉你营销如此重要的原因，以及它在实践中所涉及的问题。

范例

　　不起眼的橄榄树启动了一个兴旺产业的营销和分销过程，该产业在整个欧盟雇佣了 250 万人，几乎是欧盟农民的三分之一。最大的种植户以西班牙、意大利和希腊为基地。它们的橄榄被送往榨油厂和精炼厂，最终打上像 Bestfood 的 Napolina 这样的牌子，登上超市的货架。

　　在英国，传统上，消费者对使用橄榄油烹饪的兴趣从来不如其他欧洲国家。例如，一个意大利的消费者每年通常要购买 12 升左右的橄榄油，而英国消费者平均只购买很少的 2 升橄榄油。然而，这正在发生变化。近来的销售增长水平为每年 8.5% 左右，这已经创下了英国的纪录，因为消费者已经认识到对健康的益处和各种各样的烹饪用法。典型的买主是 ABC1 类家庭主妇，她们的年龄界于 35 岁到 64 岁之间。

　　Napolina 的英国品牌经理必须作出许多重要的营销决策。需要不时地告诉困惑的消费者不同的食用油以及它们的烹饪用途，因为对于他们来说没有使用橄榄油的传统可供利用。仅凭油本身还不够，对于 Napolina 来说重要的是消费者要认识到它的品牌和它超出竞争对手的优点，由此培养出一种倾向，在售点会选择并购买 Napolina。品牌必须能与其竞争对手相抗衡，因此它必须保持新鲜度和创新性，开发不同品种的产品潜力，如清淡型、温和型和带味道的食用油。必须开发出品牌的分销网络，通过批发和零售点进行管理，使产品能够到达大众市场。尤其是劝说超市只进 Napolina 牌的产品，或在进包括超市自有品牌在内的其他产品时连同 Napolina 产品一起进。所有这些，连同标签、包装、定价和促销在内的决策形成了营销产品。

　　这些营销决策都是在广泛的社会、商业和法制环境背景下作出的。例如，为了增强消费者的信心，欧盟制定了专门的橄榄油质量和标签标准，涵盖了诸如成分表、日期、制造商或包装商名称、地址，以及有关储存的特别信息等内容。然而，所有品牌营销决策的核心都必须是清楚地了解顾客需求并鼓励全欧盟消费更多产品，远不止于产品的认可标准和用途。

　　(The Grocer, 2004; http://www.defra.gov.uk; http://www.europa.eu.int)

　　本章把营销作为一种经营理念来定义和探讨，它把顾客放到首位，因此让市场营销部在组织和外部世界之间扮演了一个"沟通者"的角色。为了履行职能，营销人员每天不得不应付各种各样的任务，多到无法说清。你了解了这些后，市场营销对你来说应该不再只是"广告"，而且你会同意"让人们购买他们不想要的东西"正是成功的营销人员不会做的事情。

什么是市场营销

　　本部分将探讨什么是市场营销以及它的演变。首先，我们要分析当前所认可的市场营销定义，然后再着眼于隐藏在那些定义后面的历史。与那些历史相关的是本书所概述的各种业务导向。这些都显示出市场营销自身作为一种业务职能，有多像一种经营理念。在转入下一部分之前完全确立这种概念是非常重要的，在下一部分我们将在组织背景下对理念和职能进行讨论。

市场营销意味着什么？

这里有两种流行的和被广泛接受的市场营销定义。第一种是英国特许营销协会（CIM）所采用的定义，第二种是由美国市场营销协会（AMA）提供的：

市场营销是负责区分、预测和满足顾客需要的盈利性的管理过程。（CIM，2001）

市场营销是策划和制定概念、定价，促销并传播理念、产品及服务，从而创造交易并满足个人和组织目标的过程。（AMA，1985）

两种定义都努力试图做到简洁地概括实际上广泛而复杂的对象。尽管它们有很多共同点，但都描述了对方所没有强调的某些重要内容。两者都同意以下几点。

市场营销是一个管理过程

市场营销具有和其他业务职能一样多的合理性，涉及一样多的管理技巧。它需要计划分析、资源配置、资金方面的控制和投入、熟练的人员和物质资源。当然，它还需要实施、监控和评估。与其他所有管理行为一样，它可以被有效、成功地执行，或是被搞得很糟，导致失败。

市场营销是要提供顾客想要的东西

所有市场营销活动都应该符合这一点。这意味着把焦点集中在顾客或产品或服务的终端消费者身上。如果"顾客需求"没有得到满足，或者顾客没有获得他们想要或需要的东西，那么营销对顾客和组织来说都是失败的。

英国特许营销协会的定义还增加了一些额外的观点。

市场营销识别和预测顾客需求

这句话稍稍突破了美国市场营销协会定义中没有明确表达的意思。它是说营销人员只有在对市场进行调研并准确查明顾客想要什么之后，才能创造出某种供给。美国市场营销协会的定义之所以不明确，是因为它是从"计划"过程开始，而该过程可以涉及也可以不涉及顾客。

营销 进行时

欢迎登船

你们中大部分人还不属于游轮度假的目标市场。通常对游轮出游的认识往往是有钱的养老金领取人参加的正式晚宴，这些人享受着船长餐桌的荣耀时刻。船上的奢侈生活、暴饮暴食和无穷无尽的适合那些平均年龄在 55 岁的人的活动，偶尔会被简短的、高度包装的上岸观光打断，这些观光与当地文化的融合被降低到了最低。以银海游轮（Silverse Cruises）的典型乘客为例，该船是在高端溢价市场经营，它的典型乘客被描述为富裕的、有品味的夫妇，他们享受着俱乐部式的氛围、精美的菜肴和无微不

游轮现在在那些吸引不同主顾的地方提供刺激的体验。图中的这艘船停泊在阿拉斯加斯沃德，它吹嘘有一个巨大的船上游泳池。

资料来源：Richard Cummins/Corbis。

至的服务。

尽管游轮度假市场常常经历一些暴风雨，与国际事件，尤其是恐怖事件相联系，但它仍然呈现出了大幅增长。英国的游轮预订每年大约为 100 万人次，最近的整体预测是到 2010 年，搭载乘客数将从 2002 年的 1 120 万增至 1 700 万。与之相比，仅英国每年就向约 2100 万人销售了传统包价度假。这对于像银海和丘纳德（Cunard）这样的游轮经营者来说是一种挑战。如果吸引力可以扩展到 45 岁以上，甚至是 35 岁以上的年龄段，那将有助于将游轮从一个狭小的利基市场驶入一个更为主流的包价度假市场。

因此，主要的营销挑战是：如何让新的游轮出游产品更加吸引年轻的人群，他们很可能需要比燕尾服和舞会更多一些的东西。答案也许存在于对有更大吸引力的巡游度假胜地的定义中。现在提供的是各种各样的度假体验，它们表现为不同的、各具特色的品牌。海岛巡游针对的就是高端包价度假市场，它的游轮度假起价为每人 750 英镑。摆脱了遵规蹈矩，引入了灵活的用餐时间，一种可以选择餐厅而又不固定餐桌的计划。它是想要反映在巡游体验中品质更高的包价度假元素。岸上活动还更进了一步，它的范围还包括如皮划艇漂流、吉普车探险、山地自行车越野，甚至斯库巴潜水在内的岸上活动。

游轮产品可以分为三大类：

- 主流：首次巡游者、回头客，老少皆有。主流巡游航线针对的是单身者、家庭和团队——任何寻求开心和刺激假期的人。
- 高价：生客和有经验的乘客，他们在更低调的环境中享受一种更高级的体验。高价航线吸引的是家庭、单身者和团队。平均年龄往往更大，旅程在 7 至 10 天以上。
- 豪华型：习惯于顶级旅行食宿和服务的有钱夫妇及单身人士。赶时髦到地球偏远角落旅行是豪华型乘客的梦想。这些巡游充斥着"丰富多彩的节目"，有明星大腕儿、学识渊博的特邀演讲人和烹饪课程，这都使传统的船上活动更为增值。图书馆储存着大量的书籍和录像带。这些以成人为定位的豪华航线通常并不适合儿童和青少年。缺乏有组织的活动使它们无法吸引年轻的家庭。

更新的品牌可以定位为吸引不同生活方式和人口统计特征的群体，但对于成熟的经营者如丘纳德来说，就需要平衡它业已确定的、最初的目标人群与更年轻、更活跃的顾客之间的关系，对后者不能只是诱之以基本的主流体验。例如，丘纳德在某些航线上一周有两晚已经放宽了对正装的要求。传播诉求已经变为将焦点放在乘客在假期中可以享受到的体验和感受上，而不仅是描述产品、游轮、船上设施和上岸地点。扩大目标群体并非没有风险，如果更传统、更有经验的

游轮没有达到首次出游者的期待的话，他们或许已经被新奇的事物、低廉的价格和更不拘礼节的活动所吸引。当"黎明女神号"的乘客遭遇了船上胃肠道传染病的暴发时，有些游轮因糟糕的人员卫生标准受到了指责。一些传统的、经验丰富的游轮认为登上游轮的人员类型已经"大大降格"了。

因此营销产品引起了某些怀疑，是否真有可能充分改变诉求，吸引更多 35 岁的年轻人参加游轮出游？更年青的承运商也许可以使这个产业看起来更具吸引力，但留住看重更传统产品的顾客也是很重要的。新游轮、更好的设施、有趣的活动以及新的沟通策略也许都会有所帮助，但吸引力真的会增强吗？随着人们保持活力时间的增长，也许只有四五十岁的人群会欣赏乘船出游，并通过它充分利用自我发展的潜力。在此情况下，年龄范围也许只变了一点点，但期望却会大不相同。不管怎样，我们中的许多人最终都会成为重要的目标，作为老年人，对更有挑战性和丰富体验的渴望以及不断增长的财富，都使他们的乘船出游体验远远超出了最初的小利基市场所能触及的范围。聪明的游轮经营者需要了解不同顾客群的需求，并将它们反映在所提供的产品中。毕竟接触溢价的奢侈并没有错。

资料来源： Johnson（2003）；
http://www.cruisediva.com。

市场营销是满足顾客需求的赢利活动

这句实在话警告营销人员不要被满足顾客的利他主义过分地牵着鼻子走！在真实世界中，一个组织不可能永远取悦所有人，有时即使是营销人员也不得不妥协。营销人员必须在组织的资源能力范围内展开工作，尤其是在既定的预算和营销职能绩效目标下工作。不过，赢利仍然是个问题。营销做法，以及部分营销理念现在也被许多非营利机构，如学校、综合性大学、医院、志愿组织，以及绿色和平组织和地球之友这样的激进团体所接受。这些组织都必须处理与各类公众和用户的关系，并对他们进行有效的管理，但

却不是为了赢利。抛开那些重要的关系不谈，绝大多数商业组织是为了牟利而存在，因此收益性是一件合理的、需要关心的事情。虽然如此，有的组织偶尔也同意为了实现更大的战略目标，在某些产品或某部分市场上做出一些牺牲。只要那些损失是可以计划和控制的，在长期运转中可以给组织带来其他利益，就是可以容忍的。然而，一般来说，如果一个组织一直无法赢利，那它就无法生存，因此市场营销有责任保持并提升利润。

美国市场营销协会的定义更进了一步。

市场营销提供并交换理念、产品和服务

这种描述接近英国特许营销协会的"赢利性"，但更为微妙。营销理念作为一种交换过程是一种很重要的理念，这是由奥尔德森（Alderson, 1957）首先提出的。这种基本理念是：我有你想要的东西，而你又有我想要的东西，那就让我们来做个交易。相对于大部分交易来说，这是一种很简单的交易。组织提供产品或服务，顾客付出一定的金钱作为回报。百事可乐公司提供给你一听可乐，而你付账；作为雇员，你签署合同提供服务，而组织则付给你薪水；医院提供健康护理，而个人则通过税金或保费支付资金。图 1.1 展示了一系列的范例。

这些范例的共同点在于都假设双方看重对方所提供的东西。不然，他们不会愿意进入交易。这就像营销人员要确保顾客高度重视组织提供的东西，并准备给予组织想要的东西作为回报一样。无论营销人员提供的是产品、服务还是理念（诸如绿色和平组织"推销"的环保公益事业），交易的本质都是相互重视。从相互重视中可以产生满足和潜在的重复购买。

理念、产品和服务的定价、推销和分销

通常来说，营销包括理念、产品和服务的构思、定价、促销和分销，美国市场营销协会的定义更明确地描述了营销人员刺激交易的方法。它认为一个主动出击的卖家同时也是一个自愿的买家。通过设计产品，设定合情、合理、公道的价格，创造认知和偏好，以及确保供应和服务，营销人员能够对交易量产生影响。因此，销售组织一方可以将市场营销视为一种必要的管理活动。

英国特许营销协会和美国市场营销协会有关市场营销的定义尽管都得到了普遍应用，但由于未能反映营销在 21 世纪的作用和真实情况，越来越遭到非难。一些评论关注到商业全球化正变得越来越重要，它们把重点放在顾客的保持、关系建立和维持上，这是许多市场的特征（Christopher et al., 1991; Grönroos, 1997）。

关系营销

传统的市场营销定义往往反映了这样一种观点，即买卖双方之间的交易主要以卖方为导向，各交易是完全分离的，因此在长期关系中没有任何个人和感情因素，而这些长期关系是由相同的买卖双方之间的一系列交易构成的。特别是在 B2B 市场中，每笔交易都可能涉及两个组织的员工之间复杂的互动网络，各方都选择为了共同利益而根据此前的交易经验进行合作。德怀尔等人（Dwyer et al., 1987）、格默森（Gummesson, 1987）、特恩布尔（Turnbull）和瓦拉（Valla, 1986）都特别强调持久的买卖关系的重要性，在国际 B2B 市场中，它对决策是一种重要影响。

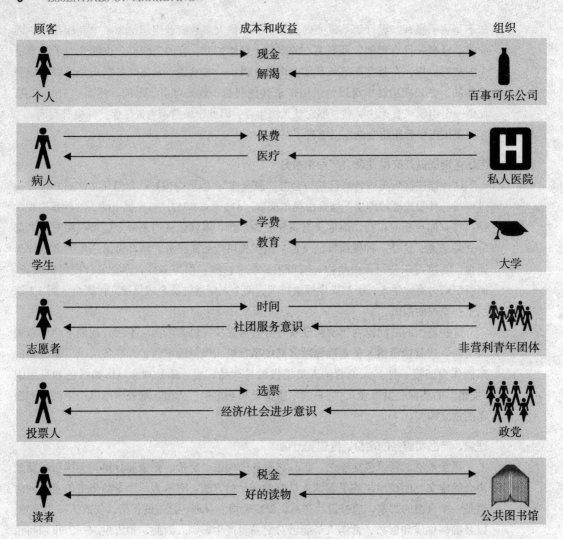

图 1.1　交易过程

　　然而，在有的情况下，传统的非关系观点是非常适用的。一名旅游者在经过异国一条不知名的公路时，也许会在一家路边咖啡店停留，而这家咖啡店他以前从未到过，也不会再度光顾。因此购买决定将受停车便利程度、装修和周围环境的影响，而不是任何信任感或给老主顾的优惠的影响。简而言之，决策是建立在即时、明确的营销产品基础上的。醒目的招牌、用你的语言写成的菜单和显而易见的高卫生标准都将影响停车决定。这种情况描述了一种营销方式，此时的焦点是在买卖双方之间的一锤子买卖上，这影响着卖方，它要使菜单看起来不错，有泊位停车，而且装修要吸引人。当然，在这个例子中，你是不太可能有机会成为常客的，除非你经常在那条路上旅行。相反，聚焦关系的营销方式描述了买卖双方之间的一种沟通和联系网络，以及一系列随时间发展的交易。双方必须对这种关系感到满意，并通过它实现各自的目标。因此，市场营销是人与人之间随时间进行的互动过程的一部分,其中,关系的营造、建立和管理都是重要基础(Grönroos, 1997; Sheth et al., 1988)。买卖双方之间的单笔交易是很重要的,受此前或好或坏的经历的影响,但所有只关心一锤子买卖和即时收益的卖家也许会发现双方无法完全获得长期利益。像沃尔沃这样的公司拥有可追溯 50 年的供应商关系。与那些一锤子买卖,期待当天就收回利润的情况不同,在关系营销中,时间可能会相当长。

然而,关系营销不只是一种 B2B 现象。互联网和直接营销正在大众市场上为组织创造新的机遇,从而更加贴近顾客。顾客往往对熟悉的品牌、零售商和供应商保持长达数年的忠诚,借助新技术的强大威力,可以识别单个顾客,并概括出他们的特征,无论是通过忠实顾客奖励计划、监控网上购物行为,还是其他获取详细信息的方法(见第 5 章)。现在已经可以跟踪单个购物者的购买行为,创建用于直接瞄准的传播的数据库(见第 11 章),具备这些实力,但却没有设法保持顾客忠诚并借此提升销售额的营销人员将是愚蠢的营销人员。

范例

为了紧紧抓住顾客,健身俱乐部很认真地采用了关系营销。过去 10 多年,健身俱乐部的会员大幅增长,像福尔摩斯广场(Holmes Place)、第一健身俱乐部(Fitness First)、LA 健身和大卫·劳埃德休闲(David Lloyd Leisure)这样的经营者都确立了市场份额。明特尔(Mintel, 2003)指出截止到 2002 年底,约 360 万英国人是私人健身俱乐部的会员,这占英国人口的 7% 以上。健身已经远远超出了塑身的领域,对 24 岁以下的年轻人来说,它现在是一种流行的消遣,而年长的人群则将俱乐部的会员资格视为一种"时尚和生活方式的宣言"。然而,招募还不够。俱乐部还必须留住会员,并与他们建立关系。福尔摩斯广场改进了它的网站,以便为会员提供额外的健康资讯,它还将用月度简讯来保持联系。LA 健身更进了一步,推出了一种新的顾客关系管理工具,它使用详细的顾客资料来更恰当地开展活动。通过将市场营销传播与顾客特征联系起来,公司能够跟踪使用行为,为特别的会员群体量身制作信息。(Precision Marketing, 2004)

广义市场营销

因此,市场营销的定义正从英国特许营销协会和美国市场营销协会定义所采用的单笔交易、聚焦卖方的观点向与社交相关的关系导向型定义转变,后者被认为更好地反映了当前市场营销的现实。尽管关系营销一直聚焦于顾客的需求和态度,并将其作为重要的关注点,但它也包括社会和道德问题,以及与系列交易更直接相关的问题。

格鲁诺斯(1997)提出了一种包含美国市场营销协会和英国特许营销协会定义要素在内的定义,但它仍然包括了正在发展的关系导向:

市场营销是指为了赢利而建立、保持和扩大与顾客及其他合作伙伴的关系,从而使各参与方的目标都得以实现,而这要通过相互交易和履行承诺达成。

这种关系通常是长期的,但不一定总是如此。有些可能不过是一段小插曲,而其他的可能会非常持久。此定义仍然反映了一种营销的管理导向,但强调了双方在交易中所起的互动作用。它并没有列举营销人员所要承担的工作，而是更关注合作伙伴关系理念，即营销是与某人做某事，而不是对某人做某事的观点。当然，并非买卖双方之间的所有交易都可以被认为是关系的组成部分，尤其是当采购并不涉及很大的风险或购买人的义务，从关系中几乎得不到什么东西时（Berry，1983）。这在此前所引用的路边咖啡店的例子中已经清楚地表现出来。然而从整体上来说，在 B2B 和消费者市场上，市场营销越来越涉及关系。

履行承诺的理念也是一种重要观点，因为市场营销所做的事情就是对潜在购买人作出承诺。如果买家在事后认为卖家没有兑现那些承诺的话，将永远不再向该卖家购买。另一方面，如果买家认为卖方兑现了承诺，那就种下了信任的种子，买家也许准备与卖家开始长期的联系。

因此，在两种观点之间提出的三种定义都只谈及了与市场营销的实质和基本理念相关的内容。现在几乎没有人会对任何一种定义有争议，但市场营销并不总是以这种形式为人们欣然接受，正如接下来的两部分所展示的那样。

市场营销的发展

作为一种交易过程，市场营销的基本理念源自很早以前。当时人们种植的农作物或农产品开始超出自己的需要，于是用多余的产品来交换他们想要的其他东西。市场营销的元素，尤其是销售和广告，差不多拥有和贸易一样长的历史，但产业革命的爆发、大规模生产技术的发展和买卖双方的分离为我们今天所认识的市场营销打下了基础。

在早期，19 世纪末 20 世纪初，物品匮乏，竞争发育不全，生产者并不真正需要营销。他们可以轻易地卖出所生产的任何东西（在"生产时代"采用的是"生产导向"）。随着市场和技术的发展，竞争日益激烈，公司生产的产品开始超出它们能够轻易售出的数量。这导致了持续到 20 世纪 50 年代和 60 年代的"销售时代"，在此时期，组织发展了越来越庞大、越来越咄咄逼人的销售团队和更具进攻性的广告方法（"销售导向"）。

直到 20 世纪 60、70 年代，市场营销才普遍从着重强调后生产销售和广告转移，成为一个更复杂的综合领域，作为影响公司战略的主要因素赢得了一席之地（"营销导向"）。这意味着组织开始由"销售我们所能制造的东西"的思维类型转向"找出顾客想要什么，然后我们就做"的市场驱动理念，前者中，营销顶多是一种外围活动。顾客在组织的核心占据了恰当位置。这在 20 世纪 80 年代最终达到了顶点，营销作为一种战略概念被广泛接受，但随着新用途和新情况的出现，营销概念仍有进一步发展的空间。

从历史上来看，市场营销的发展并没有遍及所有市场或产品。零售商和许多生活消费品组织一直都处于营销概念实施的前沿。例如，Benetton 已经树立了一种强大的、别具一格的国际性产品和零售店形象，但在基本原则下，它准备调整其广告推销和定价策略，从而满足不同地区市场的需求。然而，金融服务业最近才真正接受营销导向理念，这滞后于大部分生活消费品 10 多年。奈茨等人（Knights，1994）回顾了英国金融服务业市场营销导向的发展，指出由销售到营销导向的转变是"近期的、迅速的"。他们引用了克拉克等人（Clarke，1988）的调查，该调查显示，比起其他部门，零售银行很早就成为完全受市场驱动的行业。其他行业是后来才跟进的。

业务导向

下面我们要讨论上文所概括的开展业务的其他方法的准确定义。然后我们要总结出背后的管理思想的特性，并展示它们在当今的运用。表 1.1 对这些信息进行了进一步的总结。

生产导向

强调以生产为导向要使顾客买得起、买得到产品，因此管理的首要任务是确保组织在生产和分销技术上尽可能有效率。主要的假定是市场只对价格敏感，这意味着顾客只对价格感兴趣，价格是区别竞争性产品的特征，顾客只会买最便宜的产品。因此，顾客了解相应的价格，如果组织想降低价格，就必须严格控制成本。这是生产时代的理念，在新市场经济的早期阶段，它在中东欧占据主导地位。除此之外，这也可以是一种合理的方式，简而言之，当供不应求时，组织可以全力以赴地改进生产，增加供应，稍后再担心营销细节。

当产品对市场而言实在太贵时，情况就会发生变化，因此必须找出降低成本从而降低价格的办法。然而，这种决策很可能像是在生产驱动下营销，并且可能会涉及技术复杂的全新产品，生产者和顾客对这些产品都拿不准。因此，DVD 播放机、录像机、便携式摄像机和家用电脑都是借助限量供应和高价被投放到毫无疑虑的市场的，但制造商预见到通过集中营销，以及从生产和技术学习曲线进步中所获的利益，大批量市场可能会向价格更低，却更可靠的产品开放。

产品导向

产品导向假设顾客主要对产品本身感兴趣，根据质量购买。由于顾客希望获得最好的质量，能够物有所值，所以组织必须努力提高和改善质量水平。乍一看，这似乎是一种合理的主张，但问题在于假定消费者想要这种产品。而顾客想要的并不是产品，而是

表 1.1 市场营销发展史与业务导向——概览

导向	焦点	特性和目标	代表性言论	主要时期（普遍而言）		
				美国	西欧	东欧
生产	制造	●提高产量 ●成本削减及控制 ●以量取胜	"你想要的任何颜色——只要是黑色的"	至20世纪40年代	至20世纪50年代	20世纪80年代后期
产品	货物	●质量就是全部 ●改进质量水平 ●以量取胜	"只注意油漆的质量"	至20世纪40年代	至20世纪60年代	大多跳过了此时期
销售	销售所生产的东西——卖方需求	●积极销售和促销 ●通过大批量的快速周转获利	"你不喜欢黑色？那如果我免费赠送天窗呢？"	20世纪40—50年代	20世纪50—60年代	20世纪90年代初期
营销	确定顾客想要什么——买方的需求	●整合营销 ●在生产之前明确需求 ●通过顾客满意和忠诚获利	"让我们找出他们是否希望它是黑色的，他们愿不愿意为此多出点钱？"	20世纪60年代至今	20世纪70年代至今	20世纪90年代中期至今

解决问题的办法，如果组织的产品无法解决问题，那顾客就不会购买，不管产品的质量有多高。一个组织也许可以生产最好的录音机，但多数顾客宁愿买一个便宜的 CD 播放机。简而言之，应该聚焦顾客需求而不是产品。

范例

当组织为了实现规模经济，忽略了真正的顾客需求，而把太多的注意力集中在追求低成本战略时，就会出现现代形式的生产导向。纸箱制造巨头之一 ——利乐公司 (Tetra Pak)，在 20 世纪 90 年代，就曾因集中于直接顾客而非终端用户的利益而使自己陷入困境。焦点集中在生产效率上，也就是说，每小时可以填充多少个纸箱，而不是实际使用纸箱时的问题。尽管每年生产近 900 亿只纸箱，但这家瑞典公司并没有完全解决有些纸箱难以开启和很容易把装的东西洒了一地的问题。显然有技术可以解决这些问题，但由于追逐低成本经营者的定位，让其挪威的竞争对手艾罗派克公司 (Elo Pak) 开发出了带有适当开口和塑料盖子的包装，这更符合顾客的需求。

利乐公司汲取了教训，听取了直接顾客——纸箱用户、那些处于分销渠道下一阶段的顾客、食杂品行业以及最终消费者的意见。只有通过了解每一个人的需求才能更好地创新，向纸箱用户交付所需要的最恰当的产品。因此利乐 Recart 纸箱包装最近宣称的好处包括便于携带、易于开启和倾倒、方便，以及节省厨房橱柜的储存空间。放在使食品安全、对终端消费者来说既买得起又方便上的注意力必须和放在纸箱用户包装方案成本效益上的一样多。这就是说，利乐公司仍然宣称利乐 Recart 纸箱的方形形状在整个分销链中提供了效益，因为 50% 以上的包装可以放到标准的托盘上，并且这种形状在超市也转化为较好的上架表现。因此，避免以产品为导向也许并不像一开始想的那么明显，因为它需要近距离了解分销渠道的不同层面。对于利乐公司来说，它是一个更大的挑战，因为它在 165 个市场上运营，一年要生产 1050 亿个包装。万一你无法想象出来的话，所有这些包装一个接一个排起来，其长度等于到月球 16 个来回。（Mans，2000；http://www.tetrapak.com）

在一份有关中国营销理念发展史的回顾中，邓 (Deng) 和达特 (Dart，1999) 思考了传统国有企业的市场导向问题。从 1949 年直到 1979 年经济改革开始，中国的组织仍是严格的计划经济的组成部分。在那个时期，否认市场营销是政治信仰系统的一个基础部分，伴随着低人均 GDP 和生活消费品的普遍短缺，几乎没有开展营销活动的动机[戈登 (Gordon)，1991]。焦点集中在制造产量上，所有重要的营销决策，如产品品种、定价和分销渠道的选择等都由政府控制。国家为各个组织设定生产目标，分销它们的产品，任命人员、分配供应商和设备，保留所有利润并承担所有损失 (Zhuang and Whitchill，1989；Gordon，1991)。生产优先，实际上所有产品都是如此。

自从改革和经济开放之后，大多数企业，甚至是国有企业现在都不得不进行营销决策，因为它们不再能得到配置的生产资料，它们的产品也不再被分配给预先安排的买家。价格控制已经放松，来自国家的分配清单已经结束。然而，转变过程还没有完成：许多国有企业通过补贴维持用工水平；政府的权力仍然很大。在消费者的感觉中，大多数中国品牌要与欧洲品牌挑战，还有很长的路要走。大部分增长是建立在西方跨国企业从低价劳动力中获利的基础上的,它们将大宗制造转包,而在其他地方营销。然而,这可能只是短时间的,一旦中国公司从高度成熟的制造业中获得经验,并且学会某些营销和全球品牌推广技巧后,它们可以更好地利用自身的低成本基础,创造并建立它们自己的具有竞争力的品牌 (Prystay,2003)。

销售导向

销售导向型思维方式的基础是顾客天生就不愿意采购,需要进行各种鼓励来激励他们采购足量的产品满足组织的需要。这导致了着重强调人员销售和其他销售刺激手段,因为产品"是卖出去的,不是买进来的",因此组织投入精力建立强大的销售部门,同时把焦点高度集中在卖方,而不是买方需求上。例如,销售双层玻璃和中空墙面绝缘材料的家装企业就倾向于像这样经营,分时度假产业也如此。

舒尔茨和古德 (Schultz and Good,2000) 认为在针对销售人员的以佣金为基础的奖励和报酬机制中也会出现销售导向,即便卖方也许实际上希望建立更长期的顾客关系。当有销售压力并要达到目标销量时,就会有危险,销售人员将把注意力集中在一锤子买卖,而不是长期关系上。在花时间建立关系和急于进行下一次销售之间存在矛盾。

营销导向

组织根据买家推动的需求开展和实施生产及营销,并以买家的满意为主要目标,这就是营销导向。其动机是"找出需求并满足它们",而不是"创造产品并销售它们"。它假设顾客不一定受价格驱使,而是寻求最能满足他们需求的所有产品,因此组织必须明确那些需求并开发出合适的产品。这不仅关系到核心产品本身,还关系到定价、信息的获取、供应和外围好处,以及增加产品附加值的服务。然而,并非所有顾客都需要相同的东西。他们可能会根据相同需求和需要结成群体,组织可以开发最适合于一个群体需求的、具有特别针对性的营销组合,以此增加满足该群体并保持其忠诚度的机会。

营销 进行时

为苹果挤时间?

苹果公司与微软及其个人电脑用户平台竞争时,曾经经历了一段艰难的岁月。在英国,它针对商务和个人消费者的个人电脑市场份额一度跌至1.7%,同样的情况还在欧洲许多其他市场上重演。尽管在创新性产业中,用户的选择是很频繁的,但苹果在大部分电脑用户群中却缺乏消费者的认可。尽管苹果宣称具有技术优势并且产品更易于使用,但它专业化的,几乎是精英型的品牌推广却没有给准买家留下多深的印象。

在推出苹果 iPod——它的数码音乐播放器之前,所有这些也许都是事实。尽管有微软、维京和索尼的竞争,iPod 在数码音乐播放器市场已经占有了 50% 的市场份额。iTunes——苹果的网上音乐下载服务覆盖了 70% 的合法音乐下载市场,相当于全世界有 1 亿的下载量。通过开发更好地迎合了移动性更强的消费者要求轻松的、即时愉悦的创新产品的需求,苹果几乎已经成为了音乐下载行业的微软 (Stones,24)。iPod不仅是苹果赢利的大功臣,它的成功还通过更强的品牌知名度和忠诚度对

苹果 iBook 和 PowerBook 笔记本电脑的销售产生了积极的影响。

通过发现机会和首先进入市场,苹果取得了先机和明显的领先。它重新调整了分销营销战略,在网上商店之外开设了 101 家由公司所有的零售店。通过控制自有零售商,它能够给产品恰当的店内关注,产生高度的顾客互动性,并提供 400 种以上的配件。苹果的定价也有意配合一种高价的感觉,在英国每次下载是 79 便士,而在欧洲的其他地方则是每次 68 便士。

然而关键问题是 iPod 能维持统治地位多长时间。移动电话公司想要

发展语音和短信信息，它们已经进入了音乐下载市场，以此作为补偿它们在3G技术上的巨大投资的一种方式。历史并没有站在iPod一边。奔迈（Palm）在PDAs（个人数字助理）市场中，任天堂在游戏控制台市场中，以及苹果在个人电脑市场中都是拥有技术和营销领先的公司最后却被侵蚀的例子。新的竞争对手进入时往往以更低的价格提供更多的特色，利用更先进的优势。韩国的艾利和（iRiver）推出了一种配有彩色屏幕的新的MP3播放器，它还允许图片下载，法国的爱可视（Archos）推出了各种各样的附带彩色照片的自动唱片点唱机钱夹。这两家制造商和其他制造商一起，销售播放音乐和视频的小型便携式设备。然而，苹果并非冷眼旁观。最近它推出了iPod Shuffle，一种flash播放器，它售99美元（可

存120首歌）或者149美元（可存240首歌）。它有一块口香糖大小，尽管一些评论员认为苹果必须小心，不要拆卸利用价格更高、特色更紧凑的iPod（Burrows和Park，2005）。

随着市场发展并成为超出利基市场的大众市场，苹果也许在寻找新的方式来推销iTunes。目前重点是拥有下载而不是在订购的基础上"租用"喜爱的歌曲。订购服务，即定期按月付费从而轻松而频繁地访问，这是一种非常便宜的寻找音乐选项并发现新声音的方式，它不需要拥有所有权。梅勒多（Meledo）正考虑以高价向订户提前提供特别的乐队，以及半专用的获得新版本的途径。它已经推出了一种服务使顾客可以发送歌曲给朋友和恋人，让他们可以提前欣赏。

为了给定价和利润管理提供灵活性，苹果需要确保在生产中达到规模

经济，这意味着获得进入更广阔的跨部门市场的渠道。这可以部分地通过给其他硬件供应商，如惠普和摩托罗拉特许技术来实现，这些供应商将在它们自己的品牌名称下转售iPod。如果苹果能够找到更多的同盟，例如和亚马逊、思科和诺基亚联盟，那它将处于一个更强大的位置，从而建立一个长期的产业标准并实现更广的分销（Burrows和Lowry，2004）。

因此苹果如果想要保持它在仍处于幼年的市场上的早期领先的话，它就要做到比其他公司快一拍。这对于它所有的营销活动都会产生影响，随着技术和顾客需求的演变，苹果将处于一个竞争更加激烈的环境之中。

资料来源：Burrows（2004）；Burrows和Lowry（2004）；Burrows和Park，（2005）；Durman（2005）；The Economist（2005）；Morrison（2004）；Rigbby（2004）；Stones（2004）。

然而，营销导向远不止简单地将产品和服务与顾客搭配起来。它还必须出现在组织理念和开展业务的方式中，它很自然地把顾客及其需求放在了组织活动的核心。尽管许多组织都正在设法往这上面靠，但并非全部达到了这个程度。

然而亨德森（Henderson，1998）却对营销导向是保证成功超出平均业绩的假设提出了警告。有许多内部和外部因素决定着成功，其中有效营销理念就是一个。如果营销支配着组织的其他部门，那就有可能减少其他领域的关键能力，如制造生产力或技术创新。此外，营销部门组织营销职能的方法会使营销脱离设计、生产、运输、技术服务、处理投诉、开具发货清单及其他和顾客相关的活动。结果，组织的其他部门可能会疏远营销，使整个组织的顾客协调和市场导向活动更加困难（Piercy，1992）。这强调了纳维尔（Narver）和斯拉特（Slater）提出的帮助营销部门超过平均业绩的三个关键因素（1990）的重要性：

- 跨职能导向使管理部门之间的合作创造出了更高的价值；
- 竞争对手导向保持了优势；
- 顾客导向。

明确了营销理念对于组织的重要性后，本章现在要转到整个组织的营销理念和实践的发展问题上来。

新兴的营销理念

营销概念和营销导向理念还在继续发展。在由越来越苛刻的顾客构成的竞争日益激

烈的全球市场中，组织不断努力寻找更有效的吸引和挽留顾客的方法，有时这可能意味着对市场营销的定义进行更精确的界定。

企业社会责任：社会和道德营销。企业社会责任（CSR）是指组织不应只考虑自己的顾客和它们的收益性，还应考虑所在地和全球更广大群体的福利。就像史密斯（Smith）和希金斯（Higgins，2000）所指出的那样，消费者现在不仅寻找关注环境和顾及道德的产品，还寻找那些显示出更强社会道德责任的企业，"（一个企业）必须，像我们所有人应该做的那样，成为一名'好公民'"。卡罗尔（Carroll，1999）对企业社会责任概念的历史和发展进行了一次很好的回顾和评价，他 1991 年的论文提供了最简洁的企业社会责任定义基础，这支撑着本书所指的企业社会责任：

······4 种社会责任构成了完整的企业社会责任：经济责任、法律责任、道德责任和慈善责任······企业不必一口气履行这些责任，但······各项都总是要做到的······有企业社会责任感的企业应该努力赢利、遵守法律、恪守道德，做一个良好的企业公民。（Carroll，1991，40-43 页，根据卡罗尔观点总结，1999）

在企业社会责任背景下的营销是确保组织负责任地，并且是以一种有益于社会安定的方式处理市场营销。消费者已经逐渐意识到营销所涉及的社会和道德问题，例如，对儿童进行营销的道德问题，与第三世界供应商的公平贸易、企业的社会生态学影响，以及企业所表现出的优秀的"企业公民"的程度。期待着树立有信誉、值得信赖的形象，并在此基础上建立与顾客的长期关系的公司，需要认真地思考企业社会责任理念，如果它们想要满足顾客更大的期待并创造和保持竞争优势的话[巴尔斯特尼（Balestrini），2001]。实际上，有的公司，像 Body Shop，已经采取了一种更为主动的社会营销方式，并且已经把企业社会责任作为了它们整个商业理念的支柱[见哈特曼（Hartman）和贝克·达德利（Beck Dudley）1999 年关于 Body Shop 国际公司营销道德的详细讨论]。

《负责的世纪？》（The Responsible Century?）——伯森—马斯特尔（Burson-Marsteller）和威尔士王子的商务领袖论坛（Business Leader's Forum）2000 年公布的一份调查收集了来自法国、德国和英国的 100 家领先企业的观点制造者和决策者的观点。三分之二的人"强烈同意"企业社会责任未来将会很重要，89% 的人说他们未来的决策将会受企业社会责任的影响（CSR Forum，2001）。有趣的是，该调查指出从单纯根据硬性的可量化方面，如：环境表现、慈善捐赠来界定企业社会责任已经转向强调更为软性的方面，如雇员待遇、对当地社区的责任以及伦理化商业的引导。现在内部和外部表现都很重要。

企业社会责任正快速从一种"应该有的"企业特性向"必须具备"的企业特征转变。尽管在描述企业时并没有义务报告它们在英国的企业社会责任活动，但许多企业已经做到了，关于增强企业社会责任透明度的压力只可能会增加。最新的关于企业责任的时髦词语是"360 度报告"，它认为需要提供更全面的反映公司行为的年度报告，以满足压力集团，以及那些寻求道德投资，对企业社会责任感兴趣的广大受众的信息需要，而不仅仅是股东和传统的银行家的需要。在可能会比较敏感的部门，如公共事业和运输行业，已经开始制作单独的企业社会责任业绩报告，例如公共事业公司凯尔达集团（Kelda Group）的环境和社区报告、自来水公司水环纯水务公司（Severn Trent）的责任报告、英国铁路路网公司（Network Rail）的企业责任报告和英国核燃料公司（British Nuclear Fuel）的企业责任报告。这些文件也许并没有最有想象力的标题，但它们确实代表了企业报告发展中重要的一步。

企业社会责任 **进行时**

消费者表现得很糟糕？

当我们都在忙着要求组织认真承担起它们的企业社会责任时，也许很容易忘记"良好公民"的责任和义务也扩展到了作为消费者的我们身上。组织是否也有权力问它们的顾客有多道德呢？巴巴库斯（Babakus）等人（2004）在六个不同的国家进行了一次调查以探寻消费者道德信仰的本质以及对他们的影响。他们向受访者提供了 11 项行为标准，然后要求他们用 1~5 分来说明他们对该种行为赞同或不赞同的程度，1 分代表"错误"，而 5 分代表"没错"。通过整个例子，如受访者往往认为诸如"从酒店带走毛巾或从飞机上带走毛毯作为纪念品"这样的行为远远不如"在超市里喝掉一听苏打水又不买它"来得错误。年龄和国别都是明显的影响因素。总体上，文莱、中国香港和美国

的受访者比奥地利、法国和英国的受访者更不赞同这种行为。来自美国、法国和英国的较年轻的消费者（年龄在 35 岁以下）往往比年长者更能容忍不道德的消费行为。年青的法国消费者认为"排长队时插队"没什么错，而年轻的奥地利人则认为这是所有情况中最不能接受的行为。有趣的是，比起其他任何国家来，奥地利的受访者，无论年龄多大都更能容忍"把丢失的物品作为被盗物品向保险公司申报从而收钱"。

对于营销人员来说，这也许是一个"警告卖家"的案例，并且预示着需要向顾客阐明对他们的期望是什么以及对他们来说不道德行为的后果会是什么。然而对于组织来说这是一条要认真遵循的路线。毋庸置疑，唱片公司在它们合法、合理的权利内完全可以采取合法行动来反对个人的非法音乐下载，但公开那些被认为是严厉

的策略不一定对公司的声誉有利。《每日邮报》（The Daily Mail）（Poulter, 2005）的一篇文章就是一篇典型的感性报告。在该文章中强调了一些个别案例，12 岁的孩子收到赔偿数千英镑的要求或面临法律行动。在这篇文章中有一句有趣的话"许多正在被音乐产业的老板们打击的都是普通的家庭，而不是犯罪团伙"，该文章影响着所发现和判断的行为。然而，一位所谓的盗版者已经看到了其中的错误，他说："当你将这种行为与到唱片店买一张价值 12 英镑的专辑，而其中只有 2、3 首歌是你喜欢的傻事相比，就不难明白为什么为什么如此多的人要这样做了。我知道这是偷窃。我正在从有权获得收益的人那里偷窃。"（引自 Poulter, 2005）

资料来源：Babakus 等人，（2004）；Poulter（2005）。

范例　水环纯水务公司以英国内陆为基地，它在整个英国、美国和欧洲的营业额约为 16 亿英镑，雇用了 14 000 多人。本着"环境就是我们的业务"的宗旨，水环纯水务公司非常认真地对待企业社会责任。作为一家环境服务企业，该公司涉足水处理、废物处理和公共事业，一直关注"绿色"问题，但它对企业社会责任的参与远不止于此。在该公司的《企业责任报告：2004 职责》中，它强调"每单生意都需要些高于只是赚钱的点子。没有什么企业可以脱离社会而经营……我们认为总体上企业只是实现未来社会稳定的过程的一部分。企业必须担负对自然资源的责任，将其视为其所经营的社区中的一个组成部分，并且对其行为负责……作为一家企业我们也是一个企业公民，有机会影响我们所处的社区的生活，员工对我们提供给人们的工作环境担负有重要的责任"（Severn Trent, 2004，第 8 页）。

因此，职责报告涵盖了企业社会责任的很多领域，而不只是涉及集团保护自然环

境的方式、生物多样性，以及运营中对自然资源的有效利用，还包括集团在社会和本地社区中的作用，供应商和顾客所感受到的集团在改善整个供应链的绩效中所发挥的企业社会责任领导作用，以及道德原则在集团人力资源管理政策中的内部应用。所有这些都非常符合此前提到的卡罗尔的企业社会责任理念（1999）。

朝着"可持续营销"发展。与广义的企业社会责任概念和最佳实践密不可分的是可持续发展理念。布伦特兰（Brundtland）在 1987 年的报告中将可持续性定义为：

满足现有需求，而又不危及子孙后代满足他们自己需求的能力的开发。（世界环境与发展委员会，1987）

可持续性不只涉及环境和社会生态问题，同样重要的是，它还涉及社会、经济和文化发展。因此，广义的"软性议程"包括：经济利益的公平分配、人权、社团参与和产品责任。企业都在认真对待这些问题。作为对上述水环纯水务公司范例所表达的观点的回应，德国大型化工企业巴思夫（BASF）的主席朱尔根·斯特拉贝（Jurgen Strube）说道，经济、生态学和社会领域的可持续发展在 21 世纪将是成功的关键（据查利纳（Challener）报告，2001）。不考虑环保和社会稳定的后果，社会将无法继续享有经济增长（OECD 观察员，2001）。

鉴于整个企业社会责任 / 可持续性的争论，可持续性营销可能会成为营销概念发展的下一个阶段，因为它聚焦于社会在 21 世纪中所面临的一些重大长期挑战。营销思想所面临的挑战是拓宽交易概念，从而整合社会普遍的长期需求，而不是短期追求个人满意和消费。它并不是指营销人员修订战略以开发新的社会机会，而是指社会所能提供的让营销人员利用并超越时间范围的东西。这听起来很理想化：在一个竞争的世界里，顾客可自由选择，此外，在这种世界里业务运营是以满足顾客需求为原则的，企业要改变那些原则有时需要勇气，如果那些改变领先于顾客关注和政府立法的话。社会中的消费者将不得不经历一段学习曲线，而这个过程仅仅是开始。

因此，我们想把可持续营销定义为：

建立、保持和加强顾客关系，以此达到所涉及方的目标，而又不危及子孙后代实现他们自己目标的能力。

简而言之，无论市场有多严峻，都不能让今天的消费者因为多索取，少回报而破坏明天的社会机会。这不仅涉及环境和社会生态学问题，还涉及消费者社会的文化和社会价值观，它们将"更多"等同于"更好"。

所有这些是如何影响到营销过程呢？成本内化（让污染者支付）、绿色税、立法、支持清洁技术、重新设计使资源和浪费最小化的产品、调整分销渠道以回收循环产品，以及对顾客进行可持续性教育都是 21 世纪新的营销议程的重要组成部分。对某些人来说，它不是一种选择，而是一种不可忽视的命令[富勒（Fuller），1999]。迄今为止，社会生态和环境议程已经影响了营销战略，但它只是一种补充。例如，常说的"减少、循环和重复使用"已经影响到了用于确保可循环性的包装物料的种类。服装制造商已经生产出了可循环使用的塑料户外服装；胶水制造商已经减少了产品中的有毒挥发物；汽车制造商依照欧盟的报废汽车指引，现在已经考虑通过回收或其他方式来处理老旧汽车。然而，调查却常常显示被赋予自由选择权的顾客不愿多花钱购买环保产品，如有机食品，许多调查发现很难在个人购买决策及其对全球的影响之间建立联系。这就需要一个社会平衡和调整期，但证据表明如果不进行变革，就无法避免对环境和社会的长期消极影响。

组织中的市场营销

营销理念作为一种开展业务的方式对真正的组织意味着什么呢？本部分我们将探讨贯彻营销理念的可行性，展示营销如何从根本上影响整个组织的结构和管理。首先，我们要着重分析组织环境的复杂性，然后思考营销如何帮助管理和理清组织与外部世界的关系。其次，我们要检讨营销和组织内部之间的关系，例如，营销和其他业务职能之间的潜在冲突。为了把外部和内部环境结合起来，本章把营销作为一种界面，即组织和各种外部因素之间的联系机制来分析，从而得出结论。

组织的外部环境

图 1.2 概括了外部环境的复杂性，组织不得不在这种环境下运营。有许多人员、群体、元素和势力拥有实力直接或间接影响组织开展业务的方式。组织环境包括直接的经营环境和长期影响业务的各种问题和趋势。

当前顾客和准顾客

顾客对于组织的持续健康显然至关重要。因此最基本的是要能够确定顾客，找出他们需要什么，然后将承诺传达给他们。那些承诺必须兑现（即，恰当时间、恰当价格、

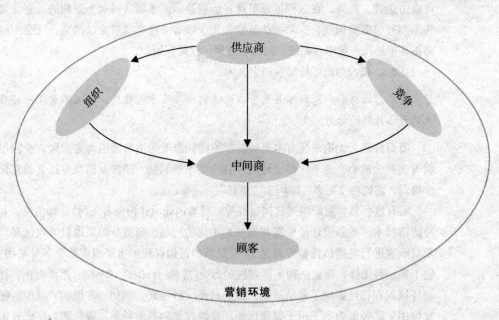

图 1.2　组织环境

恰当地点的恰当产品），并要继续跟进以确保顾客满意。

竞争对手

然而，竞争对手给组织与顾客群的联络造成了一些困难，因为从定义上说，它们大多也针对同一群顾客。顾客会在不同的产品之间进行比较，并听取竞争对手的信息。因此，组织不仅要监视竞争对手正在采取的行动，还要设法预测它们未来将要做的事情，以提前制定出对策。例如，欧洲巨头雀巢和联合利华在数种快速消费品（FMCG）市场上就进行着激烈的竞争。

中间商

中间商在把制造商的产品带给终端用户的过程中往往提供着重要的服务。没有批发商与零售商网络的合作，许多制造商将很难在恰当的时间、恰当的地点将产品提供给终端用户。因此，组织必须仔细考虑如何最好地分销产品，并与中间商建立恰当的关系。此外，这也是竞争可能会涉及的一个领域，组织不可能永远占有它们想要的分销渠道，或是永远经营它们想要的产品。

供应商

链条中的另一个重要环节是供应商。损失一个重要的零部件或原料供应商可能意味着生产流程的中断，或不得不制造质次价高的替代品。这意味着组织也许会遇到无法兑现顾客承诺的危险，例如，企业将无法在恰当的时间、以恰当的价格提供恰当的产品。因此，选择供应商、谈判条件和建立关系都成为重要的任务。

第 2 章中将详细讨论更广泛的营销环境，它涵盖了所有可能对组织产生机遇或威胁的其他影响。这些影响包括技术的发展、政策法规的约束、经济环境和社会文化的变迁。如果企业想要在竞争中保持领先的话，那对所有这些因素进行跟踪，并且尽早将它们结合到决策中，是非常重要的。

以上对组织世界的概览揭示出许多重要的关系，如果组织想要成功地开展业务，那就要应付这些关系。创造和管理这些关系主要由营销职能部门负责。

组织内部环境

除了加强和保持与外部群体和势力的关系以外，营销职能部门还必须与组织的其他部门进行互动。并非所有的组织都有正式的营销部门，即使有，它们的设立方式也会有所不同，但无论由哪个部门负责营销策划和实施，与组织其他部门密切的相互影响都是必需的。然而，并非所有业务部门都围绕同一个中心运作，当看法和关注点不同时，有时就可能出现冲突。本部分关注的是除极少数组织外，所有组织中一般都能找到的一些职能，以及它们和营销人员之间的一些冲突点。

财务职能

财务职能，例如编制预算，也许是在财政年度的早期就开始了，并且希望其他部门都能遵照执行。它需要强有力的证据来证明开支的合理性，并且它通常要求定价涵盖成本并贡献利润。另一方面，营销却往往希望有灵活性，依据快速变化的需求，按直觉来行事。营销对定价同样持长期的战略观点，为了开拓市场或扩大战略目标也许要准备付出短期财政上的牺牲。

在会计和信用方面，即财务与顾客接触的方面，为了管理的便利，财务部会要求定价和程序尽可能地标准化。会计会要求增加严格的信用条款和短暂的信用期限，最好是只和有信用的顾客打交道。然而，营销部门仍会要求一些灵活度，允许把信用条款作为谈判过程的一部分，把价格折扣作为一种营销工具。

采购

采购职能也会变得多少有些官僚，对价格享有过多的优先权。对经济采购量、标准化和原料价格的关注，以及尽可能减少采购次数的想法，都会降低组织的灵活性和反应能力。营销首先考虑的是零部件和原料的质量，而不是价格，主张使用非标准化的零件以增强产品区别于竞争对手的能力。公平地说，这对采购而言多少是一种传统的观点。关系营销的出现以及对及时（JIT）系统（第 8 章）的日益接受意味着营销和采购比以往任何时候都更加密切配合，以便建立和供应商长期、灵活的合作关系。

生产

生产也许最有可能与营销冲突。生产的兴趣也许是运作长期的大批量生产，基础产品的品种要尽可能少，产品变化次数要尽可能少，至少是规模化生产。这也意味着生产更愿意处理标准订单，而不是定制订单。如果必须生产新产品，那给它们用于使生产提速、连续运转的交货期限越长，产品就会越好。营销有着更强的紧迫感，对灵活性有更高的要求。为了满足市场的一系列需求，营销也许会寻求在短暂的生产周期内生产众多不同的型号。同样，为了保持市场的兴趣，产品的变化也许会很频繁。市场营销，尤其是服务于 B2B 顾客时，也许会涉及定制，以此作为更好地满足顾客需求的手段。

研发与工程

和生产一样，研发和工程也更喜欢较长的交货期。如果它们要从头开发一种新产品，那开发时间越长，产品越好。然而，问题是营销却希望新产品尽快上市，因为它们担心竞争对手会率先推出它们的版本。首先进入市场可以在竞争者加大争取顾客的难度，以及导致价格下调之前，让企业确立起市场份额和顾客忠诚，并且自由定价。还有一种危险是研发和工程可能会更加关注产品本身，而不考虑顾客实际想要的是什么。相反，市场营销会着眼于产品的优势和卖点，而不是单纯考虑其功能性。

市场营销是一种综合业务职能

此前的部分采取了一种非常消极的观点，强调了营销和其他内部职能之间的潜在冲突和文化摩擦。但并不一定会这样，本部分将稍稍调整这种平衡，展示营销如何与其他职能配合。许多成功的组织，如索尼、雀巢和联合利华都确保组织内所有部门都把焦点集中在顾客身上。这些组织信奉一种营销理念，这种理念已经渗透到了整个组织中，并坚持把顾客放在整个组织的中心。

必须要记住的是，组织不是为自己而存在。它们的存在主要是为了满足产品及服务的买家和用户的需要。如果它们没能成功售出它们的产品和服务，如果它们无法创造并留住顾客（或者是用户、乘客、病人等）的话，它们将失去存在的理由。组织所有的职能部门，无论是否直接接触顾客，都以某种方式为基本目标作着贡献。例如，财务帮助组织做到成本更经济；人力资源部帮助组织招聘到合适的员工并确保他们得到恰当的培训和报酬，这样他们会更卓有成效地、更好地为顾客服务；研发提供更好的产品；而生产部显然是努力生产出质量和数量都符合规范的产品以满足市场的需要。

所有这些职能和任务都是互相依存的，即它们都无法脱离彼此而存在，离开所服务的顾客和市场，它们都没有任何意义。在市场导向框架下，营销可以帮助提供必需的信息给所有职能部门，使它们更好地完成各自的任务。图 1.3 概括了那些互相依存关系，以及营销集合各部门强化顾客聚焦的作用。

尽管在图 1.3 的方框中所列出的条目远远不够全面，但它们确实清楚地展示了营销可以如何充当一种缓冲器或过滤器，既从外部世界收集信息，然后在组织内部传递，又向外部世界展示内部各职能部门的合力。以"顾客"框中的两个核心问题为例：

当前产品需求。为了满足当前的需求，生产必须知道所需数量，时间和质量规格。生产部，也许是在采购部的帮助下，必须要能以合理的价格获得合适的原料或零部件。要把现有产品价格维持在顾客可以接受的范围内，这涉及生产、采购、财务，甚至是研

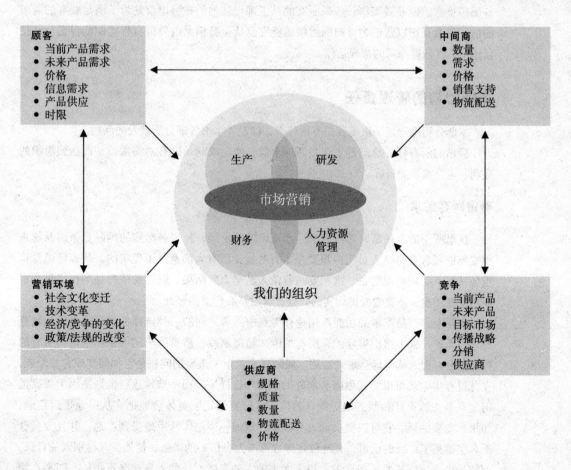

图 1.3 市场营销关系图

发部门。销售部门可以接受顾客的订单，并且确保正确数量的产品能被快速地发送到正确地点。营销争取到了顾客，对他们的满意度进行监控，并尽快使相关部门注意到问题，这样一来问题可以在最小的损失范围内得到纠正。

未来需求。营销，也许是在研发的帮助下，需要对正在发生的事情进行监控，并且要设法预测未来可能会出现的需求。这可以通过与顾客交谈，找出他们需求的演变规律，或想出商业化利用新科技的方法，或是通过监控竞争对手的活动并且思考如何仿效他们，并在他们的基础上改装、改进来做到。不可避免地会有一个计划交货期，所以营销需要早早地引入创意，然后与其他部门配合，在恰当的时候将创意变为现实。财务也许不得不批准新产品投资；研发也许不得不对产品或其技术进行改进；生产也许不得不投资建盖新厂、购买新设备或引进新的制造技术；采购也许不得不开始寻找新的供应商；而人力资源部则不得不招募新员工帮助进行新产品开发、制造或销售。

当研发和营销分担了共同的目的和目标时，就会成为一种非常强大的组合。营销可以提供来自市场的创意，这些创意可以激发创新，而研发可以与营销密切配合，寻找和改进看似无意义的发明的商业用途。

这些例子简要地展示了营销如何成为组织的眼睛和耳朵，如何提供建议和支持帮助各部门更有效地开展工作。如果所有的员工都记住他们在那里就是为了满足顾客的需求的话，那么真正以营销为导向的组织就能完全认可营销是内外部世界之间的界面，并把营销纳入其职能部门的常规运作。

市场营销的管理责任

本部分明确阐述了市场营销要做什么，确定了本书各部分所涉及的问题。

营销的所有任务总结起来就是两件事情：确定或满足顾客的需求，从而达到组织的赢利、生存或发展目标。

确定顾客需求

这里所指的是确定顾客的想法。大众市场的发展，越来越激烈的国际竞争以及越来越成熟的顾客让营销人员明白想要在所有时候让所有人满意是不现实的。顾客已经变得更加苛刻，必须要说的是，这主要是营销人员努力的结果，顾客希望产品不仅满足基本的功能性用途，还要能提供切实的好处，有时是心理上的好处。

实际上，产品基本的功能性用途作为竞争品牌之间的一种选择标准往往是无关紧要的——无论是哪个组织供应的，所有的电冰箱都制冷，所有牌子的可乐都解渴，所有的汽车都可以把人从甲地运送到乙地。对顾客来说至关重要的问题是它如何实现它的功能，在此过程中它还可以为我做哪些额外的事情？选择宝马而不选拉达，也许是因为买家觉得宝马是一款设计和制造都更优良的汽车，能更舒适、更体面地把你从甲地带到乙地，如果你想要的话，它可以提供动力和性能，飕的一声把你从甲地带到乙地，并且宝马这个名字得到了广泛的认可，其地位将导致驾车人自信心的增强，使他们获得别人的青睐。而拉达也许更受某些不想在车上投入太多的人的喜爱，这些人喜欢毫不张扬、四平八稳地从甲地前往乙地，他们根据保险、使用和服务成本来衡量经济性，他们觉得不需要一辆彰显身份的汽车。这些相反的汽车购买人的特征指出了超出汽车基本功能的产品和心理受益的混合影响着采购的决策。

对营销人员来说，这有两项重要启示。第一，如果买家及其动机千差万别，那么重要的是明确区分购买人群的标准和变量。一旦明确了这些，营销人员就可以确保所创造的产品能最大可能地符合一个群体的需要。如果营销人员所在的组织不这样做，那其他人会这样做，任何试图在大部分时间取悦大部分顾客的"一般性"产品迟早都会被某些针对较小群体量身打造的产品淘汰。第二项启示是：比起把市场当作一个同类群体来，通过按特征和利益追求对顾客进行分组，营销人员有更好的机会发现市场上有利可图的空隙。

然而，明确顾客需求不只是一个找出他们现在想要什么的问题。营销人员必须设法预测出他们明天想要什么，并且明确改变顾客需求的影响力。影响顾客需求的环境因素和组织满足这些需求的方式在第 2 章中将进一步讨论。顾客的本性，以及影响他们购买行为的动机和态度在第 3 章中将会涉及，而根据共同特征或所需的产品特性和利益对顾客进行分组的理念在第 4 章中会讨论。市场调研技术则是第 5 章的主题，它是发现顾客当前想法、当前所需和未来所想的主要手段。

满足顾客需求

然而，了解顾客的属性和需求只是第一步。为了制定和实施那些向顾客实际传递有价值的东西的营销活动，组织需要根据以上信息采取行动。实现这些理念的方式是营销组合。图 1.4 就概括了组合各项元素的职责范围。

作为主要营销工具组合的营销组合概念是博登（Borden）于 20 世纪 50 年代首次提出的（博登，1964），帮助记忆这些工具的"4P"（Product- 产品、Price- 价格、Promotion- 促销、Place- 地点）则是由麦卡锡（McCarthy，1960）创造的。营销组合创造了给顾客的产品。这里使用组合和结合这两个词是很重要的，因为成功的营销对营销组合元素间互动和协作的依赖与它对元素本身良好决策的依赖程度是一样的。例如，哈根达斯冰淇淋是一种特别好的优质产品，但它的巨大成功却是来自富有创意而又大胆的广告活动，这些活动强调了以特定的成年人为导向的产品优点。不善传播的好产品成不了气候，同样，广告打得轰轰烈烈的坏产品也不会成功。这是因为营销组合的元素都是相互依存的，如果它们彼此之间对产品的说法不一致，顾客也不是傻瓜，他们将会全盘抵制。

我们现在来更仔细地看看营销组合的每一个元素。

产品

这个领域第 6 章将会讨论，它涵盖了与产品创造、开发和管理有关的所有事项。它不仅涉及要制造什么，还涉及什么时候制造，怎么制造，以及如何确保它有漫长的赢利期。

此外，一个产品不仅仅是一件物品。从营销来说，它包括外围的，但却很重要的因素，如，售后服务、保证、安装和调试等任何有助于将产品与竞争者区分开来，更可能促使顾客购买的元素。

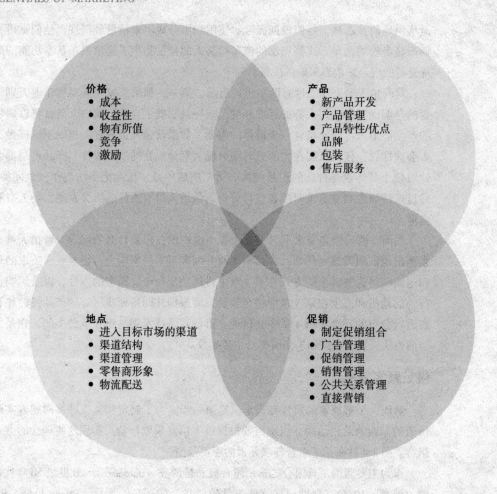

价格
- 成本
- 收益性
- 物有所值
- 竞争
- 激励

产品
- 新产品开发
- 产品管理
- 产品特性/优点
- 品牌
- 包装
- 售后服务

地点
- 进入目标市场的渠道
- 渠道结构
- 渠道管理
- 零售商形象
- 物流配送

促销
- 制定促销组合
- 广告管理
- 促销管理
- 销售管理
- 公共关系管理
- 直接营销

图 1.4 营销组合

尤其是对于快速消费品来说，产品吸引力的一部分当然是它的品牌形象和包装。这两种因素都可以强化产品所提供的心理优势。然而，B2B 采购的重点很可能放在功能用途的恰当性、质量和外围服务（技术支持、送货、定制等）上。除了在产品章节中进行介绍以外，这些问题的答案将在买家行为和细分市场章节中明确提出。

尽管大部分重点放在物化的产品上，但也必须记住：服务市场是欧洲经济中一个日益重要的增长领域。产品章节确实涵盖了服务的某些方面，但对服务产品的主要讨论是在第 13 章中，该章涉及的是服务营销问题。

价格

价格或许并不像乍一看的那么简单，因为它不一定是根据成本和利润率直接计算出来的。正如第 7 章将要介绍的那样，价格必须反映买方行为，因为人们对是根据他们认为用他们的钱可以换到什么东西，用这些钱他们还可以做什么以及金钱一开始对他们的意义来判断"价值"的。

定价还具有战略意义，通过定价，组织向市场中的各种人发出了信息。例如，顾客也许会把价格作为衡量某种产品的质量和吸引力的一项指标，因此价格可以强化或抵消营销组合中其他元素的作用。另一方面，竞争对手也许会将价格视为一种挑战，因为如果一个组织将其产品的价格定得非常低，可能标志着它想彻底挑起一场价格战，而非常高的价格（溢价）也许标志着可以获得很高的利润或是竞争对手有降价空间，可以抢走市场份额。

总之，价格是营销组合中一个非常灵活的元素，很容易补救。然而，如果管理层不仔细、清楚地思考它的用途，它也会是一个很难应付的危险元素，因为它与收入和利润直接相关。因此，定价一章的焦点是放在影响定价的因素、各种市场中短期定价战术的运用，以及各种价格政策的战略意义上。

地点

地点是营销中一个动态的、快速发展的领域。它包括各种各样有趣的话题，大多涉及产品由甲地到乙地的运动，以及在售点所发生的事情。因此，第 8 章着眼于分销渠道的结构，从与终端顾客直接打交道的邮购公司，到货物到达零售商之前所包括的数个中间商之间货物流转的长而复杂的链条。该章探讨了不同种类的中间商及它们在恰当时间、恰当的地点将货物送达终端买家的过程中所起的作用，以及所有过程中的有形分销问题。

对于日用消费品而言，分销渠道最明显的参与者是零售商。制造商和消费者都必须对零售商多加信任，相信它们会公正地对待产品，维持库存，并提供令人满意的采购体验。零售商面对众多的和其他类型组织一样的营销决策，也使用同样的营销组合工具，但所持观点却稍有不同。它们还面临着特别的营销难题，例如，商店的选址、布局以及商店形象和氛围的营造。因此，本章着重强调了零售。

促销

第 9 章至第 11 章基本上是关于传播的，这常被视为是营销最富魅力、最吸引人的结束。然而，这并不意味着营销传播只是一种"艺术性的"努力，或者说可以用它来遮掩营销组合其余部分的裂缝。传播，由于它的无所不在和高调，肯定可以成就或毁掉一个营销组合，因而需要对它进行明智的、持续的分析、计划和管理。

这几章着眼于全套营销传播技术，而不仅仅是广告，还有促销、人员销售、公共关系和直接营销。各领域要进行的活动，所能达到的最佳目标，它们的相对优势和劣势，以及支撑它们的管理类型和策划过程都会讨论到。然而，为了引出所有观点，第 9 章首先着眼于整个促销组合，思考了会影响单个传播领域的重点相关因素。

传统的 4P 营销方法已经顺利运作了多年。然而，最近一种情况日益明显，即维持一成不变的 4P 已经不够了。尤其是在服务部门，4P 无法完全概括正在发生的营销活动，因此，布姆斯（Booms）和比特纳（Bitner）（1981）提出了一种扩展的营销组合——7P，在传统的 4P 上增加了人员、流程和有形展示。

人员

服务往往要靠人来实施，根据顾客期待创造和交付产品。例如，一位顾客对于美发和牙科服务的满意度与顾客和服务提供者之间互动的质量和性质之间的关系和与最终结果的关系一样大。如果顾客对某个服务提供者的感觉良好，信任他们并与他们建立了和睦的关系，那这就是一种竞争对手很难介入的关系。即使服务并不完全是针对个人的，例如，商店或快餐店中闷闷不乐的服务员就不会促使顾客再次光临。因此，人会带来增值，并且在基本的产品优惠之外增加了一种营销组合的方式。

流程

制造流程一旦确定，就是连贯的、可预见的，可以交由生产管理小组负责，由于它们是在顾客的视线之外进行，所以任何错误都可以在扩散之前被铲除。然而，服务是当场"制造"当场消费的，并且由于服务与人员及其技术表现有关，所以服务的稳定性比普通制造更难保持。因此，营销人员必须仔细思考如何提供服务，以及确立哪些质量控制使顾客确信他们知道每次能享受到哪些服务产品。这适用于银行和其他金融服务零售商、快餐店、美发店，以及其他人员服务提供商，甚至像律师和管理顾问之类的专业人员。

流程还包括排队机制，这可以避免等候的顾客失去耐心，从而放弃购买；还包括处理顾客细节和支付；以及确保顾客所购服务的高度的专业品质。

有形展示

最后的这个领域与（经营任何产品的）零售商尤为相关，或是与那些拥有出售或交付服务的经营场所的人有关。它选择了某些谈及零售商传统 4P 方法的地点元素时已经提到过的要素，如：氛围、周围环境、形象和经营场所设计。在其他服务场所，有形展示与你乘坐的飞机、下榻的酒店、观看重大赛事的体育场或听学术讲座的礼堂有关。

除了服务场所，4P 还被普遍用来确定营销组合。然而，这并不是说同一种组合适用于所有情况，或是适用于同一组织的不同时段，所以营销经理的任务就是对组合进行检查和调整以适应所出现的情况。营销组合只是一套营销变量，它们已经成为营销教学的标准，也是本书结构的基础。当你读到有关营销组合四要素的章节时，要注意人员、流程和有形展示融为一体的部分或它们在传统结构中的表现。关系营销，在任何市场上，对任何产品而言，都日益强调通过服务来提升产品价值。另外的 3P 将不可避免地对此产生冲击，这将在讨论原本的 4P 用途时反映出来。

任何组织使用特别的 4P 组合时都要赋予其竞争优势，或差别优势。这意味着营销人员要创造某种独特的，准顾客会认可和重视，能把一个组织的产品和另一个组织的产品区分开来的东西。在高度竞争、拥挤的市场中，这对于把顾客吸引到你的产品上来绝对是非常重要的。优势可以主要通过组织的一个元素，或组合元素创造出来。一项产品也许结合了竞争对手无法比拟的高品质和高价值（价格和产品）；一个组织也许已经建立了无法轻易仿效的 24 小时电话订购和送货上门服务（地点）；一次既有出色的产品，又兑现了所有承诺的有效而独特的传播活动（促销和产品）可以使组织的产品鹤立鸡群。

战略观点

显然，单独的营销活动必须放到连贯的、一致的营销组合背景下分析，但组合的实现必须依靠更广泛的战略营销策划、实施和控制框架。第 12 章关注的正是这些更广泛的问题。

战略包括对未来进行观察，并且制订和实施那些驱使组织向预期方向发展的计划。

这意味着要将战略告之营销（或是将营销告之战略）。战略营销理念同样需要一定量的坚定的创造力，只有当营销人员不再从产品，而是从传递给顾客的利益或解决方案方面思考问题时，才能真正成功。组织对"你们从事什么业务？"的回答是"我们从事清光漆制造业务"时，它的内部焦点过于集中在产品本身和制造的改进上（以生产为导向），这是很危险的。更正确的回答应该是："我们从事的是帮助人们创造美丽居室的业务"（明确了顾客需求）。化妆品主管说，在工厂他们制造化妆品，但是在药妆店他们销售希望；电动工具制造商说他们不是做钻孔机，他们是做四分之一英尺的洞，两种人都强调了一种更富创造力的、外向型的解决问题的营销思路。顾客购买产品是为了解决问题，如果产品解决不了问题，或是有其他的产品能更好地解决问题，那么顾客就会走开。

认识不到这一点，受产品而非市场条件制约的组织可以说正在遭受营销近视症的困扰，这是莱维特（Levitt, 1960）创造的一个术语。这种组织很可能错过了明显的营销机

营销 进行时

尼德曼（Nederman）：创造一个更好的工作场所

尼德曼并不是一个为众多读者所熟知的名字，但它是许多为了在 B2B 市场中建立国际业务而采纳营销方针的工程公司的典范。该公司以瑞典赫尔辛堡为基地，是一家中等规模的公司，2003 年的营业额为 8 200 万英镑（www.eqt.se）。公司的宗旨是"改善你的工作场所"，它已经确立了成功的国际业务，帮助顾客解决他们工作站的问题。这是通过消除空气污染、降低噪音程度、屏蔽多余光线，以及通过提供流体、电力、照明和起重设备提高效率，使工作站更易于运转来实现的。简而言之，该公司针对工作站环境提供全套量身打造的解决方案，从而满足顾客要求。

营销主张的核心是解决顾客问题的能力。尼德曼必须倾听顾客的要求，然后设计、制造、安装适合个别工作站或整个厂区的解决方案。为了创新，尼德曼必须投资进行研发以确保产品设计和性能都能处于领先地位。这就需要进行研发并采购符合所需规格的零部件。因此，至关重要的

是尼德曼能够倾听顾客要求并量身打造解决满足这些要求的解决方案。出于这个原因，它在售前售后都必须进行直接接触，如果在次级市场使用了销售代理商的话，这些代理商必须经过充分的培训才能熟练地借助系统解决方案满足顾客要求。尽管像在其他许多 B2B 市场中一样，实施任务时可以获得技术支持，但具备恰当技术知识的销售人员仍处于促销活动的前沿。尼德曼通过遍布欧洲和美国的 13 个自有销售公司进行销售。它还通过在奥地利、巴西、印度、日本、马来西亚、新加坡、韩国和泰国的独立分销商进行销售。

贴近顾客是通过回应商贸刊物、名录清单、网页和平面媒体上的广告所引发的咨询，或是参加主要市场的贸易展来实现的。总是会有重复交易的机会，这也正是感到满意的顾客的重要性。接触也可以由销售团队实施，这有时是通过提供免费的健康和安全评估，检查风险评估、安全标准、标志、工作实作等问题来进行。经验显示这常常带来公开讨论产品系统改善的机会。大部分销售分公司已经布置了"工作环境"，参观者可以

进行考察，与目前所使用的系统进行比较。

哈姆林电气公司（Hamlin Electronics）的一次经历预示了尼德曼所面临的销售和营销挑战。当时哈姆林决定从事汽车行业汽囊传感器的开发，因此，它需要新的工作站来排除粘合、印制图案和装饰流程所产生的气体。在详细报价之前，哈姆林接触了尼德曼和其他潜在的供应商以考虑规格选项。报价是按照所提出的系统准备的，并且组织了推介和对其他用户的实地考察，这样买家可以确信尼德曼产品的优势。尽管在完成评估，尼德曼获得合同之前已经花费了一些时间，但还不是流程的终结，因为工作站的安装和运作也是创造满意顾客的一个重要部分。在此期间和之后，"建立了与尼德曼签约工程师的良好关系，这样一来，可以高标准地完成安装。至此，我们有了一套免维护系统，所有单元都很受每天使用它们的操作员的欢迎，"哈姆林的一位工程师这样说道。这为进一步的行动和重复业务打下了基础。

资料来源： http://www.nederman.com。

遇，可能为新的或更有创造力的竞争对手敞开了大门，这些竞争对手能更好地满足顾客需求。这方面的一个经典案例是计算尺的制造商。它们的业务定义是他们从事的是"制造计划尺"的业务。如果他们将业务定义为"消除计算之苦"的话，或许今天还会存在，并正在制造电子计算器。格林（Green，1995）讨论了制药公司对它们所从事业务的思考。事实上，顾客购买的是"健康"而不是"药品"，这拓展了公司的视野，像瑞士的桑多斯（Sandoz）、英国的葛兰素史克（GlaxoSmithKline）和美国的默克（Merck），都在保健领域而非药品研发上进行了多样化。尤其是葛兰素史克希望将其精力分散到它所认为的保健的四个核心要素：预防、诊断、治疗和治愈上。

因为营销战略要控制组织在其生存的真实世界中的行为，所以，产品和解决问题之间存在着差别，在动荡不安、急剧变化的世界里，今天还奏效的营销组合也许明天就不管用了。如果你的组织过于以产品为中心以至于忘记了监控顾客需求正在发生的变化的话，那它将落后于其他已经将手指搭在顾客脉搏上的竞争对手。如果你的组织忘记了为什么要制造特别的产品，以及顾客为什么要购买它，那它怎么可能制定出拨动顾客心弦的营销战略，并抵御竞争呢？

试想一个以产品为核心的钻机制造商投入了大量的时间和金钱来开发更好的传统电钻。但如果竞争对手推出了一款手持的、不用电线的激光枪，它可以瞬间在任何材料上打出四分之一英尺的洞（可控制的），而操作者不必花费力气，而且由于残渣蒸发了，还不会产生脏乱，你想该制造商会有怎样的感受呢？使用激光的公司想在了前头，着眼于顾客的问题，看到了目前的解决方法的缺陷，然后开发了可以带来更好的解决办法的营销方案。

我们这里所说的还不足以阐明适合产品且自身完全协调的互相关联的营销组合。那种营销组合只有在对外部实施环境进行了全面思考后才会完全发挥作用。除了根据当前的内、外部影响，证明营销组合存在的合理性外，营销人员必须进一步证明营销组合如何有助于实现更大的企业目标；并且解释它如何帮助推动组织朝着长期的预期目标前进；最终如何帮助企业获得竞争优势。

基本上，竞争优势是游戏的名称。如果营销人员可以通过创造性地从战略上思考内、外部营销环境来创造和保持竞争优势的话，那他们就能很好地实施营销理念并兑现本章开头营销定义所作出的承诺。

市场营销的范畴

在各种各样的组织和实际应用中都有市场营销的参与。其中的一些内容在本书的第13、14章和其他部分会专门讨论，而其他内容全书都会涉及。

日用消费品

日用消费品领域，由于可能涉及众多由大量个体所组成的大型的、有利可图的市场，所以全盘接受了市场营销，实际上，它曾是发展和检验许多营销理论和理念的源头。日用消费品和市场将是本文的主要焦点，但肯定不会排除其他内容。因为我们都是消费者，所以很容易将我们自己的经历和这里所介绍的理论及概念联系起来,但设法了解更广泛的用途也很重要。

B2B 产品

B2B 或工业产品在某些方面基本上直接或间接结束了顾客服务。梳毛者将干净的羊毛卖给纺纱工,织成纱线后又卖给织布工制成布料,最后成为商店中的衣服;邓禄普(Dunlop)、固特异(Goodyear)或是凡士通(Firestone)购买橡胶,并将它们制成轮胎销售给汽车制造商,最后由顾客购买;科洛斯(Corus)将钢梁卖给城市工程承包商建造新桥,最后满足个人的需求。如果这些组织打算继续成功地填饱消费者市场贪婪的胃口的话(在恰当的时间和恰当的地点以恰当的价格提供恰当的产品——还记得吗?),那么,它们就必须以营销导向方式管理与其他组织的关系。阿沃伦提斯(Avlonitis)等人进行的一项研究(1990)发现在 B2B 市场中,已经建立了营销导向的公司比没有建立的公司成功得多。组织采购的产品、原料和零配件对流水线中下一位买家的承诺和供应来说是一种重要的影响,尤其是在价格、地点和产品方面。如果这种组织间的关系失败了,最终支持整个链条的消费者会遭受损失,然而,远离终端消费者对任何组织来说都没有好处。正如第 3 章将要专门介绍的那样,B2B 市场的关注点和重点与消费品市场完全不同,因此需要特别强调。

服务产品

将在第13章中讨论的服务产品包括人员服务(例如,美发、其他美容护理或医疗服务)和专业技能(例如,会计、管理咨询或法律咨询),在所有类型的市场上,无论是消费品市场还是 B2B 市场,都可以发现服务产品。正如前面已经提到的那样,服务多少有些不同于传统的营销方式,因为它们有独特的特征。这就需要一种拓展的营销组合,并产生了不同于有形产品的管理问题。许多关注有形产品的营销经理发现,服务元素正变得越来越重要,它们增加了产品的价值,并进一步将产品和竞争对手的区别开来。这意味着服务营销的某些理念和关注正在越超它们狭窄的领域,向更大的领域扩张,全书都反映了这一点。在以服务为主的产品(如:理发)和有形产品(如:机床)这两个极端之间,是具备两者明显特征的产品。例如,一家快餐店出售的是有形产品:汉堡、油炸食品和可乐,消费者到快餐店主要是为了这些。然而服务元素,诸如速度和服务的友善度、气氛以及周围环境都不可避免地关系到那些有形产品,从而在顾客心目中创造出全面的满意度(或另外的东西)。这种有形产品和服务产品的混合在整个零售行业都很普遍,因此服务营销不仅在它自己的章节里进行了介绍,还渗透到了涉及分销的章节(第 8 章)。

非营利营销

非营利营销是在 20 世纪 80、90 年代的经济和政治气候下逐渐突显的一个领域。医院、学校、综合性大学、美术馆和慈善团体都必须在各自的行业竞争,从而获取和保住资金,并且证明对它们的资助,甚至它们的存在是合理的。这些组织所处的环境日益遭受市场的压力,仅有利他主义已经不够了。这意味着非营利组织不仅要考虑效率和成本效益，还要考虑它们的市场定位——明确它们的"顾客"需要什么，想要什么，以及它们如何才能比竞争对手更好地满足这些需求。

第 13 章更详细地探讨了非营利组织所面临的特别的营销问题和情况。

范例

国际慈善组织"帮助老人"（Help the Aged）采取营销手段来服务于其核心宗旨：保障并维护英国及全世界处于不利形势的老年人的权力。然而无论理想有多高尚，为了提供服务，它必须吸引资金来确保活动的开展从而帮助老年人。当它宣称英国有 200 万养老金领取者生活在贫困线以下，每年至少有 2 万人死于寒冷时，挑战的等级就非常高了。因此需要资金来为老年弱势人群提供咨询、热线服务、游说、公布调查结果和提供直接支持。

为了产生收入，"帮助老人"必须吸引捐赠、礼品和遗赠，并且经营其店铺网络。它组织了一些特别的活动，如：徒步旅行、高尔夫球比赛和宣传活动来招募志愿者（已经超过 10.4 万人），它还开展了"资助一位祖父/母"活动。企业赞助和合作伙伴关系尤为重要，像特易购、传奇（Saga）、BBC、BT、巴克莱（Barclays）、锐步、Lloyd's of London、玛莎百货、Makro、Patak Food 和 Safeway 这样的组织都很乐意与这件值得出力的善举联系起来。在该慈善组织的网站上会提及这些组织，并且建立了与赞助人网站的链接。

"社会什么时候会决定你是废物？"
"不要抛弃人，要抛弃年龄歧视！"
引人注目的形象与发人深省的标题组合起来确保人们会再次注意到这个广告。
资料来源：www.helptheaged.org.uk。

营销理念使这个非营利的慈善组织履行了它的使命。交换的物品也必须进行设计（如图 1.1），这样赠送人会觉得获得了回报，信息通过恰当的方式被传播出去，以此吸引资金、展开游说并触及老年人。根据尼尔森媒体调查（Nielsen Media Research）的结果，最近的年度广告开支已经在 400 万英镑左右，其中有 85%用于直接营销，近 10%用于平面广告，剩下的用于电视和电台广告。宗旨可以是非营利导向的，但营销手段和文化可以和许多商业组织一样是专业性的、有重点的（http://www.helptheaged.org.uk）。

小企业营销

如第 12 章将要讨论的那样，小企业营销也创造了它们自己的观点。本书中所展示的大部分营销理论都是根据大型组织总结出来的，相应地，在营销专业技术、管理技能和资源方面的内容比较多。然而，许多小企业仅靠这些是无法生存的。这些小企业通常只有一两个经理，他们必须承担各种管理和经营职能，并且他们常常只有非常有限的财务资源进行投资，开展新市场调研和开发领先的新产品。因此，本书囊括了那些更务实地展示如何运用营销理论和实践满足小企业需求的案例。

国际营销

国际营销是一个已经得到确认的领域，欧洲的开放和技术的进步意味着现在可以更轻松、更合算地在全世界转移产品，这已经成为营销理论和实践中日益重要的一个领域。在本书中，可以找到组织处理市场进入战略问题，以及开发和修改针对不同地域市场的营销组合的范例，这些都提供了一个有趣的营销决策视角。

电子营销

电子营销技术的开发、战略融合和实施，以及新型营销传播媒体的运用，一直是 20世纪 90 年代末 21 世纪初一种迅猛的、令人吃惊的现象。这些技术和媒体拓展了创造力的界限，增强了组织通过更有针对性的和定制的互动传播，发展与顾客一对一关系的能力。这也会在它自己的章节——第 14 章里进行介绍，该章将展示电子营销如何渗透到营销决策中的各个方面。

小结

- 市场营销是交易过程，即，明确准顾客现在需要什么，想要什么，或者未来可能需要什么，然后提供某些能满足那些需求的东西给他们。这样，你给他们提供他们看重的东西，作为报答，他们又给你你所看重的东西，通常是钱。许多（但并非全部）组织开展业务是为了赢利，因此经济、高效地满足顾客的需求并获利是很重要的。这意味着必须对营销职能进行恰当的计划、管理和控制。
- 营销以某种形态或形式已经存在了很长时间，但直到 20 世纪它才得到了迅猛的发展和巩固，成为一种重要的业务职能和开展业务的理念。到 20 世纪 90 年代末，美国和西欧所有类型的组织都采用了营销导向定位，它们都在寻找更以顾客为焦点的方法，例如通过关系营销。
- 营销导向是对日益动荡和艰难的世界的一种必要反应。在外部，组织必须考虑许多不同群体的需求和影响，如顾客、竞争对手、供应商和中间商，他们置身于一个动态的商业环境中。在内部，组织必须协调不同职能部门的活动，充当它们和顾客之间的界面。当整个组织都认识到顾客非常重要，组织的所有职能部门都要推进顾客满意度时，才算是采纳了营销理念。
- 因此，营销的主要任务是围绕明确和满足顾客需求，为市场提供具有竞争优势或差别优势的东西，使其比竞争对手的产品更具吸引力。这些任务是通过使用营销组合——一种实际创造产品的元素的综合体完成的。对大多数有形产品来说，营销组合包括四个要素：产品、价格、地点和促销。对服务型产品来说，组合可以扩展到 7 个要素，加上人员、流程和有形展示。营销人员必须确保营销组合能够满足顾客需求，所有要素相互一致，否则，顾客就会走开，而竞争对手会利用这种弱势。此外，营销人员必须确保营销组合适合组织战略愿景，或是有助于实现长期目标，或是有助于驱使组织朝着希望的方向前进。这些营销原则普遍适用于所有市场中的所有组织。但无论如何应用，基本的理念是不变的：如果营销人员能够在恰当的时间、恰当的地点，以恰当的价格交付恰当产品的话，那他们就大力推动创造了满意的顾客和成功、高效、赢利的组织。

复习讨论题

1.1 把营销描述为"一种交易过程"意味着什么？

1.2 区分四种主要的业务定位。

1.3 什么是竞争优势，它为什么如此重要？

1.4 选择你近期购买的一种产品，说明营销组合要素是如何结合在一起创造出完整的产品的。

1.5 为什么"我们从事的是什么业务？"这个问题如此重要？下述组织：

(a) 快餐零售商

(b) 国家航空公司

(c) 汽车制造商

(d) 美发师

如果完全以营销为导向的话，会如何回答这个问题？

案例分析 1

年轻女王

西尔维亚·罗根（Sylvia Rogan）和
凯瑟琳·罗根（Kathleen Rogan）

过去 10 年来儿童的喜好发生了巨大的变化。受媒体和广告的影响，6 岁女孩们正决定将她们的娃娃游戏置之脑后，她们的焦点现在放到了比她们大的姐妹所喜好的东西上：购物和时尚。年纪很小的女孩儿现在对时尚非常敏感，受到了她们的偶像明星的巨大影响，肯定也希望去模仿这些明星。8~10 岁的女孩子希望变成 16 岁，因此会拒绝她们的小妹妹们会玩的玩具。她们希望被视为是独立、有趣的，穿着时髦的衣服，最重要的是有"街头声誉"。儿童，尤其是女孩儿，正在在更小的年纪购买贵重物品和成年人的商品。作为其中的一部分，现在的许多孩子已经在使用手机、互联网和其他形式的电子娱乐，这又促使着他们抛开传统的玩具。结果"儿童长成了小大人"，儿童市场总体上已经变得非常的不稳定。

布娃娃一直以来在女孩儿们的心目和想象中都占有一席之地，不管潮流如何变化，这都将持续下去。然而由于

贝利兹摇滚天使（Bratz Rock Angelz）给了那些经常模仿流行明星的 10 来岁的女孩子们一个放飞梦想的机会。

资料来源：© Vivid Imaginations http://www.evivid.co.uk。

"儿童长成了小大人",布娃娃必须找出新的方法来吸引女孩儿的注意。它们还必须吸引 7~12 岁儿童的市场,这是目前最有吸引力的群体。

40 多年以来,芭比娃娃一直主宰着全球玩具市场。这个品牌代表着时尚、事业和灵感。实际上,芭比引导着一种非常值得重视的生活,它随着时间的推进采纳了近百种职业,如:宇航员、摇滚歌星、教师和兽医。对于女孩们来说很容易了解芭比所扮演的角色并围绕它产生幻想。妈妈们觉得芭比很安全,即使她不合比例的身材(这经常招致批评)仍会让爸爸觉得相当的不安分。父母和祖父母们都是和芭比一起成长的,仍然是她强有力的支持者。他们对经典的玩具品牌有着根深蒂固的感情,他们仍认为她是孩子们的最佳玩偶。

然而回到"儿童长成了小大人"这一理念,尽管芭比过去曾经吸引过 12 岁的女孩儿们,但现在却是 3、4 岁大的孩子支配着市场。美泰(Mattel)——芭比的制造商——已经意识到,对于它的众多小顾客来说,芭比已经在走下坡路,正越来越被小女孩们认为过于沉闷,她们寻找的是一个更都市化的模特儿。3、4 岁大的孩子喜欢芭比描绘的"可爱的粉红"形象(只要看看仙女一样的形象),而再大一点的孩子的注意力也许就被其他更时髦的娃娃转移了。

2001 年贝利兹娃娃登场了。她们由 MGA 娱乐公司(MGA Entertainment)生产,由 1999 年脱离美泰加入 MGA 的葆拉·特雷纳菲勒丝(Paule Treantafelles)创造。她意识到美泰没有触及 7~10 岁的孩子,觉得这个年龄段的群体想要自我表现和认同。她的答案不仅仅是一个娃娃,而是一个"自我表现"的载体。贝利兹的创意是要反映最新的时尚趋势,吸引孩子。她们的特征是有着一个超大的脑袋和多民族的特色、大大的杏仁眼、撅撅的嘴唇和小巧的身子。她们既时尚又时髦,比芭比更特别,凭借她们时髦的服装和浓妆艳抹,她们都很有趣。与其他时装娃娃不同,贝利兹娃娃是要做小女孩儿而不是成年妇女,因此玩她们的女孩儿可以更容易地认同她们并且更可能羡慕她们时尚的衣着。

有趣的是贝利兹所带动的玩的时尚很适合目标年龄群,因为他们的生活正开始着时尚转,与朋友和社交相结合。与芭比不同,贝利兹没有"背后的故事",也就是说她们没有职业或明确的角色,这样孩子可以让她们成为他们想让她们成为的任何人。另一个不同于芭比的地方是推出了"贝利兹男孩"。虽然芭比确实有男朋友肯,但他完全处于芭比的阴影之下,从来没有得到过真正的开发。贝利兹男孩产品系列提供了一种准男朋友的选择,每个都有他自己显著的特征。这进一步鼓励了有关成人社会

互动主题的真实的角色扮演。

许多父母都不喜欢贝利兹挑逗的形象。存在一定程度的来自某些成年人的反对,这些成年人认为他们的化妆、面部表情和着装风格相当放荡。贝利兹的配件也没有帮助改变这种印象:没有茶具和童话式的马车,而这成为 20 世纪 70 年代芭比魅力的缩影。在他们的地盘是摩托车、冲浪滑板、聚会飞机、音乐会舞台和狂野的西部骏马和马车。凯·希莫威茨(Kay Hymowitz)曾经写过大量关于儿童商业化的文章,他认为营销产业为了利益有意识地强化女孩子的性别意识:"营销人员使'儿童长成了小大人'听起来是自然界的事实。而事实是他们在促成此事中扮演了重要的角色。他们知道你们吸引孩子注意力的方法是使他们觉得更年长、更富有魅力——更性感。"MGA 的观点是不有意地使娃娃性感。娃娃很时髦,现在的时尚是协调而不是性感。为什么把性感的装备放到娃娃身上不合适呢?而此时的事实是这些女孩儿崇拜的名人远不如贝利兹合适。MGA 的调查进一步显示儿童喜欢贝利兹主要是因为她们时尚,而不是因为她们性感。MGA 的总裁并不后悔:"我们要制作孩子们喜欢的玩具,而不是父母喜欢的玩具。他们才是顾客。世界必须改变。"

制造孩子们喜欢的玩具正是 MGA 已经做到的。公司运作着一个焦点小组并且从贝利兹的相关网站收集反馈。近一半关于生活方式的商品创意是由女孩儿们激发的。贝利兹已经通过全球的 350 家授权商将核心娃娃品种拓展到了服装、鞋子、音乐、视频游戏和其他产品。有贝利兹电视剧和系列 DVD,以及标准长度的贝利兹摇滚天使音乐专辑(主题为 20 世纪 70 年代)。然而娃娃品种的创新对于保持兴趣和新鲜度来说仍很重要。例如,2005 年 1 月就推出了庞克(只有男孩儿)和 Pretty n' Punk。这款英国主题的男孩儿和女孩儿玩偶穿戴着格子呢、链子和皮革,配有庞克感的发型和左轮手枪!每个庞克娃娃都配有更换的服装、配件、标签和一只狗,售价约为 18 英镑。

Vivid Imagination 在 2003 年 12 月接手了英国的营销和贝利兹娃娃品牌的分销权。Vivid 2004 年英国贝利兹活动的首要目标是使市场份额在 16% 的基础上翻一番。第二目标是使用"有时尚热情的娃娃"的口号来为孩子建立一种生活方式的品牌,把她们规划为有主见的女孩儿的玩具。此外还开展了一项 200 万英镑的广告活动、迎合时髦的孩子喜好的有针对性的节目,如:"十几岁的迷人女孩塞布丽娜"、旨在覆盖主要的女孩儿杂志的公关活动。还安排了对卫星电视频道 Nickelodeon 的赞助,主要是一个让女孩子为贝利兹娃娃设计服装的电视比赛。结果显示该项策略取得了效果,有 1 万名孩子进入了比赛,这是 Nickelodeon 此类活动有史以来吸引到的最大的反应。与

此同时，销售团队努力增加重要零售商的数量，旨在争取显著的端架陈列。至 2004 年 8 月，《阿尔戈斯》（Argos）已经为贝利兹提供了比芭比更多的目录版面。哈姆利（Hamleys）是一个特别成功的案例。在其伦敦的店铺创办专门的贝利兹区域后的首个周末，娃娃及其他相关产品的销售额增加了 149%。品牌还通过授权商品得到了强化，如：迷你冰箱、内嵌式冰鞋和卡拉 OK 机。这些产品帮助树立了品牌，提供了另外的收入来源，说服零售商重返品牌。至 2004 年 9 月，贝利兹已经取得了 41% 的市场份额，在不到一年的时间里，销售额翻了一倍多，把芭比挤到了第二位。

当然，芭比对此很不高兴，已经开始修补其形象。她已经抛弃了肯并在与一个新的男朋友——布莱因（Blaine）亲密交往，同时获得了一辆摩托车和一块冲浪板，这都属于"超酷"的配件。有卖 24.99 英镑的卡利（Cali）女孩（还有她的马），卖 19.99 英镑的真的可以唱歌的流行偶像娃娃，卖 7.99 英镑的时尚发烧友娃娃，三个小朋友、我的布景、俱乐部生日和日间／晚间娃娃品种（后三种产品有类似于贝利兹的奇异的面部特征）。2003 年为了直接对抗贝利兹，推出了弗拉瓦（Flava）品种，但在 2004 年初被废弃了，因为它没有达到销售的预期。此外，一部《我来到好莱坞》（My Scene Goes to Hollywood）的电影于 2005 年发行，同时还有一部针对孩子的《我的主张》（My Scene）录像。芭比的电影生涯也在进一步发展，有了针对年幼的女孩儿的生机勃勃的电影《梦幻仙境》（Fairytopia）和《芭比与她的神奇飞马》（Barbie and the Magic of Pegasus）。

两家公司间的营销战也许会继续，但最终将由消费者来决定它们的命运。据报道，一个 8 岁的孩子曾说过，尽管她有成打的芭比娃娃（还有车和房子），但她都没有和她们玩，因为它们不像贝利兹一样是 10 来岁的孩子。另一个也是 8 岁的孩子有一个贝利兹娃娃，而她所有的芭比娃娃都被放到了阁楼。有一天她问妈妈是否可以拿回芭比，但又加了一句"不要告诉我的朋友我又在玩芭比了"。贝利兹也许重振了玩偶产业并提高了女孩子玩娃娃的年龄。但也许暗中芭比娃娃仍然受孩子的喜爱，并在被她们玩着——但嘘！不能说，它们的街头声誉正处于威胁之下。

资料来源：Brand Strategy（2004）；Fenton（2004）；Foster（2005）；Furman（2005）；Griiffiths（2004）；King and Kelly（2005）；Marketing Week（2005）；Marsh（2004）；Murphy（2004）；Rowan（2004）；Sook Kim（2004）；Wray（2005）。

问题：

1. 你认为贝利兹在与芭比的竞争中为什么能如此成功？

2. 你认为贝利兹为什么在它的范围内引入如此多的品种？使用营销组合来组织你的想法，你认为贝利兹的营销人员在推出新品种时面临什么问题、风险和挑战？

3. 你认为美泰对贝利兹感到的担忧到了哪种程度，为什么会产生这种担忧？如果你来建议美泰，你的建议是什么？

4. 部分评论家已经对像贝利兹这样的玩具过早使儿童"性感化"，加快"儿童长成小大人"的程度表现出了担忧。你认为这是事实吗？营销人员责任的起点和终点是哪儿？

环境决定市场营销？

The European marketing environment

学习目标

本章将帮助你：

1. 了解外部环境对营销决策的重要性；

2. 评价环境扫描作为一种明确机遇和威胁的早期手段的作用和重要性；

3. 了解欧洲营销环境发展和变化的属性；

4. 明确影响营销环境的主要因素类型；

5. 了解各类因素中起作用的影响力及它们对营销的意义。

导言

　　市场营销，按其准确定义，是一门外向型学科。作为组织与外部世界的界面，它必须平衡内部实力和资源与外部机遇的关系。然而，第 1 章已经显示外部世界可能是一个复杂而难以了解的地方。尽管明确和了解顾客需求是营销理念的核心，但仍有许多因素影响着顾客需求的发展，并影响或制约着组织在竞争环境下满足那些需求的能力。因此，为了对顾客未来的需求有足够的了解，制定使顾客满意的营销组合，营销人员必须要能对外部环境进行分析，并弄清那些最重要的影响和它们的意义。

　　本章将剖析外部环境，并且密切关注各种有助于形成营销思维方向的因素和影响。首先，本章将阐述外部环境的性质，强调为什么要了解外部环境，以及了解可以为营销人员提供的机遇。

　　尽管环境由各种各样的因素和影响构成，但还是可能将它们纳入四个主要标题之下：社会文化影响、技术影响、经济和竞争影响、政治法规影响。本章将依次讨论各种影响，探讨它们所涉及的各种问题以及它们对营销决策的意义。

范例　　近年来，随着消费者更加关注食品加工方式、来源、成分、添加剂范围和性质、食用加工食品的后果，健康和食品加工问题已经成为了媒体着重强调的内容。尽管记忆也许很短暂，但各种恐慌，如：疯牛病及其人类变种、口蹄疫、鸡蛋中的沙门氏菌以及基因改良食品都提升了对欧洲食品链、某些供应商的诚信和集约化农业明智性的关注。于是产生了像动物福利、化学添加剂影响及缺乏可持续性的农业方式等问题。

争论正在继续。法国的一些顶级酿酒商正在向将基因改良葡萄引入阿尔萨斯的计划发起挑战，尽管此提议仅供酒厂试验，而不是生产。作为对公众要求更透明的营养信息的直接回应，现在一种新的易于阅读的营养计算器出现在了凯洛格（Kellogg）的所有包装上。它显示了根据每日应摄取的营养标准（GDA）之上的信息，帮助人们在日常生活中努力达到一种健康、均衡的生活方式。该公司第一个以 GDA 计算器方式将 GDA 引入包装。整个欧洲还在继续努力协调供应商描述产品及其营养和健康益处的方式。已经对促进普遍福利的产品的误导性宣传表示了特别关注，这些产品提供心理上和行为上的效果，部分减少来自健康从业者的帮助和没有代表性的建议。

泰勒·尼尔森·索福瑞（Taylor Nelson Sofres）所做的调查显示，不到 30% 的购物者检查食品标签实际上是为了查看卡路里、防腐剂和添加剂成分，而不管耕作方式：只要觉得"安全"，许多人都不会在意。这意味着许多农民现在正身处陷阱之中。消费者不会为食品支出更多；零售商和加工商想要廉价的供应，而对于可持续和环保农业方式的需求又在上升。同时，全欧洲现在正在慢慢加强贸易限制，因此，廉价产品目前来自于限制更少、食品加工福利压力更小的发展中国家，这对于零售商和消费者来说都是好事，但却不利于欧洲食品生产商。（Doult, 2004; The Grocer, 2004b, 2004c）

顾客更加意识到食品的营养价值，而凯洛格的每日数量指引则帮助个人来控制他们的每日摄取量。
资料来源：© http://www.kelloggs.co.uk。

欧洲市场营销环境

本部分将首先明确环境影响的主要分类，然后讨论环境扫描技术，它是明确影响组织营销策划及实施的威胁和机遇的手段。

营销环境要素

图 2.1 展示了与组织及其直接环境相关的外部环境因素。如图所示，这些因素可以分为四大组，简写为我们熟知的 STEP：社会文化环境（Sociocultural）、技术环境

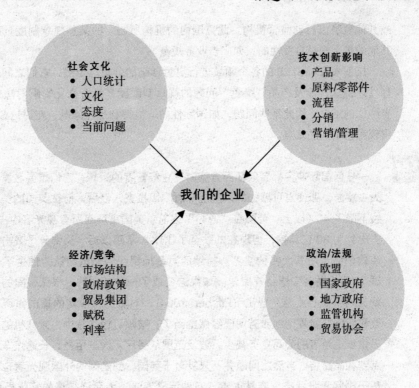

图 2.1　外部环境因素

（Technological）、经济和竞争环境（Economic and competitive），以及政治法规环境（Political and regulatory）。

社会文化环境

社会文化环境与营销人员尤其相关，因为它直接影响到营销人员对顾客的了解和他们的动力。它不仅强调市场的人口统计结构，还关注态度及观点的形成方式和演变情况。例如，健康意识的普遍增强刺激了各种低脂、低糖、低人造成分和无添加剂产品的上市。

技术环境

技术创新和技术改进对营销的所有领域都产生了深远影响。例如，电脑技术改革了产品设计、质量控制、原料及库存管理、广告和其他促销原料、物料的生产，以及顾客信息的管理和分析。互联网开辟了新的传播和发布渠道。技术还影响了新流程和原料的开发，以及全新产品或应用程序的发明。

经济和竞争环境

经济和竞争环境包括影响市场竞争结构的宏观和微观环境，例如，库存和新产品方面的营销投资成本和资金，以及影响顾客购买倾向的经济环境。

政治法规环境

政治法规环境包括政府控制的外部势力，包括本国和欧洲政府，以及地方权力机关，或其他贸易或行动监管机构。此范围内的机构所制定的某些规章制度具有法律效力，而其他的规定则是自发性的，如广告业务规范。

接下来将对 STEP 的各个领域进行更为详细的分析。当然，它们之间有很强的相互依存性。例如，涉及产品"绿色"问题的规章制度就是社会文化影响对法规制定者和管理者施压的结果。因此某些问题，如国际性的、道德和环保问题，在讨论 STEP 各要素时会出现稍稍不同的观点。

范例

任何国际冲突都会破坏西方旅游产业经营者的运转，它们想要激发我们中的更多人去旅游，即使当可感知的风险上升时。伊拉克入侵后，前往英国的美国游客数量直线下降了 40% 以上。英国在"9·11"之前，美国市场在所有观光者中占到了约 20%，支出约为 30 亿英镑，但现在却跌至了 13%。从那以后，恐怖分子袭击、非典和美元疲软削弱了所有大幅的复苏。持续的对基地组织的恐惧被认为催生了一种"掩体心理"，西方游客宁愿待在家里。如果这变成了一种长期的、根深蒂固的态度的话，那就真的要担心旅游产业了（Pitcher，2004）。对旅游供应商的撞击作用，尤其是在伦敦和斯特福德到雅芳河已经感觉到了：被预订饭店减少、乘飞机的旅客减少、众多依靠旅游者的公司业务减少，波及范围从餐厅、汽车租赁、长途汽车旅行、观光景点到礼品商店。当然此问题并不只针对于英国。到法国的外国观光者也在下降，这是基于国际紧张状态、森林火灾、石油污染海滩、大西洋彼岸的紧张局势、传染性疾病、公共部门罢工和强势欧洲的共同作用（Barber 等人，2003）。

环境扫描

即使对 STEP 因素的简要讨论也开始展现了营销环境的重要性：因为营销是要对外观察并满足顾客需求，所以组织必须考虑现实世界正在发生的事情。营销环境会呈现出许多机遇和威胁，它们会对营销组合的所有因素产生根本性影响，正如我们在本章开头的欧洲食品加工商案例中看到的那样。例如，在产品方面，STEP 因素帮助明确了顾客到底要什么，有可能（合法地）为他们提供什么，以及应该如何包装和展示这些产品。定价也受外部因素，如：竞争对手的价格政策、政府赋税和顾客承受力的影响。STEP 因素还影响着促销，通过法规来限制促销，但也激发了创造力，制作恰当的信息捕捉时机、吸引目标受众。最后，制造商与零售商或其他中间商之间关系的牢固程度也受外部环境的影响。分销渠道各层次的竞争压力、技术对联合开发产品和实施物流配送的推动、人们购买地点和方式的转变都有助于形成跨组织关系的性质和方向。

然而，问题是环境是动态的，随时都在发生变化。因此，组织必须跟上变化的步伐，甚至预见变化。只知道今天正在发生什么还不够：此时组织已经根据信息采取了行动，并在此基础上执行了决策，这太迟了。组织或是看到变化的早期征兆然后快速采取行动，或是设法预测变化，这样就可以恰当地计划未来的营销供应。

为了成功地做到这一点，组织需要进行环境扫描，就是从更广泛的可能会影响组织及其战略营销活动的营销环境中收集和评估信息。这些信息可以来自各种渠道，如：经验、人员接触、公开的市场调研、政府统计、贸易原始资料，甚至通过专门委托的市场调研。

　　扫描方法会有所不同，从极有组织、极有目的扫描，到随机的、非正式的监测都有。就像阿圭勒（Aguilar, 1967）所指出的那样，正规的扫描会非常费钱、费时，因为为了捕捉所有可能会对组织产生影响的信息，必须把网撒得非常开。关键是要知道那些是重要的，必须按照什么行事，以及可以获得什么。

> **范例**　　评估任何一条信息的重要性以及是否应该遵照该信息行事时，涉及大量的技巧和感觉。例如，沃尔沃就没有注意到预示将要出现"载人工具"和四轮驱动汽车市场的早期信号，由此错过了两个市场的成长阶段。为汽车行业供应零件的组织也必须对喜好和潮流的变化保持警觉，以便计划生产。汽车产业分析家预测欧洲对气囊的接受不会像美国那么容易。而实际发生的情况是乘车人很快喜欢上了这个创意，开始要求把气囊作为一种标准配置。汽车制造商多少有些措手不及，随即给供应商施加了不少压力以便迅速满足这种需求。

　　因此，环境扫描是一项重要的任务，但往往也是一项困难的任务，尤其是在信息的解读和执行方面。下文将更详细地分析 STEP 各要素，进一步揭示影响组织营销活动的影响力和信息的范围及复杂性。

社会文化环境

　　了解社会文化环境对组织直接或间接地满足消费者市场来说绝对是非常重要的，因为这些因素从根本上影响着顾客的需求。这里所讨论的许多因素在第 3 章和第 4 章中还会再次关注，因此这里只是简要地概述人口统计和社会文化对营销思想和活动的影响。

人口统计环境

　　人口统计是对人口结构和概况可量化的方面进行研究，包括年龄、规模、性别、种族、职业和分布等因素。由于出生率的波动和预期寿命的提高，人口细分的变化为营销人员创造了挑战和机遇，尤其是当信息与家庭结构和收入数据结合起来时。

　　营销人员最感兴趣的一个人口统计群体被称为"银色市场"，它由 55 岁以上的人员构成，55 岁以上人群在许多欧洲国家占到了总人口的 20%~30%。这个数字还在增长，由于健康保健和财务计划的改善，大部分人有能力进行高水平的休闲消费，特别是当他们还清了所有抵押或类似的长期债务，而又没有需要抚养的孩子时。根据香农（Shannon, 1998）的观点，"年龄段营销"对于寻求迎合该目标人群的组织来说，在广告主题上需要一种完全不同的观点。态度正在发生改变。例如，对德国 50 岁以上人群的调查就显示，他们越来越重视通过消费获得享受，而不是节俭和克己。要有效地与此年龄段人群进行沟通，现在的重点就必须是反映态度和生活方式，而不是强调以年龄为基础的老一套。

范例　　　传奇假期（Saga Holidays）发现必须重新定义它关于最适合瞄准的目标市场的理念和准顾客需求概念。20 世纪 90 年代，传奇将其重心从 60 岁以上人群转移到 50 岁以上人群，同时，从单纯的旅游经营转向多样化经营，运用品牌推出针对同一目标市场的出版和金融服务产品。然而，它也发现单是年龄并不是一个好的度假偏好指标。较之 10 年前的 50%，现在有超过 90% 的顾客希望到国外度假。他们也决不想在贝尼多姆或海滨度假区呆上两周。漂流、丛林跋涉、登山和骑大象旅行都在议程之内，因为该人群在观点和愿望方面都变得非常多元化。

　　明确其目标市场后，传奇热心于在 50 岁以上人群中保持良好的顾客关系和高知名度。交叉销售现在是其营销的一个重要部分。它销售各种保险：家庭保险、汽车保险、旅游保险、医疗保险、船舶保险、车队保险等。它拥有 3 家地区性广播电台，每周共吸引 85.5 万名听众，并且还提供信用卡和打折电话服务。它拥有英国第二大的期刊，拥有 125 万拥趸，其中约有一半来自这本期刊。这种交叉销售的基础是它 650 万个家庭的数据库。该数据库被小心地管理着，这样传奇可以了解单个顾客的行为，以便预测出对特定产品的反应。

　　然而，业务的核心是保持它的度假产品。1996 年，传奇购买了游轮"传奇玫瑰号"，这是唯一一艘专供 50 岁以上人群使用的游轮：儿童和学生概不接待！另一艘船"传奇红宝石号"于 2005 年开始为传奇航行，又为 50 岁以上人士提供了有足够空间进行放松和社交的设施。

　　总体来看，该市场看涨，因为未来 10 年 50 岁以上人口将增加 20%。这加上富足程度的增加，意味着这艘船将开始一段美妙的航程。无论增加什么业务，主张都是一样的：为"年龄成熟，内心年轻"的人提供无忧无虑、周密组织，精心设计的服务。（Ashworth, 2003; Chesshyre, 2001; Milne, 2003; Precision Marketing, 2003; http://www.holidays.saga.co.uk）。

　　显然，家庭规模和收入也是决定家庭需求及满足这些需求的能力的一个基本因素。

　　来自欧洲透视（Euromonitor）的数据（2001）显示，大部分欧洲国家正在经历家庭平均规模缩小的模式。营销人员也要留心这些变化并相应调整他们的产品。单身家庭比例的明显增加将影响全系列的营销供应，例如，单独度假、小型公寓、背包尺寸、广告方式和家庭固有模式。

　　可自由支配收入的水平（即税后收入）以及家庭对存钱或花钱的选择也很重要。表 2.1 就展示了欧洲可自由支配收入开支的差别。

　　显然，住房是一笔基础性开支，但整个欧洲住房在收入中所占的比例却大相径庭，匈牙利、葡萄牙、西班牙和英国在住房上的开支比例最低。然而，再看食品一栏，在东欧国家，欧盟的最新成员国，人们在食品上的花费占总开支比例就相对较高。在其他某些项目中，匈牙利人喜欢交流；瑞典人和英国人喜欢休闲；波兰人和西班牙人对教育则很认真；葡萄牙也许是欧洲穿得最好的国家；而捷克人似乎很享受他们的美酒！当然，开支模式在某种程度上会受国家收入水平和相关价格的制约。

表 2.1 2003年消费者开支(按对象)(%分析)

选定的欧盟成员国

选定的欧盟成员国	食品和非酒精饮料	酒精饮料和烟草	服装和鞋类	住房	家居用品和服务	保健产品和医疗服务	交通	通讯	休闲娱乐	教育	酒店/餐饮	杂货和服务
捷克	18.9	8.7	5.5	20.8	6.1	1.7	10.7	3.9	10.2	0.6	7.6	5.4
丹麦	12.6	4.5	5.0	28.8	5.9	2.8	11.9	2.2	10.3	0.8	5.5	9.7
芬兰	12.8	5.9	4.6	25.2	4.9	3.9	12.4	3.4	11.1	0.5	6.5	8.9
法国	14.6	3.4	4.6	23.4	5.9	3.7	15.1	2.3	9.1	0.6	7.6	9.7
德国	12.2	4.0	5.9	25.4	6.7	4.2	14.3	2.9	9.2	0.7	4.4	10.0
匈牙利	18.8	8.0	4.3	17.5	6.7	4.0	15.7	5.5	7.9	1.1	5.4	5.1
爱尔兰	7.6	6.2	6.3	22.4	7.3	3.2	10.2	2.7	7.1	0.9	17.2	9.1
荷兰	10.9	3.2	6.1	20.5	7.0	4.2	11.8	4.0	11.5	0.5	5.7	14.6
波兰	20.8	7.0	4.3	25.3	4.5	4.6	13.1	1.7	6.6	1.5	2.9	7.7
葡萄牙	18.8	4.2	7.6	11.0	7.0	4.6	16.8	2.6	6.6	1.4	9.7	9.7
斯洛伐克	22.2	5.4	4.5	26.9	4.5	1.5	9.2	3.9	8.8	0.9	6.6	5.6
西班牙	15.9	3.1	6.3	14.4	5.8	3.4	12.1	2.6	8.3	1.6	19.4	7.0
瑞典	12.5	4.1	5.6	28.5	5.0	2.7	13.1	3.3	12.2	0.1	5.2	7.7
英国	9.4	4.0	5.8	18.1	6.4	1.7	15.0	2.3	12.1	1.4	11.7	12.2

由于四舍五入，横排总数也许不等于100。

资料来源:改编自 Euromonitor(2005)European Marketing Date and Statistics 2005, 40th edition, London: euromonitor, Table 6.2, pp.174-175。

这些开支模式并不固定：它们不仅会因家庭人口和经济结构的变化而变化，还会因社会文化的影响而变化，这在下一部分将会论及。一项超越了人口统计和社会文化问题的因素是就业模式，尤其是社会中职业女性的数量和失业率。这不仅影响到家庭收入，还影响到购物和消费模式。

社会文化影响

人口统计信息只描绘了一幅非常粗略的正在发生的事情的图画。如果营销人员想要一种真实的立体感受的话，那对社会文化因素进行一些分析也是至关重要的。这些因素包括更加量化的评估，这比分析和掌握人口统计的切实情况要困难得多，并且可能会遇到不可预知的变化，但对于一个真正的营销导向型组织而言，这种努力是值得的。

随时间而发生改变的一件事情是人们对生活方式的期待。曾经被认为是高端市场奢侈品的产品，如电视机和冰箱，现在被当成是必需品了。由奢侈品变为必需品显然扩大了潜在市场，并且拓宽了营销人员创造各类产品和服务的范围，使这些产品可以适合于一定的收入水平和用途。以电视机为例，市面上有各种外形、尺寸和价格的电视机，从袖珍手提式，到适合儿童卧房的廉价、小巧的机型，再到庞大的、技术先进的、代表当今技术发展水平的拥有等离子屏幕和数字接入能力的电视机。这种多样化鼓励家庭拥有一台以上的电视，进一步提高了市场销量，尤其是随着技术和生产流程的改善以及规模化经济进一步降低了价格。

拓宽品味和需求是另一种社会文化影响，这一部分是由营销人员自己推动的，一部分是由消费者激发的。营销人员通过持续创新和营销传播，推动消费者厌恶旧的、标准的、常见的产品，而要求更大的便利、更多的品种和变化。

> **范例**　在整个欧洲和美国，食品柜台的销量都在下降。这表明青年一代更愿意购买预先包装好的食品，因为这样更方便而且不需要在柜台前排队。时间对许多消费者来说变得越来越宝贵，排队会成为一件真正的烦心事。法国熟肉和熟食生产商玛德润奇（Madrange）正试图通过引入"美食快递"来挽回超市的销量损失，这是指将畅销肉类和奶酪预先切成片，然后用食品袋包装起来，打上"保鲜"标记，这样它们就可以在食品柜台的"待售"区销售了。这看似是一种食品包装，但标明了生产信息、重量和价格。希望预先包装选项会吸引购物者，它综合了精选食物、新鲜度和自选的快捷与便利。它还在食品柜上为更新奇、更稀罕的地方特产腾出了空间，这些产品也很受购买人的欢迎（Hardcastle, 2001）。这种理念现在已经被英国连锁店特易购所采用（The Grocer, 2004d），并且实际上，在 AYLESHURY 近期的店铺扩张和重新装修中，食品柜台的规模也大幅减少了，引入了专门的"抓了带走"食品区。

流行和时尚也与消费者对新刺激的好恶有关。服装市场尤其感兴趣的是使消费者对衣柜中已有的相当耐用的服装产生厌恶，让他们每季都外出购买新的衣服。对于某些消费者来说，重要的是通过拥有最新的产品和最新的游行时尚来展示他们的社会融合和身份，无论是通过服装、音乐还是美酒体现出来。然而，将产品和潮流挂钩也许会导致营销问题。根据定义,潮流是短暂的,只要一普及,引领潮流者就会转向某些新的、不同的事物。因此,营销人员必须在他们能够收获的时候收取回报,或者找出办法使产品摆脱与流行的关联。

社会中比流行时尚更根深蒂固的是潜在的态度。这些变化比起潮流来要慢得多,营销人员更难对它们产生影响。实际上,营销人员更可能对现有的或新出现的态度进行评估,然后进行调整或发展来适应它们。正如图 2.2 中可以看到的那样,在许多领域中,社会态度的改变影响了营销方式。下面将分别进行讨论。

环境问题

环境问题近年来一直是重要的关注点,这个问题已经促使消费者更严格地考虑所购产品的原产地、含量和制造流程。例如,消费者希望制造产品时污染最小,并且寻求放心,可能的话,希望产品来自可再生资源。许多纸制品现在开始注意强调它们是用来自经营林的木材制造的,这些森林在采伐后会进行复植。本着同样的精神,消费者也要求去除不必要的包装,而且包装应该可以回收。

动物福利

动物福利问题与环境意识有关,它通过多种形式表现出来。在动物身上的产品测试对于许多消费者来说,已经越来越无法接受,因此,越来越多的化妆品和盥洗用品宣称它们没有在动物身上做试验。例如,化妆品零售商 The Body Shop,在此问题上公开站到了前头,就自己的产品向相关消费者作出保证,并且公布最恶劣的动物试验滥用。

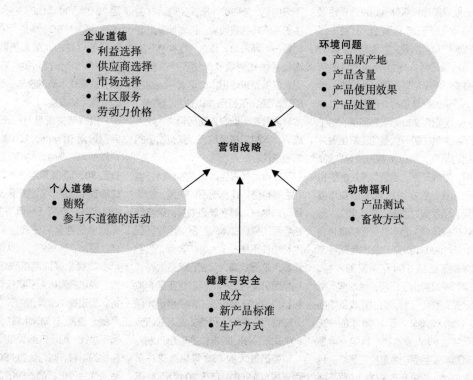

图 2.2 社会态度对营销战略的影响

拯救树木，保护森林

亚马逊珍稀森林公司（Precious Woods Amazon.）为它在热带地区可持续伐木产业上的纪录感到自豪。这家瑞士公司成立于 1994 年，是为了展示商业伐木和可持续性能够共存而成立的。其他伐木商，如杰塔（Gethal），尽管有商业利益，也跟着采取了有计划的森林管理方法来确保对雨林的保护。森林管理意味着实施恰当的木材盘存（分布、种类、测量）、采伐计划和漫长的采伐周期。这通过证书和加贴标签来支持，它们清楚地告诉消费者所进行的是负责任的采伐。森林监管委员会（FSC）的形成甚至被像绿色和平组织这样的压力集团认为是使企业更负责任的重要一步。获得 FSC 的证书意味着已经达到了严格的社会、经济和环境标准。亚马逊珍稀森林公司将选择性采伐周期控制在 25 年以上，并且一直设法保护河道以避免水土流失。部分约定还包括永久保留 25% 的林区和不得使用杀虫剂或化学品等原则。

亚马逊雨林是地球最后的处女地之一。面积为 230 万平方英里，由于每年从大气中吸收大量的二氧化碳并转化为氧气，所以被称为地球之肺。然而，土地开垦，通常是通过燃烧和乱砍滥伐，已经导致 40% 的森林被毁灭。尽管努力地制止森林采伐，但据估计每年有 1 万平方英里的森林消失。自 1990 年以来，伐木者已经非法采伐了价值 2.04 亿英镑的木材，其中有些被卖出了巴西，当地官员常常是睁只眼闭只眼，有时还收取贿赂（Usborne,2005）。在 2005 年的一次打击中，89 人被逮捕，其中一半是政府官员。当务之急是控制事态。科学家估计，如果非法采伐的速度不降

对珍稀森林公司来说，在选择合作的伐木公司时，亚马逊森林的管理和可持续性是重要的因素。在亚马逊，在决定采伐对象前要进行仔细的树木存量盘点。

资料来源：© Precious Woods Holding Ltd. http://www.preciouswoods.com。

下来的话，到 2030 年，热带雨林的生态系统将会被毁灭。那对地球之肺将是一个坏消息。那么，这些情况对市场营销和消费者产生了什么影响呢？这就要求热带木材形成一条动态的活动链，该链条可以追溯回森林。木材消费与人均收入密切相关：收入越高，木材消费量越大，就有越多的树被砍伐。

如果消费者更以环境为导向，他们会看标签，作出明智的决策，购买最好的木材。著名制造商提供来自严格管理的森林的木制产品。尽管环保木材也许不是一个很好的卖点，但它正越来越受欢迎，只要它被变为设计出色的又买得起的产品。这正是 FSC 标签给具有环保意识的消费者更大保证的地方。然而，尽管如此，据估计 80% 由巴西出口的木材是非法砍伐的。

英国最大的 FSC 零售商之一是百安居（B&Q）。它在 20 世纪 90 年代的 FSC 产品销售中名列前茅，并且在供应工巧匠和园林设备所用的木材上仍然保持着有竞争力的价格。不幸的是，许多其他制造商并不跟随百安居的带领。欧洲和美国对木材的需求，以及需要更多的牧场来饲养牲畜以便供应北美的餐桌和全球的超市，这都加速了非法贸易。管理要更负责任，需要从雨林的后退中获得更多的土地。

对于雨林的未来有两种截然相反的观点。"FSC 计划"创立于 1993 年，它使环境保护者能够与商业伐木商进行协商，而不是对抗。认证和森林全面管理给伐木者提供了一种继续经营的方式，而且来自 WWF、绿色和平组织和地球之友的压力也小得多了。生态管理、团体介入和良好的用工制度都是方针的组成部分。在过去，欧洲和美国的热带木材市场已经因 20 世纪 90 年代的联合抵制运动而关闭。但"FSC 计划"可以使它们重新开放，并由此刺激巴西更多的采伐。"FSC 标签方案"在全球的实施，根据伐木商的说法，促使了"道德采购"的发生。

拉斯柴夫斯基（Laschefski）和弗雷瑞斯（Freris, 2001）表达了另一种不同的观点，他们质疑在雨林恢复到 30 年前的平均水平之前继续采伐的整个依据。对他们来说，FSC 通过生态关注标签已经赋予了采伐无根据的合法性，它使商业采伐得以继续。目前，96% 的经过认证的森林归产业规模化采伐商或政府所有。然而，通过把道德购买责任转嫁给消费者，假设德国或英国的买家知道绿色产品，重视"FSC 计划"，并且准备多花点钱，而不去购买违反 FSC 方针采伐的木材。他们认为 FSC 营销证书使采伐合理化，而此时的首要任务应

该是保护和重新造林。这些观点遭到了亚马逊珍稀森林公司的强烈反驳。

问题实际上又回到了发达国家和发展中国家的消费者身上。未来几年要求巴西增加出口的压力更大。东南亚森林的破坏、中国木材需求的迅猛增长，以及欧洲和北美对优质木材永无止境的需求，都将给伐木者带来越来越大的压力，迫使他们消耗更多的森林，即使是在控制基础上。因此下次你从零售商那里购买木材时，也许你应该发挥你的作用，问问它是否经过了 FSC 的认证。你也许就帮助拯救了世界上最后的、最大的生态系统的一部分。

资料来源：Barr（2004）；Laschefski and Freris（2001）；Montgomery（2003）；Munk（2004）；Usborne（2005）；http://www.disasterrelief.org；http://preciouswoods.com。

动物福利另一个引起公众关注的领域是集约农业生产方式。例如，公众强烈反对电池蛋的生产，这为放养家禽蛋创造了新的市场机会，因为消费者需要选择，并准备付出代价。同样，户外饲养的猪肉和有机牛肉开始在超市出现。压力集团正越来越善于运用广告和促销技巧来激发民意。

健康意识

健康意识在消费者市场背后的思想中起到了重要作用。由于对吸烟有害认识的增强，烟草市场遭受了重创，来自健康说客和公众的压力还导致了烟草产业法规的增加。食品也按照健康意识进行了重新评估，人们要求食品含有更多的自然成分、更少的人工添加剂，要求低盐、低糖。与此相关，低卡路里产品市场也得以扩张，满足那些想要享用大量美食，却又要减肥或者至少觉得他们的饮食是健康的人。

> **范例**　一项研究表明普林斯（Princes）腌牛肉中含有维生素 B3 和锌之后，该公司认为它将成为该行业的优胜者，因为这两种成分都与男性的生殖能力有关。亨氏拥有长期的营养学传统，几年前就决定将重点放在健康议程上，将其烘焙豆中的盐分减少了 20%，并继续减少它其他食品中的盐分。通过在促销中再次强调健康和营养价值，连同推出新的冷冻和健康产品，以及更详细的标签系统，亨氏公司希望证明其对健康食品的承诺。也许这就是一个关于"绿色的、有意义的亨氏"的案例（The Grocer, 2000; Harrison, 2004）。

健康意识还会导致与健身相关的产品和服务的繁荣。各种各样的健身俱乐部、有氧运动班、体操录像带、运动服和教练都受益于健身热潮。

个人道德

环保、动物福利和健康都可以被看做道德问题，除了对这些问题的关注之外，人们对于他们生活的其他方面哪些东西是可以接受的态度也发生了微妙变化。在西方社会，可以应付的个人债务现在被视为是稀松平常的事情。租购协议、各种各样的贷款和信用卡提供了现在就实现期待的生活方式，以后再还钱的手段。老一辈人也许更倾向于主张如果你想要某种东西，你就攒钱，当你买得起的时候再一次性买下。今天的消费者却更倾向于通过消费放纵自我、满足欲望，而没有太多的负疚感。必须说，这是营销人员公开鼓励的，他们希望我们相信，作为个体，我们是特殊的，理应获得最好的东西。实际上，迪特玛和佩珀（Dittmar、Pepper, 1994）的一项调查显示，青少年，不管他们的社会背景如何，通常对拥有贵重财物的人的印象要好过没有的人。换句话说，物质主义似乎在对他人的感觉和态度方面起着重要的影响作用。

企业道德

在各种压力集团和刨根问底的媒体的鼓励下，消费者现在希望看到更高层次的企业责任，以及公司在公开性方面更大的透明度。顾客可能会通过消费来对雇员关系、环境纪录、营销做法或顾客关怀和福利方面的负面宣传作出反应，他们可能会避开某个组织和它的产品。例如，麦当劳非常关注坊间流传的关于其牛肉和它在南美雨林的故事，斥资开展了大规模的营销传播活动来重建声誉。The Body Shop 也再次着重突出了它在营销方面的企业道德，例如，强调它对发展中国家及土著民族的"贸易非援助"方针。

> **范例**   巧克力制造商通常被认为遵守了企业公民的高标准。像雀巢、吉百利和好时（Hershey）这样的公司是通过国际商品市场大量采购可可豆，所以和数以千计的种植可可豆的小农场，特别是在西非的小农场几乎没有接触。因此，当联合国儿童基金会和英国第四频道谴责西非，尤其是象牙海岸的 100 万家可可和咖啡农场中，有部分农场的移民工是在和奴隶差不多的条件下工作时，引起了轩然大波。糖果行业迅速委托独立的自然资源研究所（NRI）进行调查，随后的结果发现几乎没有可供辩解的证据，只能建议应该在更广的社会经济层面对可可生产进行检查。鉴于所有小型独立农场都卷入其中，所以很难进行管制，而巧克力制造商又怎能使自己免遭这种责难呢？像童工这样的感性问题可能会对企业形象造成巨大影响。因此，制造商的焦点现在转移到了可追溯性上，这意味着一旦发现任何虐待工人的情况，可以立即追查到详细的可可或咖啡豆的来源并采取行动。对于像国际反奴隶制度组织这样的机构来说，这是唯一能使糖果业巨头百分之百确保不使用违规农场的办法。在这一点上，追溯巧克力的源头几乎没有什么利益，因为大部分责任要由中间商来承担，但自然资源研究所认为，真正的企业社会责任意味着从根本上关注整个供应链。基本上说，可追溯性将会增加成本，而费用只能由消费者或巧克力制造商来承担（Watson，2001）。

消费者主义与消费者影响力

上面讨论到的许多影响力如果没有成为有组织的群体行为的话，也许永远不会保持下来并产生重大意义。它们自身常常要使用营销技术并通过媒体进行宣传，快速提升问题的知晓度，并提供民意关注点，才能制造氛围从而帮助集聚动力。

英国消费者协会长期致力于通过立法来保护消费者权利，例如：获得安全产品的权利和获得所购产品完整、准确的信息的权利。此外还就特别问题游说政府和其他组织，消费者协会也向消费者提供独立的信息，对各类竞争性产品的特性、性能、和物有所值性进行测试和比较。这些信息通过《哪个？》（Which）杂志公布。同样，电脑和高保真等领域的专业杂志也会对读者感兴趣的产品进行比较测试。

> **范例**　　捕捞金枪鱼这种活动，受到了"消费者力量"运动的影响。多年来，英国公众一直非常喜欢购买听装金枪鱼，除了价格、口味和罐头成分的品质之外，他们并没有考虑其他问题。在媒体的帮助下，绿色压力集团公布了这样一个事实，即用于捕捞金枪鱼的渔网还捕到了海豚，海豚无法逃脱只能绝望地死去。改变渔网的设计可以使海豚得以逃脱从而免遭伤害。公众大声疾呼，金枪鱼罐装商不得不采取行动维持销量。设在美国的地球岛屿研究院（Earth Island Institute）就是为了监控金枪鱼的捕捞，确保不发生海豚误杀而成立的。该研究所得到了所有主要的金枪鱼品牌的资助，因为它可以让消费者对他们的选择放心，并且保证注册标志只能用于经过批准的罐装商所生产的罐头。接下来又对罐装商进行了监督，确保它们的补给品是在指定区域，用所推荐的方法（The Grocer, 2001）捕捞的。此类团体的活动不仅有助于改变企业在特别问题上的做法，比如金枪鱼捕捞，还加快了大众文化的变革，它唤起了组织的社会意识（只有部分组织是出于害怕负面宣传，害怕失去顾客），并且提升了消费者希望企业所具有的企业公民的标准。
>
> 　　迄今为止这种活动并没有减少金枪鱼的消费，2003—2004 年儿童对金枪鱼的消费还增长了 6%，这表明负责任的捕捞并不一定与负责任的消费相冲突（The Grocer, 2004e）。

　　诸如地球之友和绿色和平组织这样的绿色团体给组织造成了高调有时甚至是激进的压力。尽管它们的兴趣是更广泛而无私地关注生态，而不是消费者权益，但它们也认识到企业损害环境、野生动植物和生态的做法会部分受到"反向"压力的阻碍。这就意味着要提升组织核心顾客的意识，改变他们的态度并调整他们的购买习惯。

　　顾客也被鼓励着考虑个人的健康和地球的健康。这有时由政府资助（例如，通过英国政府卫生部），有时则是由具有特别影响的独立团体资助，像"吸烟与健康行动"组织（ASH）或英国心脏基金会，公众被力劝改变他们的生活方式和常规饮食。一旦公众普遍了解并认识到过量摄入这样、那样的东西是不健康的，食品制造商就会迫不及待地扑向流行，提供满足新兴需求的产品。

> **范例**　　对全脂牛奶含有大量胆固醇的认识导致了向半脱脂奶的转移，半脱脂奶保留了大部分维生素和矿物质，但减少了脂肪。有时健康问题甚至不需要有组织的团体的支持来吸引公众想象力。媒体一阵风似地报道调查显示吃糖实际上有助于减肥，这曾使许多人满怀希望地把手伸向了饼干桶，当然，纯粹是出于医疗考虑。

　　当然，压力团体和消费者机构的存在并不只是为了对组织指手画脚。它们也鼓励和支持好的做法，而这种支持对于组织来说是非常重要的。一名没有某类产品购买经验的消费者，或者这种购买对他来说意味着不断的投资，很可能会寻求独立的专业人士的建议，因此，制造商的产品如果被像《哪个？》之类的杂志列入最值得购买名单，就会在竞争中抢得先机。组织也可以委托像消费者协会或良好家居研究所（Good Housekeeping Institute）这样的独立机构进行产品测试，以此证明它们的产品功效，并将"独立专家意见"作为意外惊喜加入它们的营销。

技术环境

在日益变化的世界中，创造、推出和维持一种新产品较之任何时候都更为费钱和困难，没有组织能够承受因忽视技术环境及其趋势所付出的代价。

牵涉的成本和风险可能会非常大，因为无法保证一项研发项目能够成功地产生可以商业化运作的解决方案。不过，许多组织感觉到需要投资进行研发，认识到如果不这样做的话，它们就会掉队，并且它们非常乐观，认为会拿出某些具有无与伦比的差别优势的东西，而这会使所有付出都变得值得。

> **范例**　IBM 公司在追求处于创新曲线顶点并保持竞争力的过程中，对研发是非常认真的。尽管它已经知道这并非易事。起初，世界是在 IBM 主机和数据库上运转，但向小型网络化电脑发展的趋势意味着竞争对手夺走了 IBM 的市场份额。20 世纪 90 年代，IBM 想在快速发展的技术产业中重获支配地位。寻求技术上的领先地位意味着要了解市场的发展并发现可能提供机遇的领域。IBM 拥有 8 个研究实验室，雇佣有 3 000 名研究人员，拥有 4 万项专利。
>
> 　　IBM 实施的研究一直是高级别的。传统上它每年都是英国发布专利最多的公司：它的实验室发明了磁存储器、第一种电脑语言（Fortran）、关系数据库、扫描隧道显微镜。然而，IBM 研发的优先项目发生了变化。尽管它正着手研制"千足虫"(Millipede)，一种用于数据存储的极小的机械装置，但却不由 IBM 来制造，因为 IBM 已经将其存储器部门卖掉了。IBM 正在由一家主营产品的公司向主营服务的公司转变，提供程序和复杂应用软件的创新性解决方案。

要从商业性技术开发中获得最大利益，研发和营销人员必须密切配合：研发可以提供技术诀窍、解决问题的技巧和创造力，而营销人员可以通过调查和市场需求方面的知识，或是通过为全新的产品找到市场定位来帮助引导和修改流程。这主要又回到了"我们从事的是什么业务？"这个问题上来。任何认为自身的存在就是解决顾客的问题，认为自己必须通过提高质量、降低成本或更吸引人的产品包装不断找寻更好的解决方案的组织，都会成为技术环境的积极参与者和观察员。这方面的一个著名案例就是意大利企业奥立维迪（Olivetti），该公司从制造手动打字机起家，然后转向了电脑，因为它看到了文字处理器有可能取代打字机成为制作商业文件的手段。

技术环境是一个快速变化的环境，对于组织及其产品具有深远影响。技术进步会影响到企业的方方面面，现在将对其中的某些方面进行简要研究，以便揭示技术对营销实践所产生的巨大影响。

原料、零部件和产品

消费者往往将产品以及构成产品的原材料和零部件视为理所当然，只要它们能发挥作用，兑现营销人员的承诺。然而，技术确实改善和增加了消费者从产品中所获得的好处，并且提高了对产品的期望值。有些技术的应用对于消费者来说是看不见的，有影响的原料和零件隐藏在现有产品背后，例如，减少有害气体排放的汽车引擎，而其他技术则创造了全新的产品，例如具有"录像"和"回放"功能的DVD播放机。

对许多产品市场产生了革命性影响的一项创新是微芯片。它们不仅是我们家用电脑的心脏和灵魂，还为我们的洗衣机、DVD播放机、录像机和许多其他东西设置了程序。微芯片与产品的结合提升了产品的可靠性、运转效率和产品所能执行的高端功能的范围，所有这些在成本上都是非常合算的。这接下来又提高了顾客对产品性能的期望，并改变了他们对成本、质量和价值的态度。

技术不仅与有形产品有关，它还影响着产品的包装。轻型塑料、玻璃，再生和可回收原料以及罐头结合而成的设计赋予了罐装啤酒散装的特性和品质，这就是包装创新的范例，它使产品更加诱人，强化了它们的形象或是降低了成本。

生产流程

生产流程中所发生的事情可以促进或阻碍营销承诺的达成。例如，更有效率的生产可以增加产量，从而满足更大的需求或降低生产成本，给定价决策提供更大的空间。生产还有助于改善和保持产品质量，不断提升顾客满意度。这里有一些范例，其中技术对生产流程产生了影响，并直接影响到了营销活动。

电脑辅助设计（CAD）和电脑辅助制造（CAM）系统使产品的设计/规划、测试和生产发生了根本性变革。在设计方面，如果要对书面计划和构思进行更新的话，技术可以使创意形象化，并对其进行快速测试，决定接受还是否定它。同样，电脑控制的生产系统能比人力操作的系统更迅速地完成任务，并且更稳定，错误更少。当这些技术与成熟的质量保证和控制技术结合起来时，顾客所能获得的将是以更好的状态，更快速地进入市场，或许还更便宜、更可靠的产品。

原料处理和浪费最小化也是高效、经济的生产管理所关注的问题。需要密切监控原料库存；在大规模操作中，需要对原料的摆放进行规划，这样它们能够被快速地取用，并使原料在现场周围的运输时间最小化；原料的包装和捆扎也要计划，以便平衡充分保护和货物识别之间的冲突，确保它们可以被快速拆开并投入生产。电脑计划模式和先进的包装技术都有助于提高这些领域的效率。

管理和分发

如果支持系统是低效的，或者分发造成了工厂和顾客之间的瓶颈，那么几乎不可能运用技术来改进产品生产。分发也受益于技术，如通过货物品进出定位和追踪系统来处理原料。整合订货和派送功能意味着在理论上，电脑一输入订单，就能查到货物的供应情况，仓库就可以继续完成后面的工作，而电脑可以处理所有文书工作，例如，打印包装单和发票，以及更新顾客记录。所有这些都加快了给顾客发货的速度，并且减少了劳动力、成本及出错的风险。

通讯和电脑系统的连接可以进一步提高管理效率。例如，大型零售连锁店可以与它们主要的供应商进行联网，这样一来，零售商的库存减少时，就可以通过电脑对电脑发送订单。同样，经营场所和库房散布于广阔地域的大型组织也可以使用这样的技术将场地连接起来，对货物的流动进行管理和跟踪。

市场营销和顾客

上面讨论的许多技术已经意味着对顾客的好处，在合适的时间、合适的地点、以合适的价格生产合适的产品，技术在形成买卖双方之间界面的营销过程中也发挥了作用。电脑性能的增强和廉价，意味着可以简捷地输入大型的、复杂的成套数据并进行分析，这对收集和分析市场调研数据，实施关系营销，建立并保持买卖双方之间的一对一对话都有好处。像亨氏这样的企业将此视为消费者营销的一项激动人心的发展，因为有了数据库技术，才可能对成千上万的顾客的详细情况进行储存、取用和维护。技术还使量身打造的个性化营销产品得以制造出来，恰当地满足那些小的消费群体。

通过技术，广告媒体也得到了改善和拓展。互联网、互动电视和短信已经成为许多组织的备选媒体。这些媒体不仅可以让它们发布有关产品、服务、新闻和企业理念的信息，还建立起了与顾客和准顾客的互动对话。网站可以成为一种令人兴奋的传播媒介，因为它可以播放声音和图像，如果网站结构完备的话，浏览者还可以选择他们感兴趣的话题。还可以毫不费力地定期更新信息。此外，互联网和互动式数字电视使准顾客可以浏览产品信息，查询供应情况和订货，所有这些都可以舒适地坐在他们的椅子上完成。

另一个也可以通过电脑技术得到加强的领域是销售团队支持。为销售代表配备一台可以获得当前产品、供应情况和价格信息的手提电脑；它可以储存顾客资料和相关信息；销售代表在获得新信息时可以对记录进行更新并写出报告；它还可以储存适当的图表以加强销售推介。无论销售代表是在苏格兰还是波兰工作，都可以很方便地携带和使用这些资料。

经济和竞争环境

组织和消费者都感觉到了经济和竞争环境的影响，这对于他们的行为有深远的影响。在接下来的几页中，我们首先关注的是宏观经济环境，它提供了营销活动发生的整个背景。还有国家利益问题，如政府经济政策对商业的影响，我们还谈到了国际贸易集团和贸易协议的影响。所有这些事项都可以给独立的组织来带来机遇或威胁。然后，我们要转向微观经济环境。这更贴近于组织，我们将关注市场结构制约或拓宽组织在营销活动中自由行动的程度，以及组织影响市场属性的能力。

宏观经济环境

图 2.3 展示了使市场经济运转的货物和收入的循环流程的基本经济概念。营销作为一种交易过程，实际上是一股积极鼓励更多交易的力量，是一种保持流程运转的燃料。然而，世界不是一个封闭的、自给自足的圆圈，就像图 2.3 所描绘的那样。它的运转受到宏观经济环境的巨大影响，而宏观经济环境影响是由政府经济政策和国际贸易集团及贸易

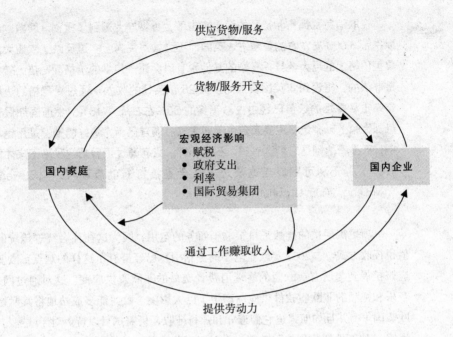

图 2.3 宏观经济对货物、收入循环流程的影响

协议成员导致的。

　　政府可以制定和实施与几种宏观经济影响力有关的政策,这接下来又会对市场、组织和顾客产生影响。下面将对其中的一些方面进行讨论。

赋税和政府开支

　　税收可以是直接的或是间接的。直接赋税,如收入税和社会保险费,减少了货币的数额或可自由支配的收入,后者是指一个家庭能够用于组织所提供的货物和服务上的支出。直接赋税,像采购税或增值税(VAT),由卖方代政府收取,它在产品基础价格上强行加收一定的比例。因此一台在英国销售的个人电脑也许会标注两个价格:499 英镑的基础价,然后是含 17.5%增值税的 586 英镑的售价。

　　有些产品,像酒类、烟草和汽油,被征收了其他税,这也是由卖方收取的。增值税和其他税都抬升了提供给顾客的产品的价格,营销人员需要考虑含税价对顾客态度和购买行为的影响。当税率提高时,营销人员有时会选择由自己来消化一部分增长以保持价格的竞争力,而不是将上涨全部转移给买主。

　　尽管经过了 30 年的努力,欧洲各地的增值税和其他税的税率还是各不相同,在说服成员国转向以统一税率和统一结构为基础的共同增值税系统方面仍未取得明显进展。欧盟成员国增值税被强制性地控制在 15%~25%之间,但仍给差别化提供了巨大的空间(Wall Street Journal, 2005)。欧盟正在寻求将差距缩小到 16%~19%,但似乎有很大距离。许多国家的政府将中央征收增值税率视为向联邦政治前行的进一步证据。

范例

在取消免税销售和走私的双重夹击下，香烟产业遭到了重创。欧盟购物者现在可以携带 3 000 支左右的香烟进入英国而不会被海关阻止。这反映了欧盟大陆和英国在典型价格上的巨大差异，高额的其他税有时会让一包烟的价格翻一倍。转售走私香烟是非法的，据说每年英国要因此损失 25 亿英镑的收入。通过更严格的边境控制，近年来走私香烟的数量已经由占总销量的 30% 左右降至 15%。然而同期假冒香烟的数量却大幅上升，走私主要来自中国和东欧。调查显示，最好的情况是用锯屑来填充香烟，而最糟的则是它们含有镉、石墨和砷。只有通过把香烟的税降下来才能使走私和假冒伪劣无利可图，但这反过来又会直接打断健康议程。（Stevenson, 2005; Townsend, 2005; Urquhart, 2004）。

　　一项更深层次的挑战来自于电子商务的运用，因为这往往会绕过传统的国际贸易增值税征收方式。《2003 年欧盟电子商务指引》已经持有了这样的观点：欧盟增值税网络应该扩展到与所有在欧盟的终端消费者交易的非欧盟供应商。这对通过网络提供游戏、音乐和视频的非欧盟软件供应商产生了巨大影响。欧盟能多成功地将其赋税法推广到非欧盟国家，并且如何强迫它们遵守和强行征收，仍需拭目以待。对于欧盟与欧盟的交易，适用 "原产地增值税率" 政策，而对于那些欧盟之外的交易则是 "目的地" 政策，因此一个丹麦的消费者从英国购买下载产品也许要付 25% 的增值税，而英国居民则只用付 17.5% 的增值税。精确地计算出应该由谁付多少对于加利福尼亚的一家小软件供应商来说实在是一个挑战（Coleclough, 2003; Ivinson, 2003）。

　　政府使用从税收中 "赚来" 的钱，它们和其他组织一样，也是货物和服务的采购者，但是是在一个更重大的范畴内。它们投资国防工业、道路修建和其他市政工程项目、社会和健康服务以及其他众多领域。这种巨大的采购力可以用来刺激或抑制经济发展，但是如果一个政府决定把削减开支作为一项政策的话，工业可能会遭受重大打击。例如，国防就是在冷战结束后许多政府都在思考的一个问题。

范例

在与强大的国际竞争对手的对抗中，英国的造船业只是在硬挺，远不如帝国时代，在格拉斯哥、纽卡斯尔、伯肯黑德等地都有大造船厂。尽管有特拉夫尔加，具有讽刺意味的是，最近政府又决定提议与法国共同开发两艘新的英国载人飞行器，这被认为其政治意义与经济意义一样重大。一项重大的英—法防卫项目可以展示英国并不完全依赖于美国的国防技术，并且可以作为一个信号，说明政府间的谅解并未废弃。现在正在等待法国政府的决定，它也计划建造一艘飞行器（O'Connell, 2005）。

货币成本

　　政府的经济政策影响着利率，这对消费者和企业都有影响。对于许多消费者来说，利率的提高对他们月度抵押还款额的影响最为严重。每月多支付 20 英镑或更多的钱给抵押放贷方意味着可用于购买其他东西的现金减少，全国的零售额将会显著减少。利率提升还会影响到赊购对顾客的吸引力，或是在分期付款购买大件的贵重物品时，或是在使用信用卡时。例如，一位考虑购买新的名牌车的消费者也许需要贷款，并且会研究还款标准，在决定买得起多贵的车型时，会根据利率作出决定。为了设法减少这种潜在的购买障碍，许多汽车交易商会与信用公司达成协议，为买车人提供零利率的金融服务。

一个国家的汇率很像一个公司的股票价格；它标志着对继续繁荣的信心，或者说，对个别国家的信心。不同货币之间波动的汇率对于公司和个体消费者的兴旺发达具有重大影响。如果货币坚挺，进口就会变得便宜，这对商家和消费者来说是好消息，但出口会变得昂贵，这对制造商来说就是坏消息。欧元推出后英镑的坚挺遭到了某些人的指责，因为价格在主要的大陆市场的竞争力降低，导致了英国制造业的不景气。

范例　2005 年美元对许多主要货币相对价值的下跌对美国在全球的贸易伙伴产生了重大影响。日本新日铁（Nippon Steel in Japan）尤其有理由关注日元对美元的升值。2004 年，钢铁的价格是每吨 400 美元，约为 5 万日元，但到了 2005 年春，400 美元仅能卖得 4.4 万日元，相当于价格下降了约 10%。新日铁过去也曾遇到过相似的波动，它的反应是坚决重组、调整产量并迅速重新配置以便生存下去。这对美国的欧洲出口商来说是一种挑战，如果美元持续疲软的话，甚至对向中国出口都是一种挑战，任何人民币的重新估价都可能在第一时间给经济的某些方面带来压力（Sapsford, 2005）。

国际贸易集团

政府也会就国际贸易集团的成员资格，以及国际贸易协议的范围、条款和条件进行磋商。例如，欧盟成员，尤其是单一欧洲市场（SEM）的出现，对组织在欧盟运作的各种商业交易，以及经济和竞争环境产生了深远影响。非欧盟国家的组织发现越来越难以将产品卖到欧盟，因为现在有更多欧盟的潜在供应商可供采购商选择，在欧盟采购更容易解决物流配送问题。

2004 年欧盟扩大为 25 国，创造了一个有 4.55 亿人口的市场。尽管近期加入欧盟的中欧新成员比长期的老资格成员贫穷，但乐观的是与其他欧盟国家进行自由贸易将会产生显著的增长和现代化。还有可能进一步扩张，与保加利亚、罗马尼亚和某些波罗的海国家以及土耳其还处于不同的谈判和服从阶段。"橙色革命"之后，甚至乌克兰都有可能加入。然而变化的步伐也许会放慢，因为欧盟宪法处于困境之中；一些国家担心开放边境可能会面临恐怖主义的威胁；还有担忧认为欧盟将会变得难以管理；大部分新加入国在短期内需要相当大的金融支持，也许会威胁到现有成员国的就业。土耳其申请加入的结果将是评估进一步扩张是否仍处于政治议程的基准。土耳其是一个大的、相对贫穷的国家，其人口的 99%是穆斯林，因此它与欧盟的融合将是一项有趣的挑战。不过很显然，欧盟的扩张已经超越了单纯的自由贸易的考虑，转向了确保和平、保护民主和增强自由主义价值观，这都超出了本书的范畴（The Economist, 2005; Watson, 2005）。

除了正规贸易集团的限制以外，企业还经常受贸易协议的影响。其中某些是贸易保护主义，借助这些协议，某些国家试图使国内生产商免遭进口流入的影响，而其他国家则试图使国家之间的贸易自由化。例如，多年来英国的纺织工业一直受益于多种纤维协定（MFA），该协定通过从根本上限制进口远东国家的低价服装来保护就业和企业。同样，日本同意对其汽车产业对西欧和美国的销售实施自愿出口限制（VER）。通过对日本进口汽车设置配额，有助于保护国内汽车制造商和工作机会。克服自愿出口限制的方法之一就是国际直接投资，即在欧盟设厂（通过这种方法，可以充分利用欧盟的各种投资鼓励政策）生产汽车，这些汽车有足够的本土成分，可以被贴上"欧洲"标签。因此，那些拥有日产（在华盛顿、泰因威尔制造）、本田（在斯温登制造）或是丰田（在德比制造）汽车的人，从技术上说，驾驶的是英国汽车。通过英国制造基地，公司可以合法地在单一欧洲市场条款下向其他欧盟国家出口，而不受配额的限制。

然而，像 MFA 这样的协议的保护主义姿态比起更广泛的贸易自由化潮流来要逊色多了，例如关贸总协定（GATT）。关贸总协定的主要目标是消除出口补贴和进口关税（对进口产品的有效征税会抬高进口商品的价格，从而降低它们与国产同类产品的竞争力），使国际贸易更为公平。这意味着协商后的自愿出口限制，不依靠关税来控制进口，将成为一种越来越重要的工具。

微观经济环境

第 1 章中关于什么是市场营销，市场营销的主要工具是什么的综合讨论并没有特别关注市场结构。不过，考虑市场结构是很重要的，因为这将影响到组织将要面临的竞争类型、组织必须运用的 4P 的范围以及组织营销活动总体上可能对市场产生的影响的广度。

根据市场中竞争对手的数量和规模，市场结构可以分为四大类。

营销　进行时

劫贫济富

管理大型国际贸易集团是一项挑战，这不仅是在贸易集团与贸易集团的谈判方面，还在与欠发达国家打交道方面。无论是在赞比亚经营一个农场，还是在印度经营一家纺织厂，营销选择都会受到贸易协议的严格限制。当我们考虑到这些交易的广泛意义时，价值和道德问题都会涌现出来。

来看一些统计。根据牛津饥荒救济委员会（Oxfam）的数字，估计 25 亿人一天要靠 20 亿美元生活，而其中有 9 000 万人一天靠不足 1 美元生活。世界约 96% 的农民——13 亿人生活在发展中国家。贸易是提供帮助的一种可供选择的办法，发展中国家可以从中获益，但那也是问题的起点。穷国面临着来自富国高额的关

税、苛刻的配额和补贴的竞争，尤其是在食品加工、纺织品和农业方面。对制成品的关税有些高达 350%，由此使它们在欧盟市场上贵得毫无竞争力。世界银行估计如果这些障碍可以消除的话，在未来 10 余年内将给第三世界带来 3500 亿美元，可以帮助 14.4 亿人摆脱贫困。

然而美国、欧洲和日本单在农业方面的贸易保护一天就达 10 亿美元。欧盟已经因为通过高额关税保护农业而建立起了特别的声誉。它一年要支付 430 亿英镑给它的农民去过度生产，由此降低世界价格并减少发展中国家的出口收入，如果这些国家足够幸运能够供应的话（尽管提供这些欧盟补贴的共同农业政策正在被改革）。

让我们看看香蕉的例子吧。经过 10 年的关于香蕉规则的争论，欧盟在 2002 年最终同意给加勒比海和拉

多米尼加共和国的 JULIANA Jaramillo 合作农场中一名肩扛着香蕉的工人，该农场向超市供应水果，在超市中这些水果被贴上公平贸易基金会（Fairtrade Foundation）的标志打包出售。

资料来源：© Fairtrade Foundaton 2002
http://www.fairtrade.org.uk.

丁美洲国家提供配额，允许它们进入欧盟国家。配额直接限制了贸易流，而关税对贸易的限制要小一些，因为还可能会有一些竞争。欧盟之所以会有这种兴趣的原因是因为西班牙在加纳利群岛生产香蕉，而法国在它的某些前殖民地拥有利益。这些国家希望高额关税将其他竞争对手挡在门外，而它们则协商免税进入。作为 2005 年协商的一部分，欧盟提出了每吨 230 英镑的关税，而大部分加勒比海和拉丁美洲的生产商则认为即使是每吨 150 英镑的关税它们也将没有竞争力。持续的香蕉大战也许会转给世贸组织去解决了。

如何解决这样的问题呢? 即某些东西在穷国种植很便宜，但它们却被拒绝进入欧盟，或是被毫无竞争力的高价终结。简单的答案应该是消除关税、配额和限制，允许穷国在欧盟进行销售。但对于欧盟的大多数民众来说，这在政治上也许无法接受，即便如此；也无法保证受益方会是贫穷的非洲国家而不是中国和印度这样的快速发展中国家。即使是牛津饥荒救济委员会也并不赞成这样的观点，即：提倡公平贸易，这样大部分应该得到帮助的人可以获得最好的渠道，作为一种财富再分配的手段和避免过度援助和救济的手段。实际上，牛津饥荒救济委员会提倡的是一种控制下的市场，这样穷国可以凭借它们自己的优势得到比它们所能得到的更大的市场份额。但由谁来决定谁是最贫困的国家呢? 这几乎不能代表公平贸易!

坎特伯雷的大主教罗恩·威廉姆斯 (Rowan Williams) 博士则更进了一步，他置疑这种系统的道德性，这种系统容许富国的拖延，而其他地方却有人饿死。对于他来说，这种自相矛盾的说法是富人保护他们的市场，同时促进第三世界的自由和宽大的贸易政体。最后，只是通过改革欧盟农业政策来避免市场反常，可以找到钥匙开启更自由的贸易。如果农业改变了，其他部门也会跟进。清楚的是贸易集团对于买卖双方的营销环境都会产生重大的影响。

资料来源：Daneshkhu(2005); Garten(2005); McGregor (2005); Miller (2005); Mortished (2005a, 2005b); Thornton(2004)。

完全垄断

从技术上说，完全垄断存在于那些由一个供应商单独控制，没有竞争的市场。缺乏竞争可能是因为完全垄断者归国家所有或者拥有作为市场唯一供应商的法定权力。在欧盟，这种结构传统上适用于公共事业，如煤气、水、电、电话和邮政服务，以及一些关键行业，如铁路、钢铁和煤炭。然而，过去 20 年各成员国的政府政策是实行私有化，开放部分此类产业，引入竞争，政府认为如果对市场势力开放并对股东负责的话，它们的经营将更有效率、更经济。制造业、银行、交通、能源和公共事业在很多国家都完全私有化了。最近，电讯产业已经成为了关注的焦点。电讯私有化反映出产业面临的竞争结构的变化，而组织必须在这种情况下运营。随着电讯的国际化，全球竞争将会加剧，同时，技术发展步伐需要巨额投资以便跟上最新形势。

范例 欧盟对于某些国有的完全垄断行业也很感兴趣。像其他斯堪的纳维亚国家一样，瑞典的酒类零售存在国家完全垄断。欧盟否决了瑞典政府的要求，瑞典政府声称完全垄断可以更好地控制零售从而限制瑞典人消费更多酒精饮料的潜力。欧盟认为国家完全垄断葡萄酒、白酒和高度啤酒的销售是一种不恰当的防止酒精滥用的手段，这种保护安排违反了欧盟关于货物自由流动的规定。目前，瑞典 70% 的酒类销售来自商店或是通过餐厅。像食杂行业是不能与酒类专卖局 (Systembolaget) 竞争销售酒类的。此外，作为 1995 年加入欧盟的一部分，瑞典达成了一项特别的 5 年协议，该协议对返回瑞典的旅游者所能带回国的酒精饮料的数量进行了限制。欧盟不愿意再续延此项协议。部分争论是政府希望通过限制购买和维持高价使人民免遭过度饮酒的危害。也有关于国有酒类零售点排长队、服务低劣和限制开放时间的抱怨，这进一步限制了消费者。

然而，酒类专卖局正在慢慢放松它的限制。丹麦政府不得不削减了对酒类产品的税收，因为在一个没有国界的欧洲，许多丹麦人越境进入德国去购买更便宜的酒。45%的削减幅度很大，所产生的后果是不可避免的：瑞典人开始涌入丹麦，因为瑞典政府拒绝减税。在瑞典，Bells 威士忌卖 290 克朗，而在丹麦只卖 169 克朗。从 2004 年开始，瑞典人可以带入 10 升白酒、20 升加酒精的葡萄酒、90 升葡萄酒和 110 升啤酒，这超过了最能喝的人的量。瑞典的饮料消费正在上升，垄断的理由已经站不住脚了，因为高征税和高价格可以被轻易地绕过。然而，酒类专卖局一如既往地继续，尽管开放时间已经延长（但别想在下午七点之后或星期天买到酒）。这还会持续多久呢？尽管丹麦和法国都在呼吁进行改变和减税，但取消酒类控制似乎比税收更重要（Brown–Humes、MacCarthy, 2004; The Economist, 2000; George, 2004）。

实际上，尽管私有化公司已经进行了内部重组并修改了它们的商业理念以适合新的形势，但它们至今只面临有限的竞争。这主要是因为潜在竞争对手面临进入障碍，例如需要投入巨额资金，或是完全垄断方控制了重要资源或基础设施。

所有这些都意味着在现代市场经济中很难找到真正的完全垄断，尽管一些近乎完全垄断组织还在运转。在英国，如果一个组织或一群协作组织控制了 25%的市场，那就认为存在完全垄断。出现完全垄断时，或者所提议的或可能发生的收购增加了发生完全垄断的可能性时，竞争委员可以进行调查，确定该情形的运转是否符合公众利益，是否存在不公平竞争成分。

迄今为止，这种讨论还是较狭隘地集中于国家或地区的完全垄断。然而在全球市场上，建立并保持完全垄断，即使不是不可能，也是非常困难的。

最后，完全垄断的概念取决于"市场"的定义。例如，目前 SNCF 确实完全垄断了法国的铁路客运，但它没有完全垄断从巴黎到里昂的客运。对于旅客来说，铁路并不是唯一的选择，他们可以考虑乘坐飞机、长途汽车或轿车前往目的地。从那个意义上来说，在竞争非常激烈的背景下，旅客对铁路在成本、可靠性和便利性方面的认识有了发展。

寡头垄断

完善的市场经济更可能出现寡头垄断而非完全垄断。在寡头垄断情况下，少数企业占据着非常大的市场份额，上面讨论到的一些私有化的前完全垄断转入了这一类别。寡头垄断在关键的企业之间创造了一定程度的互相依存，每家企业都大得足以使其行为对市场和竞争对手的行为产生巨大影响。这肯定是出现在大规模的全球产业市场，如化学、石油和制药行业，由于需要投入的资金数量、要实现规模经济的生产水平，以及需要大量产品的大客户的地理分布都使寡头垄断成为这类市场最有效的构成方式。

其他消费者寡头垄断对于不经意的观察者来说不是太明显。在超市里，购物者可以看到各种品牌的衣物清洁剂，因此就认为该领域存在健康的、普遍的竞争。然而，大多数品牌不是由宝洁（艾瑞尔、达泽、波得等），就是由联合利华（保色、Radion、Surf 等）拥有和管理，而品牌的繁殖多与局部需求和创造分离的细分市场有关（见第 4 章），而不是供应的分散。此外，超市对于这种寡头垄断来说是最大的威胁，它们有自己的品牌，像零售商圣斯伯里 (Sainsbury) 就有自己的品牌 Novon。

在市场营销方面，除了少数利基市场以外，新竞争对手的新品牌要进入寡头垄断市场仍然非常困难。这是因为寡头企业已经花费了多年时间和巨额营销费用来确立它们的品牌和市场份额。然而，来自超市自有品牌的威胁更为严重，因为零售商固有的对主要分销渠道的控制是其他任何寡头都损失不起的。所有这些确实只给小型竞争对手留下了很小的市场缝隙，就像 Ark 和 Ecover 这样的产品所填补的那些缝隙一样，这两种清洁剂品牌将自己定位为比现有的所有品牌都更环保的产品，从而吸引那些 "深绿" 消费者。

因此，寡头花时间去观察彼此，并根据其他主要对手正在进行的活动或可能做出的举动来制定自己的营销战略和战术。例如，如果联合利华推出新品牌，或是实施一项重大的新营销传播战略，那宝洁就喜欢抢先一步，或是先发制人使联合利华的计划无法实现，或是至少准备好恰当的回应以备不时之需。在宝洁看来，这至关重要，即使这只是维持两家公司相对市场份额的脆弱现状的唯一办法。

垄断竞争和完全竞争

良好的营销实践和对差别优势的强调创造了一种市场结构，乍看之下似乎有点荒谬：垄断竞争。其理念是尽管市场上有众多竞争者（正如前文所讨论的，强调小型竞争者没有足够的个体影响力去创造寡头垄断或是完全垄断），但每个竞争者都有一种足以区别于其他竞争者的产品来创造自己的完全垄断，因为对顾客来说，这种产品是独一无二的，或者至少任何潜在的替代品都被认为是劣等的。这一理念构成了本书其余大部分内容的基础。

完全竞争位于与完全垄断相对的另一个极端，在实践中可能可以找到。它包括许多小型生产商，它们都供应相同的产品，这些产品彼此可以直接替代。没有哪个生产商有实力影响或决定价格，而且市场由许多小型买家购成，它们同样无法单独影响市场。进入、退出市场没有任何障碍，并且所有的买家和卖家都掌握市场正在发生的事情的信息。所有这些显然是不现实的。营销概念对即使是最小的组织的影响，以及消费者和 B2B 各种市场上强势买家和卖家的发展，都意味着这种情况无法保持，很快就会出现某种垄断竞争或寡头竞争。

范例　农场产品，如蔬菜，常常作为一种近似完全竞争的范例被引用。确实这个市场由许多小型供应商，即独立农场组成，买家的性质则更为复杂，包括向农场商店购买斤把胡萝卜的家庭，到批量采购、可以影响价格和其他供应变量的水果蔬菜批发商和连锁超市。即使是产品本身也有区别，如有机和无机、一等品和二等品。农民也可以通过产品定级和包装来加以区别，从而适应不同的零售消费者。因此，即使是胡萝卜，也可以看到正在向垄断竞争发展。

政治法规环境

组织必须存在于它开展业务的社会法律之中，依法经营，这样一来，除了普通的合同法和商业法之外，产品还必须遵守安全法；制造流程要遵守污染控制法；创新受著作权和专利的保护；零售商的营业时间也是有限制的，例如，在德国是受商店关门法的限制，在英国则是受周日贸易法的限制。下面我们要研究国家政府和欧洲议会在制定直接影响营销组合的法律中的作用和影响力。

然而，法规不只限于国家政府或欧洲议会的立法。组织还要遵守监管机构通过的规定，有些监管机构拥有法定权力，代表政府，而其他的则是自发团体，如贸易协会，它们借助的是组织选择遵守的业务准则。之后我们将研究这些机构的属性和影响。政府和其他监管机构在制定政策时不可避免地会受到其他势力的影响，例如游说者和压力集团，我们将更广泛地关注驱使立法者和规则制定者制定政策的影响力。

国家和地方政府

国家政府的主要职责是决定和维持立法框架，而组织在此框架下开展业务。这涵盖了合同法、消费者保护、金融立法、竞争和贸易惯例等领域。整个欧洲有很多种方法，但随着欧洲融合的推进和国际市场的全面自由化，国家政府正逐步按照欧盟的方针和指引开展工作，其长期目标是实现全体成员国的一致。

在英国，尽管是由议会通过立法并将其写入法令全书，但常常是委派特别的机构来负责实施和执行，如公平交易署（OFT）、竞争委员会，或是独立电视委员会（ITC）。稍后将继续讨论这些机构的任务。

除了通过那些影响组织日常业务活动的法律之外，政府对竞争环境也有深远影响。公共机构和其他国家控制的国企在 20 世纪 80 年代和 90 年代普遍实行了私有化，就像此前所讨论的那样，这为新的竞争者进入这些市场提供了机会，也深刻地改变了新的私有化企业自身的文化和商业定位。

地方政府还负责实施和执行某些由国家制定的法律。在德国，地方政府要负责实施污染和噪音控制法。在英国，地方贸易标准官员很可能是首先调查负面投诉和非法商业活动的人。圣诞节常常公布一堆来自贸易标准官员的有关危险玩具的警告，这些玩具通常是由远东低价进口，不符合欧盟的安全标准。官员可以起诉零售商并防止违规产品的进一步销售，但此时，大量的产品也许已经被售出了。贸易标准官员在确保消费者安全中发挥了重要作用，公平交易和技术标准也得到了维护。在英国，有 200 多家地方权威部门配备了贸易标准官员。

范例　贸易标准官员负责检验儿童防晒霜，评估制造商所宣称的有效性。在 8 种针对儿童的防晒霜中，有 7 种无法提供所宣称的保护。3 种产品无法达到 UVA 等级，4 种无法达到防晒要素。这意味着儿童被暴露在太阳的有害影响之下，尽管父母们认为他们提供了保护。与美国和澳大利亚不同，它们有更严格的规定，在欧盟防晒霜被认为与唇膏同属一类，因此控制更松。通过提出这一问题，贸易标准局充当了一股游说力量，要求政府立法并促进制造商确保它们的产品能保护消费者，并在包装上进行准确的描述。对于贸易标准局的特别担忧是防晒霜制造商的焦点更多地放在越来越高的

UVB 防护水平上，因此导致消费者认为他们可以在太阳下待更长的时间，从而增加他们曝露在有害的 UVA 射线下的机会（The Grocer, 2004a; http://www.tsi.org.uk）。

　　英国的地方权威部门还要负责审批规划许可。对于企业来说，这意味着如果它们想要建一家工厂或超市，或者改变一幢商业建筑的用途的话，就必须由地方权威部门对计划进行审查，获得许可之后，所有工作才能进行。地方权威部门承受着来自小型零售商的特别压力，这些零售商对到城外超市购物的重大转变感到担忧。其根据是市中心和小型的本地企业在垂死挣扎，因为人们更愿意到城外的零售商场或大型购物中心。这意味着地方权威部门越来越不愿意批准进一步的市外发展规划，这严重影响了许多大型零售商的发展计划。

范例　　20 世纪 90 年代，超市受到了某些人的指责，认为它们把购物者吸引到了城外的高级百货商店、超市和购物中心，改变了中心商业区的面貌。许多国家，包括法国和英国在内，都引入了严格的规划制度来限制增长。现在，超市开始参与市区复兴项目，主要利用工业区的场地作为对放松和促进重点恢复地点规划许可的响应（Bedington, 2001）。然而，即使是这些项目也招致了指责。计划中的特易购在伯明翰的开发招致了公开的强烈反对，因为它包括在运动场兴建建筑，以便提供一个 400 个车位的停车场（"我们正在剥夺未来几代人的运动场地"）。尽管这个项目的规划还包括在该地区开发新的运动和青少年活动设施（Elkes, 2005）。同样在伦敦的达特福德，特易购和开发商也有一笔大交易，该交易是一项价值 9 400 万的重点恢复项目，包括修复一个有 450 户人家的城镇广场，当然还包括一个超市。尽管规划得到了批准，但一份有 13 000 人签名的请愿书被呈递了上来，又是抗议该项目侵犯了附近公园的通道（Gillman, 2005）。因此这也许并不奇怪，许多超市瞄准接管当地便利的售点而不计划进行大型的超市开发，后者越来越难以获得批准（Barnes, 2004a）。

　　尽管欧盟在消除违背公平、自由贸易的国家法规方面取得了显著进展，但此项任务仍是非常艰巨的。例如，德国和丹麦的国家环境法因为有利于本地而不是国际供应商，已经受到了指责。因此，法规对企业的影响程度因国家和产业而有所不同。现在已缓慢地向标准化方向发展，这通常意味着北欧先进的工业化国家倾向于解除管制，而南方国家则倾向于加强控制。解除管制的发展伴随着产业内部自我管制的加强。

欧盟

　　很不幸，来自布鲁塞尔的声明使得报纸的头条都变得不同寻常或鸡毛蒜皮起来，如建议控制黄瓜的弯度、把胡萝卜重新划为水果从而使葡萄牙人可以继续进行他们的胡萝卜果酱贸易，以及质疑切达干酪和瑞士卷能否继续打上那些名字，如果它们不是在这些地方生产的话。尽管有这些好笑的古怪行为，欧盟还是努力确保所有成员国境内的自由贸易和公平竞争。

单一欧洲市场正式成立于 1993 年 1 月 1 日，是多年来努力打破贸易障碍、协调成员国立法的顶点。它对营销产生的一个直接影响是废除了边境控制，由此货物在由一国转运到另一国，或是在各国之间转运时不需太多的书面手续和海关检查。公路货运也解除了限制和配额，持有欧盟一国经营执照的运营商可以在其他任何成员国经营。此外，欧盟整合想要通过引入 EMU（欧洲货物联盟）和欧元来取代国家货币。这使顾客可以更容易地进行跨国价格比较，并创造了更透明的泛欧洲竞争。欧元还消除了汇率波动所产生的问题，从而减少了货物跨国转移的成本，促进了了欧盟各国间进出口的增加。

从产品本身来说，已经通过一系列指令实施了一套欧洲标准，确保了共同的安全、公共健康和环保标准。所有遵守指令和本国法律的产品都会被所有成员国接受。寻找产品上程式化的 CE 符号，因为这标志着它们确实符合欧洲的标准。

在营销的其他领域，整合所有成员国的法规和业务标准并非易事。欧盟打算在今后数年将分离的法规集合为一个总揽全局的欧盟通讯法案，它将广泛涵盖促销和媒体类型，包括平面媒体和电视、直接营销和促销、线上营销与电子商务（Simms，2001）。营销传播的问题是欧洲的法律制定者必须使商业自由与所有成员国的消费者保护相协调，各国都有自己的海关、法律和业务标准。有时遵循最佳实践，各成员国的融合是可以实现的，但在其他情况下，交易所适用的国家法律要经由双方认可。全欧洲的最佳实践有很大差别，因此很难找出一种共同的方法。然而对于英国广告主来说这才是真正的威胁。瑞典，尽管一开始拒绝，但还是乐意看到整个欧洲一律禁止在电视上对儿童做广告和做酒类广告。其他游说者则要求限制"不健康食品"、金融服务，甚至汽车的广告（Smith，2001）。

范例　单是定义巧克力到底是什么或者不是什么就引发了欧洲政治家和制造商之间的论战。自从英国和爱尔兰带着巧克力加入欧盟以来，该争论已经持续了近 30 年，英国和爱尔兰的巧克力含的是较便宜的植物油脂而不是高比例的可可脂肪。巧克力战争在法国、比利时和其他多国组成的盟军和英国、爱尔兰及其他 5 国之间展开。一项更有利于其中某方的欧盟指令将创造出一种不公平的竞争优势，而这将离单一欧洲巧克力市场更远。1997 年，欧洲议会制定了有利于法—比联盟的规定，推翻了此前折中的欧盟指令。这意味着英国及其同一方的其他国家将不能再使用"牛奶巧克力"的叫法。那意味着来自英国、爱尔兰和其他某些成员国的产品将不得不重新命名为"含牛奶和非可可植物油脂的巧克力"，或者至少是"含高牛奶成分的牛奶巧克力"。产品标签也要清楚地标明产品含有植物油脂。

这对英国的巧克力制造商来说是不能接受的，2000 年，又通过 2000/36 号指令发布了一项新的折中办法，它通过了两种巧克力定义："牛奶巧克力"和"家庭牛奶巧克力"，后者取代了针对英国和爱尔兰市场的"含高牛奶成分的牛奶巧克力"的名称。尽管该术语后来又被确定为"巧克力替代品"，2003 年最终还是裁定它违反了关于自由贸易的共同法，最后常识取得了胜利，裁决承认不同的巧克力传统都应该在市场上存在，允许消费者进行选择。因此，至少在理论上，金百利的牛奶巧克力应该出现在意大利的超市货架上。通过坚持"巧克力替代品"这一术语，意大利人为那些想进入他们市场的人有效地创造了一道障碍。在裁决之前，意大利人有效地要求某些集团的商人修改他们的产品或介绍，在该过程中产生了新的包装成本。甚至存在这样的可能：消费者也许会认为带有"替代品"字样的产品是劣等的。因此2003年的裁决也许最终意味着巧克力传统会被保持下去，障碍会因产品的自由流动而消除（Bremner，1997；Morley，2003；The Times，2003；Tucker，1997；http://www.europa.eu.int）。

直接营销是一个相对较新的领域，对于全欧洲的货物营销来说具有很大潜力，但这其中也有各种各样的国家标准在运行。例如在英国，允许进行电话销售（即组织出于销售目的在没有得到消费者允许的情况下打电话给他们），但在德国它几乎是被完全禁止的。全欧洲数据保护法（即允许组织在数据库中保留什么信息，以及允许它们利用这些信息做什么）和名单经纪规定（即向其他组织出售姓名和地址清单）也是千差万别的。欧盟的相关指令包括数据保护条例、远程销售条例和整体数字服务网络条例。当前欧盟感兴趣的立法领域是互联网广播的品味、庄重性、准确性和公正性。在英国，通过互联网传播电视是没有限制的，但比起专门针对互联网广播制定一套新的规定来，欧盟更倾向于在1989年的"电视无国界"法令基础上起草一个法令（Sabbagh，2005）。

监管机构

在英国，有许多监管机构，它们拥有或大或小的监管营销活动的权力。像公平交易署（OFT）和竞争委员会这样的准政府机构已经拥有了法定的职责和权力，由政府直接委派确保维持商业自由和公平。

英国的公平交易署旨在确保市场的有效运转。这要通过确保竞争和消费者保护法律和方针符合公众的利益来达到。据说公平交易署要与竞争委员会合并。它对议会负责，它可以在形成组织营销行为中发挥重要作用。近期的活动包括严禁被认为是不公平的机票定价。通过互联网提供的廉价航线的机位有时甚至不包括机场税、保险、信用卡手收费和手续费，这抬升了实际的票价，使其远远高出了所广告的价格。一项促销以99便士的价格提供100万个机位，但加上额外的税费之后，价格超过了60英镑！竞争委员会裁定它应该在售前就向消费者说明机票价格是多少，而不是在售后才说明。只有这样才可能进行明智的价格比较。

与中央政府离得更远一些的是准自治的非政府组织（quangos），它们拥有特别的职权范围，可以比政府部门更快地采取行动。例如英国的电讯管理局、天然气和电力管理局和自来水管理局这样的准自治非政府组织就是为了监管私营电话、煤气和相关的水、电行业而存在的。准自治非政府组织的首要目标就是通过保证恰当的竞争水平来保护消费者利益。

准自治非政府组织的工作范围非常广，要为已经私有化的市场上的消费者提供必要的保护。该行业的供应商在制定和实施营销战略时，也必须考虑到公共利益之外的行为可能产生的公共和立法影响。

自发的业务标准出现于协会和贸易机构，它们的会员同意遵守这些标准。例如，广告标准局（ASA）监督执行的《英国广告、促销及直接营销行为规范》（the CAP Code）涵盖了平面、电影、录像、海报、互联网、SMS 短信广告和传单等媒体。广告标准局的主导思想认为广告应该：

- 合法、庄重、诚实、可信。
- 本着对消费者和社会的责任感来准备。
- 与企业认可的公平竞争原则相一致。

广告标准局并不是一个法定机构，只能要求广告主修改或撤回违反标准的广告。此外，广告标准局认为 96% 的平面广告、99% 的海报和 91% 的直接营销都遵守了《英国广告、促销及直接营销行为规范》。然而如果广告标准局的 12 人委员会判定某个广告违反了标准，那广告就要进行修改而不是说服。广告标准局可以要求媒体所有者拒绝接受或发布违规广告，进行反面宣传，或是建议公平交易署启动程序申请法令阻止发布。

大多数广告主都按照广告标准局的要求撤回了广告，并且有的还自觉使用提前公示审查服务来避免可能的麻烦。然而，广告标准局现在可以要求进行两年的审查，如果某个广告主过去被证明有问题的话。以前，违规行为因为其敏感性，吸引了许多公众的注意。因此，广告标准局作出裁决时，会激发进一步的宣传，例如，通过报纸上讨论广告标准的评论文章，而文章还配有违规广告的图片，这样读者就知道了它们正在谈论的东西。因此，在某些情况下，广告标准局的介入反而挫败了它自己的目标。

随着单一欧洲市场和跨国广告活动的发展，营销人员不仅要考虑国家法律，还要考虑所有成员国的自制规定和系统。欧洲广告标准联盟（EASA）代表着整个欧洲的各种广告监管机构，如广告标准局。尽管它没有直接的权力，但却能代表投诉人介入，要求各种国家监控机构采取行动。例如，当卢森堡的一位消费者投诉一家法国口香糖制造商的健康问题时，该案子就会被转给法国进行调查并采取行动。

尽管英国通讯管理局（Ofcom）从根本上负责管理广播和电视广告，但 2004 年 11 月这两种媒体的日常管理被转给了广告标准局。这意味着消费者有了一个"一站式"的商店进行投诉，并且在对不同媒体上的问题广告作出决定时可以有一种连续性。通讯管理局是一个法定机构，具有很重的分量，因为它们有权颁发和管理广播许可证，而遵守广告业务守则实际上是特许的一部分。插播广告的频率和时长是有限制的，通讯管理局确保节目和广告之间要有一个明显的间断。药品、酒类、烟草和食品一般来说要遵守业务守则的严格限制，此外还要遵守欧盟的指令，尤其是允许什么，不允许什么。因此，在广播广告方面，广告标准局（广播部）（它是由通讯管理局下辖的广告标准局内设的负责广播广告管理的一个机构）具有很广的涉及面，包括控制广告的时间，确保广告适合不同的节目，保护儿童不受不当广告的危害，禁止政治性的广告和监控节目赞助，以及其他事项。它的权力类似于打扫：广告标准局（广播部）可以要求一个广告在进一步广播前进行修改，命令广播公司按照指令限制广告的传播，或命令广播公司停止播放广告。

范例　　一个卡尼尔营彩染发剂的广告在四频道《老大哥》周六版的广告时间内播放，这并没有错，但广告由达维娜·麦考尔（Davina　McCall）出演，作为主持人，她与

《老大哥》有着密切的关联。一项投诉被提出了，因为《英国广告、促销及直接营销行为规范》不允许同一人在节目和围绕它的广告中同时出现。在他们的辩护中，四频道认为被质疑的周六《老大哥》节目实际上并不是达维娜·麦考尔主演的，但确实感觉她与整个《老大哥》"品牌"密切相关，公众会将广告和节目联系起来，因此该投诉得到了支持。

　　另一项得到支持的投诉与五频道一部电影中插播的广告的声响度有关。《英国广告、促销及直接营销行为规范》要求广告的音响度与所围绕的节目的音响度一致，因此在音量上不能有任何过分的变化。在 2005 年 3 月播放的电影《偷天情缘》中插播的广告的案例中，广播公司被判定将声音的极限设得过高，因此违反了《英国广告、促销及直接营销行为规范》。

　　对于广告主在违反监控机构的规定前可以走多远，并没有硬性、严格的规定，一旦你在全欧境内开始做广告，这个问题会变得更加复杂（见第 10 章）。在避孕套的广告中，一对裸体的夫妇可以在淋浴时接吻，但海报上女性裸露的臀部用广告标准局的话来说却是"不必要的伤风败俗"。

范例　　广告是否会导致投诉取决于媒介、产品和可能看到广告的受众，因此一个"稍微性感"的广告在男性刊物上是很好的，但在更以家庭为导向的媒体上就会受到限制。2004 年，广告标准局裁定了对"成人"电视频道的《天空电视》（Sky TV）杂志所发布的一则广告的投诉。该广告表现了一名手上和膝盖上捆有细绳的妇女，就像一个木偶。可以看到一个男人的手在控制着细绳，标题是"你拉绳子"。根据广告主的说法，该广告是想强调观众可以在三个备选频道中选择。而广告标准局觉得该形象不是特别直白或有挑逗性，确实可以感觉到男性控制女性的因素，可以被解读为贬损，事实上《天空电视》杂志本来是整个家庭都有兴趣的，这意味着该广告并不适于那种发布。因此投诉得到了支持，广告主被建议在发布更多的广告之前采纳广告标准局广告、促销及直接营销行为规范建议小组的建议（http://www.asa.org.uk）。

　　促销学会（ISP）、广告从业者协会（IPA）、公共关系协会（IPR）和直销协会（DMA）实际上都是行业协会。当然，所有这些领域一般都遵守主要的商业法规，但除此之外，这些特别的机构还制定详细的自发性业务守则来建立和顾客进行公平交易的行业标准。它们并不是法定的机构，只对会员有权限，具有暂停或开除违反行业守则的组织的最终制裁权。这里提到的所有机构代表了在各种营销传播领域享有利益的组织，但贸易协会可以存在于任何行业中，它们拥有相似的监控会员职业行为的目标。例如，围栏承包商协会、玻璃门窗联合会、英国保险商协会、英国园艺协会和国家建筑商联盟等。除了监控商业行为，这些机构还可以为会员提供其他服务，例如法律赔偿和代理、培训与职业发展服务，以及向政府和媒体反映行业的呼声。

政治和法制环境的影响

政治和法制环境显然受到了社会文化因素的影响，特别是民意、媒体和压力集团压力的影响。例如，绿色和平组织和地球之友就教育消费者要多加关注所购和所用产品的成分、源产地和后续影响，这导致了逐步淘汰以氟氯化碳作为气体推进物和制冷剂。绿色运动还推动起草了关于排放合格的汽车废气的法规，这已经对汽车制造商未来几年的产品开发计划产生了重要影响。同样，消费者运动，通过像消费者协会这样的组织，也在促进消费者权力方面扮演了重要角色，并由此推动监控者和立法者制定产品安全、销售技术和营销传播等方面的法律和行业规则。

当然，并非所有加诸于立法者和管理者的压力都源自压力集团或以消费者为基础的组织。贸易组织或团体会对立法者进行游说，试图使立法有利于它们的成员。有时，游说是为了放缓变革的步伐，影响所有计划中立法的性质，并延迟被认为可能会损害行业利益的立法。以烟草为例，政府必须在公共健康意识和制造商就业及出口潜力之间进行权衡。因此，对于营销人员来说，解读欧洲、出口市场和 WTO 及经合组织（OECD）这样对操纵变化有影响的国际组织中的政治环境的变化是非常重要的。大部分产业面临新的法规，这些法规在一年的试行期里多少会对它们产生影响，早期评估使企业有更多的时间去发掘机会或是应对威胁。然而在欧洲，法律要正式生效需要 3~5 年的时间，因此必须采取长远的观点（Smith, 2001）。无法提早进行游说并说服相关机构接受论点，可能会完全中止对那些过度限制营销活动，又不能使内部市场更为开放的政策的影响。有的政策甚至会有利于努力游说的成员国。例如，线上贸易和电子商务指令是欧盟的时兴话题，因此网络营销商不能错过涉及立法框架的讨论。

随着公众对可持续性、市场竞争性、公平贸易、产品安全及质量，以及消费者权力关注的增强，很勇敢的政客才能忽视变革的压力。然而，游说和参与立法讨论可以帮助结果朝着组织希望的方向发展。像绿色和平组织这样的组织在游说关键决策时已经变得非常有效，但跟踪立法程序会是一个漫长、曲折的过程。斯特拉斯堡的委员会构建了欧盟法律，在部长会议签署法律之前，欧洲议会会对法律进行辩论和修改，然后通过欧洲指令实施。然而这还不算完，因为个别成员国也许必须立法才能在当地实施（Simms, 2001）。对于欧盟和国家政治程序越了解，组织越能与时俱进，不冒掉队的风险。

小结

- 本章探讨了外部营销环境的重要性，它影响着组织开展业务和制定决策的方式。顾客、营销人员、竞争对手、技术和法规的变化方式是未来战略的重要指示器。因此，不完全了解环境可能意味着错失机遇或是忽略威胁，而接下来可能会导致收入损失，更严重的是，可能会丧失竞争优势。

- 运用环境扫描，一种信息监控和评估技术，组织可以更全面地了解它们所处的环境，较早发现新兴趋势的信号，从而更恰当地规划未来的活动。这些信息可以来自二级资料来源，如贸易出版物或公开调查数据，或者组织可以进行委托调查来增加它们对环境的了解。然而，必须小心地确保对所有恰当的资料来源进行持续监控（但要避免信息过量），并确保存在散布信息并按信息行动的内部机制。

- 本章的主要框架是将营销环境分为 STEP 因素：社会文化因素 （Sociocultural）、技术 （technological） 因素、经济 / 竞争 （economic/competitive） 因素和政治 / 法规 （political/regulatory） 因素。

- STEP 的第一个要素是社会文化环境。这涉及 "硬性" 的信息，如人口统计趋势，和不太切实的问题，如品味、态度和文化的变化。对人口统计趋势的了解使营销人员对将来市场细分可能变化的程度有了基本的感受。然而，为了掌握完整的情况，营销人员需要将人口统计信息与关于态度变化的 "软性" 数据结合起来。

- STEP 的第二个要素是技术。组织的技术优势也许来自突破其他组织的开发，或是长期投资于解决特别问题的内部研发的成果。以任何一种方式，技术都可以提供创造明显的差别优势的机会，而这种优势是其他竞争对手无法轻易仿效的。

- 经济和竞争环境构成了 STEP 的第三个要素，它又可以进一步分为宏观和微观经济环境。宏观经济环境分析的是较宏观的经济景象的影响，着眼于税赋、政府开支和利率这样的问题。它也考虑国际贸易集团成员资格的威胁、机遇和障碍。微观经济环境与个体的组织更为接近，关注的是组织进行经营的市场的结构。

- STEP 的最后一个因素是政治和法制环境。法律、法规和业务守则来自国家政府、欧盟、地方政府、监控机构和贸易协会，是影响组织开展业务的方式。消费者团体和其他压力集团，如那些代表生态运动、健康问题和动物权力的团体，积极设法说服政府解除管制或立法，或影响新法律的范畴和内容。

复习讨论题

2.1 什么是环境扫描？它为什么重要，实施环境扫描的潜在问题是什么？

2.2 区分宏观和微观经济环境。

2.3 在你的大学或学院的图书馆中可以获得的公开的人口统计数据源有哪些？

2.4 列举并讨论对顾客品味变化特别敏感的产品。

2.5 找出并讨论广告标准局（或你所在国家的类似机构）近期对各种媒体广告的判决案例。你是否赞同它们的判决？

2.6 用图 2.1 作为框架，选择一种产品并根据 STEP 要素列出帮助形成产品的相关影响力。

案例分析 2

松饼是否宣告了一个新的冰河时代的到来？

英国冷冻食品市场每年的价值约为 40 亿英镑（根据英国冷冻食品联合会的资料），有一段时间它曾经是一个垮掉的市场。消费者认为它是"最后才选用的产品"，当橱柜和冰箱里都空空如也时，用来作为后备的东西。冷冻即食餐尤其被认为在质量上次于冷藏食品，并且在烹饪方面不那么危险。这种感觉在售点并没有得到加强。首先，这是一个竞争非常激烈的市场，价格促销起主导作用。明特尔（2004）估计，40%~50% 的冷冻食品销售是由促销价格达成的。此外，很难有想象力和有吸引力地展示冷冻商品；商店里老式的卧式冷柜需要由购物者采取主动，俯身查看里面放的是什么，而新式的立式冷柜又在货品和购物者之间设置了一扇大而沉重的柜门。无论哪种类型的冷柜都抑制了浏览和与产品的互动，哪一种都没有使购物者能够从老远就轻松地认出品牌或包装从而吸引他们。冷藏商品还受益于这样一个事实：它们只需要冰箱储藏，而几乎 99% 的英国家庭都拥有冰箱。而冷柜的普及要低得多，约为 60% 左右。

从零售商的观点来看，冷柜相对于它们所能展示的商品而言，占据了大量的场地，并且经营和维护成本高。再加上对开发自有品牌冷藏即食餐的投资，因为它可以为零售商带来更有吸引力的利润空间，并且被消费者认为更健康、更新鲜，这就意味着几乎没有推动力来促进冷冻食品市场的发展。有些零售商甚至对大批量采购冷藏食品实行促销优惠折扣，直接建议消费者可以现在吃一个，把其他的冰冻起来以后吃！当然，这里面有些自相矛盾："站着不动"的冷冻食品越多，零售商投入的注意力越少，购物者越不可能重新评估冷冻食品与他们的关系（尤其是如果他们的冷柜里已经塞满了冷藏的即食餐时！）。

这对于冷冻食品制造商来说都不是好消息，它们将不得不以某种方式对这种变化的环境作出反应，如果它们想要生存下去的话。冰冻烤薯片的发明人 McCain 似乎已经决定走一条"速食小吃"的道路，推出了一系列的冰冻松饼和带巧克力调味料的油炸圈饼。这适合将 McCain 薯条重新定位为一种缓解日常生活压力的安慰食品。生活在薯条三明治上面看起来更容易应付。甜点了解类似的对于安慰或款待的冲动需求，而橱柜里不可能总是有新鲜的松饼，它们可以一直放在冷柜里，在几分钟内在微波炉里迅速加热以备食用，又热又新鲜。对于 McCain 的冷冻填充

式法式面包来说快餐也是一个核心主题，再次感谢微波炉，一个又热又新鲜的香肠洋葱法式面包在几分钟内就可以供你享用了。这似乎非常适合现代家庭的生活方式，它导致松散型家庭分散用餐，要求快餐并边走边吃。这些产品创新对于 McCain 减少对土豆产品的依赖性也很重要，土豆产品看起来多少有些是日常商品并且不容易区分。分析家估计 2004 年 McCain 85% 以上的销售来自于土豆产品（Benady，2004）。

McCain 非常注意强调对消费者的关注，一直努力根据这些关注改善其产品。McCain 的一位发言人告诉我们："宣称 McCain 不重视'健康饮食'完全不是事实。" McCain 意识到了消费者对于便利的要求，但今天的消费者更为苛刻，只提供便利并不能像以前一样具有吸引力。现在口味和健康同样重要，McCain 正在不断革新其现有的和未来的产品品种以改善其供应。

为了降低盐和脂肪含量，McCain 已经重新调整了许多产品，并且不断努力以进一步增强其产品的营养成分。McCain 还正在尝试新的生产方式以便加强消费者关注的事情。例如，供应给学校和宴会承办人的"土豆微笑"现在用葵花籽油预先处理过，有助于降低卡路里水平和多不饱和脂肪。食品的营养益处是个问题，它不会消失，也是 McCain 会认真考虑的一个问题。

鸟眼（Bird Eye）的方法与新鲜"天然"健康有关。2004 年，鸟眼在品牌重启上投入了 6000 万英镑，强调了食品的健康性，经过冷冻的食品不含添加剂。即使是简

McCain 意识到了消费者对便利性的需求，但口味和健康现在也是极为重要的因素。它们不断地增加产品品种的创新性，尽管它们仍然为需要的人提供甜蜜的口味。

资料来源：© McCain Foods （GB） Ltd http://www.mccain.co.uk。

单的炸鱼条，许多妈妈们冷柜里的主打，传统的广告是鸟眼船长和他活跃的船员在公海上胡闹，现在也被改为了更为冷静的主题，以成年人为导向的广告活动。该广告以教室为基础，提供一种"ABC"的食品添加剂，鸟眼船长平静地告诉我们"N"是"不要在我的食品里放添加剂"。

和 McCain 一样，鸟眼也意识到了消费者在准备食品中对于速度和便利的需求。"蒸鲜"（Steamfresh）系列包括膳食和部分蔬菜，提供清蒸食物的所有营养好处，但却没有准备时的慌乱，放置蒸汽机，用完后又要洗：只用从冷柜中取出，连同可丢弃的包装一起放到微波炉里即可。鸟眼的所有品种，包装都经过了重新设计，提供了一个温热装置，赋予了产品更多的时代特征。除了着眼于品牌的定位和产品品种革新外，鸟眼的拥有者联合利华也一直在思考店内展示的问题。2004 年春，它开始在 ASDA 的冷冻食品部开辟联合利华品牌区，尽管新设计的冷柜预计要两年才能实际安装。与此同时，联合利华正在改造现有的冷柜，使用图解和信号来克服购物者对于冷冻食品的漠视。在其品牌区内，联合利华计划提供"一站式商店"，为购物者提供全套的膳食方案。因此将会有冷冻餐、甜点和冰淇淋，以及更为传统的冷冻肉和冷冻蔬菜，还有儿童膳食区。

资料来源：Barnes （2004b）；Benady （2004）；Dowdy （2004）；Euromonitor （2005）；Marketing Week （2004）；Mintel （2004）；http://www.bfff.co.uk。

问题：

1. 概括 STEP 要素影响这个市场的方式。

2. 对比 McCain 和鸟眼对这个环境所作出的反应。哪种方式最可能成功，为什么？

3. 冷冻食品是否有未来？你认为对于冷冻食品制造商来说市场营销的当务之急是什么？选择食品市场中的另一种产品（例如罐装蔬菜或早餐谷类食品），调查影响这些产品的 STEP 因素并介绍你的发现。

谁影响了购买行为？

Buyer behaviour

学习目标

本章将帮助你：

1. 了解顾客采购时所经历的决策过程；
2. 了解不同采购情况下流程的差别；
3. 了解影响决策的影响力是环境、心理还是社会文化，并且认识流程的意义和对营销战略的影响；
4. 了解 B2B 采购的性质和结构，以及 B2B 采购和消费者采购之间的差别；
5. 分析 B2B 采购流程和影响其结果的因素。

导言

第 2 章中关注的是营销人员开展业务的主要背景，相反，本章密切关注的是消费者和 B2B 顾客，他们处于很多营销人员的世界的核心。虽然顾客是营销环境的一部分，但在某种程度上是由第 2 章已经讨论过的影响力塑造的，了解影响顾客及其决策过程性质的更个人化、更特别的影响也很重要。

因此，本章首先关注的是作为买家的顾客，并分析决定他们选择方式和原因的内部、外部因素。本章后面的部分将研究 B2B 买家行为。在思考了消费者和 B2B 顾客在货物及服务的采购方式和原因方面的区别后，我们将分析 B2B 采购过程和形成决策的压力，这些决策是在组织背景下作出的。

决策过程

图 3.1 提供了一个看似简单的消费者买家行为模型，展示了一个逻辑性的行为流程，从问题识别到采购，再到购后评估依次完成。本部分将介绍这个核心过程。

范例　婴儿食品营销人员在决定他们的营销策略之前必须特别注意消费者的行为模式。调查显示消费者有很强的品牌忠诚度，有时高达 85% 的消费者总是购买同一品牌。在进入商店之前，他们对于所需要的东西有着明确的想法，因此不会有太过的冲动购买，如果货架上缺货，他们会到其他地方或推迟采购，直到下一次光临，而不会购买其他的品牌。调查显示平均拿取的包数是 3.3 包，而平均购买的数量则是 3 包，这意味着消费者对于备选的品牌不会进行太多的检查和评估。

妈妈对于哪个品牌更适合她的孩子的决定是很复杂的。它通常建立在对可获得的信息的仔细评估基础上，采纳来自朋友、家人和健康专家的建议，而最不可能是检查标签上的信息。随着孩子的发育，所需的品牌和产品也会改变。为了帮助妈妈们更容易地进行这种转变，供应商必须确保店内展示是有意义的，这样不同的品种可以清楚地沟通，借助清晰而内容丰富的包装标签，品牌忠诚会随着孩子的成长而发展、保持。为了强化这一点，必须做非常大的努力，确保货架的供应并对品牌忠诚进行奖励（The Grocer, 2005）。

正如在图 3.1 中可以看到的那样，决策过程受许多其他更复杂的影响力的影响。其中有些影响力与制定决策的大营销环境有关。而另一些则与单独的买家有关，因此后面的内容将思考那些源自个人的影响，如个性、态度和知识。同样，还将关注个人决策如何受到其社会背景，尤其是家庭和文化团体的影响。

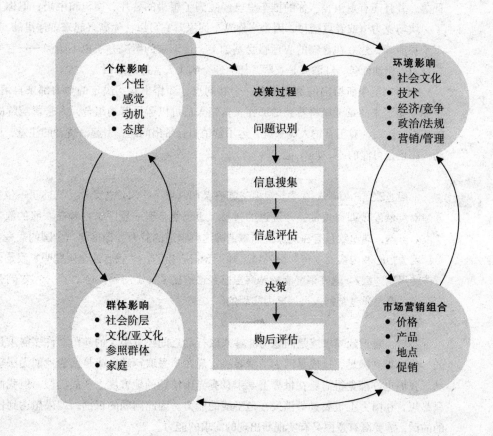

图 3.1　消费者购买决策过程及其影响因素

已经有许多人试图创建消费者决策模型，这些模型或简或繁，但都试图抓住经验的丰富性。这里展示的恩格尔、布莱克韦尔和米尼阿德模型（Engel、Blackwell and Miniard，1990)，尽管简明扼要，但却提供了一个框架，可以让我们通过讨论对许多更复杂的因素进行思考。它从买方视角一步步地追踪采购过程，包括明确可能的信息需求、讨论合理程度，以及分析导致最终决策的行为。

我们现在就依次对每个阶段进行分析。

问题识别

要想使决策过程合理，这是一个良好的开端。毕竟如果你没有意识到你有"问题"，你怎么会决定买东西来解决它？像补充洗衣粉或汽油储备这样的更功能性的采购，也许是不经意地扫了一眼现有存量而引发的。其他的采购也许是由特定的事件引发的。例如，当你的汽车耗尽了汽油无法动弹时，你会马上意识到问题的性质和可以提供补救的那种采购。

然而，当涉及心理需求时，问题识别可能会放慢或导致突然的冲动，当消费者意识到当前的形势或感受并不如意时，就会决定通过采购来做点事情改变它（Bruner、Pomazal，1988)。例如，设想经过一天的紧张工作后，你正在逛超市。你筋疲力尽、情绪低落，并且还有点沮丧。你的推车里已经装满了想买的薯片、面包和牛奶，但你又塞进了一块巧克力（或者更糟!)，因为当你驾车回家时它可以让你高兴起来。这里的"问题"不是很明确，建立在含糊的心理感受基础上，接下来的解决办法也不明确——它可能是巧克力，奶油面包、红酒或是衣服，任何迎合购买人喜好的东西。

然而，至今所给出的例子都有一个共同点，即作出购买决定的动力都来自消费者。正如在接下来的章节里将看到的那样，营销人员可以运用营销组合元素来影响解决方案的选择。然而，对于营销人员来说，运用营销组合带出问题，引起消费者的注意，从而启动程序也是可能的。

> **范例**　瑞迪欧（Radion）洗涤用品制造商在英国开展了一次广告活动，描述了一位家庭妇女突然发现即使是熨烫才洗过的衬衫，也仍然会有一股汗味附着在衣服的腋下部位。当然，瑞迪欧具有在洗涤过程中消除这种味道的威力。据推测，全国的家庭主妇都因为担心和内疚而变得如坐针毡，她们会扪心自问："我有这个问题吗？我是否应该转用瑞迪欧?"这在消费者的脑海里已经创造出了一个问题，启动了一个决策过程，而这主要是通过营销人员的努力实现的。

当然，意识到需求或是问题与能够采取行动之间还有很大的差距。许多需求是潜在的，仍未得到满足，这或是因为消费者决定现在不采取行动，或是因为他们无法采取行动。我们也许都觉得需要在世界上某个具有异国情调的地方度上 3 周的假，但我们不能只是想，在财力上也要具备消失在地平线的能力。因此问题的识别，如果想达到任何目的的话，需要既有意愿又有实现新出现的需求的能力。

信息搜集

　　明确问题是一回事，但明确并实施解决方案又是另外一回事。需要回答的问题包括：哪种采购可以解决问题，在哪儿和怎么样才能买到这些东西，需要什么信息来作出决策，以及在哪里可以获得这些信息。在有些情况下，消费者会主动搜集相关信息以便在决策时使用，但他们也会被动地获取信息并将这些信息储存到需要的时候。消费者每天都遭受着各种媒体的轰炸，这些媒体都想影响他们的认知并唤起他们对某种产品和服务的记忆。因此消费者在超市中有意识地选择洗涤产品前就"知道"了瑞迪欧能够消除汗味。当他们真的要购买的时候，制造商希望他们想起有关知识，并在选择出品牌时使用这些知识。

　　同样，C&G 公司（Cheltenham & Gloucester）的抵押广告就是为了吸引某些已经考虑购房的人而设计的。要鼓动消费者搬家几乎不可能，但如果消费者在认真思考之前，担心以他们的境况很难找到恰当的抵押时，这可能会派上用场。在有些情况下，消费者也许并不打算立刻搬家，但 C&G 公司希望他们在时机到来时会想起该广告。

　　并非所有的外部信息来源都由营销人员控制——不要忘了作为一种营销工具的口碑的威力。例如，朋友、家人和同事在此阶段也许都会向将要决策的人提供建议，无论是根据经验、知识还是判断。人们更愿意相信通过口碑传递的信息，因为信息的资料来源一般被认为是中肯的和可以信赖的，并且信息本身常常来自于亲身经历。

通过免费电话、线上访问，以及在分支机构的面对面咨询，可以轻松地找到适合你的抵押。

资料来源：Cheltenham and Gloucester。

在其他情况下，消费者也许会从互联网、专家著作、零售商甚至是营销著作中搜集信息。例如，买车时，准买家可能会参观竞争对手的经销店，与销售人员谈话，近距离地查看商品并收集宣传册。此外，他们还可能会咨询他们认为没有偏见的专家的建议，如《什么车?》（What Car?）杂志，并开始更多地留意所有媒体上的汽车广告。

豪泽等人（Hauser et al, 1993）强调了这样一个事实：时间压力会影响信息的搜集。他们发现随着压力的增大，消费者花在搜寻不同来源上的时间会减少。然而，另一方面，信息超载也可能给准买家带来麻烦。有一项证据表明，消费者无法应付太多的产品层面的信息（Keller、Staelin, 1987）。因此信息与消费者的关联越大，例如描述产品的关键好处和应用信息，消费者越容易采纳，并将该信息处理成决策的一部分。换言之，越好、越宽泛的信息实际上越可能导致糟糕的购买决策。

信息评估

你是根据哪个标准评估收集到的信息的？如果你正在寻找一种新的汽车排气系统，那一次线上搜索可以搜到 1 000 多项条目用于筛选，即使是一本传统的黄页也能提供 10 页条目，介绍 100 多家在合理旅程内的潜在售点。如果你没有关于它们任何一家的经验的话，你必须找出一种区分它们的方法。你不可能调查所有的售点，因为这会花去太多的时间，所以你可以根据黄页内字体最大的条目、网上搜索中最先跳出的名字，或是本地平面媒体或电视上最突出的广告拟出一份短名单。位置也可以成为一个重要因素，有些售点比其他售点更靠近家或工作地点。

相反，在超市里寻找巧克力，你的信息评估可能花不了多少时间，也不太系统。面对一堆知名的、喜欢的巧克力品牌，评估就很仓促了："我想吃什么?"最接近于系统化的想法可能是（在绝望中）根据该价格可以买到的哪种巧克力最多来评估。当然，如果一种新牌子出现在巧克力货架上，那也许就会打破习惯性地、无意识地抓取熟悉包装的惯例，而使消费者停下来仔细评估新产品相比老品牌所能提供的东西。

在上述案例中不同程度发生的事情是消费者开始将大量的潜在选项缩小为一个决策集（Howard, Sheth, 1969）、一个供认真评估的最终候选名单。成为消费者决策集的一部分并保留下来，对营销人员来说显然非常重要，尽管这并非易事。为了在决策集中作出选择，消费者需要一种正规的或非正规的从少量选项中选择的方法。因此预示着要确定某些评估或选择标准。

此外，营销人员会试图对此阶段施加影响。例如，通过他们的传播活动来实现，这些活动可以将产品形象灌输到消费者的脑海中，这样一来，它们在售点看起来会比较亲切（因此减少了威胁）。他们也许还会特别强调产品的特征，提升这种特征在消费者意识中的重要性，即确保此特征在评估标准列表中位居首位，并让消费者确信在特征方面特定品牌是无法超越的。售点材料也可以强化这些事项，如通过陈列、传单、包装上的措词和捆绑促销。

因此，通常将要发生的事情不一定是有意为之的，准买家构思了一张性能标准清单，并据此对各个供应商或供应品牌进行评估。这种评估可以建立在目标标准基础上，与产品特征、用途（价格、规格、服务等）、身份、符合自我形象或对供应商的信任这样的主观标准有关。

为了更容易地作出决策，消费者往往单凭经验抄近路快速决策。当问题的解决不是太有风险、太复杂时，消费者尤其愿意在质量和评估彻底性上妥协。他们也许会聚焦于品牌偏好、商店选择、定价、促销或包装，并且会限制决策集的规模，排除某些选项。

决策

如果一个选项在所有重要标准方面明显比其余选项更让人印象深刻的话，决策也许是评估阶段的自然结果。但如果这个选项不是如此清晰的话，消费者也许不得不进一步排列标准，也许是把价格或便利性定为最重要的因素。在汽车排气装置的案例中，决策是一项有意识的行为，而冲动购买巧克力也许是近乎无意识的决策。

无论如何，在此阶段消费者必须确定所要进行的交易，这也许发生在零售商店、电话、邮件中，或是消费者自己家中。在超市中，确定交易也许就像把巧克力和其他采购品一起放入推车，然后在收银台付款一样简单。然而，对于更复杂的采购，消费者也许要慎重地就现金或信用卡、抵价购物、订货数量和交易日期等细节进行协商。如果协商的结果并不尽如人意的话，消费者也许会遗憾地决定不再购买，或是接触其他供应商——在你的顾客付钱或签署合同之前，你都无法确定顾客。

当然，供应商可以使准顾客的采购更为便利或更加困难。卖场售货员不足、排长队或是官僚的购买流程都是在考验顾客的耐心，给他们时间决定去其他地方购买或根本不买。即便顾客确实坚持（最终）完成了购买，他们对供应商服务和效率的印象也会大打折扣，这也许会对他们的重复购买产生负面影响。

范例　　自动售卖机使顾客可以轻松地作出决定，并且几乎是立马付诸行动，只要他们的口袋里还有零钱的话。尽管有时机器吞币的速度快于交货速度简直令人愤怒，但单是英国的自动售卖产业就值 25 亿英镑，而其中 10 亿英镑来自零食销售。其中冲动采购是很重要的，像在糖果业中，因冲动导致的购买高达 70%，所展示的东西、品牌名称的熟悉度，以及它们的呈现方式对于销售都至关重要，由此导致了玻璃冷藏柜的增加。

现在正在锁定新的产品市场。尽管每天有来自自动售卖机的 800 万杯咖啡和 200 万杯茶被消费掉，但现在也在供应更为刺激的产品，如热的或冷藏的食品及周边产品。英国现在正在安装自动比萨售卖机，在 90 秒内提供热比萨，虽然是放在纸盘子上。英国奇妙比萨公司（The Wonder Pizza UK）正从美国进口机器，并计划在未来三年内将其中的 2 000 台安装到英国。像那些在东京可以看到的全自动商店和法国的 Petit Casino 连锁店在未来也可能会挑战英国的便利店。一般来说，自动售卖机的顾客对价格不敏感，他们看重交货的速度、自助服务的轻松，以及所见即所得的知识（Fleming, 2004; In-Store, 2003; http://www.ukvending.co.uk）。

购后评估

当钞票易手后，消费者和产品的关系并没有结束，营销人员和消费者的关系也没有结束。无论哪种采购,都可能存在某种程度的购后评估,以此评价产品或其供应商是否达到了流程早期阶段所提出的期望。特别是如果决策过程一直不顺,或者消费者已经投入了大量的时间、精力和金钱的话,那么他们可能会怀疑是否真正作出了正确的选择。这就是费斯汀戈(Fastinger, 1957)所称的认知冲突,是指消费者在"心理上不舒服",试图在作出的选择和仍然持有的怀疑之间找到平衡。当顾客遇到的营销传播对被否决选项的特性和优点大加赞赏时,这种冲突可能会加剧。一般来说,被否决的选项越多,那些选项所表现出来的相对吸引力就越强,冲突就越厉害。相反,被否决的选项越类似选中的产品,冲突就越小。冲突也可能产生更多的购买,如汽车和房屋这样解决延伸问题的东西,因为买方事后更可能有意识地对决策进行反思和评估。

显然,这种心理上的不适并不舒服,消费者会努力减少这种不适,也许是通过设法滤除那些破坏所作出的选择的信息(例如,被否决产品的广告),而特别留意那些支持性的信息(例如,被选中产品的广告)。这些都强调了需要在购后进行再次保证,无论是通过广告、售后跟踪拜访,甚至是说明书的口气("祝贺你选择了工具箱,我们知道它将给你提供常年的'忠诚服务'……")。消费者喜欢被提醒和再三确认他们作出了明智的选择,他们为自己作出了最佳的选择。从营销人员的角度来看,除了提供购后保证以外,他们还可以通过确保在信息的搜集和评估阶段,潜在买家就了解到了产品及其性能和特征的真实情况,从而使冲突的风险降到最低。

因此,出于很多原因,购后评估阶段非常重要。首先,它会影响到消费者是否还会再次购买该产品。如果没有达到期望,那产品下次可能不会进入候选名单。另一方面,如果达到或是超过了预期,那就很可能建立起持续的忠诚。下一次的候选名单也许就只有一种选择。

对购后感觉进行监控是营销的一项重要任务,这不仅要明确产品(或相关营销组合)未达到预期的方面,还要明确所有买家可能已经获得的预料之外的惊喜。例如,产品也许具备低于市价销售的优点。这是产品和服务发展、改进和创新循环的一个自然组成部分。

关于流程,有几点是需要注意的。首先,消费者在任何阶段都可能选择中止流程。也许信息搜集显示没有明显的可以解决问题的方法,或是信息评估显示解决问题的成本太高。当然,保持顾客在整个流程中的兴趣并防止他们选择离开是营销人员的工作。其次,该流程并不一定要经历从第一阶段到第五阶段的完整过程。消费者也许会在任何点上返回此前的阶段重新开始流程。甚至在决策时,也可能会觉得有必要返回以获取更多的信息,而这仅仅是为了确定。最后,流程所花费的时间也许会有巨大差异,这取决于采购的性质和买家的性质。多个月的烦恼也许是为了进行一次昂贵而重要的采购,而选择一块巧克力也许只要投入几秒钟。接下来的章节将对此问题进行更仔细的研究。

采购情况

在对决策过程的讨论中,已经明确了流程和正规的程序,各阶段的重点会因情况的不同而有所差别。其中某些差别与涉及交易的特别环境有关,而其他差别则源自消费者或消费者的直接社会环境。然而,本部分将更密切地关注采购情况的类型对决策过程的范围和正规程序的影响。

解决常规问题

正如本部分的标题所预示的那样，解决常规问题的采购情况消费者很可能会定期经历。大部分食杂品采购都属此类，在这种情况下，人们习惯性地购买特定的品牌，而不用求助于任何冗长的决策过程。事实上没有信息的搜集和评估，购买决策是与问题的识别阶段同时作出的。这就解释了为什么许多快速消费品制造商要花费这么多时间和精力去激发这种忠诚，以及为什么新产品要打入一个业已确定的市场如此困难。当消费者认为"我们已经用完高露洁"而不是"我们已经用完了牙膏"时，或当豆子实际上只意味着亨氏时，那竞争对手已经面临了一项艰巨的营销任务了。

除了建立定期的采购习惯，即品牌忠诚度以外，制造商也在设法利用此类情况下许多产品的冲动性采购。当牙膏和豆子成为计划性采购之旅的目标（"我去超市时，我需要买……"）时，也可能出于突然冲动而购买某些其他产品。就像在前一部分中所提到的那样，这种冲动可以通过需求实现或外部刺激引发，例如，吸引消费者注意的夺人眼球的包装。无论动机是什么，都不存在有意识的预先计划或信息搜集，而是突然冒出欲望，而这种欲望只有通过采购才能满足，而购买人事后可能会后悔，也可能不会后悔。

> **范例**　　爱丽奥（Elior）是法国的一家餐饮公司，它在满足常规的而不是临时性的采购方面已经建立了牢固的业务。它从事的是机场、高速公路服务站、火车站，甚至博物馆的商业性特许餐饮服务，它与这些场地的提供者签订了合同。在法国，它位居众多产品的市场领袖，现在它计划在英国、西班牙进一步扩展，荷兰、意大利和比利时也已列入了市场开发议程。在英国，它与阿歇特（Hachette）合作，在南部的 40 个火车站前院经营多样化服务商店，销售车票、食品、咖啡、小吃、杂志和报纸（Bruce，2001）。来自法国和其他地方的经验是，旅客购买车票之后比较容易购买其他物品，如果这些物品得到了有效展示，甚至可以闻到咖啡的香味的话。调查表明，通过提高周围刺激物的品质，可以激发冲动型购买（Matilla、Wirtz，2001）。

属于解决常规问题的物品确实往往是低风险、低价格、经常采购的产品。消费者非常高兴特定品牌满足了他们的需求，不值得为了品牌转换中所获得的好处而去搜集信息和评估选项。无论是从财务损失、个人失望或对社会地位的损害来衡量，这些所谓的低参与采购所附带的风险都不足以使消费者为"作出正确决策"的重要意义而激动。

解决有限问题

解决有限问题对于消费者来说要更有趣一些。这种采购情况较少出现，比起常规问题来，它涉及更深思熟虑的决策。物品会稍贵一些（在个别消费者看来），也许有望持续更长的时间。因此"错误"决策的内在风险就非常高。因此，会有某些信息搜集和评估因素，但这也不太可能花费太多的时间和精力。

一位消费者购买一台新高保真设备的过程可以成为这方面的一个案例。如果消费者上次购买距今已有数年，那么他们也许会觉得需要更新谁造什么、谁卖什么以及市场价格架构方面的知识。信息搜集可能包括与近期购买了高保真设备的朋友交谈，并在本地考察能够接触到的电器零售商。对于这个特别的消费者来说，这是一项重要的决策，但却不是至关紧要的决策。如果他们作出了"错误"的选择（像在购后评估阶段所定义的那样），他们会很失望，但却会觉得花了太多的钱，以至于无法简单地把讨厌的产品一丢了之。换言之，如果高保真设备达到了所要求的播放音乐的主要功能，消费者就可以学着忍受它，损失也是有限的。

解决有限问题也可能会出现在服务产品的选择中。在购买一次度假或选择一位牙医（口碑推荐？）时，消费者只有一次机会作出正确的选择。一旦你登上了飞机或是坐在了牙医的椅子上就太晚了，错误选择的最终代价会很高，而且很痛苦。因此一开始就要把事情做对，这样一来可能会导致有意识的、详细的信息搜集，甚至发展到我们将要谈到的解决延伸问题。

解决延伸问题

解决延伸问题意味着消费者更慎重地投入金钱、时间和精力，因此风险也高得多。重要资产的购置，像房屋或是汽车都属于这一类。这些采购对于大多数人来说很少发生，即便有，也往往需要某种贷款，涉及重大的长期责任。这意味着购买人要积极搜集尽可能多的信息，并自觉、系统地思考应该设定的决策标准。这并不是说最终决策一定要完全建立在功能、意识或理性基础上。例如，如果两家不同的企业制造出来的汽车具有相同的技术规格、价格、交货和售后服务期限，那最后的区别依据也许会是"哪一辆车最能给邻居留下深刻的印象？"

采购情况的重要性

那么，为什么以这种方式来划分采购呢？毕竟一个顾客解决有限问题的情况也许是另一个顾客解决延伸问题的情况。之所以这样做，是因为它可以增加另一个角度来帮助营销人员制定更有效、更恰当的营销战略。如果可以把一个重要的潜在购买群体界定为将购买高保真音响明确视为解决有限问题的情况的人群，那就告诉了制造商要如何传播、传播什么，以及在哪儿分销、如何分销。如果认为消费者将一种产品视为解决有限问题的采购，那营销人员也许更愿意通过专业渠道分销，在那里准买家可以得到专家的建议，并且可以花费时间进行详细的产品比较。传播也许包括大量技术规范和产品特性（即，产品可以做什么）的实际信息，并推销产品的好处（即，它们对你来说意味着什么）。相反，同样的产品作为解决常规问题的行为也许会尽可能广泛地进行分销，以确保供应，而不管零售商的专门性和专业性如何，传播也许会以产品形象和好处为中心，而忽略详细的信息。

环境影响

本部分探讨的是决策发生的广泛背景。这些环境影响在第 2 章中都已经进行了一定程度的介绍，因此这里对它们的处理会比较简要。重要的是要认识到决策不能完全脱离于它所发生的环境，无论消费者是否意识到了它们。

社会影响

在这方面有许多压力，后面会进行更详细的分析。当前社会总体趋势，遵守所处的各种社会群体的规范的要求，以及巩固自己在这些群体中的地位的需要都会对个人产生影响。

在更广阔的社会中，例如，近年来已经有了向更环保的产品方向发展的趋势，许多不一定是"深绿"的消费者已经让这种趋势影响了他们的决策，他们更关注无氟、可回收、非转基因或不用动物做测试的产品。社会群体压力的案例在儿童市场就可以看到。许多父母在购买特定物品或品牌时感受到了不平等的压力，因为孩子的朋友都拥有了这些物品或品牌。他们害怕孩子会因为没有拥有"正确"的东西而被边缘化或是受到威吓，无论那些东西是山地车还是电脑游戏。

科技影响

科技影响着消费者决策的许多方面。例如第 11 章将要讨论的数据库技术就使组织得以建立（几乎是）与消费者的个人联系。最终，这意味着消费者得到了量身打造的个性化产品，他们对产品质量、传播和服务方面的期望也都因此提高了。

从更广的意义上来说，科技在产品开发和创新中的应用创造了诸如录像机、高保真格式、便携式摄像机和电脑游戏之类快速演变、越来越便宜的消费者"玩具"。这些产品中的大部分曾是解决延伸问题的产品，但现在已经在向着解决有限问题的方向迅速发展。随着它们变得越来越便宜，越来越容易买到，对消费者来说购买本身的风险也降低了，所以他们不需要花费如此多的时间去搜集和评估备选选项。

经济和竞争影响

20 世纪 90 年代，衰退和经济困难席卷整个欧洲，这不可避免地影响到了消费者的态度和他们的购买能力及主动性。由于就业前景不明朗，许多消费者推迟了采购决定，调整了他们的决策标准或削减了某些开支类型。在此情况下，价格、物有所值和有意识地评估购买需求成为普遍的影响。

接下来，零售商不得不对经济环境所导致的贸易放缓作出反应。大街上全年都在降价，而不只是在传统的圣诞节前夕。而这确实在短期内刺激了销售，但却给现代化零售商带来了一种不利影响。消费者开始将较低的销售价视为"正常"，对支付全价不满，宁愿等待下一次降价，他们确信这种情况很快就会出现。

在竞争方面，几乎没有采购，主要是低参与度的决策，是在不考虑任何竞争的情况下作出的。然而，消费者的脑海中却知道竞争是由什么构成的。汽车排气系统供应商能够非常确定竞争是由其他排气系统经销商和修车厂构成的。然而，巧克力供应商可能不只要和其他巧克力供应商竞争，还要和奶油面包、饼干和薯片供应商竞争。消费者对竞争的考虑，不管如何明确，也许会很广泛、正式而费时，也许只是匆忙地扫一眼超市的货架，查看一下。竞争对手通过它们的包装、促销组合和邮递广告来争夺消费者的注意，它们还试图影响或打断决策的过程。这种产品的增殖和传播不是扰乱了消费者，导致品牌的更换，甚至降低决策的理性，就是为消费者提供了信息和参照物，使他们作出更明智的决策。

政治和法规影响

源自欧盟或国家机构的政治和法规影响，也会影响到消费者。例如，产品最低安全标准和性能法规就意味着消费者不需要花费大量时间去获取技术信息，为产品分析操心，而可以根据那些标准比较竞争性产品。立法和监管，无论是否与产品描述、消费者权力或广告有关，都降低了决策的内在风险。这减轻了消费者的压力，导致了更明智、更轻松的决策，降低了购后失调的风险。

这里关于 STEP 要素的讨论并不彻底，只不过起了一个提示的作用，提醒个人决策要在更广泛的背景下作出，这是社会自身的动力或是市场的努力所导致的。背景设定之后，现在就可以更密切地关注内部和外部影响个人购买行为和决策的特别影响力了。

个人心理影响

尽管营销人员试图界定具有共同特征或兴趣的准顾客群，并以此作为一种明确传达营销战略的有效单位，但不应该忘记这种群体或细分市场仍是由互不相同的个人组成的。因此本部分关注的是那些会影响个人感觉和决策过程的方面，诸如个性、知觉、学习、动机和态度影响。

个性

个性，由使我们区别于其他人的与众不同的特征、特性、行为和经历组成，是一个非常广阔而深奥的研究领域。我们的个性是我们作为消费者的全部行为的核心，因此，营销人员试图明确目标消费群中普遍的个性特征或特点，这可以在产品本身和围绕产品的营销努力上反映出来。

20 世纪 80 年代中后期，广告尤其充斥着反映个性特征的形象，这些形象与"雅皮"之类的成功的生活方式联系起来。独立、稳健、冷酷、野心勃勃、以自我为中心、实利主义特征被视为积极的特征，因此营销人员急切地将它们与产品用户联系起来。20 世纪90 年代，这种方式趋于柔和，突出的形象定位越来越趋于以关怀、体贴、家庭和分享作为自我实现的途径。

对于高参与度产品，在产品和消费者之间存在一种强烈的情感和心理联系，比较容易看清个性如何影响选择和决策。例如，在选择衣服时，一个性格外向、自信，有着张扬个性的成功人士也许会有意选择那些前卫、时髦、大胆、色彩跳跃的昂贵服装，以此彰显个性。而一个沉默、焦虑、社会技能低下的人也许更喜欢穿着更冷静、更保守、不太引人注目的衣服。

然而，总体来说，个性和采购之间的关系，以及通过个性特征预测购买类型的能力是最微不足道的。奇斯诺（Chisnall，1985）认为个性可以影响购买特定类型产品的决策，但却不会影响最终的品牌选择。

知觉

知觉是个体分析、解读和弄懂所接收到的信息的方式，它受个性、经验和情绪的影响。两个人不会以完全相同的方式解读同样的刺激（无论是产品的包装、口味、气味、质地或是产品促销信息）。甚至同一个人在不同的时候也可能对刺激产生不同的知觉。例如，你在饥饿时看到一种食品的广告就比在饱餐之后看到同一广告更可能产生积极的反应。即时的需求影响着对信息的解读。或者，一个周日午后在家放松的人更可能花时间阅读详细而冗长的平面广告，而在工作日的短暂茶歇中他对同样的杂志只会一扫而过。营销人员自然希望他们的信息到达目标受众时，他们是放松、悠闲而安逸的，因为这样个体更可能积极地解读信息，而不太可能被其他压力和需求转移注意力。

选择性注意

消费者不会马上注意到正在发生的所有事情。注意力过滤器使他们可以对进来的信息进行无意识的选择，从而集中注意力。在日常生活中，我们滤除了那些无关的背景噪音：电脑的嗡嗡声、花园中的鸟啼、路上汽车的喧闹、走廊中的脚步声。作为消费者，我们滤除了无关的营销信息。例如，看报纸时，在瞬间对广告进行浏览，判断出它是无关的，然后让眼光跳过它。

这意味着营销人员必须克服这些过滤器，或是通过创造我们认为它是相关的讯息，或是通过在讯息中构思引人注目的设计。例如，一个平面广告也许会利用它的页面位置、强烈的色彩或令人吃惊的形象来吸引眼球，更重要的是吸引大脑。

选择性知觉

此问题从未阻止过营销人员吸引消费者的注意，因为人们在以适合自己的方式解读信息时拥有无尽的创造力。这不太会危及对事物的解读，它们与你的所思所感完美而一致地吻合，而不是处理冲突和矛盾所导致的不适。

创造这种一致和和谐的方法之一是让以前的体验和现有的态度来粉饰知觉。对某个组织的产品的一次特别糟糕的体验会创造出或许永远无法克服的偏见。无论组织传递如何积极的讯息，消费者都会想"是啊，但是……"同样，对于一个对象的负面态度也会致使消费者对信息进行不同的解读。例如，某些坚决反对核能的人就会试图从行业广告和公关宣传的字里行间寻找隐藏的内容和反驳的论据。这会歪曲信息的原意，甚至强化负面的感觉。反之，一次美好的体验更容易形成正面知觉。过去的美好体验打下了牢固的基础，在此基础上人们期待着下一次体验会更好。

选择性保持

并非所有通过了注意过滤器和知觉理解机器的刺激都会被记住。许多刺激只是短时间的，因此重复广告的原因之一就是：如果第一次你没有注意到它或是记住它，你后来可以看到。因此，通过重复讯息或制造消费者可以识别的（如：品牌名称、包装设计、标志或是色彩方案）、熟悉的刺激来促进记忆是一项重要的营销任务，可以减少对消费者记忆的依赖。

人们有能力记住他们想要记住的事情，并滤除他们想要滤除的事情。之所以保留了特别的讯息也许是因为这些讯息在情感上打动了他们，或者这些讯息有直接相关性，或是特别有趣，或是强化了此前所持有的观点。原因有很多，但消费者没有义务记住所有事情。

学习

知觉和记忆与学习密切相关。营销人员希望消费者从营销材料中学习，这样他们可以知道要购买哪种产品，以及为什么要买，并且从产品体验中学习，这样他们会再次购买，并把消息传递给其他人。

希尔加德（Hilgard）和马奎斯（Marquis）对学习所下的定义是（1961）：

……实践所导致的或多或少的行为变化。

从营销角度来说，这意味着目标不只是为了让消费者学会某些事情，而且还要让他们记住已经学会的东西，并据此采取行动。因此，为了使学习机会最大化，必须对广告素材进行认真的设计。一个 30 秒的销售汽车保险的电视广告通过电话把免费电话号码重复了 4 遍，并将它写在了屏幕的底部，这样观众就可能会记住它。在广告中展示产品的好处也有助于消费者了解在使用产品时他们应该关注产品的什么方面。在特别的使用环境下展示产品，或是将产品与某种类型的人或情况联系起来，引导消费者建立对产品的态度。

幽默和其他煽动对广告的情感反应的手段也有助于记住信息，因为接受者会立即深入到过程当中。同样，将产品与某些本身就能唤起某种情感的、熟悉的东西联系起来，可以把那些感觉传递给产品。因此由小狗主演的 Andrex 广告就帮助英国公众学会了把厕纸看做是温暖、柔软、可爱和无害的东西，而不是令人困窘的东西。

动机

一种市场营销定义将重点放在了满足顾客需求上，但是什么引发了那些需求，又是什么驱使消费者去实现他们的需求呢？行动的动机、动力是复杂多变的，很难调查，因为个人自身往往无法详细说明他们为什么要那样做，在不同的时间，可能会由不同的动机主导，它们会对个体的行为产生更大的影响。

马斯洛的（1954）的需求层次理论长期以来都被用于划分基本动机的等级。如图 3.2 所示，5 种需求一层叠一层形成了一个阶梯。在获得了最低层次的满足后，个人可以继续努力达到下一层次的目标。这种模式背后确实有着特定的逻辑和理念，例如，真正的自我实现只可能从牢固的安全基础上生长出来，社会认可似乎也才是合理的。然而，这个模式是在美国资本主义文化背景下发展起来的，在这种背景下成功和自我实现往往就是最终的结果。这些动机在其他的文化背景下可以延伸多远还值得怀疑。

适合 5 个层次的消费者行为和营销活动案例都可以找到。

生理需求

像饥饿和口渴这样的基本感觉可以是有力的动力。一场紧张的壁球比赛之后，马上

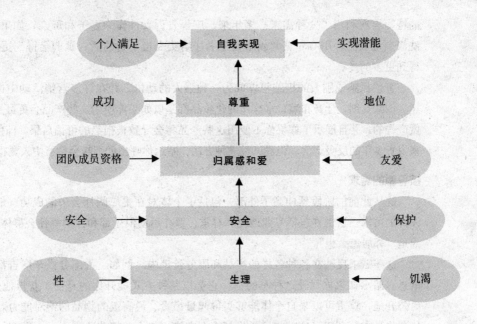

图 3.2　马斯洛需求层次

喝水的渴望超越了平常的品牌偏好考虑。如果运动中心的商店只存有一种软饮料，那么就会出现这种情况。同样，老练的购物者会充分意识到饥饿时逛商场的危险：似乎会有太多的东西被塞进推车。

营销人员可以利用这种感觉。软饮料制造商可以确保运动中心储存他们的品牌，并且让产品形象反映出恢复精力和解渴的特性。食品制造商可以在受众可能觉得饥饿的时候做广告，这样他们更可能关注信息并记住它们。

安全需求

一旦个人满足了基本的生活需求：食品、饮料和保暖，对自我保护和长期生存的需求就会出现。在当代西方社会，这也许会被解读为对安全住所的渴求，以及希望不受侵扰和其他危险（例如洪水和火灾）的威胁。也许还包括对保健、保险服务和消费者保护法的渴求。

汽车制造商尤其重视安全需求，并把它作为一种营销平台。驾驶是一种具有危险性的行为，因此制造商试图向我们保证它们的汽车是尽可能安全的。各种各样的制造商在它们的广告中强调了侧部保险杠、汽囊和防抱死制动系统，展示了这些装置如何保护你或是帮助你预防事故。

在像漂白剂和盥洗清洁剂之类的产品营销战略中，特别强调了健康保护方面的安全需求。所用的方法常常吸引了负责维护全家健康和安宁的母亲的注意。可以通过选择正确的清洁剂消除细菌的威胁。

归属感和爱的需求

这是关于情感安全的，希望感觉到被最亲近的人接受和重视。营销人员通过对家庭的特写再次利用了这种需求。多年来，广告告诉女性作为妻子和母亲，如果用"保色"洗涤剂洗衣服、用 Oxo 烹调或用脆玉米片给丈夫当早餐的话，她们会得到更高的赞赏，得到更多的爱。

害怕孤独或别人的拒绝可以成为一种强大的动机，并在许多营销活动中进行重点描述。像除臭剂、牙膏和漱口水这样的化妆品都是以如果你使用这些产品会更可爱为基础来做广告的，并且展示了如果你不使用这些产品将会导致被拒绝的可怕后果。即使是针对十来岁青少年的反吸烟活动也尝试过这种方法，暗示你呼出的烟味会使意中人觉得厌恶。

被尊重的需求

这从此前的阶段延伸到了外部，包括了个体对在更广阔社会中的成功、地位和良好评价的需求。这也许包括专业地位和尊重，像在运动俱乐部和社团等社会群体中的名望，或是"邻居怎么想"。

这些需求反映在各种各样的产品和服务营销中。例如，大部分汽车广告都包括某种讯息，暗示如果你驾驶这种车的话，它会以某种方式提升你的身份，获得他人的尊重。更公开地，尊重可以来自个体能够买得起最昂贵、最高级的物品的绝对能力。香水和其他奢侈品充分利用了这种暗示，你是一个有辨识能力的精英购买人，一个超过了其他人的购买人，使用这些产品彰显了你是谁，你拥有怎样的地位。像劳斯莱斯、古奇和劳力士这样的品牌名称已经获得了一种威望，只要说"她拥有一块真正的劳力士"就很好地说明了一个人的社会地位。

自我实现的需求

这是最终的目标，通过成功地发挥个人的潜能达到完全满足。这可以意味着任何事情，这取决于你是谁以及你想从生命中获得什么。有些人只能通过成为跨国公司的领导达到自我实现，而其他人则是通过成功地提升家庭的幸福和健康找到自我实现。对于营销人员来说这是一个很困难的阶段，因为它太个人化了，因此希望通过满足上面所讨论的其他需求，营销人员可以帮助促进个人向自我实现发展。然而，只有个人才能分辨何时达到了这个阶段。

然而一般来说，在西方经济中可以认为已经满足了最基本的需求。大多数人都不存在真正的生理上的饥渴和安全感的缺乏。例如，食品制造商不能假设因为它们的产品可以减轻饥饿就会被购买和接受。数以百计的食品品牌都可以做到这一点，因此消费者指望的是特别产品可以如何满足更高一级的需求，像爱或尊重。因此食品的营销基础常常是你的家人会喜欢它并因为你提供了它而更爱你（例如 Oxo）或是它能给参加聚餐的客人留下深刻印象（例如，千层雪或 After Eights）。因此，重点主要放在更高层次的需求上（归属感和爱、尊重和自我实现）。

态度

正如前面所指出的那样，态度是个体对事物所持的一种姿态，它决定了他/她以特定的方式对问题作出反应。希尔加德等人更正式地（1975）把态度定义为：

……一种接近或远离某个对象、观念或情境的倾向，和一种以预先设定的方式对这些相关的对象、观念或情境作出反应的愿望。

因此在营销方面，消费者可以培养出对所有产品或服务，或对营销组合的所有方面的态度，而这些态度会影响到行为。所有这些意味着无论是通过知觉、评估、信息处理还是决策，态度在影响消费者的判断方面都起着重要作用。在改变学习中，态度也扮演了关键的角色，虽然它们是动态的，会随时间变化，但仍然很难改变。

威廉姆斯（Williams，1981）在其著作中进行了总结，认为态度有三种不同的成分。

认知

认知态度是指信任或怀疑，像是："我认为人造黄油比天然黄油更健康"。这是一个营销人员可以通过直截了当的广告影响的成分。重复你的产品是健康的，或是它意味着最物有所值，很可能会树立起对品质的初步信任。

情感

情感态度是指对积极或消极天性的感受，包括某些情感成分，像是："我喜欢这个产品"或是"这个产品让我觉得……"，广告又再一次帮助营销人员向消费者发出信号，告诉他们为什么应该喜欢这个产品，或是他们在使用时应该如何感觉。当然，对于某些消费者来说，情感态度可以超过认知态度。例如，我可以相信人造黄油比天然黄油更健康，但我会因为更喜欢天然黄油的味道而购买它。同样，我相信吃巧克力是"不好的"，但它让我感觉振奋，所在无论如何我都要吃。

意向

意向性态度是指与行为的关联，像是态度 x 可能会导致行为 y。这对营销人员来说是最难预测和控制的，因为有太多的事情会阻碍行为的发生，即使认知和情感态度都是积极的："我相信宝马是品质卓越、安全可靠的汽车，我也觉得拥有一辆宝马车会提升我的地位，并给我提供更多愉快的驾驶时间，但我根本买不起，"或者甚至是"奥迪给我了更好的报价"。

正是态度和行为之间的最后一环最吸引营销人员。菲什拜因（Fishbein，1976）总结了一套模式，其基础主张是：要预测像品牌选购这样的特定行为，重要的是掌握个体对实施行为的态度，而不只是对所讨论产品的态度。这与上述宝马的例子是吻合的，其中最重要的事情并不是对汽车本身的态度，而是对购买汽车的态度。只要购买的态度是消极的，营销人员就还有工作要做。

因此态度包括感觉（积极的或是消极的）、知识（全面的或部分的）和信任。一位特别的女性消费者也许会认为她超重了。她明明知道奶油蛋糕会增肥，但她就是喜欢。所有这些事情加在一块就形成了她面对一块奶油蛋糕时的态度（坏的，但却是诱人的）和行为（在完全投降，买上两块蛋糕之前要和她的意识较量上 5 分钟，并且明知事后会后悔）。一个奶油蛋糕的广告活动就围绕"淘气而美丽"的口号，充分利用了共同的态度，几乎使这种内疚合法化，并且建立了与那些绝望的沉迷其中的人的同感。这个活动的真正绝妙之处在于广告主并没有试图推翻态度。

可以改变态度，但却非常困难，特别是当它们已经完全确立并根深蒂固时。以核能产业为例，它一直试图通过综合的广告活动、公关和现场参观克服敌对的、怀疑的态度（http://www.bnfl.co.uk）。许多人也确实对这种公开作出了回应，已经准备或多或少地改变态度。然而，总是会有顽固的核心仍然保持根深蒂固的观念，并用"消极的"方式来解读"积极的"信息。

在涉及组织理念、企业道德或市场，以及那些围绕组织特别产品或服务体验的态度之间存在差别。一个在用工、环境纪录方面名声不佳或是与可疑的外国政权打交道的组织会创造负面的态度，而这种态度是非常难推翻的。同样，在某些市场上经营的公司，如核能、烟草和酒类，永远无法挽回它们在重要的公众团体心目中的形象。人们对这些问题太过关注，以至于无法轻易被说服改变观点。相反，对于特别产品和品牌的负面感觉更容易通过巧妙的市场营销改变。

正如之前引用的奶油蛋糕的案例所展示的那样，明确态度可以提供宝贵的对目标顾客群的见解，并打下与他们沟通的基础。测量对一个组织及其竞争对手的产品的感觉、信任和知识是市场调研的重要部分（见第 5 章），它导致了更有效、更吸引人的营销组合。

总之，个人是一个复杂的实体，除了日常生活的其他负担，还要承受理解、分析和

营销　进行时

成功之路

哈雷品牌全是关于权威与声望的。它不是一款供运动型的摩托车骑士所用的机车：它似乎吸引了相当多的三十多、四十出头的男士，通常是想通过巡游在高速公路上稍稍逃避现实的专业人员。对他们中的大部分人来说，拥有一件他们在暗淡而遥远的青年时代不可能买得起的产品是他们的成功的象征。哈雷在巡游／旅行市场居主导地位，是摩托车产业的四个细分市场之一。它信仰被描述为 360度营销的理念，围绕顾客建立起一种关系，从而传递品牌价值观和拥有哈雷的意义。无论在哪里，消费者都可以通过产品本身接触到其分销渠道、销售、顾客服务、设计、传播或品牌扩张等，有一种持续而和谐的方式来增强这种关系。

哈雷 (Harley-Davidson) 传统上将其摩托车的营销瞄准那些梦想光明大道的男性，他们以此作为忘却单调工作、重新发现逝去的青春的一种方式。现在年轻人有足够的钱拥有一件这样的名牌产品，像这样的广告就是为了吸引他们的兴趣。

资料来源：© Harley-Davidson UK http://www.harley-davidson.com。

然而，尽管哈雷支配着传统的男性市场，但它必须吸引更广泛的受众。它的产品和传播策略开始针对女性和更年青的骑手。它们仍被认为是"梦想家群体"的一部分，这个群体希望驾驶并享受哈雷的体验，并且渴望加入哈雷社团。这种状况通过聪明的促销吸引得到了示范，例如通过表现一位孤独的哈雷骑士在美国高速公路边的山旁，并配有"这个国家不是建立在调和的宣言之上"的品牌口号（Buss, 2004; Speros, 2004）。

记住许多信息的压力。如果营销人员打算开发突破防御机制的产品，并创造忠实顾客的话，他们就需要了解个体是如何思考的，以及他们为什么要以特定的方式回应。然而，个体的行为并不像上文所讨论的那样只是根据他们的个性、能力、分析技巧等因素形成的，还受到了更广泛的考虑的影响，如接下来将会讨论到的社会文化影响力的影响。

群体社会文化影响

个人拥有许多社会团体的成员资格，无论这些团体是被正式承认的像家庭这样的社会单位，还是像参照群体这样的非正式的无形群体。购买决策不可避免地会受到群体成员的影响，因为这些社会文化影响可以帮助个人：

- 区别必需和非必需采购；
- 在资源有限的情况下区分采购的先后次序；
- 明确产品及其优势在所处环境中的意义；并且由此
- 预测该决策在购后的意义。

所有这些事情都意味着个人决策与"其他人会怎么想"以及"如果我买了这个产品我会怎么看"的关联与和产品自身内在优势的关联一样大。当然，营销人员利用了这种希望表达自己并通过个人消费习惯来获得社会认可的天性，这些都是描绘细分市场心理或生活方式的基础，并且多年来也是广告中的恐惧诉求的基础。

下面的章节更密切地关注了某些社会文化影响。

社会阶层

社会阶层是一种企图构建和划分社会的层化形式。有人认为现代欧洲平等已经变得非常明显了，这使任何社会区分企图都变得没有根据。然而，今天的社会阶层主要是根据职业来确定的，多年来，英国的营销人员一直在使用表 3.1 所概括的分级系统来对消费者进行分组，无论是为了调查还是为了分析媒体读者。

然而，在试图将消费者行为与社会阶层联系起来的时候会发现根本性的问题。这种系统的有效性是有限的。它们取决于户主（更准确地说是主要收入赚取人）的职业，但却没有考虑其余家庭成员的背景。双收入家庭变得越来越普遍，第二收入对于双方的购

表 3.1　英国社会–经济分组

占人口百分比	组别	社会地位	户主的职业
3	A	中上	高级管理、行政或专业人员
14	B	中等	中层管理、行政或专业人员
27	C1	中下	主管或文员、低级管理、行政或专业人员
25	C2	技术性工作	熟练的体力工人
19	D	工作	半熟练和非熟练工人
12	E	那些处于生存最低层的人	国家养老金领取者或寡妇、临时工或最低级别的工人

买行为都有深远的影响，而大部分此类系统都没有认识到这一点。它们几乎没有区分消费模式或对营销人员来说非常有用的态度。C2 阶层家庭的可支配收入也许与 A 或 B 阶层家庭的一样高，并且它们也许具有某种共同的高端市场品味。此外，A 或 B 类中的两个家庭很可能会有非常不同的行为。一个家庭可能会把地位象征看得很重，并沉湎于炫耀性消费；而另一个家庭也许会拒绝物质价值，而追求更纯净、更简单的生活方式。这些生活观念的反差对采购行为和选择非常重要，因此心理细分的必要性为营销人员提供了更有意义的划分顾客的框架。

范例　　"大众富裕阶层"在西方市场有力地代表着传统的中产阶级和一个正在增加的高收入工人阶级。奢侈品是传统分级法变得越来越不切题的一个良好案例。自 1995 年以来，在英国，真正的可支配收入已经提升了 20%，据估计，现在有 1 000 万家庭可以买得起曾是 1% 的最富的人所独占的东西。每年度 2~3 次假，有第二处住宅，两三辆车，花钱享受包括私人美发和教育在内的专业服务，这都是发生变化的指示器。让杂货店送货上门或让某人为你做饭曾经是富人的奢侈，但现在出门用餐、快餐和送货上门在英国都被认为是很平常的事情了。大众富裕阶层超越了社会阶级。高价和奢侈行业每年增长 10%，而其他产品只有 2%~3%。根据质量和名气而不是价格作出购买决策的倾向反映了这种转变（Marketing, 2004; Marketing Week, 2004）。

文化和亚文化

文化可以被描述为个体所生活的社会的个性。它通过建立环境、文化、语言、文学、音乐和社会消费，以及通过普遍信仰、价值系统和政府体现出来。莱斯（Rice, 1993, 242 页）将文化定义为：

在人们所采纳的生活模式中所表现出来的价值观、态度、信仰、理念、人工制品和其他有意义的象征，它帮助作为社会成员的人们解读、评估和沟通。

图 3.3 进一步细分了这个定义，用图表说明了创造文化的影响力。

文化差异以大相径庭的方式体现出来。例如，尽管吃是一种本能，但我们吃什么，什么时候吃却受到我们成长环境的影响。在西班牙，午餐通常是在下午 4 点开始，然后晚上 10 点以后才吃晚餐，而在这个时间，波兰的绝大部分餐厅已经打烊了。同样，中欧的午餐必有泡菜，但较之品种丰富的典型西班牙菜单来，它们的午餐只有一点点鱼。即使是外出用餐的倾向也可能是一种文化因素。

当然，文化在体现和描述社会价值及信仰方面要更深入一些。它影响着购物的时间，许多地中海国家的超市在夜间的营业时间要比部分北欧国家长；与广告信息和符号有关的信仰；居民的生活方式；以及在该种文化中产品被接受的程度和铺货率。例如，你试试在西班牙或意大利买个电茶壶。

因此，文化是营销人员需要了解的重要内容，首先，因为营销只能存在于准备认可它和支持它的环境之中；其次，营销要在社会和文化设定的界限内实施。例如，在过去的 20 来年里，组织用动物来测试化妆品已经变得越来越不为欧洲社会所认同。社会已经

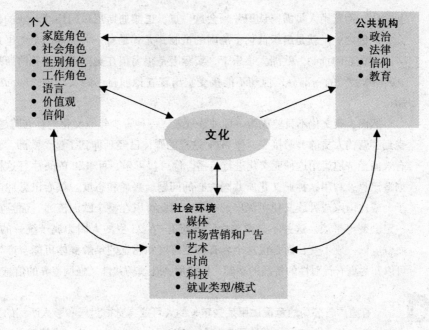

个人
- 家庭角色
- 社会角色
- 性别角色
- 工作角色
- 语言
- 价值观
- 信仰

公共机构
- 政治
- 法律
- 信仰
- 教育

文化

社会环境
- 媒体
- 市场营销和广告
- 艺术
- 时尚
- 科技
- 就业类型/模式

图 3.3　文化影响

非正式地改写了一条法规,营销人员必须对此作出回应。对烟草、酒类和针对儿童营销的态度转变也是文化改变组织业务方式的案例。例如,在英国,食品营销人员已经因针对儿童大做诸如糖果、软饮料、含糖谷类食品、炸薯片和快餐之类的产品广告而受到指责。这些种类的产品被认为可能不具有营养价值,如果过度食用,会导致儿童蛀牙和肥胖的增多。

任何文化都可以划分为许多亚文化,各种亚文化具有自己独有的特性,但它们又共存于同一整体中。这取决于旁观者的观点和他们要求划分的详细程度。一位美国出口商也许会说欧洲代表着一种文化(因为它与美国文化截然不同),而英国、法国、德国和其他国家的亚文化都存在于这种文化之中。然而,经营家庭市场时,一个德国营销人员就要把德国,或欧洲日益增加的讲德语的地区确定为主导文化,其中又包括重要的亚文化。这些亚文化可能建立在民族起源(土耳其人、波兰人、亚洲人或其他)、宗教信仰或更以生活方式为导向的群体基础上,根据所持的价值观和态度来界定。语言也可以作为一种重要的亚文化决定因素。例如,在瑞士,3 种主要语言反映着不同的风俗、建筑甚至外部导向。根据文化来看,提契诺地区(讲意大利语)大概认为它自己更接近于米兰而不是苏黎世或巴塞尔。

在许多方面,在融入主流优势文化的文化同化与保存语言、服饰、食品、家庭行为等文化多样性之间存在着以种族为基础的亚文化的压力。这种压力即便在整个欧洲范围内也可以看到,在欧洲,对旅游、快捷交通和泛欧洲营销的日益重视正慢慢打破国界,与此同时,也存在一股强劲的保护独特的国家和地区特性的趋势。

至于在不远的将来,甚至是在一个联合的欧洲,人们仍会庆祝并捍卫自己的文化和亚文化,而营销人员需要认识并领会这一点。巴黎迪斯尼乐园惨淡开业的原因之一(在众多原因之中)就是组织低估了法国的抵制,尤其是对一种纯粹的全美国式文化概念进入欧洲核心的抵制。欧洲人很乐于,实际上是很渴望在美国本土体验迪斯尼,以此作为"美国体验"的一部分,但却不能接受它出现在他们自己的文化中(http://www.disney.go.com)。

然而,亚文化不只要成为一种种族现象。一种青少年亚文化的存在跨越了国际界限,受到了营销人员的普遍接受,像 MTV 这样的媒体已经延伸到了整个欧洲,营销人员可以有效而经济地运用这种亚文化进行传播。像可口可乐、百事和 Pepe 牛仔这样的品牌可以创造讯息,利用这种亚文化所共同关心的问题、兴趣和态度。核心讯息冲击了某些不同于,或比国家或种族文化更深层的东西,因此可以在整个欧洲流通,而且在此过程中不一定会变得平淡。这并不是说整个欧洲所有 16~25 岁的人因为属于统一的"青春市场"而就应该一成不变,而是说这个具有特定态度和感觉的年龄群体可能会产生共鸣,而这可以作为更有针对性的传播的基础,传播那些既颂扬共性又强调差异的信息。

范例　　有些广告公司故意设法用某些年长的人可能会觉得讨厌和骇人听闻的主题来吸引 15~25 岁的人。英国的"法国连接"(French Connection),或简称 FCUK,在服装零售业方面一直都非常成功,与此同时,玛莎百货公司却处于劣势。尽管营销产品必须恰当,但在所有广告,特别是海报中都使用 FCUK 缩写的方式可能会引起注意。自 1997 年以来,FCUK 与广告标准局产生了一些争论,它的某些广告获得了批准,而另一些却遭到了谴责。像"fcuk 时尚"、"fcuk 广告"这样的海报没有被批准,而有像"法国连接着我"和"现在这是我的地盘"之类主题并带 FCUK 商标的 T 恤却被批准了。对于"法国连接"来说,所有这些都是为了制造噱头,博人一笑。它可能会声称这只是为了保持一致,而读者肯定不会对这种暗示产生怀疑,他们会认为 FCUK 已经有效地获得了 fuck 四个字母的所有权(Broadbent, 2001)。

然而,新奇并没有维持太长时间。到了 2005 年,"法国连接"据说销售和利润都在下跌。分析家认为市场将整个"fcuk"都视为是疲惫而粗俗的,产品品种缺乏创新,较之竞争对手其服装定价过高(Grande, 2005)。这正说明你不能止步不前,坐享一次优秀的广告活动的荣耀。

参照群体

参照群体是指个人从属于或渴望加入的任何群体,无论是正式,还是非正式成立的,例如,专业机构、以社交或业余爱好为导向的社团,或者非正式的、模糊界定的生活方式群体("我想做个雅皮")。有三种主要的参照群体,每种都影响着购买行为,下面将依次进行讨论。

成员群体

这些是指个人已经参加了的群体。这些群体提供参数,个人据此作出购买决策,无论他们是否是有意识为之。例如,在购买衣服时,购买人也许会考虑将要穿着的场合,并考虑某件衣服是否"适合"这种场合。此时最关心的是其他人会怎么想。

购买上班的服装受到了同事（一个成员群体）和老板（一个渴望加入的群体?）所强加的规范和期望，以及工作场合实用性的严格限制。同样，选择聚会服装会受想要给出席的社交群体留下的预期效果的影响：是否会给他们留下深刻印象；穿着是否合身；穿着者是否会被认为穿得太讲究或是太不讲究；或者其他人是否会以同样的装束出现。

因此成员群体对于购买行为的影响是要为个人设定可供参照的标准，从而巩固他们作为群体成员的地位。当然，有些有着强烈领导意识的人会选择突破自我，挑战其他人会遵守的规范来拓展那些标准。

渴望加入的群体

这些是指个人想要加入的群体，其中有些渴望要比其他渴望更现实。一位业余运动员或音乐家的梦想也许是盼望拥有专业身份，即使他没有什么天分。一位独立的单身职业女性也许渴望成为一个有丈夫和三个孩子的全职主妇；而家庭主妇也许渴望有事业和独立的生活方式。一个年青的低级经理也许渴望进入中级管理层。

人们渴望生活中的变化、发展和成长是很自然的，营销人员在定位产品和作出狡猾的承诺时常常利用这一点。鸟眼冰冻食品并不会阻止你成为一名无聊的家庭主妇，但却会给你多一点独立让你"做你自己"；买耐克、锐步或是阿迪达斯运动服并不会让你成为罗纳尔多、贝克汉姆或菲戈，但你会感觉到更接近他们了。

因此，渴望加入群体的存在，吸引着消费者接近那些与群体紧密相连的产品，它将使购买人看似真的属于那个群体，或标志个人对广阔世界的渴望。

游离的群体

这些是指个人不想归属或不想被人看见属于其中的群体。例如，一名英国足球队的支持者不希望与臭名昭著的流氓因素联系在一起。有些强烈反感"雅皮"及其价值观的人也许会避免购买那些与雅皮密切相关的产品，完全是因为害怕被认为是属于那个群体的人。一位高端市场的买家也许不愿被人看见自己在像 Aldi 或 Netto 这样的打折店里购物，以防有人认为他们是吝啬鬼。

显然，这些游离与成员群体和渴望群体的积极影响密切相关。它们仅仅是硬币的另一面，一种接近"合意"群体的努力，同时把自己和"令人不快的"群体区分开来。

家庭

家庭，无论是双亲家庭还是单亲家庭，核心家庭或大家庭，有无尚未独立的儿女，都对个人的购买行为具有关键影响。家庭需求影响着承受力、优先开支项目和购买决策。所有这些都随家庭的成熟和所经历的生命周期的不同阶段而演变。随着时间的推进，家庭结构会发生变化，例如，孩子长大并最终离家，或是事件分裂了家庭或创造出新的家庭。这意味着家庭的资源和需求也会随时间发生变化，而营销人员必须了解这种变化并作出回应。

传统上，根据韦尔斯和古巴（Wells、Gubar，1966）的建议，营销人员已经注意到了家庭生命周期，如表 3.2 所示。然而，多年来，这已经变得越来越不适合，因为它反映的

表 3.2	家庭生命周期	
阶段	名称	特征
1	单身汉	年青、单身、不在家住
2	新婚	年青、无子女
3	满巢 1 期	最小的孩子不到 6 岁
4	满巢 2 期	最小的孩子 6 岁或超过 6 岁
5	满巢 3 期	较年长，有配偶，有未独立的孩子
6	空巢 1 期	较年长，有配偶，没有孩子住在家里
7	空巢 2 期	较年长，有配偶，退休，没有孩子住在家里
8	孤独的丧偶者	还在工作
9	孤独的丧偶者	退休

资料来源：Wells and Gubar（1966）。

生命轨迹在西方已经变得越来越不普遍。例如，它没有考虑到自发产生或离婚导致的单亲家庭，或是离婚后再婚可能会创造出汇集了前次婚姻的孩子的新家庭，或是二次家庭。其他趋势也破坏了假设的传统家庭生命周期模式。按照莱特富特和韦弗尔（Lightfoot、Wavell，1995）根据英国人口普查办公室（OPCS）数据所作的估计，预计 20 世纪 60 年代、70 年代和 80 年代出生的女性，有 20% 永远不会要孩子。那些目前选择要孩子的人倾向于较晚才生育，这样他们可以首先建立他们的事业。英国人口普查办公室还注意到 20来岁妇女的生育率在下降，而 30、40 岁妇女的生育率则迅速提高。在另一个极端，英国单身的、十几岁的母亲令人吃惊地增加到了 15~19 岁少女的 3%，是欧盟最高的数字。然而，从整体上看，欧洲的生育率正在下降，导致了整个欧盟的"人口老龄化"，而人口中儿童的比例在下降。

所有这些趋势已经对消费者不同生活阶段的需求产生了重大影响，也严重影响了他们的可支配收入。营销人员不能在传统的、一成不变的核心家庭基础上进行老套的假设，需要有比韦尔斯和古巴模式更复杂的模式来恰当地反映人们现在所享有的各种生活方式。图 3.4 提供了一份修改后的人们当前生活方式的家庭生命周期。

无论家庭结构如何，家庭成员都可以参与彼此的购买决策。在有的情况下，成员可能会作出影响整个家庭的决策，图 3.5 就展示了一个家庭如何充当决策的单位，而其中单个成员在作出最后决策时发挥了重要作用。任何成员所发挥的作用会因购买而有所不同，而且过程的长度、复杂性和手续也会有所不同。家庭决策单位的显著表现是在普通的每周食品采购中。主要的采购者并不是作为个人行为，他的选择也不只是取悦自己，而是代表了一群人的口味和需求。在老式的家庭中，母亲也许是超市中最终的决策人和购买人，而其余的家庭成员也许充当了发起人（"你去买东西时，可不可以给我买一些……?"或是"你知不知道我们的……已经用完了?"或是"我们可不可以试一下新牌子的……?"）或影响人（"如果你买那个，别指望我会吃它!"），这种情况不是发生在采购之前就是发生在售点。

在不同的时候，买不同的东西可以由不同的家庭成员来承担采购任务。因此在买一辆自行车的例子里，孩子可能是使用人和影响人，而父母可能是主要的决策人和购买人。

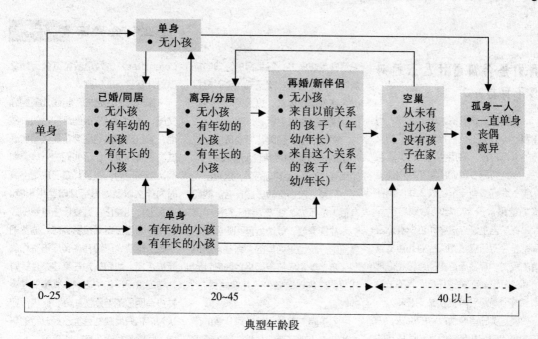

图 3.4　现代家庭生命周期模式

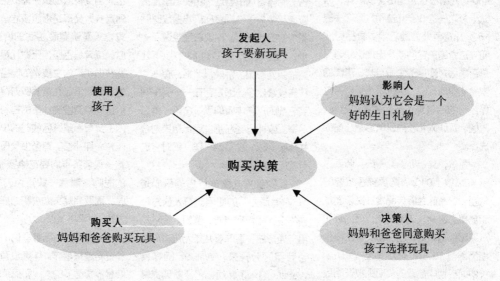

图 3.5　以家庭为决策单位

对于营销人员来说，儿童是一个重要的目标群体，这一部分是因为他们纠缠父母和影响家庭采购的能力，一部分是由于营销人员想尽可能早地在消费者的生活中创造品牌忠诚。例如，家乐氏就发出了 80 万份 Choco Krispies 的品尝包装，而麦当劳则提供免费的食品券给学校作为奖励。许多老师、父母和消费者团体关注年幼而易受攻击的儿童会遭

我们是否知道什么东西对孩子有益？

儿童是否是营销人员的猎物？毋庸置疑，儿童不仅直接影响着他们父母的采购过程，并且拥有自己的购买力。平均每周 5 英镑的零花钱再加上礼金，他们有可支配的收入可以用在诸如糖果、杂志、电脑游戏等产品上。在广告主、立法者和游说群体之间就是否应该立法约束针对儿童的营销的权力中存在着严重的道德和伦理方面的争论。在关于儿童肥胖的争论中，这个问题又再次被提了出来。

根据英国首席医疗官的说法，由于童年的肥胖和因缺乏运动而导致的致命疾病，下一代可能会遭遇 100 年来首次平均寿命的下降。英国约有 400 万儿童被认为是超重或肥胖，因此十分之一的 6 岁儿童和六分之一的 15 岁儿童身处危险之中。食品行业和立法者的关键问题是出现这种情况是否是因为变化的生活方式、糟糕的饮食和锻炼习惯，或这是否是广告主操控行为的结果，他们想通过电视、短信、互联网和校内促销影响儿童的选择。

显然，父母处于第一线。调查显示 40% 以上的父母购买孩子想要的东西。这意味着听装面食、罐装面条和糖果高居需求清单前列，而比萨和冷冻薯条则紧随其后。新鲜食品很少能挤入前 15 名，而外围的、保质期长的、橱柜中储藏的食品则被证明最受欢迎。炸鱼条和薯条、豆子和薯条、豆子配吐司、比萨和薯条已经成为了许多儿童膳食的主要成分。忙碌的父母计划儿童膳食的方式是快速、方便而不加疑问的。这种流行的选择显示缺乏想象力，好莱坞的经典中经常描述容易准备、非正式，有时是仅供儿童的用餐体验，这远不同于老老实实就座的家庭用餐。

调查显示，肥胖儿童消费的经过加工的、方便的名牌食品要多得多。如果要说有什么不同的话，这提出了一个问题：制造商应该做什么。他们有很大的压力，要减少加工食品中脂肪和盐的含量，健康教育和更健康的食品的开发也是可能的。有些人更进了一步，认为应该更严格地限制针对儿童的广告，以减少"儿童消费力"的影响。

对于限制那些明显针对儿童的广告的观点出现了两极分化，例如零食广告和专门为了让孩子影响妈妈采购选择的卡通网络台的甜谷类食品广告。监督者通讯管理局正在考虑是否应该起草关于电视食品广告播放时间和内容的新规定。瑞典已经更进了一步，已经禁止了所有对 12 岁以下儿童的商业影响。解释很严格：有一个广告被禁止了，因为它在一个卫生间清洁剂的广告中表现了一个孩子跑过浴室。欧盟已经在游说宣布糖果为公共健康问题，像香烟一样，要对它进行相应的限制。

反对针对儿童的广告的核心是"儿童消费力"的使用。有人认为广告的设计和表现方式，例如，经常使用卡通形象，意味着儿童无法将广告与节目区分开来。Walkers 的零食 Wotsits 陷入了麻烦，它被发现提供给广告公司用于启动一项活动的大纲会使儿童联想："我有机会的话我要去买它，妈妈下一次去购物时，我要缠着她。"这被公共健康选择委员会（House of Commons Health Select Committee）认为是故意试图破坏父母对儿童营养的权威。

家乐氏否认它的广告使儿童纠缠父母，强调它从未鼓励这种行为。然而，家乐氏和其他品牌花费大量时间试图了解儿童，了解他们的兴趣、他们认同的品牌，以及儿童在决定品牌时为什么以及如何与父母互相影响。事实上，儿童正在遭受广告信息的轰炸，被想直接或间接影响他们消费的企图所围绕，已经有许多广告主和政府被否决。他们认为在某些禁止针对儿童的食品广告的国家，儿童的健康并没有明显的差别。此外，广告行业认为广告只反映社会上已经流行的事物，问题的根源在其他地方。

父母权威对儿童消费力的训练是争论的核心。在饮食和锻炼方面，是否应由父母鼓励孩子采取更健康的生活方式？父母是否应该准备更营养的食物来灌输健康生活的价值观和态度，或者是否应该保护儿童不受儿童消费力和广告主技术的伤害？父母常常串通起来让儿童消费力得逞。家庭价值观常常围绕儿童的福利，有钱无闲的父母希望纵容他们的小孩，以此作为一种补偿。有多少父母意识到消耗一包薯条平均要花掉孩子 45 分钟的时间，消耗一块巧克力要 1 个小时，而要消耗夹肉饼和油炸食品则需要跑一个马拉松？

与此同时，随着争论的继续，孩子变得越来越胖。毕竟没有多少制造商是靠卖更多的水果和蔬菜获利的。

资料来源：Brand Strategy (2003,2004); Grimshaw (2004); Malkani (2004);O'Connell (2003); Roberts (2004); Silverman (2004)。

遇过度的营销压力也就不足为奇了。

界定 B2B 市场营销

至此，本章已经专门研究了消费者买家行为。我们现在要把注意力转向组织的买家行为，或 B2B 市场营销。这是一种管理过程，它负责管理促进产品和服务的生产者与它们的组织顾客之间的交易。例如，这也许包括服装制造商向军队出售制服，零件制造商向 IBM 出售微芯片，广告公司向家乐氏出售专家意见，家乐氏向大型连锁超市出售早餐谷类食品，或是大学向本地企业出售短期管理培训课程。

B2B 营销和采购是一桩复杂而又冒险的生意。一个组织也许会购买数以千计的产品和服务，每件东西的成本从几便士到数百万英镑不等。这些市场的风险非常高，一次错误的决策，即便只是一个次要的零件，都可能导致制造的中止，或是整个产品因不合规格而被废弃。

B2B 营销和消费者营销之间有许多不同，如表 3.3 所示。如果消费者到超市发现没有他们喜欢的烘焙豆牌子，会觉得很失望，但这还不是一场灾难。消费者可以很轻松地用另一个品牌代替，或是到其他超市，或者可以用其他的东西来做午餐。然而，如果一个供应商没能按承诺的那样交付零件，采购组织就会有很大的麻烦，特别是如果没有易于获得的其他供货来源时，就会冒让消费者失望的风险，同时还预示着各种商业损失。任何环节的失误都会对其他环节产生严重影响。

因此必须认真地建立这种联系，随时间进程来管理关系，使潜在问题最小化或尽早地对问题进行诊断，以便采取行动。

B2B 顾客

虽然多数 B2B 购买情况是营利性组织与其他类似定位的组织交易，然而，还有其他类型的具有不同理念和购买方式的组织。整体上，有三种主要类型：商业企业、政府机

表 3.3　B2B 与消费者市场营销之间的区别

B2B 顾客通常……	消费者顾客通常……
• 购买满足特别业务需求的货物和服务；	• 购买满足个人或家庭需求的货物和服务；
• 需要强调经济利益；	• 需要强调心理上的好处；
• 采用正规的、冗长的采购政策和程序；	• 冲动型购买，程序最简；
• 在采购决策中涉及大型群体；	• 以个人或家庭为单位采购；
• 大量地、不定期地采购；	• 小批量、定期采购；
• 要求定制的产品包装；	• 满足于针对特别细分市场的标准化产品包装；
• 如果供应不上会遇到大麻烦；	• 如果供应不上会稍感愤怒；
• 难以转向另外的供应商；	• 很容易转向另外的供应商；
• 就价格进行谈判；	• 接受标准的价格；
• 直接向供应商购买；	• 向中间商购买；
• 判断合理性的重点是人员销售。	• 判断合理性的重点是大众传媒。

构和公共机构，每种类型都代表着大量的购买力。

商业企业由营利性组织构成，它们生产或转售产品和服务来牟利。有些是用户，它们购买货物和服务来促进自己的生产，尽管所购的东西不直接进入成品。这方面的例子包括 CAD/CAM 系统、办公设备和管理咨询服务。相反，原始设备制造商（OEMs）将他们采购的物品结合到自身产品中，像汽车制造商就将电子元件、纺织品、塑料、油漆、轮胎等组合到自己的产品中。转售商，如零售商，采购货物是为了转售，他们通常不对货物做物理性的改变，因此增值主要来自服务因素。政府机构也是非常大的、重要的货物和服务采购商。这群 B2B 买家包括地方和国家政府，以及欧洲委员会采购。采购范围很广，从办公室用品到公共建筑，从军队的鞋带到战舰，从机票到高速公路，从废物回收到管理咨询。最后，公共机构（主要）包括像大学、教堂和独立学校这样的非营利性组织。这些机构或许有政府资助因素，但在采购方面，它们是自治的。它们可能会遵循某些和政府机构一样的程序，但却有更大的自由选择度。

B2B 市场特征

消费者和 B2B 市场之间的主要区别并不在于产品本身，而在于产品交易的背景，即营销组合的运用和买卖双方的互动。例如，相同型号的个人电脑可以作为一次性商品被个人买了作为私人用途，或是被大批量购买用来装备整个办公室。基本产品在规格上是相同的，但其购买方式和销售方式却会有所不同。

以下段落分析了 B2B 市场的某些特征，它们催生了这些不同的方式。

需求属性

衍生需求

B2B 市场中的所有需求都是衍生需求——衍生自某种消费者需求。例如，洗衣机制造商需要机械厂的电机，这就是一种 B2B 市场。然而，所需的电机数量取决于对未来消费者对洗衣机需求的预测。如果就像已经发生的那样，出现了不景气，消费者停止购买最终产品的话，那么对零部件的需求也会枯竭。

> **范例**　一些零售商正试图通过减少服装从制图板到零售点的产品交付期来获取竞争优势。一个所谓的"快速时尚"先锋是西班牙零售商飒拉（Zara），它可以将从订货到交货的时间缩短至 14 天。它之所以能够做到这一点，是因为在设计和生产流程中有着高度的垂直整合。飒拉的一家姐妹公司生产其所需的 40% 的布料，而它 40%~50% 的制造部分是在内部完成的。布料可以被储存起来，在最后一分钟才被裁剪和染色，以适应最新的设计。对一家年产大约 1.1 万件新产品（可以与年产 4 000 件新产品的公司，诸如 H&M 和 Gap 相匹敌），2004 年销售额达 50 亿英镑的公司来说，它与供应商密切的关系使生活变得简单得多。飒拉已经开始将某些简单的、不是那么太时尚的服务外包给低生产成本的国家，如中国。但在保持灵活性和敏感度的同时这能走多远还有质疑。

飒拉和它的顾客非常乐意奉行一种"当它过时了，它就走"的理念，因此设计和生产都是小批量的，库存都被新产品而不是同样的产品所填满。这赋予了设计一种稀缺价值，顾客准备为之掏钱，并且使顾客能够怀着一种强烈的兴奋感和好奇心定期重返店铺，看看又出了什么新产品。据说飒拉的创始人阿曼修·奥特加（Amancio Ortega）曾说过：成功的关键是"把五个指头放在工厂，把五个指头放在顾客身上"（Saini 引用，2005），这肯定是飒拉经营的核心。在店铺和设计师之间有着很牢固的沟通联系，这样他们能够快速地对顾客正在购买的东西、他们所说的话和他们的要求作出反应。除了这种由下至上的方式，设计师还从时装表演中获得了灵感，许多像飒拉这样的零售连锁店的成功都归结于它们在设计师将最新的设计作品做成全价原版挂到自己的店铺里之前，就生产出大众市场买得起的版本的能力（Carruthers, 2003; The Economist, 2005; Saini, 2005）。

连带需求

注意到 B2B 往往是连带需求也是很重要的。即它常常与其他 B2B 产品需求紧密相连。例如，电脑包装需求与磁盘驱动器供应相连。如果磁盘驱动器的供应发生问题或延误，那组装电脑的企业也可能不得不暂时停止购买包装。这强调了需要经常计划和协调买家和众多卖家之间的生产进度，而不只是一个卖家的生产进度。

无弹性需求

需求弹性是指产品价格发生变化时需求数量的变化幅度。因此，弹性需求意味着市场有很强的价格敏感度。价格轻微上涨将导致需求大幅度下降。相反，无弹性需求则意味着价格的上涨对需求量没有任何影响。例如，汽车电池只是汽车的一个部件。电池价格的下降不会对汽车的需求量产生影响，汽车制造商需要的电池既不会比价格变动前多，也不会比价格变动前少。

营销 进行时

漆黑的雨夜中，你有一只轮胎瘪了，而你距离最近的高速公路出口还有 20 公里

如果你曾在高速公路上遇到轮胎瘪了的事情，你会知道那有多讨厌，尤其是当备胎也瘪了的时候！法国的跨国轮胎制造商米其林（Michelin）想要使瘪轮胎成为过去时，但它所面临的问题是如何说服汽车制造商。米其林已经开发出了一种在漏气时仍然能够跑的轮胎。其中的一项设计 Pax 系统有一个内置的塑料圈和一种新的将轮胎橡胶粘贴到车轮架上的方法，这意味着它可以用于更大型的车辆。例如使用 Pax 系统的奥迪 A8 在一个轮胎全瘪的情况下可以以时速 55 英里的速度行驶。奥迪发现 Pax 轮胎可以保持灵敏度和乘客的舒适度，因此可以使驾驶人不用更换轮胎就到家。尽管 20 世纪 90 年代末就推出了，但它只被某些车型所采用，如奥迪、劳斯莱斯幻影作为标准。米其林尤其难以渗透到日本汽车制造商中，直到 2004 年才被本田所采用。日产有望很快跟进。

固特异（Goodyear）也推出了类似的轮胎，它使用了无压续行技术，可以以时速 80 公里的速度行驶 80 公里。和米其林一样，固特异一直在努力让汽车制造商采用新的轮胎系统，大量的汽车制造商，如宝马、法拉力、兰德·路华（Land Rover）、Maserati、梅塞德斯和迷你等，或是将它作为标准配置，或是作为某些车型的备选配置。自 2005 年春起，它成为宝马 3 系列的标准配置。

从表面判断，新型轮胎对于驾驶人来说是非常好的，因为它们意味着

固特异的 RunOnFlat (缺气保用) 轮胎由特别加固的胎壁构成,该种胎壁使用了新的复合技术。牢度的加强意味着轮胎即使是全瘪也可以承受整车的重量。

那些在路边换轮胎的痛苦事件的终结;它们对汽车制造商来说也是好事,因为备胎占据了空间也增加了成本。然而,对制造商来说,问题在于它不只是一个安装新轮胎的事情。采用需要联合开发,因为必须在汽车中安装一套轮胎监测系统,并配有仪表板报警,这样一来驾驶人就可以实时知道他们有一只轮胎瘪了,可以相应地调整驾驶。尽管这种轮胎有好处,但米其林和固特异不能直接将它卖给轮胎分销商,因为不配上轮胎压力监测系统,就可能会有危险。尽管配备了功能化的轮胎,驾驶人也会因瘪轮胎的小小的不平稳而遭遇车祸。或许制造商会受到固特异自己的市场调查的鼓舞,该调查显示,84% 的驾驶人愿意将这类轮胎技术作为新车的一项选择而不是像卫星导航系统或倒车辅助系统那样的东西,并且对这些轮胎的兴趣和需求分布于各种驾驶人和汽车,而不只是高性能的昂贵的车型。有趣的是,2005 年夏季,固特异使用电视广告来激发对无压续行品牌概念的认识和了解。

然而技术在继续发展,固特异和米其林与汽车制造商紧密合作,正在开发寿命和汽车一样长的真空轮胎,这对于轮胎制造商来说是个坏消息。米其林也正在开发主动车轮项目。这是一种传统的轮胎,它的边缘内装有主动的电子中止装置、小型盘式制动器和电子发动机,从而帮助追踪和制动。这种汽车可以根据需要从前轮驱动转为后轮驱动,以至四轮驱动,这种创新甚至开启了消灭传统的传动系统的可能。要谈谈彻底发明轮胎的事啦!

资料来源:Carty (2004);Mound(2002);Stewart (2005);http://www.eu.goodyear.com;http://www.michelin.co.uk。

需求的结构

消费者市场的特征之一就是它们所包含的大部分潜在消费者分散在很广的地域,即它们是分散的大众市场。想一想快餐市场,像麦当劳就已经显示出对全球数百万消费者都具有引力。相反,B2B 市场在两个方面都是不同的。

产业集中度

B2B 市场往往拥有少量的易于确认的消费者,因此相对较为容易确定谁是或谁不是准顾客。麦当劳可以说服不是它们顾客的人品尝它们的产品并成为它们的顾客;在此意义上,市场的界线是模糊而有延展性的。而砖瓦行业的制造商在试图将其顾客基础拓展到特定顾客之外时却会遇到问题。

买卖双方之间可以培育出相当多的知识、经验和信任。在已知顾客数量有限的情况下,绝大多数交易组织知道其他组织正在做什么,并且尽管谈判是私下的,但结果却是非常公开的。

地区集中度

有些产业具有很强的地域性。这种地理集中度也许是因为资源的供给(原料和劳动力)、可利用的基础设施或国家和欧盟政府的鼓励而发展起来的。传统上,重工业和大规模生产商,如造船商、煤炭和钢铁工业以及汽车产业,充当了一系列联合供应商发展的催化剂。最近,空港和海港已经促进了与货物仓储、搬运、保险和其他相关服务有关的组织的发展。

采购过程的复杂性

消费者购买东西主要是为了自身和他们的家庭。对大部分人来说,这些是相对低风险的、低参与性的决策,可以快速地作出决定,尽管可能会有某些经济和心理上的影响力影响和制约着他们。相反,B2B 购买人却总是代表其他人(即组织)来购买,这意味着情况肯定不同于消费者。这些差异大大提升了购买过程的复杂性,而营销人员在制定鼓励交易和重购的战略时必须认识到这些。下面介绍复杂性的各个方面。

B2B 采购政策

B2B 买家可能会被强加某些采购系统和程序。在决策得到批准之前,也许会有优惠供应商方针、单一/多重采购规定,或所需报价数量以供比较。也许还会强加进一步的限制,这些限制是涉及个人在特别预算下可以代表组织开支多少,而不需上一级或再上一级的签字。除了与采购相关的正式要求以外,往往还会制定道德规则方面的方针。这不仅包括明确强调要遵守法律和不为个人利益滥用职权,还强调了如保密、业务礼品和招待、公平竞争和既得利益声明之类的问题。

专业采购

B2B 采购有风险、有责任的方面意味着它需要做到专业性。当涉及复杂的定制性技术产品时,需要进行大量的谈判,即使只是用于制造的小零件,也要明确供应的条件,这样它们才能与生产需求相一致、相协调(例如性能规格、交货时间和质量标准),这是一项重要的工作。大部分消费者采购不会涉及如此强的灵活性:产品是标准的,就放在商店的货架上,有明确的价格、用途和功能;要就拿走,不然就放下。

> **范例** BA 决定使用电子拍卖来帮助将其在欧洲公关上的开支减少 25%。最初,BA 在欧洲与三家公关公司合作,但现在减为两家,它们的合同三年一签,而不是一年一签。这种拍卖持续时间为两小时,而传统的方式通常是 5 天。由于没有面对面的接触,BA 首先非常小心地确保合同内的规格都经过了非常严格的限定。使用电子拍卖是 BA 公司所采用的策略的一部分,以便将其采购账单减少 7.5% 以上。营业额是 80 亿美元,而采购开支预算达 40 亿美元,每一笔节约都很重要。此外,供应商的数量已经从 1.4 万降到了 2 000,这降低了成本,并且帮助采购部门为 BA 的收益作出了直接贡献。

群体决策

对完整信息、遵守程序和责任感的需求往往导致由群体而不是个人来负责采购决策(Johnson、Bonoma,1981)。而在消费者采购中也有群体的影响,例如家庭,但它们的构成也许不如在 B2B 采购情境下那么正规。除了最小的组织或最次要的采购,很少能发现个人在组织性支出中被赋予了绝对的自主权。

采购的重要性

过程的复杂性还取决于采购的重要性和组织所拥有的该种采购情况的经验(Robinson

等，1967）。

例如，在常规性再购情况下，组织此前已经购买过这种产品，并且已经有了确定的供应商。这些产品也许是低风险、经常购买、廉价的供给品，如办公用品或公共服务（水、电、煤气等）。这里的决策过程可能只涉及很少的人，比起其他事情来只是多了一些书面工作。这些类型的采购日益构成了经过批准的供应商的电脑化自动重订购系统的一部分。统购合同也许涵盖了一段特别时期，此期间的交货进度是经过协商的。汽车轴承和电机产业都是以此方式销售的。例如，进度表在头一个月可以被视为是确定的和有约束力的，而在接下来的 3 个月则是临时性的。精确的日期和数量可以随着时间的临近逐月调整和协商。借助及时系统（JIT），进度表可以逐步精确到天或小时！

调整再购意味着有一些购买此类产品的经验，但还需要检讨当前的做法。也许自从组织上次购买这种产品以来，技术已经有了显著发展，或是觉得目前的供应商不是最好的，或是想要就采购参数进行重新谈判。其中的一个例子是购买一批汽车时，新型号和价格的变动导致必须进行检讨，随着供应商之间竞争的加剧，它们也准备就业务进行更艰难的谈判。此时的决策将会是一个更漫长、更正规、更棘手的过程，但好在可以汲取过去的经验。

新任务采购是最复杂的类型。组织对于此类采购没有经验，因此需要大量的信息，并广泛地参与到过程之中，尤其是涉及高风险和高成本产品时。案例之一可能是为全新产品采购原料。这对供应商来说意味着巨大的商机，因为它可以带来未来的经常性业务（如常规再购或调整再购）。这对于采购者来说也是一种重大决策，他们希望花时间和精力来确保决策的正确性。另一种在组织生命中较少发生的情况是建设新厂或新建筑。这包括非常详细的、多方面的决策过程，广泛涉及内部员工、外部顾问和谈判的高层。

法律法规

正如我们在第 2 章中所看到的那样，法规影响着业务的方方面面，但在 B2B 市场中，某些法规尤其影响到产品和服务的采购。一个明显的例子就是采购处于各种国际贸易制裁下的国家，如 20 世纪 90 年代的伊拉克的产品。更特别的是，政府也许会对特定行业部门的采购进行管制，如公共事业。

采购决策过程

对于营销人员来说，了解 B2B 市场的决策过程和了解消费者市场的决策过程一样重要。营销战略计划的成功实施取决于这种了解。涉及的过程与此前所描述的消费者决策模式所呈现的过程类似，其中也存在信息搜集、分析、选择和购后评估，但人员互动和组织元素使得 B2B 模式更为复杂。

有许多组织决策行为模式，它们的详细程度不同，如谢斯（Sheth, 1973）、韦伯斯特（Webster）、温德（Wind）（1972）和罗宾森等人（1967）的模式。模式的构成方式取决于所涉及的组织和产品的类型、它们的采购经验、组织采购政策、所涉及的个人，以及市场营销方面正式或非正式的影响。图 3.6 展示了两种组织决策模式，以此为基础，接下来的章节对各组成阶段进行了讨论。

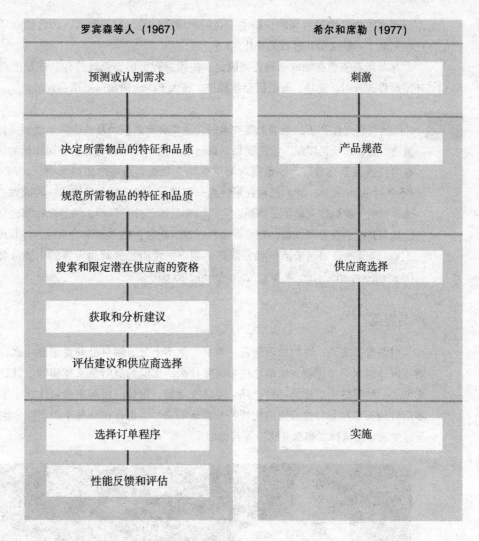

罗宾森等人（1967）	希尔和席勒（1977）
预测或认别需求	刺激
决定所需物品的特征和品质	产品规范
规范所需物品的特征和品质	
搜索和限定潜在供应商的资格	供应商选择
获取和分析建议	
评估建议和供应商选择	
选择订单程序	实施
性能反馈和评估	

图 3.6　组织采购决策模式

刺激

　　显然，过程的开端必须是认识到存在采购可以解决的需求和问题。刺激可以是内部的、完全常规性的：又到每年续签复印机保养合同的时候啦。例如，它可能是实施拓展计划或即将进行的新产品生产所促成的一次有计划的新采购。也可能是某些更突然、更戏剧性的事件，诸如工厂或机械的失误，或缺货。

　　外部影响也会刺激需求。如果竞争对手投资新技术，那么其他组织也必须考虑它们的反应。参加贸易展览、与来访的销售代表交谈或阅读商贸新闻都可能激发机会意识，无论是基于新技术、成本削减还是质量改进，都会刺激采购过程。更广泛的商业环境的变化也会引发需求。英国电力供应的私有化就创造了一个激烈竞争的大型工业用户供应市场。像福特、特易购和阿比国民银行（Abbey National）这样的组织已经任命了能源采购员负责电力供应市场的调整再购检查。能源采购员确保过去一直被视为是常规性重购的东西现在可以借助最有利的长期供应合同向最合适的供应商购买。因此能源环境的改变已经刺激了采购决策和过程的变化。

并非所有需求都能或都将得到满足，决策过程可能会就此打住，或是推迟到组织或环境条件改善时。此外，有的机会被跟进，转入下一个阶段——产品规范。

> **范例**　当海洋出现严重的原油泄露灾难时，通常会伴之以大量的公关活动和媒体的密切关注，各种"绿色组织"会在现场采取行动。为了公司的利益，公司和相关权威部门有责任确保迅速清理，使泄露对海洋生物、鸟类和海岸的影响最小化。Aker Yards（不包括 Alstom Marine）已经在解决这一问题，并且已经开发出了一种叫做"海洋原油收割机"的处理问题的三体船。它可以在极端条件下运行，快速驶往事故地区。通过其创新性的设计和设备，它可以顺利通过该地区，使洋面保持平稳，并且可以收集 6 000 吨原油，同时喷洒一种分散剂将剩下的污染物分解为无害的小滴液体（http://www.akeryards.com 或 http://osh-project.org）。

产品规范

对消费者来说，购物的乐趣有一半是常常不十分了解自己究竟想要什么，但与消费者不同，组织必须详细、精确地决定需要什么，采购的战略意义越明确，就越真实。考虑购买一种零件来组成另一种产品。零件在功能、设计、预期质量和性能水平、与其他零部件的关系和兼容性方面的物理特性必须明确，但也存在某些不确定性，但不要低估质量要求、交货进度和服务支持等其他因素。

设计者对"阿尔斯通原油收获机"的印象

资料来源：Aker Yards。

这些规范需要与工程师、生产管理人员、采购专家和营销人员（代表最终顾客的利益）的专业知识相结合，平衡理想和成本、实用性之间的关系。在特别复杂的情况下，甚至外部顾问和供应商也可能参与进来。首先，通用规范会被发放给准供应商，但更详细的规范随后也许要在草拟出只有两三家供应商的短名单之后才发放。

在此阶段明确选择标准或先后次序也是值得的。它不一定是成本。如果机器突然坏了，那交货和安装的速度也是很重要的。对于新技术来说，选择也许会受现有设施的兼容性、未来的升级前景或所提供的支持服务的制约。

供应商选择

下一步就是要搜寻能够最好地满足所有指定标准的合适的供应商了。有时，寻找潜在供应商的倾向性会非常低，采购部会保留谁能做什么的档案。如果现有供应商可以胜任工作，那它们很可能会受到青睐。在其他情况下，对买方来说，提前公开选择新供应商，鼓励那些能够达到要求的人报价也是必要的。然而，对于现有的、知名的、信任的供应商还是常常会有所偏爱。

当然，主要还是取决于采购任务的性质。低风险、常规性的采购也许不用进行广泛的搜寻，只需让现有供应商报一个再供给的价。也可以要求一两家知名的供应商报个价，只是作为一种检查程序以确保现有供应商没有利用业已建立的关系谋取不当的利益。

在高风险、非常规性的采购中（即新任务情况下），可能要实施更严肃、更漫长的选择程序。在作出最终决策之前，高层与众多供应商之间会有复杂的讨论、谈判、修改和反复。当不同的供应商有可能进行密切合作时，例如建设一个新的制造工厂，也可能会产生额外的问题。它们彼此的兼容性、可靠性，以及它们在项目整体进度的严格时限内完成任务的能力都可能影响到决策。

实施

决策也作了，合同也签了，订单和交货进度表也定了。然而过程却并未到此为止。随着过程的展开，还必须对情况进行监控，以防供应出现问题。供应商是否兑现了承诺？所购物品是否达到了期望？交货是否准时？

有些买家对其供应商采用了正规的评估程序，涵盖了关键的性能因素。这种评估结果还要与供应商进行讨论，以便提高它们的绩效，使现有的买卖关系得以保持下去。

总结对整个购买过程的讨论，我们可以说，希尔和席勒（1977）模式为探讨 B2B 采购的复杂性和影响力提供了一个有用的框架。然而要推广这种过程却很难，尤其是当存在技术和商业上的复杂性时。各阶段也许会压缩或是相互合并，这取决于环境；过程也许会在任何阶段终止；也许会有反复：例如，如果与中选供应商的谈判在后面的阶段破裂的话，也许不得不再次从搜寻过程开始。

采购中心

一个试图从采购企业获得订单的准供应商只需要了解哪些人参与了决策过程，在过程的哪个点上哪个人最有影响力，以及他们如何互动。这样，供应商的营销人员可以最有效地应对形势，利用群体和个人的动力，最大限度地发挥他们的优势，例如，量身打造特别的传播组合，在恰当的时间吸引恰当的人，并从采购组织获得一系列的反馈，从而设计出全面的产品。

显然，供应商准备投入的时间和精力会因订单的重要性和复杂程度而有所不同。常规性重购也许由两人之间的电话交谈构成，而这只是为了确定产品的供应情况、具体价格和交货方面的交易细节。然而，在新任务情况下，有可能达成大额合同或实质性的未来业务，这就为供应商提供了更大的范围和更强的动机去调查和影响购买决策。

因此，本部分着眼于个人在购买组织中可以发挥的不同作用，以及他们如何互相影响，形成采购中心或决策单元（DMU）。

表 3.4 比较了消费者和 B2B 市场的采购中心，简要说明了成员资格、他们扮演的角色和他们可能从事的职能领域。

- **使用者**：使用者是指将要使用终端产品的人，例如，将要使用生产机器的操作员，或是将要使用文字处理器的秘书。这些人可以通过报告需求来启动购买程序，在确定所购物品的规格时也许会征求他们的意见。
- **影响者**：影响者可以通过他们对他人的影响力对决策过程产生影响。影响可能正式地来自专家意见，如：会计关于资本机械投资回收的建议，或是工程师对供应商技术能力的建议，也可能是非正式的、人的影响。他们的主要作用体现在规范、信息收集和评估方面。
- **决策者**：决策者具有正式或非正式的决策权。对于常规性重购来说，决策者也许是采购员或承担职能任务的人，但组织结构也许决定了最后的决策取决于顶级管理层，他们从下面获取信息和建议。因此，决策者的作用和参与程度会有千差万别，取决于各自的环境。
- **采购者**：采购者有权力选择供应商，并与他们进行谈判。不同级别的采购者可以处理不同类型的交易，例如常规性采购可以由低级别的行政人员负责，而高成本、

表 3.4	消费者市场和 B2B 市场决策单元比较		
消费者	范例	**B2B**	范例
发起者	孩子缠着父母要新自行车	**使用者**	机器坏了；操作员报告，由此启动程序。也许被要求帮助提供更换部件的规格。
影响者	妈妈考虑后说："唔，也许他已经长高了，旧车已经不再适合他了。"	**影响者**	使用人也可以产生影响；可能还包括研发人员、会计、供应商、销售代表、外部顾问。
决策者	爸爸同意了，于是他们一起前往 Toys 'Я'Us，在那里，作出最后决策的是孩子，但受父母信用卡限额的限制。	**决策者**	可以是在整个过程中起主动或被动作用的高级经理。也可以是购买者或影响者。
购买者	父母付款	**采购者**	负责搜寻供应商，并与他们谈判。
使用者	孩子	**把关者**	文秘人员防止影响人接近决策人；研发人员拒绝信息。

高风险的新采购也许需要由具有多年经验的高级采购经理负责。存在转移预算时，采购者也许根本就不是正规的采购部门的人，而是某个担负研发或营销等职能任务的人。

- **把关者**：把关者对决策过程有一些控制，他们可以通过不准接近采购中心的关键成员来控制信息流。例如，秘书或采购经理可以防止销售代表与经理总监人员直接对话，或是在宣传册和邮件到达决策人之前截留下这些东西，把它们扔进废纸篓。技术人员也可以起到把关者的作用，他们选择的方式是为采购中心的其他成员收集、呈报和解读信息。

要记住，从一项事物到另一项事物，甚至是在单独的一项事物中，采购中心不一定是一个固定的实体。它可以是不固定的和动态的，不断变化以满足演变情况下变化的需求；它可以是正式任命（如为了重大的资本项目）或松散的、非正式的（采购经理和研发科学家在食堂喝咖啡时的闲聊）；它可以由两三个人或许多人组成。换言之，为了完成手头的工作，它可以是所需的任何形式。

在分析采购中心的构成时，我们不仅应该着眼于组织不同职能部门之间任务的分配，还应着眼于成员的级别。开支标准较高或对组织具有重大影响的采购，可以让更多更高级的管理人员参与进来。当然，下级的建议也有助于决策的制定，但最终的权力仍掌握在董事层。例如，一家银行引进新会计控制系统的决策也许要在非常高的级别上作出。

此外，个人的贡献也许并不限于一种角色。在小企业中，所有者/管理者也许就是影响者、购买者和决策者。同样，在大型组织中，涉及常规性重购时，购买者也可以是决策者，几乎不需要影响者。然而，无论结构如何，动态的采购中心对于试图明确目标组织的模式，以创建有效沟通联系的积极的供应商来说仍是非常重要的。

因此，决策结构确立之后，下一步就是检查过程中所采用的标准。

采购标准

在前面的章节中，决策方面强调的大多是理性的职能化标准。这些与任务相关的标准或经济指标肯定是非常重要的，强化了组织是理性思考实体的观点。然而，每项职务背后都藏着一个人，他们的动机和目标不一定与组织创造更多产品的动机和目标相一致。这些动机和目标也许并不是决策过程直接的、正式承认的部分，但它们肯定会导致摩擦，并对结果产生影响。

经济影响

正如已经强调过的那样，这并不总是一个寻找价格最低的供应商的问题。如果采购组织可以充分利用增强了的可靠性、出色的性能、更好的顾客服务和供应商的其他技术或物流支持，就可以为顾客提供更好的产品组合，并从中获利。这种方式还可以导致总成本的降低，因为它减少了因不合规格的零件或交货问题而导致的生产延误，并改善了采购方自身最终产品质量的稳定性，从而降低了处理投诉和更换产品的成本。

主要的标准有：

- **恰当的价格**：恰当的价格不一定是指最低价格，而是代表物有所值，考虑了所提供的整体服务组合的价格。
- **产品规格**：产品规格是指寻找满足采购方特别需求的产品，要不多不少恰恰好。当然，在规格和价格之间有各种各样的权衡。要点是匹配的严密性，以及确保这种严密性在整个订货周期内都可以保持。
- **质量的稳定性**：找到具备足够的质量控制能力，能使缺陷最小化的供应商是非常重要的，这样采购方可以放心地使用产品。对于 JIT 系统尤其如此，在 JIT 系统中几乎没有失误的余地。
- **供应的可靠性和连续性**：采购者要确保在需要的时候可以有足够的产品供应。
- **顾客服务**：买方需要确保万一出现问题时，供应商准备好了提供快速、灵活的应急服务，对它们的产品负责。

非经济影响

鲍尔斯(Power，1991) 总结了下述 4 项非经济影响：

- **声望**：组织，或更确切地说是构成组织的个人，都追求"地位"。因此，在翻新办公场所时，人们也许准备花更多一点的钱去购置质量更好的家具、装饰品和设施，以此打动到访者，向他们灌输信心，甚至暗示他们。
- **职业保障**：参与决策过程的人中，几乎没有谁是真正客观的；在意见背后总是有这样一个问题："这对我的工作来说意味着什么？"首先，有冒险的因素。一个问题也许有两种备选的解决方案，一种是安全的、可预见的和平淡无奇的，而另一种则是高风险的，但却可能带来高回报。如果作出高风险的决策，而又误入了歧途，那后果是什么？个人也许不希望与这种结果发生联系，因此会努力争取安全的方案。其次，对于其他人如何判断个人在决策过程中的行为有这样一种意识："我是否准备反对与我正在探索的特别问题有关的主流意见，或者我的这种行为是否会给我打上麻烦制造者的标记，并危及我的升迁前景？"
- **友谊和社交需求**：对友谊这种东西的需求可能是危险的，有时可能会偏离道德界线。然而，重视建立在买卖双方个人层面的信任、信心和尊重却是必要的。这确实有助于减少买卖双方之间所感觉到的风险。
- **其他个人需求**：个人的个性和特性，如人口统计特征、态度、信仰，以及像自信和沟通技巧这样的因素都可以决定个体参与和影响决策过程结果的程度。

非经济因素影响力的另一个方面是信任。信任是相信另一个组织会以有利于双方的方式，而不是以产生负面影响的方式行动 (Anderson、Narus，1986)。信任可以建立在组织层面，也可以源自雇员之间的一系列个人关系。

小结

本章围绕消费者和 B2B 购买行为，探讨了准买家决定是否购买和购买什么的过程，以及影响决策本身的因素。

- 消费者决策过程包括许多阶段：问题认别、信息搜集、信息评估、决策和最后的购后评估。

- 整个过程或个别阶段所花费时间的长短会因所购产品的类型和所涉及的消费者的不同而有所差别。一个富有经验、过去就了解市场的买家在进行低风险、低价格的常规性采购时，可以非常快速地完成决策过程，几乎意识不到它的发生。这是解决常规性问题的情况。相反，一个紧张的买家，既缺乏知识，面对的又是一次性的、高风险的、昂贵的采购，就会延长这个过程，为了辅助决策，会有意识地选择和分析信息。这就是解决延伸问题。

- 除了采购种类之外，决策还受许多因素的影响。其中有些因素是消费者外部的，如更广阔的环境中的社会、经济、法律和技术问题。靠近内部，消费者是通过心理因素来影响决策过程的。所涉及的个性类型；个人对世界的认知和解读信息的能力；记住经验和营销传播并从中学习的能力；行为背后的动机；以及个人的态度和信仰都影响到它们对营销产品的反应和最终对产品的接纳或拒绝。此外，个人的选择和行为也受社会文化因素的影响，而这些因素是由个体从属或想要加入的群体决定的。最强的群体影响力来自家庭，它影响到决定买什么、如何决策以及个人对采购的感觉。

- B2B营销是组织之间的交易，无论这些组织是商业企业，政府机构还是公共机构。B2B市场有许多明显的特征，包括需求的属性（衍生需求、连带需求和无弹性需求）；需求的结构（集中于规模和地域），购买过程的复杂性和所包含的风险。B2B采购者经历的决策过程和消费者决策过程有相同之处，但可能更正规，要花更长的时间，涉及更多的人。它可能涉及价值更高、不经常订购的产品，与消费者市场相比，它们更有可能是定制的。来自各职能部门的人会参与到这个过程中，并组成一个采购中心。采购中心的成员、任务和带头人会因交易而异，甚至在同一过程中的不同阶段也会有所不同。

- 决策过程所包括的阶段有：刺激、产品规范、供应商选择和建立长期关系。决策过程不仅受理性的、可量化的经济标准的影响（价格、规格、质量、服务等），还受参与的个人所引发的非经济因素（声望、安全、社会需求、个性）的影响。

复习讨论题

3.1 为什么购后评估对
   (a) 顾客
   (b) 营销人员
  来说很重要？

3.2 知觉、学习和态度如何影响消费者决策？营销人员如何对这些过程产生影响？

3.3 详细说明三种主要的参照群体。针对每种群体，作为消费者，想一个与你相关的实例，分析这些例子可能会如何影响你的购买行为？

3.4 B2B和消费者购买行为之间的主要区别是什么？

3.5 详细说明B2B决策主要的经济影响和非经济影响。

3.6 双亲家庭的各种成员在下述购买决策中所承担的职能有何区别？
   (a) 房屋；
   (b) 今晚的晚餐；
   (c) 给10岁小孩的生日礼物。
  如果是单亲家庭，你的答案会有何变化？

案例分析 3

抛 个 媚 眼 给 我

这是一个很有趣的可供讨论的问题：营销是否促进了文化变迁或者它只是反映了社会中正在发生的事情？性玩具市场近年来的历史也许显示有更复杂的合作正在发生。20 世纪 90 年代初，在性观念日益解放的背景下，有独立意识的职业妇女的比例提高了，杰奎琳·戈尔德（Jacqueline Gold）接管了英国最大的性用品连锁商店安萨默斯（Ann Summers）的首席执行官职务。当时，性用品商店大多灯光昏暗，简陋破败，位于后街小巷，吸引男性顾客。杰奎琳·戈尔德的点子是将店搬离那些地区，瞄准女性消费者，而她们不会想进入那样的商店。她的首个举动是引入聚会型销售。邀请一群妇女到某人的住宅，然后在一种有趣的、游戏性的、女孩儿玩笑似的气氛中说明、展示和传递产品。女性往往会互相鼓励着更大胆地购买那些她们不会想在商店中购买的产品，并且会下意识地重新定义对"正常的"和"可以接受的"理解。现在英国每周会举办大约 4000 个安萨默斯聚会。与此同时，安萨默斯的实体连锁店也在扩展之中（目前在英国有 120 多家店铺）。这些店铺经过了改造，被带离了背街背巷，变得更为性感（以一种诙谐而有趣的方式），更迎合女性的喜好。

紧随其后的是使这些产品易于接近的创意，或许是考虑到那些既不愿意等待下一次的聚会机会，又不好意思参与此类聚会，或到零售店的女性，安萨默斯于 1999 年成功地进入了线上零售。这种线上零售的存在不仅对销售来说很重要，并且对于企业来说还是一种重要的传播方式，这个行业使用更传统的主流媒体的能力，在媒体和内容方面都受到了严格的限制。2005 年安萨默斯自有的独立的 WAP 移动互联网址的推出进一步提升了公司与顾客建立关系的能力以及与他们小心地沟通的能力。

安萨默斯 2003 年的营业额突破了 1 亿英镑大关，到 2004 年达到了 1.3 亿英镑，但品牌最大的成就（尽管某些人也许会认为这是有害的，而不是有益的）也许是它对性玩具市场合法化所作的贡献，这符合众多幸福女性的利益。毫无疑问，流行文化，如电视连续剧《欲望都市》，也为解放青年妇女的性观念做了许多，从而使这个市场以及在其中运营的公司合法化。《欲望都市》中特别介绍过的"疯狂的兔子"（Rampant Rabbit）确实被振荡器（我们不愿叫它是置入式产品）的销售吓了一跳。一项调查显示（Godson 引用，2004）英国三分之一的妇女拥有振荡

器，五分之一的妇女拥有三件以上的性玩具，尽管正如戈德森（Godson）评论的那样："很难确定互联网上巨额的性玩具销售量能否证明女性需要性玩具的程度，或确定互联网的接入已经创造了此前所不存在的需求。"

不管是哪种方式，其他人也感觉到了性欲和性感中的获利机会，像 Coco de Mer 和 Myla 这样的零售商提供了比安萨默斯更高级、构思更巧的方式。针对那些仍不相信这类采购的人，2003 年成立的 Tabooboo 采用了稍微不同的方式，通过独立的精品店来进行销售。有什么能比在赛弗里奇（Selfridges）设置性玩具和附属品专卖区，置身于像 Miu Miu 这样的设计师品牌中更高档、更高级的呢？Tabooboo 也在网上销售，此外还在酒吧、俱乐部和宾馆中安置了约 60 个振荡器性玩具自动售卖机。Tabooboo 的创始人艾伦·卢卡斯（Alan Lucas）认为："人们厌恶性玩具是因为将它们与色情联系在一起，如果你把色情拿走，那就没问题"（Small 引述，2005）。针对 20 来岁的有设计意识的女性，Tabooboo 将其视为是放肆而调皮的，"在家里的实际的乐趣"，并且显然做了某些正确的事，在赛弗里奇来访者手册中的一项条目就证明："我已经购买了 Tabooboo 的所有产品，现在我不需要离开家了"。

国外的经营者也看到了英国有利的市场发展。例如，美国连锁店 Hustler Hollywood 就在设在伯明翰和诺丁汉的它在英国的头两家店上投入了 800 万英镑，并且已经预算了 2500 万英镑用于接下来的 6 家店。咖啡店由于临街，又有沙发，并且在商品组合方面又着重强调了女式内衣，因此不会有任何东西让潜在的女性顾客觉得尴尬或不适。同时，安萨默斯和 Tabooboo 都在向国外市场拓展。安萨默斯正在瞄准西班牙，甚至还考虑过俄罗斯和中国，而 Tabooboo 正在考虑美国、荷兰和意大利。意大利被 Tabooboo 视为是特别有吸引力的市场，因为根据艾伦·卢卡斯的观点，"年青一代对于这个话题不会有任何包袱，而意大利是一个有设计文化的国家，对于这种产品没有老套的购买环境"（Dowdy 引述，2004）。

再回到英国，并不是所有事情都涉及专门的利基零售商。这些产品正在变成文化主流的一部分，它们的利润空间相当大，成熟的知名品牌也在想从中获益。但对它们来说也许为时过早。著名的药品连锁店 Boots 于 2004 年秋季宣布将考虑推出一系列的性玩具，对此大众媒体出现了大量的负面评价。从某些方面来说，这是 Boots 现有的健康和美容产品的一个自然延伸，正如 Boots 自己的发

将性玩具、束身衣和鞭子从暗处拿到粉红色的环境之中，Tabooboo 专卖区将性、时尚和前卫的设计融为了一体。
资料来源：© Tabooboo Ltd http://www.tabooboo.co.uk。

言人所说的那样："实际上，这在大街上已经成为了一件非常普通的事情。现在健康的性生活被认为是每个人的权力"（Hall 引述，2004）。然而，许多人觉得这对于医疗氛围更为浓厚的家庭式店铺来说太过了，安萨默斯的杰奎琳·戈尔德也同意这一点。她的观点是"我们已经有了30多年的与顾客建立业务的历史，使他们觉得走进我们的店铺并购买振荡器是坦然的。我看不到任何人进入Boots 然后购买它们的止血膏和性玩具"（Hall 引述，2004）。结果，Boots 注意到了公众的反应，中止了它的计划。因此，当英国公众的态度似乎发生了变革时，仍然存在某些还不准备跨越的界限，营销人员并不打算冒险去改变它们。

资料来源：Dowdy（2004）；Godson（2004）；Hall（2004）；In-Store（2005）；Marketing（2005）；New Meadia Age（2005 a, 2005 b）；Small（2005）。

问题：

1. 概括营销环境中影响该市场发展的因素。

2. 概括在安萨默斯的店铺中购买一种产品的采购决策是如何作用的。如果消费者在朋友所举办的安萨默斯的聚会上购买同样的产品这一过程会有何不同？

3. Boots 决定中止其进入该市场的决定是否正确？为什么？安萨默斯和 Tabooboo 在决定国际化和决定进入哪个国家时，哪些问题可能会产生影响？

一定要有市场细分！

Segmenting markets

学习目标

本章将帮助你：

1. 阐明如何将 B2B 和消费者市场细分为较小的、更便于管理的类似的消费群体；

2. 了解针对特别细分市场的营销组合的效果；

3. 了解市场细分的潜在好处和风险；

4. 认识细分市场在战略营销思维中的作用。

导言

在前面的章节中我们已经了解了买方行为和决策过程，在此基础上，本章所关注的问题应该非常接近于所有营销人员的心声："我们如何确定并描述我们的顾客？"在找到答案之前，任何营销决策都是没有意义的。把你的顾客确定为"任何想买我产品的人"通常是不够的，因为这意味着一种以产品为导向的方式：首先是产品，其次才是顾客。如果营销是我们所宣称的任何东西，那产品就只是提供给顾客的整个综合组合的一部分。因此，必须根据顾客想要什么或会接受什么，根据价格，哪种分销对他们最便利，通过哪种传播渠道最能接触到他们，以及他们想从产品中获得什么来界定潜在的顾客。

还要记住，在以消费者为基础的社会，对"东西"的占有可以传递出一种象征意义。一个人的占有和消费习惯表明了他是哪种人，或者他希望你认为他是哪种人。有些组织费尽周折认识到这一点，并且生产出了既完全满足功能性用途，又迎合了那些在购买者眼中不是很明确的特征的产品，这些组织将会获得消费者的青睐。因此，像锐步和耐克这样的运动鞋制造商不仅开发出供各种特定运动（网球、足球、体操等）所用的鞋子，还意识到有一个从不涉足体育场所的大型消费群体，他们要运动鞋只是作为一种时尚的标志。这意味着他们要为三种完全不同的消费群服务：专业的/严肃的运动员、业余的/临时的运动员和时尚的受害者。在质量最先进的产品上的研发投资，加之与第一个群体相联系的地位，以及一流体育偶像的认可，帮助这些公司建立起了高端市场的形象，这使它们可以借助溢价产品全面开发时尚市场，从而导致了产品向包括名牌运动休闲服在内的品种的拓展。

范例　　对于像航空公司、连锁酒店和汽车租赁公司这样的旅游业经营者来说，商务旅客是一个重要的细分市场。尽管商务旅客期待更好的服务，但作为经常出行的人，他们往往会更频繁地花更多的钱。因此，该消费群不同于休闲和经济型顾客。商务旅客有时需要在短时间内预订，在很紧张的日程内频繁地旅行，并且可能需要在最后一分钟变更安排。为了满足这一群体的需要，航空公司已经调整了它们的服务。快速登记手续、头等或商务舱出行选择及休息厅、特别登机安排和忠诚顾客计划对于吸引这类顾客来说都很重要。航空公司还专门针对商务旅客发布广告，保持它们在商务飞行细分市场中对竞争性航线的价格竞争力，如伦敦—布鲁塞尔航线。

随着时间压力的增大，商务旅客需要有良好线路和直飞航班的卫星机场、更好的机场服务以及更好的机上服务。然而，就像 Primeflight 所发现的那样，光有这些事情还不能确保成功。私人租用小型喷气机（10 个座位）的价格开辟了区域性机场有针对性服务的可能性。Primeflight 推出了每天两次的贝尔法斯特与布鲁塞尔之间的直飞服务。该服务是直接的，有快速登记、进入公务休息厅及头等舱服务，695 英镑往返，而商务舱的平均价格大约为 670 英镑。七座飞机对于预期的运载量来说是最理想的。然而，在 5 个月内，该航班停飞了，据说是由于技术和运营的故障，尽管某些专家认为这种飞机的小容量和缺乏规模可能无法在成本上经济地运营。这种挫折并没有阻碍其他航空公司聚焦商务旅客。瑞典国际航空公司推出了苏黎世到日内瓦的服务，只有公务舱，在波音 737 飞机上只有 50 多个座位，它们可以转换成床铺。一张票的价格是 2374 美元。汉莎航空公司在德国和美国之间已经推出了三条航线，单程票价约为 2245 美元，法航推出了从巴黎到产油国，如安哥拉、伊朗和乌兹别克斯坦的航班。聚焦商务旅行细分市场的航空公司认识到这种服务限于有很大的业务运量，旅游业有限，而又与众不同的航线。通常要在小型的机场着陆，在这些机场没有延误，乘客可以在 15 分钟内坐上出租车。所有这些都与市场另一极端的低成本、不提供不必要服务的运营商形成了对比，它们要把价压下来以吸引大量的休闲乘客，并提供尽可能少的服务（Garrahan，2004; Johnson, 2005; McGill, 2004; Sarsfield,2004）。

所有这些构成了市场细分理念的基础，这是由史密斯（Smith,1957）首先提出的。市场细分可被视为一种分辨、界定消费群之间重要区别的艺术，它可以为更集中的营销努力打下基础。接下来的章节对此概念进行了更深入的研究，而本章的其余部分将探讨如何推行这一概念以及它对组织的影响。

什么是市场细分

本章的导言部分已经介绍了采纳市场细分概念的顾客导向观点。然而，对于采纳来说，也有一个实用的原因在里面。大规模生产、大众传播、越来越尖端的技术和越来越有效率的全球运输都有助于创造更大、更诱人、更有利可图的潜在市场。然而，在一个松散界定的市场里，几乎没有几个组织有资源或有可能成为一支重要力量。因此，明智的选择是更密切地关注市场，找出将其细分为便于掌握的部分或是具有相似特征的顾客群的方法，然后集中精力切实满足一两个群体的需求，而不是试图做所有人的万金油。这使市场细分成为制定营销战略的一个预备部分，包括运用技术来界定这些细分市场（Wind，1978）。

想一想橘子，这也许有助于你更好地理解这个概念。橘子表面上是一个单一的实体，但当你把它的皮剥掉时，你会发现它是由许多分离的部分构成的，每个部分都恰当地共存于一个整体之中。如果你有条理地、一瓣一瓣地吃，而不是一口吞掉整个水果的话，吃一个橘子很容易（并且也不会太浪费、太没章法）。作为具有创造力的人群，营销人员已经采取了这种类比，将构成市场的分离的顾客群归纳为细分市场。

然而，这种类比容易让人误解，其中，橘子的每一瓣在大小、形状、味道上多少是相同的，而在市场中，细分市场在规模和特性上可能会各不相同。每个细分市场都有其独特的状态，可根据营销人员所设定的大量标准来确定这些事项，以这些标准为基数或变量。选择恰当的细分市场标准非常重要（Moriarty、Reibstein，1986），因此本章相当大的部分用来思考了界定消费者和 B2B 市场的细分基础。在此主题之下，还有可能影响组织细分市场变量选择的问题。然后，一旦组织明确了它的市场细分之后，可能用这些信息来做什么呢？本章也特别关注了这一点。

B2B 和消费者市场，总的来说，倾向于不同的细分，因此将分别进行讨论，首先从 B2B 市场开始。

B2B 市场细分

B2B 市场细分的一项重要特征是它可以聚焦组织和组织中的单个买家。此外，还需要反映群体采购，即在购买决策中涉及一个以上的人（Abratt，1993）。所有这些都可以与消费者市场上的家庭购买情况相比较，但它是在一个更大的范围内运转，通常是一个更正规的过程。

温德（Wind）和卡多佐（Cardozo，1974）提出 B2B 市场细分包括两个阶段：

1. 鉴别整个市场中具有普遍共性的子群。这些被称为宏观细分市场，下面还将进一步讨论。
2. 根据明确的采购特征的不同，在宏观细分市场中选择目标细分市场。这些被称为微观细分市场，将在后面讨论。

宏观细分的基础

宏观细分市场建立在组织特性和组织运营的大采购背景基础之上。确定宏观细分市场假设组织在其中会呈现出相似的模式和需求，而这又会反映为相似的购买行为和对营销刺激的反应。

用于宏观细分的基础往往是看得见的，或易于从二手信息（即公开的或现有资源）中获得，可以被分为两大类，现在就分别进行讨论。

组织特性

有三种组织特性：规模、位置和用途。

1. 规模。组织规模关系到组织看待供应商的方式和采购的方式。例如，一个大型组织很可能会有许多人参与决策；其决策也许会非常复杂而正规（因为所涉及的风险和投资级别的缘故），并且在服务和技术合作方面可能还会要求特别的待遇。相反，一个小型组织也许是在一个更集中的决策结构上运转，只涉及一两个人和简单的常规性采购。

范例　　相似的细分策略现在在中欧的现代化经济中也正在得到应用。20世纪80年代，波兰几乎不存在企业银行业务，但此后的经济改革，波兰的公司数量由1990年的50万家增至2001年的300多万家。除了潜在的企业顾客的增长，银行也进行了私有化，许多银行被西欧和美国的银行收购或合并。这促使波兰的银行更加以营销为导向，开始了客户细分过程。中小型企业是指那些营业额在500万~2.5亿兹罗提（126万~6330万英镑之间）之间的企业，它们已经成为了目标客户，最初只是储蓄和贷款产品的目标，但后来保理交互销售、租赁、贸易金融和投资银行业务日益增多。这使银行的角色由单纯的贷方和存款吸纳者变为金融顾问，这对于现有顾客和新顾客所需要的沟通类型和水平产生了深远影响。然而，下一个发展阶段——网上银行业务仍未纳入正轨，因为波兰的企业还需创建更强大、更安全的IT基础设施（Smorszczewski, 2001）。

2. 位置。组织可以根据它们所从事的产业的地理集中情况来集中销售力量。然而，这种专门化慢慢分化为陈旧的、庞大的、以地域为基础的产业，如造船业、采矿业和化学品生产，变得不再那么突出。此外，还出现了更小、更灵活的制造商，它们在地理上分布于新型科技园、工业园和企业区。不过，仍然有根据地理细分市场的例子，例如电脑硬件和软件的销售，或是集中于伦敦、法兰克福、苏黎世和大都会的金融行业。提供特种服务的组织也许会关注地理细分市场。一家公路货运公司也许专营特定的路线，因此会在特定的地点寻找顾客，进行收货、送货，以尽可能有效地利用运力。

3. 使用率。产品的采购量也许是一种合理的区分准顾客的方式。一家被确定为是"重量级用户"的组织会有不同于"轻量级用户"的需求，例如，也许是在特别送货或价格方面要求不同的待遇。供应商也许会确定一个极限点，这样，当顾客的使用率超过该点时，他们的地位就会改变。顾客的账户也许会被交给一个更高级的经理，而供应商在合作、价格和关系建立方面也许会变得更具灵活性。就像第3章所指出的那样，作出让步从而发展与一个重量级客户的关系，比起吸引大量的轻量级用户来说，往往是一种更好的投资。

产品或服务的用途

　　第二种细分的基础是承认同样的货物可以有不同的使用方式。这种方式可以对顾客进行分组，或是借助标准产业分类（SIC）代码来界定特别产业，每种产业都有自己的需求；或是通过界定特别用途并围绕它对顾客进行分组。

　　标准产业分类代码也可以帮助区分行业，这是通过使用特别产品满足特别用途的强烈倾向来区分的。例如，玻璃有许多种工业用途，从包装到建筑，再到汽车产业。每个应用行业在价格敏感度、替代难易度、质量和性能要求上的表现都不同。同样，现购自运型批发商服务于三种主要的细分市场：个体杂货商、食品店和酒吧。每种细分市场都会为了不同的目的购买不同类型、不同数量的产品。

宏观层面对于界定市场和细分市场的某些主要界线来说，是一个有用的起点，但仅有这个还不够，即使这种细分在实践中确实经常出现。必须从微观层面上进一步以顾客为导向进行分析。

微观细分的基础

在一个宏观细分市场内，也许会存在许多更小的微观细分市场。为了聚焦这些市场，组织需要详细了解宏观细分市场中的单个成员，了解它们的管理理念、决策结构、采购方针和战略，以及它们的需求。这些信息可以来自公开渠道、潜在客户的过往经历、销售团队的知识和经验、业内口碑，或是潜在购买者的第一手资料。

表 4.1 概括了微观细分的共同基础。

当然，集中、比较和分析这些信息的深刻意义是一项费时，有时还是一项费力的任务。并且总是会有疑问：它是否有可行性，是否值得做。然而，明确这种小的细分市场（甚至只是一个人的细分市场！）是有好处的，如果它能够很好地使营销供给与特定需求吻合起来的话。如果考虑到某些 B2B 市场中的货物数量和金融投资水平，这些努力都不是徒劳。一个有着少量但却非常重要的顾客的组织几乎肯定会把每位顾客都视为一个细分市场，尤其是在供应整个组织的电脑系统的市场里，单个消费者的需求有很大差别。相反，在像办公文具这样的市场上，标准的产品被销售给数以千计的 B2B 顾客，所有细分都可能是以顾客群为中心的，而这些群体在宏观层面上都是由数十个顾客聚集而成的。

消费者市场细分

正如本部分所指出的那样，消费者市场细分与 B2B 市场细分的确有一些相似之处。主要区别是消费者细分市场从准买家的数量来说，往往更大，因此，更难以接近单个买家。消费者细分的基础主要集中在买家的生活方式和背景上。因为大部分消费者采购满足的是更高层次的需求（例如，见第 3 章讨论的马斯洛需求层次）而不是单纯的功能性需求。然而，危险在于细分越抽象，就越难了解它们可能会被那些有计划的营销战略变

表 4.1	B2B 市场微观细分基础

- 产品
- 用途
- 技术
- 采购方针
- 决策单元结构
- 决策过程
- 买卖双方之间的关系

成什么东西（Wedel、Kamakura，1990）。现在就对几种常用基础依次进行讨论。

地理细分

地理细分根据顾客的位置来对他们进行划分。这通常是一个很有用的起点。例如，小企业，尤其是零售或服务行业的小企业，是在有限的资源下经营的，最初可能会关注顾客所处的直接场所。即使是像亨氏这样的跨国公司也常常倾向于根据地理进行细分，把它们的全球机构划分为围绕特别地理市场构建的运营单元。

然而，无论哪种情况都不是故事的结尾。对于小企业来说，只待在商业区是不够的。它还必须进一步提供重要顾客群需要的东西，无论是凭借低价还是高水准的顾客服务来吸引他们。跨国公司按地理进行细分，一部分是为了创造便于管理的组织结构，一部分是因为认识到在全球范围，地理分界线预示着品味、文化、生活方式和需求方面的其他更明显的差别。单一欧洲市场（SEM）可以创造一个拥有 4 亿准顾客的市场，但大部分组织可能会做的第一件事都是将单一欧洲市场按国别进行细分。

> **范例**　以一种开水冲泡的速溶热巧克力饮料的营销为例。在英国，事实上每家都有水壶，而热巧克力被当作就寝前的饮料，或是替代茶或咖啡的全天饮料。然而在法国，水壶并不普遍，热巧克力作为一种儿童营养早餐常常是用牛奶冲泡。因此快速、方便和多功能方面的优点会给英国市场留下深刻印象，却不太适用于法国市场。法国需要截然不同的营销战略，最好或最坏都必须是一种完全不同的产品。

地理细分至少易于划定和调整，并且常常可以从公开渠道自由地获得信息。这种细分还具有操作上的优势，尤其是在制定高效的分销和顾客联系系统时。然而，在营销导向型组织中，这还不够。例如，道格拉斯和克莱格（Douglas、Craig，1983）就强调了过度聚焦于地理，并假定同一地区的顾客具有共性的危险。即使是在一个小的地域内，也存在各种各样的需求，而这种方式没有告诉你关于这种差别的任何事情。亨氏将其全球业务分解为以地域为基础的细分市场，因为它确实认识到了文化多样性的影响，并且相信"本地营销"是最能全面了解和服务于各种市场的手段。有一点也很重要：所有单纯地以地域为基础进行细分的组织都容易受到更以顾客为焦点的细分战略的攻击。

人口统计细分

人口统计细分根据量化标准，告诉了你更多关于顾客和他们家庭的信息，这些量化标准大多是说明性的，如：年龄、性别、种族、收入、职业、社会经济地位和家庭结构。

人口统计甚至可以延伸到身体的尺码和形态！有人曾指出所有腰围在 102 厘米以上的男性或是腰围在 88 厘米以上的女性都应该把这视为一种肥胖的警告。这一人群已经发展到了一个很可怕的数字，特别是在英国、德国和美国，这些国家的劳动阶层相对较为富裕（Stuttaford，2001）。仅英国就有 900 多万人属于临床性肥胖，有患与体重有关的疾病的风险。这对于一些药品和减肥食品制造商来说是一个好消息，但它也向一些其他的商业部门提出了挑战。像 High、Mighty 和 Evans 这样的服装零售商就分别重点瞄准了大块头的男性和女性。其他的零售商为了满足需求也不得不对他们的库存尺码组合进行调整。例如玛莎就对 2500 名女性进行了一次调查，发现现在衣服的平均尺码是 14，而 1980 年是 12。像航空公司和铁路公司这样的交通运营商甚至遇到了更大的难题。许多飞机的经济舱座位宽度在 26 英尺左右，这对于我们中那些即便不是按摔跤选手的要求培养出来的人来说也相当狭窄！旅客块头的增大，以及坐在狭小座位上远程飞行会引发深度静脉血栓的负面报道促使航空公司重新考虑它们的座位安排（Bale，2001）。

营销 进行时

一个发展中的市场的提升神话

你如何细分胸罩市场？显然制造商主要针对的是妇女（但也不是绝对的）（别问！），但这仅仅是开始。英国的胸罩和女士内衣公司 Gossard 发现，地理市场细分方式具有一定效果。各国最畅销产品的类型是不同的，这一部分是由于欧洲妇女的平均尺码不同，一部分是由于文化和生活方式的因素。意大利女性希望显得性感，因此购买了许多塑身衣；德国女性很实际，追求的是支撑和品质；法国女性想要的是时髦和给其他女性留下深刻印象；斯堪的纳维亚女性则想要天然纤维。当然，这是一个非常笼统的调查，但其中的基本倾向为 Gossard 打下了开发对路新产品和制定不同市场战略的基础。

你也许会认为胸罩尺寸是一种有用的细分变量，它超越了地理界线，而实际上是：大胸部女性的需求和首选是使她们的"资本"的影响最小化，这与那些胸部较小的女性希望使胸部最大化截然不同。例如，神奇胸罩就是针对更年青的，年龄在 18~35 岁之间的女性设计的，这些女性想要一件时髦、有趣、性感，可以让她们充分利用资本的胸罩。这种诉求通过诸如"嗨！男孩儿"、"介意我带一对朋友来吗？"以及"在你梦中"这样的广告语和衣着暴露的漂亮模特得

到了强化。即使这样，营销人员随着时尚的变化，还必须考虑更复杂的生活方式问题。神奇胸罩的成功不仅仅与总人口中小胸部妇女的比例有关，还与向更加暴露的服装和性感的乳沟发展的潮流有关。神奇胸罩 2005 年推出的 Deep Plunge 利用了这一点，它进行了专门的设计，以便增强现有服装的时尚性。针对年龄稍长、更为成熟的消费者，Gossard 推出了超级平滑胸罩（Super Smooth），它宣称能提供神奇胸罩所能提供的所有提升功能，但其独特之处在于它没有接缝、缝合或弹性。它被设计为穿在衣服内看不见，这样重点就在于胸罩的效果上，而不是胸罩的服饰性上。

然而，在这个市场上的营销经理们需要关注消费者情况的变化。行业调查显示，过去 10 来年，英国女性胸部的平均尺寸从 34B 增长到了 36C 或 36D，近三分之一的英国妇女穿 D 罩杯或更大的罩杯。这对于神奇胸罩来说也许不是一个好消息，但对于像 Bravissimo 这样专营大尺码的公司来说却是太好了。

此外，然而，所有这些的根本原因（或应该）都是对于妇女希望从胸罩中获得的核心特性和好处的明显共识。根据 Gossard 的说法，这并不全是关于装饰和花边的。许多旨在刺激胸罩市场的新发展是以技术和工程学为基础的。例如，神奇胸罩的最新品

洛娜（Lorna）和她的女朋友们在完成了伦敦的月球行走活动比赛（Playtex Moonwalk）后展示她们的定制胸罩，以此为乳癌慈善团体筹款。
资料来源：© Lorna Young

种是"可变的分开式"胸罩，它配备了滑轮来将乳房拢到一起。与此同时，Gossard 推出了 Airotic，其原理与汽车汽囊一样，运用真空管来提供支撑。随后是"生物化"（Bioform），它的内衬金 98% 的妇女希望舒适（那其他 2% 要什么呢？）；83% 的妇女认为内衣是"一种乐趣，并且享受它有趣和优雅的一面"；78% 的妇女希望它对曲线的强化，而 77% 的妇女希望内衣穿在衣服里不被看见。因此，无论你想要找什么，无论是有装饰的、动感的还是功能型的，总能在某个地方找到合适的胸罩。

资料来源：Baker（2004）；Broadhead（1995）；Marketing Week（2004a；2004b）；http://www.gossard.co.uk。

与地理变量一样，人口统计变量也较易划分和衡量，必要的信息常常也能从公开渠道自由地获得。主要的优点是人口统计提供了一个清晰的对标准顾客的描述，而这可以用于营销战略。如年龄分析就可以为广告媒体的选择和创意提供基础。例如，杂志就往往根据性别、年龄段和社会经济群体来明确划分读者。像 35 岁以下的女性读者就更喜欢诸如《嘉人》、《Bella》和《时尚》这样的杂志，而 35 岁以上的女性读者则更喜欢阅读《Prima》、《良好家居》和《家庭天地》。

而从负面来说，人口统计纯粹是说明性的，并且是单独使用，它假定同一人群中的所有人都具有相似的需求。而这并不一定正确（只要想想你所认识的你自己的年龄段中就有各种各样的人）。

此外，和地理细分方式一样，人口统计细分也容易受到更以顾客为焦点的细分战略的竞争威胁。因此，它最适用于对特定的人口细分人群具有明显倾向的产品。例如，化妆品最初是被细分为男用/女用；婴儿产品主要瞄准的是年龄在 20~35 岁之间的女性；学费捐赠政策吸引的是那些处于家庭生命周期特别阶段的收入较高的阶层。然而，大多数情况下，人口统计细分和地理细分一样，主要被用作其他更以顾客为焦点的细分方式的基础。

地理人口细分

地理人口细分可以定义为"根据生活地点分析人"（Sleight，1997，第 16 页），它把地理信息和人口统计信息结合起来，有时甚至还结合了住宅区生活方式的数据。这帮助组织了解它们的顾客在哪儿，总结出更详细的顾客生活情况，并确定和瞄准其他地方类似的准顾客。因此，地理人口细分系统根据住宅区的特点来确定它们的类型和生活在其中的顾客的类型。表 4.2 列举了益百利公司（Experian）的 Mosaic UKTM 分类对其中一个住宅区类型的描述。

表 4.2 Mosaic UKTM E组：城市知识分子，E34 类型：市民学者过渡层

- 位于大型省级城市的老城区，靠近大学，可能由 20 世纪初质量较好的带前院和露台的住宅组成。
- 可能靠近公园和老商业区，现在包括便利商店、平价餐馆和外卖店。
- 可能位于公交线路上，骑车或走路能很便利地到达校园。
- 居民年龄主要处于 20 多岁，可能是成人学生、研究生或年轻讲师。也可能是年青的从事学术之外的专业工作的毕业生。
- 居民往往单身，好交际，喜欢饮酒、上俱乐部、看电影，经常和朋友"闲荡"。
- 他们理想化、任性；关注世界问题；不相信跨国公司和名牌；可能赞同像绿色和平组织和地球之友这样的组织。
- 他们可能是《监护人》（Guardian）的读者。
- 他们愿意认可其他的文化，并且接纳移民。
- 他们缺钱，但却不特别物质至上。他们对于财务管理不自信，不擅理财。
- 他们是具有冒险精神的冒险家，享受旅行，对于自己的事业有野心。
- 他们处于生活的过渡阶段，他们的生活方式可能会变得与他们的父母相似。

资料来源：© Experian Ltd, 2006，保留所有权利。"Experian"一词在欧盟和其他国家为注册商标，归 Experian 有限公司及其相关公司所有。

　　许多专业公司，包括益百利在内，都提供地理人口数据库。其中大部分普遍适用于一系列的消费者市场，有些则是针对特别行业设计的，而其他公司则在主数据库上开发了一系列适用于不同行业或地理区域的变种。

　　地理人口系统作为多媒体工具，变得越来越实用。Mosaic™ 就可以放在 CD-ROM 上，为管理人员提供彩色地图以及如何使用系统的有声解说、图片和文字。益百利和其他提供者也从事地理人口组合工具的定制，量身打造以满足特别顾客的需求。

益百利公司的 Mosaic™ 的地理人口系统可通过 CD-ROM 获得，因此增强了它的用户友好度和灵活性。

> **范例**　　挨户营销在瞄准单个家庭的能力方面已经得到了进一步发展。日用消费品营销人员有时会使用产品试用装或销售说明书，但数据库的日益完善使目标的确定更为精确。TNT 速递有限公司[TNT Post（Doordrop Media）Ltd]是一家一流的挨户调查公司，它推出了人员定位服务，该服务可以使所购的或客户提供的数据库与 ACORN 和 MosaicTM 等地理人口环境数据匹配起来，从而明确那些目标家庭比例较高的地区。在每个邮政编码地区内，约有 2500 户家庭，而英国有 8900 个邮政编码地区。通过采用宏观瞄准系统，可以确定小至 700 户人家的地区，从而反映同一住宅区内不同的居住类型。这与投递名单和数据库配合起来，可以实现有效成本，改善挨户投递的针对性。

从顾客营销的各方面来看，规划重要市场调查的试用区、评估新零售点的位置、为直邮活动或挨户传单投递寻找恰当区域，这些系统对于营销人员来说都是无价的。

心理细分

心理或生活方式细分，总而言之是一个非常难以界定的领域，因为它包括了信仰、态度和准顾客的观点等无形变量。它在不断地发展，克服了上述方法的某些缺点，进一步了解了作为有思想的个体的顾客表面之下的东西。其想法是通过明确顾客的生活方式，使营销人员能够不从表面的功能性特征来销售产品，而是凭借在更情感化的层面强化生活方式的优点来销售产品。生活方式一词被用于最广泛的含义，它不仅涵盖了人口统计特征，还包括了生活的态度、信仰和渴望。

营销　进行时

这就是生活

马佐利（Mazzoli，2004）报告了法国所进行的一项旨在明确和描述法国年青人（15~25 岁）市场各种生活方式细分的广泛的市场调查。形成了六个明显的"族群"：

- 电视迷(TV Addicts)：占被调查者的 39%，这个族群半数以上为女性。他们往往居住在居民不足 2000 人的小城镇。正如标签所指示的那样，他们喜欢看电视，尤其喜欢像《圣女魔咒》(Charmed)、《吸血鬼》(Buffy the Vampire Slayer) 和《超人前传》(Smallville) 这样的电视连续剧。不足为奇，他们从视觉和听觉世界来识别名人，如：本·阿弗莱克、强尼·德普、麦当娜、罗比·威廉姆斯、汤姆·克鲁兹、布拉德·皮特和斯蒂文·斯皮尔伯格。他们最喜欢的品牌是李维斯、Celio、艾格、阿迪达斯和波士(Hugo Boss)。

- 洛丽塔精神（Lolita Spirit）：占被调查者的 16%，这个族群的 81% 为女性，大部分年龄介于 20~25 岁之间。他们大多数离开了父母的家独自居住或与伴侣同住。他们最喜欢的名人包括伊夫林·托马斯（Evelyne Thomas）、劳拉·波西尼（Laura Pausini）、诺文（Nolwenn）和塞弗尼·法瑞尔（Severinne Ferrer）。和电视迷一样，李维斯、阿迪达斯和艾格也是他们喜欢的品牌，此外还有 Camaieu 和 Agnes B。

- 电子党（Eletro Party）：占被调查者的 8%，此族群喜欢电子音乐，他们的偶像是傻瓜朋克（Daft Punk）、卡尔·考克斯（Carl Cox）、杰夫·密尔斯（Jeff Mills）和劳伦特·贾尔尼尔（Laurent Garnier）。该族群的成员年龄介于 20~25 岁之间，往往独自居住，男性占大多数。他们最喜欢的品牌是 Mango、H&M、迪奥、迪赛（Diesel）和飒拉。

- 聒噪的挑衅者（Noisy Provocation）：此族群（占被调查者的 5%）总体上较为年青，介于

15~19 岁之间，因此生活在父母家，仍然接受全日制的教育。大部分为男性，此族群喜欢叛逆而强势的名人，如：约翰尼·诺克斯维尔（Johnny Knoxville）、玛莉莲·曼森（Marilyn Manson）、比约克（Bjork）和柯特·科本（Kurt Kobain）。他们喜欢的品牌包括 Oxbow、阿迪达斯、迪卡侬（Decathlon）、Quiksilver 和波士。

- 嘻哈小说（Hip Hop Fiction）：总体上也是年青人，介于 15~19 岁之间，此族群（占被调查者的 14%）喜欢嘻哈。像艾米纳姆、吹牛老爹、超级赛亚人（Saian Supa Crew）、哈里·贝瑞、威尔·史密斯和加梅勒·杜布兹（Djamel Debouzze）这样的艺术家和名人吸引了他们。族群中半数以上为女性，他们最喜欢的品牌包括李维斯、阿迪达斯、彪马、波士和耐克。

- 法国骄傲（French Pride）：此族群占被调查者的 18%，他们有着强烈的社会良心和"法国式"的强烈自豪感。他们敬佩法国名人，如：马修·卡索维茨（Matthieu Kassovitz）、文森特·卡赛尔（Vincent Cassel）和奥利维尔·贝赞司诺 Olivier Besancenot。他们居住在大城市（居民在 10 万以上），往往是被调查的样本中年龄最大的人。他们最喜欢的品牌包括飒拉、李维斯、Dim、波士和迪赛。

普卢默（Plummer, 1974）是生活方式细分的早期代表人物，他将生活方式细分为四大类：行为、兴趣、观点和人口统计学。

行为

行为包括人在生存期间所做的所有事情。因此它涵盖了工作、购物、度假和社交生活。其中，营销人员感兴趣的是人们的业余爱好和他们偏爱的娱乐形式，以及运动兴趣、俱乐部会籍和他们在社团中的活动（如，志愿工作）。

兴趣

兴趣是指对消费者来说重要的东西和他们优先考虑的方面。它可以包括那些与消费者最亲近的东西，如家庭、住宅和工作，或是他们对更大的社团的兴趣和参与情况。它还可以包括休闲和娱乐元素，普卢默还特别提到了像时尚、食品和媒体这样的领域。

观点

观点与个人的内心想法最为接近，它是通过探究对自身、社会文化和政治等问题的态度和感受获得的。通过其他社会影响力也可以找出观点，如：教育、经济和商业。这种分类深得营销人员的喜欢，它还将调查对产品的观点和个人对未来的看法，这可以预示他们需求可能产生的变化。

人口统计

人口统计描述符已经得到了广泛应用，它包括你想要的人口统计因素，如：年龄、教育、收入及职务、家庭规模、生命周期阶段和地理位置。

通过对各个类别全面认真的调查，营销人员可以建立起一幅非常详细的消费者三维图。这种大型的个体群体情况的确立，可以让营销人员依照类似的个体特征，把人分为按不同生活方式命名的细分市场。正如你可能会想到的那样，因为生活方式非常复杂，而有用的变量又非常多，因此没有唯一普遍适用的心理细分类型学。实际上，近年来已经出现了许多不同的分类学，它们强调了生活方式的不同方面，试图提供一套或普遍适用，或针对特别商业用途的生活方式细分。

例如，在美国，广告公司发现建立在米切尔（Mitchell, 1983）基础上的价值与生活

方式（VALS-2）分类法特别有用。该分类法以个人资源、主要收入和教育、自我定位
（即对自身的态度、自己的渴望和想要传达和实现的东西）为基础。产生的细分市场包
括：成功人士，他们属于"身份定位"类别。他们有充足的资源、有事业心，他们的社交
生活以工作和家庭为中心。他们非常在乎别人对他们的看法，尤其渴望获得他们所尊重
的人的正面评价。这意味着成功人士主要根据物质上的成功来"确定"，相反，这与奋斗
者（他们未来可能会成为成功人士）和挣扎者（他们渴望成为成功人士，但也许永远达
不到）形成了对比。这两种细分也是按身份定位，但他们没有被赋予很好的资源，仍有
许多路要走。

范例

"我无法相信它不是肉！"现在可以买到各种各样的 Quorn 产品，这显示出他们瞄准了更广的顾客群。
资料来源：© Quorn http://www.quorn.co.uk.

　　根据消费者所持有的价值观，英国的 600 万素食主义者被确定为有吸引力的细分
市场的成员。素食品牌 Quorn 每年的销售额为 9500 万英镑，它不仅从对素食肉替代
品的需求中获益，而且从对更健康的食品的需求中获益。2004 年整个市场的价值达
6.26 亿英镑，较之 5 年前增长了 38%。

　　Quorn 的口号"它也许会令你惊奇"反映出了它作为主流健康食品品牌，而不只
是迎合素食者的重新定位。红肉潜在的健康危险越来越为人们所了解，因此素食产品
吸引了也许并非全素食主义者的新消费者。这些减少吃肉的人和健康饮食者已经成为
了素食品的主要目标。据估计 45% 的英国家庭正在降低肉食的摄入量，因此潜在市
场非常巨大，只要生产商能够克服消费者对于素食令人厌烦或"怪癖"的偏见。豆子
夹饼、大豆香肠和坚果饼占到了此类食品销售额的半数以上，但零食和熟食类产品增
长快速，占销售额的 16%。然而，即食餐只占销售额的 25% 左右，已经在下滑，但
随着制造商开发出新的品种和口味，这种情况有望改变（Campaign, 2005;
Marketing Week, 2005）。

舒恩华（Schoenwald，2001）强调了迄今为止采用心理细分的一些危险，即丧失了细分市场特征和品牌表现之间的关系。尽管也许有助于明确主要趋势，但细分界线会随市场的变化而变化，有些个人也许无法轻易地或完全地符合分类，例如，在财政问题上很保守，而在接受高科技时又会很前卫。舒恩华提醒我们细分是一种更好地确定市场的营销工具，因此必须具有可操作性，不能令人产生混淆。

伴随单一欧洲市场的出现，许多组织已经设法按生活方式型心理细分来分析整个欧洲的类别。由欧洲小组实施，并由 AGB 对话在英国推出的一项研究就属此类，该研究以一份 150 页的详细问卷为基础，对整个欧盟、瑞士和斯堪的纳维亚进行了调查。所涵盖的主要研究领域包括人口统计和经济因素、态度、行为和感受。对问卷数据的分析使调查人员根据两个主要方向——创新/保守和理想/现实——确定了 16 种生活方式细分。结果还明确了大约 20 个关键问题，这些问题对于调查对象和恰当细分的匹配来说至关重要。随后又就这些关键问题调查了 2 万名调查对象，从而确定了包括欧洲—公民、欧洲—贵族、欧洲—道德家、欧洲—治安协管员、欧洲—浪漫人士、欧洲—商人等在内的 16 种细分市场。

尽管调查的宽度和深度已经纳入了所谓的类型学，但它们的用途仍然有限。当把这种素材用到商业营销背景下时，营销人员仍需了解影响特定产品购买决策的潜在的国家因素。

然而，尽管这种细分很困难，但仍有令人信服的理由认为它是值得考虑和坚持的。首先，它们可以打开门为顾客提供各方面都更合适、更精确的营销组合，从而在顾客和产品之间创造强烈的情感联系，使竞争对手更难挖走顾客。欧洲—细分增加了另一个方向，通过它有可能创造出更大、更有利可图的细分市场，如果分销物流可以经济地到达分布在各地的细分市场成员的话，那这就有可能创造出泛欧洲营销机遇。

然而，正如我们已经看到的那样，主要问题是心理细分很难界定和衡量，而且费用高昂。公开领域不太可能存在相关的信息。在实施中也很容易发生错误。例如，试图在广告中描绘生活方式元素的组织，要依赖于受众以所期望的方式解读所用符号的能力，并从他们那里获得期望的结论。而对此是没有保证的，特别是如果信息非常复杂的话（详见第 9 章）。此外，欧洲细分的用户试图传播生活方式元素时，必须非常清楚国家和文化的差异。

总之，心理细分与人口统计变量相结合时，可以很好地发挥作用，进一步明确给顾客的供给，提高细分的相关性和对竞争的防御性。它对于那些倾向于为顾客提供心理上而非功能上的好处的产品来说也很重要，如香水、汽车和服装零售商。这类产品要获得成功，营销人员就需要创造一种形象，使消费者相信产品不是能提升他们目前的生活方式，就是可以帮助他们实现渴望。

行为细分

迄今为止，所谈到的所有细分类别都是以消费者为中心，这导致了对个人特点的尽可能详细的描述。然而几乎没有谈及个人与产品的关系。这是需要强调的，因为很可能具有相似的人口统计或心理特征的人对同一种产品会有不同的反应。因此，在这些方面进行的市场细分就被称为行为细分。

终极用途

　　产品是用来做什么的? 这个问题的答案对整个营销方式都具有重要意义。以汤为例,汤是一种多功能的产品,具有一系列的潜在用途,并且已经开发出了各种各样的品牌和产品线,每种都迎合了不同的细分用途。购物者很可能购买两三种不同牌子的汤,这只是因为他们需要根据不同的用途进行变化,例如晚宴或是便餐。在这一点上,如果用途的实用性对顾客十分重要的话,人口统计和心理变量也许会变成无关紧要(或者至少是次级的)因素。表 4.3 明确了汤可能的最终用途,并列举了英国市场上可以买到的能满足这些用途的产品。

利益追求

　　这个变量比最终用途更具心理倾向性,可以和人口统计和心理细分密切联系起来。以汽车为例,利益追求也许从实用("可靠"、"节油"、"可以容纳下妈妈、爸爸、四个孩子、一条湿漉漉的狗和野餐剩下的东西")到更以心理为导向("环保"、"又快又好"、"显赫的身份象征")。同样,对冷藏即食餐的利益追求是"易于准备"、"节省时间"、"做出我自己做不了的菜肴"、"万一哪天晚上回家晚了,可以有可靠的备用品",至于低卡路里、低脂肪的菜式,则是"食谱上一种可口而有趣的变化!"并不难看出某些利益细分的确定还可以预示人口统计或生活方式描述符的种类,而这些可用于需要那些好处的人们。

> **范例**　　冷藏即食餐行业的新进入者"裸体"(Naked)瞄准的是那些想要健康、可口食品而又不想花大量时间准备的消费者。在提供基本利益的基础上,"裸体"系列中具有异国风味的蒸菜和油炸菜肴针对的是专业人士。当然,品牌名称的选择纯粹是在该过程中偶然产生的!(The Grocer, 2005)。

使用率

　　并非所有购买产品的消费者都以同样的频率来消费它。会有重度用户、中度用户和轻度用户。图 4.1 展示了根据使用情况假定的组织顾客分类。在该案例中,20%的顾客占到了组织销量的 60%。这显然给营销战略提出了问题,例如,我们是否应该把所有资源都用来保护我们的重度用户? 其他的办法也许是加大轻度用户的使用率;主动出击瞄准竞争对手的重度用户;甚至针对不同的使用率开发不同的产品(例如频繁洗涤的香波)。

表 4.3　汤类市场用途细分

用途	品牌
晚宴开胃	Baxter 鲜汤、Covent Garden 汤
热的便餐	Cross & Blackwell 汤
代餐	亨氏 Wholesoups
烹饪调料	Campbell 浓缩汤
办公室方便午餐	Batchelor 的小份汤

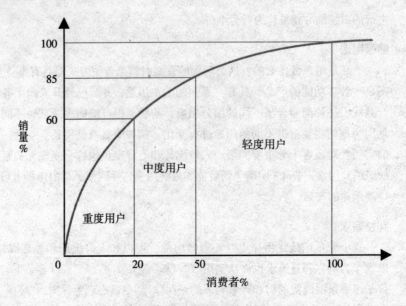

图 4.1 日用消费品使用分类

此外，这种细分变量可以很好地与其他变量结合起来使用，描绘出更详细的目标顾客三维图。

忠诚度

和使用率一样，忠诚度也可以成为一种有效的机制，不仅可以总结细分市场的细节，而且可以更好地了解细分市场的重要变量。例如，一次细致、周密的市场调查活动也许有助于组织区分"忠于我们的人"、"忠于他们的人"和"转换者"，然后发现似乎可以区分这些群体的其他因素。温德（1982）更明确地界定了六种忠诚度细分：

1. 当前的忠实用户，他们还会继续购买该品牌；

2. 当前的顾客，他们也许会转向其他的品牌或减少消费；

3. 临时用户，通过恰当的刺激，也许可以说服他们增加消费；

4. 临时用户，由于竞争对手的供应，他们也许会减少消费；

5. 非用户，如果对品牌进行调整的话，他们也许会购买；

6. 非用户，他们有强烈的负面态度，不太可能改变。

可以肯定的是品牌忠诚度可能是一种很脆弱的事物，面临的威胁越来越大。这一部分是由于有越来越多的可以选择的品牌，以及竞争对手为破坏顾客忠诚度设计了奖励和促销。然而在英国，最严重的威胁来自超市自有品牌，其中许多看起来与制造商的品牌惊人地相似，却更便宜。所以消费者认为自有品牌虽然不一样，但也不错，所以准备转向它们并对价格更为敏感。

如果忠诚度确实存在的话，即使是使用率和忠诚度的简单结合也会改变组织营销战略。例如，如果一个大型的重度用户群体被确定为品牌转换者的话，那么投入资源设计出密切聚焦的营销组合，把这些重度用户转变为个别公司的忠诚用户，就可以从中获取更多的利益。

态度

这再次涉及了心理领域，态度关注的是潜在用户对产品（或组织）的感觉如何。例如，一组已经对产品产生了热情的顾客所需的处理与完全敌对的群体截然不同。敌对群体也许需要一个机会试用产品，还要配合广告活动来解决和应对他们的敌对根源。态度型细分在慈善或救济营销，甚至是健康教育中都很重要。反对"停止吸烟"讯息的烟民所需的方式不同于服从该信息的人，后者只需要安慰和实际的支持来付诸实施。针对"敌对"烟民的方法包括恐吓（"看看这些患病的肺"）、利他主义（"你的孩子会怎样？"）和虚荣心（警告年轻女性对她们皮肤的影响），但几乎没有显著的效果。

买家意愿阶段

买家的意愿是一个非常重要的变量，尤其是考虑促销组合的时候。有多想买才算是潜在的顾客？例如，在很早的阶段，顾客甚至没有意识到产品的存在，因此要让顾客发展到购买的话，组织需要激发他们对产品的意识。于是就需要信息来刺激他们对产品的兴趣。顾客的理解力和解读信息的能力也许会导致对产品的渴望，这接下来又刺激了行动：采购。图 4.2 就概括了这一过程。

因此，行为细分仔细地检查了准顾客和产品之间的关系，这方面可以进行许多区分。行为细分的主要成就是更加关注顾客和产品之间的关系，从而更好地了解了顾客的特别需求，催生了更明确的营销组合。这种细分方法的另一个优点是提供了量身打造针对品牌转换者或提升使用率的营销战略的机会。所有这些好处都证明了使用行为细分的合理性，它不会导致组织变得以产品为中心而忽视顾客的需求。顾客必须是第一位的。

多重变量细分

正如前面的章节已经提出的那样，任何一种细分变量都不可能完全单独使用。对营

图 4.2 AIDA 反馈层次模型

销人员来说，更常见的是使用多重变量细分法，明确一种与细分变量相关的"组合"，其中一些变量是刻板的、描述性的，而其他一些则倾向于心理方面，这取决于产品和所考虑的市场。成人软饮料市场就包括年龄细分和某些用途上的考虑（例如作为佐餐酒的替代品）、某些利益细分（健康、提神、放松）和关注健康的生活方式元素、成熟的形象和对奇异成分的渴求。同样，银行业也正在从传统的以公司和零售顾客为基础的细分向新的方法转变，这些新方法旨在将顾客对银行服务的态度与预期利益结合起来，在此基础上创造出新的细分。根据人口统计标准对顾客进行的简单分组无法反映出他们对技术的态度和使用意愿，而随着网上银行业务的进一步发展，这将具有重要的战略意义（Machauer、Morgner，2001）。

正如前面所讨论的那样，近年来地理人口学的出现预示着市场细分方式正在向融心理学、人口统计学和地理学为一体的多重变量系统方向发展。正如第 5 章将要展示的那样，现在这些事情都是做得到、负担得起的，因为数据收集机制越来越成熟，数据库的创建和维护得到了发展（见第 11 章），电脑设备越来越便宜，越来越容易获得。一个妥善管理的数据库可以使营销人员在采购商与供应商发展贸易关系时更进一步，将行为变量合并起来。因此，营销人员可以更接近单个消费者。例如，英国超市开发并推出了商店忠诚卡，结账时刷一下，顾客就可以累积折扣积分。这些超市正在令人难以置信地收集每个购物者相关情况的详细信息。它可以告诉超市我们什么时候购物，多久购一次，我们喜欢用商店的哪些品牌，我们每次买多少，我们所购货物的范畴是什么，以及我们在自有品牌和制造商品牌之间的选择是什么。超市可以用这些信息帮助它们确定自己顾客中有意义的细分市场，进一步发展和改善它们的整体营销组合，或者为特别的顾客单独量身打造产品。

市场细分的实施

至此，本章已经直截了当地使用了"市场细分"一词，但在细分出现之前，对市场界限已经有了一些界定。这些界定从消费者的视角来关注世界，因为消费者是在评估可供选择的办法和替代品的基础上决策的。因此人造黄油制造商不能只从"人造黄油市场"的角度来思考，而必须更广泛地着眼于"涂抹油脂市场"，这个市场包括了以黄油和植物油为基础的产品和人造黄油。这是因为总体来说，三种产品都在竞争面包上的同一个位置，而消费者会在三种产品中选择，培养对所选产品的态度和感觉，也许是通过比较价格和产品特性（如：口味、延展性、烹调的多功能性和健康主张）实现的。这开辟了一个非常广阔的竞争局面，并且使人造奶油制造商更认真地思考产品定位和消费者的购买方式及动机。

市场界定及其对市场细分的意义现在又回到了同样的一个问题"我们正在从事什么业务？"上，这及时提醒我们：消费者基本上买的是解决问题的方法，而不是产品，因此在进行市场细分时，营销人员应该考虑可以解决问题的所有产品。因此，我们不是身处"人造黄油市场"，而是置身于"夹心面包"市场，这把我们带回了包括黄油和植物油馅料在内的所有直接竞争对手的圈子中。

完成市场细分的有趣活动还不够，尽管已经确定了市场。组织要如何运用这些信息制定营销战略呢？必须要作的一个决定是要瞄准市场中的多少个细分市场。我们首先关注目标锁定。

目标锁定

有三种主要的方法可以使用，图 4.3 对此进行了概括，下文还将详细讨论。

集中战略

集中法是三种方法中最有重点的一种，它是指专门服务于一个特别的细分市场。这会导致对目标细分市场需求的非常详尽的了解，额外的好处是，组织被视为专家，这赋予了组织超过大众市场竞争对手的优势。然而，这也带来了自满的风险，组织容易遭受进入细分市场的竞争对手的攻击。

在管理方面，因为可以降低成本，所以集中很有吸引力；由于只有一种营销组合需要管理，所有还有潜力发展规模经济。在战略上，资源集中到一个细分市场上可以形成更强、更有利的形势，这超过了力量更分散的竞争对手的形势。然而，作为利基市场专家，组织很难进入其他细分市场实现多元化发展，这或是由于缺乏经验和知识，或是由于难以获得已经确定的原来的利基市场的认可。

还要根据其他潜在风险来权衡优点。首先，组织的全部鸡蛋都放在一个篮子里，如果细分市场出了问题，就没有后路可退。第二种风险是如果竞争者看到对手在细分市场中确立了起来，并取得了成功，那它们可能会设法插上一杠子。

差别化战略

如图 4.3 所示，差别化战略包括制定许多独立的营销组合，每一种组合针对一个不同

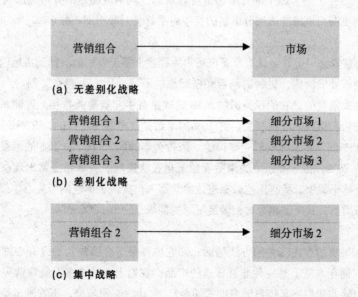

(a) 无差别化战略

(b) 差别化战略

(c) 集中战略

图 4.3 细分市场目标锁定战略

的细分市场。例如，福特公司制造了一系列的汽车，覆盖了众多不同的细分市场，从最便宜的，主要针对年轻女司机的 KA，到昂贵的，瞄准追求身份的高级行政管理人员的天蝎座汽车（Scorpio）。

和集中战略一样，这种方式确实可以让组织量身打造产品来适应单个细分市场，由此保持满意度。它还克服了集中化战略的一个问题，它把风险分散到了整个市场，因此，即使一个细分市场衰退了，组织还可以从其他细分市场获利。

要妥当地实施此方法就要对市场进行详细的了解，这项工作的进行，也许可以较早地发现新的机会或新兴的细分市场。这些知识对于对环境充满好奇心的组织来说非常有价值，但要获得这些知识需要付出代价（在财务和管理时间方面）。为了设法管理针对众多产品的营销组合，会导致成本的增加，可能还会导致逆规模经济。

总之，差别化战略通过资源的稀疏分布，分散了组织的精力。因此，组织必须非常小心，避免试图过度地覆盖大量细分市场。然而，它可以帮助组织在激烈竞争的市场中生存下去。

无差别战略

无差别方法是三种方法中要求最低的，它假设市场是一个非常相似的整体，市场内的个体之间没有明显差别，所以只需要一种营销组合来满足整个市场的需求。因此，重点很可能会放在发展大众传播、大众分销和尽可能广泛的诉求上。

无差别方法确实具有某些表面上的优点。它的成本相对较低，由于只有一种营销组合，所以不需要像集中战略和差别化战略那样进行深入的调查、认真的调整和校正。它还会导致尽可能大的规模经济，因为在潜在的大市场中只有一种产品。

希望自己可以取悦所有人是很天真的。现实生活中可能发生的事情是有些人会比其他人更喜欢你提供的产品，因此缺省会导致细分市场的出现（并非你自己界定的）。因为你的产品并不是为那个细分市场量身打造的，就不可能是细分市场所需的那一种，因此任何更密切地瞄准该细分市场的竞争对手都会对吸引那些顾客。

> **范例**   乍看之下也许会认为草莓市场很大程度上是无差别的。然而市场调查揭示根据一年中所处的时间、进餐的场合和搭配品的不同，用途也会有区别。约 40% 的草莓是在夏季消费的，它们在英国的 6.19 亿次进餐中起着重要作用。近期草莓消费量的增长与它和健康的联系有关。约 10% 的草莓是在早餐时吃掉的，有些是搭配谷类食品，而 45% 的草莓是在晚餐中吃掉的。消费者年龄偏大，65 岁以上的消费者占到了消费量的 28%，但 5 岁以下的消费者数量也在快速增长。草莓通常出现在奶酪、甜点盆和什锦干果中。所有这些数据应该给营销人员提供了丰富的想象力，想出大量的点子用不同的方式来促销草莓，满足不同的需求（Finn, 2005）。

如果真的存在无差别方法的话，那它也许最适合那些几乎没有心理诉求的产品。例如，汽油在本质上是一种非常普通的产品，我们当中的许多人经常购买，但却从未留意过它（除非我们不是很熟悉自助式油泵）。它让汽车跑起来，不管汽车是劳斯莱斯还是拉达，传统上品牌之间唯一的差别因素就是价格。汽油零售商现在已经开始创造细分市场，或是借助汽油本身（如无铅汽车和含额外添加剂的汽油）；或是通过延伸产品（提供洗车、小超市等）；或是通过强大的企业形象来创造品牌和建立忠诚。所有这些都在使汽油零售商从无差别战略转型。

除了与上述备选方法相关的优、缺点之外，还有许多因素影响到目标锁定战略的选择。

营销理论很可能会指出某种战略是理想战略，但如果组织的资源无法支撑和维持那种战略的话，就必须寻找其他选项。例如，小型组织也许需要采用集中战略（或许是以消费者市场中的地理细分市场，或是 B2B 市场中的特别利基市场为基础）来激发必要的增长，覆盖更广的市场。

结合产品自身选择战略也很重要。正如已经指出的那样，特定的产品类型更适合于特定的方法，例如，具有多种潜在变化的产品与顾客会有更高层次的心理关系（例如服装和化妆品），这种产品更适合差别法或集中法。对待其他功能倾向更强的产品可以更多地采用无差别法。

然而，必须重申的是，无差别法正变得越来越少见。盐曾经是市场营销学生主要的以无差别法销售的日用品范例。表 4.4 展示了这种情况是如何变化的。

产品生命周期（见第 6 章对此概念的全面说明）也可能会影响到战略的选择。例如，对于一种创新性的新产品，行业或消费者都没有过往的经验，该产品首先会用无差别战略打开市场，以了解市场行为和反应的实际情况。在这种新产品上市之前很难进行有意义的市场调查，因为市场也许很难对产品产生概念，或是把它放到背景当中。在产品生命周期的增长期和成熟期，随着竞争对手进入市场，组织从经历中学到东西，差别化战略才会出现。

最后的意见是一条提示：不能脱离竞争对手的活动进行战略决策。如果竞争对手明显正在实施差别化战略，那你采取软弱的无差别法就很危险了。确定细分市场可能会更有意义，在这些细分市场中竞争非常激烈，因此要评估是否有可能正面进攻这些细分市场，或是找出不同的利基市场占为己有。因此，竞争不仅影响到方法的选择，还影响到了实际的目标细分市场的选择。

市场细分的好处

本章前面的章节至少已经显示出市场细分是一项复杂而危险的活动，从选择变量的过程来说，它们的衡量和实施都给糟糕的管理和失望留下了充足的空间。然而，几乎没有细分发挥不了作用的市场，无论着眼于顾客、营销组合还是竞争，记住将要获得的潜在利益是很重要的。

表 4.4　盐市场的差别

• 餐桌上用的精制食盐	• 矿物盐
• 烹调用盐	• 低钠盐
• 海盐	• 蒜盐
• 岩盐	• 香芹盐
• 高山岩盐	略

企业社会责任 **进行时**

"你能找到的最接近天堂的地方"

海龟岛代表着某种完美的度假目的地。遥远的斐济岛处于亚萨瓦链条之上，毕业于哈佛的理查德·埃文森（Richard Evanson）于 1972 年购买了该岛，把它当作了一个世外桃源，同时也是一个商业基地，这样人们就可以分享他的天堂。在商业成为可能之前需要进行开发。岛主环绕小岛修建了一条谐调的环形道路，修筑了客用小径，栽种了洪都拉斯桃花心树（约有 30 万株的树龄在 26 年以上）用于补充当地的品种，促进生物多样化，阻止土壤流失，减少风力和增加自然美景。他还种植了 3 英亩有机蔬菜园，开发了大规模的积肥和回收设施，安装了太阳能热水器，这反映了对生态和可持续旅游业发展的关注。

主人的使命和价值观是确保营销战略与文化和传统相吻合，从而创造可持续旅游业。太多"糟糕的"游客可以立刻摧毁当地的文化和环境。海龟岛与贝尼多姆（Benidorm）或黑泽（Blackpool）截然相反。在 500 英亩的私人领地上只有 14 间房的接待能力，并且不打算改变这种情况。那些想整天躺在沙滩上饮酒或是睡觉，整夜泡吧的客人肯定是不受欢迎的。海龟岛就是为了吸引说英语的夫妇而设计的，他们相互可以交流，并且很享受彼此的陪伴和幽默。你一到达后就会被直呼其名，体验的重要部分就是与工作人员和其他客人的互动。

这个海岛度假区被定位为最靠近天堂的地方，显然对于目标细分市场来说它就是这种地方，因为入住率太高，许多预定都无法在要求的日期得到满足。怡人的气候、繁茂的草木、包括从潜水到山地自行车在内的充满活力的项目、全包价政策，以及"逃离一切"的机会展现了高度的吸引力。价格结构是为了保持度假区的独占性而设计的。不含空中交通费（要到岛上，你需要乘坐小型水上飞机，每对夫妇每晚的收费在 2000 美元以上，并且最低起订天数为 6 天，以便提供充足的放松机会。

对海龟岛来说，重要的是岛主所表现出来的环境责任感既有利于商业，也有利于小岛及岛上的 2600 名居民。对生态学的关注、对游客数量的有意限制、使用当地原料（客人住在传统的木头房屋里）、为当地人提供医疗设施，以及监督、控制和使旅游业的负面影响最小化，如污水、礁石破坏和社会污染，已经获得了国际赞誉。从一个过度开发的、被滥用的、大量树木被砍伐的岛屿发展起来，海龟岛度假区已经赢得了包括 BA 环境大奖在内的国际肯定。体验和生态导向组合已经被证实对特别的细分市场有着强大的吸引力，岛主在设计旅游产品组合时有意识地反映了这种导向。

然而，该岛也并非毫无争议。《孤独的星球》（Lonely Planet）1997 年的指南就指出如果该岛是为客人中的异性群体提供独占的自然和

消费者渴望在一个荒凉的小岛上度过一个完美的假期，但又希望这个小岛有必需的全部设施和服务，从而使他们的假期轻松惬意、无忧无虑。瞄准这种需求，海龟岛度假区大大地满足了顾客花钱买特权的愿望。
资料来源：http://www.turtlefiji.com

特权的话，那对同性恋者就明显不友好。这种说法被坚决地否定了，算起来该岛接纳"任何类型的伴侣"至少已有 5 年了。随后几期的《孤独的星球》对此评论进行了更正，但它还是显示出在企业社会责任的一个方面近乎完美的公司在另一方面仍会面临谴责。然而，并没有迹象表明预订受到了影响，精心的市场细分和定位战略仍会继续带来成功。

资料来源：http://www.turtlefiji.com；Chesshyre（2000）；Evanson（1999）。

顾客

顾客的显著收获是他们可以找到更符合他们需要的产品。记住，这些需求并不只与产品的功能有关，还与心理上的满足感有关。顾客也许会觉得某个供应商更合他们的心意，或是更直接地与他们交谈，因此他们会更积极地作出响应，并最终更忠实于那个供

应商。没有根据明显的标准，足够深入地细分市场的组织将会被能做到这一点的竞争对手抢去顾客。

营销组合

这是一个及时的提醒：营销组合本身就应该是一种了解顾客的产品。市场细分帮助组织更密切地锁定准顾客设计营销组合，因此能更准确地满足顾客的需求。市场细分有助于明确购买习惯（在地点、频率和数量方面）、价格敏感度、必需的产品裨益和特性，并为广告和促销决策打下基础。顾客是所有与 4P 相关的决策的核心，如果对现有的目标细分市场有了清楚和详细的界定，就更容易作出决策，而决策之间也会更加一致。

同样，细分市场也有助于组织更有效地分配资源。如果全面确定了一个细分市场，那组织就能充分地知道如何制定最准确的营销目标和相应的实现目标的战略，同时使浪费最小化。组织做的不多不少，刚好能满足顾客的需求。

对细分市场的了解程度也构成了战略决策的深厚基础。组织可以根据资源、目标和想获得的市场地位来确定细分市场的优先顺序。

竞争

最后，市场细分的运用将帮助组织更好地了解自身和所处的环境。通过向外看，对顾客来说，组织必须向自己提出一些非常困难的问题，思考如何具备比竞争对手更好地为顾客服务的能力。此外，从顾客角度去分析竞争对手的产品，组织应该开始了解竞争对手真正的优势和劣势，并明确市场空隙。

市场细分的危险

市场细分的好处还需要与其固有的危险进行权衡。其中某些危险，如错误地界定和实施心理细分所产生的风险，此前已经提过了。

詹金斯（Jenkins）和麦克唐纳（McDonald，1997）对市场细分过程赋予了更基本的关注，此过程不是建立在组织能力基础上的。对于它们来说，更要关注的是组织应该如何细分它们的市场，而不是如何使用本章前面所提到的变量来进行细分。决定"应该"如何做意味着要了解组织，了解它的文化、运营过程和结构，这些因素都影响着市场的观点和细分方式（Piercy、Morgan，1993）。

其他危险与细分的本质有关：将市场分解为较小的部分。应该在哪儿停下来呢？迎合众多细分市场的不同需求会导致市场的分裂，由于失去了规模经济（例如，开工不足或是失去了批量采购原料的折扣），还会出现其他问题，就像前面所提到过的那样。细节还要与可行性相平衡。

在整个市场中，如果有许多组织在直接竞争大量的细分市场，那品牌的潜在增殖也许只会使顾客混淆。假设 5 个竞争者试图在 5 个细分市场中竞争。那就向顾客提供了 25 个牌子供他们选择。即使顾客在错综复杂的品牌中能够找到自己的方向，但要使这些品牌登上超市的货架，其管理和营销成本会是非常高昂的。

市场细分的标准

分析细分的细节，不管不同市场中细分的复杂性如何，对所有成功的细分活动来说，有四项绝对要求。除非这四项条件都达到了，否则细分活动不是纸上谈兵，就是无法带来任何明显的战略优势。

显著性

任何明确的细分都必须是与众不同的，也就是说，明显地区别于其他所有细分市场。区别的基础取决于产品的类型或市场当时的主要环境。这可能源自上文所讨论过的所有细分变量，地理的、人口统计的或是心理的。要特别注意使用"明显的"这个词。细分变量的选择必须与所讨论的产品有关。

没有明显区别，细分界线会变得太过模糊，并且还会存在风险，即组织的产品无法充分地量身打造以吸引所需的顾客。

确切性

必须记住，显著性会被过度采用。细分过于详细，而背后却没有合理的商业原因，将会导致精力的分散和无效率。因此，明确的细分必须具有足够的规模使其有价值。此外，此处的规模概念多少有些含糊。对快速消费品来说，切实可行的规模也许是让成千的顾客购买数万件产品；而在 B2B 市场，切实可行的规模也许是使少数的顾客购买少数的产品。

证明细分市场真的存在也是很重要的。市场分析可能显示存在现有产品无法填补的空隙，无论是从产品本身还是顾客情况来说都是如此。下一步是问为什么会有空隙。是因为还没有组织去填补它，还是因为该空隙的细分太小，没有商业可行性？那个细分市场是否真的存在，或者你的细分是否太过详细，创造出的机会只是纸上谈兵而无法实施？

易接近性

除了真实存在，所明确的细分市场还必须是易于接近的。这首先与分销有关。组织必须能够找出将产品和服务交付给顾客的方式，但这也许并非易事，例如，对于用低价的非常规性采购产品瞄准地理细分市场的小型组织来说就并不容易。接近问题也许会成为细分分析的一种延伸，也许会将细分市场限制为确定的下游区域中的顾客，或是那些准备通过特别媒介直接定购的消费者。无论怎样解决接近问题，都意味着必须重新评估潜在细分市场的规模。

接近的第二个方面是传播。某些顾客也许非常难以接触，如果无法传播促销信息，那抓住那些顾客的机会就会非常渺茫。此外，细分分析也必须延伸覆盖到最可能到达顾客的媒体，而这也会导致细分市场的缩小。

防御性

在谈及目标锁定战略时，一再出现的主题之一就是竞争。即使采用集中战略，只瞄准一个细分市场,也存在竞争对手窃取顾客的风险。因此,在确定和选择细分市场时,很重要的就是考虑组织是否能够开发出足够强大的差别优势来捍卫它在细分市场中的地位,抵御竞争性入侵。

B2B 市场

以上的讨论绝大部分集中在消费者市场。赫拉瓦克和埃姆斯(Hlavacek、Ames,1986)特别针对 B2B 市场提出了一套类似的良好细分做法的标准。例如,他们建议每个细分市场都应该具有共同的顾客需求特征,并且这些顾客需求和特征应该是可以测量的。细分市场应该具有明确的竞争性,但小到足以让供应商减少竞争威胁,或是确立防御性地位以对抗竞争。在战略方面,赫拉瓦克和埃姆斯还建议细分市场的成员应该具有某些共同的物流配送特性,例如,他们都由同样的分销渠道或销售团队提供服务。最后,应该明确每个细分市场的关键的成功因素,供应商应该确保有技能、资产和能力来满足细分市场的需求,并一直保持下去。

小结

本章聚焦于市场细分的复杂性和方法,为了开发出更合适的产品,将市场划分为相关的、易于管理的和有针对性的细分市场。

- 在 B2B 市场中,细分技巧被分为宏观和微观变量或基础。宏观变量包括组织特征,如:规模、位置和采购模式,以及产品或服务的用途,它们确定了顾客使用产品或服务的方式。有时,微观细分变量会产生只有一个顾客的细分市场,它聚焦于顾客的管理理念、决策结构、采购政策与战略,以及需求。

- 在消费者市场中,明确了 5 种主要的细分类型:地理细分、人口统计细分、地理人口细分、心理细分和行为细分。这些细分涵盖了与顾客、顾客生活方式和顾客与产品的关系相关的所有特性,无论是说明性的、量化的、有形的还是无形的。在实际操作中,可能会采用多重变量细分方法,从所有类型中总结出一套适合于所考虑的市场的相关细分变量组合。

- 细分的意义非常深远。在选择目标细分市场实现内部和竞争目标方面,细分构成了战略思想的基础。其应用从只针对一个细分市场的利基战略,到借助不同的营销组合瞄准两个或多个细分市场的差别化战略都有。无差别战略希望用一种营销组合覆盖整个市场,这种战略越来越不适用,因为消费者越来越苛刻,尽管它确实可以减轻管理负担,但却很容易受到集中竞争的进攻。

- 市场细分给消费者和组织都带来了很多好处。消费者获得了按他们的特别需求量身打造的产品,还获得了满足感,因为市场提供了各种各样的产品供他们选择。组织则更有可能凭借量身打造的产品赢得顾客的忠诚,并从更有效的资源配置和对市场更深入的了解中获益。组织还可以把市场细分作为建立强大竞争优势的基础,更深入地了解顾客的心理并将此反映在营销组合中。这形成了组织/产品和顾客之间的结合,而这是竞争很难打破的。然而,如果操作不当的话,市场细分也存在危险。错误的细分、关键变量选择不当或是对细分结果的错误分析和实施都可能造成重大损失。如果竞争中的营销人员过于热中于"过度细分",那市场将会分裂到难以生存的地步,而消费者面对各种各样的选择也会变得困惑,这也是很危险的。

- 总地来说,市场细分在任何市场中都是一种很好的和必需的行为,无论市场是国际化的大众快速消费品市场,还是包含两三家知名顾客的精选 B2B 市场。在两种情况下,任何确定的细分都必须是显著的(即至少要有一种不同于其余市场,可以用来创建营销组合的特性)、确切的(即商业可行性)、易于接近的(即产品和促销组合都可以做到),并且还要是防御性的(即抵御竞争)。

复习讨论题

4.1 销售给 B2B 市场的个人电脑市场可以如何细分?

4.2 找出主要依靠人口统计进行细分的产品范例,确保至少为每项主要的人口统计变量找到一个范例。

4.3 什么是心理细分?心理细分为何如此困难、如此危险?

4.4 行为细分与其他方式的主要区别在哪儿?列出可用于行为细分的变量。

4.5 找出组织运用各种目标锁定战略的范例。讨论你认为他们为什么选择这些战略,以及他们如何实施这些战略。

4.6 市场细分如何影响营销组合决策?

案例分析 4

粉红英镑

很难估计英国同性恋市场的规模。尽管同性恋文化已经日益成为主流文化的一部分,许多公开的同性恋名人、同性恋主题和角色经常出现在电视剧和喜剧中,明特尔(Mintel, 2000a, 2000b)发现同性恋市场在很大程度上是一个隐蔽的群体。估计同性恋人口占总人口比例的 3%~15%,但明特尔认为这很可能只是整个规模的下限,在城区这个比例会更高。估计英国同性恋人群每年的购买力为 60 亿~80 亿英镑,而美国为 4640 亿美元。

然而,对于同性恋市场的特性有一些共识。同性恋消费者被认为拥有高于平均水平的收入,大约 60% 的男性同性恋者是单身或独居。那些同居的同性恋者很可能是双收入家庭。因此,在消费模式方面,由于没有需要供养的人和责任,所以同性恋消费者有更多机会把生活开支集中在休闲和社交上。《同志时代》发现 80% 的读者来自 ABC1 社会-经济群体,而相比之下,普通人的比例只有 43%。

有充足的机会来接近同性恋市场。明特尔(2000b)调查发现 77% 的同性恋者在家中或办公室里接入了互联

网,这远远高于 26% 的全国平均值。互联网非常重要,借助它同性恋者可以建立起强烈的集体感,它也给了营销人员一个有效地、谨慎地查找和瞄准同性恋市场的机会。互联网同性恋用户的平均家庭收入为 42 500 英镑。有许多互联网服务提供商和门户网站是特别为线上的同性恋者建立的(例如 http://uk.gay.com、http://www.rainbownetwork.com 或 http://www.pinklinks.co.uk),这些网站吸引了像特易购指南、玛莎金融、维京、英国航空公司、First Direct 和 IBM 这样的主流广告主,以及特别针对同性恋群体的公司。

还有平面媒体。在英国,克劳斯出版公司(Chronos Publishing)推出了四种全国性的同性恋刊物:《男孩》(一本以同性恋市场中的年青人为目标的免费周刊)、《粉红报纸》(通过主流报刊经销商销售的周报)、《流动杂志》(时尚月刊)和《同志》(集中于性和关系的免费铜版印刷月刊)。另一家主要媒体公司是 Millvres-Prowler 集团,它拥有《同志时代》和众多叫"徘徊者"的同性恋商店。《同志时代》是一本高档月刊,它是欧洲最畅销的同性恋杂志。报刊经销商 WH 史密斯(WH Smith)将《同志时代》划分为一本一线杂志,即每家分店都必须储

存的杂志。尽管同性恋刊物的发行量不像其他主流媒体那么大——例如,《同志时代》的发行量在 7 万册左右——但它们确实触及了一群高素质的、富裕的受众。

许多主流公司仍未意识到同性恋市场的潜力。市场调查发现 86% 的公司未与同性恋受众进行专门的交流。许多公司说它们瞄准的是所有群体,而并非利基市场,除此之外,它们可以通过主流媒体接近同一受众。在它们看来,许多同性恋者的购买决策是根据与异性恋消费者相同的标准作出的。然而,企业可能会有所遗漏。有 92% 的受访同性恋者说他们更喜欢认可和支持同性恋的公司,而 88% 的调查对象说对于他们来说公司对同性恋持友好态度非常重要。

有些产品和服务行业明确以同性恋消费者为目标。"同志村"的发展,尤其是在伦敦、布赖顿和曼彻斯特,已经导致一家挨着一家的同性恋酒吧、餐厅、夜总会和商店的开张。这为同性恋群体创造了一个焦点,实际上同性恋酒吧和夜总会是重要的社交场所。明特尔(2000b)发现 90% 的同性恋调查对象是泡吧者(与之相比,普通人中的比例仅为 69%),而 81% 的调查对象上过夜总会(而普通人中的比例不足 30%)。有趣的是,在同性恋群体中,上夜总会的人数并不像在普通人中那样随年龄的增长而急剧下降。

根据明特尔(2000b)的说法,有五种重要因素促进了同性恋场所的乐趣:

- 音乐类型(77%)
- 不过分热情或令人压抑(75%)
- 曾经去过并且喜欢(68%)
- 宽敞的就座区(62%)
- 便宜的饮料和特别优惠(56%)

尽管有些主流酿酒厂致力于同性恋市场,但大多数同性恋酒吧是由无党派者经营。例如,库尔斯(Coors)在英国就经营着 28 家同性恋酒吧,苏格兰—纽卡斯尔啤酒公司也经营着许多同性恋酒吧,其中主要是在伦敦(6 家),而曼彻斯特有 2 家,这完全是因为它们都位于"同性恋村"的核心地带——坚尼街(Canal Street)。一些经营者只聚焦同性恋市场,像曼托集团(Manto Group)(以曼彻斯特为中心)和库多斯集团(Kudos Group)(以伦敦为中心)。

在度假市场,主流和专营公司都不得不瞄准同性恋者。苏格兰旅游局(VisitScotland)就针对同性恋旅游者,认识到每年同性恋经济要带给苏格兰的酒店 7200 万英镑。它举办了许多由美国专营同性恋市场的经营者组织

的观光活动,还在有众多同性恋读者的杂志上推出了促销活动。然而,这也可能会很困难,该行业有时也会招致负面的曝光,这是由像 Highland B&B 的所有者激起的,它们就拒绝同性恋客人,把他们描述为"不正常的人"。

并非所有组织都积极瞄准同性恋经济,但它们越来越发现很难以性别取向为理由来歧视。Sandals 在加勒比提供大量全包的成人和夫妇度假地。然而,当海报强调 Sandals 的度假地是"浪漫的、异性夫妇"的目的地时,招致了大量的批评。在接到众多投诉后,伦敦交通局禁止 Sandals 在火车上打广告。或许在一个开放和没有歧视的社会里,同性恋经济作为一种概念也许最终会变成多余的、无关紧要的,同性恋者会成为另一种相关的、次要的消费者特征。

根据明特尔(2000a)的报道,调查对象年均度假是 2.07 次,而 72% 的调查对象上一年至少有一次度假在一周以上。《同志时代》发现 41% 的读者每年要度 2~3 次假。喜欢到海滨/度假区度假的同性恋群体几乎和其他人一样多,但同性恋度假者更可能选择在城市度假(在明特尔的调查对象中比例占到了 23%),这超过了普通人群(9%)。明特尔(2000a)指出城市更可能具有某种形式的同性恋设施,如酒吧和夜总会,这会为度假增值。

令人吃惊的是,只有 4% 的明特尔调查对象曾经进行过以同性恋为主题的度假,而仅有 3% 的调查对象通过同性恋旅行社或旅游经营者预订过假期。11% 左右的调查对象通过互联网预订假期,这远远高于普通人群中的比例,在普通人群中通过互联网预订假期的人不足 2%。通过此前提到过的同性恋网站,很容易找到以同性恋定位的旅行社。例如:http://www.throb.co.uk,这些旅行社提供到西班牙风行的同性恋胜地或对同性恋态度友好的胜地的度假,并提供奖励鼓励通过互联网进行预订。

总之,明特尔(2000a)认为同性恋度假者想要一个更多样化的同性恋旅游产品,要通过"优质的对同性恋友善的度假,而不是同性恋主题度假"来锁定他们。

资料来源:Fry(1998, 2000);Mintel(2000a, b);Lillington(2003);Mintel(2000a, 2000b);Muir(2003)。

问题:

1. 同性恋细分市场在多大程度上符合成功的市场细分的标准?
2. 哪种细分基础与同性恋酒吧/夜总会市场有关?主流公司瞄准同性恋细分市场的风险和回报是什么?

营销以信息和调查为基础！

Marketing information and research

学习目标

本章将帮助你：

1. 认识信息对组织的重要性和信息在有效营销决策中的作用；

2. 了解营销信息系统和决策辅助系统的作用，培养对各种可用信息的意识；

3. 熟悉营销调查过程的各个步骤；

4. 简要介绍一、二级数据的资料来源，了解它们的作用和它们的收集分析问题；

5. 了解围绕营销调查的某些道德问题。

导言

近年来，随着组织越来越关注在欧盟和全球市场更广的范围内开展业务，欧洲市场调查的性质和作用发生了显著变化。每年全球市场调查上的开支超过了 190 亿美元。在东欧和南美等地域的市场调查开支较上年翻了一番，因为企业为了它们的产品和服务，要努力了解新的市场和受众。在建立新的区域时，它们必须设计出更有竞争力的策略，从而在有丰富营销知识的人群中取得成功。在美国这个世界上最大的调查市场上，每年的支出以 5%的比例增长。另一个最发达的市场——英国在人均支出表上位居头名，年度市场调查支出约为每人 20 英镑。无论组织是否有意打入发展中市场，或是在更完善的市场中保持或扩张它们的业务，它们都需要关于那些市场的有效信息，这对于作出明智的决策，决定最恰当的市场进入或竞争策略至关重要。为了配合这些活动，组织需要一个经过恰当设计和管理的信息系统来确保市场营销决策者能够获得及时准确的信息（http://www.esomar.com）。

本书思考了市场营销的方方面面，其中包括市场定义和市场细分、4P 基础上的综合战略以及计划控制机制，所有这些都需要收集和分析信息。计划制订、数据收集、信息管理和分析做得越好，结果就越可靠、越有用，因此营销人员就能作出更能满足精选细分市场需求的决策。想要对营销努力进行重大改革的组织，如果一开始不对可能的市场反应进行评估的话，就会冒非常高的失败的风险。

总之，收集实际的或潜在市场的信息不但可以让组织监控与当前顾客有关的趋势和问题，还有助于确定和描述潜在顾客和新市场，并且明确组织的竞争、战略、战术和未来规划。从这个意义上说,市场调查和信息处理为组织提供了一个基础,在此基础上组织可以适应所处环境的变化。

范例

自从 1962 年首次出现,蜘蛛侠就在连环漫画、报纸副刊、电视连续剧、电脑游戏,甚至是主题公园中扮演着重要角色。2002 年,哥伦比亚电影公司给我们带来了电影《蜘蛛侠》,它以北美首周周末票房收入 7760 美元打破了纪录。这意味着 2004年《蜘蛛侠 2》推出时,要达到很高的目标,而不仅仅是因为前一部电影所引发的预期。其制作成本远远高于第一部(2 亿美元对 1.39 亿美元)。电影续集可以媲美甚至超过第一部也是不同寻常的,电影的上映日期意味着在头几个星期它会与《哈里·波特 3》、《史莱克 2》、《华氏 911》、《机器人 1》、《谍影重重 2》和《猫女》竞争观众。哥伦比亚担心的不止是来自这些电影的直接竞争。自《蜘蛛侠 1》上映来的两年里,特技效果已经变得更为成熟,电脑制作的影像,如《指环王》、《哈里·波特》、《星球大战》等电影,已经提高了影迷的期望。

为了确保所有推广新电影的营销活动都能有激发性和相关性,并且能够使对电影的兴趣最大化,哥伦比亚三星营销小组在重新上映第一部影片时,在当前的电影市场背景下,对《蜘蛛侠》品牌的感觉和期待进行了调查。在制作所有推广材料之前,在三大洲的 6 个国家有"蜘蛛侠狂热情结"的儿童和成人中引入了焦点小组。调查结果被直接用来指导上映时的营销活动计划。尤其是了解到漫画英雄的"续集"情节往往让人觉得疲软、沉闷时,哥伦比亚决定采用"故事待续"标题来做《蜘蛛侠 2》的所

托比·马奎尔在山姆·拉米的电影《蜘蛛侠 2》中出演了彼得·帕克/蜘蛛侠。
资料来源:ⓒ Melissa Moseley/Sony Pictures/Bureau L.A. Collections/Corbis。

有宣传，以此和更受肯定的"传奇"流派挂上钩（《指环王》、《哈里·波特》）。此外，在 7 个最初调查的国家里，在首周六晚上观看完电影之后，平均有 850 名观众完成了评分和建议问卷，这些结果被用于调整继续的营销活动和劝说电影院线为这部电影投入更多的放映厅和时间。该电影全球 7.84 亿的票房总收入确保了营销活动激发了消费者对《蜘蛛侠 3》的兴趣（预计 2007 年夏季上映），并计划再次进行这种调查活动。尽管其他电影营销人员也意识到了这一点，但哥伦比亚公司显然认识到了当投资数亿美元来制作一部电影时，有价值来进行市场调查"以传递激发专业业务决策的完整的顾客和市场观点"（John Markham，诺基亚产品及业务调查总监，引述自 http://www.research-live.com）。（Palmer 和 Kaminow, 2005; http://www.bbc.co.uk/news; http://www.research-live.com）。

　　本章首次思考了营销调查的作用，并探讨了营销信息系统的结构，它是一种及时收集、分析、发布关于整个组织的准确数据和信息的手段。接下来关注的是营销调查的计划框架。也思考了营销调查项目的计划和实施阶段，从明确问题到写出大纲，再到实施项目和发布结果。本章还关注了从现有或公开渠道获取和收集二级调查资料（或案头调查）的细节，以及通过有目的的调查、观察或实验搜集资料的初级（或田野）调查。本章还探讨了设计样本和数据收集工具的重要问题，因为无论调查过程的其他方面管理得有多好，用错误的方式向错误的人问错误的问题都会产生劣质的营销信息。

　　最后，由于营销调查可能会成为一个复杂的过程，它的结果非常重要，并且由于组织常常委托代理机构来操作，所以实施的专业性和道德性就很重要了。因此，有一部分是就是有关营销调查所涉及的道德问题的。

　　本章从头至尾使用了客户和调查人员的说法。客户是指委托进行营销调查的组织，包括外部代理机构和内部的部门。调查人员是指负责实际实施调查任务的个人或小组，这与他们来自委托组织内部还是外部无关。

市场营销调查

　　营销调查是营销决策的核心，了解它所涉及的内容以及它在组织中的地位是非常重要的。因此，本部分将探讨营销调查的含义和它在帮助管理者了解新的或变化中的市场、竞争、顾客和准顾客需求中所起的作用。

营销调查的定义

　　营销调查是营销决策的重要依据，它可以被定义为：

　　市场营销调查是指通过信息将消费者、顾客和公众与市场连接起来的职能——使用信息分辨和确定营销机遇及问题；激发、改进和评价营销行为；监控营销业绩；增进对营销过程的了解。营销调查详细指明了解决问题的必需信息；设计了信息的收集方式；管理并实施了信息收集过程；分析了结果；传播了成果及其含义。

　　[引自麦克丹尼尔（McDaniel）和盖茨（Gates）的美国市场营销协会定义，1996]

营销调查将组织与其所处的环境联系起来，包括说明问题、收集数据，然后对数据进行分析和解读，从而推动决策过程。营销调查是连接外部世界的重要一环，营销人员通过所用信息来辨别和确定营销机会及问题，激发、改进和评价营销行为；监控营销业绩；增进对营销过程的了解。营销调查由此明确了解决这些问题所必需的信息，并设计了收集必要数据的方式。实施调查计划，然后对收集到的数据进行分析和解读。之后，就可以传播成果和影响了。

营销调查的作用

在欧盟，营销调查在消费者市场中的作用已经完全确立起来了。这对制造商来说尤为重要，因为零售商和其他中间商通过这种方式在制造商和终端用户之间充当了缓冲器。如果制造商不想脱离市场趋势和变化的喜好，那么准确、可靠地到达营销决策者的信息流就很重要了。如果在决定新产品和营销组合时，只有来自交易的反馈的话，信息流会非常有限。

消费品营销人员所面临的另一个因素是顾客的规模。拥有如此之多的用户和潜在用户，组织的责任是确保激发来自顾客的反向沟通流。消费者市场的潜在规模还开启了调整产品和常规营销产品以适应不同目标群的前景。产品品种、包装、定价和促销方面的决策将来自对市场不同类型需求的全面了解。回想第 4 章，它对市场细分和营销组织之间的关系进行了非常详细的探讨。营销调查对于确保细分市场的存在和可行性至关重要，对于明确细分市场的需求以及如何进入细分市场也很重要。由于市场在规模上越来越欧

营销 进行时

了解你

从你开始考虑继续接受更高的教育的那一刻起，市场调查人员就对你产生兴趣了。英国每年有大约 5.5 万种研究生课程可供申请，开展这些课程的大学和学院面临大量的对学生的竞争。随后，相互竞争的银行将会争夺你学生贷款支票的储蓄，而移动电话公司、时装、酒类和化妆品品牌都会寻找它们的商机。

UCAS（高等院校联合招生服务）是一家核心机构，它处理英国大学全日制研究生课程的申请。处理并保留众多准学生的详细信息给 UCAS 提供了巨大的收集这些被高度关注的受众的情报的潜力，教育公司和商业公司

都对它们怀有兴趣。

2004 年 UCAS 推出了 UCAS 卡，准学生可以获得这种忠诚卡，使用它的申请服务。这张塑料卡片通过优惠券手册或可下载的表格为持有者提供了一系列的折扣。在头一年，17 种品牌感觉到在它们的产品服务与加入计划的学生之间有良好的"吻合"，其中包括 Top Shop、Xbox、戴尔和AA。有超过 11.5 万名学生申请人注册了这种卡，这些品牌获得了与被锁定的、高度明确的目标受众进行直接营销对话的机会。

在 UCAS 卡实施头一年的年末，UCAS 与 Pursuit Media 联合实施了一次对持卡人的线上调查——当80% 的申请人同意接受来自 UCAS 和

第三方的邮件时，这并不困难。该调查的目标是明确哪些品牌和服务是这些年轻人认为最重要的品牌和服务，以及他们喜欢的接受营销传播的方式。根据 UCAS 的说法，"此次调查的结果有助于我们开发下一代的卡"。尤其是对于 2005/2006 学年来说，参与品牌的数量减至 15 个：AA、戴尔和 Xbox 离开了计划，但 Top Shop 留下来了，其他品牌如 HSBC、Orange、PC World、BSM 和 Vue Cinemas 又加入了进来，它们都从调查结果中获得了好处，知道了如何改善与你进行沟通的机会。

资料来源：Marketing Week (2005)；http://www.ucas.co.uk。

对于许多名牌产品和服务来说，学生是一个富有吸引力的目标市场。
资料来源：Image copyright Ben Haris/ http://www.hallornothing.com。

洲化和全球化，随着新市场的开放，营销调查在帮助组织实现营销努力欧洲化、决定营销方式的标准化和多样化中起着越来越重要的作用。

在 B2B 市场中，营销调查的作用与它在消费者市场中的作用非常相似，即帮助组织更好地了解营销环境，作出更明智的营销战略决策。两种市场的区别也许是在营销调查的实际设计和实施方面，因为 B2B 市场具有某些特殊的潜在因素，如：顾客数量更少、买卖关系更密切，这在第 3 章中已经介绍过。尽管有一些区别，但营销调查的任务仍是提供关于机遇、市场和顾客的重要意见。

有时需要进行营销调查是因为组织需要关于目标市场的详尽资料，这是一项明确的、直接的、说明性的调查任务。可是有时候调查的需要源于更宽泛的问题，如：为什么新产品无法获得预期的市场份额。组织对于问题的本质也许已经有了一套理论，进行营销调查就是为了确定所有假定是否正确，并核实其他的可能性。在实践中，绝大多数营销调查人员花费了相当多的时间在非正式项目上，保证满足特别的营销信息要求。与更正规的市场调查定义相比，这些项目往往缺乏科学上的严密性。然而，更有创意、更复杂的本质问题必须通过重要的、正规的市场调查来解决，这是因为没有完全掌握有关前进道路上的风险的情况。

调查的类型

迄今为止，对营销调查的讨论还是非常笼统的，没有区分不同的调查类型。然而，有三种主要的调查类型，每种类型适于解决不同的问题。

第一种是探索性调查，进行这种调查往往是为了收集初级数据帮助澄清或明确问题，而不是为了获得问题的解决方案。在准备重大建议之前，也许会进行一些探索性的调查，以便确定调查主体中需要强调的重要领域。

> **范例**　　一家主要的信用卡公司想要提高它在东欧的市场份额，它通过检查经济和社会趋势方面的二级数据意识到它的产品和在成熟的西方市场所使用的促销方式也许并不适合这个新的地区。在进行大规模的定量调查之前，它在东欧的主要国家进行了探索式的定性调查来帮助了解准顾客对于个人金融的态度，以此指导产品的开发。此次研究的结果强调东西欧消费者不仅在成熟度方面有差别，在对邻国居民的信任度和看法方面也有明显的差异。尤其是波兰对于负债和使用信用的态度受到了天主教传统和教义的巨大影响，而相邻的捷克斯洛伐克共和国的反馈中却没有表现出来。一旦打破了东欧具有一定程度的同质性的假设，公司就可以继续设计定量问卷，它敏感地意识到了这个地理上的新市场具有地方特性（感谢 Green Light Research International 的 Fiona Jack）。

无论使用初级还是二级数据源，目的都是要对营销问题的实质进行初步评估，这样可以更恰当地计划更详细的调查。

第二种调查是说明性调查，它旨在使营销人员更好地了解特别事件或问题。这包括非常明确的指令，如：剖析特定品牌消费者的详细情况，评估与品牌有关的实际采购和重购行为，以及行为背后的原因。此类调查大多属于大规模调查，是为了通过定量和定性数据，提供一种更好地了解营销问题的手段。

最后，进行因果性调查或预测性调查是为了测试因果关系，由此可以对特别行为所能导致的后果作出合理而准确的预测。对营销经理来说。该种调查的难点是确信 x 越多，所导致的 y 也越多，而所有影响 y 的其他变量必须保持不变。真实的世界由于有竞争者、零售商和其他中间商，营销环境常常单独产生作用，做出改变背景条件的事情来。因此，调查人员在试图明确特定时期，降价 10%的促销活动是否能将销售量提高 15%这样的问题时，他们所面临的困难是确保其他所有可能影响到销量的变量在调查期间保持不变。在此过程中，随机采样也许会有所帮助，这样一来，只需在随机选中的商店提供 10%的优惠，而其他商店还是提供常规的条件。产品在两组商店中的业绩的任何差别都可能是由于特别促销而引起的，因为"常规"产品和"促销"产品在同一时期，都受制于同样的环境因素，这些因素对所有店铺都有影响。

调查数据的来源

有两种主要的数据类型，它们是由截然不同的调查方式产生的。

定性调查

定性调查是指收集公开阐明的数据，如人们的观点，但它并不是要确定统计的有效性。此类调查对于调查动机、态度、信心和意图尤为有用。它通常建立在很小规模的样本基础上，因此无法用数字归纳。尽管结果常常是主观的、假设性的和印象主义的，但却能反映出消费者决策的复杂性，捕捉到消费者行为的动机和方式的丰富性和深刻含义。量化技术尽管在统计上很严密，但还是很少捕捉到与营销活动有关的相互关系的复杂性和丰富性。因此，定性调查的真正价值在于帮助营销人员了解人们想要的（或思考他们想要的）东西，而不是他们所说的东西，现在已经开发出了一系列的技术来帮助完成这些任务：

- 调查研究 / 问卷调查
- 焦点小组
- 深入访谈
- 观察技巧
- 实验

所有这些都将在后面进一步讨论。

定量调查

定量调查是指收集可计量的，而又没有像定性调查那样公开阐述的信息。它包括像销售数字、市场份额、市场规模、消费者退货或投诉这样的数据和人口统计信息，以及可以通过初级调查收集到的数据，如：问卷调查和访谈，或通过二级渠道获得的数据。

定量调查通常涉及大规模的调查或研究，这些调研可以打下实际基础，有足够的实力进行严密的统计分析。定量调查的成功，一部分取决于代表性样本的确定，这种样本要足够大，可以让调查人员确信调查结果可以适用于更广泛的人群。这样就可以明确"45%的市场认为……而29%的市场则相信……"调查可以通过电话访谈、面对面访谈或邮寄问卷调查进行，也可以利用二级数据资料。

互联网正开始对量化调查进行彻底变革。早期的重点是放在获得线上合作和构成问题上，但现在所用的技术已经随着时间的推进，变得更为成熟、更加互动、更加适用，与系统的联系也更为直接，可以对线上或线下的所有数据资料进行整合（James，2001）

连续调查

随着营销问题的确定，为了更好地了解并克服这些问题，组织专门制定了大量的调查项目。在后面，我们将从最初直到最后的评估对这些项目的发展进行追踪。然而，有些调查是在连续基础上实施的。可以通过持续订购或约定购买新的调查结果实施连续的调查。这些调查结果通常由市场调查机构提供，联合调查可以产生更有用的动态数据。在英国，消费者的零售采购是由 AC 尼尔森进行跟踪，而 BMRB 发布的目标群体指数（TGI）预测了大约 5 000 个品牌的命运。在所有重要的欧洲市场上都可以获得类似服务。这些调查的质量非常高，但主要优点是分摊了成本，例如，由于 AC 尼尔森数据对所有大型的多样化零售商或品牌制造商来说至关重要，因此它们都会购买。对每个组织来说，成本要远远低于自己单独做，或委托别人单独来做。当然，大的缺点是竞争对手也可以获得完全相同的信息。

有许多不同的方式可以获得连续的数据。

消费者小组

市场调查公司招募大量家庭，这些家庭愿意定期提供有关它们实际采购和消费模式的信息。建立小组是为了尽可能地覆盖更广泛的人群，或是瞄准特别的细分市场。消费者小组的构成可以非常明确。英国所进行的产前产后调查（PNS）对700名怀孕妇女和600名有6个月大孩子的母亲进行了调查。对于婴儿食品、尿布、化妆品和婴儿药品制造商来说，这些内部信息是无价的。泰勒·尼尔森·索福瑞超级小组（Taylor Nelson Sofres Superpanel）是英国一流的持续型消费者小组，它提供所有重要的杂货市场的采购信息。该小组于1991年推出，目前包括1.5万个家庭，为了提供有代表性的各层次市场的情况，这些家庭在人口统计和地域分布方面都是均衡的。通过设在家里的电子终端每周收集两次数据，采购情况会通过家庭扫描技术记录下来（http://www.tnsofres.com）。

可以通过两种主要的方式从消费者小组中获取数据：家庭审核和综合调查。

家庭审核

家庭审核是指对单个家庭的采购和消费模式进行监督和跟踪。AC尼尔森家庭扫描（AC Nielsen Homescan）在全球18个国家12.6万户家庭连接了内部条形码扫描仪，它可以记录食品采购情况并收集调查问题的答案（http://www.acnielsen.com）。使用调制解调器可以定期将信息下载至调查公司。这种方式日益取代了老式的消费者日记，它记录了同样类型的信息，但使用的是纸笔技术！

电视收视小组是非常类似于家庭审核的一种形式，它包括招募家庭和安装内部监控设备。这一次，目标是使用设备随时记录观众的电视频道收视情况。通过这些数据，AGB和RSMB这样的组织可以提供对节目和广告时间收看模式的详细评分，这在广告时间的销售中是一个重要因素。

综合调查

综合调查，正如这个词所显示的那样，可以使组织在任何它认为恰当的时候加入现有的调查项目。组织想要参加时，它可以在下一轮问卷调查中加入一些额外的问题，这些问卷将被发给许多经常接触的调查对象。它最大的优势是成本，尽管代表特定组织所能问的问题数量通常很少。答案的收集速度也是一个重要因素。

有三种类型的综合调查：调查人员家访时面对面进行的调查、电话调查和最后的互联网调查。面对面综合调查往往可以提供较大的样本规模，通常是2000名左右的成年人，还可以使用辅助材料。较之其他两种方式，它还能更好地探究更复杂、更敏感的问题（如与健康或理财有关的问题）。电话综合调查提供了更快的周期（比面对面调查快4~5天），但样本的规模往往较小，问题的范围也更有限。互联网综合调查是一种新方式，自引入美国后目前正在推广。它们都是建立在独立完成的问卷基础上，必须认真地控制样本，以避免不必要的调查对象。然而，它是一种快速获得网民观点的方法。

泰勒·尼尔森·索福瑞消费者综合调查有许多选项：

- Capibus是英国最大的每周一次的综合调查，它提供2000名成年人的样本，通过面对面访谈在10天内获得全面结果。问题可以有针对性，所收集到的相当多的信息是与个人或家庭有关的。

- Phonebus 每周进行两次，它通过电话访问提供 2000 名成年人的数据。它提供的周期是 4 天，因此如果问题是在周二上午 10 点提交的话，周五午餐时就可以获得完整的表格。
- Ncompass 是泰勒·尼尔森·索福瑞国际综合调查，它汇总了来自 80 多个国家办事处的数据。结果可以在两周内获得，如果运用快线的话，周期可以减至 6 天，通过每国 1000 名成年人的样本，可以获得欧洲主要市场的数据。
- Autobus 集中抽样跟踪 1000 多名汽车驾驶员，每周和他们进行联系。这种专业的信息调查服务对于快速收集特殊行业的信息尤为有用。

其他公司，如 Access 综合调查和 RSGB 综合调查也是以类似的方式提供定期综合调查，这为选择最适合于目标受众的调查提供了相当多的选择。

互联网现在开始对消费者小组调查产生了更大的影响。例如，尼尔森在英国有一个 9000 强互联网用户调查小组，而在全球有 9 万个，并且作为受众测量调查的一部分，这一数字还在迅猛增长（Gray, 2000b）。网页每被访问一次，安装在参与者电脑中的专门的软件就会为尼尔森记录下信息。然而，在使用互联网调查时必须谨慎。MORI 在一次 IT 调查小组中使用了电子邮件，但由于反馈率低只好中止，改为使用电话访问。尽管线上小组对客户来说成本更低，但其效力必须与实际获得的数据结合起来看（http://www.researchlive.com）。

零售审计

零售审计概念也许是最容易实施的了，因为它是依靠训练有素的审计员对精选的零售商店进行拜访，并定期检查库存。条形码扫描仪的使用提供了更多的何时何地售出何物的最新信息。库存的变化，包括上架的和库存的，都显示了精确的按包计算的销售给消费者的实际数量。这种信息对于评估品牌份额、促销反应和零售贸易的库存量尤为有用。加上价格水平方面的数据，品牌经理在修改营销组合决策时就有了更多的有用信息。

营销信息系统

为了满足组织的信息需求并辅助决策，营销人员不仅要关注数据和信息的收集，还要关注信息储存、评估和发布的处理和运用（McLuhan, 2001b）。使用高度复杂的信息系统几乎没有意义，因为它无法真正地在管理人员希望的时间，以他们希望的方式交付他们想要的东西。任何系统都必须对用户的需求作出响应。

营销信息系统（MIS）可以定义为：

一套有组织的程序和方法，通过它可以持续地收集、筛选、分析、评估、储存和传播恰当、及时、准确的信息，供营销决策者使用。

（Zikmund、d'Amico，1993，108 页）

现在，此类系统大多以数据为基础，并且使用了高性能的电脑。系统需要协调数据的收集和决策辅助，如图 5.1 所示。应该根据组织的特别要求设计营销信息系统。这将受组织规模、可利用资源和决策者特别需求的影响。而组织之间的这些需求可能会有广泛的相似

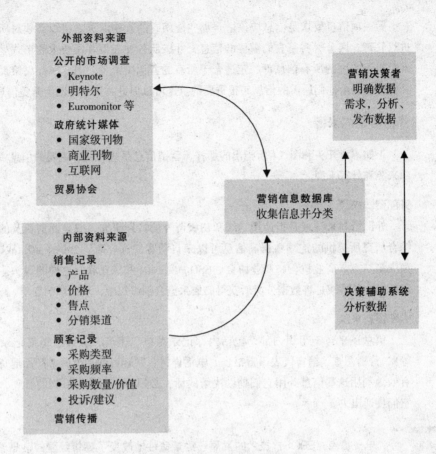

图 5.1　营销信息系统

性，但它们并不一定完全相同，因此系统的设计和它们的成熟程度会有所不同。重要的是对信息进行了管理，这在某种程度上促进了决策过程，而不只是单纯地收集信息。

从表 5.1 中可以看出，营销信息系统为管理潜在的主导性信息流提供了一个完整的框架，还生成了大量有关消费者日常活动的数据（销售额、顾客细节、进出订单、交易情况、服务要求等）。组织经常处于各种数据收集阶段，例如收集与竞争对手、新产品测试、改进服务要求和变化的规定有关的数据。信息的时限，无论是对短期还是长期决策来说，都很重要，因为为决策者提供及时的反馈或计划趋势的细节可以带来市场竞争优势。

范例　　连锁超市 Somerfield 利用 Ipsos 的"定制"框架来改善对 400 万节俭卡（Saver Card）顾客数据库的利用。Ipsos 首先根据顾客的交易量来细分数据库，然后在 32 家不同的 Somerfield 店访问了 2 000 名购物者。通过将交易数据与进一步调查的数据结合起来，然后推广到整个数据库，Ipsos 不仅可以为 Somerfield 明确哪个顾客群购买哪种产品，还可以明确他们为什么购买，以及如何影响他们。最后的 MIS 使 Somerfield 可以瞄准最能接受的顾客，并为他们量身设计传播方式和产品（Alderson, 2005）。

另一项信息要求是信息应该适合那些使用它的人的需求。组织必须对所掌握的信息进行管理，区分哪些是它们需要的信息，并按照各种决策者所要求的形式呈现出来。并不是组织掌握的所有信息都一定适合于所有的营销决策者。因此区分决策者的各种需求并确保提供给他们所需的信息是很重要的。这可以促进决策并有助于避免信息过剩。

营销信息的来源

正如本章开头和图 5.1 所指出的那样，营销信息系统有两种主要的信息资料来源：内部来源和外部来源。

外部资料来源

外部资料来源或是指使用二级和初级调查的特别研究，或是此前提及的联合研究和综合研究所提供的连续数据。信息可以来自顾客、供应商、分销渠道、战略合作伙伴、独立第三方、商业机构、产业协会、CSO、Eurostat 和像互联网这样的源头。市场营销经理所面临的挑战是将数据分析所获得的成果整合到组织中，从而影响变革。

内部资料来源

信息还来自于组织内部，包括内部记录系统（生产、会计、销售记录、采购详情等）、营销调查、销售代表田野报告、电话详情、顾客咨询和投诉、产品退货等。如果要有效地利用这些信息并用它们辅助决策的话，必须对它们进行恰当的管理，并及时地把它们传递出去。

范例　　电子售点（EPOS）技术的发展已经革命性地改变了零售经营的信息流，提供了快速、可靠的关于新兴趋势的信息。运用激光条形码扫描仪，或输入六位数代码，零售商可以掌握最新的商品流向及其对库存水平的直接影响。零售经理们可以在单个商店或所有分店的信息基础上，监控不同产品线当天的动向，并调整库存、订货，甚至店内促销。特易购通过其会员卡忠诚计划，在牢固的内部信息基础上，可以跟踪和记录数百万名顾客的采购习惯，量身打造地方性或全国性营销产品。

克莱格（Clegg，2001）强调重要的不仅是收集外部产生的营销数据，还要确保组织内部的有效沟通，这样，尤其是与顾客打交道的人可以全面完善市场调查知识。如果营销数据库被视为是调查部门所拥有的东西，而不是整个组织的知识储备的话，它很可能没有获得与顾客面对面接触的员工的经验。

因此，组织每天必然会从各种各样的渠道获得能够影响它们决策的信息，但情报意味着在信息基础上发展出观点，提供竞争优势，也许是新产品的商机，或者是打开新的细分市场。

主要的难点是信息超负荷（Smith、Fletcher，1999），也就是有太多的信息，但却没有足够的情报。一项调查显示，49%的被调查经理无法处理接收到的信息，而组织只使用了它们知识的 20%（Von Krogh 等人，2000），这意味着许多或许有用的情报被束之高阁，或是对决策者来说并不明显。因此，营销信息的收集不应该只是收集营销信息而已，而应该成为一种重要的、便于使用的知识管理资料来源，而这可以根据要求获得，并以一种有意义的、易于消化的形式呈现出来。

有时环境扫描可以提供有用的见解。通过有意识地关注产品市场的各种影响，组织可以在竞争对手意识到之前，较早地发现警报信号。这将有助于下一步的计划过程，尤其有助于战略发展决策。

决策辅助系统

一系列电脑决策辅助系统（DSS）的出现和运用，改变了营销人员使用信息的方式和信息的呈现方式，以及它们的解读方式（Duan、Burrell，1997）。当营销信息系统组织和呈报信息时，电脑决策辅助系统实际上为决策提供了辅助，它使营销人员可以利用信息并探讨"如果……那么……"之类的问题。一套电脑决策辅助系统通常由一套为个人电脑设计的软件包组成，它包括统计分析工具、电子制表软件、数据库和其他帮助收集、分析、解读信息从而促进营销决策的程序。通过将电脑决策辅助系统与市场信息系统连结起来，营销人员可以进一步加强它们使用所获信息的能力。通过合适的连接线、服务器和调制解调器可以将市场信息系统与台式电脑、甚至是个人手提电脑有效地连接起来。这可以促进信息的广泛运用，尽管从系统方面来说，在限制进入更敏感的领域，以及确保处理复杂情况时会有一些问题。

例如，为了帮助决定一种新药的上市价格，开发了一套电脑决策辅助系统。该系统能够评估各种营销、销售团队和定价行为，找出所要收取的最佳价格。该系统尽可能地模仿市场环境，评估价格对销量、市场份额和利润的动态影响（Rao，2000）。

市场信息系统或电脑决策辅助系统永远都无法取代决策者，只能给他们提供帮助。营销决策仍然需要想象力和才能，这样可以解读"硬性"的信息并将其转化为可以实施的战术和战略，而这将保持组织的竞争优势。

营销调查过程

当组织决定开展调查项目时，重要的是要确保计划和实施的系统性和逻辑性，这样才能尽可能快速、有效而经济地确定"正确"的目标。这里介绍了营销调查过程的常规模式，经过细微的调整，它可以适用于广阔的现实情景。图 5.2 展示了主要的阶段，尽管它所提出的逻辑性和简洁性也许在实践中很难找到，但它至少提供了一个可以根据不同客户、不同情景和不同资源进行调整的框架。现在将依次对过程的各个阶段进行讨论。

确定问题

在调查过程中问题的确定是第一个，也是最重要的阶段之一，因为它准确地确定了项目要做什么、对后续阶段实施方式的影响，以及项目最终的成功。发起调查的组织，无论是想使用内部调查人员还是代理机构，都要准确地界定问题是什么，以及如何把问题转化为调查目标。这也许还会产生其他需要纳入项目的利害关系或问题。例如，如果

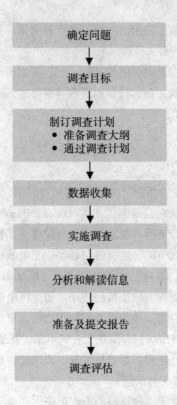

图 5.2　市场调查过程

已经确定根本问题是"人们现在不买我们的产品",组织也许会觉得不仅应该探究人们对产品本身的态度,还应该关注产品在营销组合其他方面的得分,与竞争对手进行比较。

一旦确定了问题的主要性质,下一个阶段就是更精确地明确目标。

调查目标

严格规定调查目标对于确保沿着正确的路线制订项目来说非常重要。通常,一级目标要区别于二级目标。例如,想要进入法国市场的电子零件制造商的一级目标也许是明确产品的潜在市场并提出恰当的市场进入战略。二级目标往往更具体、更复杂。对零件制造商来说它们可能包括:

- 明确过去5 年的市场趋势和竞争结构
- 从优势和劣势方面(产品、价格、分销、品牌、服务等)描述现有的主要供应商
- 明确电子零件的主要买家
- 明确主要的采购标准
- 调查潜在的贸易和想要改变供应来源的终端用户

以上列举得并不详尽,但要点是目标显然推动了整个调查过程,并且应该为最终所要作出的决策打下必要的基础。在任何情况下,书面调查目标应该清楚、简明,以确保可以充分地准备调查大纲。

范例 　　一个运动装品牌原先因一项核心运动而广为人知，之后随着时间发展开发出了其他运动系列，并且在此过程中还开发出了许多不同的标识。为了发现哪个标识最能代表贯穿所有运动的品牌，进行了一次调查。要求调查的明确成果是指导品牌采用最恰当、最能被识别的标识，以及赞助各项运动精英运动员的服装定位。全球有1万名体育爱好者因他们对相关体育运动的兴趣而被招募为抽样调查对象，向他们询问了关于品牌知名度和品牌形象的问题，并且要求他们从筛选出的5个标识中提名他们最喜欢的标识，并给出选择的理由。然后调查公司分析了录像库和主要赛事的新闻报道中最常用的拍摄视角，以此确定服装上曝光率最高的区域。客户获得了清楚而切实的关于标识设计和使运动服达到最大曝光度的标识位置的建议（http://www.sportsmarketingsurveys.com）。

　　在此阶段要获得成功，项目小组需要良好的沟通并切实了解所涉及的问题。此时也许可以用探索式调查来排除某些可能性或填补知识和认识上的一些基本空隙。这可能包括与分销商、专家或顾客进行初步讨论。所收集的信息，包括所有二级数据，可以用于准备正式实施工作时的调查大纲。

制订调查计划

　　计划阶段分为两大部分：首先，准备调查大纲；其次，通过调查计划。无论调查是否是由内部实施，都同样适用。

准备调查大纲

　　调查大纲源于客户。在某些情况下，客户对于问题已经有了一个模糊的想法，但却不确定根本的原因和动力是什么。因此，他们非常依赖于调查人员来明确问题，然后决定最佳的调查计划，强烈地要求他们承担调查过程中第一、第二阶段的工作。在很多方面，此类大纲的制定更像是咨询，也许会成为整体过程的一部分。

　　调查大纲的要点是（改编自 Hague，1992）：

- 明确问题，包括它们的历史
- 描述将要调查的产品
- 描述将要调查的市场
- 特别的调查目标
- 时限和财政预算
- 报告要求

　　这份大纲也许会成为会议上修改和协商的对象。

通过计划

　　以大纲为基础，在项目开始之前，调查计划还需获得通过。这之所以重要并非出于成本和时间的考虑，而是为了确保产生的数据可以使管理层的决策更加坚决，而不需进一步的分析。没有什么比主要调查完成后才发现对管理人员来说，结果顶多只有部分作用更糟糕的了!

调查计划的细节因项目而有所区别,但理想的计划应该包括:

- 调查的背景信息
- 调查目标(建立在需要做出的决策和将要使用的标准基础上)
- 调查方式(二级/初级)
- 将要使用的分析类型
- 客户参与程度
- 数据归属权
- 转包商详细情况(如果有的话)
- 动态报告的水平和时限
- 最终报告的形式
- 调查时间和成本

有重要调查项目的组织很可能要求许多调查机构来进行投标。显然每家机构都会提出不同的调查计划。这些都需要根据组织更常用的购买标准来评价。客户最后的决定基础应该是相信选中的代理机构能够通过所提议的调查计划完全满足它们的信息需求,而不是任何强加的限制。

数据收集

准备调查计划的第一项要求就是明确需要哪些额外的数据,然后确定如何收集这些数据。这也许包括初级和二级数据的收集,或者只是初级数据的收集。

二级调查

有时也称案头调查,二级调查由现有的、组织可以获得的数据和信息组成。因此,它应该包括公布的政府统计和公开的市场调查报告。显然,如果能够通过二级调查获得问题的答案或解决问题,那它就是最快捷、最有效的收集必要数据的方式。然而,在许多情况下,二级数据可能无法直接应用,或者只给出了一半的图像。

对二级数据的追寻应该彻底,因为二级数据通常很经济,收集起来比初级数据快。然而,由于二级数据是为了其他目的而收集的,因此并不总是以有用的或恰当的形式出现,往往需要重新分析,以便将它们转化为可用于特别项目的形式。下面我们还将详细分析二级调查。

初级调查

有时也称为现场调查,初级调查是组织出于特别目的而实施或委托的。由于不存在任何形式的所需信息,因此必须从头开始调查。

初级调查的优点是它是按照手头的问题量身打造的,但实施起来会更费钱、费时。后面我们将详细分析初级调查的方法。

一旦调查人员认识到信息是必需的,而目前又不掌握,他们就必须决定从什么渠道可以最有效地获得那些信息。首先查找二级数据源,看看已经做了哪些工作,这是非常值得的。即使能够获得二级数据，或者可以对二级数据进行转化，它们也许仍不能完全满足调查人员的所有需求，因此仍需进行初级调查来填补空隙或是进一步探索问题。这意味着市场调查项目往往会将初级调查和二级调查结合起来，让两者互补。

二级调查

二级数据可以是组织内部或外部的。前者被认为是普通营销信息系统的一部分，像前面所指出的那样。二级调查的优点是它可以更便宜、更快捷地获得，并且它可以提供组织没有时间、资源或意向收集的那些信息。外部二级数据为调查人员提供了宝贵的信息。当然，二级数据的主要障碍是信息是出于其他目的而收集的，而非为了特别的调查项目收集的，其形式可能并不合适或便于使用。组织还需要留意二级数据是否通用，对手头的问题是否合适、是否适用。

二级数据在调查过程中可以发挥多种作用。它们的主要任务或许是提供产业和市场在趋势、动态和结构方面的背景信息。有些信息本身也许就有助于管理层的明智决策，尽管它很可能提供进一步的初级调查的线索。它还可以提供其他有用的信息，这些信息可以通过区分主要的竞争对手和顾客群来帮助选择调查样本。

二级数据的来源

不可能列出所有的潜在数据来源，因为来源太多了，并且大多取决于正在进行的调查项目的类型。与商务图书的管理员讨论一下，马上就可以发现这份清单有多广泛!

二级数据在相关性和质量上有很大的差别。博伊德等人（Boyd，1997）提出了四项评价二级数据源的标准：

1. 数据的相关性；
2. 谁收集数据、为什么收集数据；
3. 收集数据的方式；
4. 认真工作的证据。

尽管二级数据源得到了广泛使用，上述标准确实指出了某些潜在的问题。数据往往无法深入到必要的微观层面来辅助管理层决策。焦点往往是在行业层面，而不是部门或特别感兴趣的细分市场，或许是在明确的地理区域内。有些数据的收集也许是为了促进产业的健康发展，而不是提供完全准确的数字，有时由于资料来源、年龄或收集方式的原因，它们并不一定准确。然而，对大多数调查来说，二级数据的分类、筛选和分析对有助于开发样本结构，提供对市场规模、结构和趋势的全面看法。

线上数据库

直到 20 世纪 90 年代，大部分二级数据都是书面的。专门的或综合性的姓名地址录对于营销调查人员来说都是重要的工具。目前，尽管许多名录仍是厚厚的一本，但大部分都配备了光盘，并且通过网站可以直接从互联网上获得。互联网的关键是可以提供高效的搜索引擎，这样就可以免除信息搜索之苦。在互联网版本中，数据和任务的关联使它们更具吸引力（Wilson，2001）。

其他市场调查数据库也在网络化。Euromonitor 通过市场调查监控器提供线上数据库，该数据库可通过订阅获得，它包括了 1 300 个消费者市场和零售情况简介，涵盖了 52 个国家的消费者市场分析，以及 4 个主要工业国的市场剖析：英国、法国、德国和美国（Marshall，2000；http://www.euromonitor.com）。因此，它是在以更大的成本获取更多的信息之前，花钱彻底调查当前所能获得的信息。

初级调查

一旦决定使用初级调查的成果，调查人员必须明确需要什么数据以及怎么收集。本部分特别着眼于"怎么办"。首先，对于初级调查的方式有一个总览。无论选中哪种方式作为最适合客户信息需求的方式，调查人员都必须考虑从所有利害人群中确定个体或组织样本（例如，确定一个细分市场或一种产业）。这个主题随后将会谈及。其次，为了实施调查，后面还将专门讨论问卷调查。

调查方法

三种最常用的收集初级信息的方式是：访谈调查、观察、实验。

访谈调查

访谈调查是指从个人处直接收集数据。这可以通过单独或群体的直接的面对面的人员访谈进行，也可以通过电话或邮递问卷进行。每种技术都有其优、缺点，下面将依次讨论，表 5.1 对此进行了总结。

个人访谈。个人访谈是调查人员与调查对象之间面对面的会晤。它可以发生在家中、办公室、街头、购物中心或是任何预先安排的场所。在一个极端的案例中，一家度假公司决定和在海滩上休闲的人谈话。你完全可以想象会有怎样五花八门的回答！

个人访谈有三种主要的类型：

- 深入的、很大程度上是非结构化的访谈，它采取的几乎是一种对话形式：这对于探究态度和动机问题非常有用。这种访谈可能会持续一两个小时，可以相当自由地在许多相关问题间转换。如果在访谈中出现额外的、未预见到的主题时，访谈者常常有相当大的范围来更深入地探究某些话题，因此需要有高超的访谈技巧，并且对调查的产品—市场概念要有充分的了解。然而，完成访谈所花的时间和每次访谈耗费的成本，不可避免地提高了此种性质的大规模调查的成本。在 B2B 市场中，常常是小规模地使用这种方式，以此弥补邮件或电话调查等其他方式遗留下的空隙。

- 结构化访谈：这大大降低了调查人员进一步探索反馈的灵活性，但结果更为有序，几乎是浅层次的访谈。几乎不使用开放式问题，问卷经过仔细的设计，以便轻松、快捷地记录信息、完成访谈。标准化问卷的使用意味着可以相当轻松地处理大量

表 5.1　访谈和调查技术效果对比

	个人访谈	群体访谈	电话调查	邮件调查
单次反馈成本	高	相当高	低	非常低
数据收集速度	快	快	非常快	慢
可收集的数据量	大	大	中等	中等
到达分散的人群的能力	低	低	高	高
可能的反馈率	高	非常高	相当高	低
访谈者出现偏见的可能性	高	非常高	相当高	无
探查能力	高	高	相当高	无
运用视觉辅助的能力	高	高	无	相当高
提问的灵活性	高	非常高	相当高	无
提出复杂问题的能力	高	高	相当高	低
获得敏感问题真相的能力	相当低	相当高	相当商	高
调查对象匿名	可能	很可能	无	无
调查对象合作的可能性	好	非常好	好	差
调查对象误解的可能性	低	低	相当低	高

的个人反馈，因为不需要进一步地解读和分析答案。局限性主要来自需要非常仔细地对问卷进行设计和引导，以确保它能达到期望的规范。在后面我们会更深入地讨论问卷问题。

- 半结构化访谈：这是其他两种方式的混合体，它以一个程式化的模本为基础，但包括了某些开放式问题，赋予了调查人员更灵活地追踪某些问题的空间。

群体访谈或焦点小组。群体访谈用于获取定性数据，这些数据无法推广到更广泛的人群，但却可以提供与营销人员相关的潜在态度和行为的有用见解。群体访谈，通常涉及一个焦点小组，一般包括 6~8 名调查对象，他们被认为是所调查的目标群体的代表。调查人员的任务是引出话题，鼓励并澄清答案，通常是用一种有效而又不干涉的方式来指引行动（Witthaus，1999）。

在这种群体情况下，个人可以表达他们的观点，或是回答指定的问题，或者更恰当的是，对引入主题的讨论作出反应。通常调查对象之间的互动和对话更能反映观点。因此，参与人要足够地放松，畅所欲言，选择处于相同境遇的人群对此会很有帮助。例如，一家生产运动员新型防护牙套的制造商就组织了包括运动员（用户）和牙医（专家）在内的不同群体的访谈。根据运动种类，或是业余运动员和专业运动员之分，还可以进一步细分。

预算有限或调查话题未被完全理解时，群体访谈尤其有用。如果二级数据已经清楚地表明在量化方面市场存在空间，那群体访谈也许可以帮助提供一些初步的见解，如：为什么会存在空隙，顾客是否愿意看到空隙被填满以及被什么东西填满。这可以为更详细、更有组织的调查打下基础。当然，在普遍化方面也会存在风险，但如果召集 4~6 个

小组访谈。

资料来源：Leapfrog Research & Planning Ltd http://www.leapfrogresearch.co.uk。

不同的讨论小组，也许会开始浮现某些模式。对于资金有限的小型企业来说，群体访谈可以在更费钱的田野调查技术之外提供一种有用的选项。

电话访谈。电话访谈主要用来快速、直接地接触大量的相关调查对象。电话访谈比邮件调查更难回避，尽管此法所收集的信息数量和复杂性往往很有限。由于没有任何的视觉提示，最长的注意力时间可能不超过 10 分钟，因此问卷的设计要非常注意，其引导性对于确保获得所需信息来说至关重要。

此法的应用范围较广，尤其适用于用途和采购调查这些需要评估市场的规模、趋势和竞争份额的调查。其他用途还包括评估广告和促销的影响、顾客满意度研究以及确定对非常特殊的现象的反应，例如推出新的出口协助计划。Kwik FitExhausts 公司给它近期的顾客打电话就是为了确认他们对近期采购的满意度。

访谈过程本身也是非常苛刻的，但软件包的使用可以使调查人员根据反馈的性质，运用循环和路线更有效、更规范地记录下结果，完成问卷。由于存在这些调查需求，有许多代理机构专门从事电话调查技术。

邮寄问卷。这种流行的调查形式是指通过邮局将问卷寄给调查对象，调查对象独立完成问卷后再返回给调查人员。当然，问卷也可以在售点发送，或包在产品包装中，购买者在方便的时候填写完成后再邮回给调查人员。酒店和航空公司就是通过这种特殊的邮件调查来评估它们的服务，许多电器制造商也使用这种方法来调查购买决策。

范例

专业的 B2B 调查公司——B2B 国际公司（B2B International, http: //wwwb2binternational.com）将电脑辅助电话访谈（CATI）对客户的主要好处描述为准确和快速。因为问卷和路径自动出现在调查员面前的屏幕上，他们可以完全将注意力集中到访谈本身和对反馈的准确记录上，而不是集中在书面的指示上。电脑辅助方式的性质意味着可以实时给出反馈结果，并且通常能比书面访谈更快速地完成。然而，该方法不太适用于开放式的问题，并且尽管在实施中它可以节省时间，但却要花时间来建立（毕竟它需要编写电脑软件）。随着全球和跨区域调查的增加，调查公司的大部分电话访谈小组将会有一个多种语言调查员的配额，许多公司，像"调查方案"（Survey Solutions, http://www.surveysolutions.co.uk.）已经与全球相关的电话访谈专家建立了合作伙伴关系，从而在世界的大部分地区为客户提供讲本国语言的电话调查员。

尽管邮件调查具有涉及面广的优点，但它的主要问题是缺乏对反馈的控制。调查人员无法控制何人在何时作出反馈，并且无反馈的程度可能会带来麻烦。尽管调查话题与调查对象越相关，问卷越便于填写，反馈率越高，某些调查的反馈率仍可能低于 10%。1000 份问卷的邮寄调查其变动成本在 600~800 英镑之间。其中还不含购买邮寄名单或专业邮件处理设备的投资。然而，这并不是根据所获得的单次反馈来计算的成本，因为反馈率可能在 5%~50%（http://www.b2binternational.com）之间变动。提供鼓励也可以起到作用（Brennan 等人，1991）。在对爱尔兰的酒店和宾馆业主的调查中，提供免费的当地娱乐设施门票被证明是一种有效的激励。其他大规模的消费者调查则承诺所有调查对象都可以参与抽奖，有机会获得物质奖励。

邮件调查在 B2B 市场中特别盛行，在这些市场中，通过联系或邮件清单，可以更轻松地区分目标调查对象。邮递的过程也很容易完成，使用组织业已建立的常规管理和邮递设施就可进行控制，对反馈进行登记，制作地址标签、折叠和邮递信件。提高 B2B 邮件调查反馈率的方法之一是提示或通知有参与意向的调查对象调查即将进行。哈格特和米切尔（Haggett、Mitchell，1994）分析了预先通知的资料，发现它在总体上将反馈率提高了约 6 个百分点，并将反馈天数平均减少了一天。电话显示最佳结果是反馈率提高了 16%，而明信片则只获得了 2.5% 的提升。然而，并没有证据显示反馈的质量也获得了改善。

上述方法中并无最佳方法。这主要取决于调查大纲的性质，尤其是可获得的资源和决策所需的信息质量和数量。另一个引起广泛关注的因素是调查成本。面对面访谈，特别是如果要进行深入面谈的话，往往最为费钱费时，因此，此种形式的调查吸引力较低。其他的调查技术，如群体访谈、电话调查和邮递问卷，都提供了可供选择的、经济的数据收集方式。然而，各种方式都有其自身的局限性。基本上，技术的选择决策必须抛开单纯的成本考虑，而要从找寻最经济、最有效的数据收集方式来考虑。

互联网调查

互联网运用的增长对市场调查产业产生了巨大的影响。"电子顾问"（E-consultan-cy, 2005）估计至 2005 年底，线上市场调查将值 1.6 亿英镑。网络公司数量的显著增长创造了商机，"点击"公司、互联网服务供应商（ISPs）和线上广告主都使用市场调查来指导决策。然而，线上调查的使用日益优先于其他调查方式。据估计，英国约 10% 的市场调查是通过互联网进行的，研究显示提高了 25%。现在约有 80% 的人使用互联网，更容易获得代表样本，划算的成本和周转的速度鼓励了以前从未有预算承担市场调查的小公司投资于这种方式（New Media Age, 2004）。

互联网的使用率将决定互联网市场调查的速度和范围。在英国，此数字为 45%，而美国为 60%，因此获取有代表性的人口样本仍有很大的难度。如果你是想调查互联网的用户的话，这种方法就很好用，但对更多的目标样本或代表样本来说，它则存在很大的局限性。然而，目前采用了一系列的技术，包括线上焦点小组、问卷、弹出式调查和群发电子邮件等。表 5.2 重点指出了线上调查的优、缺点，但随着互联网运用的扩张，技术的改善和调查产业经验和技术的增长，许多缺点应该会被克服。

主要的吸引力是数据收集成本的显著下降，及开始和实施调查活动的速度。然而，和所有调查技术一样，重要的是确保反馈回来的东西是可靠而有用的。总是有"便宜"意味着调查质量降低的风险。此外，网民群体在网上所执行的视像不公开可以导致参与率的提高和特定群体结果质量的提高。例如，当不需要他们与陌生人会面并被"展示时"，很容易获得肥胖消费者的想法和感受。

市场调查公司——未来基金会已经在使用互联网进行量化调查，包括长达一周的电子邮件群发、线上控制小组和线下小组（Cornish, 2001; http://www.futurefoundation.net）。其他公司也正在充分利用互联网呈现媒体的威力，如声音、图像、视频，或使用复杂的提问路径的威力，这些路径与书面的东西或访谈是性质相反的（Bolden, 2000）。

通过互联网收集数据的法律日趋严格。1998 年的英国数据保护法就禁止未经同意就

表 5.2	互联网调查的优点和缺点	
	线上调查类型	
	定量调查	**定性调查**
优点	与传统调查方法相比更便宜	比传统的焦点小组稍为快捷和便宜
	快速转向	避免被"大声的"人统治
	数据收集自动化	更强的顾客控制
	可以用图显示，有时还可用视频	可以展示概念或网址
	不存在访谈人的偏见	易于招募调查对象
	数据质量（逻辑核对和深度的、开放式答案）	可以在国际间协调，并顾及了混合的国家
局限性	无国界的协调	失去了传统焦点小组的非口头因素
	调查对象太多太杂	对感情问题不是很有用
	抽样问题：目标受众狭窄；难以识别；了解样本	线上控制需要新的技巧
	通常是自我完成的，因此可能要自我筛选	有些调查对象会被缓慢的打字速度妨碍
	技术问题	技术问题
		抽样问题：狭窄的目标受众可能会很难识别；可能难以了解样本

收集数据，或是出于未公开的目的收集数据。这意味着必须提前告知消费者将记录他们的网站浏览或线上购买行为，让他们可以选择退出（Anstead, 2000）。这也适用于线上调查。要进行调查，必须在发出可能不受欢迎的邮件之前，提前征得调查对象的同意：人们预先同意将他们的邮件地址用于那些用途是至关重要的。获取电子邮件地址并确保消费者乐意接收信息是一回事，但说服人们回复邮件证实他们愿意参与——这被认为是一个闭环式确认过程——则是另一回事（Billings, 2001）。这从调查人员角度来看是个坏消息，因为如果大部分潜在调查对象选择退出的话，将会降低线上调查的代表性。

观察研究

正如其名称所指示的那样，这种方法是指经过培训的观察员对特别的个人或群体进行观察，无论这些人是员工、消费者、潜在消费者、普通成员、儿童还是其他任何人。其意图是了解他们行为的某些方面，这些行为将提供对营销调查计划中已经明确的问题的见解。例如，新产品常常进行试验，消费者被要求使用特别产品，在他们使用产品的时候会被观察，由此给出设计、效用、耐久力和其他方面的信息，如不同年龄的人群可以轻松地使用，以及人们是否自然地用预想的方式来使用它。这提供了一个测试产品并观察它的使用方式的机会。

范例　英国一家典型的大型超市会储存 3 万来种不同的产品，在大约 2000 平方英尺的场地里塞满了标志、促销横幅、价格牌、展示推车等东西，在繁忙的日子，平均有 200~300 名购物者挤得不可开交。零售商和品牌所有者都意识到要求焦点小组中的消费者评价模拟商店布局或计划的售点概念，对于布局或促销在真实的环境中会如何发挥作用并没有什么意义。这导致了陪伴购物的增长，就是由调查人员陪同购物者走他们正常的路线，而调查人员可以现场观察并询问顾客对刺激物的反应，决定是什么东西对行为产生了有效影响，原因是什么。将互联网用作购物媒体也在增加，引入了陪伴浏览（调查员坐在网上购物者旁边并根据他们看到的购物者上网时的行为询问问题）以此作为评估网上营销传播有效性的一种并行方式。同样，随着外围媒体的渗透，如：用等离子屏幕播放即将进行的促销和活动的详情，广告也在酒吧和俱乐部发展起来，陪伴夜游也发展成为调查人员评估这种沟通在喝了几杯的目标受众中的效力的一种办法。如果你能得到这种工作的话，真是不错！（Donald, 2005; Land、Gale, 2003; Poynter、Quigley, 2001）。

观察研究的另一种形式是秘密购物，它有意识地探索对雇员表现的反应。这使调查人员可以体验与普通顾客相同的经历，无论是在商店、餐厅、机舱还是陈列室。至于对所涉及的雇员来说，他们只是在与另一个顾客打交道，并没有意识到他们正在被密切地观察。经过培训的"购物者"会提出特定问题，并根据服务时间、顾客接待和回答问题之类的事情来评估表现。评估越客观，对营销经理越有价值，确保他们达到特定的标准。秘密购物被许多零售商和服务机构广泛采用，它们以此配合员工培训并帮助组织了解顾客——服务提供者之间的界面（Bromage, 2000）。

调查可能会遇到的问题在观察中也可能会出现，在观察中也使用人来作为观察员。观察员的培训和监督非常重要，因为他们非常主观，曲解的可能性更大。另一方面，可以用机械观察工具来克服偏见问题，例如超市中监控特别消费者或消费群采购的扫描仪和用于跟踪电视观众及广播听众收视、收听习惯的尼尔森个人收视记录器。

营销 进行时

圣保罗的 24/7

"尽管所有消费品公司在诸如巴西、中国和印度之类的国家都很积极，但几乎没有公司拿它们的全部潜力来冒险。许多公司把注意力集中在人口中的少数人身上，他们买得起昂贵的西式产品，而谦逊地让本地的竞争对手锁定消费者中的绝大多数人。"

(Sneader 等人，2005)

宝洁和 Sadia 却不是这样！宝洁在巴西营销家用清洁和个人卫生产品，而 Sadia 是巴西最大的食品制造商之一。它们强强结合，共同增进对巴西 3300 万低收入家庭的了解，满足它们的需要，最终从中获利。它们委托流行数据公司（Data Popular）的调查人员对 25 个低收家庭进行了

每天 24 小时，一共 7 天的调查，在日常生活中观察并尾随家庭主妇。目的是建立对这种很少被研究的消费群的可靠认识，观察他们清晰或不清晰的需求。你为什么认为在这个例子中向抽样对象提出直接的问题不是一种恰当的代替呢？

调查人员的可靠性、样本的代表性及其在异常情况下的行为都是明显需要考虑的事项。最初为健康、安全和基础卫生筛选出了 60 个典型的低收入家庭。调查人员对 38 个家庭进行了 6 小时的拜访，调查人员要确定家庭中所有与观察员的出现有关的压力，并从年龄、性别、信仰、种族背景、吸烟习惯等方面对家庭主妇喜欢的调查人员进行描述。从中决定了最终的 25 个样本。为了确保各家收集

的数据之间有可比性，除了本能地注意到的事项之外，观察员用一本"指南"来收集所有信息，指南中描述了 200 个需要观察和记录的项目。研究完成之后，家庭主妇与其他参与者一起被邀请到焦点小组讨论她们的经历，而此前她们都素未谋面。一致的发现是有观察员在场的头 48 个小时里，家庭生活都发生了变化，但到第 3 天一切都回复了原状，证明需要观察员在场的必要性是 24/7，如果他们观察的是事实而不是为了利益而假装的表现的话。

资料来源：Mariano 等人（2003）；Senader 等人（2005）。

可以用其他装置来密切观察或跟踪个人的生理反应，例如他们观看广告时瞳孔的扩张（使用速视器），以此显示感兴趣的程度。一种可以测量每分钟排汗变化的检流计也可以帮助测量主体对广告的兴趣。

范例 调查公司"每日生活"（Everyday Lives）专门从事通过录像观察人们日常生活的工作——当然要事先征得被观察者的同意！在如此拥挤而成熟的市场上，常常靠发现消费者无意识的需求（在直接提问时，他们无法告诉你）或预期的需求，新产品或新品牌就能赢得竞争优势。"每日生活"为各种各样的客户项目拍摄消费者刷牙、在超市过道购物、准备食物、用餐、用手机玩游戏等活动的录像。从发现产品开发的新商机，或改善消费者沟通的角度来观看和分析录像资料，如果在分析中出现了新的创意，录像带在进一步对消费者的调查中有时就会被用作一种刺激物，询问他们新创意是否会改变或改善他们对特定产品的体验。查看"每日生活"的网站 http://www.edlglobal.net，看看他们最近又在观察我们做什么。

在某些方面，观察是一种比口头判断或意向更可靠的预报器。在那些不需要调查对象配合，或调查对象无法想起他们行为的细节的情况下，直接观察也许是调查人员武器装备中一种宝贵的附加工具。最能获得信息的时候是人们没有意识到他们正在被观察、行为完全自然的时候，而不是他们为了迎合他们认为调查人员想看或想听的行为而改变自己的行为或调整反应的时候。

实验法

第三种收集初级数据的方法是进行实验。这也许包括使用实验室（或其他人造环境），或者是将实验放在一种真实的情境之下，例如，试销一种产品。在实验情境下，调查人员利用独立的变量，如价格、促销或产品在商店货架上的位置，并跟踪这些独立变量的影响，如销量，设法确定独立变量是否会出现变化。实验的重要方面是在利用一个独立的变量时，要保持大部分变量（以及其他可能会导致混淆的因素）的一致性，并且监控它对独立变量的影响。这在实验室中通常是可能的，在那里对环境的控制是在调查人员的能力范围之内的，但在真实的世界中却不太可能，在真实情况下可能会出现许多外部因素，而它们可能会扰乱结果。

例如，在花钱改换新包装前，制造商也许想要查明新包装能否提升现有产品的销量。该制造商可以在实验室中进行实验，或建立假的超市走道，邀请消费者进来，然后观察他们的眼睛是否会被新包装吸引，他们是否会拿取新包装的产品，他们关注新产品的时间有多长，以及他们最后是否会优先选择新包装产品。然而，问题是这仍是一个人为的情境，无法保证它会在真实生活中再现。因此，作为选择，制造商可以进行实地实验，尝试在一个或多个地区，或是特别细分市场中的真实商店里试推新包装，然后对结果进行跟踪。

并非所有的实验调查都需要做到组织严密、正规或出于统计合法化的目的。例如，门挨门实验中，商店A提供不同于商店B的品种或组合，而在其他方面商店A与商店B保持一致，这种实验可以获得对营销问题的有趣见解，虽然并没有呈现出正规实验方案的严密性。

抽样

特别是在大众消费者市场中，时间和成本的制约意味着把每个目标消费者都包括到所选的数据收集方式中是不切实际的。甚至没有必要尝试这样做，因为精心选择的代表整个母体（通常是目标市场）的样本足以让调查人员确信他们能够获得普遍的真实情况。在大部分情况下，调查人员可以在对样本进行研究的基础上，得出关于整个母体（即群体或目标市场）的结论。

图5.3在塔尔和霍金斯（Tull、Hawkins，1990）的基础上，展示了抽样过程的主要阶段。接下来将依次对各个阶段进行思考。

确定母体

要调查的母体来自整个调查目标。它通常以一个目标市场或细分市场为基础，但即使进一步根据市场、产品或行为来定义也不大可能创造出严格定义的母体。

图 5.3　抽样过程的阶段

资料来源：改编自 Tull 和 Hawkins（1990）。

抽样架构

抽样架构是接近被调查母体的方法。它基本上是一份可以获得的个人姓名的清单。例如，汇编自康帕斯（Kompass）和邓白氏（Dun and Bradstreet）等姓名地址录的选民登记表或组织列表就是可能的抽样架构。互联网顾客记录也可以提供抽样架构，尽管调查人员需要非常确定这些记录提供的是完整的情况，但毋庸置疑，这就是所需的调查母体，而不仅仅是一种便宜、快捷、易于获得广泛名单的途径。

抽样单位

抽样单位是指调查人员想要获得反馈的实际的个体。在消费者市场中，抽样单位通常是指抽样架构中的地址所附的姓名。然而在 B2B 市场中，这个阶段可能会很复杂，因为组织决策可能会涉及许多个人。区分恰当的个体是非常重要的，因为在此情况下，采购经理的反馈可能会不同于管理总监。

选择抽样方式

过程的下一步就是选择抽样方式，这是指从较大的抽样架构中选择单独的样本单位和元素的方法。主要的早期决策是是否使用概率或非概率抽样法。

概率抽样。在随机，或概率抽样中，母体各成员具有同等的或众所周知的被选为样本的机会，可以确保结果精确性的可信度。因此，如果零售商想要进行调查以确定对收银台服务的满意度的话，那它可能会决定在调查期间，在一周的不同时段对通过收银台的顾客，每隔 30 位做一次访谈。过程的最后，该零售商也许能够得出结果，而这一结果的准确度可以达到 95％的可信度——换句话说，每 20 个机会中只有一个样本是偏倚的，或是没有代表性的。

分层抽样是一种重要的概率抽样方式，它是将抽样架构分为明确的、相互排斥的层级或小组。随机概率样本可以单独从各组中抽出。这种方式在 B2B 市场中得到了广泛运用，因为它们被自然地分成了分离的层次或群体，反映了公司规模、地理位置、市场份额或购买数量等情况。因此，调查人员可以决定抽取全部大型企业（也许是根据营业额或雇员数量来确定的）作为 100% 的样本（普查），而对剩余的企业使用随机抽样。通过有效地重建在某种意义上最适合项目的样本架构，可以更加确信样本准确地反映了所研究母体的情况。

除了分层抽样以外，另一种可以选择的方法是区域抽样。例如，德国建筑商所进行的一项调查中，第一阶段也许是把德国分为不同的地区，然后随机选择少量地区作为样本基础。在各个选中的区域内，调查人员又随机选择组织作为样本。

在使用随机抽样方式中，对于调查人员来说重要的是确保抽样架构确实能够使每个成员具有相同的被选中的机会。此外，实际上从精选的样本处获得反馈是很难的。如果第 30 位通过收银台的顾客不愿意停下来会怎么样呢？如果调查人员拜访或打电话时无人在家时又会怎么样呢？如果抽样架构已经过时了，选中的消费者搬家了，或是去世了，又会怎么样呢？任何一种情况都会干扰随机样本的完美性。

非随机抽样。 非随机样本比随机样本更容易确定，因为它们不是以同样严格的选择要求为基础，调查人员可以有一点灵活度。来自这些样本的结果不能代表所研究的母体，并且可能会缺乏像随机抽样那样的统计上的严谨性，但它们经常被调查人员所采用。两种可能会用到的重要的非随机抽样方法是：

1. 判断抽样。这种方法广泛用于 B2B 市场调查。样本单位是调查人员有意选择的，因为他们觉得这些样本能更好地代表所需信息的资料来源。假设许多产业是集约性质的，如果一家管道清洁承包公司想要进入一个新的地域市场，它可能会明智地调查较大的用户看它们是否是有利可图的目标细分市场，而不是对大大小小全部用户进行随机抽样。当然，这种抽样方式并不能得出对大的母体的推论。

2. 限额抽样。当调查人员决定一定比例的样本应该由符合特定特征的调查对象构成的时候，就形成了限额抽样。例如，为了特别研究，可能会决定样本应该由 400 名年龄在 25~35 岁之间的家庭妇女、250 名同年龄段的全职妇女和 350 名同年龄段的兼职妇女组成。这种细分可以反映所研究市场的实际结构。每位调查人员都会被告知各种限额类别中要带回多少份完整问卷。调查对象的选择不是随机的，因为调查人员是在主动寻找满足限额界定的人，一旦限额用完了，他们就会拒绝其他此类的调查对象。限额抽样的优点是它比随机抽样更快捷、更经济，因为不用设计样本架构，调查人员不用担心样本架构是否是最新的。此外，调查人员不用对特别的调查对象进行跟进。在限额样本内，如果个别调查对象不愿合作，那也没关系——调查人员会选择另外的人。

样本规模

抽样过程中最后的，然而却很重要的考虑因素是样本规模。花费超出你所需的更多的时间和金钱去追求更大的样本是没有意义的。随机抽样以统计分析为基础，调查人员可以确信在规定限度内的样本元素能够代表所研究的母体。

正如人们预想的那样，所要求的可信度越高，所需的样本规模越大。在欧洲，消费者购买习惯调查常常是在 2 000 个单位左右，这一般可以达到 95% 的可信度，认为样本反映了母体的特性。在 B2B 市场中，规模在 300~1000 之间的样本可以产生更高的可信度。如果供应商是在有限的地域中运营（如管子工或是货车租赁企业），销售金额很小（汽车代理商），采购组织也很小的话，尤其如此（http://www.b2binternational.com）。

问卷设计

问卷是一种常用的调查工具，无论是面对面调查、邮件调查或是电话调查，它都可以用来收集和记录访谈信息。如果问卷设计得很糟糕，无法收集到本来想要的数据的话，调查人员很快会发现精心设计的调查会立即崩溃。为了使失望的风险最小化，在问卷设计中需要考虑许多方面。

目标

问卷的目标与调查的目的密切相关。它是为了满足研究的信息要求而量身打造的，因此处于调查过程的核心。如果问卷要恰当地完全发挥数据收集的作用的话，就需要对许多领域进行分析，如表 5.3 所示。

有些人认为还需要确保问卷能保持调查对象的兴趣，这样就可获得完整的答案。如果问卷变得乏味，看起来很难解释，或是太长或太复杂，就很容易使调查对象放弃自理问卷。

确保尽可能花最少的时间来完成问卷也很重要。美国的研究发现 20%的消费者认为问卷，包括 30 分钟的电话调查在内通常较长（McDaniel 等人，1985）。根据甘德的说法（Gander，1998），30 分钟的调查仍很常见，而这增加了调查人员工作的难度。

问题类型

问卷中有两大类问题：开放式问题和封闭式问题。开放式问题中有许多截然不同的

表 5.3	调查问卷的目标
目标	**建议**
适应目标母体的属性	以他们理解的方式提出问题；所提问题是他们的知识和经验能够回答的
适应调查方式	例如，电话调查不能使用面对面访谈所能使用的视觉辅助；邮件调查如果太过冗长或是要探查感觉/态度，就不太可能获得反馈
适合调查目标	要收集恰当的信息来回答调查问题，就必须进行恰当的设计——不多也不少
收集恰当的数据	反馈的质量和完整性对于成功的调查来说是很重要的。数据也要有恰当的深度，它是否实际，能否探究态度、信仰、观点、动机或感受
帮助数据分析	确保尽可能简单地从问卷中获得原始数据，并将这些数据准确地输入所有正在用的分析框架/软件包中
使误差和偏见最小化	确保问卷足够"严密"，任何调查人员在任何时候、任何地点、针对任何调查对象都可以同样地执行。还要确保问题不会被曲解或误解
激励精确、全面的反馈	避免引导性或判断性问题；确保用清楚的方式提问；确保调查对象感觉放松，而不是觉得受到问题的威胁或胁迫

分类，但它们都为调查对象表达对选定主题的观点提供了相当大的余地（在有的情况下，甚至可以发表对其他主题的观点！）。封闭式问题迫使调查对象从问卷提供的可能的答案中选择一个或多个答案。

开放式问题。诸如"在购买花园设备时，你认为什么因素最重要？"或"你如何看待向城外的购物中心发展的趋势？"之类的问题就是开放式问题，因为它们没有给出一系列可能的答案供调查对象选择。在两种情况下，调查人员都可能面对和调查对象一样多的不同的答案。因此，使用这些问题是很有益的，因为它以不受限制的方式给出了丰富的见解。然而，在分析和记录反馈时会出现困难，因为这些回答可能会很长，并且五花八门。此外，使用开放式问题，使调查对象可以无拘无束地作出回答，这是否有助于建立亲切感，对此仍有争议（Chisnall，1986）。

封闭式问题。封闭式问题分为两大类，二分题和多选题。二分题只有两种选择，如"是或否"或"好或坏"。这些问题好问也好答。经过仔细的事前编码，也很容易对反馈进行分析，并将它们与另外的变量做成交叉表格，例如搞清楚那些声称确实使用了产品的人是否比那些声称没有用过产品的人更关注专门的产品广告。

多选题是一种更成熟的封闭式问题，因为它们可以列出一份可能的答案列表供调查对象选择。例如，这也许是一张可能影响到购买决策的待选因素清单（价格、质量、供应等），或者它也许反映了感受的强烈适度、重要程度或其他变量所导致的变化程度。

这些问题需要精心设计，以便尽可能广地整合和聚合答案，因为限制选项数量可能会导致偏倚。备选答案要反映可能的范围，没有交叠或重复，因为这很可能会导致偏倚。通过提供"其他，请注明"条目，这些问题可以提供一些机会来收集那些本来没有设想到的答案（但在引导阶段应该已经区分过）或那些不完全符合规定结构的答案。然而，多选题的优点是，如果使用预先编码的话，也可以直接对它们进行分析。

多项选择还可以用来克服某些调查对象的敏感。如果问"你多大？"或"你挣多少钱？"这样的开放式问题，许多人也许会拒绝回答，因为这些问题太具体、太私人了。将问题表述为"你属于哪个年龄组，17 或 17 岁以下、18~24、25~34、35~44、45 或 45 岁以上？"就可以使调查对象觉得他们没有泄露太多东西。这些范围的界定要反映出目标调查对象所给出的可能的答案范围，并且便于他们参照。例如，专业人员比起体力劳动者，更可能参照以年薪为基础的范围，而后者可能更了解他们的周薪是多少。

评定量表是多选题的一种形式，它被广泛用于态度测量、动机研究以及可能会受大量复杂的、相互作用的因素影响的情况。有许多衡量方式，包括：

1. 李克特尺度。大量与研究有关的陈述是建立在初步调查和引导基础上的。这些陈述会被提供给调查对象，他们被要求在 5 分或 7 分范围内给出答案。例如："强烈同意"、"同意""既不同意也不反对"、"反对"和"强烈反对"。答案从 5 分（强烈同意）到 1 分（强烈反对）不等。可以用所有调查对象的平均打分来确定对考虑中的变量的普遍态度的强度。对个人反馈模式的检查也可以揭示营销人员感兴趣的某些问题。

2. 语义差异尺度。制定这些尺度是为了测量词语或概念的不同含义。此方法包括一个两极的 5 分或 7 分的打分尺度，每一极都用精心选择的形容词来界定，代表相反的感觉极端。例如，对零售商店气氛的调查可能会提供一系列的尺度，包括"温暖——冷漠"、"友好——不友好"，或是"时尚——不时尚"。一旦尺度确定下来，就会对各种产品（或无论什么东西）进行打分，从而揭示调查对象的观点。这些尺度还可以用来衡量公司形象或广告形象，并对不同的品牌进行比较。在后一种情况下，如果两种产品在同一时间用同样的尺度来衡量，就可能出现明显的区别，这可以帮助营销人员更好地了解产品在消费者心目中的地位。

两种类型的打分尺度见图 5.4。

问题的措辞。问卷的成败取决于细节以及主要的计划和设计。这包括问题的详细措辞，这样调查对象可以完全理解要求，作出准确的回答。下面几段提出了许多有关问题。

确保调查对象完全了解词语的意思总是很重要的。应该采取一些特别措施来避免使用行话和技术用语，这些可能都不为调查对象所熟知。

李克特尺度

	强烈同意	同意	也不同意不反对	反对	强烈反对
Morrisons 超市的价格通常比其他超市的价格低					
Morrisons 超市食品杂货的品种最全					
Morrisons 超市的员工总是和蔼可亲、乐于助人					
在收银台我从来没有排过太长的队					
超市的自有品牌和制造商的品牌一样好					
低廉的价格对于我在超市中的选择至关重要					
超市应该提供更多的个性化服务					

语义差异尺度

	1	2	3	4	5	6	7	
摩登								过时
友善								不友善
吸引人								无吸引力
宽敞								拥挤
优质的产品								劣质产品
广泛的选择								有限的选择
便利的营业时间								营业时间不便
整洁								凌乱
短的排队								排长队
低价								高价

图 5.4 打分尺度举例

含糊会导致误解，由此导致糟糕或不准确的回答。除非考虑上一分钟，像"你是经常购买这种产品，还是有时、很少还是从不？"这样的问题看起来很清楚并且不含糊。但什么叫"经常"？对这个调查对象来说可能是指每周一次，而对另一个调查对象来说却可能是指一个月一次。因此，调查人员应该尽可能明确。

调查对象被要求立刻应付太多概念时，会出现更多的含糊或混淆。因此，两个问题不应该"一肩扛"，即一个问题中不应该包括两个问题，例如"价格对你来说有多重要？你认为我们可以如何改善物有所值问题？"

引导性问题可以引诱调查对象趋向于一个特定的答案。当然，这不是良好调查的根本。因此问"你是否赞成死刑？"比"你赞成死刑吗？"更中立，后者推着调查对象回答"是"。

太封闭式的问题也是一种引导性问题，它可能会阻挠调查人员。"价格在你的采购中是否是一个重要的因素？"要的回答是"是"，但即便它是一个中立的问题，回答也很难辨别。它确实没有显示出价格对调查对象有多重要，或对其他影响采购的因素有多重要。一个开放式的或是多项选择的问题可能会得出更多的东西。

调查人员要体谅调查对象的敏感。有些领域非常私人化，因此，缓慢深入也许是很重要的，应该使用"软性"而不是"硬性"词汇，例如，用"财务困难"而不是"负债"。当然，信息越敏感，调查对象越可能拒绝回答，越可能撒谎或是中止访谈。

守则和准则。获得准确的相关信息比设计一份包罗万象，几乎完成不了的问卷要重要得多。黑格(1992) 针对三种不同的问卷提出了"理想的长度"：

- 电话访谈：5~30 分钟；
- 入户访谈：30 分钟至 2 小时；
- 留置问卷：4 页 A4 纸，20~30 个问题。

街头访谈要远远短于 30 分钟，以便保持兴趣，避免招人厌。

问卷的版面设计对于自理问卷来说尤其重要。窄窄的页面看起来不能吸引人，也很难作答。版面设计应该有助于答案的记录和编码，缩短访谈的流程，保留要素。绝大多数问卷现在都设计有数据编码以减少主观分析。这意味着需要在问卷发出之前，对所有封闭式问题和多项选择问题的答案进行分类，版面设计也必须便于将那些要将问卷中的数据转到数据库的人使用。

问题的顺序对于调查对象来说很重要，因为流程越混乱，他们的回答越跳跃，而流程越清楚，他们看得越清楚，越能完成。

辅助材料和解释也很重要。邮件调查中，一封封面信可以令人放心并起到说服作用，而在访谈中，调查人员需要赢得调查对象的注意和参与兴趣。视觉辅助，如包装或广告剧照也可以让调查对象更多地参与，并提示他们的记忆。

试验

无论问卷设计有多么细心，一在调查对象身上试用往往就会出问题。对小型样本问卷进行试验有助于消除"漏洞"，这样在全面展开调查之前可以对问卷进行改进。最初，同事的全新视角可以消除最严重的错误，但对大部分项目而言，最好还是留出时间进行全面的实地试验。这意味着对小型的二级样本（他们通常不参加主要调查）进行问卷测试，以检查问卷的含义、版面设计和结构，此外，检查问卷是否能产生所需的数据，以及是否可以用意想的方式来分析它。

实施调查

一旦制订出调查计划，明确了收集方式和所要进行的分析，就要着手实施调查了。这个阶段可能会因调查类型而有所不同。消费者调查的要求也许涉及广阔地域的数千个调查对象，这在深度上非常不同于那些指定了数量的调查。

尤其是在初级调查中，正是在过程的这个部分往往会出现最大的问题，因为数据的收集不应该交给那些未经充分培训或没有得到完整资讯的现场调查人员。然而近年来，在专业调查人员方面已经取得了相当大的进步，不再是陈旧的家庭妇女出来挣外快的形象了。培训现在已经得到了普及，招募了更多的男性调查人员，这都使调查可以深入到此前不宜涉足的领域，例如高犯罪住宅区，并且可以处理那些可能有性别问题的访谈（Gray，2000a）。

范例　　招聘市场调查人员不再是一件轻松的差事。员工不得不做好在下午或晚上工作的准备，以确保他们可以获得所有类型上班族的代表性样本。他们还必须进行良好的组织，善于管理自己和时间，特别是当他们外出实地工作，而不是待在电话访谈中心时。所有调查人员都需要有很强的责任感，并且准备好采取道德的方式来开展工作。现场调查人员会很辛苦，他们要拿着带纸夹的笔记板，花费大量的时间逗留在城市的街头，还要应付不那么合作的访谈对象或是与怪人打交道。

倘若调查人员严格地按照所写的内容来读问题的话（所有市场调查实施规范中的绝对标准），对于封闭式问题调查人员之间几乎不会有差异。然而，当迅速地查明开放式问题时，会有巨大的差异。逐字逐句写下被调查人所说的话，并鼓励他们继续阐明观点并增加其他内容，直到无法再获得"其他任何"反馈的调查员将提高所收集数据的质量和丰富性。故意占用被调查人过多时间，改述被调查人的反馈并且几乎没有查明情况的调查员肯定会错过收集丰富数据的机会（Schafer，2003）。

因此调查公司非常关注调查人员的招聘和培训。有的公司进行了漫长的初次电话拍摄，一部分是为了让申请人更好地了解工作职责，一部分是为了帮助培养候选人的态度。许多公司坚持面试，以检查候选人的外貌（尤其是现场调查人员）、他们的互动技巧和处理情况的能力。这之所以重要是因为员工有效地代表着调查公司及其客户，他们必须能够快速地与调查对象建立友善的关系，打消他们的疑虑，并保持他们的注意力，从而完成漫长而详细的调查。

调查公司盖洛普（Gallup）坚持着只有十六分之一的候选人可以通过其筛选过程，这清楚地显示出公司将员工的素质视为最重要的资产。那些招聘电话调查中心调查人员的公司对于员工的外貌不是那么关注，但更关注他们打电话的声音以及不通过面对面接触建立友善关系的能力。有些公司甚至招聘有特定地区口音的人来帮助这种过程（Gander，1998）。

在任何类型的面对面调查中，都有许多领域可以通过对细节的关注产生效益。越需要调查人员脱离精心准备的脚本和方法，所涉及的技巧越多，访谈成本越高。在发挥那些引导小组讨论或是深度访谈的调查人员的作用时尤其要强调这一点。访谈偏见的危险总是表现在调查人员记录的是那些他们认为已经讲过或打算要讲的东西，而不是在回答问题时实际讲的东西。当使用开放式问题时，这种偏见会特别明显。有些情况下，进行现场调查特别有挑战性，例如需要涉及特定目标或主题时。在英国，极其富裕或极其贫困的人、少数民族、年轻的企业行政管理人员往往比其他许多目标群体更难接近（Gray，2000a）。因此常常使用社区中介来接近像年长的亚洲妇女和牙买加社区这样的目标群体，说服他们参与调查。

新技术正在对现场调查的实施产生巨大影响，它们为提问和记录过程提供了协助。电脑辅助的电话访谈（CATI）和电脑辅助的个人访谈（CAPI）大幅度地改革了数据收集技术，现在已经得到了广泛运用。电脑辅助的个人访谈意味着向每个调查人员提供手提电脑，在屏幕上显示出问卷。调查人员可以读出屏幕上的文字，并键入回答。预先编程的问卷针会自动向调查人员发送问卷的不同部分，并提示调查人员澄清所有不合逻辑的答案。它通过在调查者提问和记录答案时创造更大的一致性来帮助控制质量，此外还让调查者可以集中精力与调查对象建立友好关系，帮助防止疲劳和丧失对更复杂的问卷的兴趣。CATI 为电话访谈提供了类似的技术，也可以使访谈和信息记录更为一致。

分析解读信息

尽管调查数据的质量至关重要，但数据分析，即将原始数据转化为有用的信息，为组织提供了最大的价值。根据数据分析准备的报告，更可能作出明确的管理决策。成熟的电脑硬件和软件包的使用提供了有效处理大量相关数据的手段。电脑辅助的电话访谈和电脑辅助的个人访谈、可以阅读完整问卷的扫描仪、复杂的统计分析和数据处理提高了分析的速度、精确性和深度。然而，还是人的因素，调查人员在识别趋势或关系，或是结果背后所隐藏的其他有价值的材料方面的专业技术，为决策者提供了关键的因素，并将所用的数据和技术转化成了宝贵的信息。

范例　　在某些情况下，分析速度往往和分析深度一样重要。有些客户希望在活动开始的几天之内获得信息，而不是等到活动结束三周后才要信息。具有时间敏感性的产品，例如录像机/DVD 和 CD 播放机，头几天的销售数据是很好的活动成功与否的指标。如果必须对活动进行调整的话，也常常是发生在第一个星期内（McLuhan，2001a）。

在量化数据的解读过程中，需要注意一些事情。计算结果永远不应该推翻在数据重要性和关联性评估上的合理共识。有时会有分析瘫痪的危险，即高度成熟的技术的运用几乎就是结果本身，而不是只把它当作一种识别新的关系并提供重要的新管理观点的方式。俗话说，未经培训的统计员也看得出的明显趋势、差异或关系才是有意义的，这种说法尽管有失偏颇，但它确实强调了曲解因果关系的危险和消费群之间的差别，而这是由于调查人员过分依赖完全中立的统计数据所导致的。

当然，并非所有数据都是量化的。来自深入访谈或群体讨论的定性数据给调查人员带来了不同的挑战。尽管在与更大的母体比较时，必须证明量化数据的可靠性，但永远不能说定性数据代表了广大调查对像样本所呈现的东西。因此，定性数据的主要任务在某种程度上是呈现态度、感受和动机，无论它们是否代表更广大的母体。

为了进行定性数据的分析，在记录信息时必须加倍小心。因此录像或录音访谈有助于对需要深入核查和探究的要点进行分级和分类。同样，在一系列的访谈中，可以通过分析的问题或内容来探究特别的主题。例如，如果调查人员想要确定小企业的出口障碍，他们可能会明确市场准入、市场知识、金融或中介运用之类的主题，以此作为所要评估的主要障碍指标。数据分析也许会用一系列引自访谈的话来支持。由于此类数据的丰富性和复杂性，常常会使用熟练的心理学家来探索和解释大部分所说的或未说的话。

因此，尽管定性分析在数据选择和分析上都有很大的风险，尽管未经培训的人所得出的结果相当主观并带有推测性，但新的见解和看法所带来的好处，是更严密的统计技术无法产生的。

准备和呈交报告

调查人员所提供的信息必须以决策制定者可以使用的形式呈现出来。调查报告往往是用高度技术性的语言或调查行话写就的，但对于外行来说这是令人糊涂或无意义的。想要用这些报告来决策的营销人员要求报告易于理解。过于复杂的报告几乎是无用的。这就是为什么需要给予正式的报告陈述，无论是书面还是口头的（允许客户提出问题并要求对要点进行说明），和之前调查过程的所有阶段一样多的思考、关注和注意。还容许结果个性化，更适合接收组织，这些组织可以改善对结果可信度的看法，增强行动的意愿 (Schmalensee, 2001)。

尽管口头陈述在分享观点的过程中能起到重要作用，但报告本身具有显著影响思维的威力。可以谨慎地陈述论点，并恰当地利用数据来支持，展示围绕主要发现的细节，以此增强客户的信心，让他们相信调查可以根据计划很好地执行。并没有标准的报告格式，这在很大程度上取决于所承担的调查任务的性质。

调查评估

调查项目很少完全按计划进行。尽管在实施试验研究和探索性调查时多加小心可以使结果更符合计划，但还是会出现问题，而这就要求在评估项目价值时进行仔细的考虑。对项目计划、实施和结果进行全面分析也将给客户和调查人员带来宝贵的教训。

这个阶段可以说是对上述调查计划的全部内容的一次回顾。需要了解所有的偏差，既要了解目前的结果，也要考虑到将来调查的设计。至于所承担的调查项目，最重要的一点是看调查实际上是否提供了足够的量化和定性信息来帮助管理层决策。调查目标有时可能会很含糊，或是在所要强调的营销问题方面没有很好地设计。最后，尽管调查人员在任务中可以提供帮助，但营销经理必须负责确保目标和调查计划相一致，并反映要求。

营销调查中的道德

　　围绕市场调查的道德问题在业界已经争论了很长时间。因为许多消费者调查涉及特别的消费群，包括儿童和其他可能被认为是易受攻击的群体，保持调查人员的可信度并展示最高标准的专业操作至关重要，因此业界确立了一套职业道德方针。这些方针包括保护调查对象和客户的机密、不歪曲和误传调查结果（例如，两家主要的报纸可能都宣称是市场的领头羊，它们使用的是不同时段收集到的数据，但却没有提及时期），运用诡

企业社会责任 进行时

发现孩子在干什么

　　市场调查人员不得不调查儿童作为消费者的行为和动机时，必须相当谨慎。它很容易被为保护儿童和未成年人免受掠夺而制定的法律条文和行业规范中止。然而，营销人员却无法承担因忽视一个估计价值为 3 000 亿英镑的细分市场而造成的损失。儿童以前从来没有更多的可支配收入任意购物，但却能够影响家庭的采购，或有很好的地位劝说内心有愧的、忙碌的父母，这些父母的特别采购是为了补偿没有时间和孩子在一起的愧疚。因此，他们是营销人员想要了解的消费群就不足为奇了。近年来，有些品牌所有者因使用无关且开发性的方式了解儿童而受到抨击。诸如儿童肥胖水平上升、学校商业化等话题不断以大字标题出现，手指直指主要的广告主，近期我们看到可口可乐保证不再瞄准儿童，麦当劳推销更健康的生活方式和胡萝卜条，日奔纳（Ribena）将其主要瞄准的受众由儿童转向 18~30 的年龄群。但对于某些产品品种来说，营销人员必须了解如何影响儿童及父母支持他们的品牌，虽然新要求很难办，要平衡有效促销和"责任"之间的关系。

　　营销人员依赖于市场调查行业来帮助他们了解使现在的孩子这样做的因素。市场调查学会有严格的实施规范，任何调查人员在调查中涉及儿童时必须申请。其目标是"保护儿童（16 岁以下）和青少年（16、17 岁）在身体、心理、道德和感情方面的权利，确保他们不被利用"。该规定主要应用于实际：确保征得父母的同意；确保儿童意识到他们可以拒绝回答问题或选择退出；确保其他成年人在场或在附近。该规定还要求调查人员确保内容是恰当的，即不讨论任何不适合该年龄群的内容；不发生任何可能导致孩子和父母或同等人群之间紧张状态的事情；没有任何可能令孩子不安或烦恼的内容。这里着重将焦点放在调查的设计和数据收集过程上，但也关注了调查结果所使用的所有方式是否给予了儿童充分而道德的保护。

　　更不用说他们的消费能力了，如今的孩子被描述为"拿着鼠标出生，用电脑屏幕作为世界之窗的第一代"（Lindstrom 和 Seybold，2004），调查方式必须适应这一点。

　　网站 http://www.yorg.com 通过学校的 ICT 课程来进行调查。21 000 名年龄在 6~16 岁的儿童经过教师的同意后，在一个学年的课程中完成了调查。该网站说："我们没有用成本的多项选择来烦他们，那比家庭作业更糟。我们的调查项目通过使用他们喜欢和了解的技术让他们完全参与。这些孩子现场通过屏幕和他们的同学一起作出反馈。他们在线上与我们的软件进行互动，这样你可以快速地获得数据，使你的计划工作与孩子同步，而不会延误。你体验到了当今孩子的诚实，他们从了解自身中获得了乐趣。注册你的品牌，并快速地了解当孩子们说让大人走开时，他们实际想说的是什么"（www.yorg.com）。现在也越来越流行由调查公司给孩子软件来编辑他们日常生活的视频或音频日记，在调查会议中对难以处理的资料进行讨论。某些公司的报告显示，当鼓励儿童和青少年运作他们自己的焦点小组，只配一个成年主持人提供小的指导时，结果会得到改善。

　　随着调查方式进一步深入到研究儿童的商业动机和行为，一些从业者已经开始关注"考验儿童及其父母对营销人员的期望所涉及的道德问题"（Clegg，2005）和市场调查行业需要面对其社会责任的要求。市场调查学会目前的立场是市场营销和广告行业已经指导他们继续对儿童的营销，并且只要市场调查行业反省这些内容，调查人员就不会诱发问题。但这是否能继续仍有争议。

资料来源： Choueke（2005）；Clegg（2005）；Lindstrom 和 Seybold（2004）；Wolfman（2005）；http://www.mrs.org.uk；http://www.yorg.co.uk。

计从调查对象处获取信息，进行实验却不告知研究对象，以及把调查作为销售的伪装之类的问题。

国际民意与市场调查协会（ESOMAR）是一家一流的营销调查协会，它积极设法通过共同通过的行为规范鼓励会员杜绝"假市调真推销"的做法（打着市场调查的幌子销售）。

英国市场调查学会（BMRA）是一个代表市场调查公司利益，并帮助监管这些公司的贸易协会。它要求会员遵守实施准则，并坚持大型会员要经过市场调查质量标准协会（BMRA，1998）的认可。当然，并非所有的市场调查提供者都承诺遵守，也不能消除所有的错误做法，但已经取得了相当大的进展。

小结

- 市场营销经理发现没有市场营销各方面的持续信息流不可能作出决策。每件事情，从确定目标市场到制定营销组合，再到制订长期战略计划，都必须有恰当的信息的支撑。

- 组织需要将各种渠道获得的信息整合为一套市场信息系统。正规的市场信息系统将各种事情纳入到一把伞下，提供及时、丰富的信息帮助管理人员决策。建立在市场信息系统之上的电脑决策辅助系统也有助于决策。电脑决策辅助系统运用各种电脑工具和软件包使管理人员可以利用信息探究行为可能产生的后果，并在一个无风险的环境下进行实验。有三种不同的市场调查：探索式、描述式和因果式，每种调查分别满足不同的目的。根据所调查问题的性质，三种市场调查方法中的任何一种都可以使用定量或定性数据。组织可以参与连续调查，而不是单独进行一系列的营销调查，连续调查可以由市场调查中介持续进行，通常是联合进行的。

- 对于营销调查项目的实施有一个通用的框架，这个框架可以适用于几乎所有类型的市场和情况。它由 8 个阶段构成：确定问题、调查目标、制订调查计划、数据收集、实施调查、分析数据、汇报结果和评估调查。

- 二级调查提供了一种获取营销信息资料来源的手段，这些信息已经以某种形式存在于组织内部或外部。二级数据的空白可以通过初级调查弥补。初级调查的主要方式是访谈和调查、观察和实验。抽样对于成功营销来说是一个重要的方面。为了找出问题的答案，并不需要对整个母体进行调查。只要选出有代表性的样本，就可以获得适用于整个母体的答案。调查问卷常常作为收集精选样本数据的手段，它们必须反映调查的目的，准确、有效地收集恰当的数据，并有利于数据的分析。

- 市场调查的道德问题是非常重要的。调查人员必须遵守行为规范以保护社会中易受攻击的群体免遭利用。调查人员还必须确保所招募的用于市场调查的调查对象充分认识到他们正在从事什么事情，并确保他们在调查过程的任何阶段都不被误导。

复习讨论题

5.1 为什么市场调查对市场营销经理来说是一种至关重要的工具？

5.2 通过下述调查可以解决什么类型的问题：

　(a) 探索性调查；

　(b) 描述性调查；

　(c) 因果调查？

5.3 详细说明市场调查过程的各个阶段，并概述每个阶段的内容。

5.4 讨论 MIS 的任务和内容，以及它如何与电脑决策辅助系统相联系。

5.5 评价不同的以访谈和调查为基础的初级调查方式在下列情况下的适用性：

　(a) 调查 B2B 采购商所使用的购买标准；

　(b) 确定目标市场对某品牌早餐谷类食品的态度；

　(c) 描述小型电子产品的购买者；

　(d) 测量顾客的购后满意度。

　清楚地说明你对各种情况的假设。

5.6 设计一份调查问卷。它应该包括大约 20 个问题，你要使用尽可能多的不同类型的问题。特别注意本章所讨论的相关问题。目标是研究调查对象对音乐 CD 的态度，以及他们的采购习惯。对 12~15 个人试问你的问题（但最好不要是和你同一个班的人），分析结果然后进行调整。准备好在你的讨论小组里讨论你问卷背后的原理、测试的结果和数据分析方面的问题。

案例分析 5

SMA：寻找正确的配方

当你可以作出一系列的产品、地点、价格和促销选择时，很难实现品牌识别和关联性。想象一下，当对于你介绍产品和传播其好处有限制时，事情会有多困难。尤其是当目标受众通常渴望并乐于接受关于你产品的信息时。这正是那些营销配方奶的人发现他们正身处其中的形势。

基于大量的原因，这是一个特别的市场。其核心事实是目前政府健康政策主张应该促进和鼓励母乳喂养，因此不允许配方奶制造商在大众媒体上向孕妇或新妈妈做消费者广告或促销，在它们的包装上也不许描绘婴儿。此外，配方奶制造商只可以通过直接要求或通过他们传给健康专家（助产士和卫生访视员）的辅助材料来向妈妈们提供信息。这意味着营销传播机会很有限，因此，人员在使用之前对产品一无所知——这是"母乳喂养最好"的方针和由此导致的高度的母乳喂养意向所造成的，即使是在孕期，配方奶也很少被考虑。然而，尽管有很高的母乳喂养意向，但出于种种原因，在英国每年的 69 万名产妇中有 31% 都是从孩子出生起就采用人工哺乳，54% 在孩子一岁内引入了人工哺乳。因为乳汁是孩子头四个月的唯一食物，是一岁内余下时间的主要食物，选择哪个品牌的决策对于妈妈来说是非常感性的一项决定，然而又是此前她几

乎没有考虑过的决定，对此她可能没有什么信息。一旦到了市场上，人工哺乳的妈妈们往往会保持品牌忠诚，因为怕在适应和改变过程中冒让孩子的消化系统不舒服的风险。这对于制造商来说是一个好消息，但他们也不得不考虑这样一个事实：即买家在让孩子转向牛奶之前平均只在市场上停留 12 个月，因此目标受众总是变化的。

考虑到市场的这些特殊性，SMA 营养公司（SMA Nutrition），英国一家成立于 1956 年的一流配方奶制造商，关注于：

- 确保提供满足母亲复杂需求的恰当的产品、形式和传播；
- 强化通过健康护理专家提供的支持；
- 开发顾客关系管理（CRM）程序。

这就需要对整个市场有个总体的了解，以及对其中不同的消费者类型进行细分的方式。SMA 委托利普弗若格（Leapfrog），一家合作达十年的调查公司来设计和承担大规模的调查项目。它分两阶段完成。

第一个阶段由定性调查构成。总共有 38 对朋友在她们自己家参与了定性讨论，这些家庭位于英国和爱尔兰不同的地方。所招募的样本反映了从孕妇到 0~12 个月大的婴儿的母亲这一范围；涵盖了所有品牌和乳汁类型的使

为了改进其配方乳的营销策略，SMA 投资调查年轻妈妈们的购买和使用习惯。

资料来源：SMA Nutrition http://www.wyeth.com

用；包括初次生育和再次生育的母亲；与更主流的调查项目相比，它还包括了收入非常低的母亲、未到法定年龄的母亲和那些为了特殊饮食需要而使用特别乳品的母亲。此阶段获得了大量关于母亲的数据、在选择配方乳时影响她们和她们的决策过程的东西，以及对市场细分的强烈建议，所有这些都必须经过验证和量化。

第二阶段包括量化调查。因为需要大规模的样本，要能对孕妇、初次生育和再次生育的母亲进行分组分析，并且因为需要覆盖广阔的地域，包括隔绝的偏远地区和高度匮乏的地区，因此选择了电话访谈而不是人员访谈。由于问卷涵盖了哺乳行为的所有细节，每次哺乳决策的影响因素和态度问题，因此访谈平均要花 25 分钟，有时会被宝宝的要求打断而重新进行，但被访者的配合度相当高。

结果是区分了 8 个分离的消费者细分市场，例如包括"现代的能干妈妈"和"寂寞的妈妈"。对每个细分来说调查能够明确：

- 规模
- 人口细分
- 关键的价值观
- 与哺乳做法相关的行为、信息选择等
- 品牌使用倾向
- 关键的影响因素
- 影响其他人的可能性
- 与她们说话时最适合的沟通风格
- 在品牌选择中最有影响力的讯息

进一步的阶段包括 CACI 公司的居住地区分类系统（Acorn）将每种细分明确到邮政编码区程度，即，能否显示出哪种类型的母亲最可能居住在英国的哪个邮政编码区。

资料来源：经允许改编自 Fidelma Hughes（SMA Nutrition）和 Julie Hindmarch（Leapfrog Research and Planning）在 2005 年 MRS 会议上介绍的案例。

问题：

1. 有时客户觉得需要市场上的"新鲜面孔"，因此使用了新的调查公司。你认为对 SMA 来说，在这个特别项目中使用利普弗若格——它的长期合作伙伴的好处是什么？

2. 你认为为什么量化阶段以朋友式的配对方式而不是分别的访谈或更大型的焦点小组形式进行？为什么要在被调查对象自己的家里进行？

3. 25 分钟是一个漫长的电话访谈，通常会超出被调查者的忍耐限度。你什么是什么因素提高了被调查对象参与这种冗长问卷的意愿？

4. 如果你是 SMA 的营销总监，你会用调查结果来做什么？你会记住这个行业的哪些限制因素？

第 *6* 课

4P：产品（Product）

Product

学习目标

本章将帮助你：

1. 对产品及其相关术语进行界定和分类；

2. 了解产品和品牌开发的性质、优点及实施；

3. 了解产品生命周期概念、它对营销战略的影响及其局限性；

4. 认识产品定位的重要性，以及它如何影响营销决策，又如何被营销决策所影响；

5. 明确产品或品牌经理的任务和责任；

6. 概述围绕泛欧洲品牌的相关问题。

导言

　　产品是营销交易的核心。记住顾客购买产品是为了解决问题或是提高他们的生活质量，因此，营销人员必须确保产品可以使顾客完全满意，不仅仅在功能方面，还要在心理方面让他们满意。所以，产品非常重要，因为它最终测试了组织是否了解顾客的需求。

　　以下范例提出了许多有趣的问题，这些问题是关于产品构成、品牌形象重要性和顾客对产品的感知的。因此，为了开始思考这些问题，本章将探索一些基本的概念。产品的定义和产品的分类方法决定了产品范畴的基本定义。然后将探讨品牌、包装、设计、质量等赋予产品特征和对购买者的重要吸引力的基本概念及品牌管理的相关问题。

　　与产品和品牌管理相连的一个重要概念是产品生命周期。它追溯了产品的生命历程，帮助管理人员了解了产品成熟时影响产品的压力和机遇。为了创造并保持长寿品牌，产品品种的管理要与顾客和竞争环境的变化相一致，对产品概念进行定位和再定位。这也许涉及改变包括促销、包装、设计甚至目标市场描述在内的营销战略。必须根据消费者对产品竞争力的看法来评估和管理每种产品。本章随后会转到此过程的实际管理问题上，概要介绍产品管理结构。最后，将围绕泛欧洲品牌的开发和管理进行思考。

范例　　也许世界上最有名的产品和品牌是可口可乐。它于 1887 年首次注册商标，与产品相关的所有东西，如瓶子的形状、色彩、包装设计和标志图案，都是从可口可乐这个词发展而来的，这些东西可以马上识别出来，与众不同，几乎为全球人所熟知。正如其 20 世纪 90 年代的一次广告活动所提出的 "如果你不知道可口可乐是什么，那欢迎你到地球来" (Pavitt, 2001)。一个叫作 "山之巅" (Hilltop) 的早期活动描述的是一个多变的世界社会想要教会世界歌唱并为世界购买一听可乐。对于公司来说，品牌就是一切，因此它意味着真实、乐观和自信的持久价值。

在盲测中，可口可乐的在味道和质量上的得分也许并不比其竞争对手高，但品牌名称和品牌形象的实力却帮助它保持了市场的霸主地位。然而，某些批评家却不确定可乐的实力是否能够保持下去。快速消费品市场一般都很成熟，品牌不如一二十年前强大。谷歌和易趣现在 "教世界歌唱"，许多新品牌，如 "天真" (Innocent) 创造了新的利基市场。尽管可口的品牌名称仍很强大，但向更健康的饮料发展的趋势和对糖分及人工甜味剂的关注实际上会对品牌产生反作用，导致逐步下降 (Bainbridge 和 Green; Brand Strategy, 2004)。

产品剖析

产品的正规定义可以是：

产品是一种能够提供有形和无形特性的物化商品、服务、想法、人员或地方，个人或组织认为这些东西是必需的、值得做的或是令人满意的，为了获得这些东西他们准备用金钱、资助或其他价值单位来交换。

因此，产品是一种强大而多变的事物。该定义包括有形产品 (烘焙豆罐头、飞机引擎)、无形产品 (理发或管理咨询等服务) 和想法 (例如，公共健康信息)。它甚至还包括人的交易。例如，创造并强行推销流行团体和偶像并不是为了音乐，而是为了向相关的目标受众推销人。埃米纳姆的歌迷买他最新的专辑是为了它内在的音乐品质还是因为唱片套上埃米纳姆的名字？政客试图把他们作为有讨人喜欢的个性的人推销出去，换取你在选举时的投票。地点同样是一种可以销售的产品。例如，度假区和重要城市长期以来都在利用它们地理或文化上的优势建立旅游产业，这在某些情况下成为当地经济的重要组成部分。

无论产品是什么，无论有形、无形或是埃米纳姆，它都可以被分成许多利益，对不同的买家这意味着不同的东西。图 6.1 展示了对产品的基本剖析，四个同心圆环代表了核心产品、有形产品、延伸产品和最后的潜力产品。

核心产品代表产品的核心，它存在和购买的主要原因。所有产品的核心利益也许是功能上的或心理上的，其定义必须提供某些东西给营销人员开展工作，开发差异优势。所有人都知道汽车可以把购买者从甲地拉到乙地，但会在其中加上必需的好处，如宽敞、省油或彰显身份。确定一种核心产品，就会开始出现一种市场细分。假期的核心好处可能是躺在阳光里什么也不做，暴饮暴食两个星期，而在另一个极端，或另一头则是逃避世界，到不知名的地方冒险。尽管对于 18~30 俱乐部假期可以满足所需的两种核心利益还可能存在争议，但总的说来，会出现不同的包价来满足那些需求。

核心利益的界定非常重要，因为它影响着下一个层次——有形产品。有形产品是很

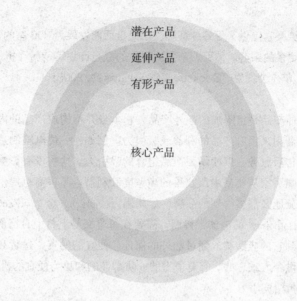

图 6.1　产品剖析

重要的手段，借助它营销人员为核心产品加上了血肉，使它成为一件真正的产品，它明确地反映和传达着核心利益的意图。用来创造产品的工具包括设计规格、产品特征、质量水平、品牌和包装。例如，一辆汽车使"快速和意味着身份象征"的核心利益具体化了，它很可能配备了更强的引擎、迷人的设计、皮革内饰、大量电子配件、内置 CD 播放器，有黑色或红色的金属漆可供选择。（在其他选择中）肯定带着像宝马这样的标志，而不是拉达。

范例　　有些时候，产品设计师不得不对产品核心利益的提供方式进行根本性的反思，这也许是由于市场环境的变化。例如，乘飞机旅行受到了来自各方的压力，如：油价上涨、主要机场空位不足、狭窄的座位对健康的不利影响，以及越来越多对其在环保和噪音污染方面表现的批评。然而，越来越多的人想要更频繁地飞往更多的地方。为了适应这种环境，推出了一项为期三年的被称为"静音飞机计划"（Silent Aircraft Initiative）的协作项目，包括剑桥大学、麻省理工学院、劳斯莱斯、波音和其他航空航天公司、航空公司和机场在内的组织对飞机进行了反思和重新设计。

　　经过两年的工作，由 40 名调查精英组成的小组提出"飞翼"的建议，它是把引擎嵌入飞机机身，而通风口位于机身顶部。它声称这种设计意味着部分噪音会被机身吸收，部分噪音会向上反弹，因此在机场方圆之外不会听到噪音。最初小组着眼于航程在 4 000 英里范围的 250 座飞机，但没有理由说明它为什么不能扩大为搭载 800 名乘客的飞机。内部安排也不同于传统的飞机：几乎没有靠窗的位子，因此可以更灵活地创造私人舱位，给乘客更多的活动空间。一位小组成员说它更像是一块渡轮甲板，而不是飞机内舱。

　　这种设计确实解决了产业所面临的诸多问题。除了降低噪音污染，它还更节油，如它给乘客提供了更好的环境，如果最后能发展为 800 座的话，那每次降落它将能够运送更多的乘客。然而，不要暂缓你的旅行计划等待新飞机进入商业化服务；那要在2025 年才会发生（Cookson, 2005; Hawkes, 2005）。

延伸产品是指附加的额外产品，它本身并不构成产品的内在要素，但可以被生产商或零售商用来提升产品的利益或吸引力。例如，一位电脑制造商也许会提供安装、用户培训和售后服务，以此增强产品组合的吸引力。这些没有影响实际的电脑系统本身，但却会影响买家从交易中所获得的满意度和利益。零售商也提供延伸产品。一位销售全国和大部分地区都买得到的品牌，如胡佛（Hoover）、金章（Zanussi）、依达时（Indusit）或热点（Hotpoint）的电器零售商，需要在每笔交易上打上自己的烙印，这样购买者将来会想再次到它的店购买。通过额外的保证、便宜的融资、送货和损坏险来延伸产品，这更可能提供令人难忘的、有竞争力的、防御性的和更为便宜的机制来建立与消费者的关系，而不是价格竞争力。

最后，潜在产品层次承认产品的动态和战略特性。前三个层次描述了现在的产品，但营销人员还需要思考产品在将来可以是什么样，应该是什么样。根据可能的演变可以确定潜在产品，例如将产品与其他竞争对象区别开的新方法。

产品分类

要使广泛而复杂的营销领域具有秩序，能够界定有相似特征或激发市场相似购买行为的产品群是很有用的。

以产品为基础的分类

以产品为基础的分类将具有相似特征的产品集中到一起，尽管它们也许有不同的用途和市场。有三种主要的类型：耐用品、非耐用品和服务产品。

- 耐用品。耐用品在被更换之前可以使用很多次，持续很长一段时间。像家用电器、汽车和资本机械这样的产品都可归入此类。耐用品很可能是不经常采购的、较贵的产品。也许需要通过专门渠道进行选择性分销，传播方式主要围绕的是信息和功能，而不是心理上的好处。
- 非耐用品。非耐用品在被更换前只能用一次或几次。食品和其他快速消费品就属此类，办公用品，像文具和电脑打印机墨盒也归于此类。非耐用品可能是经常购买、较便宜的物品，它需要通过尽可能广、尽可能多样化的方式进行大规模铺货，大众传播要以心理上的好处为中心。
- 服务产品。服务是指无形产品，它包括行为、利益或满意等有形产品所没有的内容。像金融服务、度假、旅游和个人服务这样的项目就给营销人员带来了问题，因为它们是无形的和无法保存的（见第 13 章）。服务的提供者必须找到办法把服务带给消费者，或者说服消费者到交付服务的地点。传播必须开发功能和心理上的利益主题，并让潜在消费者对质量和服务的连贯性放心。

尽管这些分类表面上是以产品特征为基础，但已经证明不与买家行为联系起来，是谈不上分类的，因此，也许是澄清这方面内容的时候了，改为考虑以用户为基础对产品进行分类。

以用户为基础的分类：日用消费品和服务

本部分的内容与第 3 章的内容紧密相关，在第 3 章中买方行为是根据采购是常规反应、解决有限问题还是解决延伸问题来区分的。如果我们一开始就对这些行为分类，就可以区分符合这些情况的平行的产品和服务群，使买方和产品特性强有力地结合起来，勾勒出营销组合的基本形状。

便利品

便利品符合常规反应采购情况。它们是相对便宜、经常购买的物品。买家在采购决策中几乎不投入什么精力，方便常常领先于品牌忠诚。如果在商店中买不到想要的早餐谷类食品牌子，购物者也许会购买另外的品牌或干脆不要了，而不会费力气到其他店去购买。

选购品

与解决有限问题的行为相联，选购品对消费者来说某种程度上意味着更大的风险，他们更愿意逛商店并对采购进行计划，甚至享受购物的过程。通过广告和参观零售点进行比较，也许还要辅之以来自便利渠道的信息，例如消费者组织的公开报告、家人或朋友的口碑和零售点售货员的建议。根据功能、特性、服务承诺这些导致决策的因素对待选产品进行适度的理性评估。在选购品分类中，也许会涉及品牌／商店忠诚，甚至根本就没有忠诚。也许有一份事先的首选品牌名单，通过它可以进行详细的比较并作出最终选择。

范例

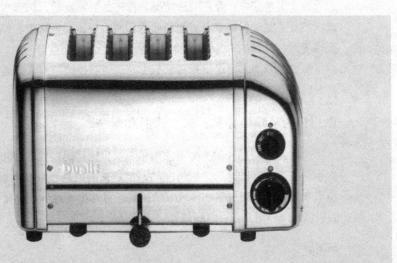

如果你想要一台高级的烤面包机，那就大方地给自己买一台得力 Classic Vario 型烤面包机，它可以用一辈子。

资料来源：© Dualit 01293 652500 http://www.dualit.com。

忘掉 20 英镑一台的烤面包机吧。如果你想要一台得力（Dualit）烤面包机，它的起价是 100 英镑，再往上可以超过 200 英镑。每台机器都是手工制造，尽管需求在增长，但仍是限量产生。这种烤面包机并不会把面包弹出来；当计时器显示时间到时，它会停止烹饪，然后给面包片保温直到你扳下控制杆让它出来。其设计是为了保持产品的持久。它使用了铝铸的端头、不锈钢机身和专利加热元件，有烤两片、三片、四片或六片面包的机型。尽管使用了老的生产方式，包括由一名工人从头至尾制造一台完整的烤面包机，并且在底座上打上他的识别编号，但它为那些对烤面包很挑剔的人提供了卓越的性能。然而，要找到一台，你必须逛很多地方。在商业区的电器行里你几乎不可能找到，但在像 John Lewis 这样的精品店你也许会撞上大运。得力为提供了一种"选购品"而自豪（Pearman，2001；http://www.dualit.co.uk）。

特殊品

特殊品等于消费者解决延伸问题的情况。此类别中高风险、高价格、较少购买的产品唤起了最理性的消费者反应，这可能正是制造商希望找到的。然而，它并非完全理性。像保时捷这样的产品名称对心理和情感的拉动仍然可以超越客观的信息评估，导致有失偏颇、但对消费者来说仍是愉快的决策。如果你同意这个类别包括像设计师香水这样的产品，那些产品花数百英镑只能买到 50 毫升，这对于绝大多数消费者来说一生只能买一次（或是从不购买），那么理性只好抛诸脑后，购买完全是根据产品所编织的梦想和形象作出的。此类别中的产品需要特别专业的零售，这样可以在售前和售后提供高水平的产品增值服务。有限地分销到少量高级的和受到良好监控的售点不仅能保护产品免遭滥用（例如不当陈列或不当的销售建议），还有助于提升产品的专业形象和购买者的身份。

非渴求品

在非渴求品中，存在两种情况。首先是突发险情，例如水管爆裂或轮胎爆胎。组织此时的任务是确保消费者首先想起它们的名字，或是认为它们是最容易获得的解决方案提供者。

第二种非渴求情况出现在没有主动的强行推销技术人们通常不会购买的产品上，例如分时物业和某些住宅改造。

以用户为基础的分类：B2B 产品和服务

这种 B2B 产品和服务分类法与第 3 章讨论过的内容密切相关，第 3 章从常规性重购到新任务采购，讨论了采购情况的范围。采购的新颖度影响着采购决策所投入的时间、精力和人力。如果与生产环境下的采购任务和重要性结合起来，可以开发出一套分类系统，该系统应用广泛并且预示着特殊的营销方式。

资本品

资本设备包括所有建筑和固定设备，必须具备这些东西才能生产。这些东西往往很少采购，因为预期这些物品能够终生支持生产，它们意味着一种持续的投资，所以在新任务类别中，通常被视为一种高风险的决策。因此它们往往采用广泛决策，这涉及组织各层级的一系列人员，也许还包括独立的外部顾问。这个类别还包括政府资助的资本项目，如高速公路、桥梁、住宅和医院、剧场等公共建筑的建设。

附属品

附属品是指为生产过程提供外围支持的物品，它们并不直接参与生产过程。因此，这些类别包括诸如手持工具、叉车、储物柜、其他手持或轻便设备等物品。办公设备也包括在内，如文字处理器、桌、椅和文件柜。

一般来说，这些物品不像资本产品那么贵，或那样偶尔才采购。风险因素也比较低。这说明在采购过程中的参与时间和程度都相应下降，某种程度上更接近于修正重购的情况。

原料

原料或多或少都是以天然形态出现，对它们进行加工只是为了充分保证它们的安全性，并确保它们能经济地运送到工厂。这样，铁矿石被运到哥鲁氏（Corus）；鱼被运到了芬达斯（Findus）鱼柳厂；大豆和番茄被送到了亨氏；而羊毛被送到了纺织厂。原料在买家自己的生产线上，继续进行进一步的加工。原料供应商的挑战是如何使其产品同竞争对手的区别开来，即使两者在规格上几乎没有差别。通常买家头脑中的差别因素与非产品特性有关，例如：服务、处理的便利性、信任和付款方式等。

半成品

与原料不同，半成品在抵达买方工厂前已经经过了重要处理。然而，在融入成品之前，它们仍需要进一步的加工。因此，一个服装制造商会买布（即经纺纱、织布和染色处理后的产品），而这些布还需要剪裁和缝制才能创造出最终的产品。

零配件

零配件本身是成品，只不过它必须被组合到最后的产品中，而不用进一步的加工。例如，汽车制造商买入车头灯部件、警报系统和微芯片作为完整的配件或零件，然后在组装线上把它们安装到汽车上。

如果配件是为买家特制的，那销售代表的主要任务就是确保让恰当的人员相互沟通，明确买家的精确要求。即使产品已获通过，也仍然要保持联系。相反，因供应商而异的产品需要清楚地了解顾客的需求，对产品进行仔细的设计和定价，进行有效的销售和促销，从而开发市场调查所明确的机会。

补给和服务

最后，有许多种类的小型耗材（有别于上述附属品）和服务可以促进生产，推动组织运营，而又不需要任何直接投入。经营性补给是指经常采购的、最后不会成为成品的耗材。在办公室中，这类东西主要包括文具，如笔、纸、信封和电脑耗材（包括打印机硒鼓、墨盒和软盘）。保养和维修服务是确保所有资本品和附属品都能继续、顺利、高效地运转。这个分类还包括小型耗材，如清洁物料，它可以协助提供保养服务。对组织来说，企业服务很可能成为一种重要的采购，它涉及大笔的开销和决策努力，因为它们包括购买像管理咨询、会计法律建议和广告代理专业意见等服务。这又把讨论带回到了新任务采购，以及它所关系到的参与和风险问题上。

了解产品范畴

大多数组织提供各种各样不同的产品，也许每种产品还有许多品种，这是为了满足不同细分市场的需求。汽车公司显然就是这样做的，生产不同的汽车型号满足不同的价格期待、不同的动力和性能要求，以及不同的使用条件：从长途销售代表到买车主要是为了到热闹的郊区作短途旅行的家庭，各种类型都有。

要全面了解所有产品，重要的是了解它在广泛的组织产品族系中的地位。当谈及产品族系时，营销文章使用了大量术语，这些产品族系由于具有相似性所以很容易混淆。下述定义澄清了易混淆的内容，并就产品族系的复杂性提出了一些见解。

产品组合

产品组合是组织所提供的所有产品和品种的总和。一家专营性的小公司也许需要非常小、焦点集中的产品组合。例如，比利时凡戴克巧克力公司（Van Dyck Belgian Chocolates）就提供盒装巧克力、巧克力棒、液体巧克力、水果巧克力、果仁巧克力等。而大型的跨国快速消费品供应商，像雀巢，就有非常大的、多样化的产品组合，从糖果到咖啡，再到罐装食品。

产品线

要给产品组合强加某些顺序的话，就可以将它分成许多产品线。产品线是一组相互密切相关的产品。这种联系可以以生产为导向，其中的产品具有相似的生产需求或问题。作为选择，关系也可以以市场为导向，其中的产品满足相似的需求，或被出售给同样的消费群，或具有相似的产品管理要求。

产品项目

一条生产线包括许多产品项目。这些是单独的产品或品牌，各自都有自己的特点、优点、价格等。因此，在快速消费品领域，如果亨氏有一条产品线叫餐桌沙司的话，那其中的产品项目也许是番茄调味酱、沙拉奶油、蛋黄酱、低卡路里蛋黄酱等。

产品线长度

产品线中产品项目的总数就是产品线的长度。例如，博世（Bosch）也许有一条自助电动工具产品线，如图 6.2 所示。它包括的电动工具的范围可能会非常广。

产品线深度

产品线中每种产品品种的数量就是产品线深度。一条深度产品线也许预示着差别化的市场覆盖战略，它通过量身打造的产品满足众多不同的细分市场。如果我们再看图 6.2 中博世的例子，就可以把锤子分为许多品种，假定深度为 10 的话，其中每种品种都有不同的性能和用途，并且可以满足从 50 英镑以下到 120 英镑以上的不同的价格细分市场。

同样，在快速消费品市场，Lever Faberge 生产的山猫（Lynx）牌（在英国以外称为斧

目录编号	功率（瓦）	速度（rpm）
PSB 500 RE	500	0~3000
PSB 550 RA	550	0~3000
PSB 700 RE	700	3000
PSB 750–2 RE	750	1000/3000
PSB 1000 RPE	1010	2700
CSB 1000 RET	1010	0~2700

产品线长度

产品线深度

- 无线起子
- 无线钻孔机
- 冲击钻
- 刨子
- 打磨机
- 竖锯
- 碾磨机
- 加热枪

图 6.2 博世自助电动工具产品线

头牌）男用化妆品产品线很深。在山猫旗下有须后水、剃须啫喱、身体喷雾、除臭剂（有棒状、滚珠和喷雾型）、香波和护发素，这些产品都有不同的香味，并被赋予了相应的具有异国情调和阳刚气的名字，如：伏都（Voodoo）、重力（Gravity）、非洲、凤凰、阿波罗和亚特兰蒂斯。这种深度不是为了覆盖不同的细分市场，但的确提供了足够的变化和选择来保持目标细分市场的兴趣和忠诚。该产品线包括了所有的基础男用化妆品，因此顾客不需要从其他产品线购买任何东西，通过每年引入一种新产品保持产品线的新鲜度和好奇度，实现香味的多样化，可以让顾客尝试并且随时都有变化！

产品组合宽度

产品组合的宽度是由所提供的产品线的数量决定的。这又取决于所明确的产品线有多宽或多窄，一个宽的组合也许预示着组织对众多不同的市场具有多种多样的兴趣，就

山猫系列通过改变香味和使用针对男性幻想的引人注目的广告来鼓励品牌忠诚。

资料来源：Image courtesy of The advertising Archives。

像雀巢公司。

品牌

品牌是有形产品的一项重要元素，尤其是在消费者市场中，它是连接产品线项目或强调产品项目个性的一种手段。这指出了品牌最重要的功能：创造并传播产品的立体特性，而这些特性是竞争对手的努力无法轻易抄袭或破坏的。被大多数营销人员接受的品牌的一般定义是：品牌包括名称、图案、字体、文字或符号，这些因素单独或组合到一起，用以在消费者心目中将一种产品和另一种产品区别开来。人们使用品牌是为了树立和体现他们的身份：人们常常通过我们所选的品牌、收看的电视节目、购买的衣服、驾驶汽车的型号、我们吃饭的地方，甚至是我们所吃的东西来判断我们。因此，这或许不足为奇，即品牌常常与物质特征无关，而与一套价值、一种理念有关，它可以和消费者自身的价值及理念相匹配。Orange 代表着一种光明的未来，耐克是要成功（"尽管去做"），而 Avantis 则是关于生活的（Bunting, 2001）。

品牌的含义

上述品牌定义提供了各种各样的机制，通过它可以开发品牌，其中最明显的是名称和标志。就像在此前的章节中所讨论的产品组合术语那样，在阅读过程中，你很可能会遇到许多术语，区分这些术语是很重要的。

品牌名称

品牌名称是指将一个销售商的产品与另一个销售商的产品区别开来的所有文字或图形。它可以采用单词形式，如：Weetabix 和 Ferrero Rocher，或大写字母，如 AA。数字也可以用来创造令人印象深刻的品牌名称，如：7-UP。品牌名称还可以使用联想标志来加强，例如苹果电脑所用的标志就是为了强化名称。还可通过特别风格来展示名称。这方面的经典案例是可口可乐的品牌名称，手写的名称视觉影响力非常强，旁观者认的是图案而不是看字。因此可口可乐可以被立即辨认出来，无论这个名字是用英语、俄语、中文还是阿拉伯文写就，它们看起来总是一样的。

商品名

商品名是组织的合法名称，它可能与产品品牌直接相关，也可能没有直接联系。

有些公司宁愿品牌只代表它们自己，而不突显产品的出身。联合利华或宝洁生产的洗衣粉品牌都不突出展示公司的名称，公司名称只出现在袋子的背面或侧面。几乎没有消费者会意识到保色、Surf 和瑞迪欧来自同一家公司。同样，RHM 生产的品牌，像 Paxo 也没有明显的企业标识。

商标

商标是品牌名称、象征符号或标志，它经过注册，受到保护，只供所有者独家使用。为了使英国的立法与欧盟一致，1994 年的商标法允许组织注册气味、声音、产品形状、包装，以及品牌名称和标志（Olsen, 2000）。这意味着可口可乐瓶子、托贝伦巧克力棒和亨氏番茄调味酱瓶子都像它们相应的品牌名称一样受到保护。与品牌相关的广告口号、广告歌曲，甚至活动或姿式也都可以作为商标注册。商标法禁止竞争对手合法地以可能会使消费者混淆或误导消费者的方式使用这些东西，商标法还使注册程序和侵权行为的查处变得更为容易。

中国长期以来是一个发生让西方制造商担忧的严重的商标侵权的国家。然而，自加入 WTO 以来，中国已经采取了相当多的步骤来施加压力，以此保护知识产权。在全国商标注册和管理方面，国家工商行政管理总局在政府组织中起到了首要作用，它还指导地方工商局追查商标和伪造案件。有三起案件展示了它所面临的挑战。上海的一家服装制造商生产并销售了 15 000 件带有"耐克"和"阿迪达斯"标签的服装，总值达 177 368 元人民币。该公司遭到了起诉，被罚款 18 万人民币，并处没收货物。一家无锡的公司使用"本田"的商标营销其汽车配件。本田对此提出了抗议，逼迫该公司停止其行为并支付巨额罚款。最后，一家宁波的铝合金板制造商名销售带有"3M"标志的产品。这些产品也被没收了。整个 2004 年，中国工商行政管理总局专门处理了 26 488 件涉及商标侵权和伪造的案件（China Law and Practice, 2004）。

品牌标志

品牌标志肯定是可视品牌识别的一项特殊元素，它不包括文字，但包括图案和符号。这包括的东西有麦当劳金色的拱形、苹果电脑符号，或奥迪相互交错的圆环。这些东西也是受保护的，就像上面所讨论的商标一样。

品牌的好处

品牌为参与交易过程的各方都带来了好处，理论上它至少促进了商品的买卖。本部分着眼于品牌不同方面的好处，图 6.3 对此进行了总结，首先从买方的好处开始。

消费者方面

在复杂、拥挤的市场中，品牌对买方具有特别的价值，例如，在超市里，品牌名称和视觉形象使我们能够轻易找到并认出所需的产品。强大的品牌可以充分说明产品的功能和特性，帮助消费者判断它是否是他们寻找的产品，满足他们所寻求的功能和心理利益。对于新的、未尝试过的产品尤其如此。品牌至少可以帮助评估产品的适宜性，如果存在企业品牌因素的话，它还可以让消费者对产品的质量血统放心。

品牌对整个购物过程都有帮助，还有助于减少某些风险，但还不止于此。如果一种产品达到了立体的人格化，就可以使消费者轻易地形成对产品的态度和感受，引起他们充分的兴趣，想要不怕麻烦地去这样做。这具有双重效果，既创造了品牌忠诚（产品成为一位可以信赖的朋友），又在消费者脑海中创造了某种特殊性，而这是竞争很难触及的。

这致使品牌被当作是购买者可以识别，而组织乐于促成的"包装手段"。能够使产品人性化，具备像诚实、友好、值得信任、有趣或前卫等特性都有助于建立更牢固的顾客关系，使产品属性几乎成为次要的东西。

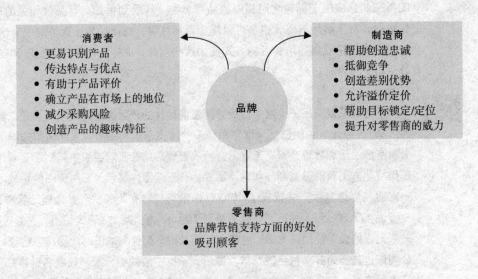

图6.3　品牌的好处

制造商方面

当然，制造商可以从买方与品牌的关系中获益。在售点轻松分辨出产品、质量内涵和熟悉度，以及创造立体的产品人格对制造商来说都有帮助。制造商最感兴趣的是建立防御性的品牌忠诚，从而使对品牌的信任、爱好和偏好克服所有摇摆不定的价格敏感，这样就可以容许合理的溢价定价手段，并防止品牌的转移。有些在50多年前就已经出现的知名品牌几乎已经成为了产品的同义词：家乐氏与谷类早餐、胡佛与真空吸尘器、耐克与运动鞋、索尼Walkman与随身听市场。达到这种"普通品牌"的地位为制造商打造营销战略创造了相当强的实力，但这并不能保证持续的成功——问问李维斯或是玛莎百货吧。

品牌对制造商而言的其他更微妙的优点与市场细分和竞争定位战略有关。针对不同的细分市场，一个组织可以使用不同的品牌。因为不同的品牌具有明确界定的独立特性，消费者不一定会将它们联系起来，因此也不会对组织所代表的东西感到困惑。即使品牌存在强烈的企业因素，就像福特汽车那样，品种中独立的型号显然会被视作满足不同市场需求的单独的产品，其价格差异的合理性是根据设计和技术规格来判断的。消费者实际上明确地将各种品牌视作一种在大众市场限制下，尽可能地提供定制选择的方式。

强大的品牌对提供竞争优势也很重要，它不仅可以激发消费者的忠诚，还可以作为一种正面竞争的手段，以一种几乎无差别的方式在整个市场中竞争，或是找到一个占优势的利基市场。品牌形象有助于明确竞争的范围或夸大差异性，而这可以使产品摆脱竞争。

零售商方面

零售商可以从品牌中获得一定的好处。名牌产品有广告和其他营销活动的全面支持，因此零售商有信心售出商品。名牌产品确实将顾客吸引到了店里，但不利之处是如果在一个店里买不到某种牌子，那么购物者就很可能会光顾其他商店。零售商也许宁愿消费者的忠诚度低一点，而有更高的商店忠诚度！超市一直以来都认识到了制造商——名牌产品的价值和必要性，但它们也在寻找办法降低品牌所有者的威力。下一部分将详细探讨这一问题。

品牌评估

显然从前面的部分来看，成功的品牌对于品牌所有者来说是一种资产。成功的品牌可以长时间存在，并创造出其他人难以挑战的竞争优势，正如在金百利牛奶案例中所看到的那样。Interbrand 宣称，品牌平均占到了股东价值的三分之一以上，在某些情况下甚至多达 70%（Lindemann,2004）。

品牌资产被定义为：

用于将卖方的产品或服务与其竞争对手的产品或服务显著区分开的名称或标志，其目的是为了获得超过没有品牌时所能获得的财富。

托林顿（Tollington, 1998）

要拥有一份有价值的品牌资产，就要求有识别性和可量化性。品牌价值出现于 20 世纪 90 年代，是品牌所有者评估其品牌营销策略效力、长期广告，甚至公司总体价值的一种重要手段。品牌对公司来说，代表着金融价值，通过资产负债表的商誉成分反映出来。公司的有形资产通常只反映了公司价值——值得为之付费的声誉——的一小部分，因为它可以为你带来忠诚的顾客和忠实的员工。当福特收购美洲虎时，估计有形资产仍占公司价值的 16%；而当沃达丰（Vodafone）收购 Orange 时，有形资产仅占价值的 10%（Bunting, 2001）。这反映了品牌名称真正的价值。

对许多公司来说，品牌的价值现在已经变得非常重要，曾经有人认为行政长官基本上应该成为品牌经理，所有员工都需要认识到他们处于品牌交付的前线。理查德·布兰森（Richard Branson）在维珍公司清楚地演示了这种方式，在该公司，"维珍"品牌名称的实力成功地贯彻到了许多部门。

随着财物总监和会计在资产负债表中越来越多地使用品牌评估技术，未来可能会更多地强调品牌是一种资产。然而，由于评估手段的主观性和可靠性，会计专业仍谨慎地对待品牌评估（Brand Strategy，2003）。

为避免这种讨论过于集中在品牌的积极方面，我们现在要转向某些不利的方面。与市场细分的一项风险相呼应（第 4 章讨论过），如果创造品牌是为了满足所有可能的利基市场，那就会有增殖的危险。零售商会被迫采购越来越多的同一产品领域的产品线，这意味着给每种品牌的货架空间减少，或是零售商会拒绝进某些品牌。两种选择对于制造商来说都不是件愉快的事情。消费者也许会看到太多的选择，到某种程度时，会出现这样的风险，即消费者没法感觉出品牌之间的差别，开始出现混淆。

品牌类型

迄今为止，讨论一直集中在制造商创造和推出的、通过零售点出售的品牌上。然而，一个正在发展的领域是批发商或零售商创造的只供组织专用的品牌。由于制造商和零售商之间的冲突和权力斗争，这种发展还不完善，这一部分是由于零售商在高度竞争的零售行业中也需要培养对商店的忠诚。

因此，本部分将区分来自不同类型组织的品牌。

制造商品牌

大部分制造商，尤其是快速消费品领域的制造商，与它们产品的最终买家和消费者有一定的距离。零售行业夹在中间，通过产品的陈列方式或供应方式，对产品的成败起着重要作用。制造商可以通过交易促销设法控制零售商，但制造商最好的武器是直接与最终买家交流。通过广告或促销培养品牌名气和消费者心目中对品牌形象的认可，这赋予了制造商对抗售点识别和选择的机会。此外，创造具有中坚忠诚度的大品牌可以使力量平衡重新有利于制造商，因为任何零售商都不会冒将生意让给竞争对手的风险，而不采购这些大牌。

零售商和批发商品牌

自有商标品牌（即那些由零售商制造或代表零售商制造，打有零售商名字的品牌）和自有品牌的增长已经成为零售的一项重要因素。为什么会这样？零售商可能会遇到的一个问题是如果消费者购买的是公认的制造商品牌，那采购来源就不是那么重要。一罐亨氏烘焙豆代表着同样的价值，无论它是从街边小店还是哈罗斯买的。零售商可以根据定价或服务彼此区别，但它们都在寻找更大的差别。消费者已经开始重视一系列独有的零售商品牌的存在，这为他们造访该零售商而不是其他零售商创造了物化的理由。这些品牌还达到了给消费者"罐装零售商"的目的。产品放在厨房的碗橱内也是一种持续的有关零售商的提醒，它以一种更切实的形式使零售商的价值具体化了，强化了忠诚和积极的态度。

其他原因包括零售商可以从自有品牌上赚到更多的利润，并且还比制造商的品牌卖得更便宜。这是因为零售商自有品牌的销售是在零售商正常营销活动基础上进行的，没有各种制造品牌必须承担的大量的广告、促销和销售成本。

不同的零售商所使用的自有品牌也不同。有些零售商，像 Kwik Save，使用它们自己的标签来创造务实的、不提供不必要服务的、物有所值的、普通的品种。其他，像玛莎百货、圣斯伯里和荷兰的艾伯特海因连锁店则创造了实际上被认为在质量上要优于制造商品牌的自有品牌。

既然自有商标产品似乎赋予了零售商更大的权力，那制造商为什么要与它们进行生产合作呢？对于二流品牌制造商（即在市场上不是最有名的名字）来说，这也许是发展与零售商的密切联系并获得对制造商品牌的某种保护的好方法。作为对以有吸引力的价格供应自有品牌产品的回报，零售商可能会更好地展示制造商的品牌，或承诺不撤除它们。额外销量为制造商提供了某些预见性，这也有助于实现规模经济，对双方都有利。当然，制造商的危险是会过于依赖零售商自有品牌业务。

产品管理和战略

本章已经提示了在品牌开发和保持战略中所要考虑的许多重要方面。现在将分别讨论这些方面。

创造品牌

新产品开发

　　新产品开发（NPD）对于组织来说非常重要，这有许多原因，包括需要通过创新更好地满足顾客变化的需求，从而创造和保持竞争优势。无论产品是彻底的创新、对熟悉产品的更新或是对竞争对手产品的模仿，都需要仔细地计划和开发，以确保产品能满足顾客的需求，拥有明显的竞争优势，能被市场所接受。新产品开发会是一个漫长而费钱的过程，没有人能保证最后的产品会取得成功，因此要使风险最小化，就需要小心而熟练的管理以确保最好的创意能成功地发展为商业上可行、具有赢利可能性的有前途的产品。

产品设计、质量和保证

　　设计。设计是产品的一个组成部分，它不仅影响到产品整体的美学品质，还影响到产品的工效特性（即使用的便利性和舒适性），甚至产品零配件和原料。所有这些合在一起可以增强产品的视觉吸引力、实现功能的能力、可靠性和寿命。

> **范例**　　个人电脑一直努力实现设计上的重大飞跃。个人电脑也许已经变得更强、更小、更快，但基本设计仍保持不变，色彩选择通常仍很有限。在一个电脑是所有家庭重要组成部分的时代，针对特别工作、特别人群设计的个人电脑已经取得了一点进展。有一些尝试想将个人电脑作为一种娱乐中心或照相中心，但总的来说，效果还不能令人信服。建议的五种变化创意是：
>
> - 更小：小得足以装进口袋，但威力足以运行高端的软件，使手提电脑成为多余的东西。MS 系统已经将处理器整合为一个按键大小的电路，但仍存在接入键盘和监视器的问题。
> - 更大：平面监视器已经取代了阴极射线管，但它们的屏幕尺寸可能会发展到 17 或 19 英寸。微软正在试验 44 英寸的高分辨率圆弧屏幕，这样可以同时收看多种节目，或实现终级游戏体验。
> - 娱乐：个人电脑应该成为家庭娱乐的指挥中心。使用高清晰度的视频，优质的声音处理和无线保真，一个指挥中心可以管理全系列的娱乐设施。
> - 组装：新设计可以减少蔓延的电线、节省空间。IDEO 已经组装了一台娱乐电脑，电脑被藏在了黑色的显示屏后面。
> - 美感：苹果在此领域起到了示范作用，它使用了彩色的、有趣的设计。
>
> 　　在设计下一代电脑时，个人电脑制造商多快才会开始考虑超出"盒子"之外的事情，仍需拭目以待（Park，2004）。

　　越来越多的人认识到设计不仅是指新产品的形状和颜色，它还包括生产满足顾客需求的新产品和新服务，以及将创造力变为现实的过程。然而，英国设计委员会所做的调查却显示，小公司远不如大公司那样以设计为导向，在有些公司，设计在营销和产品开发过程中仍然只起到了很小的作用。然而，政府已经认识到了设计的重要性，设计可以帮助企业在全球市场上获得持续的竞争力。像英国设计委员会、荷兰设计学会和法国工业设计推广事务署这样的机构推动并支持优秀的设计实践。欧盟也通过举办两年一届的针对中小企业的"欧共体设计奖"等措施来鼓励设计。

　　质量。与设计不同，质量在管理人员中是一个广为人知的概念。许多组织现在认识到了质量的重要性，并且已经采纳了全质量管理（TQM）理念，这意味着所有雇员，无论从事什么工作，都要对质量建设负责。全质量管理影响着组织工作的方方面面，从原料处理到生产流程，从产品本身到提供顾客服务的管理程序。当然，营销人员对于这些质量表现都有一定的兴趣，因为创造和保持顾客不仅意味着提供他们想要的产品质量（始终如一地提供），还意味着通过质量管理、技术和售后服务来为产品提供支持。

企业社会责任 进行时

"让我们来越野"

BBC"快速秀"（Fast Show）令人难忘的广告语"让我们来越野"是绿色和平组织和其他环保人士，以及道路安全运动发起者的靶子，他们希望大量的运动型多功能汽车(SUV)永久地远离道路，他们轻蔑地将这些车称为"切尔西拖拉机"，它们油耗高、占据道路空间、在碰撞中有危及行人的风险，这些都招致了严重的批评。油耗率在每加仑 12~20 英里之间，这取决于它是柴油还是汽油发动机。还有一种观点认为这些汽车的庞大体积和重量使驾车人更好斗，并给了他们一种错误的安全感。

尽管有批评，但运动型多功能汽车在汽车行业中是一个增长的部门，2004 年的销量占到了 12.8%，是过去 5 年的 40%。来自吉普、丰田、陆虎、路虎一揽胜、三菱、铃木和日产的一流运动型多功能汽车品牌在此期间获得了良好的收益。总体上说，运动型多功能汽车对 35~54 岁的人群最有吸引力，但其中有所变化，铃木有较为年轻的顾客群，而日产和丰田则吸引了更年长一些的驾驶人。

国家中只有一小部分居住在偏远地区的人需要越野汽车，但运动型多

功能汽车品牌向城市居民展现了一种强大的通用形象，是一种家用而流行的汽车。尽管这种汽车也许会使人联想起健康，购买者的平均收入大多为中等水平，但除铃木之外，家庭规模往往是四人或更多。要确定顶级的沃尔沃 XC90、宝马 X5 或保时捷卡宴（Porsche Cayenne）是否会改变它们的顾客群还为时过早。也许最大的吸引力是时尚的价值，有 55% 的人指望买高价的东西来保持身份。调查显示 20% 的人购买运动型多功能汽车只是为了时尚（Marketing Week, 2004）！

然而，为运动型多功能汽车打造的广告和形象是非常直接的，并且有着强烈的对男子气的渴望。一家制造商使用了诸如"主宰高速公路"、"咆哮着占领城镇"、"占领街道"等句子，让读者毫不怀疑品牌的主张。大部分照片的拍摄地都是乡村或海岸，从不表现在学校中行驶。在宣传其 CR-V 时，本田采取了更为平衡的方式，品牌口号是："那是野性的呼唤，还是只是本地的园艺中心？有时很难分辨。"这反映了这样一个现实：运动型多功能汽车的制造是一回事，但使用却是另一回事，因此营销人员有许多问题需要回答。讯息里常常漏

掉安全、设计和空间方面广泛的功能优点，这已经成为制造商的一个主要公关问题（Professional Engineering, 2004）。

尽管很受其驾驶人的欢迎，但运动型多功能汽车却非常不受普通大众的欢迎，这也许通过立法反映了出来。有趣的是，运动型多功能汽车因其高油耗而导致的高税赋而无法渗透其业务市场。这不可能变化，因为三分之二的人希望对运动型多功能汽车征收特别税，半数以上的人希望限制它们进入市区（Marketing Week, 2004）。越野车只有不多的机会可以进入牛津街。伦敦市市长将城市的四驱车驾驶人描述为"纯粹的傻瓜"，希望用更高的拥堵费赶走他们。然而，他并没有提及英国道路上公共车数量的增加，有时甚至是空驶，随之而来的是公共车违规，实际上，这些汽车可能造成更大的危害。瑞典和法国也正在考虑对运动型多功能汽车征收更高的税。在法国的环保伤害清单上每 18 辆车中就有 14 辆是运动型多功能汽车。

道路安全游说者认为儿童被运动型多功能汽车撞倒后，死亡或受重伤的可能性是轿车的 17 倍。随着道路安全在欧盟政治的议事日程上变得越

来越重要，可能会有更多的关于设计的法规，并且要求制造商提供更多有关运动型多功能汽车危险性的信息。团体发动的活动认为运动型多功能汽车是反社会的。很可能会征收特别税，无论是购买时的直接征税还是通过拥堵费征收的间接税。然而，任何法规或立法都将遭到反对，因为告诉人民能驾驶什么车并不是政府的任务。

哪里才是争论的终点？有些团体正在将问题抓到它们自己手中。35名绿色和平激进分子闯入了路虎一揽胜在西部内陆的工厂，将自己与生产线锁在一起阻止生产，直到被逮捕。该行业认为立法并不必要，因为对于实施了自由购买决策的消费者群体来说这是惩罚性的，但也是因为运动型多功能汽车可能成为明天的 GTI（运动款轿车）。该产业经历了时尚的循环——10 年前 GTI 标志是驾驶潮流的顶点，而今天是运动型多功能汽车，那 10 年之后……谁知道呢？然而，需要做的是更小心地介绍运动型多功能汽车的好处和形象，说明它与身份无关，不会把其他人赶下路！

资料来源：Mackintosh (2005)；Marketing Week (2004; 2005)；Professional Engineering (2004)。

在判断产品自身的质量时，有许多方面可以考虑。

性能。性能是指产品实际上可以做什么。因此，对于此前所提到的博世冲击钻，顾客可能会认为更贵的、变速 3000 转的型号比基本的低功率钻机有着"更好的质量"。然而，在竞争性的产品之间，顾客可能更难判断。例如，布莱克德克尔（Black & Decker）生产与博世非常类似的系列冲击钻，只是在规格和价格上有微小的差别。如果博世的型号和相应的布莱克德克尔型号都具有同样的功能、特点、优势和价格水平，那么顾客也许会很难从性能方面来区分这两种产品，而不得不根据其他特性来进行判断。

耐用性。人们希望有些产品具有比其他产品更长的寿命，而顾客准备为他们认为质量更好、更耐用的产品付更多的钱。因此，产品的质量水平需要与其期望寿命和设计用途相适应。所以儿童数码手表适于使用塑料表带，并有经过特许的芭比娃娃、蝙蝠侠之类的人物图案，零售价在 5 英镑左右，人们也不指望它具有和零售价 125 英镑的瑞士天梭表一样的耐用性或质量。特别是像剃刀、圆珠笔、打火机这样的抛弃型产品，只要制作的质量水平高到可以让它们发挥所需功能，达到所需的使用次数，或所需的使用时限，而低到足以使价格达到顾客接受经常更换概念的程度。

可靠性和维护。许多顾客很关注产品损坏或出故障的可能性，以及维修的便利和经济性。就像对耐用性一样，顾客会为他们认为更可靠或更周到的售后支持所带来的心理宁静支付额外费用。例如，现在的汽车只要得到了恰当的保养，大部分都很可靠，因此汽车买家也许会根据服务的成本、便利性，以及零配件的成本和供应来进行区别。

设计和风格。正如此前所提到的那样，产品视觉和工程学的吸引力可以影响到对其质量的感觉。兰博基尼圆润、时髦的流线型车身与拉达的功能型盒子车身形成了鲜明的对比。包装设计也可以强化品质感。

企业名称和声誉。如果到时此，顾客对想买的待选产品的质量仍不确定的话，它们也许会退回到对组织的感觉上去。有些人也许会认为布莱克德克尔是得到充分肯定的、熟悉的名字，如果他们已经拥有其他布莱克德克尔产品，并且它们过去的使用情况良好的话，那质量决策也许就会偏向布莱克德克尔。其他赞同选择博世的人也许是因为将它与高质量的德国制造联系了起来。

营销人员认识到质量在市场上是一个感知问题，而不是技术规范。在消费者市场尤其如此，在此类市场上潜在顾客可能并不具备客观判断质量的专业知识，因此会使用各种各样的线索，如：价格、包装或与竞争对手的比较来形成对质量水平的看法。

保证。组织强化质量承诺，以及对自己产品和流程的信心的方法之一就是保证。尽管在国家和欧盟法律的保护下，顾客可以免遭误导性产品宣传和与他们想要的用途不符的产品的侵害，但许多组织还是想将它们的责任超出法律下限。许多组织会提供延长保修。其他野心较小的组织只提供"无理由"退货或换货保证，如果顾客根本没有任何理由地不喜欢产品的话。这些计划不只反映出组织对其产品的自信和它们对顾客服务的承诺，还降低了顾客试用产品的风险。

范例　　哈伯曼"不倒翁"（Haberman Anywayup）杯是一种获过奖的让蹒跚学步的孩子不再把果汁搞得你满身都是，或更糟的是，搞得邻居满地毯都是的产品。它使用了创新性的设计，用一个缝隙式的真空管来控制液体的流动，还搭配了时尚的。由一位饱受传统型杯子之苦的母亲设计，这种防溢杯被提名为设计委员会千禧年，（Design Council Millennium Product）；它在日内瓦的国际发明博览会（Salon International des Inventions）上赢得了金奖；它还获得了其他奖项，如：公司所有人获得了"年度女发明家"称号。自 1995 年推出以来，它卓越的设计已经在 70 多个国家带来了超过 1 000 万英镑的销售额（Bridge, 2003; http://www.mandyhaberman.com）。

获奖的哈伯曼"不倒翁"杯有三种不同的样式，供儿童和成人使用，他们需要一个装饮料时不泼洒的杯子。

资料来源：© Mandy Haberman http://www.mandyhaberman.com。

组织可能会使用保证来创造有别于竞争对手的优势。但危险在于承诺是可以复制的，一旦类似的保证在某个市场或行业成为普遍现象，那它们就会被视作产品的一般组成部分，当顾客追求其他差别因素时，它们的影响可能会丧失。

品牌的命名、包装和标志

选择品牌名称。一个品牌的名称必须好记、好读，并且有意义（无论是在现实，还是情感方面）。因为制造商越来越向往广阔的欧洲及国际市场，所以就更需要核实所提议的名称在外语中不会招致无谓的嘲笑。法国早餐谷类食品 Plopsies（巧克力味膨化米）和令人愉悦的斯洛伐克面食品牌 Kuk & Fuk 在讲英语的市场上都不是午餐的有力竞争者。从语言学的角度来看，必须小心地避免在某些语言中难以发音的某些字母组合。

除了语言问题之外，品牌名称传达产品特点或功能利益的能力也是很重要的。布莱克特（Blackett，1985）认为这类方式可以多样化，可以在从自立名，到联想名，再到直截了当的描述名这个范围内变化。表 6.4 展示了该范畴实际的品牌名称范例。完全自立的名称是全抽象的，与产品或其特性无关。柯达就是这种名称的一个典型例子。联想名暗示了产品的某些特性、形象或优点，但常常是通过间接的方式。"信物"（Pledge）（家具上光剂）、"活泼"（Elvive）（香波）和"冲动"（Impulse）（身体喷雾）都是对产品定位做了某种强调的名称，它们在名称中使用了消费者认识的词汇。最缺乏想象力的是描述名。诸如巧克力橙（Chocolate Orange）、小麦片（Shredded Wheat）和食品薄膜（Cling Film）这样的名称明确地告诉你产品是什么，但它们既没有想象力，也不易保护。例如，苦柠檬开始是一个品牌名称，由于非常贴切，所以很快就成为所有老瓶子装的柠檬味调酒饮料的通称。在联想名和描述名之间有一个群体，它们的名称是描述性的，但又有明显的改变。Ex-Lax（放松）、Lucozade（嘶嘶冒泡的葡萄糖饮料）和 Bacofoil（烹饪用铝箔纸）都是设法进行了描述，而又没有丧失品牌个性的名称。

总之，好的品牌命名有四条"规则"。它们要尽可能地做到：

1. 与众不同，在竞争中突显出来，能够吸引目标市场，适合产品的特点；
2. 配合产品对竞争对手的定位（后面将进一步详细讨论产品定位），同时与组织整体品牌方针保持一致；
3. 可以接受，能够辨认、可以发音并且易于记忆，换言之，便于消费者使用；
4. 可以使用、可以注册、可以保护（即你的就只是你的）。

至于最后一点，确保所建议的品牌名称不侵犯现有品牌的权益是很重要的。这对国际品牌尤其困难。

包装。包装是产品的重要组成部分，它不仅起到功能性作用，还充当了传播产品信息和品牌特性的手段。包装通常是消费者与实际产品接触的第一点，因此使包装有吸引力并且符合产品和顾客的需求至关重要。

◄——描述性——	——联想性——	——自立性——►
苦柠檬	随身听	柯达
奶油牛奶巧克力	自然	埃索
小麦片	汉堡王	潘婷
各种甘草糖	大胆	火星吧
	新爽多	

图 6.4　品牌名称范畴

范例　　　　麦维他（McVitie's）已经设法通过为迷你佳发（Jaffa）蛋糕生产创造性的包装，将佳发蛋糕品牌与超市"看似相同"的自有品牌区别开来。该包装由 6 个独立封口的塑料小包组成，通过穿孔连在一起，可以很容易地分开。该包装为明亮的黄色，有橘皮纹路来强调产品的天然性。每个小包提供一小块佳发蛋糕，并且可以包装成一个午餐盒或只是用作一个便当。同时，其他五个小包仍然是密封的。因此可以一直保鲜到要吃的时候。

　　包装是销售产品所用的容器或包裹，它可以由各种各样的材质构成，如玻璃、纸张、金属或塑料，这取决于所要装的东西。材料的选择和包装的设计必须考虑产品的质地、外观和韧性，以及产品的变质性。像药品或腐蚀性家用清洁剂这样的危险品需要特别注意。其他设计问题也许包括包装在保持产品备用性方面的作用，产品的分发方式和美术设计，展示品牌形象以及法定的、必需的外包装信息。

　　自然，所有这些都涉及了成本。尽管为一种快速消费品设计包装可能要花费 10 万英镑，但与将花在同类产品上市广告上的 300 多万英镑相比，这似乎是一个非常合理的数字。麦肯齐（McKenzie，1997）发现，包装设计是一项非常重要的因素，在广告和售点促销中，它可以培养顾客的品牌意识。这对新产品上市和可能开始显出颓势的现有产品的重新上市都是如此。

　　随着消费者市场自助风的盛行，包装实际上变得非常重要了。它必须传播产品信息，帮助消费者作出选择，传播品牌形象和定位，主要是在售点吸引注意力，邀请消费者进一步探究产品（Pieters、Warlops，1999）。因此包装是整个产品的重要组成部分，有许多营销和技术问题，下文将对其中一些问题进行讨论。

　　包装的功能。包装的首要功能是实用。包装必须具有的功能是在存储、运输和使用过程中，它必须保护产品。其他包装功能以方便消费者为中心，要便于存取和使用。在方便食品领域，便于使用是伴随包装的发展而产生的，包装可以直接放到微波炉里作为烹饪器具。这强调了包装材料、设计和技术要与市场和新兴市场需求同步发展。消费者对减少食品防腐剂和添加剂的要求促进了包装的发展，它改进了防腐包装物的含量。还要保护产品不被篡改，许多广口瓶或包装现在在外包装上至少有一条明显的封条，配有文字警告，如果封条遭到损坏，产品就不能再度使用。

　　除提供关于产品身份和用途的功能信息之外，包装还达到了促销的目的。它需要抓住并保持消费者的注意力，把他们卷入产品。认为包装可以成为最大的传播媒介是基于三个原因（Pieters，1994）：

- 它几乎触及了所有品种的采购者；
- 它出现在作出购买决策的关键时刻；
- 用户高度参与，他们会主动地细看包装，寻找信息。

　　这种用户的参与使包装在品牌中成为一项重要因素，在传播品牌价值和作为品牌识别的重要组成部分方面都是如此（Connolly、Davidson，1996）。

　　包装也可以用来作为分发优惠券、为其他相关产品做广告、宣传新产品、介绍包装优惠或分发样品和礼物的手段。例如，Lucozade Sport 开发了一种特别的易拉罐，它可以把"即时赢"礼券封在包装里，与液体隔开。在第 11 章中会有更多此方面的内容。

> **范例**　　包装附带的心理价值对于某些产品来说是一个绝对重要的组成部分。例如，香水主要依靠包装来传达奢侈、昂贵、高级、神秘的品质和它们试图表现的放纵。"香槟"是伊夫圣罗兰的一款香水，它装在一个带深红色线条的金匣子里，打开时就像某种首饰盒，展现出一个雅致的、带有香槟软木塞、通体配有金线的瓶子。据估计这种产品的实际包装成本大概是瓶子内容物的 3 倍。离大众市场更近一些的复活节彩蛋也是一个形式大于内容的例子。新颖的纸箱形状、亮丽的图案、缎带和蝴蝶结都是购买决策的核心，它使根据实际所装的巧克力来进行比较的任何自然倾向都变得迟钝了。

营销组合中的包装。包装在营销组合中起着重要作用。本章已经概括了它在功能方面的重要性、它的传播可能性，以及它作为买家与产品之间身体接触的第一点的重要作用。有效周到的包装被认为是一种提升销量的手段。

即便是提供给市场的包装尺寸的选择也可以强化营销组合的目的。清楚标识的试用装通过鼓励性的低风险试用来帮助新产品上市（参见第 11 章）。小包装的成熟产品可以强化对单身家庭和很少购买东西的人所构成的细分市场的关注。大包装瞄准的是家庭使用，通常是重度用户或是对成本敏感的细分市场，这些人认为大包装更划算。驾车到城外购物的增长意味着消费者比以往更有能力购买大体积产品。这种倾向进一步发展为对多样化包装的需求。包装大小也可以与最终用途细分紧密联系起来。冰淇淋可以做成独立包装、家庭装或聚会装。消费者根据最终的用途选择合适的大小，但必须存在这种选择，否则消费者会转向其他品牌。

在开发新产品或策划产品重新上市时，组织需要仔细考虑包装的方方面面以及它和整个营销组合的融合。尽管只有少数品牌可以得到大量的全国性广告的支持，但对于其他品牌来说，包装意味着优先投资于品牌信息的传播（Underwood 等，2001）。技术和设计的考虑，以及可能的贸易和消费者的反应，都需要评估。特别是消费者会变得喜欢包装，它可以像朋友的脸一样易于辨认和惹人喜爱。突然改变包装可能会导致猜疑，人们会怀疑产品的其他东西是否也变糟了。所有这些都显示出，和营销的其他方面一样，包装设计和概念需要进行仔细的调查和测试，可能的话，可在该领域日益增多的专业顾问中雇用一位。

标签。标签在包装领域中是一个特别重要的方面，它出现在包装的最外层。标签具有很强的功能性，其中包括警告和使用说明，以及法律或最佳行业准则所要求的信息。标签至少要标明产品的重量或数量（通常包括一个符合特定格式的字母"e"，它表示欧盟规定的包装之间在重量或数量上的某种公差）、条形码和厂商的名称以及联系地址。消费者的要求也致使更多的产品信息包括其中，例如：产品的成分、营养信息和环保性。

突出并详细说明健康和安全指示也变得越来越重要，因为组织希望保护自己免遭起诉或因误用产品而导致的公共责任。这些指示包括把产品放在儿童触及不到的地方的普通警告、禁止吸入溶剂类产品以及详细的使用防护服的指示。

开发品牌

能有效运用品牌的组织在零售交易过程中处于强势地位，它可以获得货架空间和配合。在培养消费者忠诚方面也处于有利地位，无论是对单项产品还是系列产品（在同系列的不同品种之间可以进行产品转换，而总销售量没有损失）来说都是如此。所有这些都使品牌成为营销中非常活跃和具有重要战略意义的方面。因此，接下来的章节将关注某些更有战略意义的问题，这些问题源于重视产品最初开发所要付出的努力和代价。

产品系列品牌方针

对于大多数快速消费品组织而言，很容易决定是否给产品系列打上品牌。品牌对于这些市场上的大多数产品来说都是至关重要的。有些同类产品遇到问题是因为在理论上，顾客并没有感觉到竞争产品之间有足够的差别来打上牌子。然而，正如第 4 章对无差别产品的讨论所指出的那样，能找到的真正的同类产品越来越少了。例如，现在已经创立了汽油品牌，它们是根据服务因素和所使用的促销来区别的，后者是产品的有机组成部分。

一旦决定了品牌，还有许多选择，其中之一是品牌被赋予的独立性，它表现在品牌与其他品牌和创立组织之间的关系方面。

通用品牌代表了一个极端，即一种品牌形象涵盖了各种各样的产品。这主要可以在超市中找到，在那里一系列廉价的基础性日常用品被打成了装饰尽可能少的包装，包装上往往只有所容许的最少的信息，例如特易购的"价值曲线"。这也是一种形式的品牌，在某种意义上，它为一组产品创造了一个明显的特征。

在相反的极端，单项产品被赋予了完全不同的独立品牌标识。因此同一个组织生产的不同产品之间没有明显的联系。这被称为谨慎命名。如果想要在许多不同的细分市场竞争的话，这是一种有益的、可以采纳的方针，因为它降低了一种产品的定位影响消费者对另一种产品的感觉的风险。它还意味着如果一种产品遇到了因产品变动的恐慌或生产问题造成的质量变化所导致的麻烦，其他产品可以更好地与加诸在它们身上的坏名声隔离。然而，谨慎命名对品牌的最大不利是各品牌必须从头建立，各种费用和营销问题也随之产生。新品牌无法从其他品牌业已建立的名声中获益。

使品牌互相支持的一种方式是使用整体化品牌建立方式，它使用一个家族名称（通常与公司名称有关），全部产品只使用一种品牌标识。

范例　亨氏（http://www.heinz.com）是整体命名法的典范。亨氏品牌受到了普遍尊重并且非常强大，但单独的亨氏产品却有自己的小标识。品牌名是描述性的，总是包含与它们相连的"亨氏"字样，例如：亨氏番茄浓汤、亨氏烘焙豆、亨氏低卡路里蛋黄酱等。即使是每种产品的标签设计也都明确地表明出它们属于亨氏家族，这进一步地把产品拢到了一起。这种家族联合创造了强大的整体形象，使新产品可以轻松地进入现有产品线（尽管消费者要花一点时间才能注意到产品中的新口味）。如果想要的话，通过把家族视为一个整体而不是许多独立的产品，还可以实现传播和分销的规模经济。然而，危险是如果一种产品失败了，或是落下了坏名声，其余产品都会受到连累。

　　整体命名和谨慎命名之间的折中办法是容许单独的品牌形象，但使用企业或家族名称作为明显的保护伞来背书产品。有些组织，如福特和家乐氏，采用的是固定背书法。其中，公司名称和品牌之间有着牢固的关系，不同品牌的推介保持着高度的一致性（但不像亨氏的方法那么极端）。弹性背书法，如金百利的做法，赋予了品牌更多表达个性的自由。公司名称的突出程度可高可低，这取决于组织希望品牌所具有的独立程度。这些产品似乎在两种领域都表现不错。家族名称赋予产品和所有新产品一种可信度，而产品的个性又容许了多样化、想象力和创造力，不受"家族风格"的过分限制。然而，营销成本将会提高，因为要为产品制定和推出单独的标识，然后要传播家族形象和单独的品牌形象。

产品品种和品牌延伸

　　有一种弹性背书并不包括公司名称，开发品牌名称只是为了涵盖一条产品线中数量有限的产品。消费者也许更愿意向与知名的、信赖的产品有关的品牌倾斜。

| 范例 |

　　糖果行业在建立品牌延伸策略中一直特别积极。有三种优势：它建立了知名度，由此拓展了冲动购买的范围；它支持了新产品的上市，因为消费者基本上已经熟悉了核心品牌；最后，它可以使收入最大化。以"玛氏"（MARS）为例，它率先将巧克力品牌延伸到冰淇淋。从战略上说，这是一种有趣的转移：夏天如果巧克力销量下滑，那就还有机会提高冰淇淋的销量。现在在冰淇淋柜台可能会发现"玛氏"、"星系"（Galaxy）、"窃笑"（Snickers）、"慷慨"（Bounty）和"特趣"（Twix）。玛氏还通过与联合饼干公司（United Biscuits）的合作伙伴关系，延伸到了独立包装的蛋糕领域，以"星系"、"银河"为主打。延伸也出现在了饼干市场，"特趣"、"玛氏"和"慷慨"占据了头名，针对的是家庭零食（Adwan, 2003）。

当天热的时候，你想要点又甜又黏又坚硬的东西，玛氏冰淇淋应该正合要求。"玛氏"是 Masterfoods 公司的一个注册商标。
资料来源：© Marsterfoods 2006 http://www.mars.co.uk。

延伸品牌范围。这个案例提出了品牌延伸问题。这种方针是很划算的，它节约了开发全新形象，从头推广和树立形象的成本：例如，easyJet 积极将其品牌名延伸至 "easyEverything"，咖啡网吧的推出是这种转移首次使用使 easyJet 取得成功的类似方式。咖啡吧以 easyJet 的商标向公众提供低价的互联网接入，并不提供不必要的服务。然而，也有人认为引进额外的产品对品牌家族来说会冲淡品牌实力（John 等人，1998）。因为加入品牌名称的产品数量的增多，对原有品牌的信任也许会不那么突出。在某种程度上，维珍已经为此问题而困扰。从成功的航空公司到问题丛生的铁路服务，这种品牌延伸可能会损害核心品牌的声誉。

品牌延伸不只会"水平"发生，就像"玛氏"案例那样。品牌还可向上、向下或向两个方向延伸。向上延伸可能包括引进价格更高、质量更好、更独树一帜的产品，而向下延伸也许需要一种基本的、没有装饰的产品，它们有最低的大众市场价格。

在考虑这种延伸时，营销人员需要确定该空间是值得填补的。是否会出现足够多的顾客认购新产品？行业能否接受它？是否有明显的赢利机会？产品是否是对现有产品的简单拆卸利用？最后这个问题尤为重要；如果主要的影响是使顾客远离现有的中坚产品，那么向下延伸产品范围是没有意义的。

向上延伸可以创造出利润更高的产品（见第 7 章）并且提升组织的形象。它还可以帮助建立顾客攀爬的阶梯。当顾客变得更为富裕，或者他们的需求变得更加成熟时，他们会购买系列中更贵的东西，并仍然保持对组织的忠诚。

范例 普瑞格（Pringle）是苏格兰的一家针织品企业，因其毛衣和高尔夫赞助商的身份而闻名，该公司试图向上延伸到奢侈品，如高级行李箱和配饰等。同时，它还向旁延伸至非针织品服装和自有零售点。但这种向上和向旁的延伸组合都没有取得成功。普瑞格名称出现在太多的物品上，而这远离了它的核心形象，冲淡了名称的影响力和专有性，意味着顾客并不觉得这种奢侈品是上等品或精品。

可以用向下延伸来打击竞争对手在以量取胜的市场上的经营。如果低价产品增加了准顾客的数量，那就可以建立更大的销售基础。因此，通过将人们引向低端产品，并形成与他们的某种关系，就可以使他们购买更贵的产品，由此支持中间产品的销售。这是一种理想的状态，但要记住拆台的风险：低端商品是否会吸引现有的中间顾客。低端延伸可能会带来破坏品牌平衡的风险。这可能会导致全系列产品丧失整体平衡，这比增加新产品销量更为重要（Reibstein 等人，1998）。

填补产品品种。填补产品品种的选择包括仔细检查现有品种，然后创造新产品来填补现有产品的空隙。补充品种的一种方法是增加产品的变化。产品保持不变，但有一系列不同的表现形式。因此一种食品也许会有小包装、家庭装或食品冷藏包装。番茄酱可以有挤压瓶装，也可以有玻璃瓶装。

范例 大众汽车也许已经将其产品之伞延伸得太远了（Mitchell，2004）。不久之前，有一系列有特色的产品和附属品牌吸引着不同的市场细分。显然对汽车用户来说"甲壳虫"、"高尔夫"、"帕萨特"代表着它们所瞄准的细分市场。然而随着大众帝国通过收购进行延伸，事情变得更加困难了，奥迪、西亚特（Seat）、斯柯达（Skoda）、宾利和辉腾（Phaeton）现在都纳入了大众之中。这决定应该应用大众之伞，而不是保持独立的品牌。包括斯柯达、大众、宾利、布加蒂（Bugatti）和辉腾在内的一组产品在"阶级打败标准"的主题下，价格范围从 7000 多英镑的大众路波（Lupo）延伸到 18 万英镑左右的顶级宾利。另一组包括了奥迪和西亚特，它们共同分享"运动、技术和设计"的实力。缺乏逻辑性或连贯性，品牌结构将很难保持。顾客会对所提供的东西和每个品牌所代表的价值感到困惑（Mitchell，2004）。

对于抵御竞争来说，补充品种是一种有益的战略，通过为消费者提供一些新奇的事物和更接近他们需求的更细分的品种，可以在风险较低的情况下增加利润。然而，危险在于成本上升了，但整体销量却没有上升。这就是拆卸的风险，现有的市场份额被过多相似的产品分成了碎块。有一种出人意料的情况是：消费者对这些变种可能会漠不关心，而对原来的品种却非常满意。

剔除产品。产品生命的最后阶段对管理层来说往往是最难预测的。决定剔除销量不佳的产品是很难的，这些产品可能利润不高，甚至是赔钱货。绝情背后的经济原因是显而易见的。一种收益不佳的产品耗费了管理时间，如果它还保持着积极的进攻型销售和促销的话，可能会快速地耗尽资源。然而组织却往往不愿采取行动。对此有许多原因，其中有些纯属个人或行政原因。管理人员对他们所负责的产品往往会形成情感依恋："我引入了这种产品，我扶持它，并且把我的事业都建筑在它之上。"如果这种令人讨厌的产品是最近才推出的，那它的取消就会被看做是管理人员管理上的一种失败。因此，他们宁愿再试一次，让产品转向，以此保持他们名誉的完整。

不愿剔除产品的另一个原因是想要提供尽可能广的产品系列，而不顾会产生额外的成本。同时，对于某种产品仍然有一定的需求，组织觉得有义务继续提供这种产品，作为对顾客的一种服务。突然剔除产品可能会导致某些顾客的负面感受。尤其是汽车车主对特别的型号情有独钟，当制造商决定将它们从供应品种中撤出时，车主会有不良的反应。

所有这些都意味着需要定期进行系统的检讨，以此明确更有利可图的产品，评估它们当前的贡献，并决定它们与未来计划的契合度。如果产品可以被注入新的生命，那就万事大吉，否则的话，斧子就不得不落下，不是逐步淘汰产品，就是立即停产。

范例　　考曼的法式芥末不会再有了。严格来说这并不是一项商业决定，因为它是根据欧盟的裁决作出的。2000 年母公司联合利华收购了竞争对手 Amora Maille，欧盟裁决联合利华占有了过高的市场份额，因此为了降低所谓的垄断地位，考曼的法式芥末被剔除了。从现在开始，它必须是来自 Dijon 或 Bordeaux 的芥末，而不是来自 Norwich 的芥末。然而，与欧盟的观点相反，联合利华选择不出售品牌，因为在强大的竞争对手手中，它可能成为一种威胁。相反，联合利华中止了它对改善 Amora Maille 品牌名称开发的关注（Bridgett，2001）。

产品生命周期

产品生命周期（PLC）概念反映了这样一种理论，即产品和人一样要经历生命。它们出生、长大、成熟，最后死去。在生命中，产品会有许多不同的经历，在市场上取得不同程度的成功。这自然意味着产品的营销支持也要变化，这取决于保持现状和走向未来所必需的东西。图 6.5 展示了理论上的产品生命周期进程，上面标明了销售的模式和所获得的利润。该图可以适用于单独的产品或品牌（例如家乐氏的脆玉米片），或是一种产品分类（早餐谷类食品）。

图 6.5 指出有四个主要阶段：介绍期、成长期、成熟期和衰退期，现在将依次讨论它们对于营销战略的意义。

第 1 阶段：介绍期

当产品进入市场，产品生命才开始的时候，销售额会缓慢增加，利润可能会很少（甚至是负的）。销售额的缓慢增长反映出需要前置时间来让营销努力发挥作用，使人们听说产品并试用它。低利润一部分是最初低销量的影响，一部分可能反映了需要扣除开发和上市的费用。

此阶段营销人员的首要任务是激发目标细分市场对产品的普遍认知，刺激交易。如果产品确实有创新性，也许还没有竞争对手，那就会有一个额外的建立初步需求的问题（即对产品分类而不只是对某个品牌的需求），这是实际品牌选择的一个背景。

还需要获得分销。对于新的快速消费品来说，零售贸易也许很难说服，除非该产品有真正的独特卖点（USP），因为存在货架空间和品牌增殖的压力。同时，还要激发消费者的意识，使他们向购买方向发展。产品价格决策，无论价高价低，或者是否提供介绍性的试销价，对实现首次购买来说都是一项重要因素。

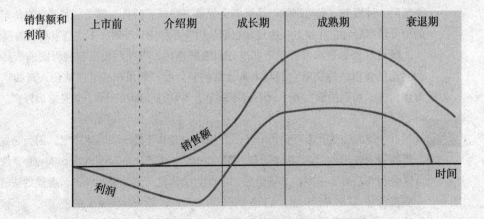

图 6.5　产品生命周期

范例 爱它还是恨它，微软是世界上最大的软件公司，当它进入市场时能够击出有力的一击。尽管索尼游戏站（PlayStation）占统治地位，但微软还是借 Xbox 进入了视频游戏控制台市场。同样，它还进入了线上音乐下载市场与苹果的 iTunes 竞争。然而，微软的核心业务取决于视窗操作系统，它给新产品的开发带来了更多的问题。自 1985 年视窗 1.0 推出后的 20 年中，微软已越来越难以应庞大而成熟的顾客网络的需求进行显著的创新。

音乐探测器代表着下一代的微软操作系统，它将在视窗 XP 推出 5 年之后，于 2006 年推出。尽管还不知道新系统的情况，但在追求向后兼容性时，已经很难进行彻底的改变来尝试和测试程序，任何新的编码都会与用户已购程序中旧的元素相冲突。这就是为什么可以让用户更容易地找到文件和图片的创新性的 WinFS 不可能囊括到早期软件包中的原因之一。

进一步的复杂性取决于变化的视窗用户。最初，顾客基础是由主要使用主机的个人用户主导。当然现在许多公司用户已经采用了视窗和 Office 应用系统套装（约占微软收入的 30%），这使他们更不愿意改变，因为有转换成本，并且比起突破性的开发，他们更关注功能性和可靠性。因此音乐探测器的推出是否会满足驱动升级周期的愿望还需拭目以待，这反过来又会产生更高的销售额（Gapper, 2004; Waters, 2005）。

考虑到新产品的失败率和赋予产品尽可能好的生命开端的重要性，引入阶段很可能需要大量的营销资源。尤其是小型组织会被耗干，但如果想要在下一阶段——成长期生存下来的话，这是必需的。

第 2 阶段：成长期

在成长阶段，销售额会有大幅提升。一个原因可能是有关产品的消息被传播出去了，新试用者的招募速度也加快了。另一个原因是重复采购的效果开始显现。此阶段在加紧建立尽可能强的品牌偏好和忠诚。竞争对手现在有时间来评估产品的潜力和它们对整个市场的影响，由此决定它们的反应。它们也许会对自己现有的产品进行修改和改进，或是向市场推出它们自己的新产品。无论它们做什么，都会转移顾客对产品的兴趣和注意力，除非公司采取防御性步骤，否则会有风险，会使增长曲线过早地变平。

图 6.5 显示在此阶段利润开始迅猛增长。这很可能是受到了竞争压力的影响，如果其他组织选择进行价格竞争的话，就会把利润压下来。此外，建立品牌忠诚的重复采购是这种情况下最好的防御。

即使产品也许看起来仍然年轻，才开始展露它的潜力，但成长阶段快要结束的时候可能是一个考虑产品修正或改善的好时机，以此保持产品在竞争中的领先地位。如果产品最初的新颖性消失了，买家可能很容易转向竞争对手的新产品。这也许还会威胁分销渠道的安全，因为随着铺天盖地的头条宣传，激烈的货架空间竞争会挤下被认为较弱的产品。然而，这都强调了要持续关注品牌的建设，激发消费者的忠诚，还必须培养与分销商的良好关系。

范例　　　功能性或"活性"酸奶的"活性健康饮品"市场 2004 年增长了近 75%。在市场发展方面，这实际上是一个非常迅猛的增长。在英国，该期间英国家庭平均消费了 7.6 公斤的活性健康饮品。该市场由达能的 Actimel 统治，它获得了 50% 以上的市场份额。为了帮助保持并进一步巩固其强大的领导地位，940 多万英镑被投到了广告上，系列中已经加入了新口味，以保持领先于 Benecol 和 Müller Vitality 等竞争对手。达能知道竞争对手将着力在这种快速增长的市场上获得更大的市场份额，因此对品牌的这种投资是至关重要的（The Grocer，2005）。

　　考虑修改产品的另一个充分原因是至此你已经有了生产和营销产品的实际经验。产品越有创新性（无论是组织创新还是市场创新），产品及其营销越可能遇到突出的、无法预料的优势和劣势。这正是时候从经验中学习，调整供应或延伸产品范围来吸引新的细分市场。

　　到一定程度，成长期将随着产品开始达到顶峰而结束，这时会进入下一个阶段：成熟期。

第 3 阶段：成熟期

　　在成熟阶段，产品获得了它所要获得的东西。加速增长趋于稳定，到现在，所有可能对产品感兴趣的人应该已经试用过产品了，一群稳定、忠实的重复买家应该已经出现了。例如，英国手机市场至 2001 年底已经达到了 70% 的渗透率，销量平稳，开始升级换代，而不是转化那些难以争取的顾客。然而，这并不是满足的理由。几乎没有新顾客了，即便是一些反应迟钝的人现在也已经购买了。这意味着顾客对产品或市场机会有了深度的了解。他们知道自己要什么，如果你的产品较之竞争性新产品开始显得过时或变得不那么激动人心的话，他们很可能会转换品牌。当然，较小的或是形势不妙的品牌将会被排挤出来。在这种情况下，最大的希望是巩固中坚的忠实买家，鼓励他们多消费。通过运用促销和广告，也可能将某些品牌转换者变为忠实顾客。

　　在此阶段，很可能会有激烈的价格竞争，为了保持品牌忠诚度，所有的竞争对手都会增加营销支出。此类支出的大部分将集中在营销传播上，但有些也许会被分配到次要的产品改进上，以便更新品牌。在此阶段，还需要仔细地处理分销渠道。除非产品保持有稳定的销售商，不然零售商可能会想剔除该产品，为更年轻的产品腾出货架空间。

　　随着市场的饱和和很大程度上的稳定，销售曲线已经接近稳定。所有短期收益都会被类似的损失抵消，由于价格竞争压力的缘故，利润也可能会开始下降。因此，设法保住现有买家非常重要。然而，通过竞争压力（它们比你更善于窃取对方的顾客）或市场中的新发展，成熟阶段的稳定迟早会被打破，使你的产品越来越落伍，被推进衰退阶段。

第 4 阶段：衰退期

　　一旦产品因市场原因进入了衰退期，几乎就不可能停止了。可以在一定程度上控制衰退速度，但无论做出怎样的营销努力，销售和利润都不可避免地会下降。

苏格兰威士忌

它既是最文明的，也是最粗野的饮料。怀着敬意对待它，它将会回报给你无与伦比的善意；滥用它的仁慈，它将把你绕进水沟（Murray, 2004）。

苏格兰威士忌在英国处于生命周期的成熟阶段，并正在显示出进入衰退期的迹象。它被视为是成熟人士饮用的成熟饮品，更被残忍地描述为适合"管子和拖鞋"的一代。威士忌市场在英国 2004 年价值 29 亿英镑，但其核心市场保持为 45 岁以上的男性。尽管该人群上了点年纪，因此任何下降都是逐步的，但该产业的挑战是吸引更年青的饮用者，他们 10 年、20 年后也会加入"管子和拖鞋"队伍。

威士忌可以分为混合酒（至少三年酒龄）和麦芽酒，后者一般是 10 年的酒龄。混合酒居主导地位，占了 75% 以上的市场，但此部分也被超市视为可以大幅打折的部分，以保持销售额。此外，尽管打折，但混合酒的销售还是下降了。然而，高价的麦芽酒细分市场正在以每年 10% 的速度增长，因为消费者为了追求更好的品质而购买高价产品。给你的朋友提供一瓶便宜的混合威士忌是一回事，提供一瓶与众不同的麦芽威士忌又是一回事了。

尽管对威士忌生产商的感觉是位于高地的独立的小型蒸馏酒坊，它们养育着它们特别的品牌，但事实上在写作时，苏格兰的蒸馏酒坊是由三家国际厂家所有：帝亚吉欧（Diageo）、联合—道麦克（Allied Domecq）和保乐利加（Pernod Ricard）。帝亚吉欧拥有 Bells——英国的市场领袖和尊尼获加（Johnnie Walker），以及经典麦芽酒，诸如：达尔维尼（Dalwhinnie）、Oban 和大力斯可（Talisker）。联合则控制着"教师"（Teachers）、拉佛多哥（Laphroaig）和"加拿大俱乐部"（Canadian Club）。最后，保乐从诸如芝华士（Chivas Regal）、Aberlour 和格兰利维（The Glenlivet）等威士忌品牌中获得了 40% 的销售额。苏格兰仍然保持独立的蒸馏酒坊之一——最近和格兰杰（Glenmorangie）、格兰·莫雷（Glen Moray）和阿德贝哥（Ardbeg）威士忌一起被卖给了法国公司酩悦轩尼诗（Moët Hennessy）。因此在制造商方面，该行业高度集中，但有许多品牌：估计全球有 2000 多种威士忌，而它们由两个主要的厂家拥有，它们享有相当大的营销臂力。

尽管英国市场处于成熟后期，但威士忌是一种全球性的产品，而苏格兰威士忌在全球都有强大的声誉（被销售到 200 多个市场）。大部分英国制造商都有广阔的出口销售，并且正在打开新的市场，如葡萄牙、西班牙和希腊。保乐的芝华士和格兰利维 2004 年由于全球销售分别增长了 12% 和 9%。中国销售额尤其强大，2003 年的增长率达 170%，全部销售到中国市场的威士忌价值达 970 万英镑。总的来说，2003 年苏格兰威士忌的全球销售额增长了 2%，达 9.82 亿英镑。从巴西（升至 44%）、印度（15%）到俄罗斯也创下了非常好的业绩。然而，出现了一些新的挑战者，日本的蒸馏酒坊正变得越来越强大，余市（Yoichi）纯麦芽酒打败了苏格兰和美国的竞争者赢得了 2001 年《威士忌杂志》"强中强"（best of best）比赛。尽管可能还要再花 10 年日本威士忌才能做到"新世界"在欧洲酒业中所达到的成就。

尽管出口已经帮助冲抵了国内市场成熟所产生的影响，但已经进行了尝试来吸引更年轻的饮用者（不是 10 来岁的青少年！）。威雀（The Famous Grouse）已经通过更时髦的酒瓶设计进行了重新定位，酒瓶以黑色和金色为主，呈现出一种高档的外观。辅助的广告活动使用了松鸡的图标来推广品牌的年青定位，并推广服务建议，如"猎鸟"酒的配方，它包括兴奋性饮料和苹果杜松子酒，提供了一种更时髦的饮品。这些策略是否能在国内威士忌市场获得新生还有待观察。

资料来源：Black（2005）；Bowker（2005）；Lyons（2004）；Murray（2004）；Solley（2004）；http://www.scotchwhiskey.net。

威雀使用其松鸡图标创造了有趣而吸引人的广告，以此吸引比传统核心市场更年青的饮用者。
资料来源：© The Famous Grouse。

　　衰退通常与环境有关，而不是管理决策不善的结果。例如，技术的发展或消费者品味的变化都会导致管理得最好的产品让位。新技术正日益成为一股强大力量，它能够在几年内摧毁一个业已建立起来的市场。宝丽来建立了一次成像照片市场，但数码相机提供了更灵活的同类设备。克雷文斯（Cravens）等人强调了沉迷于改进和延长处于成熟或衰退期的产品，而不承认市场根本变化的危险。带下载设备的 MP3 和 MP4 格式使常规的 CD 格式成为过时的东西，未来还可能会经历类似的模式。

范例　　尿布市场仍未降至最低点。市场正在收缩，但这并不是品牌制造商的过错，因为过去 10 年出生率一直在下降。一次性尿布市场已经从成熟期滑到了衰退期，1999—2003 年之间下降了 19%以上（Mintel, 2004）。该市场上的两个主要厂商是宝洁的帮宝适系列和金百利的好奇。帮宝适 1999—2000 年的市场份额相当稳定，徘徊在 61%~62%的水平，而好奇则将其市场份额由 26%提高到了 30%（在损害了零售商自有品牌产品的情况下）。这也许对两家公司来说都是好消息，但必须记住，这些都是一个衰退的市场的份额。帮宝适实际上看到了此期间它的销售额从 2.6 亿英镑下降到了 2.1 亿英镑，而好奇的销售额则从 1.11 亿降至了 1.03 亿。尽管在品牌建设上进行了巨额投资，并开展了广泛的营销传播活动，但这还是发生了（Mintel, 2004）。

　　面对处于衰退期的产品，营销人员很难决定是否设法通过某些营销开支来减缓衰退，或在产品走向自然死亡时，通过撤销扶持并尽可能地赚取利润来榨干产品。在后一种情况下，撤回对分销商的营销支持很可能会加快灭亡的过程。

产品生命周期的各个方面

　　产品生命周期更多是预示将要发生什么，而不是规定将要发生什么。充其量，它只是在可能会出现营销问题的各个阶段提供了某些有益的暗示。在将概念付诸实施之前，必须进一步挖掘，在产品生命周期成为真正有用的工具之前必须考虑许多问题。

长度

　　很难预测产品走完一生要花多长时间。产品生命周期的长度不仅因市场而异，还因市场中的品牌而异。例如，有些棋盘游戏，如大富翁、拼字游戏和最近的"钻钻牛角尖"（Trivial Pursuit）都是知名的长期卖家，而其他游戏，尤其是那些与电视节目相关的游戏则较短命（还记得"倒计时"、"巨型炸弹"和"邻居"等棋盘游戏吗?）

　　问题是产品生命周期的长度受许多事情的影响。不仅是外部环境步伐的改变，还有组织对产品整个生命周期的处理。组织与行业和消费者有效、高效沟通的意愿和能力，组织对处于艰难初期的产品的扶持政策，组织保护和更新产品的方式都会影响到产品生命周期的发展。

自我实现预言

　　与前一点相连，存在一种真正的危险，即产品生命周期可能成为一种自我实现预言（Wood，1990）。例如，一位营销经理也许会想象产品将由成长期进入成熟期。理论也许会为这种转变建议恰当的营销战略，如果这些战略实施的话，产品就会开始表现得像成熟了一样，无论它是否真的做好了成熟的准备。

形状

图 6.5 提供了产品生命周期普遍的形态。产品在任何阶段出现营销问题肯定都是因为没有遵循这一模式。在某个阶段花费时间较长的产品与其他产品相比就会有反常的产品生命周期曲线。例如，一种拥有漫长而稳定的成熟期的产品，在成熟期将呈现长期的平稳状态，而不是图 6.5 所示的平缓的小山丘形状。不同的市场情况也会打乱这种假定的曲线。五种不同的情况：创新产品、仿制产品、流行产品、失败产品和重生产品，每种情况都有自己的产品生命周期形状，如图 6.6 所示。

创新产品。 创新产品完全开创了新的天地，无法真正利用消费者以前的体验作为接受的捷径。人们认为过去他们没有这种产品也过得不错，为什么现在就需要它呢？要从头培育市场并非易事，也不便宜。索尼在引入 Walkman 随身听时就承担了这项任务，当然，它不仅为自己的产品打下了基础，还为随后的"我也是"模仿者开创了局面。

仿制产品。 仿制产品，例如新的糖果品牌或首个非索尼的个人立体声系统，都不需要像创新产品一样进行大量的基础工作。它们利用已经确立的市场和购买者已有的知识和过往的体验，因此能非常快速地进入成长阶段。仿制品营销人员最主要的考虑是确立

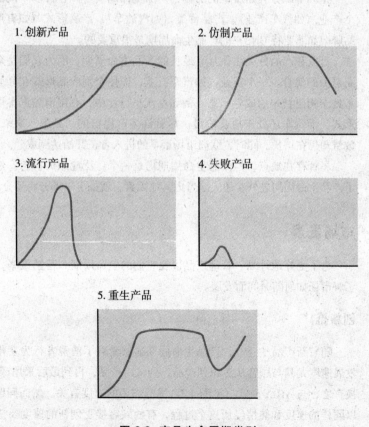

图 6.6　产品生命周期类别

清晰的、不同于现有品牌的产品定位，尽可能地鼓励试用和促成重复采购。

流行产品。流行产品有着天生的、短暂的产品生命周期。时尚是流行产品的一种极端形式，突出表现为销量快速上升，继而又快速下降。进入市场的时机至关重要，那些在此类市场上成功地获取了快速回报的人是那些较早发现趋势的人。对于后进入者几乎没有什么机会。有意思的是有些时尚保有一些中坚的狂热分子，如滑板。

失败产品。有些产品甚至从来就没有到达过成长阶段：它们失败了。这也许是因为产品本身考虑不周，或是从来不为人知或没有分销出去。来自小制造商的新型食品没有资源打造强大品牌，或许会失败，因为它们根本无法获得零售商的大规模分销，这些零售商不愿为不知名的生产商或品牌冒风险。

重生产品。通过设计或新颖的营销方式来升级产品，可以为产品注入新的生命，从而重新激发顾客和零售商的兴趣和忠诚。例如，"探戈"（Tango）曾是一种标准的、无趣的含汽橙汁饮料，直到一些前卫的、有争议的和富有想象力的广告对它进行了重新定位，它才成为时尚的青少年饮料。希亚姆（Hiam，1990）认为许多产品可以重生，"成熟只反映了特别目标市场对特别产品形式的饱和"。通常认为"产品具有注定的寿命这种说法是荒谬的"。

产品水平、种类、形式和品牌

正如本部分开始所说的那样，产品生命周期可以在许多不同的层面上运转。区分整个产业（如汽车产业）、产品种类（如汽油车）、产品形式（如有尾窗的汽车）和单独的品牌（如菲亚特 UNO）的产品生命周期是很重要的。

行业和产品分类往往具有最长的产品生命周期，因为它们是众多组织和单项产品长期努力的集合。一个行业，如汽车行业，即使个别产品形式和品牌来来往往，也可以多年处于相当稳定的成熟状态。例如在汽车行业中，有尾窗的汽车可能是一种成熟的产品形式，而汽车还处于成长阶段。尽管许多有尾窗的"品牌"来来往往，汽车的"品牌"数量却仍在增长。同时，欧洲市场最早的进入者正开始达到成熟。

尽管存在缺点，但产品生命周期仍是一个广泛应用的概念。然而，产品营销战略除了产品生命周期之外，还应当考虑其他因素，就如下一部分将要介绍的那样。

市场发展

为了更好地计划、管理产品以及它们的生命周期和营销策略，市场营销经理们需要了解市场如何随时间而发展。

创新推广

随着新产品的建立，产品生命周期显然受到了消费者行为变化的驱使。成长阶段的发展速度尤其与顾客从意识到产品，到试用产品，再到最后采用产品所经历的速度有关，换言之，与 AIDA 模式（见图 4.2）发挥作用的速度有关。然而问题是，并非所有顾客都以同样的速度和热情经历这个过程，有些顾客接受创新的速度要快于其他人。这催生了创新推广概念（Rogers，1962），该概念关注于创新遍布到整个市场的速度。根据顾客采

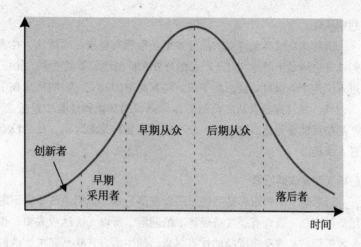

图 6.7 创新推广：采纳者分类

资料来源：经同意再版并改编自 Simon & Schuster Adult Publishing Group 的分公司 The Free Press 出版的《Diffusion of Innovations》第四版，作者：Everet M. Rogers. Copyright © 1995 Everett M. Rogers. © 1962, 1971, 1983 The Free Press，保留所有权力。

纳的速度，可以有效地将顾客分为五种类型，如图 6.7 所示。

创新者

创新者在产品生命周期的初期非常重要，可以帮助产品起飞并启动流程获得承认。尽管只形成了一个小群体，但他们买得早并且准备冒险。在消费者市场中的创新者往往比较年轻，受过较好的教育，更富裕也更自信。在 B2B 市场中的创新者可能更有利可图，并且愿意冒险，以期从"第一"中获得潜在利益。

早期采用者

早期采用者较早进入市场，但满足于让创新者来冒真正率先使用新产品的风险。然而，他们不久之后就会跟随创新者的指引，并且总是对涉及自己利益的市场新发展保持警觉。一旦早期采用者开始进入市场，产品生命周期的成长阶段也就开始了。

创新者和早期采用者都想成为意见领袖，因此对新产品促销者来说，瞄准他们并把他们争取过来是很重要的。然而，大众市场尤其关注作为领袖的早期采用者，因为比起创新者来说他们更是主流群体。因此早期采用者对于产品获得广泛接受，并通过口碑传播产品的价值和优点来说至关重要。

早期从众

随着越来越多的人进入，借助早期从众，大众市场开始建立起来。较之此前的群体，早期从众更不愿冒险，在投入某种产品之前，他们要保证产品已经经过试用和测试。这个群体也许受过较好的教育，有高于平均水平的收入，但这可能取决于所关注产品的性质。例如，数码相机已经进入了这个阶段，但许多消费者也许还在观望，等待价格下降。当产品真的触及早期从众时，可能会开始出现社会压力："你确实必须给自己买一部数码相机了——没有它你可能无法应付。"这开始将产品推向了后期众众。

后期从众

　　后期从众顾客也许对产品分类不是很感兴趣或为之烦恼，在看清市场发展之前，他们或许会满足于等待。对于产品的好处和价值他们需要更多的保证。说 DVD 播放机已经进入了这个阶段可能会引起争议。随着竞争的确立，后期从众在市场上也许有更多的产品选择，并且肯定会从之前的群体所累积的知识和经验中获益。一旦转变为后期从众，产品很可能会到达成熟期，一个稳定的重复购买的时期，几乎没有剩下什么新顾客没有进入市场。

后期采用者或落后者

　　最后剩下的归附者是后期采用者或落后者。他们也许非常不愿意改变。因此抵制采用新的产品，或许有态度或经济上的问题，所以无法达成妥协。作为选择，他们或许很久才听说产品或是将产品的优点与自己的生活方式联系起来。他们也许处于较低的社会经济群体，或是较年长的消费者。

　　身为后期采纳者的优点是其他人已经承担了所有风险；短命的品牌或制造商可能已经消失了，因此更容易区分市场上最好的产品；随着竞争对手争夺收缩了的市场份额，价格可能会下降。然而，当后期采用者进入市场时，创新者和早期采用者很可能已经转向了其他东西，整个循环又开始了！

　　正如这个讨论所揭示的那样，创新推广与产品生命周期概念有着很强的关联，可以被用作一种市场细分方式，并且提出恰当的营销战略建议。例如，在早期阶段，重要的是了解创新者和早期采用者的需要和动机，然后吸引这些群体的注意，激发他们的试用。然而，除了知道他们具有创新倾向外，很难用更集中的人口统计或心理变量来描述这些群体。在那种情况下，对于营销人员来说根据产品考虑是很重要的。例如，也许可以通过评论新产品的专业杂志来接触高保真音响的创新者和早期采用者。

产品的定位和重新定位

　　一项涉及产品定位的重要决策可能会影响产品寿命的长度和它在市场上随时间发展的反弹力。产品定位意味着根据产品所占据的市场竞争空间来考虑产品，根据关系目标市场的特性来定义产品。重要的标准是各种特性接近理想的程度，与竞争产品相比，你的产品是由目标市场评价的。例如，哈罗斯被定位为高级百货商店。为了强化对目标市场的这种定位，哈罗斯（http://www.harrods.com）确保它的产品品种、员工专业性、陈列和商店整体氛围都达到高品质。

　　目标顾客对重要特性的定义以及它们对你产品的感知才是重要的比较因素。营销经理必须从自己的感觉中退出来，并且必须确保选中的是那些对顾客来说至关重要的特性，而不是营销经理可能会重视的特性。根据所考虑的特别市场细分所判定的重要特性范围会有所不同。

　　产品定位概念显然聚焦于以顾客为基础的观点，但对于产品的设计和开发仍具有重要意义。定位决策是在产品开发期间作出的，会反映在产品特性的方方面面，包括品牌形象、包装、品质，以及营销组合中的定价和传播因素。

确定并选择产品的恰当定位包括三个阶段。

第一阶段。为了明确哪些特性对假定的细分市场及其优先顺序是重要的，第一阶段需要进行详细的市场调查。这种背景调查将围绕一类产品，而不是该类产品中单独的品牌进行。例如，一个特定的细分市场也许会认为柔软性、吸水性和纸卷的高张数是三项最重要的卫生纸特性，并以此排列优先顺序。

第二阶段。确定了重要特性之后，第二阶段的进一步调查就要筛选出满足这些特性的现有产品。像"可丽舒天鹅绒"和Andrex之类的品牌也许会被视作是满足了上述卫生纸细分市场需求的品牌。

第三阶段。在第三阶段，必须找出：

(a) 哪个目标市场被认为达到了各项明确特性的理想标准；

(b) 参照理想标准和各个品牌，如何评价每个品牌的特性。

从这种假定的调查中所获得的结论也许会是：Andrex的张数比可丽舒的多（因此Andrex在一项特性上显然得到了更好的评价），比起理想标准，Andrex会被认为量太多（对纸卷架来说太大），而可丽舒也许会被认为量太少（用得太快）。两种产品都可能要进行改进。

一旦完成了对所有相关特性的定位过程，通过创造市场知觉图，就能想象出完整的画面。图6.8展示了一幅假定的卫生纸市场图，它使用价格和柔软性作为两维，它们也许代表了重要的特性。该图显示A品牌满足的是1细分市场的底层市场，它提供的是便宜的纯功能性产品；而B品牌瞄准的是2细分市场中有眼力的顾客，这些人准备为更舒服的体验多掏点钱；C品牌似乎更接近于1细分市场，而不是2细分市场，但与A品牌相比，产品品质相似，却定价过高；D品牌在两个细分市场之间浮动，没有产品特别吸引两个市场。

当然，在某些情况下，两维还不足以展现目标市场观点的复杂性。尽管这创造了更艰巨的绘图任务，但使用多维尺度技术可以把任何更深入的尺度都包括进来（Green、

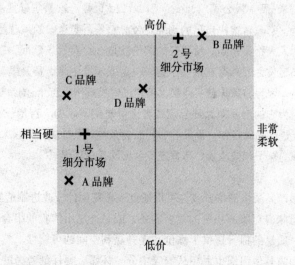

图6.8 卫生纸市场感知图

Carmone, 1970)。

感知图有助于深入研究恰当的竞争行动。例如，一项基本决策可能是是否要设法应对正面竞争或将你的产品与它们的区别开。感知图可以显示你的产品被认为与竞争对手的产品有多大的差距，弱点在哪儿，从而了解包括改善产品供应在内的营销任务。如果意向是区别，那该图可以显示出你的产品在重要特性上是否足以区别，以及是否存在你的产品可以填补的利基市场。

所有这些都显示出，在营销管理中，评估并确定有意义的产品定位是早期的重要一步。此过程可以发现机会，突出拆分自己产品的危险，还有助于明确竞争压力、优势和劣势。它还是通过重新定位精选产品、调整现有产品品种的一个步骤。

产品的重新定位和修改

定位也许不得不因为产品或产品市场成熟等众多原因进行调整。技术的发展、竞争的演变、顾客需求的变化都意味着必须不断地对产品进行评价和检讨。此外，重大的产品重新定位活动可能会非常费钱、非常冒险（例如，疏远现有买家或令他们混淆，并且无法吸引新的买家）。这意味着营销经理需要确保变化是显而易见的、与目标市场有关、市场愿意接受变化，并且确保重新定位能产生切实的利益。

重新定位会产生一系列的严重影响。也许包括重新确定或扩大细分市场，很可能还涉及重新设计整个营销战略。这种根本性的产品修补很可能发生在产品生命周期的成熟阶段，当产品开始一点点走下坡路的时候。

重新定位和产品改进有三个主要的方面。

质量。正如前面所讨论过的那样，质量有很多方面。对于有形产品，质量可以从可靠性、耐用性和可信任性方面来界定，这通常适用于大部分产品。然而，还存在产品特有的质量问题，目标市场可能会将之作为产品质量指标，如：速度、口味、色彩、原料、成分，甚至价格和包装。

> **范例** 吉米·周有限公司（Jimmy Choo Ltd.）是一家豪华鞋业集团，营业额约为 4 000 万英镑，它非常维护自己的高端定位。它最不愿意做的事就是做广告，因为那意味着该品牌人人都买得到。每双鞋的起价就是 300 英镑。然而，在建立豪华品牌联想和维护市场定位之间却存在某些压力。决定取消给牛津街赛弗里奇的特许权是一个很困难的决定，因为那意味着买得到，但通过保持高价，吉米·周希望把渴望度也保持在高水平，因为它的产品对大部分消费者来说是买不起的。吉米·周也一直着眼于在其质量信誉上进行品牌延伸。而品牌名可能会延伸到手提袋、高级太阳镜和化妆品上，吉米·周品牌的袜子和梳妆台台布肯定不会出现在店铺里（Grande, 2003; Saigol, 2004）。

有形产品质量的提升或许可以通过改善零配件或改进制造实现。对于服务产品来说，它可能意味着对服务场所的重新装备，或是开发出体验的组合方式。无论使用哪种产品或手段，质量的提升提供了涨价和提升赢利空间的可能性。然而，也可能会导致竞争的加剧，因为其他组织也渴望从繁荣中分一杯羹。要仔细考虑的另一点是目标市场是否会认可或重视新近提升的质量。

设计。在美学而不是工程学的背景下思考，设计影响着产品在感官上的效果。这种概念很难掌握，因为它涵盖了产品外观、质地、味道、气味或声音等方面，所有这些都包括顾客某些非常主观的评价。然而，这些方面确实提供了许多变量组合，它们带来了变化的机会。如果目标是对产品进行重新定位，那么只要改变产品的视觉外观或包装（也许是一抹醒目的"新改进……"字样）就可以给顾客足够的改变他们观点的暗示和理由。

必须强调的是所有设计上的变化都是对时间和资源的浪费，除非它们对市场有重要作用，可以被传达给市场，并且是为了达到确定的目标而实施的。

性能。与设计一样，性能取决于顾客最初的，而非凭印象作出的评价。只有使用过产品之后才会有更具体的对性能的评价。这里考虑的因素包括便利、安全、易于掌握、效率、有效性和对不同情况的适应性。例如，可以根据加速度、刹车能力或节油性来衡量一辆汽车的性能，这取决于对购买者来说最重要的东西。牺牲加速度来改善节油性也许会改变汽车的特性，降低对"飙车族"这类细分市场的吸引力，但却将它更稳固、更明确地定位在"市内使用为主"的细分市场。即使燃料本身已经根据其增强性能的能力进行了重新定位，有些品牌还是承诺会更有益于引擎，或是能改善引擎的性能。

营销 **进行时**

洗衣机的核心好处是什么？

检查产品设计和性能规范的一种有用方式是从身处一线，处理顾客投诉和产品故障的服务工程师、分销商或零售商那里收集信息。有些时候，这可能产生令人惊奇的关于顾客行为及他们与产品的关系的深入见解。例如，洗衣机制造商海尔的工程师就发现中国农村地区的许多洗衣机发生故障是因为它们不仅被用来洗衣，还被用来洗菜，蔬菜的皮堵塞了管子。作为响应，许多公司会聪明地在产品手册中加入明显的警示和声明，坚决指出这种机器只供洗衣之用，因此拒绝负责胡萝卜所导致的故障。然而，海尔作为一家以顾客为核心的企业，它通过对其洗衣机进行重新设计作出了更务实的回应，这样一来洗衣机可以用来洗菜，并且给顾客提供了如何安全使用机器洗菜的有用小窍门。一旦将公司的思路拓展到那些离奇而有趣的洗衣机可以做的事情上去，海尔还设计了可用于制作奶酪的洗衣机（给

消费者对搅乳器的概念增加了一个全新的方向）。那就是我们现在所说的差别优势。

海尔的另一条产品线是紧凑型冰箱。就像洗衣机一样，你也许会认为你准确地知道这种产品的主要特性和好处是什么：它必须保持食品的低温，它必须适合有限的空间，也许是在一个小公寓或一个小厨房。在美国，海尔发现它的许多冰箱被学生用于学校的食堂，并且学生经常在两个冰箱顶上搭上板子，叫它桌子。因此产品设计者制造了一种顶部有折叠盖子的冰箱，这样在需要的时候它可以变成一张桌子。海尔现在在美国的紧凑冰箱市场占有了近 50% 的市场份额。

海尔的首席执行官张瑞敏强调了市场导向、产品设计和竞争优势之间联系的重要性：

美国的消费者习惯了像通用电气和惠尔浦这样的流行品牌，因此他们会奇怪为什么他们应该选择一个他们

从未听说过的品牌。但大公司已经确立起来，并且发展缓慢，我们通过比它们更聚焦于顾客，发现了在它们的国内市场与之进行竞争的机会。要赢得那些消费者，我们有两个途径：速度和差别化——速度，当然就是尽可能快速地满足消费者的需求，差别化由是引入新品牌的产品或具有满足不同需求特性的产品。

(2003)

这两个产品案例生动地展示了海尔的以顾客为导向以及它愿意质疑对产品用途的先入之见，这直接导致了设计和性能的增强。它们还帮助解释了为什么这家中国公司不仅在其本国市场是市场领袖，而且还位居全球家用电器制造商五强之列，2003 年它在 160 个国家获得的总营业额为 97 亿美元。

资料来源：Ruelas-Gossl and Sull (2004)；Wu (2003)。

质量、设计和性能常常不可避免地相互交叉。一个方面提出改变会对其他方面产生影响。改善汽车的节油性也许包括提高引擎盖下零配件的质量和更加流线型的车身设计。

所建议的变化的分类是否是根据与质量、设计、性能，或与全部三项因素的关系做出的，这并不重要。重要的是作为产品管理过程的一部分，所有相关选项的评估都是为了确保产品继续达到它最大的潜力，或是在现有细分市场中，或是通过重新定位进入一个新的市场。质量、设计和性能都为或大或小的变化提供了可能，它们将确保上述目标的实现。

产品管理和组织

有一系列的营销管理结构，这取决于所提出的任务和周围的机遇及威胁。作为赚钱的东西，产品极其重要，因此需要进行认真的管理。以产品为中心的管理结构有助于确保它们得到应有的关注。一个产品或品牌经理负责系列的一部分，如果这个品牌非常重要的话，甚至是一个单独的品牌。产品经理的运作贯穿于所有职能领域，尤其是营销，但也与研发、生产和物流配送保持着联系，以确保其产品的最佳机遇和待遇。他们的工作是管理产品的整个生命周期，从上市，到所有修改，再到最后的死亡。这通常是一项完整的责任，也许包括委托调查、联络分销，甚至通过与重点客户的谈判来处理销售。产品经理还会参与广告方式的策划、媒体选择和包装。

在策划、控制和监督产品业绩方面，产品经理可能不得不制订一份年度产品计划，为即将到来的交易期明确行动、资源和战略。这帮助管理人员确定了产品的资源投入，还可以较早意识到问题产品并提出纠正措施。

这种产品管理结构尤其适用于大型快速消费品组织，这些组织特别重视新产品开发和主要的大众市场品牌。它也适用于某些 B2B 市场，但正如戴维斯（Davis, 1984）所指出的那样，某些 B2B 市场的结构和复杂性意味着也许还必须考虑其他的选项。例如，如果相同的产品或零件被卖给不同的终端用户，那按终端用户（或细分市场）而不是产品来划分管理责任也许更好一些。又如，一种汽车零件也许被卖给了汽车制造商、服务维修车间或专业零售商。每个顾客群都需要不同的对待，零件制造商也许更愿意为每个顾客群配备专门的营销经理。要根据地域采取不同的划分营销管理责任的方法，尤其是采取国际营销作为标准的时候。其原理与聚焦终端用户的原理一样：每个领域都有与众不同的情况和截然不同的需要及处理需求，需要安排专门的管理人员。根据终端用户或地域来分配责任这两种方式都考虑了组织产品的日常需求，但却为"产品斗士"留下了一个尚未填补的空隙。组织最不希望管理人员养成的态度是认为他们只销售产品，更广泛的战略制定是"其他人的问题"。

欧洲产品战略

创造出一种可以在整个欧洲都确立起来的品牌——欧洲品牌，既不容易也不便宜，就像汽车产业在努力创造适合所有国际口味的"世界汽车"的过程中所发现的那样。林奇（Lynch, 1994）毫不妥协地、强硬地确定了欧洲品牌建设的核心标准：

1. 资源：林奇估计营销传播预算不低于 6 000 万英镑。需要 3 年时间来建立品牌，当然，除非计划有更长的介绍期。

2. 质量：产品本身以及支撑其不被低估的生产、物流配送和行政管理程序都要有稳定的质量。在泛欧洲基础上操作比在国内市场操作更为困难。

3. 时机。根据林奇的理论，建立一个欧洲品牌至少要花 5 年，并且不要指望在短期内收回投资。

　　仅这三项标准就使欧洲品牌超出了大部分组织的能力。也有实际的考虑，如文化和语言。这些会影响到所有事情，从品牌名称[想想 Plopsier 和 Kuk & Fuk；更别提来自非英语市场的"经典"啦，像 Fanny（屁股）、Spunk（精液）、Bum（屁股）和 Crap（粪便）]到与品牌相关的形象代言人，再到广告。营销人员必须决定是否在欧洲市场的每个角落都使用同样的方法，或者进行调整，也许是根据特别的地方或文化情况对广告或包装进行调整。对于大部分欧洲大陆来说，英语是第二语言，这意味着包装应该使用更多的语言，除了英语还要有大量不同语言的版本，但大部分市场距离使用共同语言还有很长的路要走。

范例　　自从加入欧盟以来，许多波兰公司都在积极确立在庞大的欧洲市场，如德国的地位。主要手段是收购，为了依靠已经确立的品牌声誉，就要避免困难的品牌重命名和引入决策。Unimil 是一家以克拉科夫为基地的避孕套制造商，它收购了德国的 Condomi，凭借业已建立的品牌名获得了 20% 的欧洲市场份额；还获得了通向完善的分销系统的途径，该系统倾向于用新的设计和营销手段进行开发（Cienski，2005）。

　　哈利伯顿和哈内博格（（Halliburton、Hunerberg，1987）发现像定位和生产品种转换之类的战略性变量比定价更容易超越国界，价格需要反映当地情况。标准化和差别化方法之间的广告和分销则不同，然而却很难归纳。雀巢尽管给人留下了标准化国际品牌的印象，但实际上为了适应地方口味，它在混合、口味和产品描述方面有所不同（Rijkens，1992）。这强调了标准化方面概念和品牌的差别。对于雀巢来说，整个欧洲在包装、商标和基本传播组合战略方面往往有相当多的一致性，但特别的信息设计和定价则更多地受地方控制的支配。

　　所有这些都假设存在一个泛欧洲产品市场，需要数量来证明投资是合理的。尽管可能会有问题，然而还是有许多泛欧洲品牌（其中一些还是国际品牌）。汽车制造商成功地将同样的型号卖到了整个欧洲，而宝洁、强生、高露洁、棕榄、亨氏和雀巢都保留着泛欧洲快速消费品品牌。尽管其中许多品牌已经存在了很多年，但仍有可能在泛欧洲基础上推出新品牌。吉列的 Natrel 除臭剂在整个欧洲的上市就得到了大量的营销支持，不仅在所有国家都使用了同样的产品和品牌形象，还使用了同样的包装和广告。

　　所有这些不仅提高了生产和管理效率，提供了更好的根据市场需要量身打造的销售团队，还使组织得以凭借其欧洲规模与各国的国内竞争对手进行大力的竞争。

小结

- 产品是指可以作为营销交易对象的各种产品、服务和想法。产品本身是分层次的，包括核心产品、有形产品和延伸产品。运用有形产品和延伸产品，制造商、服务提供商和零售商可以创造出差别优势。产品可以根据其特性（耐用、不耐用或服务）或买家导向特征来分类。在消费者市场上，这些都与采购频率以及信息调查的长度和深度有关。在 B2B 市场中，它们很可能还与产品最后的用途有关。组织的产品组合是由单项产品组成的，可被分为不同的产品线。这些产品群具有某些共同的关联，或是经营上的，或是营销上的。产品组合的宽度是由许多产品线确定的，而产品线的深度则是根据产品线中单项产品的数量确定的。

- 品牌是创造不同的有形产品的重要方式。它通过产品所具有的立体特性来帮助制造商建立忠诚，同时转移消费者对价格的注意力。品牌不仅由制造商实施，还由想要为自己创造更切实的特征的零售商实施。与品牌所有者有关的问题包括产品的创造和设计，以及它们的品牌标识，而品牌标识是通过核心的有形产品的名称、品质、包装和商标等要素来传达的。产品和品牌范围的战略管理非常重要。

- 产品生命周期（PLC）概念是产品经历生命阶段的思想基础，因此随着时间的进展，产品也许会有不同的营销需求。产品生命周期提出了四种阶段：介绍期、成长期、成熟期和衰退期。不可避免地，产品生命周期是一个非常笼统的概念，也许太过笼统以至于无法真正运用，在运用中会有许多实际的问题。对组织来说，产品管理非常重要，不仅要确保现有产品有利可图、有效地存活，并在最恰当的时候被剔除，还要使组织能够为未来打算，计划新产品的流向，利用新技术和其他的机遇。这揭示出需要一个平衡的产品组合：有些仍处于发展阶段，有些处于生命初期，有些更为成熟，而有些正在走向衰退。

- 确保产品从生命周期中获得最大收益的办法之一是考虑它们的定位。这意味着明确那些对市场来说重要的特性和好处，然后调查你的产品及其竞争对手，以及假定的理想产品按那些标准可以打几分，再参照其他产品和理想产品，分析每个品牌的定位。使用两个或更多的尺度来绘制感知图，这有助于使市场形势形象化。所有这些都可能会引发有关产品是否需要进一步区别于它们的竞争对手，或更接近细分市场理想的争议。纵观产品生命周期，也许必须进行重新定位来对营销变化和竞争环境作出反应。

- 尤其是在快速消费品公司，产品或品牌经理也许要负责管理特别产品或产品群。尽管在 B2B 市场中也可以发现类似的产品管理结构，但可以考虑其他选项。可以根据终端用户或地域来划分管理责任，这些是因为不同地区的需要会有所不同。在两种情况下，组织都可以培养具有明确的终端用户群或特别地域市场的专业素养的管理人员。

- SEM 的创立为泛欧洲品牌开创了机遇。然而，对于许多小型组织来说，这并不是一个重要问题，因为它们没有资源或意愿跨出本国国界。对泛欧洲品牌感兴趣的组织要有丰富的资源，可以确保它们在运营和营销各方面都可以持续达到质量要求，并且准备在产品开始回收投资之前用漫长的前置期来扶持品牌。

复习讨论题

6.1 选择三种你认为包含不同核心产品的香波品牌。

　　(a) 确定每种品牌的核心产品；

　　(b) 每种品牌的有形产品是如何反映核心产品的？

6.2 什么是专业产品？其营销组合及其相关的购买行为类型如何与其他产品相区别？

6.3 总结出"好"商标的 5~6 条打分标准，搜集大量同类产品的竞争品牌，并根据你的标准对它们打分。哪种品牌表现最好？作为此项练习的结果，你是否要调整你的打分或改变所包括的标准？

6.4 讨论产品采用者类别与产品生命周期阶段之间的关系。它对营销人员有何意义？

6.5 选择一个日用消费品领域（要非常具体——例如，选择香波而不是头发护理产品）并尽可能列出可以买到的品牌：

　　(a) 各个品牌处于产品生命周期的什么阶段？

　　(b) 是否所有组织都拥有许多个品牌，如果是的话，那些品牌在不同的产品生命周期阶段是如何分配的？

6.6 详细说明产品定位并概括它为什么重要的原因。

案例分析 6

小但却一流

独创的迷你车已经成为了 60 年代人的一种符号，是创新风格和机械工业时代的一种成功。它的拥有者包括披头士乐队、米克·贾格尔（Mick Jagger）、彼得·塞勒斯（Peter Sellers）和特威奇（Twiggy），它还与迈克尔·凯恩（Michael Caine）一起在电影《偷天换日》中担当了明星角色。此外，它还三次赢得了蒙特卡罗汽车拉力赛。然而 1959 年上市时，它的创造者对于该车并没有如此的抱负和野心，只不过是对可能的汽油配给制的一种反应。它的节油性和具有竞争力的 497 英镑的标价使它从其他产品中脱颖而出，几乎成为小型汽车的通用名。

尽管披头士的音乐和米克·贾格尔在动荡的 60 年代都很好地生存活了下来，但到了 1972 年，时尚已经发生了改变，迷你品牌进入了衰退期。它日益成为一种小批量的利基汽车，是一种怀旧时尚。竞争性小型汽车的大量涌入、消费者向更大的空间和舒适性的转变，以及设计风尚的变化都意味着"迷你"成为一种可爱但却过时的品牌。尽管"迷你"仍在生产，但其所有人 BL（英国礼兰）却在寻找一种替代品。然而，它的努力并未完全成功。迷你 Metro 于 20 世纪 80 年代推出，这也是一个经济型的低价品牌，但很快在质量、设计和性能上被后进入者抛在了身后。要在小型汽车细分市场获得成功，需要有生产效率和批量销售，以及某些突出的特性。Metro 没能比迷

经典"迷你"旅行者的新版本在东京汽车展上推出，反映了日本对一切英国货的欣赏。该汽车以新的实验性的接入和存储系统为特色，包括一个可以附加在侧窗上的货箱。当打开这个货箱时可以创造一个放茶和烤饼的桌子。

资料来源：© BMW AG http://www.mini.co.uk。

你车活得更长，它顶多被记得是人们学习驾驶的用车，英国汽车学校在 20 世纪 80 年代将该品牌作为了它们的车队用车。

20 世纪 90 年代，"迷你"易手宝马，制定了新的"迷你"计划。该品牌名称被认为非常强大且具有号召力，有能力复兴。挑战在于创造出一种易于与老的"迷你"联系起来，并且可以像"迷你"一样操作，而又具有 21 世纪品质和舒适性的汽车。它被描述为小型的宝马，初级配置的迷你一号价格为 10 300 英镑，而运动型迷你 Copper

的定价则为 11 600 英镑。新型的迷你车在外形和内核上都保持了它的趣味性。Cooper 超级版配置了 1.6 升引擎，可以为那些追求原始驾车体验的人提供 130 的马力。然而，宝马没有犯和大众一样的错误。1999 年大众推出新的甲壳虫汽车时，定价是 15 000 英镑，远远超出了目标市场的价格底线，尤其是对那些拥有两辆车的家庭来说。宝马本来计划以 14 000 英镑推出迷你，但改为了更有竞争力的 1 万英镑，只比有些流行款式贵了一点点。

在英国上市时，它已经获得了 6 000 份提前订单，仅英国就有 2 500 份，很快想要买车的人就不得不被列入了 6 个月的等候名单。头 8 个星期的登记宣称会比福特 Puma1994 年上市时翻一番，是大众甲壳虫 1999 年上市时两月销量的 10 倍。为了满足需求，计划在英国上市之后两个月，在欧洲其他地方滚动上市，而美国和日本则定在了 2002 年。然而，即使是在它上市时，某些批评家还在质疑它能否获得成功。一些人认为小型汽车市场已经非常拥挤，并且作为一种"时尚汽车"，"迷你"在展厅的展示期可能会非常短暂，没有定期更新。通常，汽车型号每三年要进行一次更新，而不是宝马为"迷你"所计划的 7 年。至于宝马能否从"迷你"身上赚到钱也是个问题。低价小型汽车的问题是薄利，如果它们根本就是要赚钱的话。不过，宝马对其投资确实倾向于抱长远的观点，这可能是件好事，因为迷你需要一条新的生产线，开发成本比预算高出了三分之一，上市也推迟了。

那么，"迷你"有多成功呢？至 2004 年，在新"迷你"上已经投入了 2.08 亿英镑；它在全世界 73 个市场销售；工厂已经比计划提前两年生产出了第 50 万辆汽车。尽管品牌没有进行重大的检查，像"迷你"Cooper 和"迷你"Convertible 已经帮助保持了市场对品牌的热情。通过出演电影《王牌大间谍》，以及出现在名人的媒体图片中，像麦当娜和伊利亚·伍德驾驶着"迷你"，汽车的形象也得到了帮助。需求超过了供应。然而，危机与一件事

情有关。奥康奈尔（O'Connell, 2004）报告说"宝马已经作出结论，汽车雄心勃勃的规格与有意的低价供应决策的结合限制了汽车的赢利性。"因此在 2008 年，可能会投产目前"迷你"的继任者，其规格将会更基本，将会更便宜地购入配件。

"迷你"在美国也被证明是一个巨大的冲击，在一个被认为喜欢"油老虎"和运动型多功能汽车的市场这也许很令人吃惊。最初的预测认为每年美国可以售出约 2 万辆"迷你"汽车。事实上 2002 年 3 月上市期间 2 万辆车就被销售一空！2003 年，仅 Cooper 和 Cooper S 型"迷你"就售出了约 36 010 辆；仅 2005 年上半年，就有近 22 000 辆"迷你"被交到美国顾客手上，对于一个起价约在 17 000 美元的系列来说这并不坏。根据怀特（White, 2004）的说法，"迷你"帮助在美国普及了"高价小型汽车"的利基市场，现在该市场正开始吸引竞争对手和消费者。据说斯巴鲁（Subaru）、马自达、丰田和本田都正计划在美国推出更时尚的小型汽车来与"迷你"竞争。看"迷你"的销售在这种严峻的竞争下将如何继续下去将是一件非常有趣的事。

资料来源：Barrett（2001）、Chittenden（2001）、Edwards（2001）、Golding（2001）、Griffiths（2004）；Lister（2001）；Moyes（2003）；O'Connell（2004）；White（2004）；http://www.bmwgroup.com。

问题：

1. 与宝马的主流系列相比，"迷你"车的核心产品是什么？

2. "迷你"的核心产品如何才能转变为图 6.1 所示的有形产品、延伸产品和潜在产品？2008 年计划对规格和零部件的改变将会对"迷你"的品牌形象产生多大程度的影响？

3. 使用已有的品牌名称来上市新产品，其优缺点是什么？你认为"迷你"在美国为什么会如此成功？

4P：价格(Price)

Price

学习目标

本章将帮助你：

1. 明确价格的意义；

2. 了解价格对买卖双方以及在不同类型市场上的不同作用；

3. 认识影响定价决策的外部因素的性质；

4. 探究影响定价决策的内部组织力量；

5. 了解产生定价的管理过程，以及影响结果的因素。

导言

乍一看，价格似乎是营销组合中最不复杂，或许是最无趣的元素，它不涉及产品的实质、广告的魅力或零售的氛围。然而，它却在营销人员和顾客的生活中起到了非常重要的作用，理应得到与其他营销工具一样的重视。价格不仅直接产生收益，使组织创造和保持顾客，获得利润（与第 1 章中的一种营销定义一致），它还可以作为一种传播者、一种讨价还价的工具和竞争武器。顾客可以把价格作为一种产品比较手段，判断物有所值性或产品的质量。

基本上，顾客会被要求接受产品，并且（通常）要交付金钱来换取产品。如果产品充分考虑了顾客的需求，如果选择的分销渠道对顾客来说是方便而恰当的，如果促销组合足够诱人，那就会有好机会，顾客将会为了拥有所喜爱的产品而交付一定数额的金钱。即便如此，产品价格还是至关重要的：定价过高，顾客会抵制产品，营销组合中其余所有努力都是白费；定价过低，顾客会产生怀疑（好得难以置信）。所说的"高价"或"低价"取决于买家，必须放到他们对自己、对整个营销组织和竞争对手产品的感知中考虑。定价具有虚假的确定性，因为它包括了数字，但不要被这些误导；它像其他任何营销活动一样是感性的，容易被曲解。

因此对于营销人员来说，重要的是了解顾客对价格的看法，并根据顾客加诸于所提供的利益上的"价值"来对产品定价。

本章在这些基本的价格概念上进行了扩展。将进一步探讨价格是什么，以及不同背景下它对营销人员和顾客意味着什么。本章还将深入探讨价格在营销组织中的角色，以及价格如何与其他营销活动互动。这为聚焦某些影响组织定价思想的内部因素和外部压力设置了背景。本章的最后一部分会综合所有内容，就导致定价策略和定价决策的管理过程提出总的观点。

　近年来酒店住宿行业发展迅速，因为欧洲人已经变得更加流动，进行更多的公务和休闲旅行。许多增长是受预算链发展的驱动，英国的住宿加早餐公司为了保持竞争力必须作出反应。传统的形象并不好。便宜倒是便宜，但通常很低档，有时还很破旧。

然而随着新一代的"豪华"型住宿加早餐业主进入市场，事情发生了变化。它们的愿望是提供类似于小酒店的标准，提供一种友好、悠闲的环境，使它成为宾至如归的地方。选择开始出现在早餐菜单上，包括优质的腌鱼和全有机的煎火腿。大量的注意力被放到了房间的品质、装饰、织物和色彩图案上，这样客人会觉得他们身处一个舒适而放松的环境中。为了支付额外服务的费用并帮助收回投资，价格也提高了，有些收费几乎与当地的旅馆一样高，超过了每晚 40~50 英镑。如果它们把价定得太便宜，经验会教会他们问询量将会减少，因为目标顾客希望为特别的东西多出点钱。这也反映了一个新的住宿加早餐顾客细分市场：那些希望优质的短暂休息的人和国际客人，尤其是美国人，他们对服务水准和标准很敏感。

豪华住宿加早餐业主仍然有一个问题，即如何向更广泛的受众进行推销。高收费中的一部分必须再投资到促销开支中去，以保持问询和预订量。通常投资必须花在利基出版物和网站上，如：Wolsey Lodges、Alistair Sawday's Special Places to Stay，或 Unique Home Stay。对于某些住宿加早餐来说，这可以产生高达 60%的问询。因此，对于这个行业来说，定价决定至关重要，因为从中会产生提供更好服务和更高标准的机会，并激发新的业务。然而，如果你选择每人每晚 20 英镑的选项，你就可以体验价格—价值的直接交换（Glasgow, 2004）。

价格的作用

价格是加诸于某种事物的价值。为了获得其他某些东西，某人准备付出什么？通常，价格是用货币来衡量的，作为一种方便的交易媒介，它可以使定价更为精确。然而，并不一定总是如此。产品和服务可以以货易货（"如果你为我的汽车提供服务的话，我将会帮助你制订汽车修理业务的营销计划"），或者还会有不适用于金钱交易的情况，例如，在选举期间，政客为了你的投票会作出承诺。所有此类交易，即使没有直接涉及金钱，也是交易过程，因此也可以使用营销法则（回到了第 1 章对营销作为交易过程的讨论）。价格对于买卖双方来说都是同等价值的货币。

即使是以货币为基础的定价也有许多不同的名称，这取决于使用的情况：律师费、房租、银行利息、铁路运费、酒店房价、顾问费、代理佣金、保险公司保费；过桥、过隧道也许会收取的过路费。无论是何种标签，它还是某种货物或服务的价格，适用于同样的原则。

对不同的人来说，价格不一定是指同样的东西，因为它通常表现为一个数字。如果你想了解价格在所有交易中的重要性，你必须关注价格之外的东西，关注它所代表的买卖双方的东西。

顾客方面

从买家的角度，价格代表着他们对所交易的东西的评价。在购买时，营销人员已经向准买家承诺了产品是什么，以及它可以为顾客做什么。顾客将根据价格来衡量那些承诺，并决定是否值得购买 (Zeithaml, 1988)。

在评估价格时，顾客特别关注产品的预期利益，如图 7.1 所示。

功能

功能利益涉及产品的设计及其满足预期功能的能力。例如，洗衣机的价格也许是根据它是否可以处理不同的洗涤温度、是否省电，以及烘干和洗涤的水平来判断的。

质量

顾客也许希望价格能反映产品的质量水平 (Erickson、Johansson, 1985)。因此顾客也许准备为汽车的皮制内饰，或是实木的而不是胶合板的家具，或是手工制作的比利时巧克力而非大规模生产的巧克力多付钱。质量感知也许与产品所用的原料和零配件有关，就像在这些案例中一样，或是与制造产品所用的劳动力有关。然而，质量也许是根据公司形象所作的不太切实的判断。宝马、亨氏和吉百利都被认为是优质的公司，因此也被认为生产的是优质产品。顾客能够接受那些组织收取较高的价格。

操作

在 B2B 市场中，可以根据产品对生产过程的影响力来评定价格。例如，可以根据新机器提升生产力、提高生产线效率或降低成品劳动力成本的能力来对它进行评价。即使是在消费者市场中，也会考虑到操作问题。例如，购买微波炉可以提高厨房的操作效率，更易于迎合现代家庭分离的生活方式所导致的用餐时间的交错，使厨师有更多的时间去追求其他的利益。

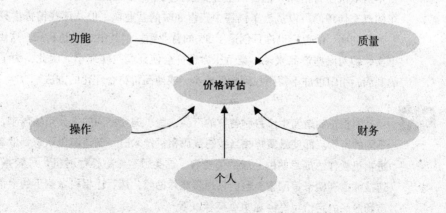

图 7.1 影响顾客价格评估的因素

财务

特别是在 B2B 市场中，许多采购被视为投资，因此预期的投资回报对判断价格是否合算非常重要。例如，人们期望新型机械可以通过提高效率、产量，节约劳力等随着时间的流逝收回成本。要注意的是，这种判断不仅是根据产量，还是根据长期的成本节约、效率提升和生产力改善作出的。

个人

个人利益是营销人员很难测量的一个方面，因为它要通过无形的、个别的心理利益，如地位、安逸、自我形象（第 3 章提及了这些利益）等，来设法衡量价格。有些高端产品，如香水，就故意运用高定价手段来扩大高端市场，包装中所描绘的成熟、独特的形象，以及分销和广告战略提升了采购的身份彰显及"感觉良好"因素。

还要记住，B2B 市场也不能免除个人因素的影响。采购将受相关人员个人动机的影响，甚至还会受增强企业自我形象的愿望的影响。

当然，问题是不同的买家对不同的利益给予了不同的重视。这就认可了需要对市场进行细分（见第 4 章），这样可以开始筛选出具有相同想法的顾客群，从而恰当地制订适宜的营销组合（包括价格在内）。

到现在为止，都是假定准买家的价格感知和价值判断保持不变。然而，它们都会因环境而有所不同，例如，一位考虑更换水管的住户很可能对价格非常敏感，在决策前会搜集许多管道工的报价。然而，冬天水管爆裂时，同样一位住户为了马上找到管道工几乎会付任何价钱。在所有此类的危急采购中，对立即解决问题的重视会使溢价付费合理化。

卖家方面

对卖家来说价格是营销组合中的一项重要元素，因为它是唯一的创收元素。其他所有的元素都代表花销。因此价格也很重要，因为它提供了回收成本和赢利的基础：

利润 ＝ 总收入 － 总支出

总收入等于销量乘以单价，总成本代表了生产、营销和销售产品的成本。销售的数量本身取决于价格和其他营销组合要素。汽车产业已经表明，尽管一个每年销售大量汽车的汽车代理商可以从汽车销售中获得 80%的营业额，但从那些销售中只获得了三分之一强的利润，修理厂也许只创造了 5%的营业额，但其中 25%是利润。这反映出这样一个事实，即对某些产品来说，竞争压力也许会使利润空间缩小。因此，为了提高这些领域的利润，组织也许不得不找到降低成本，或使高价格合理化的方法。

范例　照相机制造商生产各种各样的产品，为了迎合不同的细分市场需求，它们会进行不同的定价。即使是聚焦相当新的数码相机技术时，制造商也认识到低端市场是那些把相机视作达成目的的手段的消费者。这类顾客希望抓住时机，可能并不关心像素、连接性或存储卡等因素。他们只想瞄准并拍照，然后让相机做剩下的事情。有些低端市场产品的定价也许会在 100 英镑以下。

另一方面，严肃的业余爱好者感兴趣的也许是拍照的过程，因此会非常关注技术规格和所有成像品质和适应性。像缩放能力、逆光和闪光模式都很重要，因此价格幅度可以在 250 英镑到 1 000 英镑以上，因为顾客愿意为特点和优点掏钱。最后，专业摄影师也许准备直接选择最高端的产品以获得最好的成像质量。因此他们会仔细研究规格，并考虑附加的项目。为了获得恰当的组合，专业摄影师很可能准备付出数千英镑。然而，随着严肃的业余爱好者购买高价产品，专业数码市场的低端部门现在正变得越来越有吸引力。

然而，卖方必须始终注意从顾客角度来考虑价格。从纯经济的角度来说，假设价格降低会导致销量上升，因为这样一来，更多的人能够买得起，并产生对产品的需求。然而，正如本章导言所指出的那样，低价也许会被解读为对产品质量的负面陈述，知名产品突然削价会被认为产品的质量以某种方式打了折扣。即使是汽油这种一成不变的、稳定的产品也曾是这种想法的牺牲品。

同样，对卖方来说，高价也并非总是一件坏事。如果买方将价格等同于质量（在没有充足的市场信息或知识的情况下，这也许是他们唯一可以选择的指标），那么高价实际上可以吸引顾客。对于顾客来说，采购的部分心理利益很有可能源于它的花费，例如，在购买礼物时，人们会不自觉地为受礼人花费特定数量的钱，这或是为了达成社交期望，或是为了表明感情。价格越高，能够买得起产品或服务的细分市场越具有排他性。例如，在乘火车出行的人中，选择二等车厢的人要远远多于选择高价头等车厢的人。

卖方还要记住，有时顾客购买产品的成本远远高于其价格。这些更广泛的考虑也许对采购产生了抑制影响。例如，一个第一次购买 DVD 播放器的人关注的不仅是机器的价格，还要考虑将喜欢的录像带更换为碟片的费用。购买新电脑设备的公司必须考虑记录转换、员工培训和员工学习使用新系统初期的生产力下降，以及安装（和移走旧设备）的成本。

顾客在购买奥林巴斯 E500——首台特制数码
SLR 相机时，买的是品牌和所承诺的成功。
资料来源：Olympus UK Ltd. http://www.olympus.co.uk。

产品的整个营销战略必须认识到顾客接纳产品并克服阻碍的成本，无论是通过定价、更合适的产品还是有效的传播和说服。

无论处于何种市场，无论选择服务于哪种细分市场，组织都必须认识到价格永远无法脱离营销组合的其他因素而存在。价格和那些因素互相作用，因此它所传递的信号必须与产品本身、场所和促销所传递的一致。价格常常被说成是一个不购买产品的理由，但这反映了将价格作为营销组合其他失误的替罪羊的倾向。价格是一个非常明显的因素，在售点它打动了买家，击中了他们的钱包。正如本章之前说过的那样，如果营销组合的其余因素很好地支撑了售点，那么价格就不会是一个太大的问题，因为购买者确信提供的利益与索要的价格是相当的。价格在此被视为一种自然的有机因素，与其余的因素相协调。可能会有争论认为摇摆不定的买家会将价格作为是否购买的最终决定因素，这些人或是在错误的细分市场中购买，或是遇到了草率营销的糟糕服务。

营销 进行时

一张便宜而惬意的过夜的床

自 20 世纪 80 年代以来，英国饭店市场已经因经济型酒店的增长而发生了彻底的革命，以 Travel Inn、宜必思（Ibis）和快捷假日酒店（Express by Holiday Inn）为特色。1999—2005 年之间，英国经济型酒店的房间数由 3.9 万间增加到 6.5 万间，预计到 2010 年将达 10 万间。然而，即使是那个数字，经济型酒店在英国全部酒店房间数中所占的比例也只有 10%，而法国是 15%，美国是 18%。英国经济型酒店的数量约为 1000 家，并且每年都有新加入者。不仅是公务旅行者促进了经济型酒店的发展，休闲市场也起到了推波助澜的作用。

Whitbread 在英国经济型酒店市场中占有最大的市场份额。它于 2004 年收购了 Premier Lodge 连锁酒店，占有 40% 的市场份额。Travelodge 有 15 000 间房间分散在 265 家酒店，并且计划一年增加 2 500 间房，到 2011 年让其规模翻一番。Premier Travel Inn 现在拥有 449 家酒店，有 28 000 多张床位，它打算到 2008 年扩展到 35 000 张床位。

原来的经济型酒店往往相当简单，但经营保持在一个稳定的标准，通常是以连锁方式经营，是平价定价结构。通常没有额外服务，酒店本身没有餐厅，房间内的额外设施，诸如电话和迷你吧也是能少则少。取而代之的是，该行业的酒店提供了一个高价酒店之外的选择，那些高价酒店有更多的服务，并且有各种标准的床位、早餐和客房。对于疲倦的旅行者来说，可以通过中央预订系统提前预订，获得有保证的服务水平，根据客人日程制定的便利的抵离时间，而不是适应老板娘的日程，都提供了一种有吸引力的优势。价格的制定远远低于典型的全服务酒店，但高于典型的住宿加早餐型旅馆。此外，顾客按房间付费，而不是按人头付费，因此一个家庭可以以和个人一样的价格入住，当然，这取决于房间的最大容量。

最近的发展已经倾向于增加某些服务。六英尺宽的床、安全的停车、

为了完善 easyJet 的航班和汽车租赁服务，你现在也可以使用 easyHotel 物有所值的住宿。

资料来源：© easyHotel http://www.easyhotel.com。

24 小时接待、邻近的现场酒吧和餐厅现在都是标准特征。以剑桥的 Sleep Inn 为例，它提供互联网接入、直拨电话、服装熨烫、美发甚至房内带 PlayStation 游戏机的电视，但一个双人间仅售 50.4 英镑。快捷假日酒店为客人在邻近的餐厅提供免费早餐，每间卧室都有工作区、数据端口和电话，客人还可以预订会议室，会议室也有传真和复印设备。在另一个极端，超经济品牌 Formule 1 提供 19.95 英镑的房间，该类房间没有套内卫生间。

价格结构也发生了变化。比按季节或单独的位置定价好，分层定价现在倾向于根据总的位置和星期几来定价。因此价格也许会因酒店是否处于市中心而变化，伦敦是最贵的。快捷假日酒店对平常和周末通常使用不同的价格。简而言之，当服务水平和服务的交付保持在稳定的标准时，早期对价格竞争的强调正在被物有所值的方式所取代。Travel Lodg 正在试验根据预期需求设定价格的业务模式，因此遵循了航空公司低价的案例，而没有使用正规的分层结构。因此，房间从 20 多英镑到 50 多英镑不等，当大部分成本保持不变时，重点被放在了补充接待能力和激发所能获得的边际收入上。入住率相当高，每年在 70% 以上，这优于其他大部分酒店部门（Business Europe，2004）。这种更灵活的定价方式得益于互联网预订使用的扩大，尽管这仍只占到了所有预订的 25% 左右，低于廉价航空公司产业的一般比例。

开发一个强大而稳定的品牌在实现高入住率时是业务规则中的一个重要部分。然而，随着竞争的加剧，也许会有开发更多设施而不是削价的压力。有趣的是，在许多美国的经济型连锁酒店里，诸如大陆早餐和游泳池之类的额外供应通常用作区别，往往只有很少的额外价格。因此，低成本经济型酒店现在正开始进一步分裂，因为以不同的价格水平提供不同的服务/设施选择，尽管方便了预订，但品牌的便利性和稳定性却往往是相似的。

资料来源：Business Europe（2004）；Marketing Week（2003，2005）；Singh（2001）；Stevenson（2005）；Upton（2001）。

定价决策的外部影响

本章前面的章节已经指出定价比看到的要复杂。由于营销环境和参与营销交易各方的人的感觉很复杂，所以这并不是一门精确的科学。无论是关于分销渠道、竞争对手或是顾客，总会有一些不确定的因素影响定价决策。此外，要减少不确定性，分析影响定价决策的问题种类是很重要的。其中有些是销售组织内部的，因此可能更有预见性，而另一些则源于外部压力，所以更难准确界定。组织可以控制或影响这些问题的程度也有差别。图 7.2 就概括了外部影响的主要领域，而本部分就是要明确这些领域，并对它们给定价决策的影响提出总的看法，为本章最后更详细的定价审查和战略制定做好准备。

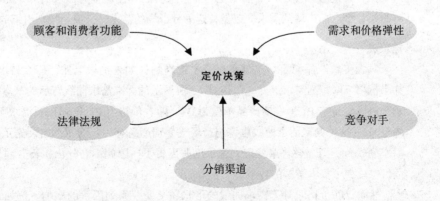

图 7.2 定价决策的外部影响

顾客和消费者

正如前面所指出的那样，定价不能不考虑终端买家的感受和敏感性。不同细分市场对价格水平和价格变化的反应是不同的，取决于产品属性、需求程度和所建立的产品忠诚度。

> **范例**　有辨别能力的咖啡饮用者如果喜欢雀巢的味道，并一直购买该品牌的产品，也许不会注意到价格的上涨；即使他们确实注意到了价格的上涨，也还是可能继续购买雀巢，因为他们非常看重该品牌的优点。而把咖啡当作一种商品，并且不介意咖啡的味道，只要它是热的、能润喉就行了的细分市场也许更容易对价格敏感。他们也许一直定期购买同一品牌的产品，但如果价格上涨了，他们肯定会注意到，并转向其他更便宜的产品。

营销人员必须小心地在以成本为底限，以市场可以容忍的价格为上限的范围内设定价格。范围越宽，营销人员设定价格时的判断力越强。组织可以通过降低成本（从而降低底限）或提高消费者的起点（通过更有针对性的传播或改进产品）来提升其定价判断力。

消费者的上限很难界定，因为它与产品感知和产品的竞争形势紧密相关。一种被认为优于竞争对手的产品，将会比被认为价值不高的产品具有更高的上限。在后者中，价格上限也许更接近于成本。同样，一个具有强大品牌忠诚度的产品可以将其上限推高，因为对产品的渴求降低了对价格的所有敏感度，从而可以实现溢价。通过根据产品的感知价值来定价，可以找到与顾客准备支付的价格更接近的价位（Nimer，1975；Thompson、Coe，1997）。

需求和价格弹性

顾客对价格的态度和反应在某种程度上反映了需求的经济原理。营销人员的定价目标与对需求的估计密切相关（Montgomery，1988）。随着定价目标的变化，例如，如果决定转向高端市场的高档细分市场，潜在需求的属性和规模也将发生变化。同样，对营销人员来说，能够预测新产品需求也是非常重要的。在这里对需求的界定是灵活的：它也许是指整个产品市场的需求，或是特定细分市场的需求，又或是特别组织的需求。

需求决定

对大多数产品而言，这似乎是合乎逻辑的：如果价格上涨，那么需求下降；反之，如果价格下降，则需求上升。这是图7.3所展示的标准需求曲线背后的基本前提，该图显示：以既定价格P1销售的产品单位为Q1。随着价格由P1升至P2，需求则预计会由Q1降至Q2。这种典型需求曲线也许与市场或个别产品有关。例如，如果美元兑其他货币的汇率疲软，美国人会普遍发现到国外度假更贵了，因此不会外出旅行。同样，亚洲金融危机也减少了日本游客的数量。

然而，除价格之外，需求曲线的形状还会受一系列因素的影响。例如，消费者品味和需求的改变也会增强或减弱对产品的渴求度，而这些都与价格无关。虽然仍有经济实力，但却不想买了。真正可支配收入的波动同样也会影响需求，尤其是那些可能被视为是奢侈品的东西。例如，在衰退时期，消费者也许会降低对国外度假或新车的需求。在这种情况下，意愿仍然存在，但支付能力却没有了。类似的替代产品的供应和定价也会改变需求反应。例如，CD 播放机进入大众市场就给卡带播放机的需求带来了灭顶之灾。

　　所有这些因素都由需求决定，营销人员要想把意图注入到需求曲线就必须了解这一点。然而，正如迪亚曼托普勒斯和马修斯（Diamantopoulos、Mathews1995）所强调的那样，需求曲线在本质上是非常主观的。它们主要取决于对价格变化可能对需求产生的影响的管理判断，因为大部分组织没有这类成熟的信息系统可以让它们进行客观的计算。实际上，这是一种"感觉"需求曲线，它推动着管理决策，而不是一种"真正的"曲线。

范例　　印度洋海啸的影响之一是对世界鱼类供应链的影响。捕捞船队、海岸物流设施和基础设施的破坏意味着供应的短缺，预计将对全球市场的价格产生冲击作用。包括金枪鱼在内的许多物种，在斯里兰卡和马尔代夫都遭到了广泛捕捞，小虾在泰国的海岸上被买走。如果供应情况未能快速恢复的话，这些物种的价格有望提高，持续的需求将使供应更加有限（The Grocer，2005a）。

　　并非所有产品都符合图 7.3 所展示的典型需求曲线。有些产品与消费者有着深厚的心理联系，也许是具有抬高身份的方面，这会体现为一种相反的价格—需求曲线，在这种情况下，价格越高，需求也越高。如图 7.4 所示，当价格由 P1 降至 P2 时，需求也由 Q1 降至 Q2，产品失去了它的神秘感，需求也就下降了。然而，还是存在一个上限，超出了这个上限，即使是对于有身份意识的市场来说，产品也变得过于昂贵了。于是，随着价格超过了 P3，一种更常见的关系就出现了，价格的上涨导致了需求的下降。这创造了一种飞去来器形状的需求曲线。了解曲线开始转回来的点对于希望从市场中撇油的营销人员来说可能会有所帮助。价格过高时你可以转危为安，使它们成为非常高级的产品。

范例　　高级香水，特别是那些有着设计师名字的香水，也许会呈现出飞去来器的需求曲线。香水坊已经对香水进行了仔细的定价，价格高得足以将它们定位为远远不同于普遍化

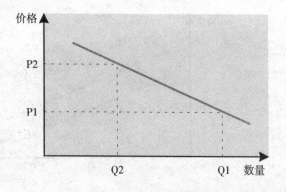

图 7.3　典型需求曲线

妆品的产品。这意味着高级香水吸引的不只是经常买得起此类产品的富裕人群，还包括那些想要成为精英分子并准备大手笔地偶尔购买那些对他们来说似乎是大价钱的产品，使他们更接近于奢侈和高雅世界的人。在两种情况下，高价都是产品吸引力和刺激性的一部分。价格越高，兴奋度越强。然而，如果价格变得过高，胸怀大志的细分人群可能会撤退，转而靠某些更买得起的东西来维持他们的幻想。他们也许会发现30~80 英镑是可以接受的，但 70~120 英镑也许就被认为过于奢侈了。即使是精英细分市场也可能会有上限。如果贴有设计师标签的高级香水的价格变得过高，他们可能会购买设计师的服装作为替代，如果他们想要炫耀他们的富裕和身份的话！

　　需求曲线的另一个方面是营销人员可以设法影响其形状。图 7.5 展示了如何通过营销努力来上移需求曲线。如果营销人员可以为顾客提供更好的价值，或是改变顾客对产品的感觉，那么需求量将会增加，而不需降低价格。对于营销人员来说，能够找到方法使用非价格机制来对付竞争对手的削价，或设法改善需求以避免两败俱伤的削减差价和利润的价格战是非常有价值的。这可以创造出一种新的、平行于旧曲线的需求曲线，当价格保持在 P1 时，需求可以从 Q1 上升至 Q2。

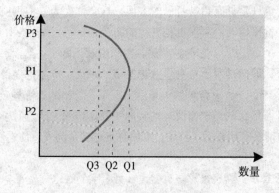

图 7.4　飞去来器需求曲线

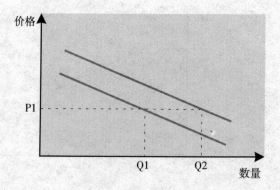

图 7.5　平行需求曲线

价格需求弹性

对于营销人员来说，了解需求对价格变化的敏感度也是很重要的。这通过需求曲线的斜度表现出来。非常陡峭的需求曲线代表很强的价格敏感度，在此情况下，价格发生一点轻微的变化，而其他条件保持不变，都会导致需求的巨大变化。对于某些重要的产品，如电力来说，需求曲线要平缓得多，价格的变化不会导致太大的需求变化。在这种情况下，需求被称为是无弹性的，因为如果用价格来进行任何方式的拉动，都不会增长得太多。因此，术语"价格需求弹性"是指数量变化百分比与价格变化百分比的比率：

$$价格弹性 = \frac{需求量变化百分比}{价格变化百分比}$$

因此，价格需求弹性越大，市场越敏感。像电力这样的产品所具有的价格弹性与方便食品这样的产品的弹性相比近乎于零。对于大部分产品而言，如果价格上涨，需求数量通常会下降，价格弹性往往是负数，但根据惯例，负号通常可以省略。

对于营销人员而言，了解组织品牌和整个市场的价格弹性，以及它们的起因是很重要的，并要以此作为营销组合决策的基础。有许多因素会影响顾客的价格敏感度（即价格需求弹性）。根据经济学原理，产品的替代品出现得越多，或是越接近，都会增加产品的价格敏感度，因为随着原有产品价格的上涨，购买者可以选择转向其他替代品。然而从营销的角度来看，似乎并没有这么简单。例如，素涂抹黄油的出现为消费者提供了除黄油之外的选择，因此可以与黄油进行价格比较。然而，此外，它还彻底改变了黄油需求曲线的特性，把它从必需品（非常平的直线）变为了奢侈品（更像飞去来器形状）。那些现在选择购买黄油的人是为了它更好的口味，或是因为它提高了买家冰箱内所装东西的档次，这时的价格敏感度不会比以前高，实际上，甚至会更低。

除了关注替代品对需求曲线形状和斜度的影响之外，思考采购对买家的意义也是很有趣的。较之买家的收入，采购所涉及的是相当大的现金支出，这会使购买者的价格敏感度提高。正如第 3 章所讨论的那样，采购的风险越大，越不经常发生，购买者会变得越理性，产品的物有所值性会变得越重要。例如，汽车价格的上涨可能会阻止潜在的买家更换旧车。

分销渠道

组织的定价方式还要考虑分销链中其他成员的需求和期望。每个成员都有一个期待的利润率水平，并且要求收回涉及产品处理和转售的成本，如交通、仓储、保险和零售展示。即使是通过中介分销的服务产品，如保险或度假，中介根据销量收取佣金，以此回收土地、员工、行政管理成本和利润，这都影响着服务的价格。

所有这些都可能会破坏制造商的定价判断，因为它大大增加了生产商的成本，使总成本更接近消费者的上限。破坏的程度将取决于制造商和中间商之间的力量对比。

竞争对手

本章已经多次提出过这一点，即定价决策必须在竞争环境下作出。竞争的水平和强度以及其他组织在市场上所作出的定价决策都将影响到所有制造商的定价。这不仅关系到有关的定位（"如果经济型版本是 10 英镑，那高档版本就是 70 英镑，如果我们想突显一个中档产品的话，我们必须收 45 英镑"）。组织希望将价格作为进攻性竞争武器的程度也涉及战略决策。本章随后将对价格和非价格竞争进行讨论。

竞争对价格的影响将取决于产品的属性和市场中竞争对手的数量和规模。

完全垄断

几乎不存在完全垄断情况，即整个市场中只有一个供应商。传统上，垄断者是提供公共服务的大型国企，如：公共机构、电信和邮政，或经营重要经济产业的企业，例如钢铁和煤。法规保护垄断，使其免于竞争。在理论上，垄断者并没有竞争性的价格框架，因此可以设置它们想要的任何价格，因为顾客除了从它们那里获取资料来源，没有其他选择。然而在实践中，政府和独立的监督机构已经制定了规章，对垄断者施加了压力，使它们把价格保持在社会可以接受的限度内。如果这还不够的话，国际竞争的加剧和可选择产品的供应也会产生影响。例如，燃料、汽油或核能的价格和供应都影响着煤的价格和需求。

寡头垄断

英国解除管制后的电信市场就是一个寡头垄断市场，该市场上只由少数有实力的供应商支配。市场中的每个从业者都很了解其他从业者，在没有对可能的竞争反应作出恰当考虑之前，不会采取行动。定价在这种市场上是一个非常敏感的问题，寡头选择的价格非常接近于其他寡头，肯定会出现对相互勾结的谴责。一个组织突然的价格变化也许会被其他的组织视为一种威胁，但可以通过预先告知公众将要上调价格来消除猜疑。

这些发展都不足为奇，因为寡头之间的价格战是参与各方都宁愿避免的东西。由于寡头之间可能非常势均力敌，所以它们中任何一个都很难确保获胜。发生战争时，消费者也许会非常高兴，但寡头只需将它们的利润空间削减至非常小的程度，就不会遇到任何竞争情况，这致使它们非常看重最终的结果。

垄断竞争

许多市场属于垄断竞争类型，在这些市场中有许多竞争者，但每个竞争者都有不同于他人的产品。在这些市场上，价格并不一定是关键因素，因为产品的特性和优点为产品提供了差异性，扩大了竞争效力。这些市场强调的是品牌或附加值，这样顾客准备接受来自竞争对手的不同价格。例如，Miele 是一家德国的厨房和洗衣设备制造商，它已经建立起了溢价销售优质产品的声誉。因此它可以充分地将其产品的价格定得高于竞争对手，因为 Miele 的顾客认为从质量、耐用性和服务来说，他们获得的都是物有所值的产品。

完全竞争

与完全垄断完全相反的完全竞争也很难找到。它是指市场上有非常多的卖家，而它们的产品从买家的角度来说没有什么差别。因此，价格上几乎没有弹性，因为没有一个卖家有足够的能力领先于其他卖家，或是具备区别性产品，使不同价格合理化的能力。如果一个卖家抬高了价格，其他的卖家也会跟着调整，或者顾客将更换供应商，将脱轨的供应商带入正轨。一个供应商降价将会吸引顾客，直到其他供应商也跟着调价。

为了避免这种无能为力的僵局，许多市场已经发展到提供差别化产品，甚至大部分是无聊的商品（例如第 4 章盐的案例）。在大部分市场中供应商的平衡也维持不了多久。出现一两个更狡猾的或更有实力的供应商往往会导致市场进入垄断竞争。

法律法规框架

欧洲市场在制定和调整价格时，越来越需要了解各国和欧洲的法律法规框架。这方面的内容在第 2 章已经讨论过。有些组织，如公共机构，往往由政府来对定价方针进行仔细的核查，以确保它们符合公众的利益，特别是当其经营接近于垄断时。即使是在私有化后，这种组织也不能像它们所希望的那样完全自由地定价。例如，像第 2 章所提到的那样，英国的私营水、气、电话及电力公司要对由政府设立的非政府组织（Quangos）和监督机构负责。甚至国家彩票也要由 Quango、英国彩票委员会（Oflot）对定价、资金分配和利润进行检查。

在英国，转售价格维持，即制造商决定他们产品应该有的零售价的权力，在 20 世纪 60 年代初就被废除了。尽管它在一些选定的产品领域被保留了下来，但多年来已经在逐渐下降。最近被废止的转售价格维持领域是维生素、矿物和膳食补品。该价格维持背后的想法是通过确保大型商业区连锁店不具备价格优势，以此来保护小型的社区药店。然而，某些大型零售商憎恨这种形式。连锁超市 ASDA 就对该类品牌削价 20%，这迫使制造商将其送上法庭，以维护它们规定价格的权力。该诉讼对 ASDA 不利，ASDA 因此不得不再次提高了价格，等待英国公平交易署（OFT）对情况的复查结果。与此同时，所有主要超市都有针对性地大幅降低了它们自有品牌的维生素、矿物和补品的价格，因为它们被赋予了这样做的权力。此类产品的价格维持最终在 2001 年被废止。

内部定价决策影响

当然，定价也会受到许多内部因素的影响。例如，定价需要反映公司和市场营销的目标，此外还要与营销组合的其余因素保持一致。然而，如果组织关注的是创造可以接受的利润差的话，记住定价可能会关系到成本也是很重要的。图 7.6 总结了内部对价格的影响，本小节的其余部分将进一步对此进行详细讨论。

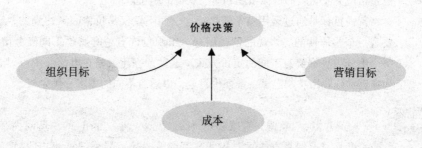

图 7.6　内部对定价决策的影响

组织目标

组织目标领域是一种内部影响，关系到公司战略。营销计划和目标的设定不仅要能很好地满足顾客的需求，还要反映组织的愿望。这两个目标应该并不矛盾！组织目标，如目标销量、目标销售额、不同细分市场的目标增长和目标利润额通过制订营销组合，尤其是通过价格都可以或多或少地达到。

公司战略不仅与量化目标设定有关，还与组织在市场中较之竞争对象的定位有关。定价可用来帮助发出要领先的信号（无论是在降低成本、价格，或是提高质量方面）或建立明显不同的利基市场，这可以通过营销组合的其他因素得到强调和巩固。"午夜太阳"牌黄油在英国上时，芬兰公司维利奥（Valio）使用了优质的银制包装，并参照市场领头羊银宝（Lurpak）对产品进行定价，从而向顾客传达了一种高端市场的形象。

在定价的另一端，折扣连锁超市，如 Netto、Aldi、Lidl 和 Kwik Save 都在设法实现市场价格领袖的目标。显然，商店的低定价是它们的主要工具，但这只有通过成本削减来达到（因此有了最低限度的零售环境和低水平的顾客服务），还要容忍更低的利润空间（1%，而行业平均水平在 5%~8% 之间）。要做到所有这些还要靠吸引更多的顾客光顾来产生更高的销量，从而赚取合理的利润。较高的销量也赋予了折扣零售商与制造商就大批采购进行谈判，获取更优惠条件的余地。

组织目标会随时间而发生改变，因为组织及其市场也是在发展变化的。一个新的企业，或是一个新的加入者进入市场，所面临的首先是生存问题。需要产生订单来使用过度的生产力，并在市场上站稳脚跟。较低的定价（以牺牲利润空间而不是质量为代价）只是这样做的一种可能的方式。一旦站稳了脚跟，组织就可以开始考虑目标利润和建立竞争阵地方面的问题了，这也许会涉及修改定价方式。把价格作为完整的营销组合的一部分，组织可以把目标设定为在所有重要标准方面达到市场领导地位。一旦达到领导地位，就必须对目标进行重新界定，以此保持和捍卫领导地位，从而远离竞争。

共同目标也有短期和长期之分。例如，在短期内，一家濒临崩溃的小型企业也许会将低价作为一种生存战术，保持不负债，但它的长期打算还是包括了以高价保持质量领先。

营销目标

正如此前的章节已经指出的那样，营销和组织目标密切相关，在很大程度上相互影响着。可是区别在于组织目标主要与组织整体的经营、福利和个性有关，而营销目标则更密切地关注明确的目标市场和所要获得的地位。

营销目标是通过运用整个营销组合，而不仅仅是价格因素达到的，这再次强调了需要有一个整体性的、协调的营销组合。组织也许有一套满足不同细分市场的产品组合，每个细分市场都要有不同的定价方式。这种差别化战略在电信业中可以看到，英国电信为家庭和商业用户制定了一系列价目表，以适应不同的需求和优先权。

范例　　KEF Audio（英国）有限公司（http://www.kef.com）的制造商拥有一套 40 个品种的产品（高保真立体声对箱和家庭影院多扬声器系统）和 16 种定制安装扩音机

（用于安装在房屋墙壁和室外）。价格幅度从 129.99 英镑一对的入门级 Cresta 10 高保真音箱，到 8999 英镑一对的旗舰产品 Reference 207 高保真音箱。只要市场认可系列中不同型号之间在功能和质量上的差异，价格的广泛分布就不会导致对组织所代表的产品的混淆或冲突。

在此意义上，汽车制造商制造低端的、便宜而令人愉快的 8 000 英镑一辆的轻型汽车与制造高端的、价值 4 万英镑的豪华商务用车，其间并无差别。关键在于运用营销组合中的其他因素来支持价格，或是证明它的合理性。产品组合概念及其管理问题在第 12 章会进行全面的讨论。

另一个可能会在一段时期内影响特别产品定价的产品概念是产品生命周期。在介绍期，较低的价格也许是鼓励交易的营销战略的必要组成部分。宣传这种价格是"一种引入试销价格"，是防止"低价 = 低质"判断的一种方式。随着产品经历成长期和早期成熟期被确立起来，并且获得了忠实的买家，组织也许会有足够的信心提高价格。正如此前所指出的那样，鉴于竞争形势和所想达到的产品和组织定位，这是必须做到的。在成熟后期和衰退期，可能会采用削价来榨取垂死产品的最后一口气。

尖端的 *KEF 扩音器系列——KEF 207 扬声器*。
资料来源：KEF Audio（UK）http://www.kef.com。

成本

从营销方面来看，价格主要与顾客准备为特别产品所付出的代价有关。然而，不能完全忽视提供产品的实际成本。营销是要创造和保持有利可图的顾客，如果组织生产产品的成本不能低于售价的话，那它在市场上的生存就会有问题了。

因此，产品的生产成本代表了一种基础，低于这个基础，产品的销售就是无利可图的。然而，成本的确定也并非易事。例如，在酒店中，短期内的主要成本是固定的（员工、设施供应、维护等），它们的产生与住房率无关。与实际客人相关的变动成本（例如：洗衣和消耗品）则相当低。因此，在确定房价时，组织必须反映预计的变动成本和产生固定成本的因素，以及建立在预测业务水平基础上的利润，这样一来，通过长期运营，才能收回所有的成本，并且赚取满意的利润。

然而，在短期内也许不可能严格遵守成本回收规则。价格不得不置身于竞争性的、不可预知的环境中，也许不得不具备足够的灵活性，成为一种竞争武器或保持销量的促销工具。因此酒店在每年淡季供过于求时，可能会愿意把房价打 6 折。只要价格能够收回变动成本，并为固定成本和利润作一些贡献就是可以接受的。同样，当旺季很难找到房间时，酒店要能保证供应，以此支持它们的公布价。

成本的另外一个重要方面是联合或分摊成本的概念，这是在组织所生产的众多产品之间分配的。例如，研发设备、维护、质量保证和行政管理开支等核心供应必须通过所获收益来回收，因此必须反映在价格中。通常在所有产品线中分配这些成本的标准是任意的，不一定与预测销量和市场价格敏感度紧密相关。

因此很显然，成本在价格设定中确实起到了重要作用。下一部分将进一步讨论这一问题。

定价过程

本部分仔细检查了组织确立价格范围并为其产品确定最终价格的各个阶段。要评估顾客和竞争对手在特别营销组合背景下对特别产品定价决策的反应，需要有一定的管理技巧。对于有意随大流而不是试图领先的组织来说，这种定价决策非常简单。

图 7.7 给出了定价所涉及的管理过程。第 1 阶段——设立价格目标，确保定价决策时考虑了组织的共同目标和营销目标。第 2 阶段——估计需求，评估了可能的市场潜力和

图 7.7 决定价格范围——概述

消费者对不同价格水平的反应。在此结构下，营销经理在第 3 阶段可以开始明确定价方针。这是引导性的理想框架，在此框架内决定了定价策略和决策。

范例　　尽管对欧盟降低价格水平的影响有一些抱怨，但汽车制造商正在感觉到欧盟驱动的对它们的成本进行立法的影响。据说有 282 条单独的法律条款，而这可能会给每辆车增加 4 000~6 000 欧元。该项立法的要旨是使汽车更清洁、更安全。案例包括给引擎盖配备气囊，以便使低度碰撞的后果最小化；还有一种装置，如果车主没有交税或保险的话，它可以让车停下，它还可以记录里程和过路费，甚至监控车速。问题是欧盟的消费者是否觉得需要这些便利，并且他们是否准备好为之付更多的钱？而非欧盟的汽车制造商是否会领导或追随这些变化？在设定价格标准时必须考虑所有这些因素（Boles, 2005）。

定价策略解决的是市场定位和实现共同目标和营销目标的长期问题。第 4 阶段所确立的成本—数量—利润关系检查了根据既定价格和所能接受的收入水平估计的产品销量，价格要能收回成本并赚取足够的利润。所有这些都预示着这样一个事实：定价必须在竞争环境下进行，因此营销经理必须评估竞争对手对不同价格的反应，并评估建议价格在多大程度上反映了组织及其产品想要达到的竞争地位。

前 4 个阶段在第 5 个阶段达到了顶点，定价战术和最终调整关注的是定价在营销组合和所服务的市场细分环境下的实际用途。

尽管图 7.7 展示了一个清晰而有逻辑的流程，但在现实中，定价决策很可能包括许多反复和融合阶段。有些阶段也许会被跳过，考虑到市场中的某些特殊情况，其他阶段也许会延长。还会有冲突，例如企业要求利润最大化的压力和竞争力评估显示市场已经达到了高价上限之间的冲突。要解决这种冲突从而避免不明确的营销组合中定价不一致的风险。要推广定价程序也很难，这不仅是因为它在各组织中的运作都各不相同，还因为不同类型产品和市场之间的定价会有很大差别，它们取决于特殊情况的动态和成熟度。

定价目标

任何有计划的方式都要建立在已经实现的基础上，既要应用于定价，也要应用于其他目的。必须明确它在营销组合中和作为创收盈利者的作用。在此意义上，价格是满足顾客需求和满足组织收回制造和营销成本，并且赢利的需求之间的一种微妙平衡。

因此，定价目标应该与组织和营销目标紧密相连（Baumol, 1965）。其中有些也许是建立在财务基础上的，而其他一些也许与销量有关。如果短期内，例如，财务发现现金流有问题，营销人员也许会被迫调低价格，快速地将产品变为现金。而从长远来看，公司战略也许会看到组织生存的唯一意义是击败主要竞争对手，而价格也许会成为关键的武器。这也强调了一个事实：即目标不需要绝对固定，为了适应变化的需求和压力，它们可能会有长、短期之分。

　　　零售商提供的"买一赠一"优惠对于试图保持品牌高级市场定位的制造商来说是一种真正的痛苦。山猫、锚牌（Anchor）、柯芬花园汤（Covent Garden Soup）、强生、鸟眼和好家伙比萨（Goodfella's Pizza）都受到了影响（Bashfor, 2004）。还有"买三赠二"、加赠 50% 和其他形式的直接折扣，它们都可能使品牌形象掉价。超市对于保持竞争力很感兴趣，而且价格促销确实起到了作用。低价和优惠的副作用是竞争对手常常被迫跟进，因此使消费者的价格敏感度变得更高而不是更低。它还促进了品牌转换，这样消费者会将他们的忠诚在选中的品牌之间进行分配，而不是只坚持一种选择。当然，从零售商的角度来看，它可以强化价格——价值的商店形象，从而促进商店忠诚度。然而却怕最初为在短期内创造销量而设计的价格促销具有保留的习性，随着消费者习惯了付低价，重点继而就由品牌质量转到了品牌价格上。这也许不符合品牌所有者的长期利益（Garner, 2004）。

　　就像所有管理领域的目标一样，定价目标必须界定清楚、详细、有时限，并且不能相互矛盾（Diamantopoulos、Mathews, 1995）。显然，组织在经营少量的大额交易，或是少数产品时很容易实现这些理想。然而，对于一个在多个市场中经营，有着大量用户，或有大量产品的组织来说，复杂度会增加。许多日本公司往往采用长期定价观点，并且不只是从单独的产品线来考虑利润，而是从整个产品组合来考虑（Howard、Herbig, 1996）。从长远来看，结合长期关系的价值来考虑价格，胜于把它作为一个短期的提升利润的机会。日本公司的倾向是基于长期市场考虑来设定价格，然后把成本打入产品线，而不是让成本来决定价格。

财务目标

　　财务目标可以有长期的，也可以有短期的。例如，必需产生足够的现金流来为组织每天的运转提供资金，这就是短期目标；而需要获取资金投资研发就是长期目标。长期目标从根本上提供了满足利益相关者期望的方式和为将来合理的基础进行投资的手段。

销售和营销目标

　　显然，销售和营销目标是影响定价决策的重要因素。在定价选择中，目标市场份额、在市场中的相应定位以及目标销量都会受到影响。

　　市场份额和定位。组织的营销目标也许与保持或提高市场份额有关。要仔细考虑这些因素对定价的意义。在高度竞争的市场中保持市场份额也许意味着在下一个交易期内不能提价，甚至必须降价，以便应对竞争对手的低价销售。提高市场份额则意味着主动降价，吸引从竞争产品那边转过来的消费者。作为选择，高价也许有助于确立高品质定位，而这会吸引更多有品味的顾客。

　　销量。追求销量也许与市场份额目标有关，但更多源于对生产能力的运转性关注。在不同的生产活动中，定价可以作为保持组织平稳运转的手段。连续生产，包括大规模生产同类产品，都能够在产品售出前积累成品库存。然而在某种程度上，库存也许会变得无法承受，导致被迫打折清仓。例如，在衰退时期，许多汽车制造商如果保持生产线或多或少地按正常能力运转，希望市场很快复苏的话，就会面临这样的问题。

现状。与保持市场份额紧密相关，保持现状的目标意味着组织希望事物继续保持现状，因为它们确实不希望市场这叶小舟触礁。甚至市场领袖也可能乐于只保持市场份额而不追求更大的市场份额，并且因为害怕损害自己在此过程中的地位，而不愿挑战更小的、定价更低的竞争对手。

使用定价作为获取市场份额手段的一个问题是：这确实要冒价格战的风险。一个组织降低价格，其他所有组织都会开始调低价格。最终的结果是差价变得越来越小，最弱的组织会被淘汰，相对市场份额也未必会发生变化，除了消费者以外没有人是赢家。这是一种非常昂贵的保持现状的方式。即使是小型供应商也会选择通过保持与竞争对手一致的价格来保持现状，而不会选择挑战竞争对手的价格。根据珀克斯（Perks, 1993）的观点，要赢得价格战，组织应该只针对更弱的竞争对手，凭借实力战术将战争引向长期，从而消耗竞争对手的实力。

当然，组织可以选择在某些产品领域保持价格的一致，而在其他领域则不然。例如，即使是在英国超市的高端市场，在许多精选的基础产品线上也可以看到激烈的价格竞争，然后通过对其他产品收取溢价来暗中弥补。

价格匹配而不是削价也许更可能保持现状，但它也会为非价格竞争打开大门，在非价格竞争中，焦点是营销组合中的其他因素。组织可以展示它提供的是更好的产品（通过无论哪一种与目标市场有关的标准），这在某种程度上可以压制对价格的敏感度。这很难做到，但它确实可以更容易地建立并保持忠诚，从而防止竞争对市场份额和利润空间的损害。顾客的价格敏感度越高，他们的忠诚度会越低。

生存

在经济困难的情况下，生存会成为组织的唯一动机。如果你可能会被踢出将来的市场的话，长期战略性目标是没有市场的。设想一家已经建立了自己市场的小公司却不具备它最初所预想的潜力。为了保持货物流出、现金流入，价格是一种明显有弹性的、可以改变的营销组合因素。甚至是大型企业，像造船厂，也可能准备承受短期损失从而保持经营的完整性，即使不以某种方式缩小经营规模的话，这种状态就无法无限期地维持下去。

需求评估

正如我们在前面讨论过的那样，对于营销人员来说，评估对既定价格产品的需求水平是很重要的。此外还必须强调的是，这并不是一种机械的数学计算：它需要深入、详细地了解顾客和竞争对手对定价及支付的态度和敏感度，这些都要考虑组织自身的定价目标。例如，这也许简单至极：如果我们降价10%，那销量会上升15%。这种降价可能会引发与好斗的竞争对手之间的价格战，然后又可能会导致难以承受的利润率损失，或将销售或市场份额拱手让给竞争对手。即使价格战得以避免，削价也可能会导致产品地位在顾客心目中下滑，削弱其品牌形象，从而导致长期的损失。

范例　　亨利中心的调查显示，不同的消费群体对时间的重视程度不同。如果不用浪费时间排队，可以更快速、便捷地获得服务的话，这些"有钱"但"无闲"的顾客也许准备为产品和服务付更多的钱。这已经促使某些超市考虑引入快速结账通道，通过它顾客可以多付钱获得更快通过的便利。问题是要避免大部分顾客的反对，这些顾客希望良好的服务，但却不准备额外付费。如果大部分顾客选择走快速通道的话也会是个问题。调查显示，每 4 个全职工人中会有 1 个对使用此种系统感兴趣。

需求评估在帮助判断某个决策的合理性时显然起着重要作用。想想超市的高级管理人员考虑是否采纳上述案例中所描述的快速通道结账的点子吧。顾客是喜欢还是反对，这显然是一项重要的考虑内容，但还有与成本经济有关的实际问题。4 个全职工人中有 1 个会对此项服务"感兴趣"，但他们中有多少人在实际中会真正使用呢？快速通道队伍应该有多长（或是主流排队必须有多短！）或者感觉的等待时间有多长，顾客才不会认为快速通道服务不值得收取额外的费用？额外收费越高，顾客对服务质量和速度的期望就越高。所有这些都会影响到所需快速通道收银台的数量决策和在每周的哪个时段提供该项服务的决策，这些接下来又会影响成本，从而影响所提供服务的赢利性。因此看似简单地对服务的需求会怎样随额外的价格发生变化的问题，却变成了涉及许多变量的复杂问题，其中某些变量比其他变量更确定，更好测量！

因此，从总体上看，需求评估在确定并探究"如果……那么"的情节时会涉及大量的管理技巧，并且必须根据定价过程的其他元素来进行评价。

定价方针和战略

定价方针和战略为定价决策提供指引和信息，它提供了一个框架，在此框架下可以作出一致的决策并获得组织的认可。方针和战略有助于明确定价的作用和它在营销组合中的用途（Nagle，1987）。这种框架在大型组织中尤为重要，在这些组织中，定价决策也许代表了某些生产线管理人员或销售代表的判断。他们需要足够的规则来保持公司在市场面前的一致形象，而又不受到过度的限制。

例如，在许多情况下销售代表会需要方针的指引。设想一名销售代表在拜访顾客时，顾客告诉他竞争对手正在以更便宜的价格提供类似的产品。公司方针将帮助代表决定是否降价，或者是否更卖力地推销产品的好处。

其他可能会用到方针和政策的情况包括回应大众市场的竞争性价格威胁、为新产品或重新上市的产品制定价格、根据主要的环境条件调整价格、与其他营销组合要素一起使用价格，最后，使用所有产品的价格来达到整体收入和利润目标。下面将对其中的某些情况进行更详细的讨论。在任何情况下，方针都可以为更详细的定价策略打下基础，这些策略是为了实现价格目标而制定的。这些方针应该建立在深入的定价调查基础上，它包对竞争对手策略、顾客价值观以及内部成本的调查（Monroe、Cox，2001）。

范例　你为从橄榄油中获得的东西付钱吗？对调味油的偏好会让你花比标准油贵一倍的价钱，而"浸渍油"又比调味油贵 25%~50%。调味油，例如蒜味油可以用作沙拉调料，而辣味油可以用于烹饪，对于这些好处，价格敏感度会较低。消费者了解他们获得的是什么，并且准备为之付高价。浸渍油通常用新鲜的原料和冷榨橄榄油制成，然后加热以提供口味更自然的油。对于许多消费者来说，"浸渍"一词创造了一种正面的高级感受，与某些有机和自然的东西联系在了一起。与生产这些增值油有关的额外成本与收取的高价几乎扯不上关系（The Grocer，2005b）。

新产品定价策略

除了新产品开发中固有的其他压力和风险之外，就像第 6 章所讨论的那样，确保恰当的上市价格是非常重要的，因为这个价格之后是很难改变的。试探性地设定一个低价来吸引顾客对于新上市产品的注意可能很容易，但这会建立起对品牌品质和定位的态度和感觉，而这将是很难推翻的。后来的提价可能会被顾客视为带有某种恶意。低价进入，选择随后提价的最安全途径是使价格成为一种促销手段。明确标明低价是一种介绍期优惠，一种短期的试销价，是为了吸引注意力并鼓励试用新产品，当价格升至"正常"水平时，顾客头脑中就不会有混淆或怀疑了。

高价或低价决策的另一个方面是对竞争的影响。高价可能会鼓励竞争对手进入市场，因为它们看到了潜在的高利润率。然而，推出新产品的组织也许不会有太多的选择。快速收回开发成本的内部压力也许会迫使抬高定价；或是作为选择，一个对价格敏感的市场也许会直接拒绝高价，迫使价格下调。

根据门罗（Monroe）和德拉·比塔（Della Bitta，1978）的观点，这主要取决于新产品有多大的创新性。在拥挤的市场上，一个新品牌在价格定位上是非常精确的，因为有许多竞争对手可以比较，价格制定者和消费者都可以清楚地"读懂"价格信号。一种完全未知的产品，例如第一台家用录像机，就没有这种参照系统。价格制定者可以着手做三件事：第一，其他家用电器的价格可以提供一些关于消费者有望支付的价格的线索。这是一种脆弱的联系，因为新产品显然不同，不具可比性，尤其是在意见领袖型的消费者心目中。第二，可以进行市场调查从而发现消费者对新创意的热情，并且假设为了拥有这种新创意，他们愿意付出什么。但这可能会有误导性，因为消费者对于这种产品没有经验，他们自己也许也无法从理论上预见他们在现实中的反应。第三，价格制定者可以从成本、盈亏平衡分析和投资回收等内部因素着手。这可以作为一种起点和经验，新兴的竞争将催生更现实的价格结构。然而，如果按成本定价被证明是不恰当的，这将是一条危险的路线，几乎不可能挽救产品，尤其是当狡猾的竞争对手已经从你的错误中汲取了经验，推出了它们自己的定价更现实的产品时。

记住所有这些，高价或低价进入决策可以浓缩为两种备选策略：撇油策略或渗透策略，这是由迪安首先（Dean，1950）提出的。

撇油定价。 为了撇油，价格被定得高高的，以吸引对价格最不敏感的细分市场。这种定价也许会吸引意见领袖，这些人希望被看到是首个拥有新产品的人，而不管价格是多少。这种定价还会吸引那些追求身份，将高价视为高档产品标志的人。

撇油定价有许多优点。它可以使组织确立优质品牌形象，这可以作为未来价格更低、更大众化的市场产品的一块踏脚石。如果所针对的是很难生产的产品的话，那通过定价保持市场的小规模以及独一无二性也可以提供呼吸的空间，从低销量中获取经验，同时仍然将产品营销到真正的市场中。当然，其中的风险是高价格会唤起高期望值，如果学到的经验没有很好地发挥作用的话，那么市场将会认为产品质量太差，或是与价格不相符，坏名声将会挥之不去，而产品的未来将会有问题。最后，降价比涨价容易。如果最初的高价格没能产生所需的回应的话，那可以逐步调低价格，直到找到恰当的水平为止。

> **范例**　数码单反相机市场的早期进入者定价在 1 000 英镑以上，而某些半专业相机的价格超过了 5 000 英镑。这使它们都脱离了主流像机用户，因此大量备选的"即时拍"相机洪水般涌入了市场，标价远远低于最便宜的数码单反相机。2003 年，这种模式被打破了，佳能推出了 630 万像素的 EOS300D，售价在 1 000 英镑以下。佳能售出了 120 万台。随着销量的上升，规模经济和降价的机会也增加了。竞争对手也跟进了一系列的可选机型，价格也不足 1 000 英镑。技术还在继续改进，大部分机型和现在的数码单反相机可以提供在传统胶卷相机上所能发现的特性和控制。因此严肃的业余摄影师可以拍到他们想要的照片，但都低于 1 000 英镑。某些机型真正地提供创新特性，像柯尼卡 Minolta 7D 就具有图像稳定性和防抖性能。随着竞争的加温，价格已经降下来了，并且由于严肃的摄影师的转变，新的用户细分市场被开辟出来，"即时拍"专家决定对数码单反相机提出挑战（Taylor, 2005）。

渗透定价。在试图在尽可能短的时间内获得尽可能大的市场份额时，组织也许会主动将价格定得低于现有的竞争对手，为了销量，会有意削减利润。这就是渗透定价。如果成本结构需要非常大的销量来保证收支平衡或是达到生产或营销的规模经济时，这也许是一种必要的战略。它也是一种冒险战略，因为它可能会树立一种品质不佳的品牌形象，如果它没有奏效的话，还将很难提价。

然而，要想避免市场中的竞争销量分享的话，它是一种合理的战略。新产品的渗透定价，尤其是在很难区别产品的市场中，降低了对竞争对手进入市场的吸引力，除非它们可以确保自己能够更有效地进行生产和营销，并且是在更紧张的成本基础上。渗透定价在弹性需求情况下也很有用，在这种情况下，价格对于购买者来说是一个至关重要的因素。

正如上文所强调的那样，上市价的选择应该考虑将来产品的定价和定位计划。有些产品可以通过撇油定价进入市场，并且保持下去，尤其是奢侈品，它们可以很好地相互区别开来，并且具备与众不同的元素。例如，瑞士的菩姬鸠（Bueche Girod）公司就为一款标价 1675 英镑的 9 克拉黄金钻石女表打出了广告，该表还配了一条标价 2975 英镑的项链。在新产品具有高度的技术创新而顾客又没有价格比较标准的市场上，介绍期价格可以是撇油价格，但这会给某些更有竞争力的竞争对手的产品进入市场提供可乘之机，达到规模经济，成本就会随学习曲线降低。相反，上市时的渗透定价确立了一种进攻性的、物有所值的姿态，制造商会发现无论竞争如何，都很难反攻为守。这种产品将不得不永远推行竞争性定价。

产品组合定价策略

产品系列中的产品不能脱离系列中的其他产品进行定价。系列必须被视为一个整体，不同的产品满足不同的用途，合起来有益于整体。在选择满足众多细分市场的需求并建立强大的市场竞争防御时，可以让一种产品赚取较低的回报，而另一种则可以撇油。

在一条单独的产品线中（见第 6 章，范畴和产品线的区别），如单反相机，每种产品都具有附加的特性，它们的定价需要相应地分隔开来。顾客看到了产品线中的成套产品，结合附加的特性、优点或质量来考虑价格。这也许还会鼓励消费者购买产品线中更贵的型号，因为他们开始放纵于一种边际分析："多付 20 英镑，我还可以获得变焦功能。似乎是个更好的交易……"该过程也许并不太合理。正如前面所讨论的那样，在没有其他的知识或指标时，价格可以用作一种质量指标。因此，买家也许会在预想的开支限额之内（或稍有超出）从产品线中选出一个型号，并且会觉得已经尽可能买到了品质最好的产品，而不管产品的优点或特性是否有用、是否恰当。

有些组织宁可提供基本定价的产品，而不愿提供标准定价的预定的标准产品组合，这样消费者可以增加附件，每个配件都将提高总价。这样做的好处在于基本定价看起来非常合理并且可以承受，因此消费者可以轻易地到达想要产品的阶段。一旦到达了这个阶段，为了额外的特性，在这里或那里加上几英镑，看起来也不明显，即使最后的总价多少会高于消费者一开始可以坦然接受的程度。至少消费者正在进行的是针对个人量身打造的采购。

> **范例**　包价度假在它们的宣传册上显著地标明低价，以此吸引注意力并使价格看起来明显可以承受。但当加上机场中转和税，连同本地出发、保险、带海景的优质住房、全膳食以及 8 月而非 5 月的度假时，每人 99 英镑的两周阳光下的日子很快涨到了差不多 300 英镑。买汽车也是额外收费的一个雷区。送货费、税、注册牌照、金属漆、天窗、警报系统、中控锁都属于广告价格中可能不会包括的项目。

这种方式的问题在于知道基本价格中要省去什么，包括什么。基本价格不包括像税金这样的非选择性项目，这些项目很可能催生难以打动的消费者。还存在这样的风险，即竞争对手携全包价进入市场，而这种全包价也许会吸引某些消费者，他们觉得自己已经上了高价额外收费的当，而这些额外收费实际上是必需的。

处理价格变动

从长期来看，价格很少是静态的。竞争压力也许会暂时或永久迫使价格下降，新的市场机会也许会提高产品的溢价。成本暴涨的压力意味着营销经理必须决定是否同意通过价格上涨来将成本压力转嫁到顾客身上，以及何时涨价。然而，价格变动对于利润率和市场稳定都会产生重大影响。如果变动太过明显，无论是横跨大西洋的机票费，还是本地蔬菜的价格，竞争对手几乎不可避免地会以某种方式作出反应。价格变动不仅会导致市场波动，还会影响销量。通常，削价很可能会提高销量，它有时是一种非常好的考虑，它可以预测从额外销量中获得的利润是否高于对削价所导致的差价损失的补偿。在各种时期，组织都可能会面临进行价格变动，或是对竞争对手的价格变动作出反应的情况。

范例　　安德雷克斯（Andrex）卫生纸一向的定价不论是每日货架价格、促销价，还是
按卷数计算，都高于英国平均市场价。其定价策略直接与产品质量和高水平的品牌资
产价值价值相连；换言之，它是建立在信任基础上。安德雷克斯品牌能够索要高价应归功
于它非同一般的品牌价值，以及它已经通过始终如一地提供优质产品获得了消费者的
信任。该品牌已经有约 60 年的历史，居英国市场首位达 40 年，它可以骄傲地宣称
用小狗标识开展了英国最长的广告活动。对产品创新和营销努力的持续投资，以及营
销策略和计划实施的连贯性是品牌成功的关键。通过溢价定价，该品牌能够抬升品牌
价值并持续给品牌投入现金，从而保持和顾客的关系。

　　2001 年的市场情况加上产品的创新能力，致使安德雷克斯减少了卷纸的张数，
适当地减少包装的价格以便与减少纸张数保持一致，并且改善了产品的性能。通过保
持单张价格，安德雷克斯以相同的单张价格提供了更好的产品，从而保持了它历史上
的溢价定价和公正定位。此次上市，加上"价格合你心意的安德雷克斯"活动帮助确
定并提升了 2002 年的市场份额，同时又保持了品牌的健康和品牌资产价值
（Marketing Week，2001）。

　　® Andrex 和 Andrex 小狗是金百利公司的注册商标。

此广告中可爱的小狗强调了安德雷克斯
卫生纸突出的既柔软又牢固的质量。
资料来源：Kimberly –Clark Ltd http://www.
andrexpuppy.co.uk。

设定价格范围

　　一旦定价决策的战略方向明确下来，就需要设定价格的范围，在此范围内可以确定
最后的详细价格。需要一种可以产生有目的而又合理的全年价格的定价方法。该方法及
其稳定性显然会因组织是为少数产品制定一次性价格，还是为大量产品制定多种价格，
以及组织是否处于快速运动的零售环境中而有所区别。

　　有三种主要的定价方式，这些方式考虑了某些已经讨论过的关键的定价问题。它们
是：成本定价法、需求定价法和竞争定价法。组织可以根据情况，采纳一种主要的操作
方式或运用灵活的组合方式。明确了基本的成本—数量—利润关系后，将依次对每种方
式进行讨论。

成本—数量—利润关系

前面所讨论的需求模式，尽管凭它们本身就可以明确和了解，但还需要结合它们与生产成本、数量和利润的关系来理解。为了全面评价营销决策对组织经营的意义，营销人员需要了解不同情况下组织成本是如何运转的，在内在外是如何产生的。营销人员应该了解不同类型的成本以及它们对价格决策的贡献。四种最重要的成本概念是：固定成本、变动成本、边际成本和总成本。它们的定义如下：

固定成本。固定成本是指那些短期内不随产量而发生变化的成本。这类成本包括管理人员工资、保险、租金、建筑和机器维修费等。然而，一旦产量突破了一定的极限，可能不得不购买额外的生产设备投入市场，这样固定成本将会呈阶梯状增长。

变动成本。变动成本是指那些根据产量变化的成本。这些成本源于原料、零配件、用于组装或制造的直接劳动力。变动成本可以表述为一个总数或是以单位为基础进行计算。

边际成本。如果生产增加一个单位，总成本出现的变动就是边际成本。

总成本。总成本是指组织在制造、营销、管理，以及将产品交付给顾客的过程中所产生的所有成本。因此，总成本是固定成本与变动成本之和。

成本也许并不是定价所涉及的唯一因素，但它们是最重要的一项因素。没有哪个组织会希望长期经营都是在销售价无法完全收回成本并为利润作出某些贡献的水平上进行的。

盈亏平衡分析。盈亏平衡分析提供了一种简单、方便的方式来检查成本—数量—利润关系。它是一种技术，可以显示总收入和总成本之间的关系，从而决定不同产量水平的收益性。盈亏平衡点是指总收入和总成本相等的那个点（即不赢利，也没有任何损失）。超过这个点的生产就会产生利润的增长。

了解以既定价格必须制造和销售多少个单位的产品才能保持盈亏平衡是很重要的，尤其是在新产品和小企业情况下，如果出现损失的话，组织只有有限的资源可供利用。将盈亏分析与已知市场和竞争环境结合起来，可以使组织认识到除非降价或是制定战略提升销量，否则将无法竞争。

成本定价法

成本定价法的重点在于组织的生产和营销成本。对这些成本的分析导致试图设定一种可以产生足够利润的价格。其明显缺点是没有聚焦外部形势。实施这种方式的组织需要非常确定市场的反应。然而，这是一种简单易行的方法，可以使成本和价格直接平行起来，而这会使会计非常高兴。在成本定价法中有一些变化。

溢价定价。尤其是在零售领域，很难估计每种产品线的需求模式，百分比溢价定价就被作为了一种定价法。这意味着零售商在付给供应商的货物价格上加了一个百分比，成为给顾客的零售价。在大批量的快速消费品市场，百分比可低至8%；而在量低的时装市场，则可能是200%或更高。溢价定价在特别领域也可以作为所有零售商的一个标准，尽管小型企业为了和大型经营者在零售价上进行竞争，也许不得不接受更低的溢价定价，但大型经营者可与供应商谈判获得更好的成本价。像好市多（Costco）这样的零售商有意地违反了行业的溢价定价惯例，这可以被视为发动了一场全面的价格战。

尽管这基本上是一种成本定价法，但它却不能脱离外部事件而运转。零售商会很谨慎地实施溢价定价，因为溢价定价会导致零售价脱离竞争或违背消费者的期望。

什么决定了出厂价?

当一个市场的价格在激烈竞争时，公司自然会选择成本效益经营法或尽可能地做到成本效益化，以便改善利润率或提供降价空间。对于英国食杂市场的大型零售商来说，成本管理不仅是一个内部问题，还扩展到了供应商和那些服务于供应链的公司，如公路货运运营商和物流供给商。零售商关注于使货物从生产线送到你所在地超市货架的总成本最小化。越来越为主要零售商所采用的一项措施是制定出厂价（FGP）。

根据波特（Potter）等人（2003）的观点，出厂价是指：

……产品使用工厂交货价，采购方负责组织和优化到交付点的运输。

这意味着供应商所报的价格不包括任何成品的运输费；对于出厂价来说，这些成本由顾客负责和控制，在这个案例中就是由零售商负责。出厂价在其他行业，如汽车制造和时装行业已经取得了成功，在快速发展、异常复杂的食杂品世界中它还是一个较新的概念。传统上，供应商承担将货物送到零售商分销中心（一级分销）的成本，然而由零售商承担产品从分销中心到各店铺（二级分销）的成本。而在出厂价情况下，零售商从工厂大门开始接手（在某些情况下，"工厂大门"也许是供应商的分销中心）。这样零售商可以对涉及大量供应商的一、二级分销有一个全盘的了解，并对整个系统进行策略化管理。

英国最大的食杂品零售商，如特易购和 ASDA 已经实施并推动了出厂价，当它运作良好时，毫无疑问会有许多好处：

- 为零售商做大量出厂价定价工作的公路货运运营商可以实现比分别为大量的供应商提供服务更大的规模经济。

- 制造商（尤其是小型制造）可以把精力集中到管理产品开发和生产上，而不用担心物流和运输成本等的管理。它们可以从零售商对复杂物流系统的经验中获益。

- 制定出厂价可以进行更为统一的装货，即一辆卡车按特别路线从许多供应商处收取小额的发货。ASDA 的观点是"在成本方面，集中送货比分别送货更有意义，在与大零售商打交道时少了许多争议"（Pendrous 引用，2004）。

- 通过对整个系统的统筹，零售商可以节省货物转运的时间，提高库存的有效性，在系统中以低库存水平运营，并能对需求的波动作出更快速的反应。

- 出厂价减少了"运输里程"，因为有了统一的装货和回程运输（即确保货车总能尽可能地满负荷运载，尽可能少地空车运载）。这种效率意味着运行中的货车减少，这不仅减少了运营成本，还强调了对运行车辆数量的环保关注。ASDA 宣称通过出厂价已经使 2003 年的运输成本减少了 2200 万欧元，并有望在 2004 年削减 2000 万英里里程（Davies, 2004）。

- 谈判和实施出厂价的过程可以成为改善零售商和供应商之间沟通和信任的催化剂。

- 出厂价还可以是促进供应商更细致入微地分析成本基础的催化剂。

然而某些批评家也表达了对出厂价影响的担忧：

- 出厂价要求供应商对成本高度公开、透明，因此要与零售商分享那些可能被视为有商业敏感性的内部信息。

- 出厂价实际上可能会增加制造商给其他非出厂价零售商交货的成本，因为通过供应商自有送货系统的数量减少了。

- 大型零售商始终会觉得它们一直在补贴从制造商到小型零售商的送货，因为制造商已经在总成本的基础上确定了它们的供应价格，而没有根据"真正"的送货成本将成本分摊到特别的零售顾客头上。出厂价把所有这些成本都剥除了，而这会抬高对小型零售商的价格，削弱它们的竞争力。

- 如果公路货运运营商降低它们的服务水准的话，这些小型的非出厂价型零售商也许还会遭殃，因为公路货运运营商由于出厂价业务减少了运输数量，从而丧失了收入。

- 出厂价赋予了大型零售商更加强大的控制权和力量。小型供应商也许会发现很难首先与大型零售商达成一个"理想的"出厂价，这也许会使它们在财务上更加容易遭受攻击。如果供应商受制于零售商的物流系统的话，还会使供应商更依赖于零售商，并使除名的威胁更具破坏性。

- 有一些关于"强迫加入"的投诉，即供应商被告之它们必须接受出厂价，如果它们想要与某些零售商做生意的话。通过在出厂价系统中获得尽可能多的供应商，实现更大的规模经济肯定符合零售商的利益。

- 还有说法认为供应商不一定会把所有节余都传递到供应链。也许会有人认为如果零售商使用节余来降低给终端用户的零售价的话，那么供应商可以从更高的销量中间接获益，但如果节余直接进入零售商的利润的话……

出厂价要就此打住：零售商要确保这一点。尽管这是一个在行业中能否公平地实施和经营的问题，但在这个行业中经常指控零售商滥用对供应商的权力，小型零售商和供应商已经觉得非常容易受到攻击。

资料来源：Davies（2004）；Jack（2004）；Pendrous（2004）；Potter 等人（2003）；Wyman（2004）；
http://www.scottishfoodanddrink.com；
http://www.lgd.com。

成本加成定价。成本加成定价是指在生产或建筑成本上加一个固定的百分比。这主要用于大型项目或定制产品等难以提前估算成本的情况。买卖双方会提前就百分比达成一致，然后在项目完成前后，买卖双方再就可以接受的成本达成一致并计算出最终的价格。这听起来非常简单，但在大型而复杂的建筑项目中要确定精确的成本却并非易事。问题在于卖方夸大了价格，买卖双方要花一些时间就最终的结算进行磋商。

以这种定价法操作的企业，使用的是标准的百分比，其导向很少针对价格竞争，更多针对的是通过成本效率获得竞争力。

经验曲线定价。随着时间的推进，组织生产的产品越来越多，它的经验和知识带来了效率的提高。这也适用于服务情况（Chambers、Johnston，2000）。组织的经验每翻一番，每单位产品的成本节约可达 10%~30%。

有些组织将这种学习曲线作为价格计划过程的一部分，这些曲线从本质上预测了成本将随时间发生怎样的变化。这种规划不仅意味着组织受到了压力，要建立销量，获得经验利益，还意味着如果组织可以在产品生命早期占有较高市场份额的话，就可以占据强有力的竞争形势，因为通过学习，组织很快实现了成本节约（Schmenner，1990），从而可以经受价格竞争。

尽管节约主要是在生产中产生的，但仍与销量份额和此前所讨论的价格主导战略有着密切联系。扫描仪和 WAP 电话就是此类产品的例子，价格降低部分是由于经验曲线的作用。

成本定价法的问题是它们过于以内部为中心。决定的价格必须在市场上生存下来，在这种市场中顾客和竞争对手对于定价都有他们自己的看法。因此组织价格在成本方面可以起到重大作用，并能产生相应的利润贡献，但顾客在对所提供的特性和利益进行比较后，会认为价格过高或是过低。与成本基础不同的竞争对手相比，价格也许实在太高了。

需求定价法

需求定价法放眼生产线之外，聚焦于顾客和他们对不同价格水平的反应。即使这种方法也许不够独立，但当与竞争定价评估结合起来时，它提供了一种强有力的市场导向观点，而这恰恰是成本定价法所无法提供的。

最简单地说，需求定价是指当需求强劲时，价格上涨；需求疲软时，价格下跌。例如，这可以在某些服务行业看到，在这些行业中，需求波动取决于时间。在学校圣诞节、复活节假期或暑假等需求高涨的时候享受包价度假，价格会比在一年的其他时间来得贵，这些时候家庭很难出行。同样，在目的地的天气条件阴晴难测或不是很舒适的时候去度假会比较便宜，因为需求较少。即使是在同一天，旅游价格也会因需求而有所不同。希思罗和英国地区机场之间的穿梭航班的机票价格会有变化，这取决于公务旅客出现高峰的时间。

高于盈亏平衡线而飞行

廉价航空公司的模式都是一样的：机队只飞购买力强的航线，降低服务成本，快速转向，使用便宜，有时甚至是偏远的机场，不提供不必要的服务，航班上的任何东西都要额外付费，作为回报，旅客会获得非常低的票价，票价会随着航班的满载而上升。价格是灵活的，取决于需求。提前预订票价会相当低；在需求较高时（例如，在圣诞节前后）预订，价格可能会非常高。所有休闲航线周末时的价格会比平时贵。其目的是把所有座位填满，产生边际收入，这总比一点收入都没有强，从而贴补一般管理费用。笔者曾试图改签低价航空公司的返程航班，却被报价近 150 英镑，而一张机票最初的价格才是 30 英镑。

廉价航空公司是在 1997 年国内航空市场解除管制之后才在欧洲推出的。瑞安航空公司（Ryanair）和 easyJet 是先行者，其业务模式抄自美国的西南航空公司（South West Airlines）和 ValuJet 航空公司（现在的 AirTran）。有趣的是，这两家美国航空公司正开始向高级市场发展，而来自欧洲的证据却表明同样的、甚至更廉价的定位将会受到追捧。瑞安航空公司已经引入了固定座位（即机舱内的座位安排不能改变），因为这样的成本更低，甚至考虑除去除手提包之外的所有行李。

在欧洲，市场仍处于转型期，新进入者上市，但很快便陷入麻烦之中，然后消失，仅在美国的 34 家廉价航空公司中就有 32 家没有长期生存下来。主要原因反映为低运费、低利润，以及无法满载。某些注定要失败的廉价航空公司为了建立运载能力和顾客基础，提供与 eayJet 和瑞安航空公司不顾一切的出价相比，都更为疯狂的价格。欧盟的拓展创造了一个更大的解除管制的航空市场，这进一步推动了双程航线的扩展。而在欧洲廉价航空公司发展的早期，竞争是与主要的网络承运人，如英国航空公司的竞争，而现在则是与其他最令人头痛的廉价航空公司的竞争，因为常常只有航线和价格才是有区别的特点。然而，瑞安航空公司和 easyJet 也强调服务的可靠性和绩效，这与小型航空公司形成了鲜明对比，如果它的两架飞机中有一架出了技术困难的话，那它在提供服务时会有真正的麻烦。

廉价航空公司的增长可能还远未结束。瑞安航空公司订购了 100 架波音 737，而 eayJet 订购了 107 架空客 A319，都将于 2008 年交货。这将在廉价航空公司 2003 至 2004 年度运送 4400 万人次的基础上提供额外的每年每架飞机 25 万乘客的运输能力。这意味着乘客数量必须翻一番才能确保这些飞机能够挣得了饭吃。实现这种增长并非易事，因为目前的模式由英国/爱尔兰经营商占主导地位，其他国家有不同的休闲旅游倾向。在主要的机场找到空位也是一个问题，每当在查尔斯·戴高乐机场降落时，尽管支付了与主要承运商相同的降落费，廉价运营商都被安排在离主出口非常远的登机口。如果低成本承运商想要扩展的话，在法国

easyJet 通过保持机队的现代化和不断开辟新航线来保持自己的市场地位。图为波音 737-700 飞机。
资料来源：© easyJet airline company http:// www.easyjet.co.uk。

和德国获得更大的通往机场的通道至关重要。

欧洲约 50 家低成本承运商之一是法国的 Aeris。它最初是一家包机运营商，后来决定尝试从巴黎到法国南部的低成本航班。尽管瑞安航空公司和 eayJet 也飞其中的某些目的地，如佩皮尼昂。Aeris 将法国航空公司视为其主要的竞争对手。法国航空公司提供每天四趟往返巴黎的航班，Aeris 则提供三趟，但价差高达 200 欧元。然而尽管价格有差异，但 Aeris 还是只设法填满了平均 60% 的座位，2003 年航班停飞了。法国航空公司的优势和国家支持给法国小型航空公司造成了麻烦。除 Aeris 之外的三家航空公司——自由航空公司（Air Liberté）、沿海航空公司（Air Littoral）和 AOM——2003 年也破产了。在控制被打破之前，对于法国的廉价航空公司来说都很难取得成功。

资料来源：Arnold（2003）；The Economist（2004）；Rowling（2003）。

　　有一种潜在的假设：实施这种弹性定价方针的组织已经对市场需求的性质和弹性有了充分的了解，正如前面已经指出的那样。

　　需求定价法的形式之一是心理定价。它在很大程度上是一种顾客定价法，依赖于消费者的情感反应，以及对特别采购的主观评价和感受。显然，这特别适用于需要高度参与的产品，即那些更吸引心理动机而不是实用动机的采购。因此，像高价名牌产品就帮助强化了唯我独尊和自我放纵的心理感受，这是购买体验的重要组成部分。另一方面，许多"9折"或"买一赠一"的大幅优惠标语遍布于零售店的关键产品上，这有助于创造并强化物有所值的形象和捡到便宜的感觉。

竞争定价法

　　本章老是在警告不了解市场正在发生的情况，尤其是竞争对手的情况下就定价的危险。根据兰宾（Lambin，1993）的观点，有两方面的竞争影响着组织的定价。第一是市场结构。一般来说，竞争对手越多，即市场越接近于完全竞争，组织定价的自主权就越小。换句话说，组织的产品越能区别于竞争对手的产品，组织定价的自主权就越大，因为买家是根据产品的特有优点来评价产品的。

> **范例**
>
> 　　550亿美元的全球玩具市场已经变得非常危险，在重组分销渠道的过程中价格竞争相当激烈。在欧盟，玩具专卖店占传统玩具和游戏销售额的38.6%，比1998年下降了4个百分点。当超市和高级百货商店的市场份额提高了4个百分点达到25%时，这个部门感受到了压力。这种模式在美国也重演了，美国的沃尔玛和Target给了这个部门一记重击，它们运用购买力逼迫价格下调，并对决定进的货更加挑剔。所使用的某些定价方式相当具有掠夺性，因为大型零售商较早拿到玩具并且大幅地砍价。零售行业购买力的集中度越高，定价权力会变得越大。
>
> 　　可能受到威胁的专业玩具零售商之一是拥有1500家店铺的品类杀手Toys 'Я' Us。在美国，它拥有15%的市场份额，但这处于严重的威胁之下，公司的观点之一可能是紧缩回美国，集中精力与沃尔玛进行正面竞争。一些玩具制造商很乐意给大型超市供货，因为给玩具的空间很大，交易量大。这对于转包市场中的制造商来说很重要，因为8~12岁的人群追求的是高科技玩具和游戏。调查显示8~11岁的群体心愿清单的前几项是手机、DVD播放机和礼券（Foster，2004；Hodgson，2004）。

　　大部分市场正变得越来越有竞争性，对商业策划中竞争性战略的关注强调了了解作为竞争手段的价格的重要性。决定成为市场成本领袖并采取价格导向法保持地位的组织需要特别有效的智能系统来监控竞争对手。利维（Levy，1994）分析了B2B市场上提供价格保证的组织。任何承诺与竞争对手所提供的最低价抗衡的供应商要尽可能地了解那些竞争对手以及他们的成本和定价结构，从而评估这种承诺的可能的成本。

　　在消费者市场上，市场调查肯定有助于提供情报，无论这是否意味着进行购物审核，监视可供比较的货物的零售价，或是进行消费者调查或通过焦点小组跟踪与营销组合的其他因素有关的价格感知和敏感度变化。由于定价弹性和针对这些市场中个别顾客需求的营销组合的定制程度，B2B市场的数据收集和分析会非常困难。这尤其依赖于销售代表的报告，通过行业内非正式网络所获得的信息，以及对这些数据的量化评估。

竞争分析可以聚焦许多层次，一头是对市场的总体看法，另一头是聚焦单独的产品线或产品。无论市场如何，无论竞争分析的焦点是什么，都必须作出同样的决策：定价水平是否与竞争对手一致，或是高于或低于他们。

决定作价格追随者的组织必须从市场上寻找指引。决定定位与竞争对手在一个水平，或是高于或低于竞争对手的组织需要了解市场上正在发生的事情的有关信息。这是在"现行价格"基础上对产品进行定价。市场的常规定价行为被作为一种用于比较所提供的东西的参照点，价格据此变化。因此，市场的每位供应商都充当着彼此标记的作用，都要考虑相对定位和相应供应。定价主要建立在集体智慧的基础上，对于小企业来说，像其他人那样做肯定要比花钱搞市场调查，证明应该怎样定价，并且冒做错的风险更容易。例如，在海滨度假区，一家提供住宿和早餐的小旅馆的价格不可能有别于隔壁的旅馆，除非它可以通过提供明显更好的服务来证明这样做是合理的。然而，在可以接受的价格范围内，任何组织的变动都不会被其他人视为是重大变动或有威胁性。

过度价格竞争的危险在于竞争者的成本和产品声誉所承担的风险，从而吸引到"错误"的顾客，这种已经被指出过了。但如果组织和产品都没有特别高的声誉，或是产品几乎没有什么差别特性的话，价格竞争也许是唯一的公开途径，除非有措施影响产品和整体营销组合。

定价战术和调整

定价战术和调整关系到达到最终定价的最后步骤。并不存在固定价格之类的东西；价格可以是多种多样的，反映特别的顾客需求、分销渠道中的市场定价或交易的经济问题。

尤其在 B2B 市场中，价格结构为销售代表提供了指引，帮助他们就最后的价格与顾客进行谈判。其重点不只是避免定价过高或定价不一致，而是为了建立一个与顾客的重要性或采购环境有关的定价判断框架。

出于短期促销目的或回报顾客经常性交易的一部分，可以对价格结构进行变化，对价目表或报价进行特别调整。

> **范例**　在一个极端，价格结构也许包括像宜家所采用的"要么接受要么放弃"之类的单一价格方针。它不为有组织的采购者提供价格折扣，而是更多地将自己视为一种消费者导向型零售商。与此形成对照的是某些拥有行业分销权的组织，它们针对不同的顾客提供不同的折扣水平。大部分人试图找到一种介于一致价格和给予某些关键顾客灵活性之间的中间地带。

折扣包括削减正常价或定价，以此作为批量购买或提供分销服务的回报。折扣的水平和频率因个别情况而有所变化。布卢瓦（Blois，1994）指出，大部分组织根据定价打折，这些折扣构成了定价策略的重要组成部分。消费者市场和 B2B 市场都有折扣的范例。"买两件可以免费获得第三件"的促销技术是有效的批量折扣，在许多超市的许多产品上都可以发现。同样，要求消费者收集标记然后将它们寄回换取现金折扣的促销是累积折扣的一种形式。在 B2B 市场上，零售商可许享受开始购买 11 箱，第 12 箱产品免费的优惠（数量折扣）；或是在交易末期，根据所售的产品箱数获取折扣。

津贴类似于折扣，但通常要求买家提供某些额外服务。例如，抵价物就是一种使交易变得更为复杂的津贴形式，因为无论买什么，都包括物和钱的交换。在汽车市场上这是一种常见的做法，在该市场上，消费者将他们的旧车折价作为新车交易的一部分。对抵价物价值的定性判断掩盖了折扣优惠，相关各方的态度又使其变得更为复杂。对车主来说是一笔不可靠的债务的汽车对经销商来说也许具有潜力，经销商脑海中有特殊的顾客，或是对废物有着很好的眼力。车主认为他们在旧车上做成了一笔好交易，而经销商则认为他们实际上可以收回抵价物的价值，还可以再赚上一笔。

最后，地理调整是指那些，尤其是 B2B 市场上为了反映货物由卖方送至买方所涉及的运输和保险成本而进行的调整。在消费者市场中，在邮购货物中可以看到这种调整，这些货物要收取额外的邮寄费和包装费。划区定价将价格和买卖双方之间的地理距离联系起来。例如，一家 DIY 工厂也许会对 5 英里内的目的地加收 5 英镑的送货费，对 5 英里至 10 英里内的目的地加收 7.5 英镑，而对 10~15 英里的目的地加收 10 英镑等。这考虑了到更远的地方送货所要花费的额外时间和汽油。在一个地区内经营意味着无论距离远近，送货费都是一样的，国内邮寄服务就是如此，它根据信件重量而不是目的地来收费。然而，国际邮件服务却是在多区域基础上经营，对世界进行分区从而反映不同的运输成本。

小结

- 定价是一个广泛的领域，它被定义为用来交换其他东西的所有价值。"价格"是一个包括各种标签的涵盖性术语，它是营销交易中的一项重要因素。价格通常用钱来衡量，但也可能包括货物和服务的实物交易。

- 价格有许多用途。它是一种量度标准，通过它买方评估产品所允诺的特性和优点，然后决定产品功能、财务或个人方面的优点是否物有所值。卖方要在考虑买方价格感受和敏感度的情况下设定价格是很困难的。在对价格敏感的市场上，如果想要吸引和挽留顾客，准确地找到恰当的价格至关重要。卖方也要记住：价格也许更多是让买方参与进来，而不只是移交一笔钱。例如，在评估 B2B 采购价格时就要考虑相关的安装、培训和旧设备处理成本。

- 影响定价决策的外部影响力包括顾客、分销渠道、竞争和法律法规约束。

- 公司和营销目标根据想要达到的定价为整个组织和特别产品确定了内部议程。涉及产品开发、制造和营销的组织成本也会影响到价格。

复习讨论题

7.1 详细说明价格弹性。为什么对营销人员来说它是一个重要概念？

7.2 你认为成本对定价的影响应该到哪个程度，为什么？

7.3 详细说明定价所包括的各种阶段。

7.4 列举一个对价格敏感的消费者市场。你为什么认为这个市场对价格敏感？制造商或零售商是否可以采取某些行动降低消费者对价格的敏感度？

7.5 选择一种日用消费品并解释定价在其营销组合和市场定位中的作用。

7.6 你认为竞争对手的定价对营销经理定价决策的影响应该到哪个程度，为什么？

案例分析 7

公平贸易局获胜

爱它还是恨它，曼联是一个大企业。它是一个激发忠诚和吸引力的世界品牌，可以让足球俱乐部就像其他许多俱乐部一样，开发出商品、媒体产品和相伴的服务提供商，这在英超联赛建立之前的时代是不可想象的。商业化销售已经帮助足球进行了重新定位，从一种劳动阶级的比赛，有时是由暴力的年轻人支配的比赛，变为了一种以中高收入者为主导的家庭娱乐。对于许多俱乐部来说，球场和看台上发生的事情只是强大的营销组织的一小部分。

曼联可以被视作典型的"激情品牌"，有时表现出狂热的追随和强烈的归属感特点，它远离了有品味的、理性的消费者。其追随者的分布已经远远超越了老特拉福德球场，许多支持者甚至一场现场比赛都没有看过。然而，即便是激情品牌也未能免遭指责，它存在一种过度商业化的危险，这可能会破坏俱乐部和消费者之间的特殊关系。

收入的主要来源是复制服装的销售。单复制 T 恤的市场价值每年就在 2.1 亿英镑左右。1993—2001 年间，曼联推出了大约 20 种新服装，每件 T 恤大约 40 英镑，代表了对其最热心的"粉丝"的重要投资。一位真正投入的"粉丝"甚至花了 4600 英镑来买一件二手曼联 T 恤，尽管它被公认为是索尔斯克亚在 1999 年巴塞罗那冠军联赛伤停补时阶段战胜拜仁慕尼黑时所穿的 T 恤。俱乐部改变服务的动机很明显，并且不一定与时尚或赞助有关：然而 1997—1998 赛季没有推出新的曼联队服，导致商品销售额比上年水平下降了 16%。

"粉丝"长期以来一直抱怨复制服装价格太高并且指责限价盛行。1999 年，足球协会、超级联赛和苏格兰足球协会一致同意设法停止复制足球服装的限价，停止诸如威胁商店，如果它们削减价格，将得不到供应之类的做法。人们希望价格降幅可以达到三分之一——但这并没有发生。表 7.1 展示了 2001 年和 2005 年成人复制 T 恤的价格。（见表 7.1）

根据阿克尔（Arkell，2001）的观点，最大的胜利者是制造商而不是足球俱乐部。如果一件 T 恤卖 40 英镑，那么约有 20 英镑归制造商（而据说做一件 T 恤的成本只有 7 英镑左右），约有 13 英镑归了零售商，7 英镑是税，而留给俱乐部的金额最少。俱乐部首先是从给制造商的销售许可中获利，然后是从售出的每件服装的版税中获利。俱乐部显然还通过取代中间人，让自己的零售店销售服装和经营邮购来赚取更多的钱。

然而，"粉丝"多年来一直指责顶级俱乐部一直在经济上利用他们，结果，一部结合了英超规则，包括像门票价格、投诉处理和复制服装等问题在内的法令于

复制足球衫价格：2001 年对 2005 年

表 7.1 （精选俱乐部：成人衫价格）

俱乐部	2001 年价格	2005 年价格
阿森纳	39.99 英镑	45 英镑
切尔西	39.99 英镑	44.99 英镑 *
德比郡⁺	39.99 英镑	44.99 英镑
利兹联队⁺	39.99 英镑	35 英镑
曼联	48 英镑	44.99 英镑 *
纽卡斯尔联队	40 英镑	40 英镑
西汉姆联队	39.99 英镑	44.99 英镑

* 增加了 17.5% 的增值税，网站上的报价不含增值税。

⁺ 俱乐部 2005—2006 赛季不在英超联赛中（所引用的所有俱乐部 2001 年都在英超联赛中）。

资料来源： online club 和 http://www.kitbag.com，2005 年 10 月 2 日登陆。

2000—2001 赛季开始实行。在制造服装方面，该法令强调它们将有一个两年的最低寿命，并要加贴标签标明上市时间。因此，英超俱乐部因为过于频繁地改变它们的服装，或没有在"粉丝"中就新队服的设计和数量进行调查而遭到了罚款。然而，该项法令没有涉及复制服装的定价问题。

此外，竞争法于 2000 年生效，它将对那些被证明参与了限价的公司的罚款上升到了交易额的 10%。2001 年 9 月，公平交易署官员突袭了运动服零售商和制造商的英国办事处，其中包括 JJB、耐克和茵宝，作为探查复制运动服限价的一部分。当所有这些事情发生的时候，复制足球服的销售正在下降，一部分是由于时尚的改变（当然，这几乎不是铁杆"粉丝"的考虑），一部分是由于父母对成本提出了质疑。一项明特尔的调查显示：43% 有家庭的调查对象觉得足球服太贵。有意思的是曼联发现它们自己售点的复制服装的销售保持得很好，而其他零售商的销量却在下降。

其间，公平交易署花了两年时间询问。2003 年 8 月，公平交易署宣布限价继续，尤其是在像推出新服装或英格兰获得 2000 年欧洲杯这样的特别时期内。10 家公司被征收了总额达 1860 万英镑的罚款，其中包括各种各样的运动服制造商和零售商，以及曼联队和足协。最大的一笔罚款被分摊给了英国最大的运动服零售商 JJB Sports（837 万英镑）、特许复制运动衫制造商茵宝（664 万英镑）和曼联（165 万英镑）。足协也因参与非法协议而被罚款 15.8 万英镑（Black, 2003; Butler, 2004）。仅仅一年之后，2004 年 10 月，就听到了反对该决定的呼声，但该决定很大程度上还是获得了支持。2005 年 5 日更进一步的呼吁导致了某些罚款的减免，例如，JJB Sports 的罚款就被减到了 640 万英镑（Bowers, 2005）。

公平交易署坚信它的规定会使市场上的价格降下来。你可以从表 7.1 中 2005 年的报价中总结出发生在俱乐部商店中价格上的事情来。然而必须要说明的是，JJB Sports 的网上商店卖阿森纳的运动衫是 37 英镑，切尔西的是 25 英镑，曼联的是 33 英镑，而纽卡斯尔联队的是 25 英镑（我表格中其他俱乐部的服装在这个网址上找不到，因此如果你搜索它们的话，最后是可以找到便宜货的。

正如弗雷斯科（Fresco, 2001）所指出的那样，许多俱乐部正设法通过商品品种的多样化来保护它们的收入。现在我们已经告诉了你关于它们的事情了，没有切尔西三条一包的女式皮带（不含增值税，写这篇文章的时候所有尺码都没有货了！），来自朴次茅斯的谢泼·伍利（Shep Woolley）的庞贝队的 4 英镑一张的"直到我死去"CD，或森德兰 5.99 英镑的 1973 年世界杯决赛的 DVD 你能继续生活下去吗？利兹联队有充分的理由想要忘记 1973 年的世界杯总决赛，但还是提供 39 英镑的 12 期《利兹、利兹、利兹》杂志。

资料来源：Arkell（2001）、Black（2003）; Bowers（2005）; Butler（2004）; Chaudhary（2000）、Farrell（1998）、Fresco（2001）、Mintel（2000）、Mitchell（1998）、Narain（2001）; Porter（2004）。

问题：

1. 为什么对英超俱乐部来说，商品如此重要？俱乐部的核心业务是足球，它们为什么要进入零售和邮购？

2. 你认为影响像曼联这样的俱乐部的复制服装的定价决策的内部因素是什么？

3. 当评估复制服装的零售价时，消费者要考虑的是哪种因素？你是认为他们是对价格还是将要出现的新服装敏感？

4. 你认为表 7.1 中所列出的 2005 年俱乐部之间的服装价格为什么会如此相似？对目前曼联队运动衫在网上和本地零售店的价格做一次非正式的调查。分析并讨论你的发现。

4P：销售店铺和渠道(Place)

Place

学习目标

本章将帮助你：

1. 明确什么是分销渠道，并了解它在消费者市场和 B2B 市场上的形式；

2. 讨论使用中间商的基本原理以及它们对营销努力的效率和有效性的促进作用；

3. 区分中间商的类别和它们的作用；

4. 了解影响渠道设计、结构和战略的因素，以及渠道冲突和合作的作用。

导言

全世界购物狂团结起来！零售是营销的最高境界之一，就像广告一样，对社会、文化和生活方式具有巨大影响。对某些人来说，购物是一种重要的社交和休闲活动，而对其他人来说，它是一项家务杂事。它给一些人提供了梦想的机会，而对于我们中的大部分人来说，它在某些时候给我们提供了放纵自己的机会。我们常常将世界性的货物供应视为理所当然的事情，并且认为如果我们足够努力地寻找，就可以找到我们所寻找的东西。其实，有些人发现一半的乐趣来自寻找，而不是最终的购买。

尽管对我们消费者来说，零售意味着乐趣、刺激和大笔花钱的机会（感谢信用卡！），但对于促成这些的管理人员和组织来说，它却是非常严肃的业务。它常常是分销渠道在消费之前的最后一个阶段，是完成营销导向供应链责任的最后一环，在恰当的时间、恰当的地点将产品交给顾客。因此零售店处于极其高效、成熟的分销系统的终点，该系统是为使货物沿分销渠道从制造商转移到消费者而设计的。零售商只是中间商之一，它们的作用是促进货物的移动，在方便和吸引消费者的时间和地点将货物提供给他们。

在思考货物到达消费者的方式和原因时，本章从分销渠道的定义开始，强调了不同类型中间商所发挥的作用，关注了采用中间商和直销相比的优点。然后将注意力转移到策划和实施渠道战略所需的战略决策上。尽管分销渠道是重要的经济结构，但它们也是涉及个人和组织的社交系统。因此本章还思考了与关系有关的综合管理问题。

范例 　或许一个致命的问题是"如果现在没有这家零售商，你会发明它吗？"某些人认为，如果这个问题问的是史密斯书店（WHSmith），那回答也许不会是肯定的。销售已经是静态的，利润率也受到竞争加剧的挤压。史密斯书店重新定义了零售环境中它的核心商品主题，这个环境比起它统治大街上的书籍、卡片、音乐和文章供应的时候已经发生了巨大的变化。新的竞争对手，如：文具的竞争对手史泰博（Staples）和书籍的竞争对手 Borders 已经更加成熟、更具侵略性，而像特易购这样的超市已经在另一端一点一点地侵入，提供各种各样的杂志和卡片，而少数 CD/DVD 和书籍的畅销商的业务则是无以匹敌的。史密斯书店不再被认为是当然的买所有东西的专营商店。

作为复兴计划的一部分，重点放在了商品的广告推销上。产品要展示得更有吸引力，货架高度也增加了，以获得更大的每平方英尺周转量，通过改善供应链的管理改进了铺货。经常脱销，尽管拥有 545 家店铺，最畅销的产品线只在其中的 92 家才买得到（Ryle，2004）！这也正在得到纠正，但还不止于此。史密斯书店购物体验的核心正在被迫重新检讨，以参照新的竞争对手进行定位。对于史密斯书店所销售的标准商品，很难做到零售差异，尤其是当这些产品在很多地多都能便宜地买到时。史密斯书店可能无法在当今的主街道形式中生存下来（Barnes，2005；Marketing Week，2004b）。

渠道结构

营销渠道可以定义为连接一群个体或组织的结构，通过它可以将产品或服务供应给消费者或企业用户。渠道成员之间关系的正规程度可能会有明显差别，从高度有组织的超市快速消费品分销安排，到更投机、更暂时性的街边水果、蔬菜小贩定位都有。

范例　　当家乐福首次决定向中国扩张时，它发现有许多因素影响着它的零售和分销战略，这不同于它在法国国内市场的经历。尽管中国市场非常大，有 13 亿潜在消费者，但他们的分布非常广，主要人口中心之间的距离非常遥远。鉴于交通基础设施，中国的全国性采购和本地分销概念不可能像在法国那样行得通。对于某些产品，家乐福不得不选择三家不同的供应商来为其分布于中国 15 个城市的 27 家高级百货商店提供同样的产品。即使是这样，卡车也常常会因道路拥塞而耽搁，有时有些卡车甚至完全"消失"了。法国的一家典型商店每天要接待 8~10 辆来自区域分销中心的卡车，而一家中国分店每天可能要接待 300 批直接来自供应商的送货（尽管有些送货是用自行车完成的！）。

家乐福还发现中国不同区域之间在收入水平、地方风俗、食品口味、地方官僚机构和消费者需求方面存在很大的差别。在像上海、北京这样的大城市，消费者的偏好正在适应西方食品零售形式，并变得越来越敏感，这并不足为奇，只要想一想单单上海就有 25 家高级百货商店。然而，在某些省份，这种体验是非常有限的。例如，人们仍然喜欢从马路市场购买新鲜产品，因为许多家庭没有冰箱，也很少需要各种各样的冷冻食品。与法国不同，产品搭配常常根据本地情况因地区而有所不同。尽管有差异，但家乐福计划在中国进一步扩张，最后有可能建立 500 个零售店（Hollinger, 2005）。这紧跟着增长的波动；仅 2003 年现代交易售点的数量就增长了 40% 以上（Longo, 2004）。尽管在中国一家典型商店产生的交易额是法国同等规模店的 60%，但平均消费却不足四分之一。然而，店内集中区域的人口密度提供了相当大的补偿（Goldman, 2001; Hunt, 2001）。

所选中的将产品通过中间商运送到市场的途径被称为渠道结构。根据组织经营的是日用消费品还是 B2B 产品，所选途径会有所不同。即使在这些主要部门，不同的产品也可能需要不同的分销渠道。

日用消费品

图 8.1 展示了消费者市场中四种最常见的渠道结构，正如所看到的那样，每种选择都包括不同数量的中间商，每种结构适用于不同的市场或销售环境。下面将依次对它们进行讨论。

生产商—消费者（直接供应）。在生产商—消费者直接供应渠道中，制造商和消费者相互直接交易。此种类型有多种变化。它可以是工厂店铺、制造商的邮购目录或网站，或是自助式果园。挨户销售（如双层玻璃公司的做法）、聚会策划销售[如特百惠和安萨默斯（Ann Summers）性用品商店的做法]，都是生产商取消中间商的尝试。

生产商—零售商—消费者（短渠道）。这是大型零售商中最流行的渠道，因为它们可以大量购入，并且获得特别的价格，往往还有量身打造的存货处理和送货安排。这种路线常用于大型连锁超市，最适用于大型制造商和大型零售商，它们经营的量非常大，直接联系更有效率。

在汽车贸易中，本地经销商通常直接与制造商打交道，因为与快速消费品不同，在销售和服务过程中需要在供应设施和专业知识方面提供大力支持。在零售和分销之间存在一个灰色地带，这在后面将会进行讨论。

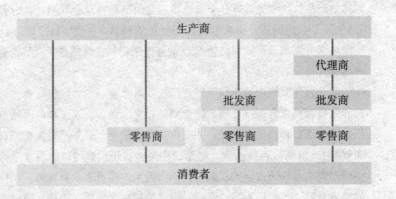

图 8.1　日用消费品渠道结构

生产商—批发商—零售商—消费者（长渠道）。增加批发商层次的好处是很明显的，这种渠道加入了中小型制造商和小型零售商。小型制造组织不一定有技能或资源接触大范围的零售顾客，同样，小型的街边店也没有资源直接从众多制造商处小批量进货。而批发商可以为双方提供一个焦点，它们从制造商处大量买进，然后将大宗货物分为小型零售商易于处理的量；将各种品种的货物一次性提供给零售商；使更多的零售顾客可以接触到小型制造商；也使更多制造商的产品可以到达小型零售商那里。批发商有效地代表制造商进行了市场营销。

> **范例**　　独立的杂货行业是由大量批发商、付现自运供应商支撑起来的。Booker 是英国最大的批发商，它拥有 173 个付现自运仓库，并有 10 万零售顾客和 30 万餐饮顾客。交货是通过付现自运到达零售顾客的，但计划集中精力在英国开发 6~10 个地方送货中心，以此改善铺货和服务。为了给餐饮行业专门提供服务，100 家 Booker 分公司提供 Booker 快递服务（Hamson, 2005b）。
>
> 　　英国 Sugro 是一家设在楠特威奇的批发集团，其母公司是一家德国公司，英国 Sugro 混合了 79 家专营糖果、零食和软饮料的批发集团及付现自运运营商。它为包括 CTN 店铺（糖果、烟草、报纸）、便利店、加油站商店和酒吧在内的 4.3 万家售点提供服务。为了提供这些服务，它配备了 350 名户外和电话销售人员以及 450 辆货车，以便开展和支撑销售。整个国际集团经营着 25 万种不同的产品。对于从集团进货的小型独立零售商来说，好处主要在于集团集中从主要的制造商处大量进货，可以买到 Sugro 自有品牌的某些产品线，并能享受到高效、全面的库存和配送服务。为了保持自身竞争力，Sugro 旨在为零售商提供一个"不同点"，这样就建立起了双赢的局面（http://www.sugro.co.uk）。

批发商还可以代表相关的大型制造商，设法将大量的经常重复订购的产品销售到更广的零售网络。例如，全国性的日报就是由报社发给批发商，然后由批发商将大批报纸分件，根据不同要求组合成量身打造的订单配送给它们自己的零售顾客。这比各报纸生产商与各个小型报刊经销商直接交易要有效率得多。

生产商—代理商—批发商—零售商—消费者。这是最长、最间接的渠道。例如，当制造商试图进入一个未知的出口市场时，可以采用此种渠道。根据当地经验、合同和对该国的销售专业知识来选择代理商，它们根据销售额赚取佣金。然而，问题在于制造商完全依赖于并且必须相信代理商的知识水平、责任感和销售能力。此外，这种方法普遍用于想开发偏远市场的小型组织，在这些市场上，由于缺乏时间、资源或知识，它们建立强大势力的能力受到了制约。

B2B 产品

正如第 3 章所强调的那样，B2B 产品往往涉及买卖双方之间密切的技术和商业对话，通过这种对话，产品及其特性达到了顾客的特别要求。采购的类型和频率、采购的数量和产品对买家的重要性都影响着 B2B 市场中常见的渠道结构。例如，办公文具从保持生产线运转的角度来说就不是一种重要采购，作为一种常规性重购，它更可能通过像 Staples、办公世界（Office World）或 Rymans 这样的专业分销商或零售商来分销。与此相反，必须组装到生产线中的重要零配件很可能由供应商在指定期限直接交付给买家。从图 8.2 中可以看到不同的 B2B 分销渠道。现在将依次讨论各种类型的渠道。

制造商—用户。直接渠道最适合于单价高，或许有高技术含量的产品。很可能会有少数买家被限制在明确的地域内。为了操作这种渠道，制造商必须准备建立和管理销售及分销团队，该团队可以进行销售谈判，提供服务并管理顾客需求。

> **范例**　AB Konstruktions-Bakelit 是瑞典最大的工业塑料零配件生产商之一，它与沃尔沃、萨博（Saab）和阿法拉伐（Alfa Laval）之类的顾客直接打交道。这是因为在设计和开发阶段，为了确保按订单生产的零部件能严格符合顾客的规范，需要进行相当多的对话。如果引入第三方的话，很有可能会发生误解。

销售分公司往往坐落于远离制造商总部的区域，这些地区的需求特别高。对地区销售小组来说，它们是一个位置便利的中心，可以为销售小组提供产品和辅助服务，这样它们可以更好、更快地满足顾客需求。销售分公司自身也直接向小型零售商和批发商销售产品。

销售办事处不持有库存，因此尽管它们可以从本地顾客处获取订单，但也只能充当代理商，将订单转回总部。此外，它们在繁忙的地区还要设置地方便利中心。

制造商—分销商—用户。随着顾客数量增加，规模缩小，往往会采用较为间接的渠道，同时，中间商的职能也增加了。例如，建筑材料通常都是销售给建材批发商，再由它们以较低的订量销售给建筑行业，因此它们会有更多品种的库存，但却更贴近当地的需求。其原理类似于前面所讨论的消费者市场中的短分销渠道。

> **范例**　这种较为间接的结构类型也适用于软件产品。Moser GmbH 是德国一流的软件公司之一，专门向贸易和手工业组织销售。尽管它在德国和荷兰已经拥有了 1 万多台软件装置，但仍决定向欧洲其他地区扩张。这一目标通过由其他软件和系统公司进行销售达成了，这些公司在销售额和技术上已经得到了肯定，为 Moser 创造了销售额。

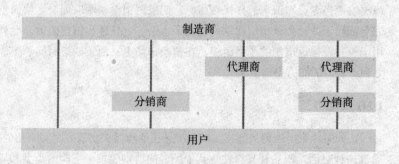

图 8.2　B2B 产品渠道结构

制造商—代理商—用户。有时会引入一家代理商来代表一群制造商与用户打交道，此时的情况是：创立直销团队在经济上行不通，但又需要有销售专家来激发和完成交易。

> **范例**　Teijo Pesukoneet 来自芬兰纳齐拉（Nakkila），专营技术先进的用于清洗密闭柜体金属零件的清洁机器。尽管该公司在瑞典和挪威都有自己的销售部，但它在欧洲的其他重要市场，如英国和德国，仍然通过代理商进行经营。为了处理技术和销售咨询，代理商都经过了培训，但它们要将订单转到芬兰直接发货。

一般来说，代理商对货物没有所有权，通常以佣金为基础，它们可以代表制造商和零售商进行买卖。它们推动交易过程而不全面参与。它们往往专营特别的市场或产品线，并因它们的知识或出色的采购或销售技巧得到任用，或是因为它们对市场的全面接触而获任用。代理商和经纪人的区别是很明显的。代理商倾向于长期代表客户，因此会建立良好的合作关系；而经纪人往往只是一次性使用，暂时完成特殊需求或交易。

代理商的主要问题是必须支付的佣金的数目，因为这会导致销售成本的上升。必须结合比例来考虑这种成本。佣金买的是销售业绩、市场知识和灵活性，即使你想这样做的话，也要花费你大量的时间和金钱。因此，选择使用代理商可能并不那么有效或划算。

营销 进行时

南非柑橘

下一次你放开肚子吃南非柑橘的时候，不妨停下来想想分销渠道中的许多阶段，通过这些阶段，产品才得以从南非柑橘种植户转移到本地的超市。每年南非出口商要出口约 5 000 万箱柑橘，而西欧要消费其中的 50% 以上。该产业由 200 家私人农场主和 1200 名合作种植户构成。众多种植户和合作社将它们的产品汇集起来供营销和分销之用，由 Capespan 国际（50% 属于 Fyffes）负责销售经营。Capespan 所面临的挑战是制定分销战略应对日益激烈的国际竞争、越来越成熟的顾客和空前强大的连锁超市的需求。产品的新鲜度、品种、质量和供应必须满足顾客需求，产品也必须顺利地通过由种植户到买家的供应链。

柑橘从种植户转移到 Capespan 经营的水果加工厂，这些加工厂靠近主要的港口，如德班、开普敦和伊丽莎白港。Capespan 采购柑橘，然后加上处理、运输的成本和利润率。它所提供的服务包括在装船前进行的某些初步的绿色、环保控制、粘贴标签和包装。它还安排装船，为了便于港口的搬运，它越来越多地使用大集装箱。在此阶段，要收集水果大小、类型、质量等级、处理和原产地方面的数据。

Capespan 所提供的另一项服务是在柑橘被运送到欧洲之前，将它们搬到冷库。这些过程多由 Capespan 下属公司完成：新鲜农产品集散站（Fresh Produce Terminals）提供冷库和仓储设施，Cape Reefers 负责装船协调和 CSS 物流配送、清关，并提交文件。

欧洲港口，如法拉盛、施尔尼斯和蒂尔布利，已经被选为目的地。Capespan 与港口当局之间已经建立了合作伙伴关系，因此有专门的基础设施可以搬运和储存用货盘或集装箱装运的柑橘。为了确保合适的柑橘抵达合适的欧洲港口，数据被发给了 Capespan 在欧洲的计划人，由他们决定哪种水果应该在哪个港口卸货，以便满足当地的需求。货物抵达时，Capespan 会再次检查产品。必要的时候，还会给纸箱加贴标签，并进行质量控制检查以确保水果能符合特别买家的期望。所有这些都有助于保持 Capespan 品牌——Outspan 的声誉。有计划增加更有价值的服务，例如，预先包装、大小分级和准备新鲜水果沙拉的原料。经过加工后，柑橘就可以准备进入英国国内分销链或是进一步储存了。由于使用了电子数据系统，在搬运过程中就已经成熟了的水果就可以在新鲜状态下迅速离开港口。

货物可送到超市的外部签约预包装商那里，或是直接进入地区批发和超市分销系统或中心仓库收货点。这些货物满足了超市的直接订货，或通过 Capespan 在英国的销售代理商进行的订货。有些柑橘进入了水果和蔬菜分销链，最终在市场出售，或是通过专门与水果和蔬菜店铺打交道的批发商销售出去。

Capespan 非常依赖于供应链各个步骤所出现的及时信息，以便对拿货、分销、营销和销售过程进行管理。定制信息系统和货盘跟踪系统，如 Paltrack，被用于货盘跟踪和库存控制。运用订单和发货所提供的数据，决策辅助设备可以确保产生支持 Capespan 关键决策的信息，如决定目的地先后，而那些信息也是以最适合于供应商的形式提供的。Capespan 还使用贯穿整个供应链的网络技术，例如其外网（http: //www.ourgrowers.co.za）就将 Capespan 与其种植户／供应商连接了起来，从而可以在第一时间获得全球市场的重要信息。另一个互联网站点则为顾客提供了各种各样的信息，并且支持种植户／顾客的互动。

因此，Capspan 的成功是由于提供了专业技术，在分销链中增加了价值而促成的。这包括：

- 确保始终如一的品质和一流的品牌包装。
- 实现物流、海运和包装原料的规模经济。
- 为种植户创造通往全球市场的渠道，否则这些种植户很难建立并管理国际性的分销渠道。
- 从源头上为顾客提供专门设计的包装服务，如扁篮和箱子。
- 为了渠道成员了利益，安装有效的 IT 系统、互联网和局域网，配备网上进货贸易和产品流信息，这将节约单个种植户的成本。
- 全球性的协同营销。

Capspan 的附加价值很明显，因为独立的，有时是小型的种植户没有资源或专门的技术来完成所有这些任务，而买方市场中的批发商没有非洲水果和植产业的本地知识。那些知识和专门技术是 Capspan 的顾客愿意为之付费的东西。

资料来源：Shapley(1998)，
http://www.capespan.com;
http://www.networking.ibm.com;
http://www.oracle.com。

制造商—代理商—分销商—用户。由制造商—代理商—分销商—用户链组成的模式尤其适用于快速出口市场。销售代理商协调特别市场的销售，而分销商提供靠近顾客需求点的库存和快速再储存设施。对消费者市场最长分销渠道的评价也适用于此种模式。

使用多样化分销渠道越来越成为惯例而不是例外（Frazier, 1999）。这样就可以有所选择，零售商既可以开办虚拟网上商店，也可以有有形零售点。在全球市场上，大品牌制造商可以采用不同的方式接触顾客，这取决于当地的分销结构。采用多样化渠道可以到达更多的细分市场，并且可以加大渗透的程度，但这必须根据交易成员较低的支持水平来衡量，这些人发现自己正面临高度的渠道内竞争。

特别部门，无论是 B2B 还是消费者市场，所采用的结构类型最终都取决于产品及市场特性，它们会产生不同的成本和服务形式。在证明使用营销中间商的合理性时，还会进一步探讨这些问题。

使用中间商的原理

买卖双方之间的每一笔交易都要花钱。有送货费、订单收取和包装费、市场营销费，肯定还有处理订单、收取和支付报酬的相关管理费用。中间商的作用就是提高效率并减少单笔交易的成本。这在图 8.3 中可以清楚地看到。

如果 6 家制造商想要和 6 个买家做生意，总共就需要 36 条链条。这些交易链耗时耗钱，还需要一定水平的管理和营销专业知识。如果数量和利润率充足，那这也许是一种可行的建议。然而在许多情况下，这会给产品增加相当高的成本。通过使用中间商，链条的数量减至 12 条，每个买家和每个卖家只需要保持和服务于一条链条。如果只考虑 6

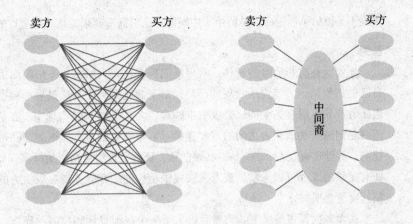

图 8.3　中间商的作用

个准买家时这就已经很有意义了，那想想对有数百万准买家的快速消费品来说，它将具有怎样的意义！单从经济层面上看，中间商在创造交易效率方面的意义就显现出来了。

　　然而使用中间商还有其他原因，因为它们增加了制造商和顾客的价值。这些附加值服务分为三大类（Webster, 1979），如图 8.4 所示。

交易价值

　　中间商在创造交易效率中的作用已经得到了重视。为了充分发挥这种作用，中间商必须汇集他们认为目标顾客需要的产品，并有效地进行营销。筛选非常重要，在类型、数量和成本方面需要进行认真的采购以配合中间商自己的产品战略。

风险

　　风险转移到了中间商身上，他们对货物拥有所有权，并对它们的转售负责。当然，制造商乐于看到产品通过分销系统实现销售和利润目标。剩下一堆过时、受损或滞销存货的

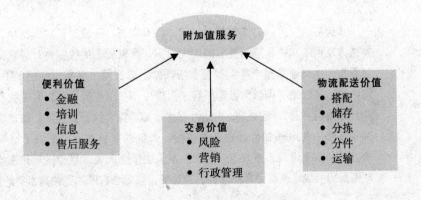

图 8.4　中间商所提供的附加值服务

风险不是留给了制造商而是留给了中间商。这对制造商来说是一种宝贵的服务。

营销

随着所有权和风险的转移，对市场的需求也大大增加了。中间商也许会招募和培训自己的销售队伍，转售所收集的产品。对于制造商来说，这是另一项重要服务，因为它意味着产品可以有更大的机会吸引准顾客，尤其是在 B2B 市场中。在消费者市场中，零售商是制造商和消费者之间的重要连接。零售商负责对所提供的产品进行定价、陈列和控制，并处理现金 / 赊账交易，必要的话，还要负责将货物送给顾客。如果零售商无法保证有足够的库存可供采购，或者无法提供足够的顾客服务或有吸引力的零售环境，销售额就可能会损失。

在大多数零售情况下，消费者进入了一个仔细设计和控制的环境，这是为了创造一种零售环境，它有助于建立和强化渴望的氛围和形象。有时，这可能是一种低成本的最低限度法，它强化了一种不提供不必要服务、物有所值的理念，直接从货架、货盘或圆桶中拿取货物。在其他情况下，音乐、装饰和展示都围绕主题进行了精心制作和设计，从而创造出一种更高档、更优质的购物体验。

零售环境还包括一系列的额外服务。在顾客大宗购买或需要快速提取服务的地方，便于停车是一个重要问题["得来速"（drive-thru）快餐经营者已经为这一问题找到了合理的解决方法！]。信用、送货、退货和采购协助等形式的额外服务都可以帮助区分零售商。

范例　宜家尽管有 135 亿英镑的营业额，并且有 4 亿多顾客到访它在 30 个国家的 201 家店铺，但在顾客服务和建议水平方面却受到了指责。它的全球经营实现了高度的一致性，它自己组装、自助服务、精心构思的商品在价格上是可以承受的，尤其是对第一次成家的人来说。然而任何在繁忙的周六到访宜家的人都可以看出（并体验到）问题。停车很困难，也不一定能获得店内建议，付款队伍很长，整体的感觉是零售商似乎不愿意减轻购物者的负担。伦敦北部的埃德蒙顿店开业时的惨败也没有帮助改变这种状况。作为开业活动的一部分，平常定价 324 英镑的沙发每个只卖 49 英镑。但宜家低估了到场的人数，商店被人潮淹没，不得不在 30 分钟后关门。动用了九辆救护车来将因拥挤而筋疲力尽，甚至受伤的人拉到医院（Barnes, 2005b; Scherage, 2005）。

其实解决服务的办法很简单，但却没有实施。开设更多的店铺也许会有帮助，但首先涉及用工水平，雇用更多的店内员工、配置更多的收银台、寻找促销手段将购物者更均匀地分散到整个星期都会有所帮助。进行网上交易也会起到很大作用。目前，宜家宣称其战略"调整为鼓励顾客进入店中，在那里他们可以实实在在地坐在产品上并且触摸到产品"（引述自 Stewart-Allen, 2001）。然而，宜家正在试运行一套网上定购系统和一条电子邮件顾客咨询热线。其他的零售商已经提供了足够的网上购物经验，当今几乎没有人愿意花一整天、半天去争夺车位、寻找推车和在收银台排队。宜家面临的挑战是改善顾客对服务的满意度，以配合它所达到的高水平的商品满意度。

宜家通过房间布置来展示产品，这样顾客可以将他们渴望的生活方式与所出售的产品搭配起来。

资料来源：IKEA Ltd.

物流配送价值

搭配

中间商的一项重要职能是对不同来源的产品进行搭配，并将它们组合到一起，使之符合自己顾客的需求。这种搭配可以在产品或品牌层面上进行。例如，一家饮料批发商也许会提供从啤酒到干邑酒的全系列商品，而且每个品种还提供相当多的品牌选择。对顾客的好处是从一个货源可以获得很多的选择，也许还会配合有竞争力而又全面的售前售后服务。然而对其他中间商来说，选择也许会更为有限。如果一个制造商占据了支配地位，那它对竞争品牌的选择也许会严格限于互补产品。例如，在许多汽车经销权中，只可以销售一家制造商的新车，尽管对二手车也许会更为灵活。

在零售商的营销战略中，搭配战略是一项重要变量。关键是确立一种反映目标市场需求的搭配。

在特别的产品领域或市场中，多样性是可以确保的，因为零售商想将自己的产品与竞争对手的区别开来，尽管这变得越来越困难。所有搭配战略都存在错误判断顾客潮流或口味变化的风险。在时尚前沿领域这种情况尤其明显，在这些领域即使是销售火车也拉不动过时的搭配。

在提供更广泛的所需产品搭配时，批发商可以发挥重要作用。当有些零售商与制造商直接打交道时，另外的零售商，尤其是小店，也许更喜欢批发商的便利和易于接近，特别是它们可以确保快速负责的供应。以书籍贸易为例，一家零售商很难提供所有的书。相反，零售商充当了一种订货渠道，这样一来，批发商或出版商都可以满足个人订购，而这通过经济出货量得到了巩固。批发商可以持有比大型零售商之外的所有零售商都更广泛的产品品种，并能给快速库存补给提供有效支持。

库存、分拣和分件

物流配送价值的一个更深入的方面是在适合并方便顾客的地点堆放和储存产品。小型制造商可以将一大批货送到批发商的仓库，在零售商想要购买之前储存在那里，并按需要将产品分解为较小的份额。将少量产品运到多个不同地点，寻找储存空间并给产品上保险，这样的麻烦事制造商是不会再做的。

> **范例**　在一个发展中国家的市场上逛一圈，会看到成排的售货者，他们有一张小小的桌子，摆放着成堆的没有差别的自产胡萝卜、甘蓝或其他东西，这些市场非常不同于英国或法国的城市中心市场。英国或法国的中心市场通过使用中间商，农民或商品化种植户无需自己寻找市场。果蔬批发商可以从专业种植户那里小批量地收购不同的产品，对它们进行分拣，然后将分拣后的产品大批地交付给供应链的下一环节，由此实

作为一种吸引消费者的方便产品，Florette 销售预先包装好的来自不同供应商的沙拉菜叶。

资料来源：Image courtesy of The Advertising Archives。

现运输成本的经济化。

Soléco 是法国最大的预包装沙拉和新鲜爆炒蔬菜生产商。它用 Florette 和 Manon 品牌进行交易，2004 年交易额达 2.93 亿欧元，其中 60% 来自法国市场，在该市场上它是领头羊，拥有超过 40% 的预包装沙拉市场份额。然而，在英国它只居第二位，只占有 15% 的市场份额。这是由于零售商自有品牌预包装沙拉的实力，它们占到了市场的 82%（Mintel, 2005）。

为了取得在欧洲范围内业务的成功，它不得不投资进行高水平的质量控制、严格的温度控制并购买专门的备料设备。它还需要定期的供给。除了与 450 名法国种植户签订了协议之外，它有约 15% 的供应需要从意大利、西班牙和葡萄牙采购。作为 ISO9001 系统的一部分，所有农作物都配有批号。通过这种透明度，Soléco 可以确保产品的食用期不超过加工后的 7 天，像生菜这样更易腐烂的品种还更短。Soléco 知道产品的源产地、品种、收获期、包装日期和地点，以确保即使分销线延长，产品的新鲜度也能得到保证。所有这些都能使消费者享用到顶级的品质、新鲜的产品（http://www.florette-corporare.com; http://www.solecoco.uk）。

在物流配送过程中，分拣是一个非常基础的步骤，是指将许多不同的产品组合为更统一、更相似的集合。这些集合可以根据产品种类，可以根据诸如大小、形状、重量和颜色等因素进一步细分。这一过程还可以通过分级增加附加值，即对产品进行检查、测试或鉴定，这样它们在质量分级上可以更为均衡。这些标准可以以中间商或行业预定的标准为基础。例如，大型连锁超市对零售果蔬的标准尤其苛刻。如果你仔细观察超市中的箱装苹果，你会发现它们有着标准的大小、颜色和质量。大自然母亲还没有完全找出如何确保这种一致性的办法，因此生产商和批发商必须投入精力进行分拣和分级，为高端市场提供顶级产品。二等品被送给不那么挑剔的零售点，而最不规则的产品最后则被用来煮汤、榨果汁和做即食餐。

正如已经指出的那样，中间商更重要的一项任务是分件，即根据供应链下一环节的要求，将大的单位拆分为更小的、更易于处理的数量。建材商也许会按车购买沙子，小型建筑商也许会按托盘购买袋装沙，而个别的消费者则可能按袋购买。分件显然受到了热衷于 DIY 的人的重视，他们肯定不愿意成托盘地购买。当然，这种方便是要付出代价的，按袋购买的消费者要支付比按托盘购买的建筑商更高的价钱。

运输

最后的任务是将产品实际运送到链条的下一环。一卡车货物也许包括同一地区许多顾客的货物，由此实现了有效载荷的最大化，通过精心安排仓储设施，使产品运输距离达到最短。此外，这比让每个制造商派送货车将货物送到全国每个消费者手上更有效率。

随着生产商和消费者之间分销渠道的地理距离和长度的延伸，仓储和运输配备变得越来越重要。采购模式日益包括从可以提供最佳交易的地方进货，不管它是本地的还是国际性的。由于生产越来越集中于少数大型经营，所以产品长距离转移的需求增加。食品领域的运输距离会非常远，因为需要来自欧洲或欧洲以外其他地方的具有异国情调的新鲜食品。例如，英国超市在冬天可以买到智利的葡萄，这是包括众多中间商在内的一系列分销决策的终点。

通过大规模货运和分件，零售商和批发商在建立物流配送渠道的规模经济方面起到了重要作用。一些批发商自己就发挥了很大的分销作用，如：根据顾客服务目标进行库存计划、包装、运输和订单处理。这既帮助了制造商，也帮助了零售商。通常批发商在进货运输、维持安全库存缓冲、吸收相关库存及原料处理费用方面会产生成本，对制造商来说这都意味着节余。

便利价值

金融

中间商还为制造商或顾客提供了一系列附加值服务。如上所述，中间商不仅分担风险，还提供宝贵的金融利益。制造商只需管理少数重点客户（例如，两三个批发商，而不是 200 个或更多的单独的零售商）并且可以严格控制赊购期，由此改善现金流。作为消费者服务的一部分，零售商可以提供赊购或其他金融服务，如：接受信用卡、方便的付款条件和保险。直接销售的制造商不一定会对这种金融服务感兴趣。

信息、培训和售后服务

零售商和批发商都是促进信息流的一部分，它们为顾客提出建议，并劝说他们购买。尽管在超市环境下，个人建议的作用很小，但消费者希望许多零售商，尤其是服装、业余消遣用品、电子产品和汽车之类产品线的零售商能直接帮助他们作出购买决策，并就后续使用提出建议。正如第 3 章所讨论过的那样，这些是需要有限或延伸决策行为的货物。制造商可能会投入大量资金对批发商或零售员工进行培训，教他们如何推介产品的好处，并提供售后服务支持。

对于某些零售商和用户来说，批发商也是非常重要的建议者。批发商越专业，就有越多机会深入了解市场、跟踪新产品或衰退产品，分析竞争行为，明确所需的促销并建议最佳采购。这种作用对于小型零售商来说尤其有价值，它们不太能直接获得关于专业市场主要趋势的优质信息。同样，人们也可能会寄望工业分销商给顾客提出应用方面的建议，并帮助解决低层次的技术问题。

市场信息和反馈是很重要的条件，就像我们在第 5 章中所看到的那样。中间商更接近市场，因此对消费者需求和竞争条件更为敏感。将这些信息沿分销渠道上传可以使制造商对它们的营销战略进行修改，使之有利于各方。同时，没有什么东西可以取代系统的、有组织的市场调查，从销售合同和与中间商的会议中获得的信息也提供了明确的，常常是有关的情报。这对市场调查资源有限的小型制造商来说尤其宝贵。

上述所有职能在营销渠道中都要有某种程度的体现。关键决定在于哪个成员负责哪项职能。当渠道实力较为均衡时，这种决定可以通过协商达成；当制造商或零售商占支配地位时，可通过强迫达成。无论结果如何，都需要设计利润补偿系统来反映所起到的附加值作用。

中间商的类型

正如我们所看到的那样，许多营销渠道包括了货物的有形转移和不同类型中间商之间货物法定所有权的转移。本章对各类型中间商的关键特性进行了总结。

分销商和代理商

分销商和代理商是通过采购或销售存货、赊销和售后服务等相关专业服务增加价值的中间商。尽管这些中间商常用于 B2B 市场，但在与消费者直接打交道的市场上也可以发现它们，例如电脑或汽车经销商。该术语通常代表制造商和中间商之间更有组织、更密切的联系，这样产品可以有效地交付，并且具有恰当的专业技术水准。显然，有些零售点与也与经销权有着密切的关联，它们之间的区别多少会有些模糊。

代理商和经纪人

代理商和经纪人是具有合法授权，代表制造商采取行动的中间商，尽管它们对产品没有法定所有权，或是无权以任何方式直接处置产品，但它们确实使产品更易于接近顾客，有时还可以提供恰当的附加利益。它们的主要职能是使买卖双方聚到一起。大学就常常使用代理商来招募海外市场的学生。

批发商

批发商通常不与终端消费者打交道，而是与其他的中间商，通常是零售商交易。然而，在某些情况下也会直接向终端用户销售，尤其是在不会发生进一步转售的 B2B 市场中。组织也许会通过本地从事零售业务的付现自运企业购买食品或清洁产品。批发商对于货物不拥有法定所有权，也不实际占有它们。

总代理

总代理持合同供应或营销产品，或是为特许人（产品或服务的所有者或发明者）提供设计和策划服务。代理协议不仅包括产品或服务的精确规格，还涉及业务的销售和营销方面。麦当劳不同分店的统一性就是代理协议详细程度的一种标志。目前有许多产品和服务是通过代理协议提供的，尤其是在零售和家庭服务行业。

零售商

零售商向消费者直接销售，也可以直接从制造商处采购，或是与批发商交易，这取决于购买力和数量。零售商可以根据许多标准进行搭配，并非所有标准都是普通购买者可以直接看到的。本部分将对此进行讨论，这也有助于清楚地揭示零售商实际的行为，以及为什么它们对制造商和消费者来说如此重要。

所有权形式

零售多年来都处于小型的独立企业领域。有些通过增加更多的分店获得了发展，有些则是通过收购获得了发展，但从 20 世纪 50 年代开始，商业区的零售结构发生了明显有益于大型组织的演变。此外，还发现了许多重要的所有权形式。

独立型。从售点数量来说，最常见的所有权形式仍是独立型，英国 62% 的售点属于此类。然而，从销量方面来说，此群体所占比例不足 30%。零售类别之间存在明显差异，小型独立企业在饮料行业和 CTN（糖果、烟草及新闻）中扮演着重要角色。通常独立售点由唯一的商人或家族企业经营。对于消费者来说，主要的好处是它可以提供个性化的关注和灵活性。这些经营在所进商品的品种和质量方面可以高度个性化，从非常高端的产品到便宜货都有。

尽管小型独立经营者不太可能在价格和供应品种范围上竞争，但关键是补充多样性而不是设法正面竞争。豪（Howe，1992）显然是想要促使小型零售商的抵制工作，如：改变人口模式、向城外购物转移、供应和资源问题以及大型多样化供应链的规模和专业化。为了反击，小型零售商需要寻找利基市场、专业商品、灵活的营业时间和专门的服务，并且更有效地运用供应商。这归结为完善的管理和营销思维。

> **范例**　农村的小杂货铺正在变成一种濒危物种。预测显示，每年有 300 家小杂货铺关门大吉，目前约有三分之一的村庄没有自己的商店。营业额差别也很大。有些小店每周很难产生 2 万英镑的营业额，而位置较好的小店却可以轻而易举地翻倍。农村商店联盟估计只剩有 12 000 来家农村商店；其余的小店已经成为增强的消费者流动性和超市吸引力的牺牲品，有些超市实际上每周都提供免费巴士服务。存活的关键是多样化。让本地邮局代理可能会很有帮助，因为它可以吸引人们进入商店，而它还打算提供传真和复印设备、互联网接入、彩票、兑换点、录像带租赁、灵活的营业时间和新鲜的本地产品。尽管便利商品或那些在主要的采购过程中忘记购买的商品的采购为乡村商店提供了基本的营业额，但实际上提高价值和顾客忠诚度所要做的是改变零售商的态度，并创造一个以服务为导向的多样化活动中心，以此吸引可能会创造忠实顾客的社区断层（Gregory，2001a、b）。

连锁公司。连锁公司在共同的所有权下拥有多个售点。连锁经营将反映公司战略，许多战略将集中在获得规模经济的决策上。最明显的集中行动是采购，这样可以获得数量折扣和比供应商更大的权力。当然，从区域、国家甚至国际性的形象和品牌建立中也会产生其他好处。典型的案例包括 Next 和 M&S。有些连锁店为了反映不同的经营环境，允许地方层面拥有一定的自决权，这体现在营业时间或所提供的商品和服务方面，但主要优势源自统一性而非多样化。

合同系统。通过正规协议而不是所有权（即一种合同系统）将分销渠道成员连接起来，本章随后会对此进行讨论。对于零售、批发支持下的合作或特许经营来说，主要好处是可以从集体力量中获得能力，无论是在管理、营销或是经营程序中。某些情况下，集体力量，如特许经营，可以提供提升顾客感知和熟悉度的重要工具，从而产生零售忠诚。特许经营协议在某种程度上丧失了经营或战略方面的自由决定权，但这可以被统一的好处抵消。特许经营也可以将零售风险转嫁给特许经营者。贝纳通（Benetton）在美国市场的业绩不佳时，有 300 家店关闭，而所有的损失都是由特许经营者而不是贝纳通承担的（Davidson, 1993）。

如果独立零售商想要避免特许经营的风险，同时想从集体力量中获益的话，那加入团购或自发连锁也许是一种办法。团购常见于食品零售，其目的是集中采购职能，代表成员实现规模经济。

服务水准

不同的零售商所提供的服务范围和品质是截然不同的。有些零售商，如百货商店，提供礼品包装服务，而有些 DIY 商店则提供送货服务，但在其他商店里，产品挑选、评估和将产品搬回家等绝大部分职责都留给顾客自己承担。

三种服务水准突出了主要的选项。

全面服务。像哈罗斯这样的商店提供的是全方位的顾客服务。这包括卖场内的贴身服务、全套的解说和送货服务，以及将每一位顾客当作贵宾对待的明确目标。这种高水准的服务反映在所采用的溢价定价方针中。

有限服务。所处理的消费者的数量和需要收取的竞争价格阻碍了全方位服务的实施，但所提供的服务使购买变得更加轻松。也许会提供赊销、无理由退货、电话预订和送货上门。这是一个决定目标市场"必须有"什么，而不是"将要有什么"，或是明确对竞争优势来说什么最重要的问题。零售商，如 Next，声称以竞争性价格出售高级服装，但却无法提供太多的额外服务，因为这会增加零售商的成本。然而，为了保持对同类零售商的竞争力，它们也不得不提供有限的服务。

自助服务。在自选商店，顾客承担了许多店内工作，包括挑选产品、在收银台排队、支付现金或信用卡，然后推着满载的推车费力地走到停车场。有些食品和折扣店就以这种模式经营，但趋势正朝提供更多服务、减少特别使顾客泄气的瓶颈点发展。这可能包括在熟食柜台安排更多人员、更多收银台，确保少排队，并且帮助进行包装。

商品线

可以通过零售商所经营的商品来区分它们，从品种的宽度和深度来对它们进行评估。

品种宽度。品种宽度是指所进的不同产品线的种类。百货商店会有各种种类的产品线，也许包括电子产品、家居用品、设计师服装、美发用品甚至度假。

范例 目录商店，如 Argos 并不指望"现场"展示它所进的全部品种，因此它可以提供比其他百货商店更广、更深的品种。它只受制于它的物流配送系统和快速更新、补充店内库存的能力。Argos 拥有 600 家店铺，其中包括从 Littlewoods 收购的 33 家索引商店。The Extra 在 Argos 的 17 000 种主流商品基础上提供额外的 3 000 种产品。不管 Argos 提供的品种宽度如何，还是有人觉得 Argos 并没有利用家用电脑需求的增长，因此它的大部分店铺引入了新的产品线。此外，作为减少 Argos 顾客供应复杂性的一种手段，它又引入了许多更受关注的品种。其中一个系列是 Argos Additions，这是一组服装和家用系列产品，包括了像锐步、李维斯和 Gossard 这样的品牌。此外，在线购物和订购也被引入了，它可以进行安全支付、送货到家或展厅提货。对

Argos 来说，主要问题是它的形象。尽管正在进行重新装修，但它的某些店铺看起来有点老土和低档；尽管许多人从它的店中买到了名牌，但几乎没有人承认这一点。然而它的系列产品却有极强的渗透性，销量也在持续增长。Argos 对于其优势一直保持诚实，以低价提供便利、实用的精品。尽管互联网销售额只占总收入的 7%，但却在迅猛增长。Argos 拥有借助目录方式进行零售的经验，在购买之前是见不到产品的，它的目录渗透到了英国 70% 的家庭，它成熟的店内技术连同完善的送货上门运作都意味着它已经准备好在互联网销售中取得的初步成功上更进一步（Jardine, 2001; Kleinman, 2001; Marketing Week, 2005; Quilter, 2005）。

品种深度。品种深度明确了产品线选项或搭配的数量，以及任何与该种产品有关的方面。一家进有 CD、磁带、迷你光盘和塑胶唱片的音像店可以说在品种上具有深度。同样，进有开司米套头衫的服装店，如果它的套头衫只有一种风格的话，也许就会被说成品种很浅；如果有五种不同风格的套头衫的话，就可以说品种很深。引入进一步的搭配标准，如尺寸和颜色，也会创造出非常复杂的对深度的定义。专业或利基零售商，如 Tie Rack，有望根据众多搭配标准提供有深度的产品线。

范例　H&M 是瑞典第五大公司，在 22 个国家经营着大约 1121 家店铺。它现在仍在英国、美国、德国和奥地利扩张。它拥有 12 个以上的自有商标，涵盖了男式、女式和儿童服装，休闲装、正装、内衣和外衣。这些商标瞄准了 14~45 岁年龄段的特别细分市场，像 Clothes 就很有潮流意识，Hhnnes 是高级时装，而"妈妈"（Mama）则是孕妇装。然而，为了适应当地人口统计和品味情况，搭配也会因地区而有所不同。该种模式取得了巨大的成功：自 2000 年以来，销售额已经增长了 70%，而相比之下 M&S 几乎没有增长，H&M 现在似乎要打垮 M&S 成为欧洲最大的服装零售商（Lyons, 2004）。它成功的关键是灵活的供应线、强大的系列和识别将要到来的趋势并迅速抓住它，然后继续前进的能力。它具有很多使宜家取得成功的特性：敏锐的定价、良好的设计，以及从低成本国家采购。品质也许并不居于首位，但对于时尚产品来说，它有足够的平均寿命。

尽管是专业零售商，重点集中在时装上，但它也提供广而浅的品种，相比之下，其他时装零售商只专营女装或牛仔裤（窄而深）。H&M 非常乐于提供各式各样价廉物美的时装。为了保持消费者对商店的兴趣并进一步拓宽产品宽度，商店每天都要推出由来自像卡尔·拉格菲尔德女士精品店等名店的内部员工设计的新产品，没有哪种产品在店内可以保留 1 个月以上。这意味着有些商店每天要收 2~4 次货，滞销的品种很快就会削价。这还意味着包括地区仓库在内的广阔的物流配送运营，一半的供应来自欧洲，而其他的则来自亚洲。其他大部分时装零售商一年往往只变换 2~4 次品种（Financial Times, 2004; Lyons, 2004; Scardino, 2001; Teather, 2001）。

经营方式

经营方式已经发生了显著的变化，传统方式之外的选择在增加。然而，传统的店铺零售仍然占有优势，它们本身就包括各种类型的零售商。下一部分将讨论这些不同的店铺类型。然而，无店铺零售日益盛行，顾客不会真的造访零售商。这一部分是由于顾客态度的改变，一部分是由于邮购公司驱动了高端市场，还有一部分是由于先进的网上零售和物流配送技术。后面将进一步对无店铺购物进行全面的讨论。

店铺类型

到任何大街上走一趟，或是开车沿着大城市的郊区走一回，就可以发现各种各样不同外观、不同规模的零售商，它们诱惑着我们走进去，它们所希望的显然是差别化营销组合。下面就根据它们所采用的零售经营类型来对这些零售群体进行讨论。将界定每种类型，还将讨论它们在零售行业中所扮演的角色。

百货商店。百货商店通常在市中心或城外大型购物中心占据显著位置。大多数城市拥有一个或多个中心，如伦敦牛津街就有好几个。百货商店非常大，由分离的部门组成，这些部门包含相关的产品线，如运动、女装、玩具、电器等。

> **范例**　皇家文德克司公司（Royal Vendex KBB）是挪威重要的非食品零售企业，它拥有一个百货商店和专卖店的组合。该公司经营着 12 种著名的零售模式，包括百货商店、量贩店和专卖店，在 7 个国家有 1 700 多个售点，所产生的净销售额达 41 亿英镑。它的百货商店有 3 种模式，Vroom & Dressman、Hema 和 Bijenkorf，每种都代表单独的业务单位，有着不同的定位策略和顾客剖面。这些商店拥有自有商标的女装、婴儿装和童装、个人护理用品、眼镜、皮鞋、家庭和内部装饰品，包括电脑在内的消费者和家用电器、书籍、店内膳食服务、外部餐厅、面包店、网上购物服务和照相服务。尽管这些商店的总销售额为 9.9 亿英镑，但经营利润只有 4%~6%，这反映出百货商店是在一个竞争的市场中经营（http://www.vendexkbb.com）。

为了支撑这样一个观点，即：提供顾客可能想要的任何东西，百货商店拓展了它们的服务和有形产品，它们经营美发美容厅、餐厅和旅行社。在有些店铺中，个别部门被视作是有自主权的业务单元。如果这种观点再进一步，特许经营或"店中店"成为普遍现象也不足为奇。在此情况下，制造商或其他零售企业在百货商店购买空地，按平方支付固定租金或根据营业额交付一定比例的佣金，以此建立和经营自己与众不同的业务领域。Jaeger 是一家高级时装制造商及零售商，在全英经营着许多自有店铺，但它有三分之一的营业额来自于像 House of Fraser 之类的百货商店中的特许经营。

> **范例**　第 3 章讨论过性用品采购的行为方面。Tabooboo 想要触及三分之二的女性，而她们不上性用品店或上网买性玩具，因此它对赛弗里奇（Selfridges）作出了妥协。在一系列时髦的女式服装中可以发现各种各样彩色的振荡器、润滑剂和鞭子。将性玩具与名牌服装标签联系在一起，赋予了那些数年前被认为非常不恰当、是禁忌的那些

东西一种正统性。这项创意是要激发冲动性购买，毕竟产品可以轻易地藏在赛弗里奇黄色的购物袋里。三分之二的没有行动的妇女是否会投身其中还需拭目以待 (Godson, 2004)。

量贩店。量贩店比百货商店小，它们进的是数量更少但深度更深的产品。像英国的 BhS 和玛莎、法国的 Monoprix 之类的商店在有限的范围内提供大量的选择，包括女装、男装、童装、运动装、女士内衣等。然而，大部分都有额外的品种。例如，BhS 就供应家用器皿和灯具，而玛莎则供应鞋类、贺卡、植物，店内还有品种丰富而成功的食品走廊。

和百货商店一样，主要的量贩店，如法国的 Monoprix 和德国的 Kaufhalle 都是以全国连锁的形式经营的，它们保持了全国范围内形象的一致性，有些还是国际化经营。无论多样化连锁商店覆盖的地域、店铺的规模如何，它们都需要交易量（即大量的顾客），因此要开发对大众市场的吸引力，提供优质产品，并且不能超过中等价位。量贩店往往提供有限的额外服务，倾向于自助服务，还设有集中的收银台。在此意义上，它们是介于百货商店和超市之间的某种商店。

超市。在过去数年，超市一直受到非难，成为改变商业区面目的罪魁祸首。第一代超市出现在 30 多年前，当时还较小，在市中心经营。随着超市的扩张以及通过自助服务、大宗购买和大量广告推销削减了成本，它们开始取代小型的传统个体杂货铺。它们向市外便于停车的地点扩张，然后把顾客吸引到那里，由此威胁到了商业区的健康发展。

车轮就整个转动起来了。随着英国规划法规的收紧，开发新的市外超市变得更加困难，零售商开始再次关注市中心的地点。它们发展出了新的形式，如特易购的 Metro 和圣斯伯里的 Local，它们为小商店提供即食餐、基本的如面包牛奶之类的大宗杂货，以及针对购物者和办公室职员的午间快餐。

超市的优势几乎没有什么好令人惊奇的，因为它们的规模和经营结构意味着它们的劳动力成本可以比那些个体杂货商低 10%~20%，而采购优势则要强 15%。这意味着它们能够提供明显的价格优势。此外，通过在电子售点、货架分配模式、预测和有形分销管理系统方面开发和实施新的技术，它们可以获得效率并提高成本效益。因此，零售物流的有效管理成为了持续竞争优势的主要来源 (Pache, 1998)。然而，大部分超市都是按薄利多销来运转的。

大型超级市场。大型超市是超市的一种自然延伸。普通超市占地 2500 平方米，超级商场在 2 500~5 000 平方米之间，而大型超市怎么也要超过 5000 平方米 (URPI, 1988)。大型超市提供非常多的选择和品种深度，但通常以杂货为主。法国的 Intermache 和家乐福、德国的 Tegelmann 和英国的 ASDA 都是大型超市的范例。由于它们的规模，大型超市往往占据郊区零售停车场上的新场地。它们需要便捷的通道和大量的停车泊位，这不仅是由于它们所吸引的顾客的数量，还因为它们的规模意味着顾客会大量采购，因此需要将车开到靠近超市的地方。

然而，在欧洲任何地方，获得新的大型超市的规划许可正变得越来越困难。不过，少量的开发仍有发生，因为一部分新的郊外购物中心以及大型超市，如 Auchan，正在发挥着重要作用。在马恩河谷的 Val d'Erope（法国巴黎地区）的新的"为了生活更美好的大型超市"就是继续发展的例证。服务拓展的领域包括美容沙龙、托儿所，供顾客使用的电脑，可以用它们观看 DVD 的新片预告，试听出售的 CD，还有眼镜店。爱尔兰的规划部门已经注意到了其他欧盟国家大型超市和超级商场的发展，并作出结论认为它们会危及市中心，导致小型商店倒闭和交通阻塞。因此，爱尔兰政府决定引入新的规划指南以阻止超级商场和大型超市的进一步发展。

　　因此，在颁发规划许可时，环境和城市规划方面的影响比起以前来要重要得多。包装物回收、涉及环境的店铺建筑、通道安排以及多样化零售的影响现在都被提了出来。在英国，规定也很严格。尽管在郊区开发中，主要的采购中心仍有可能扩张，但规定显示首先要考虑市中心或中心边缘地区的地点。即使成功地跨越了这一障碍，来自环保人士和反超市机构的反对可能会很激烈（Hamson，2005a）。整个欧洲的情况与英国和爱尔兰稍有不同。西班牙法律对店面低于 300 平方米的小店铺有所照顾，而在波兰，在批准规划许可之前，大型超市对用工结构的影响是必须强调的一个方面（Auchan，2001）。在欧洲大型超市的诞生地法国，近年来对 1 000 平方米以上开发项目的规划规定愈加严格。这放缓了大型超市扩张的步伐，导致像 Auchan 和家乐福这样的大型超市向国际拓展。

　　城外专卖店。城外专卖店往往只专营一种主要的产品群，例如家具、地毯、DIY 或是电器。它们往往在城外经营，这些地方比市中心便宜，还可以提供良好的泊车条件和全面的便利。它们把重点放在折扣价和促销产品线上，因此强调的是物有所值。城外专卖店所出售的产品可能要比市中心的专卖店或百货商店的相同产品便宜。

　　这种商店可能只有一层，没有窗户。然而，还是要注意店内的陈设和布局的吸引力。根据所涉及的产品种类，商店可以是自助式的，或需要提供知识丰富的人员帮助顾客进

Toys 'Я' Us 的店铺坐落于城外的场地，拥有充足的停车泊位，这为每位到此购买各种玩具的人提供了便利。

资料来源：© Ferruccio/Alamy。

行选择和定购。近年来，可以看到经营者已经努力改善了商店的周边环境，它们甚至非常关注店铺的设计。

　　Toys'Я'Us 尤其被认为是品类杀手，因为它提供了其他零售商无法比拟的多选择和低价格。它的大型郊外场地意味着它在经营成本方面是有效率的，而它的全球大宗采购则意味着它可以以相当低的价格进货。想要购买特别玩具的购物者知道 Toys'Я'Us 可能会有这种货，但并不确定他们想买什么的购物者却有了一次奇妙的浏览机会。此外，城外场所很容易到达，使大宗产品的运输更为轻松。相反，小型的个体零售商无法在购买力、成本控制、便利或选择上与之匹敌，很可能会丧失业务。

> **范例**　"家有宠物"（Pets at Home）对于英国的 750 万只猫、610 万只狗、110 万只仓鼠和 75 万只相思鹦鹉来说是品类杀手。它在价值 23 亿英镑的宠物供给品市场中是市场领袖，该市场以每年 4%的速度在增长（Hall, 2004）。该模式以大型的、占地 1 万平英尺的城郊场地为基础，配有良好的停车条件、训练有素的员工和店内活动，以此吸引注意力。经过装饰的营业场所和宠物诊疗室激发了更多的交易。尽管重点是在供给品上，但也出售像鱼、鹦鹉和仓鼠之类的小宠物。当一个地区无法支撑一个超市时，就开办更小一些的街边店来提高整个市场渗透（在英国约有 200 家）。通过自有品牌产品和从远东采购产品，利润得到了进一步的提高。店铺的专营性意味着超市只能在一些产品线，如宠物食品上与之竞争，而在范围的另一端，传统小型宠物食品上则无法提供多样性或实现大宗采购或规模经济，从而无法在价格上竞争。

　　市中心专卖店。就像城外的专卖店一样，市中心的专卖店集中于狭窄的产品群，以此作为一种建立差别化供应的手段。它们比城外的专卖店小，平均在 250 平方米左右。然而，在此行业，却有像花店、内衣店、面包店和糖果店之类在很小的地盘内经营的零售商。众所周知的名号，如 H&M、超级药房、Thorntons、Next 和 HMV 都属于这种类型。

　　其他通过市中心专卖店出售的产品实例有鞋子、玩具、书籍和服装（尽管经常按性别、年龄、生活方式甚至尺码进行细分）。其中大部分是比对产品，对它们来说，与类似产品一起陈列可能是一种优势，因为顾客希望在作出购买决策之前能对众多选项进行检查和考虑。如果它们位于市中心，那就需要借助竞争性产品建立顾客交易量，行业已经注意到了多样化连锁的发展，借助清楚界定的产品组合瞄准清楚界定的目标细分市场，就像商业区内大部分的时装店那样。为了强调专业化和差别化概念，有些组织，尤其是服装多样化企业，已经开发出了它们的自有商标品牌。

> **范例**　参观 Thorntons 确实是为了自我放纵或是购买礼品。它的口号"始自 1911 年的巧克力天堂"抓住了品牌的核心价格。它目前在英国拥有 380 家公司自有店铺和约 200 家或特许经营的糖果店，也通过目录和线上进行销售。形式总是一样的，根据每家店铺的规模和情况来拓展品种或签订协议。它旨在成为城里最好的糖果店。尽管场所从购物中心到机场，再到火车站都有，但零售规则通常规定产品要根据季节进行促销，还规定了必需的销售地区、橱窗陈列类型和服务安排。然而 Thorntons 发现集中

于商业区限制了销售的机会，并且无法利用品牌的优势。于是决定关闭某些店铺，并通过像特易购、圣斯伯里、史密斯书店和 Woolworths 这样的零售商销售 Thorntons 牌的产品，现在这已为 Thorntons 贡献了约 15% 的销售额（McArthur, 2005; O'Grady, 2001; http://www.thorntons.co.uk）。

市中心专卖店通常是浏览和自助的混合，但如果要求的话也可以获得专人的服务。营造符合目标市场的零售氛围或环境是非常重要的，包括运用橱窗展示或店堂布局。这使市中心专卖店可以从大商店所产生的客流量中获益，因为路过的购物者会被他们在橱窗里，或透过门看到的东西所吸引，冲动地进入商店。加盟店可以使用统一的形式在更广的领域复制这种成功，由于它们的购买力和专业性，它们从小的个体户那里抢走了大量业务。

便利商店。尽管英国的小型个体食杂店在走下坡路，但仍存在便利店可以填补的利基市场。经营主要是在食杂店、饮料和 CTN 商店，这些店的营业时间长，不局限于朝 9 晚 6。典型的 CTN 仍是小型的个体街边店，它们为当地的社区服务，提供基本的食杂品、报纸、糖果和香烟，但品种已经扩展到书籍、文具、录像租赁和贺卡。

它们填补了大型超市遗留的空白，如果消费者能够不厌其烦地驾车前去采购的话，这些超市对于每周一次或每月一次的采购之旅来说是很不错的。然而，便利店满足了平常出现的需求。如果消费者用完了某种东西，忘了在超市购买某些东西，想要新鲜的东西，或是在门口发现了 6 个想来用餐的不速之客的话，那本地便利店的价值就不可估量了。如果在正常采购之外出现了紧急情况，那本地深夜店的优势就变得很明显了。然而，这些好处往往都要花高价。为了更具价格竞争力，有些"全天候"的便利店是以自愿加盟的形式来经营的，如 Spar、Londis、"今日"（Today's）和 Mace，通过这种形式，零售商保持了它们的独立性，但却受益于大宗采购和集中营销活动。许多 CTN 的首选是不断尝试可能会在当地社区销售的新服务和新产品线。许多店现在已经有了卖酒执照、传真设备，并能提供其他外包服务，包括干洗服务和修鞋服务。国家彩票终端也带来了增收，甚至旅行卡和电话卡的销售也带来了新的收入流。

便利零售的两个最新发展是加油站前院商店和电脑亭。许多汽油零售商，如 Jet 和壳牌已经将它们的非汽油零售领域发展成了有吸引力的迷你超市，凭自己的牌子招徕生意。在有些情况下，这些超市甚至吸引了那些进来买牛奶或面包，最后想想又买了汽油的顾客。2004 年前院商店的销售额价值在 38 亿英镑左右，占到了便利市场近 16% 的份额，这显示了前院零售已经成为了一个相当重要的收入来源（IGD, 2005）。下一个发展阶段可能是在前院安装更多的现金自动售货机，最后是接入互联网。前院还可以成为收取家庭采购订单的地方。提供多样化的服务组合对于某些郊区加油站的生存来说是一个至关重要的因素，未来几年，燃料销售可能平均会下降 20%。

范例　　特易购城市店（Tesco Metro）的推出对于小型的市内个体便利店来说是一个警钟。它迫使许多便利店认真地思考它们所服务的下游区，思考顾客真正希望从便利店获得什么。一些个体店铺迅速加入了像士邦（Spar）和 Costcutter 这样的标志性集团，以便从增长的购买力和营销、销售规划专业技术中获益。2003—2004 年间标志性集团个体会员增长了 64%，反之，未加入的个体店铺数量下降了 14%。特易购只占便利行业的 5% 左右，但凭借其巨大的购买力，有足够的余地来摊销成本保持利润，在价格上进行强有力的竞争。说许多消费者希望在便利店里花更多的钱并不假，他们愿意为所提供的便利付高价。但这是有限度的。根据英国食品批发协会（IGD）的说法，大部分消费者愿意多付 5%~10% 的价钱，但许多个体店铺的价格比超市的价格贵了 15% 以上。特易购便捷店（Tesco Express）和圣斯伯里本地店（Sainsbury's Local）通常只比它们的超市多收 5% 的价钱，因此对其竞争对手形成了严酷的挑战。有趣的是，个体户又有了新的麻烦，许多消费者认为他们在便利店所支付的价格高于它们实际的价格，这对于想要保持地区业务的个体户来说是一个问题，在这些区域中消费者可以选择购物的地方（Gregory, 2004; Harrington, 2004）。

折扣俱乐部。折扣俱乐部对于普通公众来说更像付现自运，在这里它们可以以极有竞争力的价格大量采购。然而，折扣俱乐部有会员资格要求，而这些要求与职业和收入有关。

范例　好市多（Costco）是一种针对商人和个体会员的折扣俱乐部形式。其经营场所英国有 16 个，加拿大有 65 个，美国有 338 个，其他国家有 4 个。该形式是大型仓库，它以低价向用于商业用途或转售的企业化采购，以及精选的职业群体成员销售高品质的、国家名牌和精选的私有标签产品。在不提供不必要服务的仓储环境下，产品的包装、陈列和销售都是大批量的，都放在原来的运输托盘上。仓库是自助式的，会员所购买的物品用产品的空盒子包装。好市多没有广告或投资者关系部，员工较少。企业一般管理费用必须尽可能低，以确保收益性（Birchall, 2005a; The Grocer, 2001; http://www..costco.co.uk）。

折扣俱乐部通过最低限度服务和与主要制造商的大宗交易谈判实现了低价，并获得了优于知名超市的竞争优势。此外，它们凭借周转量将利润压到了最低点，并且还进行投机采购。例如，它们可能会以非常低的价格一次性购买制造商多余的货物，或是低价购买破产公司的库存品。而这些使得它们可以提供难以置信的便宜货，但它们无法保持供应的持续性，所以可能会这个星期有大量的电视机，而一旦这些电视机被卖光，就再也不会有了。下一个星期，店里同样的位置也许会摆上高保真音响。至少这种方针使得顾客为了看看又有什么新的便宜货而不断地再来。

市场。大部分城镇都有市场，这是与古老的零售形式的最后联系。现在有不同类型的市场，不仅有销售不同种类产品的市场，还有定期举办的马路市场、占据专门场地的室内或露天永久市场、销售新鲜农产品和果酱的市场、为更专业的产品举办的星期天市场。

目录商店。这是一种相当新的发展，目录商店试图将商业区所具有的好处与最好的物流配送技术和物化分销管理结合起来。陈列室的核心焦点是目录，店内到处都展示着许多目录复印件，顾客可以带回家进行浏览。有些物品是当场展示的，但绝不是所有的产品品种。消费者根据目录选择，然后到收银台，在那里一名营业员会将订单输入中央电脑。如果产品可以马上获得的话，收银员会收钱。然后消费者在取货点排队，同时所购的产品会在幕后由仓库中提出，通常非常快捷。

此类经营的重要范例就是 Argos，它存有各种各样的家用、电子和休闲产品。通过大宗采购以及经营成本、损耗和失窃的节约，它提供了相当有竞争力的价格（因为有限陈列）。

无店铺零售。目前在传统零售结构之外出现了对个体消费者销售的增长。无店铺销售可以包括人员销售（第 10 章将会讨论），通过电视、互联网或电话对家庭消费者的销售，或是通过自动贩卖机进行的最非人员化的销售。

入户销售。建立时间最长的将产品销售给在家的消费者的方式是挨户销售，销售代表入户拜访，或是为了设法销售皮箱中的产品（如刷子），或是试图进行某些初步销售，为后续的活动铺平道路（像双层玻璃窗、夜间防盗警报器和其他家庭改进措施等高消费产品）。突然拜访（即出乎意料地出现，不请自到）既没有有效利用销售代表的时间，也不可能从顾客那里获得积极的响应。

实践中更易接受的入户销售方式是聚会模式。它是指组织招募普通消费者充当代理，并在轻松的社交氛围内进行销售。代理，或是一位自愿的朋友会在家中举办聚会，提供点心和饮料。客人们应邀参加聚会，在夜幕中，当大家都放松时，代理会演示产品并接受订单。

自特百惠率先举行聚会后，许多其他产品也使用了同样的技术。例如安萨默斯（Ann Summers）就是一家通过聚会销售性感内衣、性用品和性玩具的公司。它主要的顾客是妇女，她们从未想过会走进"那种商店"，更不用说买"那种商品"了。聚会是销售那些针对特别目标市场的产品的理想方式，因为气氛非常轻松，顾客置身于朋友之中，在嘻嘻哈哈中购买不会有尴尬。聚会销售的最大优点是可以展示和演示产品。这种手把手的互动方式是一种强有力的让准顾客参与其中的方式，由此使他们产生兴趣并想要购买。

然而，聚会销售的主要问题是很难找到代理，并且代理的素质和销售能力可能会有差别。支撑和激励一个代理金字塔，并且给他们支付佣金会使销售成本变得很高。

邮购和电视购物。邮购具有很长的历史，传统上包括一份印刷好的目录，顾客通过它挑选产品，这些产品随后或是通过邮递服务，或是通过快件会被送到顾客家中。然而，这种销售形式随着时间发展和变化。现在是通过杂志或报纸广告以及传统的目录提供，数据库营销现在意味着可以针对个别顾客量身打造产品。订单不一定要由顾客寄出，可通过电话完成，通过信用卡可以立即进行支付。整个欧洲的邮购实力并不相同，但总的来说，北欧比南欧强。借助 Otto Versand、Quelle 和 Nekermann 这样的公司，德国的邮购实力非常强。

电视购物代表了一个更广泛的活动范畴。它包括响应电视广告通过电视来购物，无论是有线、卫星或是地面频道播放的广告。有些有线和卫星频道的经营者还经营家庭购物频道，如 QVC，它的首要目标就是向收视者销售产品。电视购物还包括使用像法国 Minitel 系统或互联网之类的装置通过电脑进行互动购物。尤其是互联网为各种各样的卖家，包括知名的零售商提供了令人感兴趣的机会。许多像 Toys 'Я' Us 和 Blackwell's 书店这样的零售商已经在网站上建立了"虚拟"商店，准顾客可以浏览商品，挑选物品，

送货上门还是"得来速"杂货购物？

并非所有购物者都享受购物的"乐趣"，尤其当购物是指往返于超市时。正是这个不能或不愿光顾超市，而又不得不购买的群体，成为许多试图开发家庭订货和送货上门杂货服务的组织的目标。然而，最新预计表明，在家购物只占到了英国杂货销售额的 1% 左右（Bainbridge 和 Gladding, 2005）。

在家购物流行的原因很明显：随着工作时间的延长，生活越来越繁忙；在职人员，尤其是职业妇女日益增多；人们有了更好的活动去打发空闲时间，例如"真正的"休闲爱好；在书店、比萨店、花店等一系列行业，人们逐渐认可了送货上门。所有这些，连同互联网运用的增加，导致了在家购买杂货的大幅增加。问题是试行网上杂货采购的连锁超市遭遇了多变的结果。由于购买率不高，Somerfield 和 Budgens 于 2000 年中止了它们的送货上门运作。相反，特易购和圣斯伯里却常常作为最成功的经营者而被引用。

圣斯伯里的"到你"（To You）网上家庭送货业务宣称在国内的覆盖率约为 75%，每周可以收到 35 000 份订单。尽管与收银台的销售额相比这仍是很小的比例，但它确实为某些顾客提供了宝贵的服务。2004 年，它推出了"1 小时交货承诺"，反映出它对快速处理和派送订货能力的自信。如果送货超出了 1 小时，圣斯伯里还进一步为顾客的下一次订货提供了 10% 的折扣。通过营销活动的配

合，在试验中观察到 10% 的销售增长很有希望在全面铺开中重现（Marketing Week, 2004a）。不幸的是，该计划不得不在两个月内撤销了，这并不是由于操作的原因，而是因为顾客利用了圣斯伯里网站的漏洞，该漏洞可以容许优惠券上的密码一用再用。一时之间，用于折扣密码交易的聊天室成为网上最受欢迎的地方，因为顾客反复用 10 英镑的优惠券赚钱（Johnstone, 2004）。现在还不确定圣斯伯里将如何发展它的家庭送货服务，因为自从它转向以店铺为基础的分销以来，对它糟糕的铺货和不恰当的替代品已经有了一些批评。因此特易购仍然占据着优势（Hegarty, 2005）。

特易购网已经坚持提供了近 10 年的在家购物服务，现在正在看到成效。尽管从这种冒险中所获的利润水平还不得而知，但它宣称有超过 75 万的注册顾客，覆盖了特易购 270 家店铺的 96%，一周可以收到 12 万份订单（Marketing Week, 2004a）。特易购声称它已经开辟了新的细分市场，从英国南方的微柔（Waitrose）和北方的圣斯伯里手中抢走了业务。顾客不只是订购杂货；CD、DVD 和葡萄酒也很畅销。或许更重要的是在传统的购物者每次光顾特易购的支出不足 25 英镑时，线上购物者的花费已经超过了 80 英镑（大概是因为如果你要花 5 英镑的送货费的话，你很可能会使它物有所值）。微柔通过与奥克杜（Ocado）的合资公司也加入了该市场，尽管它只在选定的区域经营，对抗特易购。然而，微柔确实拥有了优质送货和服务的声誉

（Bainbridge 和 Gladding, 2005）。奥克杜拥有大量库房，储存着既有宽度又有深度的货物，因此它可以减少微柔替代品的数量。与此同时，ASDA 已经使它在网上供应的产品数量翻了一倍，达到了 2 万种（特易购提供 4 万种），并且有望很快深入英国 60% 的家庭。

判断调查公司（Verdict Research）估计销售额将继续上升，2005 年达 20 亿英镑，约占杂货交易量的 2%。通过这种方式采购的购买者的数量在 200 万左右，并且随着宽带变得更加普及，数量还有可能进一步增长。其他调查公司，如 Dresdner Kleinwort 和 Benson 则预测到 2008 年，英国约有 10% 的食品销售会通过这种方式产生。这支持了特易购的观点，即网上购物可能成为自引入自助服务以来超市购物的最大革命。然而，独立调查则却没有那么振奋人心。一家食杂品分销协会的调查显示，大部分消费者对于通过互联网购买食杂品兴趣索然：他们更喜欢到店里挑选食品，享受购物的自发性和探索性，而不喜欢在线支付。了解的程度也很低，因为他们认为产品的品种有限，而且保存期限更短，并且由于价格促销较少，他们会遭受损失。挑战仍然是确保快速交货和没有替代品，这样网上购物者才能完全满意。

资料来源： Bainbridge and Gladding (2005); Dickinson (2005); Hegarty (2005); Johnstone (2004); Marketing Week (2004a); Parry and Cogswell (2005); Ryle (2001)。

通过信用卡付款，然后静候货物送到。

自动贩卖。自动贩卖机在零售中只占很小的比例，不足1%。它们主要被放在工作间和公共区域，如办公室、工厂、教研室、公共车站和火车站。它们最适用于小的、标准的、低价的、重复购买的产品，如冷热饮、听装饮料、巧克力和小吃，以及银行自动提款机和邮票。它们的优势是可以使顾客在非常便利的地方，在白天或夜晚的任何时间购买。自动贩卖机还有助于在最好的消费条件下交付产品，例如提供听装冰冻可乐的冷藏机。而人员零售却无法一直保持那样的条件。

渠道战略

有各种各样的增值功能存在于营销渠道中，决策需要考虑到这些功能的分配和表现、系统内的报酬基础和使市场渗透有竞争力和有效率的备选结构的效力。这就是渠道战略。

渠道结构

图 8.1 和图 8.2 概括了渠道设计的基本形式。所采用的特别结构应该反映市场和产品的特性，考虑市场覆盖、价值、销量、可获利润等因素（Sharma、Dominguez，1992）。

制造商需要到达明确的目标市场时，也许要采用双重或多重分销方式，这意味着可以通过两种或多种不同的路径到达各目标市场。例如，IBM 会直接向大用户进行销售，但却通过零售交易到达消费者细分市场。如果个性得以保持的话，只要安排反映了各种买家不同的购前和购后服务需求，这种模式就会很管用。然而，如果通过不同的渠道向同样的目标市场销售同样的产品，就可能会出现问题。例如，一个书籍发行商如果积极以低于零售商所能提供的价格鼓励直接订购和其他订阅服务的话，那可能会与图书行业产生摩擦。随着直接营销和家庭采购的普及，这种潜在的冲突很可能会增加。

渠道内竞争

正如我们在图 8.5 中所看到的那样，并非所有的渠道内竞争都来自于传统上所认为的直接渠道。有时，渠道内部竞争也会降低整个渠道系统的效率。帕拉茂旦（Palamountain，1955）明确了四种竞争类型，下面将依次进行探讨。

水平竞争。水平竞争是指同类型中间商之间的竞争。这种竞争，如超市之间的竞争，很可能是明显的。每个中间商制定营销和产品品种战略就是为了获得优于其他中间商的竞争优势。

业内竞争。业内竞争是指不同类型的售点之间在渠道同一层面上的竞争。因此，像百货商店、商业区的电器零售商和大型市外仓储经营者向同样的顾客群销售高保真设备的商战就是一种业内竞争形式。拥有选择权的制造商也许需要想出不同的办法来应付各种类型的零售商。当然，如果制造商被发现无根据地给了一类零售商大于其他零售商的优惠，引发了激烈竞争的话，就会有危险。这也许会导致渠道行为的紊乱。

垂直竞争。垂直竞争可以很快演变为对渠道完整性和效力的严重威胁。此时，竞争处于渠道的不同层面，如批发商和零售商之间，甚至是零售商和制造商之间。这种类型的竞争很快会导致内部竞争，在此情况下，焦点从合作进行市场渗透转移，由向外聚焦

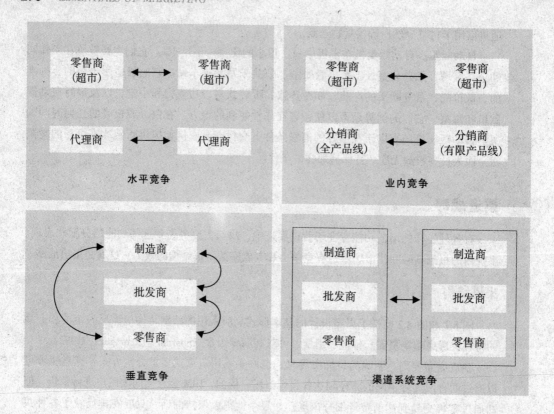

图 8.5 渠道内竞争

变为自相残杀，即向内聚焦。

渠道系统竞争。最后一种渠道竞争形式是指一个特别渠道与不同的、平行的渠道进行竞争。因此，经营者的重点是确保它的系统比其他经营者的系统更有效率和竞争力。重点放在整个渠道的效率上，然而，这也许包括某些为了更有效的链条而作出某些次优选择。

范例　汽车制造商通过竞争性渠道系统经营，尤其是在那些安排了独家代理的领域中。因此，福特希望确保其渠道系统运行得比雷诺或本田的好，为现有的和潜在的顾客创造出额外的价值。这对于包括促销、分销、顾客服务、技术支持和产品开发在内的营销的所有方面都会产生影响。

垂直营销系统

为了使渠道的内部竞争风险和冲突风险最小化，渠道成员希望进行合作，并从渠道成员资格中获得尽可能大的利益，它们也许会形成紧密结合的垂直营销系统（VMS）。这些系统会变得高度有组织和强势，会达到某些成员的独立性消失在垂直结合的渠道中，一个成员拥有所有或部分成员的程度。有三种类型的 VMS。

公司式垂直营销系统。公司式垂直营销系统是指一个组织拥有并操纵渠道的其他层面。这可以在任何层面，支配组织可以是制造商、批发商或零售商。向前整合是指制造商拥有和经营零售或批发层面。例如许多石油公司拥有自己的加油站，而轮胎制造商火石（Firestone）拥有自己的轮胎零售商。向后整合出现在零售商拥有和经营批发或制造层次时。像飒拉之类的零售商就是在向后整合市场中经营。

合约式垂直营销系统。最流行的垂直营销系统形式是合同式 VMS。渠道成员保持自己的独立性，但通过协商达成协议，明确它们的权力、义务和职责，例如，涉及的问题有库存水平和定价方针等。这防止了不必要的内部冲突和不协调行为。一般有三种类型的合同系统。

> **范例** 公司式垂直营销系统具有针对所有者的产品和营销目标量身打造渠道的优点。此外，那些目标还通过渠道进行了分解。所有者对于渠道活动及其成员的活动具有最终控制权。德国旅游运营商 Preussag 运作着一个垂直营销系统，因此它能够根据客户需求量身设计包价度假，并确保这些目标通过渠道得到分解，因为它对成员的活动拥有最终控制权。垂直营销系统包括销售包价度假的旅行社、搭载顾客到度假目的地的航空公司和照顾顾客的酒店，所有这些都是由拥有所有权的知名旅游运营商组合起来的。在这些情况下，必须着力减轻公众的担忧，他们担心如此严密的安排可能会限制他们的选择，产生来自旅行社的偏向性建议，认为它们会为了支持一家旅游运营商而损害其他运营商的利益。

零售合作存在于零售商集团同意配合，并通过扶持自己的批发运营来联合和提升它们购买力的情况中。小型个体零售商作为与有更大经营范围的零售商进行合作的成员，这类协议帮助它们获得了促销的权利和更有竞争力的定价。

批发商自愿连锁是指批发商促进与个体零售商的合同关系的连锁，以此方式，后者同意调整采购、库存和市场推销计划。这种调整使小经营者可以享受到某些大宗采购和集团营销的好处。Mace 和个体杂货商联盟（Independent Grocers' Alliance）就是英国的范例。

特许经营在整个欧洲正在迅速成为一种重要的合同协议模式。特许经营是拥有产品概念的授权方和被授权方之间的一种动态的合同关系，后者经允许在协商领域以符合授权方规定的方式、程序和整体规划经营业务，它们用遵从、指明费用或销售版税交换管理支持、培训、促销推广和融资途径。

管理式垂直营销系统。借助渠道中一位成员的力量，在一个管理式垂直营销系统中可以实现协调和控制。实际上，它是一种常规渠道，在它当中出现了一股支配力量。因此，尽管每个成员都有自治权，但仍同意由它们中的一名成员来进行组织内部管理。合同不一定会用来管理行为参数。

> **范例** 玛莎运用管理式垂直营销系统来铸造和供应商的紧密联系，并用它来主导供应什么、如何制造，以及质量水平和定价的决策。供应商接受这种统治，因为它们将玛莎当作一个权威的、值得信任的顾客，并且尊重它的市场经验。同样，荷兰的零售商 Ahold 也对它的分销渠道提供产品开发、制造和采购方面的引导。

这些以渠道系统出现的组合形式越来越对传统渠道管理方式提出了质疑。它们还提供了一个背景，在此背景下可以检讨渠道关系行为方面的内容。

市场覆盖

考虑恰当渠道的方法之一是从结尾开始向前倒推。要问的问题类型不仅与终端顾客的身份有关，还与他们的期望、需求模式、订购频率、对照采购程度、便利程度和必需的相关服务有关。所有这些要素都影响着地点所创造的附加值、使用的中间商的密度和类型，无论是在批发商、分销商还是零售层次。因此市场覆盖是要尽可能经济、有效地到达终端顾客，同时实现顾客满意的最大化。为了实现这一目标，有三种分销密集度模式可以选择，如表 8.1 所示，每一种模式都反映了地点中不同的产品和顾客需求（Stern等人, 1996）。下面将依次讨论。

密集型分销

密集型分销出现在产品或服务被投放在尽量多的售点的情况下，没有利益关系的中间商被禁止采购该种产品。大部分便利产品属于此种类型。给消费者的好处在于便利和供应触手可及，他们可以在采购过程中花最少的时间和精力。使用这种市场覆盖还假设"买得到"比销售产品的店铺类型更重要，因此，修车厂非汽油产品的销售出现了上升。

密集型分销通常包括一条很长的分销链条（制造商—批发商—零售商—消费者）。这是一种有效的使产品供应尽可能广泛的方式，但总的分销成本可能会很高，尤其是涉及小零售商，而且单笔订单很小的情况下。

选择性分销

正如该术语所表明的那样，更有选择性的方式是为了在确定地域，使用少量经过仔细选择的售点。这常见于产品的采购，此时消费者也许更愿意选择最合适的产品，然后对选项进行详细的比较。与密集型分销的产品不同，那些产品实际上是为了销售才被放到货架上的，而选择性分销的产品也许需要中间商更多一些的帮助，这或许因为它们有更高的技术含量需要演示。制造商可能还需要对分销设施、售点物料和售后服务进行更多的投资。因此它也许会选择少量的中间商，这样可以提供和控制像培训和联合促销之类的配合。

表 8.1　可供选择的分销密集度：一般特征			
	密集型	选择性	独家的
以所覆盖的售点总数	最多	可能很多	相对较少
每个区域的售点数	尽可能多	少量	一个或非常少
分销重点	供应最大化	某些专家零售商的知识	密切的零售商/消费者关系
日用消费品类型	便利	购物	特殊性
潜在购买者数量	多	中等	少
采购频率	经常	偶尔	很少
消费者有计划购买的程度	低	中等	高
典型价格	低	中等	高

范例　　主要的高级香水制造商长期以来都采用选择性分销战略。它们这样做的原因是它们销售的是奢侈的、高级的产品，而这需要适当程度的人员销售支持以及恰当的零售氛围来强化并提高产品的昂贵形象。20 世纪 90 年代初，它们一再拒绝向连锁折扣药店供货，如英国的"超级药房"，它想削减高级百货商店和其他现有香水制造商的价格。来自"超级药房"和其他折扣零售商（这些零售商获得了来自第三方的非官方的、但又相当合法的供应）的压力已经导致香水供应扩大，除最高端的零售商之外，所有人都很关注价格竞争。

独家分销

　　独家分销与密集型分销相反，是指只有一个售点负责覆盖相当大的地域。这种类型的分销也许意味着非常大的基础设施投资、分散的低密度需求或偶然采购的产品。在 B2B 市场中，如果有恰当的销售团队和顾客服务网络的话，对顾客的影响也许不会特别明显。然而，在消费者市场中，可能会给顾客带来一些不便，他们为了买到产品也许不得不走很远的路，并且对于从哪里购买没有什么选择。这种专营性方式也许适合那些有专营性的产品。还适用于制造商和中间商在库存管理、服务标准、销售努力方面需要进行高度配合的地方（Frazier、Lassar，1996）

范例　　B&O 采用了一种在全球范围内与小型零售商密切合作的战略。它在全球共有 400 家 B&O 品牌店，它们都由独立的企业经营。通过采用品牌店的形式，它能够更好地控制这些独家经销商展示和演示 B&O 视听设备的方式。保持这种独家水平和控制是很重要的，因为如果库存水平不能保持，演示带拿不到的话，多品牌的高保真设备零售商会倾向于"转换销售"，即向顾客销售它们有的，并且有演示带的其他品牌。

　　B&O 的经销商必须非常主动，专注于 B&O。让顾客体验演示带是销售过程中一个至关重要的部分，因此大部分营销努力的目标是激励准顾客进行咨询并变得愿意造访经销商。同样，目前的网站策略是把顾客推向经销商，而不是激发直接销售，尽管从长远来看，B&O 是要保持它选择权的公开。B&O 的网站配合着这种努力，因此顾客可以通过公司主网站预订本地的演示带。使用 Synkron 网络平台，B&O 已经能够为每位经销商提供更高品质的由 B&O 设计的微型网站。例如，我们本地的店铺位于牛津，它的微型网站不仅提供了关于店铺位置、联系详情和关于它所进的货物品种的综合信息，还展示了店铺的图片并介绍了它的店主和员工，这赋予了它一种更加友好亲密的小企业的感觉。在对消费者和零售商之间关系重要性的进一步了解中，我们已经确定牛津是我们本地的店铺，每次我们登陆 B&O 的主网站时，一个超级链接都会指向牛津店铺在主页上的微型网站（New Media Age, 2004; http://www.bang-olufsen.com）。

　　这种独家方式甚至可以适合于产品自身的独家性。它还适用于制造商和中间商之间在库存管理、服务标准和销售努力方面要求有高度合作的地方。

对渠道战略的影响

在制造商面前有许多可供选择的渠道设计决策，但也存在许多可能会抑制这些选择的因素。下面列出了这些因素，并在图 8.6 中进行了展示。从营销的效力和效率来说，这也许是适于采纳的选择方案，组织很少有从头开始的机会。它们往往要承担之前决策的后果，在计划任何改进之前，都要仔细考虑改变策划主流的风险。

组织目标、能力和资源

精选的渠道战略要适合组织的目标、能力和资源。如果目标是要激发对大众的吸引力和快速市场渗透的话，那密集型分销方式就很必要。然而，这必须要有支撑，对于像促销之类的其他营销活动也要进行同样密集的投入。如果重点放在重新将高端市场定位于更高级的利基市场的话，就要提倡选择性的，甚至是专营性的分销方式。

由于环境条件的演变，目标也许会随时间而发生改变。例如，要改进送货服务或扩大地理覆盖面也许需要更多新的分销商，或对现有分销商的服务结构进行整合，改善服务水平。

市场规模、分散和远离

没有哪种渠道战略决策可以忽视市场的影响。如果一个制造商想要渗透到一个距其基地有一定距离的市场，那它也许会缺乏联系、市场知识或分销基础设施来进行直接交易。除了与中间商打交道以外，或许没有什么其他的选择。同样，小型组织也许缺少建立销售接触和维持顾客服务所必需的资源，尤其是当资源有限而又需要快速提升销量时。

当需求高度集中，或存在少量易于确认的顾客时，或许可以建立一种直接经营，全面控制并消除中间商。在谈判、送货和支持服务方面可以取得效率。相反，大型的、分散的市场，如杂志市场，也许会需要一个结构完整、有效的中间商链条。

购买的复杂性和行为

了解顾客需求和购买标准触及有效营销的核心，对于渠道的选择具有重要影响（Bataney、Wortzel，1988）。诸如由谁买、在哪儿买、多久买一次之类的问题都预示了最

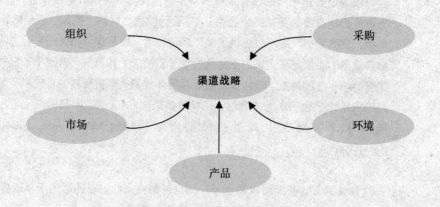

图 8.6　影响渠道战略的因素

适合所要到达的目标顾客的中间商类型。将中间商与顾客需求、买家期待和产品定位搭配起来是一项具有挑战性的任务。转向具有易于停车、方便和品种多等优点的市外购物，意味着某些制造商将精力重新聚焦，而这是为了确保它们能够得到全面的展示。同样，如果产品占据了行家的地位，那与批发商打交道几乎是没有意义的，因为批发商主要关注的是大规模分销。

范例　接着前面 B&O 的例子，它的竞争对手 Linn Hi-Fi 认为零售商必须消除高保真设备购买决策对于消费者来说的复杂性。零售商必须能够进行演示，帮助设计最佳的系统，提供专业的收听设施并做好安装准备。有些甚至要允许家庭试用。当顾客有可能在音响系统或家庭影院组织上花费数千时，每件事情都必须是恰当的。

产品特性

采购、安装或操作复杂的产品，单位价值较高的产品和顾客明确的产品往往通过高度专业化的中间商直接分销给顾客。这反映出在售前和售后需要进行密切的对话，如果其他方介入的话，也许会失去这种对话。相反，标准清楚、例行采购、单位价值低的产品往往会通过中间商密集分销出去。

范例　麦奎兰工程公司（MEI）是一家提供飞机内部各种零部件的供应商，如头顶柜、厨房、套装水槽，甚至螺帽和螺钉。然而，尽管持有相当多的库存，但每样东西都是根据顾客的设计和规格制造的，并且需要的话，它们还可以现场组装。顾客包括波音、萨博和空中客车。借助成批的专业技术或原型生产，分销和销售方式是直接的，这是由于个别顾客订单的复杂性造成的。这与国内电子设备的零件更换形成了对比，那些零件都是标准化的，广泛储存在制造商的仓库中，或是由中间商，如修理商储存。

其他产品因素也可能会产生影响。高度易腐的产品需要短的分销渠道以保持产品质量或帮助迅速周转。不标准的或难以处理的品种，或者有可能产生运输问题的产品对中间商的吸引力也许不会很大 (Rosenbloom, 1987)。

变化的环境

变化的业务环境，第 2 章曾讨论过，为渠道设计创造了新的问题和机遇。有三个问题影响着效果。

技术。技术为制造商和中间商之间更密切的整合提供了可能。在线系统可以直接接入库存供应、电子预订和自动发货，使流通最小化。电子售点数据可以促进分销系统内的快速反应。仍然依赖电话和人工查询之类过时技术的小型组织可能很快会被边缘化。

工作模式。职业妇女数量的增加对于某些分销渠道已经产生了深远影响，使某些渠道更难运作，如白天的挨户销售，而工作时间以外的家庭购物和便利店购物已经越来越被人们所接受。

欧盟规则。一般来说，制造商有权决定应该由哪个中间商或不应由哪个中间商来分销它们的产品。然而，各国和欧洲的立法机构都开始关注此问题，在此情况下，某些中间商的专营可能会被视为故意试图影响竞争或实现固定价格。例如，关于李维斯拒绝向连锁超市供应牛仔裤已经进行了长时间的法律争论。争论的中心是拒绝供货是否是出于对商标保护、零售场所的质量和员工的合理关注，或是否只是试图阻止零售价格的下跌。

挑选渠道成员

渠道设计战略的最后一个阶段是选择指定的中间商。随着密集分销本身变得更有选择性或排他性，选择决策会变得更加重要，在大规模分销决策中，像那些涉及糖果之类的产品决策，任何自愿的售点都可以考虑。然而，当采纳了选择性分销方式时，对中间商的最终选择就必须非常注意了，因为糟糕的决策可能导致战略性失败。例如，选择可以进入新欧洲市场的批发商，对所能达到的渗透程度和速度可能会非常苛刻。

> **范例**　克勒姆公司（Klemm）是英格索兰集团（Ingersoll-Rand）的一部分，专营德国造建筑工地用打桩机和钻探设备。它的渠道方式通常是在目标国家指定唯一分销商。因此在英国，是由 Skelair 负责所有销售，而在荷兰是 Crilcon 拥有专营权。克勒姆公司想要发展与分销商紧密而有效的关系。尽管个别的国内市场可能会相当小，但在明确机械用途方面的销售任务却很复杂，良好的售后服务也很重要。这就要求密切的技术支持，以及制造商和分销商之间一定程度的信任和信心（http://www.klemm-bt.com）。

当组织需要非常频繁地选择中间商时，根据预定标准选择会是非常有用的。表 8.2 强调了一系列问题，应该将它们作为评估过程的一部分进行检查。

各种标准的相对重要性会因行业不同而有所区别，实际上也会随时间发生变化。不可避免地仍然需要管理判断，并对利弊进行权衡，因为很难找到既有意愿又有能力进行下去的"理想"分销商。记住：中间商可以选择它们是否销售所提供的产品。这种选择的权力不只限于超市和大型的多样化零售商。旅行社只能备有数量有限的度假产品，因此对小型旅游运营商提供的新包价产品非常慎重。在某些行业的分销渠道中，中间商可以决定是否采购围绕主产品的辅助产品，这些产品是在代理基础上进行销售的。

表 8.2　中间商的选择标准

战略上	操作上
• 扩张计划	• 当地市场知识
• 资源建设	• 充足的场地和土地/设备
• 管理质量/能力	• 股东政策
• 市场覆盖	• 顾客便利
• 合作积极性	• 产品知识
• 忠诚度/合作	• 现实的信用/支付条件
	• 销售团队能力
	• 有效的顾客服务

Skelair 国际公司提供专门技术来为克莱姆公司开发在英国的销售，克莱姆公司是著名的地面工程行家。

资料来源：Klemm Bohrtechnik/Skelair International Ltd。

冲突与合作

至此，本章的大部分内容主要集中于渠道决策所涉及的经济问题。然而，所有渠道决策最终都是由组织中的人作出的。因此，在许多决策上，总有可能出现分歧，如：预期角色、精力分配、回报结构、产品和营销战略等确保系统有效运转的决策。渠道是一种组织内部的社交系统，它所包括的成员是由合作的信念联系到一起的（至少暂时是这样），它们可以提高个体所获的利益。在渠道内部最希望有的也许是一种合作氛围。这种氛围确实有，但却需要继续努力和培育。

数量、方向、媒介和内容方面的良好沟通，对于渠道内更密切的合作也很重要（Mohr、Nevin，1990）。在一项对电脑经销商的研究中，莫尔（Mohr）等人（1996）发现有效沟通产生了更高的满意度、更强的责任感和更好的协调。电子数据分享和智能化的发展正在巩固许多渠道关系，因为技术帮助所有成员在市场不确定的时候作出了更好的决策，并减少了销售和协调的成本（Huber，1990）。

企业社会责任　进行时

监控药品

当我们谈及假冒产品时，我们也许会想到假的设计师服装、配饰或盗版 DVD。我们并没有把它们当成是非常有害的东西——也许某些假冒产品让政府损失了税收，让一些有钱有势的组织损失了不该错过的利润，而让一些傻得足以认为他们以最低价买到了真品的消费者的自尊受一点点伤。然而，问题远比这严重得多。据估计，全世界所售的药品中有 10% 是假冒的，在发展中国家，该数字超过了 25%。在尼日利亚，很可能是 60%。这对于制药行业及其供应链来说是一个巨大的问题——最好的情况是假药可能会提供减少的或无效的剂量，而最糟的情况下，它们可能会害死病人。如果要让病人相信他们从本地药店购买的药品确实是来自合法的制造工厂的产品的话，就必须强调制药供应链的整个安全问题。这是一个非常复杂的问题，在一个 4000 亿美元的全球性产业中，药品公司经常向许多不同的低成本国家的供应商外包制造，然后通过众多中间商来分销这些产品。平心而论，某些国家也许对专利和知识产权保护持不是太严格的观点。

有些假冒非常难以控制，例如用砖粉、油漆、地板蜡和水制造的假药片，然后通过善于骗人的"没问题"网站进行销售，尽管全世界的警察和其他监管机构在进行合作来查找和关闭生产这些假药的非法工厂。同样，像辉瑞这样的公司正在充分运用法律的威力来追踪销售假药或非法供应像"伟哥"这样的药的非法网站所有人。某些假药确实进入了更为传统的分销渠道——它只是一条复杂而又广泛分布的中间商链条中的不道德的一环。例如，某些产品通过非常合法的并行贸易程序可以被倒很多次了，通过这些并行贸易，在其他欧盟国家可以更便宜地买到药品，然后进口到英国。迄今为止，它们的来源也许多少变得有些模糊。更多出现问题的机会来自要求打开这些进口药品的规定，这样就可以塞进一份英语的病人信息传单。英国所用的药品中有 20% 左右进行了重新包装，在该产业中已经有呼声要求改变规定允许外部包装（即，不打开原有的包装，把它连同要求的传单一起装入一个新的盒子）。

为了保护供应链中的所有合法成员，正在制定措施来设法确保药品使用时的安全。例如，自 2004 年秋天至 2005 年初，英国的 44 家药店实施了一项试验计划，它使用 RFID（无线电频率认证）标签来帮助识别进入供应链的假药。6 家药品制造商也参与其中，有 2 万种产品被给予了 RFID 标签或条形码。当药品在售点经过扫描时，它的详细情况会被传送给一个安全数据库，然后参照制造商对该项产品的记录对所有事项进行比对。如果产品得不到认可，会被拒绝。这对于更为传统的印刷条形码来说是一种巨大的改进，因为传统条形码只识别产品的"类型"，而 RFID 可以区分每个单独的包装。这不仅意味着可以识别出假药，还意味着可以轻易地挑出过期药或属于被召回批次的药。当然，这只确认了包装是"真的"，但如果内容物在供应链的某个点被转换了呢？有大量投资用到了开发无毒、持久而又无法伪造的用于单片药片明显或隐蔽的标记的技术上。

有了政府和监管机构对此问题的高度关注，重要的是药品制造商和供应链中的其他成员共同配合来保护它们所经手的产品的真实性和产品在市场流通过程中的真实性。这不仅是保护已经在品牌和公司形象建设中投入的资金，还是要保护消费者的健康和福利，以及他们对供应链的信任。

资料来源：FDA Consumer（2005）；Humble（2005）；Jackson（2001）；Lantin（2004）；Muddyman（2005）；Packaging Magazine（2005）。

有些观点的冲突和合作处于连续统一体的对立端，而其他人将它们视为截然不同的概念。无论观点如何，强有力的合作可以催生一种满足感和合作伙伴关系，一种给予和接受的感觉。合作可以产生牢固的个人和组织关系，而这是外人很难打破的。然而，并非所有合作都必须是自愿的。弱小的渠道成员也许认为最好与更强大的成员合作，遵照它们的意志，而不是冒被惩罚的风险。

冲突是所有社会系统的自然组成部分。例如，当一个渠道成员觉得另一个成员对它不公时，或是系统的运作不完全符合它的意愿时，就可能会出现冲突。有许多可能的原因会导致冲突，有些源于不够了解，有些则源于触及关系核心的根本性的观点分歧。

冲突要及早发现，并在它变得公开化之前处理。例会、经常沟通，以及确保出现的各方对谈判都满意对此可能会有所帮助。重要的是渠道的各个成员应该全面了解它们的角色和对它们的期许，并事先就此达成一致。如果冲突真的公开了，那么沟通、组建渠道委员会、快速仲裁服务以及顶层管理层承诺解决问题对于防止不可挽回的渠道崩溃来说至关重要。

> **范例**　Nisa-Today 是欧洲最大的为零售和批发公司服务的独立采购集团。它的商业目标是为其公司会员争取最低的产品成本价并提供最有效的供应链。运用其集中购买力它代表附属的单个零售商进行谈判，获得比它们单打独斗所能得到的更具竞争性的条件。然而，在这样做的过程中，Nisa-Today 陷入了和供应商的麻烦，它要求它们削

减成本。要求对所有**冷藏和冰**冻产品削减 20 个点的成本，供应商则抱怨这明显是无法谈判的。Nisa-Today **说要**求减让是为了帮助弥补在 IT 及其供应链中所增加的投资。

小结

- 分销渠道是产品从制造商转移到终端消费者的手段。渠道结构由于市场类型、终端消费者和产品类型的不同会有相当大的区别。日用消费品可以直接供应，然而，在便利产品的大规模市场中，直接供应也许并不可行，可能会采用更长的渠道。B2B 市场更可能采取从制造商到 B2B 买家的直接供应。然而，有些 B2B 采购，尤其是像办公文具这样不是至关重要的物品的常规性重购，也许会用类似于消费者市场所用的方式进行分销，会有各种各样的中间商参与进来。

- 中间商对于提高效率、降低成本、减少制造商风险、储存、分拣和运输各种各样的货物，以及缓解制造商和顾客的现金流都起着重要的作用。这些功能并不一定都是由分销渠道中的同一个成员承担，谁做什么的决策可以由多数人或运用渠道权力作出。分销商、代理商和批发商往往在 B2B 市场中充当中间商或制造商与零售商之间的平台。零售商往往满足的是单个消费者的需求，可以根据许多标准对它们进行划分：所有权形式（个体、连锁企业或合约系统）、服务水准（全面服务或有限服务）、商品线（宽度和深度）以及运营方式（店铺类型，是百货公司、超市、量贩店还是其他）。无店铺零售与直接营销密切相关，它已经变得越来越流行和普及。它包括入户销售、聚会、邮购、电视购物和自动贩卖机。

- 渠道设计会受许多因素的影响，包括组织目标、能力和资源。市场规模也可能会限制渠道的选择，与产品相关的采购复杂度以及目标市场的购买行为也会抑制渠道的选择。环境的变化也会影响到渠道的选择。挑选专门的中间商加入渠道是很困难的，但是这种选择却可能成为关乎成败的重要因素，像进入新市场的速度和渗透的程度都取决于选择恰当的中间商。然而，有时中间商有权拒绝制造商或特别的产品。垂直营销系统（VMS）已经发展创造出了对各方都更有效力、更有效率的渠道，很好地提升了长期合作中的共同利益。显然，自愿合作是实现有效、高效渠道的最佳方式。然而，可能会出现冲突，如果没有及时、敏捷地处理的话，冲突迟早会导致渠道的解体。制造商不止使用一种渠道。有三种主要的分销密集度，每种都意味着一套不同的渠道和不同类型的中间商：密集分销、选择性分销和独家分销。

复习讨论题

8.1　在分销渠道中可以找到哪些不同的中间商？

8.2　影响渠道战略的 5 种因素是什么？

8.3　你认为 VMS 的出现可以在多大程度上改善渠道及其成员的表现？为什么？

8.4　以下产品分别适合于哪种市场覆盖战略：
　　(a)　一块巧克力
　　(b)　一把牙刷
　　(c)　一台家用电脑
　　(d)　一本营销课本
为什么？

8.5　使用表 8.2 作为起点，列出一份制造商可能会用到的标准清单，用来确定：
　　(a)　"好的"零售商
　　(b)　"好的"批发商
用此为消费者市场渠道招募零售商和批发商。

8.6　你认为无店铺零售以哪种方式对便利零售商造成了威胁，这种威胁到了哪种程度？

案例分析 8

农夫市场中的新要求

农夫市场正在各地的城市和乡村反弹！你只要读一下大报的生活版，看看烹饪编辑们对于市场供应的农产品品质和种类是如何大加赞赏的，看看居民区的农夫市场如何提升了住宅的价值。那么什么是农夫市场，它们又是如何突然变得如此新潮的呢？

根据英国农民零售与市场协会（FARMA）的说法：

农夫市场是指来自本地特定区域的农民、种植户或生产者亲自向公众销售他们自己的产品的市场。所有出售的产品应该都是由摊贩自己种植、饲养、捕捉、酿造、腌渍、烘焙、熏制或加工的（http://www.farmersmarkets.net）。

FARMA 将"本地"定义为县境内方圆 50 英里。然而，精确的标准因市场而异。大部分强制为 30 英里以内，而伦敦农夫市场则允许 M25 高速公路的方圆 100 英里以内。

该理念来自美国，英国的首批农夫市场于 1997 和 1998 年间在柏思和伦敦举办。它们蔓延得相当快：到 2000 年，有 240 个此类市场；而到了 2005 年，全国有 500 多个此类市场，它们提供了 1 000 多个市场日。最大的农夫市场在温彻斯特，它有 100 个摊位，周日估计有 1 万名游客。大部分农夫市场吸引 1 000~2 000 名购物者。2004 年农夫市场的交易量估计在 3 亿英镑左右，其中三分之一来自有机农产品。FARMA 将这些市场看做是鼓励食品生产商和消费者之间双向互动和对话的宝贵途径，

此外：

农夫市场是为各种食品生产商开办的，为许多之前没有"直接销售"过的农夫提供一个低成本的进入点。农夫市场是本国种植食品供应的体现。它们是英国农业最高调的橱窗（http://www.farmersmarkets.net）。

这也得到了拉·特罗贝（La Trobe, 2001）的响应，他将农夫市场视为一种小规模的、生产者去掉中间商，然后将更多的收入直接投入农村经济的手段。拉·特罗贝还提出在农夫市场上销售的这种小规模生产者更可能以环境友好型方式经营，而不太可能使用集约化或其他有问题的动物饲养形式。在当前消费者关注的大气候下，农夫市场为生产者和消费者之间提供了对话的机会，这"改善了责任感并帮助顾客克服他们可能会有的关于饲养动物，以及他们所购买的食品的质量、追溯性和安全性的担忧"（La Trobe, 2001）。

虽然听起来非常诗情画意，但 AC 尼尔森在 2005 年夏天实施的一次对众多农夫市场的调查却注意到，许多摊位没有严格遵守规则。摊位不止储备了他们自己的农产品或本地农产品，还提供大量进口水果和蔬菜。这也许是因为"农夫市场"这个名称没有受到保护，而"非官方"农夫市场则可以为所欲为（Palmer, 2005）。

许多摊位还将农产品和专门的"健康食品"或生活方式产品结合了起来，尽管有机或在农场自由放养的农产品并没有期待的那么多。有趣的是，许多摊位混杂供应基础农产品和高价产品。在产品范围和价格方面，市场也许如人们所愿将各种各样自发的小型生产者集中到了一起，不

同的市场、不同的地区之间可以看到变化。某些产品明显比超市里的便宜，而某些则贵得多。表 8.3 展示了在一个农夫市场中可以找到的典型农产品的对比价格。

伦敦开发局（London Development Agency）所进行的另一项研究同样发现了农夫市场和超市之间的价格差异是多变的，但相对较小。结论是农夫市场总体上比消费者认为的更具价格竞争力（Woolf, 2005）。

在农夫市场上，价格不一定是主要的采购标准。典型的农夫市场购物者往往是女性，属于 ABC1 社会经济群体，或已退休，她们愿意在新鲜度、品质和本地生产方面所感觉到的价值支付高价。健康饮食对她们来说也许很重要，她们为媒体上关于加工食品的不安全性和各种食品恐慌而烦恼。据此，农户们，尤其是有机农户有充分的理由可以被视为比超市更值得信赖的食品供应商。这种购物者对于超市购物经验的整齐划一性和可预见性也许多少有些失望，或许从市场繁忙的社交氛围中获得了"嗡嗡声"和从中发掘新的或不同的事物的机会。她很可能有道德良心，也许已经被她在各种媒体上所听到过的关于食杂品多样化来源政策方面的东西扰乱过。如果这是事实，那么质疑生产者并在农夫市场上直接向生产者购买的机会会非常有吸引力。

因此 AC 尼尔森将从农夫市场采购的主要动机概括为认为它们与绿色、本地化和健康有关，如图 8.7 所示。

那么农夫市场对本地更成熟的零售商的影响是什么呢？帕尔默（Palmer, 2005）研究了伦敦巴恩斯农夫市场

的影响。一些本地零售商觉得市场摊位享有不平等的优势，因为它们没有店铺必须承担的零售管理费用，如家庭税和房租。此外，他们觉得市场产品被作为某种"优于"本地店铺的东西来销售。如一位屠夫所说："我们所有的牛肉都来自奥克尼郡岛，并且我们处理了许多有机猪肉。我认为他们认为他们的食品更好是因为它们带着泥巴，但最后你只是花钱买了泥"（Palmer 引述, 2005）。其他人则觉得市场吸引了更多人进入该地区，本地店主实际上从交易量的增加中获得了好处。然而，拉·特罗贝（2001）指出如果农夫市场打算取代超市或其他零售商在人们日常采购习惯中的地位的话，那么它们需要定期举办，也许每周一次或一个月两次。还需要有各种各样的摊位，它们可以提供更多的食品选择。

随着市场和摊位的扩张，规章也成为一个大问题。根据 FARMA 规定运作的"官方"市场组织者确实在接纳准摊主之前检查了他们的资格证书，不定期地检查市场上所出售的农产品，并跟进消费者对摊主的投诉。然而，尤其是在"非官方"的农夫市场中，交易标准官员正开始选取摊主拿"普通"产品冒充有机产品，并虚假宣称经过著名监督机构，如土壤协会鉴定合格，或销售并非他们所生产的产品的案例（Doward、Wander, 2005）。显然，对于不道德的经营者来说，从溢价中可以获利，而可以在消费者认为农夫市场的食品品质优良、好处多多的基础上加收高价，冒这种险是值得的。

表 8.3　农产品价格实例：超市对农夫市场

农产品	数量	全国性的食杂品连锁店（2005 年 5 月 16 日）	北部农夫市场	中部农夫市场	南部农夫市场
胡萝卜	公斤	0.69 英镑	0.68 英镑	0.79 英镑	0.80 英镑
新土豆	公斤	1.19 英镑	0.88 英镑	1.02 英镑	0.96 英镑
樱桃西红柿	公斤	2.72 英镑	0.95 英镑	1.88 英镑	2.64 英镑
本地苹果	公斤	1.48 英镑	1.41 英镑	1.17 英镑	1.52 英镑
李子	公斤	2.96 英镑	2.41 英镑	2.19 英镑	2.30 英镑
鸡蛋（特大）	6 个	0.98 英镑	0.70 英镑	0.86 英镑	0.82 英镑
猪排骨	公斤	4.48 英镑	5.44 英镑	4.86 英镑	5.55 英镑
猪肉香肠	公斤	3.79 英镑	4.17 英镑	4.05 英镑	3.52 英镑
外脊培根	公斤	5.60 英镑	4.98 英镑	5.10 英镑	9.90 英镑
鸡肉片	公斤	6.50 英镑	4.67 英镑	5.85 英镑	6.75 英镑
成熟型奶酪	公斤	4.68 英镑	4.17 英镑	7.15 英镑	8.96 英镑
新鲜鲑鱼片	公斤	6.29 英镑	6.23 英镑	8.61 英镑	—

资料来源：ACNielsen

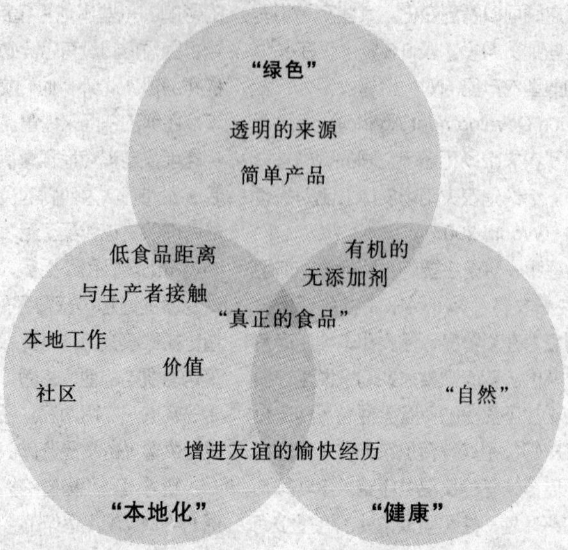

"绿色"

透明的来源

简单产品

低食品距离　　　　有机的

与生产者接触　　无添加剂

　　　　　　"真正的食品"

本地工作

　　　价值

社区　　　　　　　　　"自然"

增进友谊的愉快经历

"本地化"　　　　　"健康"

图 8.7　促使人们去农夫市场购物的因素

资料来源：Doward、Wander(2005); La Trobe(2001); Palmer(2005);
Woolf(2005)；并且非常感谢 AC 尼尔森的 Geraldine Jennings。

问题：

1. 迄今为止，哪些因素和趋势推动了农夫市场的发展？

2. 从消费者的观点来看，从农夫市场买一公斤苹果和从超市买同样产品的体验有何不同？

3. 英国最大的连锁超市之一已经表现出了对农夫市场现象的兴趣。写一份简要的报告概述并说明你所看到的目前农夫市场对于连锁超市所造成的主要威胁，并提出反击或使这些威胁最小化的建议。

4. 哪些因素和趋势可能会进一步促进或限制农夫市场未来的发展潜力？

4P：促销，整合营销传播

Promotion: integrated marketing communication

学习目标

本章将帮助你：

1. 了解有计划的整合传播在市场营销中的重要性；

2. 认识营销传播目标的种类和范围；

3. 说明促销工具在传播过程中的运用；

4. 明确影响组织所用传播工具组合的因素和限制；

5. 明确编制传播预算的主要方式。

导言

　　促销组合是组织试图与各种目标受众沟通的直接方式。它由五项主要因素构成，如图 9.1 所示。广告代表的是非个人化的大众传播。人员销售则处于另一个极端，适用于面对面的为个人专门定制的信息。销售促销则是指战术性的短期激励，它鼓励目标受众以特定方式行动。公共关系是要创造并保持与众多利益集团（如媒体、利益相关者和贸易协会），而不仅仅是顾客的良好关系。最后，直接营销是指建立与单个顾客的一对一关系，通常是在大众市场中，也许还包括邮件销售、电话销售或电子媒介。有些人也许会

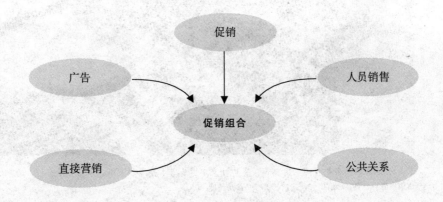

图 9.1　促销组合要素

将直接营销活动分为广告、促销甚至是人员销售形式，但本文将直接营销视为促销组合中一个单独的因素，同时也承认它借用了其他因素。

理想地说，营销人员愿意广泛投资于组合的每一个要素。然而，在一个资源有限的世界里，必须根据哪种活动能最经济、最有效地配合协作的最大化，从而实现确定预算内组织的传播目标来作出选择。不同组织之间的预算显然不一样，取决于所涉及的产品类型和手头的传播任务。

本章连同接下来的两章，将旨在解释为什么做出这种选择。

范例　　奥克杜（Ocado）是微柔（Waitrose）超市的网上食杂品供应商，它根据目标消费者与品牌关系的历史，使用不同的促销组合元素向目标消费者传播不同的讯息。电台广告和海报用于传播奥克杜的竞争优势（例如对于 75 英镑以上的订单免费送货，1 小时快递，将食杂品送到你的厨房）以促进交易。奥克杜醒目的送货卡车本身就是一种流动的广告，当增加了新的送货区域时，奥克杜送货车会开着兜一圈，旨在提高服务效力的知名度，在下游区还有直接邮件的配合。下了订单之后，顾客会收到包含信息和优惠的定期杂志，以及免费的，通常是季节性的随商品配送的礼物。这提高了忠诚度并促进了口碑推荐。一旦顾客定期购买产品享受服务，他们每周都会收到电子邮件提醒他们采购，也许还会发送电子代金券或优惠来鼓励继续使用该项服务。2005 年奥克杜跻身于《哪一个?》（Which）和《美好家居》（Good Housekeeping）杂志的最佳网上杂货商，它获得了理想的公关平台来让现在的顾客相信他们作出了好的选择，并鼓励准顾客试用服务（Armitt, 2005）。

货车用大量的水果和蔬菜图案装饰，奥克杜家庭送货服务使它成为带轮子的广告。

资料来源：经奥克杜有限公司同意，进行了重新处理。

本章通过聚焦整合营销传播计划过程，提出了一个概括性的战略观点。皮克顿和布罗德里克（Pickton、Broderick，2001，67 页）将营销传播定义为：

> ……一种包括管理层和所有代理商组织在内，分析、计划、实施和控制所有营销传播联系、媒体、信息和促销工具的过程，这些促销工具聚焦于选定的目标受众，以最经济、最有效率、最有效力、最大增长和最一致的营销沟通努力，达到预定的产品和企业营销传播目标。

此定义强调了需要在市场背景下，对整合营销传播功能进行仔细而有战略的计划和管理，并且有效地运用各种传播工具。因此，本章着眼于影响促销组合恰当配合的因素，使营销人员可以有效地分配传播资源。

本章重点是总结出一个计划框架，通过它可以进行传播活动的管理决策。计划流程的每个阶段都将依次进行讨论，尤其要强调相关问题和接下来可能会适合的整合营销组合。对于组织来说，设计和实施有效的整合营销传播战略正变得越来越重要，因为它们将组织的兴趣拓展到了它们所了解的国内市场之外。

传播计划模式

图 9.2 改编自罗斯柴尔德（Rothschild，1987）的传播决策次序框架。它包括了营销传播决策中的所有重要因素。鉴于传播的复杂性和传播的某些要素可能会出错，一个彻底而系统的计划流程对于风险最小化是至关重要的。没有组织能够承担由于传播活动的计划或实施不当所导致的财务或声誉损失。

现在将依次界定并分析平衡促销组合的各项要素及其意义。第一个要素是形势分析，它被分为三个小部分：目标市场、产品和环境。然而，要记住的是，在现实中很难像所想的那样将事情分得非常清楚，因此可能会有大量的交叉引用。

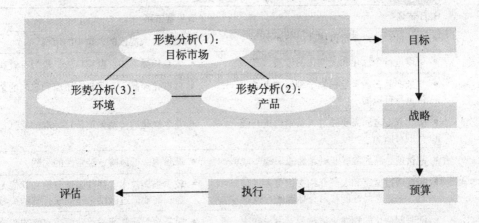

图 9.2　传播计划流程

资料来源：Michael L. Rothschild, Marketing Communications:From Fundamentals to Strategies,Copyright © 1987 D.C.Heath and Company, 经 Houghton Mifflin Company 同意.

形势分析（1）：目标市场

B2B 或消费者市场

目标市场决策最可能对整个促销组合的平衡产生影响的是市场是消费者市场还是 B2B 市场。回顾第 3 章中对消费者和 B2B 市场所做的比较，表 9.1 概括了促销组合选择的主要区别特征。从中掌握的情况是 B2B 市场非常依赖于人员销售因素，广告和促销起了非常重要的支持作用。

反过来在消费者市场中也是一样。大量消费者进行的是低价值的经常性采购，使用大众传媒可以最有效地接触到他们。因此，广告就排到了前面，促销其次，而人员销售几乎是多余的。图 9.3 展示了 B2B 和消费者促销组合的这种两极分化。当然，这确实反映了这些市场性质的彻底普遍化，而这需要进行限制。例如，产品本身就会影响到组合的形态，也会影响到竞争的性质和其他环境压力。这在稍后将会强调。

推拉战略

然而要记住，即使是日用消费品的营销人员在处理分销渠道时，也可能不得不考虑 B2B 市场。图 9.4 提出了两种战略，推和拉，它们强调了不同的传播线路（Oliver、Farris，1989）。借助推动战略，制造商选择将传播行为集中于分销渠道中紧接着的下一个成员。这意味着批发商拥有一个装满产品的仓库，因此想要通过传播做出特别的努力，将产品迅速地销售给零售商，然后由零售商将产品推销给终端消费者。从而将产品沿分销渠道往下推，同时传播和产品平行地从一个成员流向另一个成员。在此情况下，制造商和消费者之间少有或没有沟通。

相反，拉动战略要求制造商通过对消费者的直接传播创造产品需求。零售商会感觉到这种需求，并且为了满足顾客需求，零售商会需要批发商的产品，而批发商会需要制造商的产品。这种从下到上的方式将产品沿分销渠道由下往上拉，传播流向与产品流向相反。

表 9.1　B2B vs 消费者营销传播：特征和意义	
B2B 市场	**消费者市场**
• 较少的，通常是可以确认的消费者	• 通常是大规模的、集中的市场
• 可以进行个性化和人性化的传播	• 大众传播，如：电视广告，最为有效和经济
• 复杂产品，通常是根据个别消费者的规格量身打造的	• 标准化产品，几乎没有协商和定制的余地
• 买卖双方之间需要通过人员销售进行漫长的对话	• 非个性化的传播渠道传达标准的信息
• 高价值、高风险、非经常性的采购	• 低价值、低风险、经常性的采购
• 需要通过文字和人员介绍提供更多的信息，并对产品性能和财务标准进行强调	• 较少强调技术；往往强调身份和其他无形的利益；需要通过激励来建立或打破购买习惯
• 随时间变化的理性决策过程，由采购中心负责	• 时间短，通常通过单独的或家庭购买单位来刺激采购
• 需要了解谁扮演什么角色，并设法影响整个采购中心	• 需要了解谁扮演什么角色，并设法影响家庭

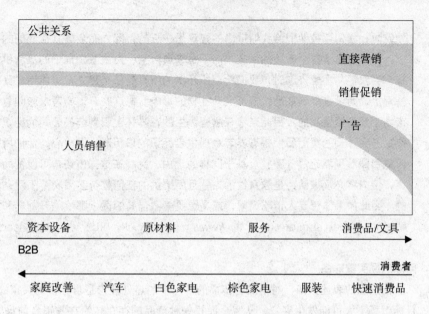

图 9.3　B2B 与消费者促销组合的对比

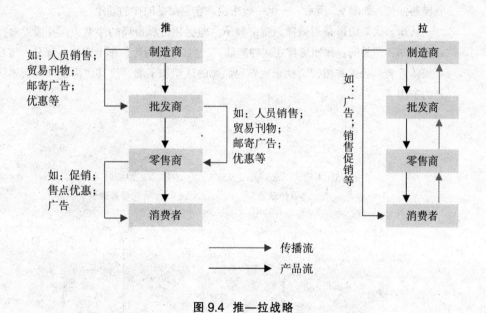

图 9.4　推—拉战略

范例　　有一些市场包括了中间商—制造商和消费者/终端用户之间的中间环节。在这些市场中，如果终端用户认为与他们打交道的中间商受到了制造商营销措施的过度影响的话，他们会觉得非常不舒服。当我们拜访一位独立的财务顾问寻求关于财务产品的建议时，我们期待他们给我们提出的建议是中立的，即，完全建立在我们的要求基础上，并且考虑了整个市场的供应，而不是来自以某种方式激励他们的品牌供应方。同样，当我们向医生咨询时，我们希望所开出的所有药都是建立在可能治愈我的症状的基础上，而没有受到药品代表圣诞节礼物的影响。像这些有道德考虑影响着供应链的市场都是高度管制的。因此当你在家庭医生的咖啡杯上看到药品公司的标识，或是在你财务会计师的桌上看到带有养老金提供者标识的日历时，请放心，他们所收受的任何免费赠品不能超过 5 英镑。基于同样的理由，品牌在这些市场中可以赞助会议和展览，但内容必须被认为是教育性的，并且所提供的任何款待必须次要于活动的教育目的。因此如果你想要人请吃请喝，或是想要美酒佳肴的话，那就绕开制药和投资市场吧（http://www.abpi.org.uk；http://www.mhra.gov.uk；http://www.unbiased.co.uk）。

目标市场买家准备

在讯息的表述方面，对消费者传播的进一步的热处理将是目标市场买家的就绪阶段。目标市场不太可能发生突变，从完全漠视一种产品的存在转为在收银台前排队购买。尤其是在消费者市场，从最初意识到想要产品，人们很可能要经历许多阶段。许多模式已经被提出来了——例如，斯通（Strong，1925）的 AIDA 模式，它给这些阶段贴上了各种各样的标签，如图 9.5 所示——但一般来说，它们都是同样的顺序。

认知。认知阶段是指撒播思想的种子，即抓住目标市场的注意力，并激发对产品的正向感知："是的，我知道存在这种产品。"例如，作为迷你车上市的一部分，宝马运用了媒体广告、公关和招待活动来更新对品牌的认识和了解，使其成为某种与众不同的特别的东西。

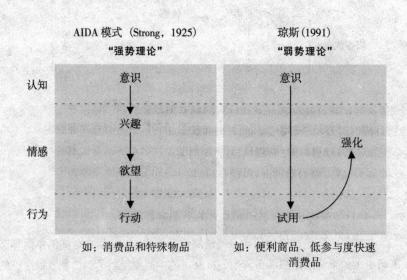

图 9.5 反应层级模式

范例　　汽车一旦用了三年以上，它的保修期就满了，许多车主相信它不再值得退回制造商的经销商那里接受汽车服务。然而，只要车主保留在经销商的数据库里，他们就会收到邮件，鼓励和激励他们返回。但对于那些搬了家的车主，或是那些买了二手车的人又怎么办呢？本田希望能够锁定这些人，但首先必须找出他们是谁，并评估他们的情况以便尽可能地转化他们，接受经销商的服务。公司派出了街头营销小组搜索本田经销商周边的地区，例如停车场，寻找车龄在三年以上，而又没有在经销商数据库中登记的车型。在每辆符合这些条件的汽车上都放了一个包裹在雨刮下。车主发现这些包裹后最初也许会觉得惊慌（在干净的塑料雨刮里包裹非常像一张停车票），但这是毫无必要的，因为包裹里有一块优质的麂皮和一份免邮资的数据收集迷你问卷。完成的话将有机会赢取三辆新本田车中的一辆。

　　表现最好的经销商获得了 32% 的反馈率，收集到的数据使它们可以锁定目标并有针对性地发送邮件，通过挡风玻璃上的包裹它们已经打下了关系的基础（http://www.mad.co.uk）。

　　情感。情感阶段是指创造或改变一种态度，即给消费者足够的信息（无论是以事实或想象为基础），传递对产品的判断，培育对产品的正面感受："我知道这个产品可以为我做什么，我喜欢它的理念。"

　　行为。行为阶段是指促成行动的阶段，即情感阶段所激发的积极态度的力量导致消费者想要产品，并做出某些事情来获得产品："我想要这种产品，我打算去买它。"在此阶段，会运作许多结合了邮购工具的平面广告。

　　目标市场经历这些阶段的速度取决于产品的种类、所涉及的目标市场和组织所采用的营销战略。此外，每个阶段会变得越来越难以执行，因为要求消费者做更多的事情。第一个阶段意识的产生相对较为容易，因为它几乎没有风险，或是几乎不需要消费者的承诺，许多操作甚至是无意识的。第二阶段如果要成功的话，就需要消费者更多的努力，因为要求他们吸收信息，并对信息进行处理，然后形成观点。第三阶段，也就是最后的阶段需要的参与最多——要真的行动起来做点事，这很可能要掏钱！

　　传播强势理论（1925）建议把这些阶段作为营销传播驱动下的事件所形成的一种逻

营销　进行时

影像艺术：值得纪念的娱乐培训之家

　　"影像艺术"（Video Arts）是一个专营培训录影带的生产和营销的公司，它成立于 1972 年。其创始人是一小群电视专业人员，其中包括约翰·克利斯（John Cleese），他率先在培训中使用了幽默。他们的信仰已经被一连串重要的培训奖项证明了，即如果人们在接受教育的时候得到了娱乐，那就有更好的机会让他们记住所学的东西。除了使用幽默，该公司一直坚持生产品质的最高标准。家喻户晓的名字，如：里基·杰维斯（Ricky Gervais）、马丁·弗伦奇（Martin French）、保罗·默顿（Paul Merton）和休·劳里（Hugh Laurie）都曾出现在"影像艺术"的节目中，涵盖的主题诸如面试技巧、人员管理、沟通、管理技巧、创造力、顾客服务、销售技巧和财务。

　　"影像艺术"的产品通常是由专业的培训机构、顾问或大公司的人力资源部门购买和使用。现在全球有 50 多个国家的 10 万家组织在使用着 200 多种"影像艺术"出品的录像。

最近加入"影像艺术"目录的标题是"杰米的学校餐——管理和适应变化的处方"。这个两集的课程使用了厨师杰米·奥利弗（Jamie Oliver）改变对供应和准备学校伙食的态度和行为的例子，给整个管理的改变带来了生机。这会引起所有管理层及员工必须管理工作环境变化的组织的兴趣。

显然，"影像艺术"自推出以来，30 年里本身也经历了变化。现在，除了录像带之外，它的某些培训课程也可以在网上或通过 CD-ROM 获得；在家庭生活中，DVD 格式正在取代录像带。了解到许多顾客所收集的培训录像带已经破烂不堪、满是灰尘后，"影像艺术"想鼓励他们清除掉旧的储藏品，升级到新的、现代的 DVD 节目。它接触了代理机构 Partners Andrews Aldridge 公司，想要劝说基础顾客进行清理和重购。了解到目标受众会觉得还不是恰当的清

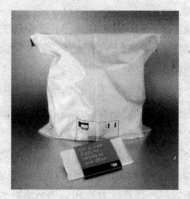

回收艺术被用来为"影像艺术"效力。
资料来源：© Video Arts/Partners Andrews Aldridge。

理时机，或是因为它是家务杂事，或是因为丢弃资源似乎太浪费，Partners Andrews Aldridge 制定了一项重要的奖励：在通常 DVD 的价格基础上给予 300 英镑的折扣（一般是在 1200 英镑的标准内），还伴之以退回旧录像带的吸引人的方式。

顾客还收到了一个"影像艺术"的桶包，上面还有一句口号："收拾你的办公室，获得至少 300 英镑"。这提供了一种催化剂和激励，鼓励人们清理旧的培训录像带，然后把它们装到带有地址的桶包里退回。除了作为一封有效的函件，这项措施反映出了"影像艺术"的个性化，乐趣和幽默一直都是关键的特性。效果是明显的。在两个月的促销期内，"影像艺术"总收入中有 35% 来自 DVD 的销售，较之前期增长了 15%。在效力上，"影像艺术"看到在活动中每开支 1 英镑就可收回 18 英镑。代理商也获得了《精确营销》（Precision Marketing）2005 年最佳 B2B 类别的大奖。

资料来源：http://www.videoarts.com，感谢 Partners Andrews Aldridge。

辑流程。例如，广告创造了最初的意识，激发了兴趣和随后对产品的渴望，最后产生了试用。换句话说，态度和观点是在消费者接近产品之前就已经形成了。然而，另一种学派坚持认为，事情并不总是这样。传播弱势理论（Johns，1991）承认营销传播可以激发意识，但随后消费者很可能会试用产品，而又不形成对产品的任何特别态度或观点。只有在购买和试用了产品之后，营销传播才开始促使态度和观点与消费者对产品的体验一起发挥作用。这对于低参与度的产品、经常购买的乏味物品来说很重要，这些产品很难产生情感，如洗衣粉。

> **范例**　消费者也许会在电视广告中看到新牌子的洗衣粉，然后直到下一次去超市时才会想起它来。消费者看到货架上的新产品后会想："噢，对，我看过它的广告——我要试一试"，然后买上一包。试用了产品之后，消费者也许会觉得产品很好，然后开始更加关注广告的内容，以此确立和强化他们积极的观点。

无论通过哪种层级反馈路径，各阶段的特点都显示，要使不同促销工具的创造力和经济性最大化，必须采用不同的促销组合。图 9.6 显示最适合在最早的阶段做广告，这样它能够便宜而快捷地把一条信息传达给许多人。促销还可以宣传产品的名称，对情感阶段产生帮助：使用一份已经送上门来的样品肯定会产生意识，并且有助于对产品的判断和认识。在样品包装中加入一张优惠券对于进入行为阶段、购买整包的产品也是一种激励。

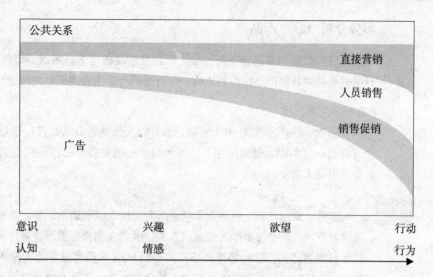

图 9.6 非买家准备阶段和促销组合

注意在图 9.6 中，广告随着行为阶段的接近而减少，而人员销售走到了前面。广告只能重复并强化消费者已经了解到的关于产品的情况，如果这还不足以让消费者在上次看到或听到广告的时候采取行动，那这一次也不一定能奏效。此时，准买家可能只需要最后一点点的说服，使他们转而购买，而这最后一脚最好由销售代表来踢。他们可以重申产品的好处，根据特别消费者的需求和疑虑进行专门的沟通，开展双向对话。然而，对于超市销售的许多快速消费品来说，这却并非一种可行的选择，制造商依靠的是包装，并且在某种程度上，销售促销在售点已经进行了销售，并不需要人员的介入。因此，许多快速消费品努力做出色彩特别、在超市货架上可以脱颖而出的包装。在接下来的章节中还会再次强调这个问题。

实际上，目标市场中的个人也许多次经历这些阶段，或是花更长的时间从这个阶段进入下一个阶段。这意味着也许有必要开发出一套整合促销组合，它可以在不同的准备阶段借助量身打造的形象和内容，识别各种吸引次级细分市场的因素。各种要素的执行几乎是同步的，长期活动会有一些调整。

对于你将要作出的所有传播决策来说，目标市场知识是一块重要的基石。你越了解你想要与之交谈的人，你越有可能创造成功的传播。这不只意味着要清楚地了解目标市场的人口统计情况，还要尽可能详细地掌握他们的态度、信仰和渴望，以及他们的采购、观察和阅读习惯。此外，重要的是了解他们与你产品的关系以及他们对产品的感觉。在后面有关传播目标的关系中将对此进行阐述。

这是一个很好的时机来回顾第 4 章并修正市场细分的某些方式，无论是消费者还是 B2B，因为界定目标市场的标准（包括产品导向标准）很可能不仅影响到平衡促销组合的主要问题，还影响到对媒体的选择和创意内容的细节。

形势分析（2）：产品

与目标市场的考虑分不开的是对所涉及产品的考虑。本部分将再次关注 B2B 领域和日用消费品对其他产品特性的影响，然后揭示产品生命周期对促销组合的特别影响。

B2B 和日用消费品

要明确一种产品作为 B2B 采购，最好以人员销售方式销售，还是作为日用消费品必须打广告，这实在太过简单化了。其他与产品相关的产品特性或购买习惯也许会使这种区分变得毫无意义。

> **范例**
>
> 这种"灰色地带"的一个实例是国内家用双层玻璃的销售。严格地说，这是一个消费者市场，产品是由个人或家庭购买，供私人消费。然而，有许多特征显示，比起其他日用消费品，这种特殊产品与典型的 B2B 采购有更多的共同点。它是一种昂贵的、少有的采购，需要借助高度的人性化技术来让产品准确地满足顾客的需要。它包括一个随时间发生的相当理性的决策过程，在实施购买之前需要大量的产品信息并进行商谈。对买家来说，这是一种高风险采购，很可能涉及数名家庭成员（有效地充当了采购中心），并且几乎肯定会涉及销售代表的大量说服、保证和对话工作。
>
> 所有这些产品和顾客导向特征完全超出了表面的日用消费品定义，指向了一个不同的促销组合。广告，连同网站内容，对激发存在双层玻璃公司的意识起到了重要作用，为公司和产品的形象建设打下了基础。它们还为销售代表铺好了道路，因为一个已经看了销售代表所在公司广告或读了网站上信息的准顾客会对公司类型有一个印象，对销售代表的信誉和信赖的不适感会有所减少。然而，人员销售因素是这种组合中最重要和最有效的因素，因为在情感和行为阶段需要信息、量身打造产品和谈判。与可能的单笔订单的价值相比，它也是很经济的。

在日用消费品的另一端，经常购买的、低参与度的、低单价的巧克力当然没有理由投资进行针对数百万终端消费者的人员销售，即使这种行为有逻辑上的可能性。其市场营销更可能遵照标准组合，通过广告加强大众传播。

> **范例**
>
> 被选中用来说明消费者和 B2B 市场的灰色地带的另一个实例是小企业日常消费的办公用品，例如铅笔、钢笔和纸夹等。比起双层玻璃来，这与巧克力更有共性，尽管技术上它是一种 B2B 产品，被用来支持转售产品的生产。但与大部分 B2B 采购相比，这是一种常规性的重复采购，一种低价、低风险、低参与度的采购，也许午餐时间派一个人带上一小笔钱到最近的文具店或办公用品零售商那里买就行了。对这种产品使用人员销售是很不划算的，这些产品的买家属于庞大的且界定不清的目标市场（每种行动和市场中都有成千的小企业，并且地域分布很广泛），而它们进行的都是小额采购。人员销售顶多只应该针对文具店或办公用品零售商。

上述两个案例警告我们：有些 B2B 产品表现得更像是日用消费品，反之亦然。

产品生命周期阶段

可能会影响到传播方式的一项更深层次的产品特性是所达到的产品生命周期阶段。因为整体营销目标往往会随着产品经历每个阶段而发生变化，特别的传播目标也可能会变化。需要完成不同的任务，因此促销组织的平衡会发生改变。

介绍期。 随着新日用消费品的上市，最初在促销组合上可能会有大笔的开支。广告将确保产品的名称和好处为人所知，并快速地在目标市场上传播，而销售促销，或许是建立在优惠券和样品基础上，有助于激发产品的试用。销售促销还会与密集的人员销售相配合，从而赢得零售商对产品的认可。

增长期。 传播活动可能不会像产品开始寻找它自己的推动力时那样密集，零售商和消费者都在重复购买。对意识激发和信息发布的强调也会减少，而更集中于长期形象和忠诚度的建设。由于竞争对手推出了类似产品，确保差别优势并让顾客准确地知道他们为什么应该购买原来的产品而不是转向竞争对手就很重要了。这可能意味着广告的转向，把它作为主要的、在更长时期内发挥作用的形象创立手段。

范例　　百利爱尔兰奶酒（Baileys Irish Cream Liqueur）在女性家庭饮用者中一直享有强大的特权。该品牌的所有者帝亚吉欧（Diageo）不断地寻找为品牌吸引新的、更年青的饮用者的方法。已有产品措施来实现这一目标，如推出单瓶的迷你版，但它最成功的一项投资是对四频道《欲望都市》的赞助。百利旨在摆脱挥之不去的与甜蜜、老套和女性特有的保守的联系，创造一种新的更不羁的形象。帝亚吉欧的媒介代理 Carat 确定了核心的目标受众，将此形象的讯息改为"充满自信心的现实主义者"，这些人的特征是对他们的生活标准和高端媒体选择感到自信、自满。《欲望都市》节目的价值观和给人美感的、时髦的特性之间的吻合好得不能再好了。在该节目的开头和结尾，沙哑的女性画外音使问题充满了性暗示，同时百利被倾倒在了冰上。百利在直接

百利巧妙地运用赞助锁定了与《欲望都市》一样的目标受众。

资料来源：Image courtesy of The Advertising Archives。

广告中表现这种内容，赞助的"灰色地带"出了问题。该行业的监察者通讯管理局不许在广告中将酒精和性成功、威力或吸引力联系在一起。赞助行为的一项受欢迎的副产品是新潮的酒吧和俱乐部独立开发了以百利酒为酒基的"欲望都市鸡尾酒"，进一步使年青女性重新评价该品牌（Elms、Svendsen，2005；Singh，2004；Wilkinson，2004）。

成熟期。成熟阶段可能是一种防御性或维持性经营，因为竞争对手凭借更年轻的产品也许会产生威胁，抢走产品的生意。大部分人知道产品，大部分可能试用的人（除了少数落伍者）已经试用过了。因此传播的任务是提醒（品牌形象和价值）和保证（已经选择了正确的产品），这可能是通过大众广告来进行。在 B2B 市场上，此阶段可能是进一步发展和巩固与顾客的关系，为你产品组合中更新的产品做好准备。

衰退期。营销传播不是要拯救显然已经在走下坡路的产品；它只能暂时地延缓这种必然性。出于这个原因，多数消费者和分销商已经向其他的产品转移，只留下了一些落伍者。一定程度的提示广告和促销也许可以暂时将他们留在这个市场上，但最终他们都会离开。转换那些可以更好地用于下一种新产品的资源的用途几乎没有意义。

范例　　步行者（Walker）是英国第一大食杂品品牌，在高利润的炸薯片市场占有 37% 以上的销售份额，它每年花费约 1 700 万英镑用于消费者广告。然而，由于近期围绕儿童喜欢的某些食品缺乏营养（例如：炸薯片中盐和脂肪的含量，早餐麦片中盐和糖的含量）的宣传，越来越多的公众开始关心儿童的肥胖，对于国民最喜欢的零食来说事情开始变得艰难起来。2004 年 10 月，袋装零食的销售下降了 1.7%，步行者核心品种的销售额下降了 1.9%。作为品牌领袖，步行者必须保护它的核心特权并寻找新的产品发展领域以促进增长。核心产品的饱和脂肪含量减少了，技术员致力于将盐的含量降低 5% ~11%。2004 年，核心产品实施了一项以分发免费的步行者牌 Walk-o-meters（计步器）为基础的促销活动，旨在促进积极的生活方式，并将活动与品牌名称联系在一起。在步行者网站上进行的前期促销宣传将机会描述为"9 月份每 5 分钟便可赢取一台迷你 iPod"，这是为了更新对核心产品的兴趣而设计的。同时，步行者还开发并大力宣传了"土豆头"（Potato Heads）系列，它的脂肪含量低，并且没有人工的调料、色素或防腐剂，它还进一步延伸出了低盐的品种"土豆光光头"（Potato Heads Nacked）。这确保步行者有产品能够满足那些放弃了核心品种的人的需求（Harwood，2005；Parry，2005）。

上述分析认为产品无一例外地经历了生命周期的传统阶段。然而，许多日用消费品在成熟阶段的某些时候进行修整，以延长它们的生命周期。在这种情况下，就有充分的理由来反思传播组合，并且像对待新产品上市一样来对待这个过程。与顾客和消费者就"新改进"的品牌、提升的价值、增强的性能、更时尚的外观或其他正在得到强化的方面会有很多沟通。在此意义上，此阶段甚至比新产品上市更困难，因为营销人员必须扭转过去对产品的偏见，使市场相信有某些新东西值得考虑，迷惑和分化现有的那些也许认为熟悉的、令人觉得舒服的品牌价值已经被丢弃了的用户。

生命周期概念，正如第6章所讨论的那样，确实存在其自身的问题，在营销传播背景下，不假思索地、严格地将其作为传播策划的首要基础是危险的。如果一种产品被认为是处于成熟期或衰退期，那该阶段最适用的传播方案很可能是加速其死亡。在内部和外部都有另一种更为相关的因素应该对计划过程产生更大的影响。现在将讨论某些外部因素。

形势分析（3）：环境

此前的章节也许又可以放在这里。第2章较为详尽地分析了营销环境。因此，本部分只着眼于环境因素对传播的影响方式。

环境的社会和文化方面对传播的讯息因素会产生主要影响。广告中对产品的说法和所描述的情境要反映目标市场的社会认同和文化习惯。如果要他们记住这些信息，尤其是期待他们根据信息采取行动的话，必须要有某些他们可以识别的东西，或他们渴望的东西。这强调了前面所谈到的充分了解目标市场的必要性。

组织尤其要关注现场的变化和社会的转变，然后利用这些变化和转变，经常创造流行效应。"绿色"问题就是一个很好的例子。许多公司认识到有压力迫使它们生产环保产品，而不是花时间开发真正的新的可选择产品（冒落后于竞争对手的风险）。少数企业只是创作了新的广告信息，并在它们的包装上强调绿色导向产品主张，就创造了所需形象。然而，可疑的方式已经被广泛曝光，例如洗涤剂标称"无磷"，而那种产品从来就没有磷；强调包装可以重复利用，但回收设施根本就不存在。这导致了消费者思想上对绿色主张的混乱和猜疑。

> **范例** 2005年1月9日，1 759名乘客登上了豪华的P&O航线"黎明女神"（Aurora）号开始为期103天的环球巡游。它被宣传为"生命的航程"，肯定要花费许多乘客毕生的积蓄。但才航行到怀特岛附近的头几天，该船就遇上了发动机故障。由于缺乏对于过程的信息，300名乘客受到了挫败，因极度失望而放弃了航程。"黎明女神"最后于1月19日踏上了计划的航线，但仅仅110英里之后，就在德文郡的海岸停下了，由于推进力的问题，旅行被迫取消，船和乘客一起返回了南安普顿。在10天的时间里，准巡游者们在字面上象征性地"上了海"，"黎明女神"的故事成为所有电台和平台媒体的头条。社论的焦点在于乘客所离开的"地狱外缘"以及所经历的现实与"黎明女神"顾客们曾经的期待之间的完全反差。没用多长时间，该船不祥历史的细节就随着不断出现的"最新更新"文章公布出来了——在她的命名仪式上，香槟酒瓶没能打破，她的处女航在比斯开湾搁浅，2003年600名乘客和船员因高传染性的诺瓦克虫致死。米切尔（Mitchell，2005）认为在离开P&O的10天空隙里，没有积极的行动和公关，这看起来是"不专业、不重视和无法想象的"。如果P&O渡过难关时，在船上郑重地向那些人公布情况（损失），那么在"黎明女神"号重新投入使用

时，它也许就不会发现自己处于不得不将 1150 万的预算中的一部分转移到恢复"黎明女神"名誉的促销境地中（Daily Mail，2005；Marketing Week，2005；Mitchell，2005）。

对于广告主对社会和文化领域的影响的一项更普遍的指责与它们声称的效用和强调的俗套有关。广告主辩解它们只是反映了社会的本来面目，改变社会并不是它们的事情——它们是对顾客变化后的态度和生活方式作出响应。然而，这里应该关注的是人们是否把这些通过广告不断宣传的旧框框视为一种标准，甚至是一种渴望达到的状态，那么是否不用急着质疑它们的正确性然后打破它们？这是一个复杂的"鸡和鸡蛋"的争论，你也许想劝说自己跳过这几页。并没有轻而易举的答案。

公平地来说，对广告主而言整个俗套问题或许确实呈现了大众传媒无法解决的两难推理的一个方面。从一种俗套上转开时，很容易代之以另一种俗套。因为广告主是要试图吸引大量的个体（甚至是在利基市场），它不可能创造出一个详细反映目标市场所有成员的形象。因此，所出现的是对团体及其追求的核心特征的表层概括，即一种俗套。因此生活在厨房中，满足于她们烹饪品质的老式家庭主妇被处于另一个极端有着同样不切实际的权威穿着的、独立的会议室女强人所取代，她们身上有着淡淡的夏奈尔的香气和温柔。似乎广告主不可能取胜。

范例　　俗套可以为广告提供很多幽默的桥段。近几年有越来越多的活动描写不可救药的男人，没有精明、能干的女性的帮助，他们无法完成最简单的任务。这种趋势开始成为一种有趣的颠覆，它纠正了广告中将女性描写成为蠢笨的家庭主妇的做法，但我们海那边的邻居已经受够了！美国的男性推出了反对性别定势的活动。"预防媒体中的厌男症协会"（与厌女症相反）鉴别打击男性的广告，然后鼓励联合抵制所广告的产品。锐步的制作使用了歌曲"这是男人的世界"，同时表现了在一个满是健康女性的健身房里，一个笨拙的呆子摔在健身器材上，需要在场的一位女士去救他，这个制作已经被打入了黑名单。一个通过角色颠倒同时达到"哈哈"因素和幽默的非常受欢迎的活动是沃克斯豪尔赛飞利（Vauxhall Zafira）所做的活动。哈里、乔治和埃米尔是住在郊外一条死胡同中的居民，我们听到他们在讨论用他们的赛飞利运送家人的忧虑和烦恼，还提到家人每天打嗝，忘上厕所，这使他们觉得筋疲力尽。然而哈里、乔治和埃米尔只有 8 岁，而他们所谈论的话题是他们的父母（Murray，2005；http://www.vauxhall.co.uk）。

不参考竞争对手正在进行或可能进行的活动是无法制订传播计划的。因为必须结合它们的产品来强调差别优势，并对产品进行定位，这可能会影响到计划的每个阶段，从目标的确定，到战略的制定，再到预算的编制。这些主题将纳入本章稍后的恰当标题之下，在关于促销组合的独立工具的章节中也将进行特别介绍。

正如第 2 章中所探讨的那样，要考虑的另一个要素是政策 / 法规环境。有些产品广告的地点和时间都受到了限制。例如，英国就不允许在电视上做香烟广告。限制还有可能出现在关于产品可以或必须说什么或展示什么上。玩具广告就不能暗示不拥有产品就会有社交不利，并且必须标明玩具的价格。更普遍的是，以儿童为目标的广告不能鼓动他们缠着父母要求购买（否则，他们通常需要鼓励）。有些规定已经载入了法律，而其他规定是通过监督监察机构，如广告标准局强加和施行的。专业机构，如英国的促销学会（Institute of Sales Promotion）或直接营销协会（Direct Marketing Association）通常会制定行业规范，它们的会员必须遵守。然而，现在还没有制定出适用于整个欧洲的统一规范。

企业社会责任 进行时

不要喝，也不要做广告！

负责任的广告，尤其是与食品和酒类促销有关的广告在整个2004—2005年度是英国广告行业的主导问题。酒类广告一直都受制于严格的方针，这与政府宣称的减少酒类所导致的伤害的战略相符，新的规定已经推出。本着保护18岁以下人群的特别目标，防止滥饮并抑制饮酒所导致的反社会行为，媒体监控机构通讯管理局着手修订广告标准局（ASA）的规定，以便在2004年11月执行。

在新的方针下，酒类广告不应该通过反映或与青少年文化的联系来吸引18岁以下的人群。在酒类和性行为或成功之间不应有关联，也不能与任何酒精可以增强吸引力的暗示挂钩。尤其是在电视上，不能出现酒类广告，不能暗示或提到"亲爱的"、

"健壮"、"进攻"、"无拘无束"、"不负责任"或"反社会行为"，不能以任何方式宣扬粗俗文化。那就结束进行的活动吧！在激发这些新规定的过程中另一项被粉碎活动是百加得派对（Bacardi Party）的广告，它与酒类广告不得指出饮酒对于"成功的社交场合至关重要"的要求相冲突。在新规定之前，酒类广告主被禁止使用名人来认可或表现成功。那他们还有什么选择呢？

酒吧促销目前还没有限制，但很快就会有从业标准禁止鼓励快速饮酒或过量饮酒。有些品牌已经提出侧面的解决方案来满足它们的传播要求。"绝对沃特加"（Absolut Vodka）在Pelirocco酒店创造了一间"绝对爱"房间，配乐是"布赖顿最美丽的停靠站"。在这栋时髦建筑的19个单独设

计的卧室中，"绝对爱"房间既有异国情调又浪漫，被设计得既能反映品牌，又能包容布赖顿风景更广阔的一面。Tennents赞助了在格拉斯哥著名的King Tut音乐胜地的装修，它以巨大的墙纸为特色，上面有数以千计的曾在该地表演过的乐队的歌词。意大利瓶装啤酒品牌Peroni在伦敦的斯隆（Sloane）街创造了一个生动的广告，它使用一个橱窗来展示一个巨大的Peroni瓶子，一个装满产品的冰箱，还有一个帅气的意大利绅士摆着安全守卫的架势。这吸引了很过路的购物者和媒体的注意。这确实是放眼世界的一个案例。

资料来源：Brough（2005）；Butcher（2005）；Porter（2004）。

目标

现在背景已经设置好了，也有了一些详细的顾客、产品和环境的情况，就能够为传播活动确定详细目标了。

表9.2建立在德洛齐尔（Delozier，1975）的研究基础上，总结了可能的传播目标的类型。第一组与意识、信息和态度激发有关，而第二组是关于情感行为的。最后一组包括公司目标，要及时提醒的是，营销传播计划不只是要实现品牌经理或营销经理的目标，还要用营销活动来促进组织更广泛的战略利益。

表9.2没有做的是区分短期、中期和长期目标。显然，短期活动是最紧迫的，并且需要更详细的计划，但仍需要正确评价下一步将要发生的事情。中期和长期目标的性质和

表 9.2	可能的传播目标
领域	**目标**
认知	明确顾客需求 提升品牌知名度 增加产品知识
情感	提升品牌形象 提升公司形象 增强品牌偏好
行为	刺激寻找行为 增加试探性购买 提高重复购买率 加强口碑推荐
企业	改善财务形势 增强公司形象的灵活性 增加贸易合作 通过关键公众提升声誉 建立管理层的自尊

资料来源：Delozier (1975); Copyright © 1975 The Estate of the late Professor M. Wayne Delozier。

特点不可避免地要由短期行为（及其成功程度）来决定，但这也是事实：只有当短期活动被放到更广阔的背景之下时，才能完全证明是合理的。

最后，表 9.2 也强调了精确性、实用性和可衡量性对目标设置的重要性。像"提高产品知名度"之类的含糊的、公开的目标是不够的。你希望谁意识到你的产品：零售商、普通公众，或是特别的目标细分市场？在确定的群体和哪个时间范畴内，你想要激发多少知名度？因此更有用的目标也许是"三个月内在 A、B 和 C1 年龄在 25~40 岁之间，年收入在 25 000 英镑以上，对歌剧和环境感兴趣的房主中激发 75%的知名度"。

在确定这种精确目标之前，剩余的计划过程都无法真正地进行——如果你没有真正了解你锁定的对象的话，怎么可能作出决定？精确目标也为监督、反馈和评估传播组合的成功奠定了基础。至少有一些东西可以用来测量实际的表现。

战略

有了明确的目标后，现在就需要制定实现目标的战略了。至今所作出的分析也许已经确立了促销组合的主要权衡，但仍要总结出实际信息的具体细节，如何最好地制定它，以及可以用什么媒介和媒体来最有效、最高效地传播信息。

范例　　广告标准局收到了 375 宗关于天鹅绒卫生纸"爱你的屁股"活动的投诉。该广告表现了一系列的光屁股，鼓励人们给他们的屁股一次"感觉良好的体验"。尽管某些公众对此印象不深，但广告标准局判定无理由进行正式调查，因为几乎没有什么东西能产生冒犯。当上奇广告公司（Saatchi & Saatchi）为 18–30 俱乐部度假制作出带有诸如"西班牙海狸皮"和"69 岁的夏天"之类口号的广告牌时，有 492 名觉得不高兴的目击者向广告标准局进行了投诉。尽管上奇广告公司声称该广告反映的是这种度假真正的精华，但广告标准局还是撤下该海报（Burrell，2005）。

　　信息的内容、结构和形式的设计给所有促销组合元素的管理提出了问题。讯息的内容是关于发布者想说什么，而信息结构则是关于如何表达建议和意见。讯息的形式取决于所选择的用于传播或传递讯息的媒体。这将决定能否有效运用视、听、色彩或其他刺激物。这些是重要的主题，在接下来的 5 个章节中将结合营销组合的各个要素进一步强调。例如，现金促销对于刺激产品的短期销售肯定是适合的，但它是否会降低产品在目标市场中的品质形象？目标市场能否对现金节余作出反应，或者他们是否更赞赏与慈善挂钩，每买一件商品就为一项特别慈善做了捐赠？后一种建议具有提升企业和品牌形象的附加好处，也不易为竞争对手所仿效。

　　对于特别广告，组织也许会使用一个人物或名人代表它来传播信息，以赋予来源可靠性。受众会将代言人视为信息来源，因此可能会给它更多的关注，或认为它有更大的可信度（Hirschman，1987）。

　　讯息的代言人或推荐者是否是广为人知的名人或发掘的新人，重要的是将他们的特质与传播目标联系起来。营销经理也许还要决定是否使用人员或非人员媒体。表 9.3 比较了一系列媒体的优势和劣势，从非正式的口碑接触，如朋友彼此推荐产品，再到销售代表正式的专业的面对面接触。

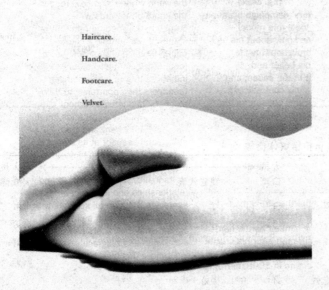

Haircare.

Handcare.

Footcare.

Velvet.

Love your bum

通过小心避免使用"屁股"一词，此则天鹅绒卫生纸广告保持在了可以接受的限度之内。

资料来源：Image courtesy of The Advertising Archive。

营销 进行时

名人代言的利与弊

米尔沃德·布朗（Millward Brown）最近进行的一次跟踪研究估计，英国五分之一的广告都有名人的面孔、声音或陈述。赖恩思（Rines）认为名人代言可以成为一种非常划算的实现形象转换和强化品牌品质的方式，但要小心，在任何关系中，事情都有可能会变味。如果你品牌所使用的名人开始制造出负面的消息，那将名人形象与品牌联系起来的目的就会产生适得其反的结果。可口可乐以100 万英镑签下了曼联队和英格兰的前锋韦恩·鲁尼，直到 2006 年世界杯结束。小报不断地曝光他在场上和场下的怪异行为，媒体也在思索他是否是一个恰当的"行为榜样"，这已经频繁地阻碍了品牌。关于他英格兰队的队友大卫·贝克汉姆私生活的曝光似乎并没有影响到各种各样的品牌每年付给他约 5000 万英镑以同样的方式代言。这显然是因为"名人"和"行为榜样"的区别。

名人可以是从"老大哥"参赛者到频频出镜的贵族的任何人，为了出名而出名，具有特定目标受众可能会追捧的生活方式的特质。行为榜样则更可能使积极而值得赞美的价值观具体化，使公众在他们的行为中贯彻始终。纳尔逊·曼德拉被选中来推广"使贫困成为历史"的活动，因为他是理想的行为榜样——我们所知道的贯穿他生命的每件事情都强调了他对理想的信仰和责任，我们不知道任何事与此相抵触。10 多年前加里·莱恩克尔（Gary Lineker）被选中作为"步行者"薯片的脸面，因为在他漫长、卓绝的足球生涯中，他甚至从未收到过黄牌——一个优秀的行为榜样。尽管在 1998 世界杯出战对阿根廷的比赛后，大卫·贝克汉姆在重塑努力工作的有家室的男人形象中表现出了坚强的特质，尽管他的代言合同纷至沓来，但他与像 Police 太阳镜、Brylcreem、吉利和沃达丰等品牌的合同更多是与名人的魅力和生活方式有关。

尽管许多报纸栏寸致力于在媒体中充当不值得的品牌大使，但有一些品牌却凭借它们的名人代言人大获成功。百安居签下了女帆船运动员埃伦·麦克阿瑟（Ellen MacArthur），当时她实际上还不为人知，百安居宣称在她的"能"（can-do）的态度和百安居的品牌价值之间有很好的吻合。通过完成单人环球航行，以真正的"行为榜样"风格，她确实在公众面前做到了。百安居获得了巨大的回报。当圣斯伯里签下杰米·奥利弗（Jamie Oliver）时，它知道它获得了一个了解食品的无礼的伦敦佬。因为她高调地发动了给贫穷青少年厨师培训机会，以及改善学校膳食的活动，圣斯伯里现在发现由于它的安排，它成为国家英雄和食品质量大使。"太棒了"就像男人自己会说的那样。

就像生活一样，有些名人 / 品牌的关系也会以分手告终。同样，有大量财产的谨慎夫妇会坚决要求签署婚前协议，广告主会拿出"死亡和失宠"保险。如果它们著名的面孔死亡或做了其他某些可惜的事情时，这使它们可以补偿撤下或重新制作广告的成本。

资料来源：Johnson（2005）；Rines（2004）；Saunders（2005）。

表 9.3　人员和非人员传播媒体比较

	人员 ←			→ 非人员
	口碑	销售代表	个人化邮件	大众媒体广告
领传递的精确性和连续性	可疑	好	极好	极好
可能的信息完整性	可疑	好	极好	极好
内容的可控性	无	好	极好	极好
传达复杂性的能力	可疑	极好	好	较差
信息的灵活性和量身打造性	好	极好	好	无
针对能力	无	极好	好	较差
到达性	不完整	较差	极好	极好
反馈的收集	无	极好——直接	有可能——取决于反馈机制	困难——费钱耗时

无论使用哪种传播组合元素，重要的考虑是使信息和媒体与目标受众和确定目标相匹配。这些问题在后面章节对组合各元素的更详细的介绍中将会涉及。

预算

有控制的传播很少是自由的。营销人员不得不在（往往是）严格的预算内计划活动，或为了更大份额的可利用资源而战斗。因此，开发出一种预算手段是很重要的，它可以生成现实的数据供营销人员使用，从而实现目标。即使在同样的行业，广告上的开销也会有相当大的差别。例如，在鸡肉和汉堡快餐行业，2003 年麦当劳在广告上支出了约 8400 万英镑，而其最大的竞争对手肯德基和汉堡王则分别支出了 2 900 万英镑和 2 000 万英镑（Mintel，2004）。同样，在洗涤产品中，2004 年头 10 个月，联合利华耗资 2 000 万英镑宣传保色，而宝洁仅花了 1 000 万英镑来宣传艾瑞尔品牌（Mintel，2005）。

有 6 种主要的预算编制方式，其中一些更适于预测性的、静态市场，而不适于动态的，快速变化的情况。

判断性预算编制

决定预算的第一种方法称为判断性预算编制，因为它们都包括某种程度的猜测。

主观预算。主观预算建立在过去已经花费的东西的基础上，或对一些新产品而言，它是以该类产品通常花费多少为基础。

可承担方式。可承担的预算与主观预算密切相关，就像它的名称所指示的那样，它是以满足另一项更重要的支出后所剩余的资金为基础，或公司账户所能允许的最大限度为基础的一种预算。胡利（Hooley）和林奇（Lynch，1985）建议将这种方式用于产品导向型而不是营销导向型组织，因为它实际上并没有与将要达到的市场目标联系起来。

过去销售额百分比方式。过去销售额百分比方式至少要更好一些，它认识到了传播和销售之间的某些关联，即使这种关联是不合理的。这里的首要假设是销售先于传播，未来的活动应该完全取决于过去的业绩。说得绝对一点，很容易设想到一种情况：产品经历了糟糕的一年，因此它的传播预算被削减了，这导致它的业绩更加糟糕，继续走下坡路，直至完全死亡。这里的判断因素是决定采用哪种比例。不同的产业有不同的标准；例如，在制药行业，10%–20% 是典型的广告 / 销售额比例，但在服装和鞋类行业，这一比例降到了 1% 以下。对于工业设备，广告 / 销售额比例常常低于 1%，尽管这种行业的销售队伍成本 / 销售额比例往往相当高。然而，这只是一部分情况。工业设备制造商很可能会在销售力量上投入更多。这种百分比也许只是许多组织累积而成的习惯，因此，当结合组织自身在市场中的地位和雄心考虑时，会有问题。

未来销售额百分比方式。至今没有哪种预算方式考虑了产品本身的未来需要。然而，未来销售额百分比方式是一种进步，在这种方式中传播和销售处于一种正确的顺序，但采用多少百分比还是有问题。对于来年的开支和销售额之间的直接关联还是有一种潜在的假设。

以数据为基础的预算编制

至今所分析的方法中没有哪种考虑了传播目标——一种比重大的态度改变活动更为

经济的提示性 / 强化性经营——或传播活动真正承载的品质和经济性。存在一种重大风险，即所分配的钱不足以取得任何实质性的进展，在此情况下钱会被浪费掉。这就为第二组技术性的，被称为数据基础上的预算编制法铺平了道路，它消除了预算在判断方面的不足。

竞争等同。竞争等同法包括察觉竞争对手的支出，并与它们竞赛或超过它们。它有一定的合理性，如果你和其他人叫得一样大声，那比起小声说来，你就有更好被人听见的机会。然而，在市场营销中，音量不一定要这么大，因为是声音的品质决定了讯息能否被理解并被执行。

如果要有任何可信度的话，那竞争等同法必须考虑竞争对手的传播目标，它们的竞争目标与你的相比如何，它们花钱的效率和有效性如何。如你所知，竞争对手通过研究你上年的开支编制了它们的预算，这又将你带回了类似主观预算法的僵局。

目标和任务预算。最后一种，也是被认为是最好的预算法是目标和任务预算。这自然是最难成功实施的。然而，它确实解决了至今所形成的许多难题，并且最具商业意义。它要求组织倒过来操作。首先明确传播目标，然后计算出要实现这些目标必须要做什么。这可以提供出一份与产品需求直接相关的预算，和所需的预算相比不多也不少。例如，一种新产品需要持续的投资来进行整合营销传播，获得分销渠道的认同，然后激发消费者的意识和试用。相反，一种成熟的产品也许需要的只是"维持"支持，这显然花费较少。然而，目标和任务预算的唯一危险是野心压倒常识，从而导致预算不被接受。

使这种技术奏效的艺术在于改进目标并确保预算符合组织的支付能力。它也许意味着花费比你想象的多一点的时间来确立产品，或找到更经济、更有创造性的实现目标的方式，但你至少提前知道了所要面对的问题，从而可以有策略地解决它们。

据菲尔（Fill, 2002）报道，米切尔（1993）指出有 40% 的活动使用了目标任务法，而 27% 的活动使用了未来销售额百分比法，8% 的活动使用了以往销售额百分比法，19%的活动使用了它们自己的办法。整体上，在整个促销组合中，组织可能会使用某种混合的办法，把判断和以数据为基础的技术元素包括进来（Fill, 2002）。

这么晚才把预算元素定位到计划流程中确实显示出目标任务法是首选办法。要重申的是，在传播问题上扔更多的钱而不是严格限制未来目标的必要性和合理性，这是没有意义的，同样，投入太少以至于无法产生影响也是浪费。

范例　2003 年 8 月银行假日的周末，此前的 47 年里一直由英国电信经营的英国姓名地址录查询号码 192 被切断了。接下来的决定是解除对该项服务的管制，由 30 家新的企业取代，它们都想挑战英国电信，都配有以 118 开头的六位数号码。凭借 2250 万英镑的上市营销预算，肯定会取得成功。英国号码有限公司（Number UK Ltd）策划了一项多媒体活动。因为姓名地址录查询是一个微利领域，想要渗透该领域的企业，首要决定就是及早开始——在接通前 8 个月，而其投产则要先于所有竞争对手 5 个月。脱颖而出并在英国家庭记忆中留下印象的紧迫感促使它投资 200 万英镑来获取号码 118118。重复的号码提供了创造的灵感；所有宣传资料都以两个头发浓密、留八字胡的跑步者为基础，他们每人的背心上都有号码 118。这对孪生子出现在备受瞩目的国家电视和平面广告中，并且是一个叫做"神秘的跑步者"的招揽爱好者的网站的主题，它滋生了大量的病毒性行为。也有看似跑步者的活的小矮人出现在当地的大街上。192一切断，118118在英国姓名地址录查询市场中就达到了44%的市场份额，在接下来的一年里都保持着这样的水平（http://www.dandad.org.uk/insiration）。

实施和评估

　　计划的目标并不是创造一份令人印象深刻的、美观的、使人高兴的，但很快就会被放到文件柜锁上一年的文件。计划过程很容易成为一种孤立的行为，完成本身就是结果，几乎没有考虑世界的真实情况以及按你想法实施时的实际问题。所有计划阶段，必须将假定的思考放到"如果……那么……"的情境之下，并将既定的考虑归纳为行得通和便于管理的东西。这并不是说组织在所要实现的目标上要谨小慎微，而是说应该很好地计算风险。

　　计划也有助于确立优先顺序，分配责任和确保一种全面综合的、持续的方式，确保从传播组合的所有元素中所获得的最大的好处。事实上，预算永远不会多得够做所有事

118118活动随时间而发展，但没有丧失它通过幽默让讯息难以忘怀的能力。
资料来源：Image courtesy of The Advertising Archives。

情，有时还不得不被牺牲掉。不同的活动不可避免地会受到不同的管理人员的拥护，而这种紧张状态在计划框架内必须解决。例如，许多组织正在根据直销领域的发展重新评估人员销售的经济性。

一种同样重要的活动是收集反馈。你一直都在传播目的，而你至少需要了解目的是否达到了。活动期间的监控有助于较早评估是否正在按预期的那样实现目标。如果确有必要的话，在太多的时间和金钱被浪费之前，或更糟的是，在对产品形象造成更大的损害前，可以采取修正行动。

然而，这还不足以说促销组合是为了激发销售而设计的，我们已经售出了如此多的产品，因此它就是成功的。分析需要更加深入——毕竟，大量的时间和金钱已经被投入到了这个传播项目中。促销组合的哪些方面最有效、最经济呢？在它们之间是否存在充分协作呢？在组合的各要素之间我们是否有了恰当的平衡了呢，例如广告媒体的选择？消费者对于我们的产品的态度和信心是否如我们所期待的和希望他们发展起来的那样呢？我们是否已经激发了所需的长期的产品忠诚度了呢？

只有通过坚持不懈而又艰苦的调查努力才能回答这类问题。这些答案不仅有助于分析过去的计划努力有多英明，还可以为未来的计划活动打下基础。它们开始形成未来持续的传播任务的性质和目标，并且通过帮助管理人员从成败中学习，从而更有效地利用技巧和资源。下面的章节将讨论收集营销组合特别元素反馈的一些技巧和问题，第 5 章也更概括性地谈及了这一问题。

传播计划方式：回顾

罗斯柴尔德（Rothschild，1987）的传播计划过程模式（见图 9.2）是一个宝贵的框架，因为它包括了所有在平衡促销组合中所要考虑的主要问题。然而，在现实中此过程不可能像模式中所提出的那样划分得清清楚楚、明明白白。计划必须是一种互动的动态过程，制订出的计划要足够灵活，开放，可以根据出现的经验、机遇和危险进行调整。

当像这个模式的流程图类型模式被展示出来时，也很容易对因果作出假设。根据这个模式所显示，在排列决定中有许多逻辑和判断——界定目标市场的明确目标；目标决定战略；战略决定预算等——但在现实中，在模式后期和早期的元素之间必须要有反馈这一环。例如，预算可能会成为一种限制因素，它可能会导致战略、目标或目标市场细节的修订。目标任务法是首选的预算编制方式，但它仍要在组织能够恰当、合理地配置资源的框架下操作，就像此前所讨论的那样。

因此，对信息进行总结后，计划过程：

1. 对有效和高效地实现商业目标非常重要；
2. 不应被视为一个严密的顺序中一系列分散的步骤；
3. 本身不应该成为结果，而应被视为一种开始；
4. 应该制订可以检查和恰当修改的计划；
5. 应该按照对组织来说可以合理实现、有操作性的内容来进行；
6. 应该根据事后的利益和反馈来评估，这样来年它就可以做得更好。

第 12 章将更综合性地分析营销策划，进一步讨论组织文化中实施计划的技巧和问题。

小结

- 鉴于有效传播对产品成功的重要性，以及综合营销传播活动通常所需的投资水平，一种整合营销传播策划方式是至关重要的。计划流程的主要阶段包括分析形势、明确目标、确定战略、编制预算、实施和评估。

- 传播目标必须准确、实际和可以衡量。它们可以是认知的（即，创造意识并散播知识）、情感的（即，创造并利用品牌形象）、行为的（即，刺激消费者采取购买行为）或企业的（即，建立并加强企业形象）。

- 不同的促销工具对不同类型的目标有效。例如，广告也许更适合认知目标，人员销售和促销可能更适合行为目标。直接营销在创造和增强与消费者的长期关系时会更有用。

- 传播预算的编制有许多种方式。判断法包括一定程度的猜测，例如主观地设定或以可以承担的数目为基础。还可以在未来预期销售额的基础上确定，或是根据历史上的销售数据来确定。以数据为基础的方式更接近市场上实际发生的情况，它包括竞争对等法和目标任务法。

复习讨论题

9.1　促销组合的 5 项主要因素是什么？

9.2　营销传播计划流程的阶段有哪些？

9.3　买家就绪的 3 个主要阶段是什么，它们之间促销组合平衡的差异如何？

9.4　营销传播目标的主要类别是哪些？

9.5　与其他方法相比，目标任务预算编制法的主

要优、缺点是什么？

9.6　以下两种情况的促销组合差别有多大，为什么？

（1）卖一辆车给私人；

（2）卖一批车给一家组织的销售代表。

案例分析 9

上市活动

　　苏格兰有国酒威士忌，同样，俄罗斯有沃特加，巴西则有朗姆酒（发音为"科沙萨"），这种白酒用甘蔗制成，在巴西的生产历史已有 500 多年，巴西人每年要饮用 13 亿升。俄罗斯所生产的沃特加有 50% 供出口，而巴西每年出口的科沙萨不足其产量的 1%。许多国家的国酒，在品质上千差万别，从"暴力行为"到给爱好者提供的品牌都有。巴西的高级"科沙萨"品牌是 Sagatiba（发音为"萨加士巴"）。该品牌的所有者觉得是让世界上其他地方的人体验"科沙萨"的时候了，因此 2005 年开始着手进

行了一项 2000 万英镑的欧洲上市活动。长期目标是使"科沙萨"和巴卡弟一样有名、一样受欢迎，但这却是在零知名度的基础上开始的，还有很长的路要走。

　　第一站是到广告公司上奇，它负责制作平面和海报广告，这些广告可以在时尚杂志和全欧洲各大城市的户外广告牌上出现，尤其是借助其他品牌知名度和形象建设措施，"遍布全世界"。上奇公司设计了一次引人注目的活动，它的画面特写是一个非常像里约热内卢的那尊"救世主耶稣"雕像的模特。在四个广告中，这个年轻、模式化的巴西人化身于现代、时髦的巴西生活中，采用了同样的十字架上的耶稣造型，如手臂环绕在酒吧的台球杆上，或

通过与巴西圣像的形象关联，Sagatiba 广告鼓励饮用者尝试某些与众不同的东西。

资料来源：Image courtesy of The Advertising Archives。

是手臂伸展到出租车椅背上，背景是城市。每个广告都带有 "Sagatiba——巴西的纯白酒" 字样。广告公司的创意也影响着强有力的品牌商品的设计，像烟灰缸、酒吧座位和装冰块的盘子都使用了源于 Sagatiba 的 "S" 形，其目的是希望它们被放置到主要城市的时尚酒吧里。像 "转发给你的伴侣" 的电子邮件测验之类的病毒营销，都是以指出到哪里找到酒吧品尝 Sagatiba 为结尾。还进行了一次涂鸦活动，在东伦敦时尚地区的墙壁和建筑上进行喷涂。后者遭到了传统涂鸦艺术家的反对，他们认为商业利益窃取了他们的艺术形式，这只是为了提高 Sagatiba 的利益，并激发那些对传统广告不感兴趣的年青消费者的好奇心。

当宣布伦敦牛津街的赛弗里奇百货商店要举办 "巴西月" 时，有 1600 瓶 Sagatiba 被运到了该店，在该店的一个橱窗里，品牌所有者营造了一个巴西海滩酒吧。在这里，模特们提供并饮用 Sagatiba，还和着巴西音乐起舞，他们还邀请购物者品尝该品牌，在店里就有这种酒供应以便消费者购买。为了让产品打入正确的地方，邀请了来自英国顶级酒吧的 12 位酒吧招待员前往伦敦的一家酒吧，在那里向他们介绍 Sagatiba，并鼓励他们体验该酒。作为此项活动的延伸，Sagatiba 赞助了英国调酒师行会的鸡尾酒比赛，比赛的挑战是至少用 35 毫升 Sagatiba 创造一种鸡尾酒。整个夏天主要城市都进行着地区比赛，获胜者可以获得一次巴西豪华度假，还可以代表英国参加在赫尔辛基的国际酒吧协会世界鸡尾酒锦标赛。

Sagatiba 还在摄政公园的伦敦品味活动中经营了一个酒吧，在那里的四天多时间里，可以品尝和谈论来自 100 多家参展商的美酒佳肴，并在报纸上发表文章。Sagatiba 在该项活动中的协办者包括首都的 40 家提供签名餐盘的顶级餐馆，运作葡萄酒白酒学院的 "葡萄酒白酒教育信托基金"（Wine and Spirit Educational Trust），以及劳伦·毕雷香槟。下一步包括在罗马、阿姆斯特丹和其他主要的欧洲城市推出品牌，平面广告之后是电影和电视广告，依靠该品牌在欧洲所产生的影响，实现品牌的全球知名度和产品试用。

资料来源：BBC（2005）；Design News（2005）；Malvern（2005）；http://www.ukbg.co.uk；http://www.tasteoflondon.co.uk。

问题：

1. 根据是否使用了推拉工具，区分此案例所提及的不同的传播活动。

2. 你认为为什么对品牌上市来说，仅有广告是不够的？

3. 你认为特别地点和这些地点出现的其他品牌名称会对 Sagatiba 在它所联系的活动中的品牌形象产生什么作用？

4. 你认为酒类品牌为什么特别喜欢采用病毒或传染性营销？

4P：促销，广告和人员销售

Promotion: advertising and personal selling

学习目标

本章将帮助你：

1. 定义广告及其在促销组合中的作用；

2. 认识明确阐述广告信息的复杂性及它们在平面和广播媒体上的呈现方式；

3. 区分广告媒体的类型，了解它们相应的优、缺点；

4. 认识广告代理公司所起的作用，了解控制广告活动的管理过程的阶段；

5. 认识人员销售在组织的整个营销努力中所起的作用，明确销售代表所担负的任务；

6. 分析人员销售过程所包括的阶段，认识销售管理层的责任。

导言

本章讨论的是广告———一种非直接形式的传播———以及人员销售———一种非常直接的获取营销信息的方式。它分析了广告在营销组合中的作用，以及在开展成功活动时信息设计和媒体选择的重要内容。然后介绍了制订广告活动的阶段，以及各阶段主要的管理决策。有时这些决策是在外部广告代理公司的支持下作出的，而在其他组织中，活动过程几乎是由内部独家控制的。因此使用代理公司的决定，以及客户—代理公司关系的重要性也是本章所考虑的问题。

范例　　市场环境的变化和发展贯穿于品牌的整个生命，因此需要不断地重新评估品牌目标和策略。广告在历史上就扮演着关键的角色，它根据相应的消费者来定位和重新定位品牌，帮助实现品牌目标。辉瑞消费保健公司（Pfizer Consumer Healthcare）的漱口水品牌"李斯德林"（Listerine）自 20 世纪 70 年代以来曾是英国市场的品牌领袖。1985—1995 年间，该品牌成为卡通龙的同义词，克利福德（Clifford），一位在广告中出现过的口臭患者，在泼了些"李斯特"漱口水在嘴周围后，便总是吸引着公主。然而这 10 年间，更多的品牌和自有品牌产品组合进入了该行业：作为快速见效的呼吸清新剂，口香糖和薄荷日益得到使用；随着增值的牙膏和牙刷出现在市场上，口腔护理变得更加有益于健康。"李斯德林"作为呼吸清新剂的定位，其相关性减少，销售额也下降了。为了阻止下降，使用了广告来将"李斯德林"重新定位为有益于健康牙齿和牙龈的功臣，这是通过它降低细菌——牙斑——的品质达成的。这种有创意的讯息媒介载体自 1997 年后便是一位可爱的、无拘无束的牙齿仙女，由于"李斯德林"的使用，她不断地受到挫折，因为无法收集到成人的牙齿。通过这个活动，下降得到了遏止，该品牌的新目标是发展，因此开展了一个更戏剧性的活动来强调"李斯德林"的使用者不用看牙医的信息。电视广告播放了一些无聊牙医的图片，他们无精打采地把时间花在可笑而琐碎的任务上，而病人们则带着他们健康的牙齿和牙龄出院了。2002—2003 年广告期间，基础销售额较之此前同期有了 40% 的增长（Fenn，2004）。

广告的作用

在促销组合中

广告可以被定义为通过大众传媒传递的所有付费的非人员促销形式。必须清楚地识别赞助人，广告可能与一个组织、一种产品或一项服务有关。因此，广告和其他促销形式的关键区别是它是非人员性的，是通过付费媒体渠道与许多人的沟通。尽管经常会用到术语"大众传媒"，但必须小心地来解释它。卫星和有线电视频道的增加，以及越来越密切针对特别兴趣的杂志的出现和互联网的使用，意味着一方面广告受众普遍减少，但另一方面，受众的"素质却更高了"。这预示着他们更可能对他们所选择的媒体播放的广告主题感兴趣。

广告通常遵照两种基本类型中的一种：产品导向型或机构型（Berkowitz 等人，1992），如图 10.1 所示。如术语所示，产品导向型广告聚焦的是所提供的产品或服务，无论是否为了盈利。它主要的任务是配合产品实现其营销目标。

产品导向型广告本身有三种选择形式：开拓型、竞争型，或提醒和强化型广告。

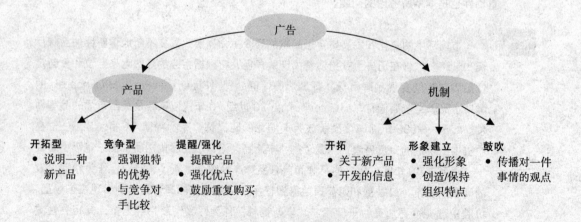

图 10.1　广告类型

开拓型广告

开拓型广告用在产品生命周期的早期阶段，此时必须说明产品可以做什么和可以提供哪些好处。产品越有创新性、技术上越复杂、越昂贵，这种说明就变得越重要。根据产品的新颖性，主要的重点很可能放在刺激基本的一般需求上，而不是设法打击竞争对手。在这种情况下，广告的首要重点是提供足够的信息，使准买家看清这种产品可能与他们产生怎样的联系，因此要激发足够的兴趣来鼓励进一步的考察和可能的试用。

竞争型广告

竞争型广告关注的是强调产品或品牌的特点，以此作为一种卖得比对手多的手段。通常卖家会选择传播与众不同的好处，真实的或假想的，它可以区别产品，并赋予产品竞争优势。由于大部分市场都是成熟的，并且往往很拥挤，因此这类广告特别常见、非常重要。

> **范例**　　在西欧，瓶装矿泉水市场已经变成了一种日用品市场，使得像依云（Evian）这样的高价品牌变得特别艰难起来。为了把自己和竞争对手区别开来并使价格标签合理化，整个 2003 年，依云在法国、比利时、卢森堡和英国开展了一项电视和电影广告活动。该广告表现了各种外形健康、精力充沛的成年人用孩子的声音唱着那首流行的"我要摇滚你"。该创意是要把依云描绘为"年轻人的精神"，可以保持其饮用者心理和生理的年青。尽管没有埋头于产品的事实，由此引起了一些投诉，但"依云——年青的生活"在（Evian—Live Young）尾音上的相似，尤其是用明显的法国口音发音时，会使其他品牌更难有效地侵食该品牌的领地（EuroRSCG，2004）。

近年显著发展起来的一种竞争性广告形式是比较广告。这是指在一种产品和另一种产品之间进行直接的对比，当然是展示广告主的产品处于更有利的形势（Muehling 等人，1990）。作为选择，这种比较也许更为狡猾，指向了"其他领导品牌"并留待目标受众来决定想要哪个竞争者的产品。最初，使用直接比较法被认为是不明智的，因为它免费地提及了竞争对手，可能会产生"诋毁性"反应。然而，广告主现在已经意识到在一个竞争的世界中，即使与已经具有高度知名度的市场领袖进行比较，效果也不一定是负面的。

营销 **进行时**

欢笑到底，为了……建筑商协会？

许多到访过美国的欧洲人在选举活动中会对政治候选人广告曝光的数量和性质进行评论，比较广告在美国的传播中一直扮演着重要的角色，但在西欧，很少有比较广告的传统，受众可以发现美国广告的粗糙的"生硬"翻版，详细地描述了候选人个人对讨厌的政府机关的不适。直到最近，比较广告在某些欧盟国家被宣布为不合法，而在其他国家，业界认为推广产品的优势要比推广竞争者的劣势要好。把宝贵的广告预算用于谈论你的竞争对手（虽然是它们的缺陷）而不是赞扬你的品牌，会被认为是不符合直觉的。然而 20 世纪 90 年代末关于竞争广告的欧共体指令认为比较广告符合竞争和公共信息的利益。不使用在广告中打击竞争对手来为品牌加分的文化，许多欧洲从业者一直敦促谨慎，并建议放松使用这种方式的方针（参见 Shannon，1999；Gray，2001；Mason，2000；Staheli，2000）。一项方针是关于幽默及其运用如何弱化直接比较的打击的，这是针对对诋毁他们的品牌选择不习惯、不适应的受众。

英国建筑商协会（Nationwide

通过取笑其他建筑商协会的负面感觉，英国建筑商协会使观众更加关注它所提供的不同的方式。
资料来源：© Nationwide Building Society.

Building Society）及其广告代理公司 Leagas Delaney 在其比较广告中使用了幽默来扩大效果。由于其情况不同——建筑商协会与银行相反，它是全国性的 USP，除了比较，它没有什么选择。一系列广告列出了银行做错的所有事情，也许是非常迟钝而负面的，8 个 60 秒的电视广告除了宣传执行的灵活性什么也没说。通过把广告写成喜剧小品，雇用阿曼德·兰努茨（Armando Iannucci）、一位获奖的作者和导演（Alan Partridge，铜眼睛）来执导，并由著名的喜剧演员马克·本顿（Mark Benton）扮演古板的银行经理，广告公司邀请了目标受众来尽情地嘲笑（但是合法的）对消费者不友好的银行小丑。在该广告中，我们看到银行经理变换着对象，例如每次顾客试图靠近他们的柜台时，他不是骑着前轮大后轮小的脚踏车就是骑着狮子。在另一个广告中，一名顾客非常生气，因为他从海外的自助银行中取钱而被收取了费用，而银行经理告诉他要把这视为是"就像一笔小费——到年底我们会把所有这些小费加到一起，在股东会上买香槟。"在第三个广告中，一位顾客被告之他们无法提供和朋友一样有竞争力的抵押比率，因为银行出纳员非常不喜欢他们的对襟羊毛衫或鼻子。所有这些广告最后都有一行字"英国建筑商协会因不同而骄傲"。这种幽默在实施中使信息的比较元素更适合观众的心意。

资料来源：Creative Review（2005）；Gray（2001）；Mason（2000）；Shannon（1999）；Staheli（2000）；Wood（2003）。

提醒和强化广告

提醒和强化广告往往是在购买后操作。它提醒顾客产品仍然存在并且具有某种积极特性和优点。这增加了重复购买的机会，有时甚至会说服消费者大量购买。主要的重点不是在创造新的认识或行为，而是强化此前的购买行为，并向消费者保证他们一开始就作了正确的选择。

> 范例
>
> 许多足球和橄榄球场非常依赖于季票持有者所带来的前端收入。联合式橄榄球在新泽西奥克兰的主场伊甸园也不例外。然而 1998—2003 年间年季票持有人的数量由 9 476 人降到了 6 588 人。许多此前的门票持有人仍然参加特别的比赛，但显然意味着收入来源利润减少、可靠性降低。下降的季节似乎与天空电视台对关键比赛的报道有关，令人失望的是，该场地 2003 年橄榄球世界杯期间并没有如预期的那样举办那么多的比赛，对新近成功的本地联盟式橄榄球的一时兴趣，以及普遍的"理所当然"想法使这块久负盛名的场地被挡在了门槛之外[至少"全黑队"（All Blacks）的测试赛每季都举行]。为了提醒本地人确保大赛座位的唯一办法是持有季票——或更有效的是在球场拥有你的座位，开展了一次多媒体平面活动。无论出现在哪一种媒体中，看到的都是体育场中的位子。结果是在接下的赛季中有 4 519 个座位被售出（Big Communications，2004）。

这种广告显然与产品生命周期成熟阶段已经得到确认的产品有关，此时的重点是在重大竞争的时候保持市场份额。

机构广告

相反，机构广告不是专门针对产品。它旨在为整个组织建立一种良好的声誉和形象，从而实现针对不同目标受众的各种目标。这些可能包括社区、财务上的利益相关者、政府和顾客，等等。

机构广告的实施也许出于许多原因，如图 10.1 所示，例如开拓，为了展现组织新的发展，树立形象，或是为了提倡组织在某个问题上的观点而做广告。有些机构广告也许是为了展示组织是一个细心的、负责任的和进步的公司。设计这些广告是为了告知或向目标受众强化积极的形象。其他广告也许会采用提倡的角度，说明组织对政治、社会责任或个人利益等特别问题的观点。

在营销组合内部

上述类型的产品和机构广告主要描述了广告的直接用途。在营销组合中，在配合其他领域的营销活动时，广告也起着稍稍间接，但却同样重要的作用。在 B2B 市场中，广告往往通过激发咨询，更快速地向更多受众提供新发展方面的信息，直接配合销售团队的销售努力，并在销售拜访之前创造一种更易被接受的氛围。

企业社会责任 进行时

为了善因，剥落品牌

善因营销（CRM），一种品牌和善因或慈善之间的促销联系，可以为广告活动提供一个有趣的焦点，并促进宣传。在推行伦敦回收措施的两年之后，大伦敦政府（Greater London Authority）推出了一项 150 万英镑的广告活动，2005 年 9 月、10 月和 11 月，它在首都开展 8 个星期。出现在公共汽车、公共车站和伦敦地铁网络内外的海报展示了 35 种可回收的产品，它们来自家用的品牌，如吉列、Aquafresh、亨氏、Orangina、红牛、利宾那（Ribena）和 Sure。在每一次创造性的实施中，这些品牌的包装都被用来传播活动的主题——"伦敦，让我们回收更多"。所示的产品和品牌是被选中用来表现家庭可以回收的包装的类别，其中包某些他们知道这些也可以回收后也许会很惊奇的物品——喷雾剂罐、食品罐、杂志、姓名地址录和报纸。

海报使用了可识别的可回收容器形状，鼓励公众在将每件东西扔进垃圾箱之前都三思而行。
资料来源：© Recycle for London/ Greater London Authority。

该项海报活动配合并促进了为使回收更容易而设计的短信服务的推出。通过发送"回收"这个词和他们的邮编到 63131，伦敦人可以获得关于哪些物质可以回收、离他们最近的回收设施在哪里，以及他们所处地位的回收日期的信息。那些访问 http://www.recycleforlondon.com 网站的人可以获得同样的信息。

资料来源：Marketing Week(2005c)；http://www.recycleforlondon.com。

　　同样，借助促销，可以积极地宣传短期激励优惠，从而促进交易增长。例如，航空公司经常提供"买二赠一"的优惠或一张免费机票的竞争，通过媒体广告来配合它们的促销。家具店也会经常使用电视和新闻广告来告知公众短期的促销降价或低息／或无息金融交易来激发对家具的兴趣，并吸引也许没有想过要在那个特别的时候造访的人们进入商店。

　　更具战略意义的是，出于防御或进攻原因，广告也可以用来重新定位产品，以改善其竞争形势。这可以通过演示产品的新用途或开辟新的细分市场实现，或是在地理上，或是以利益为基础。

　　在其他情况下，广告可以配合其他营销组合活动来扩大需求或减少销售波动。服务领域的季节性问题众所周知，无论是度假、餐厅还是影院都存在这个问题。与定价结合，广告可以设法分散或平衡需求模式，使服务提供商不用被迫接受明显的能力闲置期。例如，法国的各种交叉水道渡运公司在冬天宣传低价优惠，从而提高乘客数量。

　　整体上，广告在组织中的作用取决于一系列的关系、环境和竞争挑战，甚至同一组织内部也会随时间而发生变化。广告的详细作用将会在营销计划中作详细说明。这些问题在后面讨论广告活动的制定阶段时还将再次探讨。

明确表达广告信息

　　传播的本质，正如此前的章节所概述的那样，是要决定说什么、对谁说、通过什么方式说以及产生哪些结果。本部分围绕设计恰当信息这一非常苛刻的决策领域，重点探讨了讯息的内容、语气以及它在平面或广播传播中的呈现方式。

讯息

　　在制作一个广告之前，你需要了解谁是目标受众，并且仔细地思考你想对他们说什么。这要求全面深入地了解目标，他们的兴趣、需求、动机、生活方式等。此外，对于产品或服务要有一个诚实的评价，决定值得突出的差别特征或利益，从而达到期望的结果。

　　显然，营销和促销目标处于信息阐述的核心。如果首要目标是激发意识，那么讯息必须提供清楚的信息来提醒受众正在出售的东西。如果目标是刺激问询，那焦点就要放在推动顾客采取行动、确保反馈机制明确并且易于使用上。在所希望的产品定位和广告内容及风格之间也要保持一致。

　　讯息设计和执行的主要目标是从用词、符号和图解方面准备一则能提供资料、有说服力的讯息，该讯息不仅要引人注目，还要通过其演示保持兴趣，这样目标受众可以如所想的那样作出反应。抢夺和保持注意力也许意味着使某人看完整个 30 秒钟的电视广告，阅读一则冗长、唠叨的平面广告，或者只是在一幅没有文字的图像前逗留足够长的时间，开始思考它的意思。无论传播的媒介或风格如何，信息通俗易懂、与受众相关才是根本。

范例　　　你可能会理所当然地假定所有招聘活动的目标都是增加应聘者的数量。对警察部门则不然。有三分之一的符合条件的人声称准备从事警察行业，而更多的人则准备好以警察而不是其他任何武装部队作为职业，对于内政部来说数量不是问题。它希望广告公司 M&C 上奇传递的东西是应聘者的良好素质：不是那些渴望电视剧中的快车追逐和法庭冲突的人，也不是那些想过坐着巡逻车四处巡游或开着奇特的摩托车前进的悠闲日子的人，而是真的做好准备处理现代警察经常遭遇到的异常情况的人。通过把重点放在这样的特定情节中——把不情愿的孩子从骂人的父母身边带开，为孩子猝死的伤心的母亲做笔录，清理一个充斥着醉酒球迷的酒吧，并且不能出事——该广告强调了工作的实际情况。通过著名的、受人尊敬的人物，如鲍勃·格尔多夫（Bob Geldof）爵士、伦诺克斯·刘易斯（Lennox Lewis）、西蒙·韦斯顿（Simon Weston）和约翰·巴恩斯（John Barnes）来描述并总结出他们应付不了这些场面，把问题交给了观众"你能吗？"，这些广告试图分离出那些真想要这份工作的人。这项活动出现在电视、电台、电影和平面媒体上，网上的横幅广告使准应聘者可以与网站 http://www.policecouldyou.co.uk 直接进行链接（Storey, 2001）。

　　有时讯息可能会通过广播和平面媒体，使用同样的主题发布出去。在其他情况下，大量不同的讯息随着活动的进程，也许会通过不同的方式进行传播。

将名人的话与警察工作的实际形象并列，引导着准应征者们思考他们能否应付。

资料来源：Image courtesy of The Advertising Archives。

范例 阿博特（Abbott，2005）认为对品牌和消费者的有效整合来说，需要考虑"消费者面临的最基本情况是——销售环境"。越来越多的营销人员意识到售点沟通可以影响到传播目标的实现，尤其是当他们强调出现在其他媒体上的广告讯息时。然而，随着零售环境被货架前来来往往的人、布标、海报和陈列挤得越来越满，影响和突显性的问题也出现了。经历过增长的一个领域是地面媒体。特易购媒体对在 400 个店铺的地板上打四个星期的广告收费 400 英镑，报告显示客户经常将这种媒体机会与海报、加油泵喷嘴和手推车卡片结合使用，从而在消费者的整个采购行程中强调品牌讯息。

微软与 Adrail 进行了协商，在许多火车站的中央广场放置恐龙的脚印，引导人们到展示软件的架子前。同样，英国电信已经使用了地面媒体将旅客指引到它在火车站内的互联网终端前。

创造性诉求

在思考了讯息内容的营销问题之后，就可以进行创造性的工作了。此时代理公司就可以在讯息的概念化和设计中发挥特别重要的作用了，这些讯息要能有效地诉求。

理性诉求围绕某种理性的论点，劝说消费者以特定的方式思考或行动。然而，它往往不只是一个说什么的问题，还是一个怎么说的问题。仅凭单调的逻辑也许不足以充分地抓住并保持消费者的注意力，使信息站得住脚。它的表达方式可以将情感诉求引入广告，加强信息潜在的合理性。这里关注的不只是事实，还有顾客对所售产品的感受和情感。往往是情感因素赋予了广告一种额外的诉求。

范例 基于理性诉求的原因，广告中经常使用"专家"。典型的专家也许是身着白大褂的科学家，他展示或断言一种卫生间清洁剂的杀菌效力，或一种洗衣粉可以把你灰暗的内衣变得又白又亮的杰出能力。瑞典汽车制造商萨博运用它在飞机引擎设计上的传统和专业技术在广告中促销它的汽车。无论是萨博模特和喷气式飞机一起在高速公路上赛车的电视广告，还是打着"遵循怀特兄弟最初创意"（飞行先锋）大字标题的杂志广告中，萨博都理性地劝导消费者它在航空学上的专业技术被转化到了制造性能更优异的汽车上。

积极的情感在创造难忘而有说服力的信息时非常有效，为了做到有效，不一定要有任何坚实的理性基础。对广告主来说，幽默和性是特别强大的工具，尤其是在迎合人们对空想和幻想的需求时。

这也许会引起争议，即认为电视擅长创造情感诉求，因为它更逼真，可以通过视觉、听觉和动作来辅助陈述，而平面则更擅长更理性的、真实基础上的诉求。

产品导向诉求

产品导向诉求以产品特征或属性为中心，寻求强调它们对目标受众的重要性。此类诉求可以以产品规格（例如，汽车气囊、侧部保险杠）、价格（实际价格水平、付款条件或额外收费）、服务（供应）或创造目标市场眼中可能有竞争优势的产品的任何部分作为基础。借助产品导向诉求，有许多选项可供讯息设计战略采纳。这包括诸如向受众展示产品、提供解决问题的方案等方式。讯息还可以围绕"生活片断"，演示产品如何融入生活方式中，或是接近目标市场的生活方式，或成为他们可以识别或希望达到的生活方式。

贴近真实的生活，新闻、事实和证明书提供了关于产品的过硬信息，或通过"满意的顾客"证明了产品名符其实。杂志广告在试图销售那些目标市场也许认为太贵，听起来好得不真实，或顾客通常想在购买之前看到或试用的产品时，常常使用来自满意顾客的证明。这也许有助于减少一些疑虑或风险，鼓励读者对广告作出反馈。

范例　　　英国人目前每年要吃掉价值 9300 万英镑的玉米片，它占到了 2000—2005 年 5 年间增长量的 40%。品牌领袖多力多滋（Doritos）是增长的主要原因，这是因为它对消费者机会的洞察力，非常成功地使用了如实反映现实生活侧面的广告活动来开发它。2001 年一次大规模的量化研究揭示"成人"、在家、夜间零食，当人们在电视前放松或与朋友在一起时是值得多力多滋瞄准的一个领域。开发出了大包的用于分享多力多滋和浸蘸玉米片的包装，还推出了 700 万英镑的"友谊玉米片"电视广告活动。这些广告把重点放在一群有男有女的伙伴身上（不同于经典美国连续剧《老友记》中的那群），他们无所事事地聊天，产品充当了他们交谈的催化剂。迄今为止，已经有 20 多个不同的广告围绕多力多滋袋子和调味汁描述了该群体轻佻而又诙谐的玩笑，这些广告总是在晚上 8 点至 11 点的广告时段播出，该时段的节目很受 18~35 岁喜欢交际的人的欢迎。该媒体时段的选择是为了配合目标受众可能与他们的伙伴或朋友在一起的时间，如果他们没在一起，那么广告可能会鼓励他们考虑他们应该在一起（Brand Republic，2005；FritoLay/AMV，2003）。

在广告和商业刊物中，以新闻和事实为基础的方式也是一种广告形式。这些广告被设计得吻合刊物的风格、语气和表达方式，这样读者往往会将它们视为杂志的延伸，而不是广告。总体目标是读者的注意力应该能够自然地从杂志的正常编辑内容过渡到广告内容，然后再到其他方面，保持兴趣和注意力。当广告内容很短时，这种方法尤其有效。

范例　　　平面媒体的社论式广告非常受欢迎。杂志发行商 Emap 的调查显示，社论式广告在推动读者从意识转到兴趣方面的作用与普通广告一样有效，但对于信息的理解和感受来说，它的效果更好，就好像它们是刊物的一部分。由于刊物编辑风格与社论式广告有效性的关系，媒体所有者往往会对版面收取更高的费用，有时要比同样版面、同样问题的普通广告多出 20%。调查还显示读者了解社论式广告和社论的区别，并且在读社论式广告时并没有感觉到"反感"。事实上，读者更信任社论式广告是因为它们和刊物本身之间潜在的联系。只要有表现有趣的信息，并且没有硬性销售，读者实际上是享受社论式广告的（Marketing，1999）。

2004 年春，头发护理公司威娜（Wella）在《每日电讯杂志》（Daily Telegraph Magazine）上投入了一个全彩色的社论式广告作为为期 6 个月的在全国提升其 04 趋势愿景（Trend Vision）知名度活动的一部分。趋势愿景主推三种发型，威娜已经为它们打上了"年度最热"的牌子。这是威娜首次将广告预算用到电讯集团，但它宣称这个环境很恰当，因为《每日电讯杂志》正在知名的时尚编辑希拉里·亚历山大（Hilary Alexander）的领导下建立尖锋时尚和趋势的强大声誉（Davidson，2004）。

随着平面刊物从纸上延伸到网上，社论式广告也跟进了。2005 年夏天，索尼爱立信在 Vogue.com 上运作了一个特别的社论式广告，在广告中《时尚》团队的每个成员用索尼爱立信的手机拍摄了来自他们衣柜的一件物品，然后将照片贴出来，并配上他们为什么最珍惜这件衣服的解说。索尼爱立信觉得这项措施弥补了它在手机设计上的声誉（New Media Age，2005）。

顾客导向诉求

顾客导向诉求的重点放在消费者亲自使用这种产品的收获上。这种诉求鼓励消费者联想广告的理性或情感内容可能会实现的好处。它们通常包括：

省钱或赚钱。例如，Bold 2 合 1 可以只根据产品导向诉求进行销售，它的表述中综合了洗衣粉和织物柔顺剂的内容。实际上，它的广告将争论进一步带入了顾客导向诉求，演示了这种 2 合 1 产品如何比分别购买两种产品更便宜，从而把钱重新放回了购买者的口袋里。

避免恐惧。使用避免恐惧导向诉求在讯息激发中是一种强有力的诉求，已经被广泛用于公众和非赢利性促销，例如艾滋病预防、反酒后驾驶、反吸烟和其他健康意识的项目中。使恐惧保持在适当的程度是一种挑战：程度太高，会被认为过于有威胁性，因此会被筛选出来，而太低则会被认为不够引人注目，起不了作用。

增强安全性。一种针对 50 岁以上人员的大范围保险产品不仅从理性上做广告，宣传它是一种明智的金融投资，还从情感上做广告，宣传它们提供了平静的情绪。这是一种顾客导向诉求，它作用于私利，是一种对安全的渴望。电动扶梯也是在增强安全性的基础上销售的，含有使老年人上下楼梯更加容易的暗示。该广告还指出通过电动扶梯，老年人能够保持他们的独立性，留在他们自己家里更久一些，是对众多老年人的一种巨大的关怀。

自尊和形象。有的时候，当很难在功能基础上区分竞争产品时，消费者可能会选择他们认为最能增强他们自尊或提升他们在社会或同等人群中形象的产品。广告主认识到了这一点并创作了广告，在这些广告中，产品及其功能对于描写这些心理和社会利益起到了非常次要的作用。香水、化妆品显然利用了这一点，但即便是昂贵的技术产品，如汽车，也可以把重点放在自尊和形象上。

范例　马自达为它的旗舰车型 RX-8 运动汽车投放了两个网上广告。一个名为"革命"，展现的是来自天空体育网站（Sky Sport.com）上的一页，并指出"打倒旧秩序"。每个广告都特别强调了一个问题："你能推动革命吗？"并鼓励点击 www.drivetherevolution.com，在那里潜在的 RX-8 的驾驶者被鼓励着进行一次"放大挑战"的心理测试，确定他们是否已经真的具备了勇气来驾驶 RX-8。那些通过的人有机会驾驶一辆 RX-8 汽车在英国的赛道上跑一圈。整个男性化的赛车挑战创意是为了利用青年男性执行者受众的自尊而设计的（http://www.gluelondon.co.uk；http://drivetherevolution.com）。

使用利益——时间、努力、精确性等。 强调使用利益的方式非常类似理性的产品导向诉求，但它展示了消费者可以如何从节约时间中获益，或通过使用该产品产生持续的好处，从而获得满意。这种节余或满意往往会被转化为情感上的利益，如花更多的时间与家人在一起，或赢得他人的钦佩。它们甚至在 B2B 广告中也能奏效。

范例 Zanussi 伊莱克斯推出了它的喷淋系统洗衣机，配有杂志广告，提出了一个问题："人人都知道淋浴比盆浴更有效。那为什么其他机器要像盆浴那样工作呢？"接下来又描述了喷淋系统如何有效地用强力喷淋清洁衣物，并且省时、省水、省电。公司的口号"使生活更轻松"出现在了 Zanussi 伊莱克斯的所有广告中，预示着无论广告任何产品，都应该有一个用途——利益讯息来例证公司的宣言（Homes and Gardens，2005）。

广告媒体

广告媒体需要承担向消费者传递讯息的任务。因此，考虑到它们的相对效力和所能获得的预算，广告主需要选择最适合当前任务的媒介和媒体。大部分组织或是无力承担昂贵的电视广告费用，或是觉得它们不适合。平面媒体，如地方和全国报纸，特别兴趣的杂志和贸易刊物由此成为大部分组织广告努力的主要焦点。

本部分将进一步研究每种广告媒介的相对优点、优势和劣势，但首先要定义与广告媒体相关的一些常用术语。

某些定义

在我们探讨广告媒体本身之前，需要根据菲尔（2002）的理论，定义某些基本术语。

到达率

到达率是指目标市场在相应期间至少接收到一次讯息的百分比。如果广告预计要到达 65% 的目标市场，那就会被定为 65 级。注意，到达率与整个人口无关，只是与清楚确定的目标受众有关。可以通过报纸或杂志发行量、电视收视率或通过广告地点的人流分析来测量到达率，测量期通常要在四周以上。

定级

定级，又称为 TVRs，测量的是所有拥有电视的家庭在特定时间收视的比例。定级是各种电视广告时段收费的主要决定因素。

范例　　一个广告时段的收费是根据可能观看到广告的人数来确定的，最受欢迎的肥皂剧，如加冕街中的暂停往往最为昂贵。然而世界上最贵的广告时段出现在美国超级碗的年度广播中。有超过 1.3 亿的美国观众转向该赛事，全世界有 8 亿观众，一个 30 秒的广告时段价值高达 200 万美元。因为它超乎寻常的到达率和综合新闻价值，一些广告主，特别是苹果和克莱斯勒，已经使用该赛事来播放新产品广告（Yelkur 等人，2004）。

频率

频率是大量目标受众在特定时段看到媒体载体的平均次数。例如，海报广告位置可以打包购买，它可以实现针对目标受众的指定到达率和频率目标。

可见度

可见度（OTS）概括了大量目标受众有机会看到广告的次数。例如，可以说一本杂志提供了 75% 的覆盖率，平均可见度为 3。这意味着在指定时限内，该杂志将到达 75% 的目标市场，其中每个人将有 3 次机会看到广告。根据怀特（White, 1998）的观点，对电视广告活动来说，一般可以接受的是 2.5~3 的可见度，而平面活动则需要达到 5 或更多。正如菲尔（Fill, 2002）所指出的那样，一个 10 的可见度数字很可能是浪费钱，因为额外的可见度不一定能大幅提供到达率，甚至会冒因过度杀伤力而疏远受众的风险。

理想的状况是，广告主设定在到达率和频率方面都能实现的目标。然而有些时候，由于财政的限制，它们不得不妥协。它们或可以花钱达到覆盖的宽度，即得到一个高到达率数字；或追求深度，即有一个高的频率水平，但它们不能两头兼顾。无论是到达率还是频率最好都完全取决于广告目标。当主要目标是激发意识时，焦点可以放在到达率上，使尽可能大的目标市场至少获得一次基本讯息。然而，如果目标是传播复杂信息或影响态度的话，那么追求频率也许更为恰当。

当然，在衡量到达率时，所用的媒体种类越多，重叠的机会就越大。例如，如果一项活动既用电视，又用杂志广告，目标市场的某些成员会两样都看不见，而有些会两样都看到。尽管实际的整体到达率可能会比只用一种媒体大，但必须考虑到重叠的程度，因为随着活动的深入，更可能向完全相同的到达率发展。

广电媒体

电视

电视的影响很大，因为它不仅入侵到消费者家中，还提供了一种声音、色彩、动作和娱乐的结合体，它有很大的机会捕捉注意力，并且传递讯息。电视广告确实提供了巨大的传播机遇，使卖家能够与广大范围内潜在的大量受众进行沟通。这意味着电视具有较低的千人成本（触及 1000 名观众的成本），并且它还有高的到达率，但主要是无差别的受众。有些差别可能取决于广播节目的受众收视率，因此广告主可以选择到达特别受众的插播广告，例如在运动广播时段的插播广告，但广告仍然很难有精确的针对性。

因此，电视的问题是它的广阔覆盖面也意味着高度的浪费。千人成本也许很低，千人到达率也许很高，但那些接触的相关性和质量肯定成问题。电视广告时间可能会非常昂贵，尤其是当广告在全国性网络播放的话。实际的成本会因每天的时段、预测的受众收视率和规模、所要覆盖的地域、时间的长短、所购插播广告的次数和谈判时机之类的因素而变化。所有这些都意味着很快会有大量账单出现。

| 范例 |

任何新产品的上市都可能是一项费钱的事业，尤其是如果产品进入的是一个高度竞争而又拥挤的市场时，如游戏市场。当任天堂推出"游戏男孩"（Gameboy）前进版时，设计了一个模式来吸引比原来的"游戏男孩"更年长的受众，它在电视、平面媒体、广播和户外广告上花费了 2 000 多万欧元。不仅有投放广告的媒体成本，还要考虑营销人员的成本。涉及制作也会有成本。健力士（Guinness）"冲浪"广告的制作花费了 100 多万英镑，耗时一年多。尽管在广告中使用名人也许比创造像健力士白马波浪这样的特别效果更简单，但它仍被证明是很昂贵的。

除了成本问题之外，电视是一种低参与媒介。这意味着尽管广告主控制着讯息的内容和广播，但他们仍然无法检查受众的注意度和了解度，因为受众是被动参与者，广告在本质上是单向沟通。无法保证收看人会跟进讯息，主动从中学习并记住它。保持率往往会很低，因此就要反复重复，这又意味着高成本。

国际性广播电缆和卫星电视频道的增加正在改变电视广告的形态，它创造了泛欧洲细分市场兴趣群体。例如，MTV 已经通过共同的音乐文化的联系开启了对庞大的青年市场的传播。

电台

电台一直为在狭窄地域内经营的小公司提供着一种重要的广播传播手段。然而在英国，由于地方商业电台数量的增加和全国商业电台的创立，如经典调频（Classic FM）、维珍电台（Virgin Radio）和"说体育"（talkSPORT），电台现在已经开始成为一种重要的全国性媒体。

然而它还是不如电视和平面广告那么重要，一般来说，电台在扩大到达率和提高频率方面可以起到非常宝贵的支持作用。尽管只有声音，但电台仍然提供了广阔的具有创造力和想象力的广告可能性，并且就像电视一样，它可以传递到相当精确的目标受众。狭窄的细分市场对于专业产品或服务来说是很有竞争力的。

| 范例 |

2005 年，卫报传媒集团（Guardian Media Group）重新推出了爵士调频网站（jazzfm.com）作为一种孤立的网上电台服务，它拥有具有高度针对性的广告机会。线上电台服务每个月吸引了 65 万"爵士迷"，他们都是典型的 30~45 岁的 ABC1 型人群。通过为客户提供标准的横幅、按钮、品牌微型站点以及定做的网上广告方案，爵士调频网站可以为诸如英国航空公司、微软和梅塞德斯这样的高端广告主提供通往这一小众但却有影响力的受众的渠道，而成本却只是传统媒体的一小部分（Jones，2005）。

与电视相比，电台通常提供了低廉的单次广告成本。然而，作为一种低参与度的媒介，它往往不能近距离地参与，只是作为背景而不是用于详细收听。当然，对早晚上下班路途中的汽车广播也许会给予更多的注意。然而，学习往往发生得很缓慢，还需要高度的反复，这样做的危险是在一次又一次听到同样的广告后，会产生敌对的受众。因此，电台是一种高频率的媒介。同样预算的电视广告将提供更高的到达率，但频率却低得多。两者的选择取决于目标，这将我们带回到了早先的"到达率对频率"的讨论。大型广告主将两者结合起来使用，将电台作为一种让听众想起电视广告并强化讯息的手段。

电影

电影可以用来触及选定的受众，尤其是年轻受众。例如，在英国有近 80% 的影院观众属于 15~34 岁人群。经过发展，电影院的设施质量得到了改善。改善加之多元化的营销导致了过去 10 来年电影观众的复苏。

影院观众是一种被动的受众，他们坐在影院里是想娱乐。因此广告主有更多机会吸引观众的注意。由于银幕尺寸和音响系统品质的关系，电影贴片广告的品质和影响可能比电视强。电影常常被用作一种次要媒介，而不是作为广告活动的主要媒介。它也可以根据影片的分级，放映那些电视上不一定允许播放的广告。

平面媒体

杂志

平面媒体主要的优点是信息可以被展示出来，而读者可以在闲暇时候选择性地查看。一份杂志常常会在许多人中传阅，并且被长时间保存。除此之外，实际上杂志可以密切锁定一群严格界定的受众，平面媒体的吸引力就开始变得非常明确了。广告主还有众多类型和主题可以选择。有许多特别兴趣杂志，每种杂志都是针对一个特别的细分市场量身打造的。除了主要的细分之外，还可以按性别（《Freundin》是针对德国妇女的；《花花公子》是针对所有男性的）、按年龄（《J–17》和《Mizz》是针对十来岁的女孩儿的；而《Oldie》在英国针对的是 50 岁以上的人群）和地域（《The Dalesman》是针对的是约克郡人和从该地移居国外的人）划分，有许多严密的标准可以适用。这些标准通常与生活方式、习惯和业余爱好有关，可以使专业广告主在那些细分市场中达到非常高的到达率。

商业和技术性刊物瞄准的是特别的职业、专业或产业。《工业设备新闻》（Industrial Equipment News）、《农夫》（Farmer）、《会计时代》（Accountancy Age）和《英国化学》（Chemistry in Britain）都提供了与不同人群沟通的非常经济的手段，这些人群除了工作以外，几乎没有什么共性。

无论哪种类型的刊物，关键的是它到达特别目标受众的能力。新技术已经创造出了杂志的多样性来适应各种各样的目标。

杂志还具有其他优点。某些杂志可以拥有漫长的寿命，尤其是特别兴趣的杂志可以多年收藏，尽管广告也许已经丧失了关联性。但是，通常一个版本在两期之间会维持一段时间。定期发行和稳定的读者群可以使广告主随着时间的进展，通过一组连续性的广告建立一项活动，从而强化讯息。广告主也可以选择同样的广告位置——如封底，这是一个重要的位置——来建立熟悉感。广告主甚至可以在同一期内购买好几个页面，以此获得一种密集频率的突然爆炸，从而强化讯息，或展示更复杂、更详细的信息活动，而这是单页版面或双页版面无法达到的。

<table>
<tr><td>范例</td><td>看看任何一个报刊经销商的书架，也许会毫不惊奇地发现自 2000 年以来，英国消费者每年在杂志上的开支一直在实时增长。根据广告协会的说法，2005 年有 20 亿英镑被用于购买杂志。尽管有些评论员倾向于说市场已经到达了饱和点，但近期的上市似乎显示读者的口味扩展容纳了新的杂志。Emap 的《Grazia》、Condé Nast's 的《轻松生活》（Easy Living）和 IPC 的《捡起我》（Pick Me Up），都是 2005 年初上市的，根据发行审计局（ABC）的数据，它们推出的头 6 个月里都达到了非常值得尊敬的发行量。而新人的《Nuts》和《动物园》（Zoo）的推出据预测将吸引到成熟刊物，如《男人装》和《Loaded》的读者群，它们实际上已经增加了整个市场的读者人数，而没有窃取现有刊物的读者（http://www.mad.co.uk）。</td></tr>
</table>

比起广播媒体，杂志还有一种潜在的强大优势，即读者的情感上可能更容易接受。人们往往会把杂志留到他们有时间看完的时候，并且由于他们本来就对杂志编辑的内容感兴趣，因此会关注和吸收所读内容。这对广告内容也会产生连锁反应。人们往往会出于参考目的而保留杂志。因此广告也许不会立即奏效，但如果读者突然回到了市场，他们会知道到哪里去找供应商。

报纸

对于广告主来说，报纸的主要作用是快速、灵活地向大量受众进行传播。全国性日报、全国性周报、地方日报或周报提供了各种各样的广告机会和受众。

分类广告通常短小而实在，并且常常按家具、家居、花园、孤独的心之类的标题分类。这是销售私人物品的个人或是非常小的企业（如只有一名妇女的家庭美发室）所使用的一种广告。这种广告主要出现在地方或区域性报纸上。图片广告在尺寸、形状和版面位置上有各种各样的变化，并且使用了一系列的配图、文稿和照片。图片广告可以组成特写和版面：例如，如果一家地方报纸在进行婚礼特写，那它可以把提供各种产品和服务的广告集中到一起，这样准新娘们会感兴趣。这种分组为单独的广告主提供了一定程度的协作。不仅对小企业来说，对于全国连锁零售商支持的地方店铺和汽车制造商支持的本地经销商来说，地方报纸也是一种重要的广告媒介。2004 年，地区性报纸在英国广告总收入中占到了 20% 的份额，仅次于电视的 26%。全国性报纸仅占 13% 的份额（http://www.newspapersoc.org.uk）

报纸广告的主要问题与其成本效益有关——如果广告主想在目标锁定上更有选择性的话。浪费率可能会很高，因为报纸可以吸引非常广泛的人口细分市场。此外，与杂志相比，报纸的寿命更短，复制的质量也会有问题。尽管报纸的色彩和图片复制质量正在迅速提高，但它仍然次于杂志的质量，并且不稳定。例如，同样的广告发布在不同的报纸或不同的时间都可能呈现出不同的色彩和亮度，或多或少会有些颗粒状或焦聚不清。

户外媒体和环境媒体

最后一种广告媒体包括海报、广告牌、环境媒体（如公共车票、卫生间墙面和商店地面上的广告）和运输型广告媒体（公共车、出租车、火车和站台上的广告）。它可能会非常经济。根据雷（Ray，2002）的说法，用电视要花 30 英镑才能到达 1000 人，而用户外广告媒体只用 2.8 英镑。

广告海报的范围从放在布告牌上的家庭制作的小型广告到那些巨大的广告牌广告。本章将集中于后者。广告牌位置通常是按月出售。处于一个静态的位置，它们可以轻易地被往返于这条路上上班或上学的人看到 20~40 次。在英国，超过三分之一的海报位置被汽车或饮料广告主占用。到达率也许很低，但频率会相当密集。然而，它们可能会受到某些不可预料的因素的影响，而这超出了广告主的控制范围。坏天气意味着人们会减少在户外的时间，而且肯定不会主动接受户外广告。广告牌和海报也很容易遭到那些认为他们可以通过涂鸦或小广告改进现有讯息的人的攻击。

尺寸是广告牌创造影响的最大资产之一。在英国，80%以上的广告牌面积占据了 4 幅、6 幅或 48 幅的面积（一块 48 幅的广告牌为 10 英尺乘 20 英尺）。此外，如果有供应的话，根据交通流量和目标受众的搭配，位置是可以选择的。然而，在吸引移动受众时，讯息要简单，通常和大型活动的其他因素联系起来，或是激发最初的意识，或是提示和强化。

使用广告代理公司

考虑到所涉及的复杂性和费用，许多组织雇用代理公司来处理广告项目的开发和实施并不足为奇。选择恰当的代理公司非常重要，本部分我们将简要地讨论选择代理公司的标准，最后，对客户—代理公司的关系做一些思考。

显然，代理公司的选择非常重要，因为它的工作能够成全或毁掉一个产品。不同的作者提出了不同的自查表，根据它们来测量所有指定代理公司的恰当性。下述列表改编自菲尔（Fill，2002）、皮克顿和布罗德里克（Pickton、Broderick，2001）、史密斯和泰勒（Smith、Taylor，2002）以及怀特（White，1988）的著作，如图 10.2 所示。

代理公司和客户的相对规模。如已经提到过的那样，设法让客户和代理公司的相对规模搭配起来可能是有用的，在所建议的广告开支方面尤其如此。这是为了确保恰当程度的相互尊重、关注和重视。客户也许想在战略上有前瞻性，想选择一家能与客户共同成长，或能满足未来需求增长的代理公司。这也许意味着应付更大的客户、处理整合传播，或是处理国际性广告。

位置和易于接触。一家地域市场有限的小企业也许更愿与拥有深厚本地知识和经验的小型代理公司合作。而希望密切关注代理公司工作进展的大企业，则希望与重点客户小组经常碰头，因此也许会发现使用位于附近的代理公司更为便利。

所需的帮助类型。显然，客户需要的是能够提供所需服务和专业知识的代理公司。客户也许会想要一家全面服务的代理公司，或只是专门帮助媒体采购的代理公司。客户

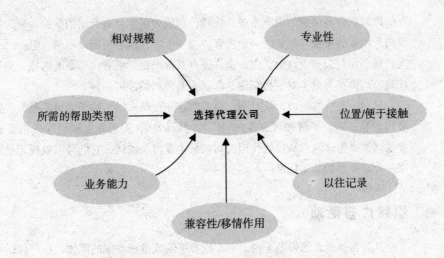

图 10.2 选择广告代理公司的标准

也许还想要一种涵盖各种传播技巧，而不只是广告的综合服务。因此，任何预期的代理公司都需要根据其传递恰当的全套服务的能力对其进行测评。

专业性。有些代理公司在专营特别产品或服务方面享有盛誉，例如，高等教育广告或金融服务广告。有些客户也许会发现在他们可以确信该代理公司拥有营销和竞争环境方面的详细知识时，公司才有吸引力。然而，其他客户也许会发现这很令人不快。他们也许会觉得代理公司是为竞争对手工作，或是在一个领域已经工作得太久，会疲倦。此外，一定程度的某些相关领域的经验也许是代理公司处理新客户能力的一项良好指标。

以往记录。无论代理公司是否专营特别的广告类型，新的客户都会对它以往的记录感兴趣。这家代理公司是怎么成长起来的？它的客户名单上都有谁？它的工作创造性如何？它工作的效率如何？它看起来能否保持它的客户，激发他们的重复购买并与他们建立牢固的关系？

兼容性、移情作用和个人化学。兼容性和移情作用与企业文化和前景有关，与个人的个性也有关。显然，客户希望代理公司能赞同客户想要实现的目标，并且帮助他们找到恰当的与目标受众对话的方式。这主要依赖于客户—代理公司的沟通和代理公司人员的能力，他们将与客户配合，与客户公司的工作人员以及他们所联系的人员和睦相处。因此，对于客户来说，询问谁将负责该项目是很合理的。

业务能力。广告特别费钱，因此客户希望确保代理公司能在预算内，经济而有效地按期完成工作。因此，这也许意味着要关注他们的调查和计划能力。此外，客户还应该确保了解代理公司收费的标准，准确地了解含什么、不含什么。

客户—代理公司关系

无论使用哪种类型的代理公司，良好的关系是很重要的。通过合理的简要指示、相互的理解和协商同意的报酬系统，代理公司成为组织自有营销团队的一种延伸。合作也许取决于相互的重视。例如，一个大客户与一个大代理公司配合不错，但一个小客户与一家大代理公司打交道也许会损失。也许还有其他限制影响着代理商的选择。例如，如果一个代理公司也在与竞争对手打交道，那就要避免利益冲突。

显然，交货的能力，从时间、创意内容和预算来说，对于成功都至关重要。如果代理公司想要诊断、了解和解决客户的广告问题的话，沟通和发展更深的相互了解和信任很重要。如果把这几点从广告代理公司背景中拿出来的话，它们可以被视为是所有良好的买家—卖家关系的基本标准。

组织广告活动

从对目标受众的影响来说，一个没有平面或电视支撑的广告，在对目标受众的影响方面，几乎不足以达到预期的结果。通常，广告主考虑一个活动会包括一个预定的主题，但该主题要通过投放在选定媒体的一系列讯息来传播，选这些媒体是寄望于它们随时间累积起来的对特别目标受众的影响力。

制定一次广告活动有许多阶段。尽管重点会因情况而有所不同，但每个阶段至少承认需要认真的管理评估和决策。各阶段如图 10.3 所示，下文将依次进行讨论。

决定活动职责

这是一个关于组织结构和活动"所有权"的重要问题。如果管理是根据产品委任的，

图 10.3 制定广告活动的阶段

那全部职责也许会留给品牌或产品经理。这肯定有助于确保活动与促销、销售、生产计划相结合，因为品牌经理非常精通产品寿命的各个方面。然而，如果管理是根据职能委任的话，那广告活动的职责将交给广告和促销经理。这意味着活动将受益于深厚的广告专业知识，但缺少品牌经理所能提供的对产品的参与。无论是哪种安排，重要的是明确谁最终负责哪些任务，以及预算的要素。

选择目标受众

就像第 9 章所讨论的那样，了解和你谈话的人是良好沟通的基础。在细分战略基础上，目标受众代表着传播在市场上瞄准的群体。在有些情况下，细分市场和目标受众可能会合二为一。然而，有些时候目标受众也许只是细分市场的一部分。例如，如果一个组织服务的是有特别爱好的细分市场，那就要采取不同的广告方式，这取决于他们是希望和严肃的、随意的、高消费的、低消费的、普通兴趣的还是特别兴趣的子群体谈话。这强调了需要了解市场和目标受众所属的范围。

目标受众的简要情况增加了促销和传播的成功机会。任何细节，如位置、媒体收视（或收听或阅读）习惯、人口地理统计、态度和价值等，都可以用于决定活动所包含的主张或指导创意方式或媒体选择。

> **范例**　全球广告正在增加，在某些行业欧洲被视为一个地域，采取同一种广告方式。但由于欧洲包括 44 个不同的国家，使用 60 种不同的语言，因此有些产品不能用同一种方式在整个欧洲进行促销。以雀巢为例，它一直在不同的欧洲国家为其速溶咖啡品牌进行完全不同的广告，因为每个国家都有非常不同的咖啡传统和文化 (Polak, 2005)。

无论产品是哪种类型，如果对目标受众的评估是不完整的或不清楚的，那在随后指导活动努力时也许就会出问题。

活动目标

传播目标在第 9 章就已经思考过了，并就广告应该达到的目标提供了一个清楚的观点。这些目标要明确、可以测量，并且有时限。它们还必须指明所要追求的变化程度，界定广告任务的明确成果。如果没有可以测量的目标的话，那如何认定成绩、判断成败呢？

大部分广告都把焦点放在反馈层级模式的某个阶段，如图 9.5 所示。这些模式强调了从最初的曝光和意识，再到购后回顾的消费者决定过程的各个阶段。像爱好、知晓、知识、偏好和确信这些问题都是该过程的重要部分，广告可以有针对性地影响其中任何一部分。这些可以转化为广告目标，这些目标包括可测量的知晓激发、产品试用或重购、态度创造或转变、定位或相较竞争对手的偏好等。

这些目标应当由既定的营销战略和计划来驱动。要注意营销和广告目标之间的区别。销售额和市场份额是合理的营销目标，因为它们代表着一系列营销组合决策的成果。然而，广告只是促进该过程的一个元素，是为了完成明确的任务而设计的，但不一定只为销售。

活动预算

编制传播预算在第 9 章已经讨论过。复习该部分以恢复你对预算编制方法的记忆。记住，没有一种正确的或错误的分配活动预算的计算方式，通常是以早前提出的方式的综合作为指导。

编制预算常常是一种反复的过程，随着活动的展开而发展和修改。在预算和目标之间有着直接的关联，一个方面的修改几乎肯定会对其他方面产生影响。即使预算的根本理念是"目标任务"法，但实际上仍然意味着大部分预算会受到可支配现金的某种形式的制约。这迫使管理人员进行仔细的计划，思考各种选择，以便尽可能经济地实现确定目标。

首要工作就是把营销目标和广告促销的预期任务联系起来。例如，目标也许会结合知晓水平、试用和重复购买来设定。并非所有这些目标都可以仅凭广告实现。销售促销，当然还有产品表述，在重复购买行为中都可以起到很大的作用。

媒体选择和策划

前面分别思考了各种媒体选项。大量的待选媒体需要削减为便于管理的选项，然后对进程进行计划以实现希望的结果。最终的媒体计划必须详细而明确。实际的媒体载体也必须明确，何时、何地、多少以及多久一次也要明确。重要目标是确保所考虑的媒体载体适合于目标受众，这样才能达到足够的到达率和频率，使真正的广告目标有成功的机会。随着受众情况和市场的变化，这变得愈加困难（Mueller–Heumann, 1992）。媒体计划在将活动努力整合到剩余的营销计划中，以及清楚地将要求传播给所有支持机构时可以发挥重要作用。

> **范例**　办公设备公司"兄弟"赞助了四频道的节目"想创事业人"（Risk It All），以此作为一项 200 万英镑的促销活动的一部分。首部系列剧吸引了 300 多万观众，在播放第二部的 10 周时间内，兄弟公司在节目的开头、结尾和休息时间提供了标识。此外，任何访问四频道网站查看项目详细情况的人都看到了兄弟公司的徽章。兄弟公司的营销人员相信该节目对于它们自己的品牌来说是一个绝妙的载体，节目中走大运的人已经放弃了工作开始了他们自己的业务。组织宣称认识到了小企业所面临的压力，尤其是在启动阶段，并且认为它的打印机和一体机系列完美地符合了那些特别的需求。赞助合同的签署是为了让"兄弟"与小型的新企业市场结成联盟（Marketing Week, 2005）。

许多考虑引导着媒体的选择。首先，所选媒体必须确保在知晓、到达率等方面与整体活动目标相一致。然而，目标受众对于引导详细的媒体选择也至关重要。媒介和受众之间的吻合要尽可能地紧密。竞争性因素的考虑包括检查他们一直在做什么、他们在哪里做，以及产生了什么后果。必须决定是否使用与竞争对手相同的媒体，或是否进行创新。地理聚焦也许相应地取决于目标受众是国际性的、全国性的还是地区性的，有时也许不得不利用媒体或载体的选择来影响目标受众中分散的群体。就像第 9 章所讨论的那样，预算限制意味着实用性和可承受性常常会进入计划的某个阶段。一份在电视上做 20次重要时段广告的建议很可能会让重要客户瞠目结舌，因此必须换为更适度的平面活动，它可以通过极好的创意产生影响。时机也是一个问题，因为计划需要考虑所有进入或内建时间，尤其如果产品的销售具有很强的季节性因素时。例如，香水和须后水将圣诞节视为一个重要的销售时期。这些产品的广告主全年使用高档杂志广告，但在临近圣诞节的那几个星期会增加密集而昂贵的电视活动，以配合消费者的礼物决策。同样，时机在推出新产品时也很重要，这是为了确保真正可以买到产品的时候，已经产生了恰当程度的知晓、了解和渴望。

和所有计划一样，媒体计划应该为读者提供一份决策原理的清晰判断，并且应当引导它与其他营销活动的整合方式。

广告的制作和测试

在此阶段，广告本身是为了广播或印刷而设计和制作的。随着广告的演变，常常会用提前测试来检查内容、讯息和影响是否和预期相符。这对于电视广告来说尤为重要，它的制作和播放都较为昂贵，如果失败的话，意味着极端公开的尴尬。

因此，测试建立在广告制作的各个阶段。最初的概念和故事脚本可以和目标受众中的一些成员样本进行讨论，看他们能否理解讯息，以及能否与所提出的广告场景或形象发生联系。随着进程的逐步推进，广告样片（并不是完整的作品——只要足以提供成品的风味就可以了）也可以进行测试。这使最后的调整可以在广告成品被制作出来之前完成。尽管如此，进一步的测试可以使代理公司和客户放心，广告绝对准备好发布了。平面广告在制作的各个阶段也可以进行相同的测试，使用简略的草图、实物模型，最后才是广告成品。

预先测试是一种很有价值的演习，但应该小心地对待测试的结果。测试条件是人为的，是必需的，受众（假设测试者能够集中真正具有代表性的受众）以某种方式对在剧院或教堂大厅所看到的广告作出反应，如果他们在自己家中，在"正常"的收看条件下看同一个广告的反应也许会截然不同。

实施和制定进度

在实施阶段，也许会需要大量的专家来制定或实施活动。这将包括平面设计师、摄影师、广告演员、广告文案人员、调查专家，至少还要有媒体和制作公司。广告经理的任务是在预算内协调并选择这些专业人员，以实现计划的目标。

实施阶段的关键部分是制定活动进度。这记述了努力的频率和强度，并引导着所有制作决策。有许多不同的制定进度的模式（Sissors、Bumba，1989）。有时，广告是爆炸式发生，如图 10.4 所示。这意味着短期的、集中的广告活动，这在新产品上市时常常看到。大部分组织没有资源（或倾向）无限期维持这种集中的广告活动，因此爆炸式广告很少，间隔期很长。可以选择的办法是采取"水滴石穿式"广告，将广告预算更均匀地分配，如图 10.4 所示。这种广告活动不是太集中，但却更持久。记住，经常购买的成熟产品也

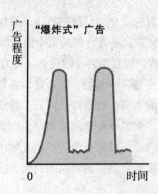 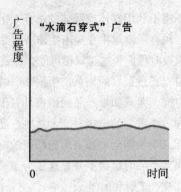

图10.4 广告开支战略："爆炸式"和"水滴石穿式"

许会出现"水滴石穿式"广告，而不是爆炸式广告。

许多因素都会帮助决定整个进度。市场营销因素也许会影响所需效果的速度。例如，组织在推出新产品或对竞争对手的竞争性广告作出回应时，也许希望制造快速的效果。如果顾客流失率很高的话，就需要更频繁地做广告，以便保持新进入市场的人可以获得讯息。同样，采购频率和波动性也可能是相关因素。如果需求具有高度的季节性或者产品容易变质，那可能会提供一个短期的高频率的广告进度。例如，香水和玩具的广告高峰期是在圣诞节前夕。同样，各种巧克力产品的高峰期是在复活节或母亲节。作为选择，也可以与品牌忠诚度挂钩。如果产品并没有处于竞争攻击之下的话，高忠诚度也许需要较低的频率。然而，这是一种危险的假设。

如果被遗忘的危险性很大，那广告很可能需要定期间隔实施更积极的活动。不同的人群学习和遗忘的速度不同。因此这些目标受众的保持率和耗损率是另一种需要进行的评估。讯息因素与讯息的复杂度及新颖性有关。一项新产品活动也许需要比成熟产品更多的重复，这是由于讯息的新奇性造成的。更常见的是，简单的讯息或那些明显与众不同的讯息需要的重复较少。同样，为了确保被看到，小广告或那些投放到平面媒体不太醒目的位置的广告也许需要更密的频率。

媒体因素关系到媒体的选择。计划中的媒体或广告载体越少，可能需要的可见度越少。这种较小的限制对于预算有限的小企业或那些依靠垄断好的插播时段或位置来支配特定媒介的重要企业来说可能会非常重要。这种支配提高了它们在目标受众中的重复率。媒介越拥挤，就需要越多的可见度来打破背景"噪音"。

所有这些都无法使一种媒体优于其他媒体。它取决于目标和丰要的特别市场环境。如果产品是新的或季节性的，那更密集的努力也许是恰当的。当然，进度计划也许会随时间转变。在产品生命周期的介绍期，将会以密集的爆炸式广告推出产品，伴随成长期的结束，随后也许是更加展开的活动。一开始创造知晓是很花钱的，但对产品的成功至关重要。

活动评估

评估也许是整个活动过程中最重要的部分。这个阶段的存在不仅是为了评估所执行活动的效率，还是为了为未来提供宝贵经验。

评估有两个阶段。临时评估可以使活动在完成之前进行修改和调整，从而改善效率。它使广告目标和出现的活动结果之间实现较好的匹配。作为选择或附加的内容，活动结束会进行退出评估。事后测试可以检查目标受众是否已经如广告主所希望的那样接收、了解、解读并记住了讯息，以及他们是否已经根据讯息采取了行动。

人员销售

根据菲尔(Fill，2002，16 页）的说法，人员销售可以定义为：

一种人与人之间的沟通工具，它是指个人所进行的面对面的活动，这些活动常常是代表一个组织，应赞助方代表的要求，告知、劝说或提醒个人或群体采取恰当的行为。

作为一个基本定义，这确实抓住了人员销售的精髓。人与人的沟通意味着买卖双方之间一种生动的、双向的、互动的对话；个人或群体则意味着一小群经过挑选的受众（比其他因素更有针对性）；告知、说服或提醒……采取恰当的行为则意味着活动是有计划的，并且有明确的目标。

注意，该定义并不意味着人员销售只与销售有关。它很有可能最终是为了进行销售，但这并不是它唯一的功能。它在售前、售后都可以对组织作出相当大的贡献。作为一种销售手段，人员销售是要寻找、告知、劝说顾客，有时还要通过人员的双向沟通为顾客服务，这也是它的优势。这意味着帮助顾客清楚地表达他们的需求，量身打造有说服力的讯息来回应那些需求，然后处理顾客的反馈或关注，以便实现一种相互尊重的交流。作为一种背景，人员销售在确保顾客购后满意度，在信任和了解基础上建立有利可图的长期买卖关系方面也是一项重要的因素（Miller、Heinman，1991）。

范例　　雅芳是一家化妆品公司，它在英国雇用了 16 万以上的代表（全球有 350 万）并辅之以 450 名地区销售经理，以此作为全球最大的直销经营的一部分。代表在提供建议、展示产品、提供样品和区域关系建设方面发挥了关键作用。每天英国要处理 1 万多宗订货。最近，雅芳成为首家在中国试行直销的公司，尽管由于不愿意放开对消费者支出的竞争，还无法确定在中国的扩张速度。例如 30% 的佣金上限远远低于世界其他地方，这可能会降低代表的报酬和区域经理的结构（McDonald，2004；Wall Street Journal，2005）。

第 9 章已经就人员销售与促销组合的配合问题提出了某些见解。我们讨论了人员销售如何更适合于 B2B 市场而不是消费者市场，并分析了它在促销和销售高成本、复杂性产品中的优势。第 9 章的讨论也注意到当顾客接近于作出最后决策并致力其中，但仍需要最后一点有针对性的劝说时，人员销售最有效。

人员销售的优点

效果

如果你不喜欢看电视广告的话，你可以把它关掉或忽视它；如果扫一眼平面广告，它无法吸引你进一步的注意的话，你可以翻页；如果放在门前擦鞋垫上的信封看起来像是一封广告邮件的话，你可以不打开就将它扔到垃圾箱里；但如果一位销售代表出现在你门外或办公室时，就比较难不理不睬了。一个人必须以某种方式出来应付，因为我们大部分人都赞成通行的礼貌规则，在将这些人赶出门之前，我们至少要听听他们想要什么。因此，销售代表比起广告来，有更多机会吸引你最初的注意力。

当然，这也是真的，即广告无法知道或在意你对它的忽视。另一方面，销售代表有能力对他们置身的情况作出反应，可以采取步骤来防止他们被完全拒绝。例如，可能可以争取到在更方便的时间安排另一次约会，或至少留下销售资料供潜在顾客阅读并在闲暇时候思考。总体上，比起广告来，你更可能记住你曾经遇到过或与之交谈过（并对他所说的话作出过反应）的人。在此意义上，人员销售实际上非常有效，尤其是如果它利用了精确性和培养元素时。

精确性

精确性代表了人员销售优于其他促销组织因素的最大优势之一，并且解释了它在顾客做出决策时为何如此有效的原因。应该了解精确性的两个方面：目标锁定的精确性和讯息的精确性。

目标锁定的精确性源于这样一个事实，即人员销售不是一种大众传媒。正如本章已经提出的那样，广告可以锁定主要参数，但即使是这样，也仍然会有许多浪费的接触（甚至不在目标市场中的人；目前对产品不感兴趣的人；最近已经购买过的人；当前无力购买的人等），其中每项接触都浪费了成本。人员销售可以较早清除不当接触，将精力集中在那些真正有望产生销量的人身上。

讯息的精确性源于人员销售所鼓励的互动式的双向对话。一个广告无法分辨它对你产生了什么影响。它无法看清你是否注意到了它，你是否了解它，或你是否认为它与你有关。此外，一旦广告被呈现在你面前，它就是那个样子。它是一种固定的、没有灵活性的讯息，如果你不了解它，或者你觉得它并没有告诉你你想知道的东西，那你除了等另一个也许可以说清这些问题的广告到来之外，没有机会对它做任何事。然而，由于人员销售包括现场互动，因此应该不会出现这些问题。例如，销售代表可以看出你心不在焉，因此可以改变途径，开辟其他方法，直到有某些东西似乎可以再次吸引你为止。代表还可以确定你理解了所听到的事情，并且如果你对第一种方式有困难的话，他们会从不同的角度再次仔细检查。同样，代表还可以看出某些东西是否特别吸引你的想象力，然后量身打造讯息来强调利益或特性。因此，通过听和看，销售代表应该能够创造出一种与众不同的方式，而它完全适合于每一位预期顾客的情绪和需求。这也是一种非常有效的能力。

培养

正如第 3 章所指出的那样，创造长期、互利的买家—卖家关系现在在许多产业中被

在你自己舒适的家中向朋友和邻居销售化妆品是雅芳的成功之道。

资料来源：ⓒ Avon Cosmetics Ltd。

认为对组织的健康和收益性来说至关重要。销售团队在创造和保持这种关系中起着非常重要的作用。销售代表常常是组织的门面，他们专业、自信地贯彻组织讯息的能力会影响对组织及其所代表的事物的判断。当化妆品公司雅芳决定瞄准青少年美容业务时，它意识到要建立并保持顾客关系，必须重新考虑所雇用的直销人员是否适合于这个不同的顾客群。新的"仅供青少年"使用的产品于 2003 年在全球上市，但取代"雅芳女士"队伍的是公司招募了青少年，他们处于更好的位置向受众展示和促销产品（Singh，2001）。

成本

上面讨论到的所有优点和好处伴随着非常高的成本，因为人员销售是劳动力极度密集的活动。此外，旅费（以及旅行所花的时间）、住宿费和其他费用也必须考虑其中。要让一个销售代表经常出差很可能要花 5 万 ~7.5 万英镑，对于更苛刻的任务，费用有可能突破 10 万英镑（Newman，2005）。通常，所付工资只是保持一名销售代表行动和联系的总成本的 50%。实际用于向一名顾客销售的时间可能会有相当大的差别，估计有 50% 的时间都花在旅程上，20% 的时间花在管理上，20% 花在计划拜访上，10% 的时间用在实际的面对面接触上，这并不罕见（McDonald，1984；Abberton Associates，1997）。普劳咨询（Proudfoot Consulting）在一份国际研究中发现只有 7% 的销售活动是与顾客的面对面活动（Management Services，2002）。当在没有产出的行政管理和旅行上增加时间，并且区域管理效果很糟时，结果拜访成本可能会非常高。如果每周进行 10~15 次拜访的话，每次拜访成本会超过 250 英镑。在 25% 的案例中，销售总监不知道销售团队每周工作时间中实际花在销售上的时间有多少（http://www.proudfootconsulting.com）。然而，当解读这些数字时，必须小心一些问题，因为最终有价值的是销售效力，关系建立和与顾客保持联系都是为了支持销售活动的进行。

人员销售的任务

有一种趋势是考虑在一次性销售情况下使用销售代表。此前章节所讨论的内容已经显示：实际上，代表可能要处理与所有特别顾客的长期关系。代表要注意建立密切的人员联系，因为很多东西取决于重复销售。在某些情况下，代表甚至要帮助协商和处理产品的联合开发。所有这些都意味着一系列超出直接销售情况的任务。

图 10.5 概括了销售代表的一系列典型任务，每项任务的定义如下：

展望

展望是发现新的具有购买意愿和能力的准顾客。例如，对 Rentokil 热带植物公司来说，销售代表的任务是联系包括办公室、酒店、购物中心和餐厅在内的一系列潜在客户，在供应和维护的基础上，设计和推荐热带植物的独立摆设。展望是一项重要的任务，尤其是对于进入新细分市场的组织或那些出售无确定顾客群的新产品线的组织来说。

告知

告知是给予准顾客充足而详细的所售产品和服务的相关信息。在 B2B 市场中，一旦与准顾客进行了接触，销售代表就需要刺激充分的信息交换，确保在技术和商业匹配度上优于竞争对手。

说服

说服是根据准顾客的需求，帮助他们对所提供的信息进行分析，从而得出结论认为所提供的产品是他们问题的最佳解决方案。有时介绍产品的主要好处就足以让买家相信

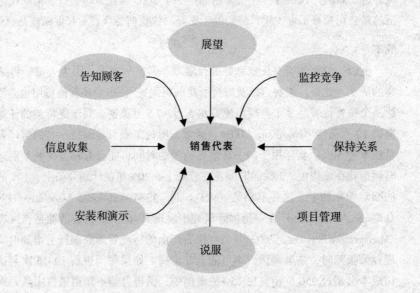

图 10.5 销售代表的典型任务

选择该供应商是明智之举。在其他情况下，尤其是技术或商业性更复杂的采购，说服必须非常巧妙而多样，根据采购团队不同成员的关注点来进行。

安装和演示

尤其是有技术性的 B2B 采购，买家也许需要相当大的支持和帮助来安装设备并在使用中对员工进行培训。销售代表也许要加入一个更大的支持人员团队以确保所有事情都按既定的进行，并且达到顾客满意。代表的持续存在起到了联系购前购后活动的作用，并且意味着代表并没有因为销售的完成而停止对顾客的关注。

组织内部协调

销售代表的作用不只是与买家进行沟通。它还涉及在销售组织中"代表"顾客的利益。无论涉及财务、技术或物流配送问题，销售代表都必须协调，有时还要根据项目组织内部活动，以确保顾客需求得到满足。在英国电池市场的领头羊金霸王中，有一位全国重点客户经理负责与大型杂货连锁店关系的所有方面，包括陈列、分销和促销计划等外部任务，以及物流配送和产品品类管理等内部协调事务。

营销 进行时

销售代表：处于将要灭绝之列？

对于组织而言，销售代表是一种需要保持的昂贵资产。代表需要汽车、电脑、移动电话、样品、推介设备和管理支持。他们还会累积酒店住宿和招待客户的账单。因此，当处于艰难的经济时期时，许多组织削减了它们的销售团队或对他们进行合理化改组，以此节约成本。其他因素也导致了销售代表数量的减少。例如，在日用消费品市场，小型个体零售商的数量一直在减少，相应地，大型多样化零售商在产业中所占的比例却在增加。大型零售商往往拥有电脑化的库存控制系统和在线订购，因此不需要代表经常性地去拜访个别的分公司（如果可以的话，根本不用）。例如，HP 食品公司在 20 世纪 70 年代拥有 70~100 名销售代表。到了千禧年，人数已经减至 12 人，他们是业务开发执行人员，他们每个人都管理着一个全国性和区域性客户的组合。HP 订单的绝大部分都是通过电脑或电话进来的。

当然，代表在日用消费品市场中仍能发挥作用，拜访小型零售商、拿订单、帮助开展促销活动或售点陈列。然而，许多组织发现使用来自前端营销代理公司的合同制销售人员来负责此类任务更便宜、更有效。例如，当 Mars 推出"庆典"（Celebrations）时，就使用了一家前端营销代理公司而不是 Mars 自己的销售人员来与现购自运商和其他批发商合作、提供免费样品、提供产品信息并谈判特别的售点布置。合同工的好处是组织只有在需要他们的时候才给他们付钱，并且可以根据特别的任务或项目要求配备或大或小的"销售团队"。合同制销售人员往往是在很窄的领域工作，因此与零售商和他们经常拜访的顾客建立了密切的联系。

前端营销（FM）在过去 10 年得到了普及，成为客户自有销售团队的一种有效替代，它的重点放在更常规性的订单征订和店内演示任务上。前端营销已经被定义为"创造、指导和管理全日制广告推销、销售和培训队

伍，从而在采购时影响变化的业务"（Gary MacManus、Aspen Field Marketing，引自 Middleton，2001）。主要活动是销售，即充当客户的销售团队或补充客户销售团队的活动，满足特别的覆盖或时间要求；广告促销；审核；秘密购物。

当 Douwe Egberts 和飞利浦推出飞利浦咖啡系统时，它们希望把焦点集中到店内演示上，因为它们希望激发消费者试用并购买这种咖啡机。为了促销，在超过 27 周的时间里，它们投资进行了 1300 多天的零售演示。该期间有 11.5 万多台咖啡机售出，约占整个试销期总销售额的 56%（Marketing Week，2005a）。通过使用前端营销，两家公司都能够更快地建立它们的市场，并确保达到分销目标。

然而，有些组织也许会担心由于它们并没有全职雇用合同制销售人员，所以他们的忠诚度和动机也许会出现问题。代理公司认识到了这一点，并且试图通过设立质量控制系统来克服这一问题，以此监控员工在实

际中的表现，并确保员工在任务一开始就得到全面而恰当的信息。为了设法产生对所执行任务的"忠诚"，代理公司还要确保一名员工同时只为特别产品市场的一个客户工作。由于签约员工在实际工作中花费了大量时间，还与各种各样的顾客和产品打交道，这些代理公司可以收集大量的市场正在发生的事情的数据，而这是公司自己的销售团队没有时间或资源收集的。这样一来，代理公司能够将信息反馈给客户，为它们的服务带来额外的好处。

随着前端营销的普及，它的作用也超出了单纯的售点广告促销。合同卖家的销售团队在向签约公司提供有用的市场信息方面变得愈发训练有素，更加精通 IT 技术，更为熟练。合同制销售人员现在主要用于两大领域：在快速消费品市场中与零售商打交道，在挨户销售中覆盖包括有线电视、公共事业和金融服务在内的各种范围的产品和服务。在公共事业部门出现了强制性销售和错误销售，其

中，未经培训的和不道德的销售人员作出了各种各样无法兑现的承诺，而这促使消费者改换有实力的供应商。大部分知名的前端营销代理公司设法通过认真招聘、恰当培训和本地控制来避免此类问题。例如，有人建议销售代表和管理人员的比例在快速消费品市场应该是 10∶1，在挨户销售中应该是 6∶1。

因此，尽管杂货贸易在前端营销代理公司的使用中仍居主导地位，但其他部门现在已经开始认识到了配备更灵活的销售团队的好处。主要的信用卡公司就通过使用代理公司进行直接销售来招募新持卡人，而像本田、宝马和沃尔沃这样的汽车制造商则使用前端营销来鼓励试用和试驾。有些小公司已经发现使用前端营销代理公司可以为它们提供以前根本养不起的敬业的销售团队。下一步的发展可能是将前端营销更紧密地整合到泛欧洲促销活动中。然而，在前端营销代理公司 CPM 看来，几乎没有真正的泛欧洲前端营销活动在运行，像 Mars

和迪斯尼这样的公司更愿意开展分开的一个国家一个国家的前端营销活动。有些大公司寻求的是找一家代理公司来处理它们在整个欧洲所有不同的活动。然而，当标准的法律还没有在全欧洲适用时，实现泛欧洲活动并非易事（Precision Marketing，2005b）。因此，需要强调的是，当地市场情况和文化有时会阻碍真正的泛欧洲前端营销活动。

因此看起来销售代表也许不会灭绝。但可以肯定的是组织正在反思他们管理和组织销售团队，以及销售过程的方式。事实上，任何新产品都不可能在多样化零售商中达到百分之百的分销，但 85%~95% 是可以达到的，这意味着前端营销至关重要。因此，代表的作用和任务将会改变，他们的雇用方式也会发生变化，但在某些生产力中永远都会需要他们。

资料来源：Gofton（2002）；Marketing Week，（2004、2005a）；McLuhan（2001a、2001b）、Middleton（2001）、Miles（1998）；Precision Marketing，（2005b）；http://www.ukfm.co.uk

保持关系

一旦达成最初的销售，也许就是持续关系的开始了。在许多情况下，一次单独的销售只是交易的一股分支，因此不能认为它脱离了整个关系。销售代表的一项重要任务是管理关系，而不仅是特别销售的细节。这意味着在许多组织中，越坚固、越重要的关系配备了"关系经理"来处理买方—卖方发展的各个方面（Turnbull、Cunningham，1981）。在有些情况下，销售代表也许只有一种关系需要管理，但在其他情况下，代表也许不得不管理一个以特别行业为基础的网络。

范例　　在高露洁—棕榄（Colgate-Palmolive），重点客户经理的首要职责是保持和发展与主要的多样化零售客户的业务联系。这些关系在某些情况下可以回溯许多年。为了达到这一目的，重点是通过在类别管理、物流配送和广告推销这些领域的配合进行合作和顾客开发。需要确保零售需求和高露洁—棕榄品牌战略之间的密切吻合。这意味着重点客户经理必须能够分析品牌和类别信息，制订出有助于高露洁个人和家庭护理产品销售的计划。任何牺牲顾客信任和善意来追求短期销量的重点客户经理都无法从高露洁—棕榄的客户计划中受益。

信息和反馈的收集

收集信息和提供反馈强调了代表需要保持警觉，积极和打交道的顾客进行双向沟通。例如，对行业正在发生的事情的"葡萄藤式"闲谈也许会给计划的未来大宗采购或准顾客对现有供应商的不满提供宝贵的早期警告。这些情况都会为组织提供机遇，组织早一点知道它们，就可以制订出如何利用它们的战略计划。在与现有顾客的关系方面，销售代表比起其他人更可能听到顾客不喜欢的事情。这种反馈作用在开拓出口市场业务时更为重要，因为在这些市场上累积知识的基础也许不太牢固。人员接触可以有助于随时间进展而增加了解（Johanson、Vahlne，1977）。

监视竞争对手的举动

代表在实际工作中，要和顾客碰面，很可能还要和竞争对手碰头。此外还要拣取竞争对手正在计划的活动，以及他们正在和谁做生意的片断，从购买者的角度，提供宝贵的所在组织产品与竞争对手产品的比较信息。在销售推介中，可以敏锐地探查准顾客，可以发现他们所想的竞争产品的优势和劣势、他们所考虑的该种产品的重要特性和好处，以及产品的相对得分（Lambert 等人，1990）。

人员销售过程

销售过程的核心是销售代表与买家建立关系的能力，这种关系要牢得足以达成有利于双方的交易。在许多情况下，主要的决定是供应商的选择，而不是购买与否。销售代表的作用是突出所售产品的规格、支持、服务和商业包装的吸引力。产品、市场、组织理念，甚至是个人差异都将对销售行为的风格和效力产生影响。

实际上，人员销售并不是帮助开列公式：没有哪种方法适用于所有情况，也没有哪种方式适合于所有类型的销售代表。然而，却可以明确许多重要阶段，大部分销售事件都会经历这些阶段（Russell 等人，1977）。根据产品、市场、组织和所涉及的个人，每个阶段所花的时间长短都会有所区别，每阶段的实施方式也会有所不同（Pedersen 等人，1986）。此外，这里所提供的一般分析为开始了解成功的人员销售的促进因素打下了有用的基础。

图 10.6 展示了人员销售的阶段流程，下文将全面讨论每个阶段。

展望

在销售代表开始认真考虑销售某些东西的切实工作之前，他们必须有销售对象。在某些组织中，或许是那些销售专门适用于少数易于确认的 B2B 顾客的工业产品的组织，展望是一项高度有组织的活动，涉及销售代表和辅助员工，它将促使代表外出进行拜访，这些代表知道准客户可能会带来成果。相反，双层玻璃公司常常雇用推销员上街挨户查看住户是否可能成为准顾客。这并不是对代表时间的有效利用，因为大部分人会说他们不感兴趣，但在促销不经常购买的高价产品时，尤其是在大众市场中，很难找到其他方法来展望他们可以做的事情。

在 B2B 而不是消费者市场中，销售代表需要一个准顾客库，一群恰当的需要吸引的

图 10.6 人员销售过程

潜在顾客。这可以包括已经进行过咨询或对广告作出了回应，但却没有被跟进过的准顾客。第二，还有那些已经通过试探方式接近过，例如，电话营销方式，并且看起来值得进一步鼓励的人。第三，也是问题最大的，是名单。这名单也许是从名单经纪人那里购买的，或是根据贸易目录汇编的，或是参加特别贸易展的组织名单。销售代表也许不得不从被提名者中提炼出他们自己的准顾客库，这些被提名者或是来自组织外部联系人的口碑，或是来自上述电话营销辅助人员。他们也可以根据目录或浏览媒体的有关公司新闻来汇编名单，也许会从中发现机会。这也许会导致初次突然拜访（通过电话或亲自拜访）明确此人或组织是否是真正能成长起来的准顾客。

准备和计划

明确合格的准顾客只是过程的开始。在开始真正的销售之前，非常重要的是获取有关准顾客的进一步信息，以便准备最好、最相关的销售方法并计划战术。

在向 B2B 顾客销售时，这也许意味着浏览大量的公司报告，评估该行业的规范可能涉及的购买标准和需求。分析准顾客的公司报告可以预测战略发展方向，并揭示它的财务情况。也必须考虑代表将要完成的采购的结构类型，明确最有可能的影响人和决策人。此外，尽可能找出产品的用途、必需的特性和好处也是很有用的。这使代表可以组织与买家相关的推介，从而有更多的机会引起他们的注意并说服他们。

销售代表在 B2B 市场中是幸运的，市场上有足够的关于他们买家的信息，可以使他们提前做好准备。在消费者市场中，代表很可能要立刻作出反应，在与顾客面对面时对他们进行分析。

可能的话，做家庭作业也是很重要的，这往往要非常彻底，尤其是在涉及大型的、复杂的、竞争激烈的项目时。此外，如果在与准顾客进行业务时竞争已经根深蒂固，那提前找出尽可能多的信息也是非常重要的，因为让顾客改换供应商是一项艰巨的任务，除非你找到恰当的方法和恰当的人。

开始接触

与准顾客进行首次接触是一种微妙的操作。此阶段有两种接近方法。首先，可以通过初次打电话给合格的准顾客来预约。达不到此目的则意味着销售过程不能开始。第二种方法是使用突然拜访。这意味着怀着某人会见你的希望出现在门阶上，就像双层玻璃的销售代表所做的那样。在时间和旅程方面这可能会非常浪费。并且无法保证代表能够接触到关键人物，没有事先预约他们可能无论如何都无法抽出时间。突然拜访常常被视为浪费时间，在准顾客看来，这对他们和他们所在的组织本身都没有什么好处。

> **范例**　无论是双层玻璃、铺路石、厨房、保险还是鲜鱼，突然拜访、挨户销售代表常常被视为是不受欢迎的、鲁莽的、浪费时间的人。尽管门总是砰地关上，但尤其老年人常常会变得很紧张，并且很容易受到掠夺性的或锲而不舍的拜访者的进攻。公平交易署估计有 1.6 万起交易案例是脆弱的顾客被迫以平均 2000 英镑的价格购买假冒产品或服务（Precision Marketing，2005a）。然而，著名的卖家显然不喜欢它们的形象被不可信任的实施人员或骗子玷污。因此直销协会（DSA）已经寻求通过引入行为规范来在英国鼓励自律。来自它的 60 家会员的销售人员必须携带清晰的证明，并要清楚有 14 天的冷静期可以取消产品和服务。另外，"买家须谨慎"也是事实，因为声名狼藉的公司往往不加入贸易协会，并且会利用法律的漏洞，绕开公平交易署的权利，让消费者遭受漫天要价和低质产品和服务的侵害（Stewart，2002）。

一旦采取了一种方式并且确定了预约，那下一步就是初次拜访了。这有助于代表察觉最初对顾客的可能需求的评估在现实中能否得以证实。在这些早期的会面中，重要的是在进行更严肃的业务讨论之前，在买卖双方之间建立和谐亲善、相互尊重和信任。在这种关系上花时间是很值得的。它有助于为后面所讨论的阶段打下坚实基础。

销售推介

终于，代表有了足够的意见和信息来准备销售推介，而这是销售过程的核心。轻松的准备和实践的效力主要归功于早期阶段所做工作的彻底性和质量。销售推介的目标是展示产品如何与顾客的需求相匹配。该推介一定不能以产品为导向，而应关注产品可以为特定的顾客做什么。换言之，不要卖特性，而要卖好处。

作为推介的一部分，也许会有一些实用性要处理。例如，代表也许不得不演示产品。所用的产品或样品必须看起来不错，需要做解释，不一定要用技术术语，而要介绍它如何提供特别的好处和解决方案。演示是销售推介中一项有效的因素，因为它让准顾客参与进来，并且鼓励了交谈和提问。它提供了一个焦点，这可以驱散买卖双方之间所有挥之不去的尴尬。此外，在触摸产品本身或样品时，准顾客接近了现实的产品，可以开始研究对他们自己来说产品可以为他们做什么。

> **范例**　一位 61 岁的老人在美林的木制品展厅咨询一个 5000 英镑的 SPA 浴室，据说这导致了他的死亡。尽管这位准顾客只是想要一份小册子，但热心的推销员邀请他和他的妻子观看由高压水泵、鼓风机和喷气机创造的水流的展示。不幸的是，当顾客应邀感受水疗时，喷气伴着薄雾喷射到了毫无防备的顾客。两天后，他投诉有流感症状，仅仅 17 天后就死于了军团病所导致的多器官衰竭。从水中取的样本证实事故三周后出现了细菌。负责展厅环境的苏里健康委员会（Surrey Health Council）来了，它们发现臭氧机没有正常工作，如果它正常工作的话，细菌应该会被杀死。该委员会还发现没有适当培训演示 SPA 浴室的相关健康风险，因此所发生的事故在某种程度上是可以预见的。验尸官作出了可怜的顾客因意外死亡的结论（Payne，2002）。

处理异议

实际上很少有可以完成整个销售推介而准顾客又没有对效果说"这非常好，但是……"之类的话的熟练的销售代表。在销售过程中涉及顾客的任何阶段，都可能会出现异议。这些异议也许源于许多原因：缺乏了解、缺乏兴趣、误传、需要确认或真诚的关注。可能的话，销售代表必须克服异议，否则可能完全失去销售。如果顾客很想提出异议，那代表必须以某种方式有礼貌地回应这种异议。季节性产品的销售代表提出的朴素智慧是：直到顾客提出异议，真正的销售才算开始。

那些不赞成公式化销售方式的组织常常训练它们的销售人员处理特别异议，这些异议通常以固定的方式出现在他们的领域中。例如，如果买家说"我认为你们的产品没有某某某的产品好"，那销售代表应该用"好的"这个词来探寻这意味着什么。这可能涵盖竞争对手提供的所有不同的方面。因此代表的反应也许会被设计为通过问"在哪些方面它不够好？"来更详细地探索潜在的问题。同意异议而又反对它常常被称为"是的，但是"技术。当在现实中发现异议时，代表所能采取的合理举动是同意其主旨，然后找出一个补偿因素来盖过它。因此，如果准顾客认为产品售价比竞争对手的高，那代表就可以回答："是的，我同意物有所值才是重要的，尽管我们的产品一开始很贵，但你会发现日常运转成本和年度保养费加起来会少得多……"这种技巧避免创造过度的紧张和争议，因为顾客觉得他们的异议已经得到了承认，并得到了满意的答复。

总而言之，处理异议需要代表非常小心地回复。他们一定不能将目标看成只是说些话来敲定销售，因为这样做只会导致随后的法律或关系问题。代表必须评估形势，异议的类型和顾客的情绪，然后选择最恰当的回应方式，而在内容上不能逾越任何情感界限。很重要的是，赢得用于克服异议的争论并不会导致销量的丧失。异议也许会暂时或永久性地打断销售过程，除非它们被克服了，否则无法实现销售过程的最后阶段。

谈判

一旦销售推介的主体引起了所有准顾客的密切提问，并且异议也得到了答复，那销售过程就可以转入谈判阶段。谈判是一种"取舍"活动，双方都试图通过它达成使他们满意的交易。谈判假设了一个自愿交易的基础，但不一定会导致最后的交易。当然，对销售代表来说，危险是谈判阶段的僵局或耽误也许会使竞争对手搅入冲突。

尽管事实上交易变得越来越复杂，销售人员仍然希望进行谈判。如果他们被赋予代表组织谈判的权力，那他们需要清楚的方针告诉他们可以让多少步，以及这些让步意味着什么。例如，多一个月的赊账可能会非常昂贵，尤其是对于一个有着短期现金流问题的组织来说，除非是用另一种奖励性让步来交换。这明显意味着销售代表需要财务和举止培训，以便应付复杂的，有时是长期的谈判。

必须要说的最后一点是谈判不能脱离和独立于销售过程。谈判也许暗中出现在处理异议的过程中，或者也许是下一步要讨论的结束销售的一个组成部分。

结束销售

人员销售的结束阶段关注的是到达顾客同意购买的点。在大多数情况下，结束销售，要求订货是销售代表的职责。当准顾客似乎仍有疑义时，结束的时机和方式可能会影响是否能达成销售。试图过快地完成销售，买家也许会吃惊；放任太长时间，买家也许又会被延长的过程激怒，所有在销售推介早期所做的良好工作会开始消退。

注意买家的行为并聆听他们所说的话也许预示着接近结束了。例如，买家的问题也许会变得非常琐碎，或者异议会枯竭。买家也许会平静下来，开始专心地检查产品，等待代表采取行动。买家的评价或问题也许开始涉及购后时期，伴随着对交易已经完成了的强烈的假设。代表认为已经接近了结束的时间，但还不确定，他也许不得不测试买家是否准备好了购买。此外，如果准客户似乎在决策边缘摇摆，那代表也许不得不把买家往结束的方向轻轻推上一把，例如，给买家提供大量选择，每种选择都暗示着同意购买。买家的反应给出了他们准备如何行动的情况。因此，如果代表说，"你是希望送到你的每家店里呢，还是送到中心分销点呢？"，那买家也许就会有两种反馈方式。一种是选择所提供的其中一种办法，在此情况下，销售肯定非常近了，因为买家愿意开始认真考虑这些细节了。另一种反应可能会是："等一会儿，在我们认真考虑这些问题之前，关于……"，这显示买家还没有听够，也许还有异议需要答复。

跟进和客户管理

销售达成后，销售代表的职责还没有结束。正如此前所暗示的那样，销售代表，作为顾客与销售组织的关键接触点，要确保产品按时交付，并且状况良好，所有安装和培训承诺都得以兑现，顾客对购买绝对满意，并且正在从中获益。

在更综合性的层面上，与顾客的关系仍然需要培育和管理。此时销售已经带来了持续的供应，这也许意味着要确保对质量和服务水平的持续满意。即使是对不经常采购的产品，持续的主动接触也有助于确保开展新业务时，也会被确定为供应商。在消费者买车的案例中，销售代表要确保早期阶段顾客对汽车感到满意，并且着力快速、有效地解决所有问题。在更长时期内，直接责任通常会由代表转交给顾客服务经理，他将确保按时给买家发送产品信息和展厅新产品上市的邀请函之类的东西。

在 B2B 市场上，销售代表的一项重要任务是管理顾客在销售组织内部的账户，确保提供恰当的必需支持。因此，代表仍继续在顾客和重点客户部、工程、研发和任何顾客需要与之打交道的部门之间联络。

销售管理

此前的章节集中于将某物卖给预期买家的技巧上。这肯定重要，因为如果销售过程没有良好运转的话，就不会有销售，也不会有收入。然而，同样重要的是销售团队的管理。无论是在跨国组织还是小公司，都需要对销售努力进行计划和管理，销售管理在组织战略营销计划和代表实际达到的销售目标之间提供了重要的一环。

计划和战略

销售计划概括了销售努力的目标和实施计划的细节。这种计划本身源自而且必须紧密配合产品和市场份额等方面所设定的营销目标。这些营销目标需要转化为整个销售团队和团队中的个人或小组的销售目标。销售目标的设定提供了一项重要的标准，通过它可以衡量进展，激发和影响销售努力。通常量化测量是用来明确所需要的东西，如：销售额或销量。设定销售额和利润方面的目标对于避免追求微利销售的风险或降低薄利多销的诱惑是很必要的。业绩目标可以根据销售拜访的数量、新招募客户的数量、拜访的频率、拜访的转化率（即将准顾客转化为买家）或销售费用来设定。

即使销售努力是由内部掌握，销售经理也必须决定如何组织销售团队：按地区（如每个销售代表分配一个地区作为他们的辖区）；按产品（如每个销售代表分配一种特定品牌或产品线家族进行销售）；按顾客类型（如每个销售代表集中于一个特定的产业进行销售）；或按顾客的重要性（如：为最重要的顾客，也许是根据销售额来界定，安排它们自己的销售代表或客户团队）。

没有一个普遍适用而又合适的组织结构。有时混合结构也许是最好的，把地理和主要的顾客分类结合起来。例如，强生雇用以地域为基础的辖区销售经理负责其在英国的日用消费品，但对于特定类型的顾客则有特别的责任，如独立的制药企业和批发现购自运。这使组织可以从两种类型分配的优点中获益，同时又减少了它们的不利影响。只要能反映企业的目标和营销战略，选中的结构就是恰当的。

还必须决定理想的销售团队规模。这需要考虑许多因素，如每个顾客所需的拜访频率、每天可能的拜访量，以及与销售代表在管理、销售和重复拜访之间的相对时间分配（Cravens、LaForge，1983）。所有这些问题都会影响到销售团队从所服务的客户那里取得的预期销售成果。对于小企业来说，问题也许会进一步局限于养得起多少代表！

招聘和选拔

和任何招聘行为一样，从总结出企业寻找的人的大致情况开始是很重要的。对销售任务的详细分析应该可以得出一份所要招聘的人的理想技能和特征的清单。表 10.1 列出了买家普遍认同的销售代表的特征。

一个普遍的两难局面是此前的经验是否是一项重要的要求。有些组织宁愿招聘销售

表 10.1	买家普遍认同的销售代表的特征

- 细心负责；
- 了解卖家产品；
- 在销售组织内代表买家利益；
- 掌握市场知识；
- 了解买家的问题；
- 了解买家产品和买方市场；
- 有交际手段、机智老练；
- 在销售拜访之前进行充分准备；
- 定期销售拜访；
- 技术培训。

新手，然后以它们自己的方式对他们进行培训，而不愿招聘有经验的代表，他们带有坏习惯和其他组织的缺点。而其他组织，尤其是小型组织，也许有意选择有经验的员工，希望从培训项目中受益，这是它们自己提供不起的。

实际的选拔过程需要进行设计，以便抽出各个投考者完成特定任务的能力的证据，这样才能作出明智的选择。错误选择的成本可能会非常高，不只是在招聘成本和薪水方面，也许更严重的是在丧失销售机会或损害组织声誉方面。鉴于作出正确选择的重要性，除了通常的面试和参考程序之外，许多企业还使用心理测试来评估个性，有些直到应聘者成功完成初期培训才确定任命。

培训

招聘过程通常只是提供原材料。尽管新人也许已经具备了恰当的技能和良好的态度，但培训将有助于两个方面的塑造，这样，在雇佣组织的销售理念下可以培养起更好的业绩。然而，销售团队培训不只适用于新人。新员工和现有员工，甚至老资格的员工也需要技能更新和升级。

培训可以是正式的或非正式的。有些组织投资并开发它们自己的高品质培训设施，并组织定期的系列介绍和内部复习进修课程。这具有确保培训与组织及其业务相关的优点，并表示对员工发展的持续关心。

其他组织采用了更为特别的方式，根据需要使用外部专家。这意味着组织只为用得上的东西付费，但这种方式有两个很严重的危险。首先的问题是培训也许会太泛，因此不足以针对组织的需求。其次是组织太容易拖延培训，甚至更糟，在财政紧张时，把培训完全取消。

范例　　当礼来公司（Eli Lily）计划在英国市场推出男性阳痿药品希爱力（Cialis）时，它决定对 450 名英国销售代表中的 250 名进行广泛培训。销售代表的任务是与健康专家就所售药物进行联系，争取让他们将该药作为处方药。销售队伍是围绕顾客群组织的。代表们首先拜访了全科医生、护士和药剂师，专家代表则拜访了医院的医生和顾问，同时国家医疗保障系统（NHS）团队拜访了有预算管理权限的人和政策制定者。计划培训并非易事，因为勃起障碍是一个敏感话题，尤其是当销售队伍中有 60:40 的女性—男性比例时。培训很难适合于不同领域小组的需求。培训传达的策略包括远程学习、家庭学习、居民会议和小组辛迪加，将通过讨论和角色扮演所获得的信息运用到实践当中。除非销售经理认为已经取得了足够的进展，销售代表不会通过该课程。1200 个培训日的费用是 23 万英镑。产品成功地上市了，员工流失率降低，而接触率则由每天 2.8 次上升到了 4.8 次（Pollitt，2004）。

希爱力解决了某些老年人的循环问题，把微笑带回到了他们的脸上。

资料来源：© Image Source/Alamy http://www.alamy.com。

最后，第三个群体使用非正式的或半正式的"看着做"——在职培训。这包括实习生实地观察其他代表，然后由富有经验的销售代表或销售经理来观察他们。没有什么比看着做工作更彻底的了，但采用这种方法组织需要特别关注许多要点。一个是确保这种培训是全面的，涵盖了工作的所有方面；二是确保坏习惯或有问题的技术不被传承下去。这种在职培训的主要问题是培训通常不是由专业培训员完成的。因此质量可能会参差不齐，并且没有机会把新的理念引入销售团队。

激励和补偿

一个组织不仅要激励新人加入它的销售团队，还要确保他们可以从成绩中获得足够的回报，这样他们才不会轻易地被竞争对手挖走（Corn 等人，1988）。有许多方式可以激励销售团队取得卓越的成绩和回报，并且不完全是在金钱基础上。通过培训所获得的自我发展机会、明确的职业生涯晋升路线以及被重视的感觉对于团队中的个人来说都可以提升工作的满意度。

此外，工资是吸引和挽留富有责任感的销售团队的重要因素。存在三种主要的补偿方式：直接工资、直接佣金，以及工资和佣金相结合。每种方式都包含许多优点和缺点，如表 10.2 所列。纯工资制薪酬方案是指在工资基础上支付固定的金额。纯佣金制薪酬方案则意味着收入与销售额和利润直接挂钩。最后，最通行的方式是组合计划，包括部分工资和部分佣金。选择最恰当的方式部分取决于销售任务的性质，以及既定的培训和招

表 10.2 补偿计划比较			
	纯佣金制	纯工资制	一部分工资/一部分佣金
代表激发销售的积极性	高	低	中等
代表建立顾客关系的积极性	低	高	中等
代表参加培训的积极性	低	高	中等
组织的成本效力	高	可能会低	中等
组织成本的可预测性	低	高	中等
代表收入的可预测性	低	高	中等
便于组织管理	低	高	低
组织对代表的控制	低	高	中等
组织推动特别产品销售的灵活性	高	低	高
整体上，最适合于	• 需要有闯劲的销售 • 几乎没有非销售任务	• 培训新代表 • 存在困难的销售辖区 • 开发新辖区 • 有许多非销售任务	• 组织希望激励和控制 • 销售辖区都有类似的情况

聘成本内可以承受的员工流失率。

绩效评估

如果许多销售代表都远离办室基地工作，监督和控制个人的销售活动就是销售管理任务中一项重要的职能。销售代表的业绩可以从定量、定性两方面进行衡量。定量评估可以结合投入或产出测量，通常要参照目标和基准进行（Good、Stone，1991）。投入测量评估的是拜访次数和客户覆盖之类的活动。产出测量聚焦的则是结果而非方式，包括对销量、销售额发展、新客户数量和特别产品销量的测量。

为了全面掌握销售代表业绩的情况，往往也会使用非正式的和主观的定性测量。这些测量可能包括态度、产品知识、外貌和沟通技巧。结合量化测量来使用它们，销售经理也许能够找出潜藏在所获正式结果的量化证据背后业绩特别好或特别差的原因（Churchill 等人，2000）。

无论采用哪一种方式，评估都可以为更深入的分析打下基础，鼓励提前的而不是应激性的销售管理方式。这种分析可以预示需要采取的拜访方针、培训或激励方面的行动，甚至与销售团队无关，但却与产品或其营销战略有关的问题。

小结

• 广告是使用任何形式的大众传媒，与确定赞助人的一种非人员形式的沟通。广告可以帮助创造认知，确立形象和态度，然后通过提示来强化这种态度。对于营销组合的其他要素来说它是一种无价的支持，例如在准备销售团队时创造认知和对组织的积极态度，或是通过传播销售促销。广告在更广泛的营销组合中也有战略用途。它可以促进产品定位，从而支持溢价，甚至有助于摆脱需求的季节性波动。

- 广告讯息非常重要。它必须能提供消息，具有说服力，并且能够吸引注意力。它必须适合目标受众，用他们可以适应的方式跟他们说话。广告主有许多创意诉求可以使用：理性诉求、感性诉求和以产品为中心的诉求。诉求必须与目标受众相关，能产生足够的影响，让想要的讯息得以传播，使受众遵照执行。

- 广告主有很多媒体可以选择。广播媒体在所有人群中有很高的到达率，但它很难精确地瞄准特别细分市场。电影是一种相对次要的媒介，它可以传递给被动的、非常明确的受众。由于声音品质和银幕的尺寸，它可以对受众产生很大的影响。平面媒体包括杂志和报纸。杂志往往拥有明确界定的读者群，他们能够接受与杂志主题相关的广告内容。另一方面，报纸只有短暂的生命周期，往往只是被浏览而不是完整地阅读。户外媒体包括广告围栏、海报、环境和与交通相关的媒体。它们可以提供分类讯息，吸引百无聊赖的乘客和路人的注意。它们可以产生高频率，因为人们往往会定期路过某些地点，但由于天气和地点环境的原因，户外媒体可能会损坏。

- 广告代理公司常常用于提供专业技术。选择代理公司是一项重要的任务，组织需要仔细考虑相关的选择标准。一旦客户签了代理公司，那接下来重要的就是继续沟通，并建立牢固的相互理解，双方根据预期共同促进广告的管理。首先，要决定活动的责任，这样可以对过程和预算保持恰当的控制。一旦明确了目标市场和它们广泛的传播需求，就可以制订出明确的活动目标。其次，可以根据想要达到的目标来编制预算。然后根据目标受众的习惯选择媒体，确定计划讯息的要求和所想达到的到达率和频率。与此同时，广告本身也制作出来了。测试可以建立在制作的不同阶段，以确保正确的讯息以正确的方式传递出去，产生恰当的效果。一旦广告被完全制作出来，就可以实施了。在活动中和活动后，管理人员都会对照原定目标评估广告的效果。

- 尽管人员销售可能会是很费钱的劳动密集型营销传播活动，但它有许多优于其他传播形式的优点。它可以产生冲击，因为它包括面对面的接触，因此不太可能被误解；它可以向目标顾客传递精确的、量身打造的讯息，这些受众已经通过了检查，确定符合恰当的条件；它有助于培育长期的买卖关系。

- 人员销售的实施可能成为长期而复杂的营销活动。过程从明确准顾客开始，然而代表必须做尽量多的关于准客户的背景工作，从而准备最初的方法和相关的销售推介。初次接触打破了买卖双方之间的坚冰，使约会得以达成，真正开始销售。销售推介将给代表提供机会在尽可能好的情况下展示产品，同时允许顾客提出问题，并提出他们可能有的任何异议。针对交易细节的谈判可以自然地导致销售的结束，随后的所有提醒对代表而言都是为了确保顾客购后的满意并努力建立长期关系，带来重复业务和进一步的采购。

- 销售管理是一个重要的营销领域，它涉及许多问题。销售策划和计划意味着决定整个组织和单独的销售代表或团队的销售目标。招聘和培训都是销售管理的重要方面。除了从培训项目中获益之外，销售代表还必须从他们的努力中获得恰当的激励和补偿。这其中一个自然的部分就是绩效评估。销售经理需要确保代表达到了他们的目标，如何没有达到的话，又是为什么。

复习讨论题

10.1　广告可以以什么方式配合促销组合的其他因素？

10.2　找出使用：

(1) 理性诉求；

(2) 恐惧诉求

的案例，你认为广告主为什么使用这些方式？

10.3　找出目前同时使用电视和平面媒体的广告活动。你认为为什么同时使用两种媒体？每种媒体对整个讯息产生了多大程度的作用？

10.4　拟出一份准客户可以参照评估广告代理公司的清单。你认为哪个标准最重要，为什么？

10.5　人员销售过程有哪些阶段？

10.6　找 20 份招聘销售代表的广告并总结出特性和所要求的技能。哪些是最基本的要求？你认为它们对成功的销售人员来说有大的重要性？

案例分析 10

真正会驾车

政策，或准确地说是交通部地方政府与区域司 (DTLR) 在英国已经开展了近 40 年的反酒后驾车活动。过去 10 年用于这些广告的年度预算平均在 200 万英镑左右。尽管不断地在投入，但每年仍有近 600 名道路使用者死于酒后驾车碰撞，还有 1.8 万人受伤，其中数百人为重伤。根据英国皇家汽车俱乐部基金会的统计，酒后驾车占到了道路死亡的六分之一，25 岁以下的驾驶人更可能卷入酒后驾车碰撞，呼吸测试不过关的男性是女性的三倍。

过去几年，为了设法改变酒后驾车行为，采用了许多不同的广告方式，受预算的限制，目标受众和媒体开发不得不区分优先顺序。曾经有广告展示了酒后驾车者给他人生活造成的可怕伤害——爱尔兰仍在使用的方式是它们的"你能带着羞愧生活吗？"活动。同时还展示了"负起责来"的讯息来影响某些人，调查显示那些最不愿意改正他们酒后驾车行为的人更可能受自私动机的影响。这导致制作集中于酒后驾车的个人后果的广告，其中既有很实际的后果，如失去驾照和工作、被罚款或监禁、留下犯罪记录和被征收更高的保费，也有身体上的后果，如成为像 1995 年"来，戴夫，再喝一点"广告中的戴夫那样的植物人。

由于预算的原因，活动通常都集中在圣诞节前后，该段时期被认为人们更有可能冒险酒后驾车。下面是 2001 年的活动，它展示了急救服务参与破坏性酒后驾车碰撞现场的真实影像，伴之以不协调的欢快的圣诞歌曲和颂歌作为背景音乐，一篇题为《不要酒后驾车，不要唠叨》的文章出现在了《每日电讯报》上 (Williams，2001)。该文章继续说"就像莫克姆（Morecambe）和怀斯（Wise）经常重复的那样，但它相当地没有娱乐性，政府反酒后驾车活动已经成为圣诞电视节目的一项悲伤特色达 25 年了"。但它没有反映普遍的观点，文章对于唠叨语气以及以圣诞节为中心（但证据显示酒后驾车全年都会发生）的

1998 饮酒／驾车广告

资料来源：© Crown Copyright，经 Home Office 同意进行了复制。

批评具有一定的道理。尽管无法从财政上支持全年的活动，但通过开发更综合性的方式来开展全面的道路安全活动（超速、不系安全带和酒后驾车），通过向所有人灌输"三思而行"的理念，地方政府与区域司不遗余力地使人们思考全年的安全驾车问题。

由于认识到更长的白昼、更温暖的天气和越来越多的饮酒场所和机会是导致酒后驾车的因素，2005 年开展了一项夏季活动。在聚焦圣诞节之后又进行这么长的时间，地方政府与区域司想要指出夏季出现的酒后驾车伤亡活动和圣诞节期间一样多。目标受众是年轻男性，多媒体广告抓住了这些受众态度的本质，以及它对他们行为的直接影响。比起酒后驾车会给他们造成的伤害，他们更担心"被抓住"；他们认为知道自己的"极限"，可以喝很多而不醉；他们认为只有当你酩酊大醉时才真正会有危险。

2005 年 6、7、8 月，电视上专门在星期四、五、六、日播放了广告"碰撞"。配合夏季大片，同样的广告也在电影院进行了播放。电台广告"该你了"自 6—9 月在星期五至星期日的广告时段在国家电台播放，同期也投放了海报和传单。尽管主题所采用的角度不同，所有的广告活动中都展示了同样的潜在讯息——酒后驾车的决定是在酒吧中作出的，而不是在路上作出的。所描述的情境不像以

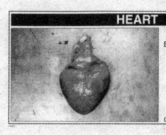

广告逐渐开始鼓励人们不要将饮酒和驾车混在一起，这种广告变得更加有冲击力，展示了酒后驾车所造成的死亡和破坏。

资料来源：Image courtesy of the Advertising Archives.

前的广告那么生动，主要集中在前往酒吧的普通事件，但它希望在酒吧决定喝上一杯或再喝上一杯的时候是戏剧性的，在年轻观众看来会有更多的认同感，在此前更血淋淋的广告中，他们没有把自己视为潜在的撞车受害者。

电视和影院中所播放的 30 秒广告表现了三个人下班后聚到一起安静地喝酒。其中一个人喝了两杯，广告中的"英雄"试图拒绝，因为他要开车，但很快就屈服了（"毕竟才两杯而已"）。在此期间，画面换成了酒吧一个充满吸引力的金发美女，我们坐着的"英雄"已经和她相互眉目传情，他的伙伴忍不住给他说了点什么。她走向他们的桌子时他决定喝第二杯时，然后他被一辆"看不见"的车撞得飞过房间，最后倒在地上瘫成一堆。同时我们看到那群伙伴在他们的桌子上前后猛扭，就好像卷入了一场迎面而来的碰撞。这生动地描绘了酒后驾车灾难性的后果——撞车、流血——在当今安静而舒缓的酒吧环境下，很轻松地就作出了再喝一杯的决定。

"该你了"的电台广告聚焦于同样的场景。它也是以汤姆下班后和伙伴安静地喝一杯开始，整个广告背景都有酒吧低低的嗡嗡声：

汤姆的伙伴：再来一杯，汤姆？

汤姆：不行了，伙计，我还要去见雷切呢。

汤姆的伙伴：还有呢？

汤姆：我已经喝了一杯了，我要开车，不是吗？

汤姆的伙伴：来，伙计，该你了，再喝一杯没事的。

（伙伴心想）多喝一杯也许会有事，但在他买给我欠我的酒之前我是不会让他离开的。

汤姆：好吧，好吧，就一杯，但我必须要走了。

汤姆的伙伴：不管怎么说，汤姆，你是个男人。

（伙伴心想）如果他被警察逮到的话他就不是个男人，但那是他的驾照，又不是我的，那是他的问题。

两人一起：干杯！

2001 年酒后驾车广告

资料来源：© Crown Copyright，经 Home Office 同意进行了复制。

旁白：记住是谁开车。记住那是谁的驾照。三思而行，不要酒后驾车。

海报和传单也是表现了两个伙伴在酒吧里喝酒，他们的身体都东倒西歪了。这里的讯息是"你无法计算你的酒精限度。因此，不要试"，并且用诸如个人的体重、性别、年龄、新陈代谢、压力程度、所吃食物数量、所饮酒精类型和数量等事实作为支持，说明所有这些都会导致不同的人在不同的时候对酒精产生不同的效果。

因此已经从描写不正常的道路车祸惨剧转向描写酒后驾车的平凡事实，就像皇家防止虐待动物协会（RSPCA）的广告中的小狗一样是日常生活的实情，而不只是圣诞节！

资料来源：Williams（2001）；http://www.thinkroadsafety.gov.uk/campaigns; http://www.racfoundation.org; http://www.rospa.com/roadsafety。

问题：

1. 在媒体策划中指定每周的时间并不常见。你认为在此案例中为什么指定特别的日子来播放电视和电台广告呢？

2. 列出在所描述的广告执行中可以直接与对目标受众态度的认识挂起钩来的单独的因素。

3. 此次活动利用了电视、影院、电台、海报和传单。你认为每种媒介的在活动中所起到的作用是什么？如果所有钱都花在一种媒介上的话，会失去什么？

4. 思考另一个想要影响和改变确立的态度的广告。它在哪些方面与这次活动相似或不同？

4P：促销，其他营销传播工具

Promotion: other tools of marketing communication

学习目标

本章将帮助你：

1. 通过销售促销所能达到的目标以及它在锁定消费者、零售商和 B2B 消费者时使用的方法来定义销售促销、了解它在传播组合中的作用；

2. 通过销售促销所能达到的目标以及它所使用的各种方法了解什么是直接营销、领会它在传播组合中的作用；

3. 认识创造和维护消费者数据库的重要性，了解把数据库用作直接营销工具的重要性；

4. 了解贸易展示和展览会对实现 B2B 营销目标的促进作用；

5. 定义公共关系，了解它在支持机构活动中的作用，并概述公共关系的技巧以及它们对不同类型公众的适用性；

6. 认识营销传播组合中赞助的作用，以及不同类型赞助的利弊；

7. 理解善因营销的本质以及它为所有参与者提供的利益。

■ 导言

　　本章讨论一系列营销传播工具。首先，我们将探讨销售促销。从传统意义上说，销售促销是广告的穷亲戚，它实际上涵盖了一系列引人入胜的短期战术工具，对长期促销战略起到了重要的补充作用。其目标是为产品或服务提供超出普通产品的附加值，从而为购买或试用创造一个诱因。虽然单独的销售促销经常被认为是短期战术措施，但总体而言，销售促销作为促销组合的一个要素正日益被看做是一种有效的战略工具，同其他促销要素一起发挥作用并支持它们。

　　本章将更加明确地定义销售促销，它所使用的技巧以及它在促销组合所能起到的战略作用。

范例　　销售促销采取许多不同的形式，但都能显著地影响我们的生活。苏格兰人竭力反对对最受欢迎的销售促销之一"欢乐时光"的威胁。酒馆提供各种各样的待遇来吸引消费者尽早地进入酒吧，目的在于让他们待到很晚。因为苏格兰议会试图限制未成年人暴饮，"买二送一"饮品和其他降价销售促销受到了威胁。如果通过的话，新的法令将禁止"鼓励或者试图鼓励一个人购买或消费比在其他情况下打算购买或消费的更多的酒"的促销（Marketing Week，2005j）。

　　体育零售商 JJB 公司也许不会面临同样的限制，但它同样使用了销售促销来促进存货流通。将打印好的游戏卡塞入足球杂志，给读者一个唯一的号码。然后，他们必须光临一家 JJB 的商店，把数字输入一个小键盘才能查看他们是否获奖。中奖游戏卡可以通过 JJB 的网站兑换（Gander，2005）。

　　之后要考虑的是直接营销。直接营销不仅仅是"垃圾邮件"，它包含大量被普遍使用的技巧，不仅有直邮广告，还有电话销售、直接反馈机制、邮购和互联网营销。本章将着眼于每个领域，但互联网和新媒介方式稍后将在第 14 章更详细地讨论。

　　也应该简要地考虑贸易展示和展览会，尤其是作为 B2B 传播组合中的一个有用部分。我们分析了它们对组织的作用和价值，尤其是它们催生合格的销售领导者、强化组织在市场中的地位和形象，为未来的直接营销活动打下基础的能力。

　　公共关系（PR）是营销传播的一个领域，它专门处理组织与公众之间关系的质量和性质，这些公众，如：资金支持者、雇员、贸易联盟、供应商、它应负责的法律和监管机构、有利益关系的压力集团、媒体，以及许多其他的团体或"公众"等，有能力对组织的商业活动产生影响。它最关心的问题是在组织和这些团体之间形成一种合理的、有效的、可以理解的沟通，这样才可能分享观点。虽然宣传或新闻关系能起重要作用，但公共关系却能利用更广泛的活动，本章将提及这个问题。

　　本章最后的部分思考了赞助和善因营销（CRM）。体育、电视节目和艺术活动的赞助将根据双方所获得的利益讨论。善因营销与赞助有松散的联系，因为它的部分职能是关注公司捐款人或赞助商如何帮助慈善组织和其他非营利性组织。它还包括将公司和非营利组织连接起来的公共关系和销售促销活动，并检查所有参与者所获得的利益。

> **范例**　　不仅商业机构在它们的促销策略中采用直接营销，由于直接营销的接触效力和较媒体广告更低的成本，许多善因机构也已经把直接营销应用到它们的筹资策略中来。英国糖尿病协会（Diabetes UK）旨在改善那些罹患糖尿病的人们的生活，这些人单英国一国就有 180 万左右。协会有 18 万会员，目标是 2007 年以前达到 25 万。促销策略包括一些平面广告和直邮广告，针对的是潜在捐赠者和药店、健康中心里的联系材料分发点。保健专家也锁定了糖尿病患者需求的相关信息（Precision Marketing，2005b）。
>
> 　　奥比斯（Orbis）是一家国际救盲慈善团体，它需要筹集资金来支持它在发展中国家的工作。它的资金约有 85% 来自个人捐赠。它的救盲项目包括 DC－10 型号的眼科飞机医院，这是一家装备完善、达到最新技术发展水平的眼外科医院和教学设施，可以飞到需要支持的地方。它决定发送直邮给 11 万户家庭来提升它的形象并吸引捐赠。目标是年龄在 55 岁以上的妇女，投递邮件特别介绍了飞机医院。为了触及受众，它还计划了插页，加到一系列读者剖面与目标群体相符的宗教和医学杂志中（Precision Marketing，2005a）。

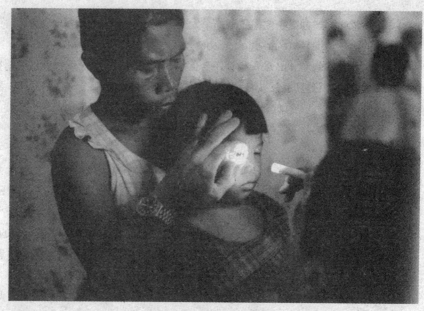

帮助人们重见光明是奥比斯慈善团体的主要目标。

资料来源：ORBIS http://www.orbis.org.uk Photograph ⓒ Matt Shonfeld。

促销

定义和作用

销售促销学会（Institute of Sales Promotion）将销售促销定义为：

……为了实现特定的销售和营销目标，在战略营销框架内设计的一系列的增加产品或服务价值的战术营销技巧。

"战术"一词喻示着一种短暂、急剧爆发的活动，它有望在执行后立即奏效。然而，这种活动在战略营销框架内设计的事实表明它不是一种无根据的措施，也不只是当你不知所措时使事情顺利进行的东西。相反，销售促销应该纳入综合传播组合进行计划，发挥它的最大能力去补充诸如广告等其他领域，利用它特有的能力实现特定的目标，主要是"战术性"的，但有时也是战略性的（Davies，1992）。

然而，定义的要点是销售促销应该增加产品或服务的价值。这是超出普通产品的东西，它使买家停下来思考是否要改变惯有的购买行为，修改他们的购买标准。它以一种切实的方式让买家觉得有价值，无论是免费赠品、现金、礼物还是赢取奖品的机会，在一般情况下，买家是得不到这些东西的。

定义的主要问题也许是销售促销的领域几乎已经超出这个定义了。市场的短期震动战术思想已经全面建立起来并得到了理解，这在本章所列举的许多特殊技巧的核心内容中都会看到。随着关系营销，即建立长期买方—卖方关系的必要性的发展，营销人员一直在寻找拓展传统销售促销范畴的方法，从而激励长期的消费者忠诚度和重复购买行为。

忠诚度计划，如频繁地发放传单，是超出普通产品本身提供附加值意义上的销售促销，但它肯定不是短期战术措施——完全相反。威尔姆舍斯特（Wilmshurst，1993）明确指出创造性设计的销售促销在影响顾客对品牌的态度方面和广告一样有效。这也许意味着销售促销的定义需要改为解释那些战略性的、建立特许权的促销技巧：

> ……为了实现特定的销售和营销目标，在战略营销框架内设计的一系列的给产品或服务增加超出"普通"供应的附加值的战术营销技巧。附加值可以具有短期战术性质，也可以是长期特许权建立计划的一部分。

销售促销的目标

概述

销售促销的目标总体分为三大类：传播、刺激和邀请。

销售促销具备与买家沟通的能力，它所使用的方法是广告很难仿效的。广告可以告诉人们产品是"新的、改进过的"，或者它可以提供某种特性和利益，但这是概念化的信息，人们不能完全理解或接受。而销售促销却可以把产品样本送到人们手中，由人们自己判断宣传是否属实。凭自己的经验判断比接受广告语更有力度和说服力。

刺激通常是销售促销活动的支柱。必须以特定的方式鼓励潜在买家采取行动，这可以通过买卖双方达成的交易实现：如果你这样做，那么我就奖励你那个东西。

范例　建立激励计划也许是容易的，但要撤回就难得多。当公司决定立刻放弃积分加优惠计划（Points Plus Offers）和业主俱乐部（Property Owners Club）计划时，那些收集英法海底隧道（Eurotunnel）忠诚积分的人很震惊，他们几乎没有机会兑换持有的积分。英法海底隧道宣称撤销计划是价格全面修订的一部分，目的是使渡海对更广大的群体来说更便宜，而不是只针对 13 万计划参与者。然而，一些固定的消费者对撤销非常愤怒：精明人估计那意味着失去了每付六次运费就获得的一次免费渡海机会，而整体运费的降低并不能补偿这一点。英法海底隧道撤销激励计划的风险在于它可能会鼓励人们转向低成本的航线或更便宜的渡轮选项（Chesshyre、Bryan-Brown，2004）。

通过刺激，促销的产品告诉人们："买我，现在就买我。"因此，促销是一种邀请，请人们留意产品，考虑你的购买决定并且快速行动。大多数销售促销的短暂特性增强了立即获取邀请的紧迫性。它阻止买家推迟试用产品，因为"额外的东西"不会等很久。特别对顾客来说，售点代表着至关紧要的决策时间。产品通过销售促销在那儿上蹿下跳，叫喊着"嗨，看看我！"，这就给交易提供了最清晰可行的邀请。

本部分其余的内容将进一步关注销售促销在它使用的关系中所能达到的目标。

制造商—中间商（贸易促销）

在最好地展示商品优点、使它们更容易被消费者获得方面，中间商为制造商提供了重要的服务。然而，在一个竞争的市场上，制造商可能希望使用销售促销技巧来鼓励中间商出于不同目的对特别产品产生特别兴趣。在与制造商在他们所想的方面进行合作之前，中间商可能期待或坚持销售促销。

如图 11.1 所示，下面将围绕着获得更多的产品渗透、更多展示和更多中间商促销努力来讨论贸易促销。就像菲尔（Fill, 2002）指出的那样，这可能导致制造商和中间商之间的矛盾，因为中间商的首要目标是增加商店的流量。所以刺激水平必须非常有吸引力！

增加库存水平。中间商持有的一种特别产品越多，他们就越会尽责尽力地尽快销售。而且，中间商的存货空间是有限的，所以你的产品占有的空间越多，竞争对手的空间就越少，货币或者赠品刺激可以鼓励中间商增加订货，虽然效果可能是短暂的，而且从长远来说中间商从促销活动中获得了赠品，甚至可能会减少订单。

增加/改进货架空间。制造商之间为了在零售店中获得货架空间会产生激烈的竞争。对货架空间的需求远远超过供给，因此中间商愿意接受刺激来帮助他们将这种稀缺资源分配给特定产品或制造商。这又和货币或产品贸易促销联系了起来，但也可以是联合促销协议或销售点促销的一部分。所获得的货架的质量也很重要。如果一个产品要吸引顾客的注意力，那就要显眼。这意味着它的陈列或者要与消费者视平线等高，或者要处于超市走道的末端，这里是顾客拐弯、所有推车发生堵塞的地方。对这些非常值得争取的展示位置，也叫黄金区域，会有激烈的竞争。以中间商为导向的销售促销可以帮助制造商更有力地完成他的想法。

新产品上市。上市期在任何新产品的生命周期中都是一个微妙的时期，如果营销战略在分销方面疲软，那就可能是致命的。新产品需要被恰当的中间商所接受，这样所有想试用它的顾客才买得到它。然而，从贸易角度来说，新产品是一种潜在的风险。如果卖不出去怎么办？贸易促销（尤其是使用推动战略的贸易促销）能够降低一些风险。货币促销降低了产品滞销的潜在财务损失，而"销售或退货"促销消除了卖不掉的存货被

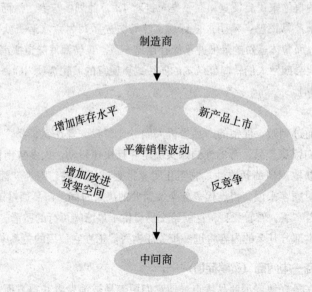

图 11.1　制造商—中间商销售促销目标

剩下的担忧。同时，销售团队的支持再次向中间商确保员工已经做好准备，愿意并且能够销售产品，他们完全了解产品的特性及好处。这尤其适合于更复杂的、不经常购买的物品，如电器。

平衡销售波动。某些产品，如剪草机、冰淇淋和度假，是受季节影响的。而产品供应计划或所采纳的定价政策可以帮助克服这些问题，销售促销也可以起到一些作用。如果制造商能够鼓励中间商多进货或者在"淡季"更卖力地推销产品，全年的销售就会更平衡一些。这个过程通过相关的消费者导向型促销也可以得到加强，这样制造商就可以通过同步的推拉活动获得额外的配合。

反竞争。前面已经提到制造商为了吸引中间商的注意要和其他制造商竞争。因此，销售促销充分利用战术武器来破坏或削弱竞争对手活动的效果。例如，如果你知道竞争者将要推出一种新产品，你可以利用贸易促销来把你的相关产品填满一个关键的中间商，这样一来，最好的结果是他们不愿接受竞争者的产品，最坏的结果则是他们会同竞争者展开一番艰难的讨价还价。

零售商—顾客（零售促销）

零售商用和制造商争夺中间商注意力相同的方式争夺顾客的光顾。商店特有的销售促销，无论是与制造商共同准备的，还是零售商自发的，都有助于使一家商店区别于其他家，吸引人们进入。零售商也试图以长期战略的方式使用销售促销来建立商店忠诚，例如通过会员卡计划让购物者随时积分以兑换礼品或现金抵用券。零售商出于多种原因使用销售促销，总结如图 11.2。

增加商店交易量。零售商的一个首要目标是让人们走进商店大门。任何种类的零售商专用销售促销都有机会这么做。例如，挨户投递或在地方报纸上印刷现金抵扣券都能吸引那些不常在某家商店购物的人。这种促销也可以鼓励零售替代，给购物者刺激，让

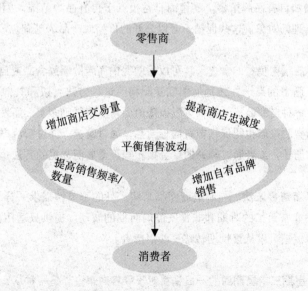

图 11.2 零售商—消费者销售促销目标

他们光顾一家零售店而不是另一家。一个电器零售商可以广告为期一天的销售，在这一天里有少量精心选择的商品以最低价促销。这个诱饵带来了潜在消费者，即使真正的便宜货早就没有了，他们还会看看其他商品。

提高购买频率和数量。 即使消费者已经在一家零售店购买了东西，零售商还是希望他们买得更勤、花得更多。

范例 短期促销经常被零售商用来提高商店流量。例如，超市经常使用价格优惠来吸引购物者进入商店。通过当地报刊和店内固定区域散发的宣传活页告诉人们一部分精选的名牌商品将以最低价出售，购物者被诱惑着来看看。优惠的品种每星期都会变化，保持了购物者的新鲜感。希望是购物者每个星期都来，一旦进入商店，他们所买的会远远超出有限的打折品牌范围。

提高商店忠诚度。 超市尤其喜欢使用销售促销作为激发商店忠诚度的手段。各种与提高购买频率和数量有关的活动都有助于提高忠诚度，轮流使用优惠券和现金抵扣优惠的计划也有帮助。然而此类促销的问题是它冒险培养了"交易倾向"混乱的消费者，他们转向任何一家目前正在提供最好的短期促销优惠的零售商。对此，一些零售商引入了使用刷卡的忠诚计划来进行反击。

范例 在英国，特易购首家推出了俱乐部卡（Clubcard），圣斯伯里随后推出了它的收益卡（Reward Card）（后来变为 Nectar）。为了累积积分，购物者有积极性在特定的零售店定期购物。利用消费者数据库，优惠券和现金折扣券会定期发行并送达消费者家中，这样就建立了一种较为牢固的、更人性化的零售商—顾客联系。

增加自有品牌销售。 零售商日益投资于自有品牌范围。因此，整个消费者导向促销有了合理的对象。这些促销不必以公开的价格或产品为基础。

范例 店铺内免费的食谱卡片可以帮助促销商店的新鲜食品或自制产品，它为购物者提供了膳食的点子，鼓励他们购买配料。这种方法可以和其他促销方法结合使用，例如，一种自有商标的配料可以以降价为特点来鼓励多买。所发出的带有忠诚卡说明和优惠券的杂志也能促销自有商标商品，通过菜谱、通过解释产品用法以及它们的好处的小册子，或者通过额外的现金抵扣券等更显而易见的方法也可以达到这种目的。

平衡销售波动。 与制造商面临某些产品的季节性需求一样，零售商也要应付一周或一年中非常繁忙的时期和非常安静的时期的波动。提供只适用于某些天或某个交易时段的销售促销可以从繁忙期转移一些消费者。

范例 星期三或星期四的一日销售对于零售商来说，是一种从繁忙的周末转移购物者的好办法，特别是如果它在当地得到了很好的宣传的话。一家 DIY 零售商规定在周三下午为上年纪的市民打折，可能因为那是一个容易界定的群体，由于他们不可能还在工作，所以可以改变他们的购物时间。从既要确保有足够的人手可用又要保持货品足以满足购物者的角度来看，超市发现每天购物者数量的急剧变化是非常麻烦的。因此，它们正在考虑用价格促销来奖励那些在闲时购物的人，惩罚那些"有钱无闲"的人。

制造商—消费者（制造商促销）

拥有符合心意的分销渠道对制造商来说显然很重要，但仍要对消费者做许多工作以确保产品持续旺销。毕竟，如果消费者对产品的需求看涨的话，这本身对零售商进货就是一种鼓励，有效地充当了一种推动战略。制造商使用销售促销来吸引消费者有许多原因，图 11.3 列举和总结了其中的部分原因。

鼓励试用。鼓励试用的基本原因类似于早先讨论的有关中间商和新产品上市的问题。新产品面临不为人知的问题，因此需要一定的刺激来鼓励人们试用。样品帮助消费者自己判断产品，而优惠券、现金抵扣和礼品则降低了"错误"采购的经济损失。因此，销售促销在产品生命周期的早期起到了重要作用。

扩大用途。扩大用途包括使用销售促销鼓励人们找到不同的办法使用更多的产品，当然，这样一来他们就会购买更多的东西。

> **范例**　蛋黄酱品牌好乐门在消费者购买它的各种蛋黄酱产品时会为他们提供一本免费食谱。只要拨打标签上的电话号码就可以得到这本有 12 道食谱的书。产品罐身上也有配图的、特别设计的标签鼓励消费者按不同的方法使用好乐门（Promotions and Incentives，2002）。这种促销很好地结合了好乐门的电视广告，该广告展示了使用该产品搭配各种不同的食品和用餐场合的巧妙方法。

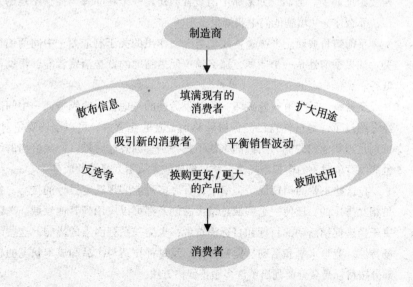

图 11.3　制造商—消费者销售促销目标

散布信息。销售促销可以被有效地作为一种把信息传递给消费者的方法。例如，即使是一个小小的挨户发送的样品包也不仅可以让消费者体验产品，还能给制造商一个机会告诉消费者许多关于产品性能和好处、购买地点以及系列内相关产品的信息。虽然广告也能做同样的信息散布，但它很容易被忽视。如果消费者想要试用样品，他们就会更注意收到的信息，然后才会看广告。

吸引新的顾客。一个成熟的产品也许要尽力获得新的消费者，无论通过是转变非用户，还是把不规律的顾客或者在不同品牌间摇摆的人变为有规律的买家。广告只能为产品创造一个正面的形象，而销售促销对于激发首次试用或者重复购买来说是必需的。如果有强大的广告配合，依靠随时收集代币索取邮递优惠品之类的促销足以建立有规律的购买习惯和品牌偏好。

换购。换购有两个方面。一方面是让消费者换购更多的数量，另一方面是让他们换购更贵的产品。当制造商觉得消费者易受到侵略性竞争的攻击时，换购更多的数量尤其有用。更多的数量延长了消费时间，消费者在售点受竞争性诱惑的频率就会减少。任何只适用于更多数量而不是更少数量的促销行为都可以达到此类换购目的。劝说消费者换购更贵的产品对制造商有好处，这是因为这类产品有更高的利润。汽车经销商和制造商经常这么做。特别针对某一型号或品种的产品进行促销，或随着品种的增加使用更加贵重、更有吸引力的促销，可以帮助把消费者的注意力集中到更高端的产品上。价格型促销在这种情况下可能并不是个好点子，因为它有让产品掉价的风险。

填满。填满在一定程度上是一种防御性机制，保护你的消费者不受竞争的影响。一个要在规定期限内收集代币或标签换取邮寄优惠的消费者，或者发现一种降价优惠特别诱人的消费者也许最后会购买大量的产品，超过了他们能马上用完的程度。这样一来，消费者有效地退出了市场直到存货被用完。这是一柄双刃剑：优点是他们不太可能听从竞争对手；缺点是你一段时间内也不可能再卖东西给他们，因为你已经有效地提前把东西卖给他们了。当然，如果那个消费者最初是一个在品牌间摇摆不定的人，或者是非用户，那么你会从填满他们中获得很多东西。

平衡销售波动。平衡销售波动与上面作出的关于制造商—中间商销售促销的评论有关。如果季节性是一个问题，那么销售促销瞄准的就是消费者能够帮助稍稍平衡高峰和低谷。

反竞争。反竞争或者破坏竞争对手活动的考虑在讨论制造商—中间商销售促销时已经介绍过了。通过你自己的促销转移消费者的注意力，可以削弱竞争对手努力的影响，特别是当凭他们的能力所做的事情不是特别有创意的时候。一次恰当的地区性销售促销也能给竞争对手的模拟市场测试结果造成假象或引入怀疑的成分。

在这些主要的销售促销类型中，有许多可能实现既定目标的技巧。各领域的技巧不是相互排斥的，任何一个领域总结出的创意都可以应用到其他领域。选定的技巧不仅取决于销售促销活动的目标和目标消费者，也受一系列因素的影响。这些因素典型的有市场特性、竞争水平和活动、促销目标以及每种技巧与产品和成本状况的相关性。下面一部分按目标受众分类列出了许多销售促销方法。

对消费者使用的销售促销方法

货币化促销

　　货币化销售促销是制造商或中间商使用的非常流行的一组技巧。有时候是在"现金返还"基础上操作（收集一定数量的代币，然后发出去作现金抵扣），但更常用的是以各种方式实施的直接降价，作为一种短期措施来设计，或是为了赢得竞争优势，或是为了抵御竞争行为。这种降价行为必须被视为是暂时性的，否则消费者不会认为它们是刺激。此外，如果货币化方式使用得过于频繁，消费者就会认为促销价格实际上才是真正的价格。而后，他们会认为产品比实际价格便宜，于是相应地调整他们对产品的定位和质量的看法（Gupta 和 Cooper，1992）。

　　优惠券（印刷的票据，消费者可以拿到零售点申请给产品一定的现金减免）是一种货币化的销售促销形式，它看起来不像削价，主要是因为货架上的报价或产品上的价格没有变化。优惠券比直接降价还更容易有选择，因为只有那些收到优惠券并记得用它来兑换的人才有资格获得折扣。然而，事与愿违，优惠券很普遍，被消费者滥用了。除非优惠券确实有较大的产品折扣，或者产品本身比较新奇、令人振奋，否则很难让消费者产生热情。

　　有不同的方法发放优惠券。它们可以印刷在广告、挨户投递的传单、杂志和报纸的插页上，通过直邮广告，或是在售点和包装上提供。现在也可以采取让零售商在收银台发放的技巧，把优惠券作为完整账单一部分发给消费者。

　　对制造商而言，优惠券充当了一种推动战略，使消费者对产品的需求发生了好转，从而鼓励零售商进货并在显著的地方展示品牌。通过告诉他们可以获得什么并通过降低购买的金融风险，优惠券帮助消费者考虑尝试一种产品，随后进行购买，或者换购，无论是更多还是更贵。制造商的主要问题是错误偿付。一些超市，公开或隐蔽地在收银台接受任何优惠券，不管消费者是否真的购买了优惠的产品。要防止这类事情发生是很困难的。

　　货币化销售促销的一项大缺点是由于它们在日用消费品中太普遍了，因此很难提高市场对它们的热情。主要问题是缺乏通常伴随这类方法的创造性。竞争对手很容易效仿或用一次货币化促销来抗衡，所以任何竞争优势都可能是短期的。

　　记住货币化促销是一种很费钱的方法也是很重要的，因为它要把钱放回可能已经购买了产品的人的钱包。如果某个组织对一件产品提供 10 便士的折扣，那么除了实施优惠的管理费用以外，在售出的每件产品上还要花 10 便士。换句话说，大部分情况下，与许多商品优惠不同，货币化销售促销使组织用全部现金价值为代价，而长期的影响（尤其是该技巧被滥用的话）将会削弱产品在消费者眼中的价值(Jones，1990)。

　　然而，从好的方面来说，货币化促销相对容易实施，它们可以快速地制订和启动，而且它们已为消费者所理解。它们迎合了许多消费者省钱的本能，消费者很容易评估 10 便士的价格优惠或 1 英镑的现金返还。如果活动的目标是吸引对价格敏感的品牌转换者，或者是对竞争对手近期、迫近的行动作出快速而轻松的反馈的话，就可以采用这类方法。

主要的超市连锁店渴望给消费者一种印象，那就是它们比竞争对手提供更加物有所值的商品，短期降价促销是强化这种看法的方法之一。所有主要的连锁店都有它们真正的价格底线，偶尔这些会被用作吸引注意力的价格声明。这样，在不同的时间，购物者会发现洗涤液每瓶 7 便士，罐装豆每罐 3 便士，其他产品也仅以溢价品牌竞争对手约 10% 的价格出售。这些是除日常精选品之外的产品，日常精选品是从短期削价不太激烈的其他自有品牌和溢价品牌中选出的。自愿连锁超市非常希望开发它们自己的降价策略以便同主要的超市集团竞争。如 Spar 正在进行的 X-tra 价值措施提供了三次每周一次的促销活动，覆盖了店内所有产品种类（http://www.spar.co.uk）。

折扣不仅用在制造商产品上。在前面我们已经讨论了旨在提高价值和购买频率的零售商现金折扣计划。

产品化促销

前面部分反复提到的货币化促销面临的一个风险是消费者很容易将促销与降价联系到一起，这样在他们眼里产品就会掉价。解决这个问题的办法之一就是选择产品化促销。"额外免费"技巧是指诸如一罐自有品牌马铃薯，标明"加送 20%"，或者一包自有品牌鸡肉卷，以两根的价格获得三根，声明"额外的一根免费"之类的优惠。

一次货币化促销也许把 20 便士还回消费者手中；一次产品化促销则可以免费给消费者价值 20 便士的额外产品。对制造商来说，两种选择都回报了消费者 20 便士，但买家对二者的看法是截然不同的：手里的 20 便士意味着"返还了一些东西"；相反，额外的免费产品显然是"多给了一些东西"，在消费者看来，这可能比 20 便士更划算。因此，这些产品化促销打破了促销与价格之间的联系。该方法对回应竞争对手的价格攻击尤其有效，因为它可以不通过直接的价格竞争塑造一种产品的价值形象。

与在一个产品包装中提供额外的免费产品相比，买 1 送 1 优惠围绕的是更大的回报，主要是为了填满消费者。它的口号大力宣传"100% 额外免费"。零售商越来越多地使用该方法的变种，尤其是大宗采购的商品，提供"买二送一"。

这些优惠也许比加送 20% 需要的前置时间更短，因为它们不涉及包装的明显改变。如果需要的话，在主要生产线上就能把两个普通包装绑到一起。在零售商使用"买二送一"优惠的情况下，根本不需要捆绑。通过货架上的通告就可以提供优惠，对电脑化的收银台进行编程，当规定数量的产品通过扫描时，就可自动打折。

把产品带给消费者——不管他们在哪儿

派发样品是一种强有力的促销工具：调查显示超过 70% 的消费者相信挨户分发的样品是"非常有用的"，即使那些声称不喜欢匿名邮件的人也很欢迎样品、优惠券和特别优惠。利用地理人口统计简介系统所提供的成熟技巧，现在可以锁定特定的家庭挨户发送样品或其他东西。正如一个代理公司所说："客户公司从它们的数据库里确切地知道它们想要锁定的人，他们只想把信息传递给那些人。所有的工具都有了。我们现在有可能知道国内的每个邮政编码"(Miller 引述,2001)。挨户营销的行家 TNT 邮政有限公司（TNT post (Doordrop Media) Ltd.）2000 年启动了人员配置服务,这是一项把目标信息送到选定家庭的挨户服务,即,只投递给符合特定条件的家庭。据 TNT 邮政公司称:"我们可以根据各种标准投递到特定的家庭——这些标准可以是他们是否有猫、是否有家用电脑,或者是否有 5~16 岁的小孩。"这就减少了浪费,降低了挨户发送样品的成本。有一家客户是一家大型英特网服务提供商,它想把光盘驱动器发到有个人电脑的家庭。而 TNT 邮政能够投递到 50 万户有电脑的家庭。"这是一种精确而低成本的方法,它可以把有形商品直接送到这些难以接触而又非常有价值的受众手中。"

就算这些精确的、挨户投递的样品也必须努力抓住人们的注意力,确保样品的安全投递。当飞利浦公司想让人们了解它的真柔（Softone）灯泡时,它把一个装有产品介绍和现金优惠券的袋子塞到各家门里。如果消费者感兴趣的话,就在选项框内打钩说明他们想要什么颜色的灯泡,然后第二天把袋子放到门外,样品就会被放到袋子里给他们了。这使公司可以安全地投递易碎物品,也使消费者可以选择想要的样品试用,从而完成更划算、定位更准的样品试用。

家庭不是营销者提供样品给消费者的唯一地方。机场递送也能吸引受众,在等飞机时他们常常需要消磨时

投递灯泡样品的聪明点子。

资料来源: © TNT 邮政（Doordrop Media）有限公司。

间,经常有购物的冲动,经常到机场商店寻找新鲜的体验。雀巢在盖特威克（Gatwick）机场把它的 Polo Supermints 样品发给旅客,然后引导他们到销售该产品的商店。同样,酒精饮料样品也可以在距离卖同品牌饮料的免税商店不远的地方发放。世界免税店（World Duty Free）在靠近它零售店的出发和到达口提供饮料、化妆品和香水样品。该公司发现在刺激销售上派发样品比现金抵扣券或者礼品更有效。

渡口和火车站大厅也是发放样品的好地方。Concourse Initiatives 是一家销售和管理中央大厅空间的公司,它宣称那些经常乘火车往返的人往往是年龄在 45 岁以下的富有的 ABC1,他们当中 70% 是重要的杂货买家,在广义上,对许多制造商来说,这是一个有吸引力的目标群体。每周大约有 240 万人通过伦敦利物浦

街火车站,伦敦以外的车站:伯明翰、利兹和格拉斯哥每星期可以运送 50 万或更多的旅客。假设那些旅客在等火车的时候平均要消磨 7 分钟的"逗留时间",车站就有了提供精美样品的机会。为一家客户在中央大厅建了一个步入式冷冻室,每天发放 25000 份冰淇淋样品,哈根达斯以这种方式在三年多的时间发出了 100 万份样品。健力士汽啤用类似的方法在中央大厅发放样品,并附上传单告诉消费者购买 4 瓶装健力士有折扣,同时还有机会拨打电话免费获得健力士玻璃杯。有趣的是,允许在大厅进行少量的酒类试尝,但却不允许发放瓶装或量大的饮料样品。不能向车站职员或年龄在 18 岁以下的消费者发放,保安随时都要在场。

对许多制造商而言,中央大厅可发放到的消费者数量是有吸引力的,但还有潜在的问题。首先,数量不代表全部。受众可能很多,但太多了以至难以从中确定并选出更明确的亚群体。其次,中央大厅里的消费者,特别是经常往返者,通常会跑到其他地方,除非他们在等车时有闲暇时间,否则他们不会接受信息,特别是在他们有压力的时候。不过,传单还是可以迅速地发给消费者让他们过后再看（在火车上?）,联合竞争对手是一个激发反馈然后进行引导的好办法。

资料来源: Fletcher (1999), Gray (1999), McLuham (2000), Miller (2001), Wilson (2001), http://www.initgroup.com。

　　"免费产品"技巧的变形是派发样品,当主要目的是说服消费者试用一种产品时使用。人们可以亲身体验产品,财政上的风险很小或没有,然后凭自己的经验决定是否采用该产品并购买完整的包装。因此样品是受欢迎而有效的。70% 的家庭声称使用过信箱中的免费样品。附带的好处,尤其是借助售点分发的那些样品,是样本包装能够告诉消费者产品的好处,并且通过直接与完整包装相联系的图形可以有助于店内的品牌识别。

范例　　特洛伊（Trojan）采用了一种在某种程度上更有创意的方式，它决定支使布赖顿的出租车发放 3 万多份它的样品。这是避孕套第一次以这种方式发放。为了避免给"非目标受众"带来不必要的尴尬，样品分发被限制在周四、周五和周六晚上 10:30 以后从夜总会、小酒馆和酒吧出来的男女。避孕套只有在人们问起时并根据司机的判断才能获得（Marketing Week，2005d）。

礼品、奖品或商品化促销

　　大量活动依靠提供奖品、低成本商品或免费礼品来刺激消费者的购买行为。假期、与品牌有关的烹饪书、杯子或印有产品标志的衣服和小件的塑料新奇玩具都属于用来补充主要产品销售的刺激物品之列。

范例　　需要考虑所提供的免费礼品类型。《口袋怪物世界》（Pokemon World）针对的是 10 岁的孩子。当它把一把沾满假血、和实物一样大小的塑料仿制餐刀作为礼物时，它遭到激烈的批评。最初它是被定位为万圣节前夕"不给糖吃就捣乱（trick or treat）"的搭配物，但杂志一个星期以后才上架。批评和公众的反应对《口袋怪物世界》来说是相当尴尬的（Hornby，2005）。

　　礼品或商品化促销。自付优惠是请消费者支付少量的钱，通常要提交特定的购买证据，回报是与所购主产品不一定直接相关的物品。支付的钱通常只够产品成本价和邮递、处理费，如果预期的消费者数量抬高了成本，促销就成了自筹经费。这样的促销经常被用来强化品牌名称和产品认别。

范例　　迪斯尼和 Britvic 饮料之间的联系显示了合作伙伴之间在促销、奖品优惠和定位市场方面的协作关系。一次浓缩果汁的促销在瓶子上使用了罗宾逊一家的形象，它还提供怪物公司的闹钟和一个可分拆的、可爱的苏利娃娃。此次为期 12 周的促销活动在时间安排上与 2002 年 2 月份电影发行和发行后的一段时期相一致。为了获得闹钟，消费者必须寄出四个瓶盖和 6.99 英镑。所要求的瓶盖数量至少保证了短期的品牌忠诚，而 6.99 英镑则包括了闹钟的基本成本和供货管理费。同电影捆绑在一起保证了消费者对该促销的兴奋度，同时它可以从电影本身的市场宣传上获益。除了在包装上进行了显著介绍，该项促销还配合以 200 万英镑的广告活动，用于在少儿电视和平面媒体上打广告（The Grocer，2002b）。活动开始的第一个月，品牌就达到了它 4 周以来最高的 49％的销量份额和 54％的最高家庭渗透率（Derrick，2002）。

　　在免费邮递的情况下，消费者可以申领一份免费礼品，但要提供购买凭据，也许还要提供实际的邮资（但不是处理费或礼品本身的成本）。免费的产品吸引了消费者，并且获得了更高的反馈率，这些反馈可能会为组织提供直接营销的机会。当然，促销只对消费者免费。促销者必须仔细考虑商品成本、邮资、包装、加工、甚至是增值税。所有这些都必须纳入可能的反馈率背景，这样，才能预测促销的总成本，才能订购恰当数量的商品在促销开始时使用。

提供的免费礼品可以包含在商品内，也可以捆绑在包装外面，二者都能够在售点产生重大影响，因为回报是即时的，买家不需要做任何特别的努力来申领。设计一次性礼品来把消费者的注意力吸引到产品上并鼓励他们试用。优惠可能会使他们脱离常规的购买，使他们考虑试用一个不同的品牌。

范例

家乐氏与卡通网络角色史酷比－杜（Scooby-Doo）合作设计了一个袋内促销来增加孩子们对它的 Rice Krispies 和 Coco Pops 品牌的重复购买。每个包装内有一个含两段情节的 DVD 和两个相关的游戏，有四种不同的 DVD 可供选择。促销还和降低史酷比－杜俱乐部会员费相结合。于是，这次促销不仅通过明显的免费礼品标识提供了快速的刺激，而且通过收集整套礼品的愿望确保了促销过程中孩子们不断地纠缠着妈妈持续地购买那些品牌。家乐氏许多年来一直使用孩子们喜欢的角色来促销它的一些谷类食品品牌。

除了礼品没有附着在产品上，要到收银台申领以外，"免费送产品"同附在包装上的优惠类似。例如，消费者可能应邀到售点买一罐咖啡，同时申领一小袋免费饼干。电脑收银台能判断是否满足了促销条件，并且自动从最终总额中扣除饼干的价格。

顾客忠诚计划。如果招徕新顾客的成本不断上升，组织就会把注意力转向保持当前顾客忠诚的办法上来。主要的国际航空公司都有常客计划，许多不同的零售商和服务组织会随赠航空里程，加油站和超市则发行可读卡，顾客籍此像前面所提到的那样进行积分。所有这些计划都旨在鼓励重复购买，特别是在容易转变、普通品牌忠诚度低的情况下。

价格促销是危险的，因为它们使顾客变得对价格敏感，并且它也容易被竞争对手仿效。可以折抵其他商品的代币、积分和印章等都是增加产品价值的方法，同时还能避免昂贵的价格竞争。所以它们被看做是货币的代替品。

然而，忠诚计划的问题之一是它们的绝对数量。当每个航空公司都有常客计划、每家超市都有忠诚俱乐部时，竞争优势就没有了。另外，事实证明该计划激发的忠诚度是可疑的，如案例分析 11.1 所示。不过，忠诚计划正在迅速成为营销中一个既定的部分。

范例

86% 以上的消费者至少从属于一项忠诚计划。使用优惠券和代金券的方案往往被认为比那些像特易购和 BA（案例分析 11）所使用的塑料卡计划低档。优惠券和代金券被同小气的消费者联系在一起，他们不厌其烦地收集零散的小纸片来抵扣他们下次购买的几便士！然而，通过和其他忠诚计划相联系，优惠券近年来已经得到一些普及。现在的优惠券使用者可能是一个年轻的、城里的、开着车的男性，也可能是一位 60 多岁的祖母（Marketing Week，2005c）。繁华商业区的零售商，如博资（Boots）、特易购和许多百货商店已经意识到围绕它们的商店忠诚卡混合使用优惠券、代金券和电子点数计划组合的战略意义。它们都有助于将消费者锁定在品牌上，并创造另一种竞争障碍。

竞赛和抽奖。免费发给产品所有买家的礼品只限于较为便宜而又令人愉快的产品。而竞赛和抽奖则允许组织提供更具吸引力和更有价值的奖励，如汽车、度假和大量现金给少数碰巧足够幸运的中奖买家。这类促销可能会被消费者认为很无聊，除非真有一些对他们来说与众不同的东西。

竞赛

竞赛必须包括一份知识说明，或一份分析性的或创造性的技巧说明，以便产生获胜者。设定大量的多选题，或要求参赛者在一张刮刮卡上刮出三个相同的符号，或者让他们创作一条广告语，这些都是合法的竞赛活动。

范例　　"在鼹鼠到达之前到达"是德士古（Texaco）汽油公司用来支持它的"寻宝"销售促销的广告语。公司在全英国的秘密地点埋了五辆梅赛德斯 SLK 敞篷车，然后向加油者发放卡片给出埋车地点的线索。每个地点用德士古的辖盖作为标记，下面是一把铲子、指示和一面旗子。一部热线电话帮助寻宝者在挖掘之前确认他们是否找到了正确的地点。一辆车在苏格兰的克尔苏被挖出来了，但发现它的三个人说他们不能开走它，因为他们买不起保险！大约 360 万人参与了寻宝，40 万人拨打了热线电话。促销活动由广播、平面、POS 和海报广告作为支撑，产生的公关报道量估计价值 300万英镑（Brabbs，2000；Daily Record，2000；Middleton，2002）。

德士古的顾客被激起了兴趣，当他们购买汽油时会得到埋车地点的线索。许多人怀着得到更多线索的希望被怂恿着再次购买德士古汽油。

资料来源：© Texaco HACL & Partners。

　　抽奖不涉及技巧，但通过抽奖为每一位参与者提供了一个平等的获奖机会。此外，他们必须保证活动是对所有人开放的，不管他们是否购买了产品。因此，《读者文摘》的抽奖不得不对那些没有订阅的人开放。

　　这类活动很受消费者和组织的欢迎。消费者获得机会赢取一些有价值的东西，组织则希望用固定的费用吸引额外的销售。对价格和礼品化促销而言，你卖得越多，促销就越成功，成本也就越高，因为你每次销售都要付费。而对竞赛和抽奖来说，活动越成功，它吸引的参加者就越多，但奖品却是固定的。一次受欢迎的竞赛或抽奖中唯一的失败者是消费者，他们赢的机会微乎其微！然而，在某些阶段，消费者可能会对这类活动很厌烦，特别是当他们认为他们没有合理的获奖机会时。在那种时候，一种更直接但价值不太高的刺激可能更合适。

范例

　　Müllerlight 想要推动销售并保持它的市场份额。市场研究显示具有代表性的消费者看到了酸奶的价值和品牌宗旨与布里奇特·琼斯（Bridget Jones）性格的联系。当《BJ 单身日记 2》（Edge of Reason）上映时，Müllerlight 开展了一次大型的包装促销，在 7000 多万罐 Müllerlight 酸奶和 340 万包 Müllerlight 乳酸饮料上提供 11000 份奖品。邀请消费者通过使用短信和赢取竞赛来享受一段布里奇特·琼斯时刻。如果他们在包装上的销售截止期内发送短信，就会收到一个需要解决的布里奇特·琼斯式的问题。对于发回的答案，立即可获得的奖品包括赴泰国的奢侈度假、香槟、巧克力和电影票。对于失败者，他们会收到幽默的信息，告诉他们再试一次以保持重复参与和作战的动力。该项活动吸引了 20 万人次参与，几乎有三分之一是重复参与，说明了品牌忠诚实际上是由计划协助的（Promotions and Incentives，2005）。

如果你想要像布里奇特·琼斯一样年轻、健康和性感，那么吃 Müllerlight 酸奶也许可以帮助你得到你的男人。

资料来源：ⓒ Müllerlight, Müller Dairy UK Ltd （left）；ⓒ Laurie Sparham/Universal Studies/Bures L.A. Collections/Corbis （right）。

商店化促销

本部分主要关注在零售店可以做些什么来刺激消费者对产品的兴趣，引导可能的试用或购买。

销售点（POS）的销售促销在顾客进入商店时还未决定买什么或者正准备转换品牌的情况下很重要。有许多不同的销售点材料和方法可以采用，包括海报、陈列、自动售货机、垃圾箱和其他用于盛放产品的容器。借助闪光信号、视频、信息屏和其他吸引注意力的陈列材料，新技术进一步改变了销售点的促销。互动式的销售点系统可以帮助顾客选择最适合他们需求的物品，或者引领他们获取其他促销优惠。

店内演示是非常有效的吸引兴趣和试用的手段。零售商和制造商使用食品烹饪演示和品尝的方法，特别是当产品有些不寻常、要打开才有效果的时候（即，新品奶酪、肉、饮料等）。其他演示包括化妆品调配和应用、电器设备，特别是如果它们是新品和不寻常的产品时，还有汽车。这些演示可以在零售环境下进行，但购物中心陈列区域的扩展为通过演示进行的直销提供了一种更灵活的手段。

> **范例**　　在英国，对 SPAM（一种罐装肉）促销的挑战不太强烈。许多消费者都知道这个产品，但把著名的蒙迪·佩森（Monty Python）SPAM 小品和 SPAM 在学校午餐中的地位联系起来却使几代消费者觉得他们喜欢它，但他们却从未吃过它！挑战始于 12i 面对面营销，它在英国中部和北部 65 家圣斯伯里、特易购、ASDA 和 Somerfield 商店组织了 SPAM 的路演，在店内提供热的和冷的 SPAM 样品。难以置信的是，参与商店的 SPAM 销售增长令人瞩目。通过前端营销，消费者可以品尝到味道并看到打破陈规的品种。立顿冰茶有同样的问题，它要说服英国购物者冰茶比起讨厌的冷茶来说是一种美味而新鲜的饮料。店内试尝是否会说服他们还有待观察（Marketing Week，2005i）。

零售贸易的销售促销方法

日用消费品制造商依靠零售贸易来销售他们的产品。就像消费者有时需要额外的刺激来尝试一个产品或购买它一样，零售商把产品推进分销系统并卖给顾客也需要鼓励。当然，前面的章节提到的许多消费者导向型活动通过拉动战略推动了这个过程。有些贸易促销同消费者促销紧密联系，从而创造了推动和拉动战略的协作。主要的推动促销在价格促销和直接协助对终端顾客的销售方面是不同的。下面我们将依次分析。

补助和折扣

补助和折扣旨在保持或增加分销渠道的流动存货量。首要的是让零售商进货，然后通过提供价格优惠来影响订货方式。这里讨论的所有优惠都是鼓励零售商在一个时期内增加所持有的存货量，这样就有可能激励他们更加积极地销售产品。当制造商品牌之间竞争激烈时，这可能会特别重要。

如果他们满足了与采购量挂钩的条件时，可以给零售商提供每单订货折扣或大宗折扣。即买即赠的模式也普遍被采用（如买 10 送 2）。一种更复杂的技巧是折扣佣金，这是一种长期的、按季度或年度奖励的追溯性折扣（retrospective discount），它取决于约定数量或销售目标的达成情况。这些可以适用于销售配件的工业分销商的零售店。虽然这种额外折扣可能会很低，也许只有 0.5%，但对 50 万英镑的营业额来说，2500 英镑的折扣也是很有吸引力的。

计次折扣也是一种追溯性折扣法，因为它为特定期间内卖掉的每一箱货品（或其他任何储存单位）提供折扣。从该期间的第一天开始计算所有的进货数量，该期间内接收的任何货品都加入总数。在期间结束时，扣除所有没有卖出的货品，余数代表实际转移的存货量，这形成了支付折扣的基础。

> **范例**　　本狄克斯（Bendicks）给小型零售商提供免费产品促销，这些小型零售商可以从选定的批发商和付现自运商处购买特别包装。该包装装有 Werther's 原味巧克力卷和 Campino 糖，以 98 份的价格获得 120 份。免费的 22 份相当于给商品打折 20%，以建议零售价格计算为 6.60 英镑，这样一来，零售商就获得了 6.60 英镑的额外利润。此外，包装箱还可以转变为一种陈列品放在商店柜台上。零售商可以选择提供进一步的消费者导向促销，如"两件 49 便士"，以鼓励活跃的销售，或者以每件 30 便士的通常价格销售巧克力卷（The Grocer, 2002a）。

针对贸易的价格促销比针对消费者的促销风险要小，因为组织买家把它们看做一种合理的竞争战术，而不是用它们来对产品进行情感评价。价格促销吸引了贸易是因为它们对零售商的成本构成有一个直接的、可测量的影响力，零售商可以灵活地选择是自己保留成本节余还是把它们转给终端消费者。然而，同提供给消费者的价格促销一样，贸易导向型价格促销也有缺点，它会被竞争对手快速、轻易地模仿，从而导致相互间破坏性的价格战争。

销售和营销协助

许多制造商支持的销售和营销活动都通过地方和全国性促销来协助零售商。

在联合广告中，制造商同意给予零售商的地方广告一定比例的资助，只要广告中起码有一部分描述了制造商的产品。联合广告扶持可能会非常花钱，因此制造商在决定这么做之前需要非常认真地考虑，因为它比之前讨论过的某些方法更可能给制造商本身的促销预算带来巨大的压力。

虽然从理论上说，制造商的扶持可以产生更好的广告，但零售商总是试图把产品，常常伴随价格促销，塞进平面广告，这就破坏了某些商品的地位和价值——特别是快速消费品品牌。因此，一些制造商宁愿制作经销商名单，而不是把广告的控制权交给单个的零售商。这些制造商控制的广告，突出了产品并列出了可以向其购买的零售商。诸如汽车、高价值家用电器和高档服装之类的产品普遍使用这种方法。

提供广告推销津贴比起资助广告来也许能给制造商带来更直接的利益。付钱给零售商来做陈列和店内促销方面的特别促销努力，如派发样品和演示。如果产品走得很快的话，这个办法就很有吸引力，它能够维持额外的促销开销。

制造商或许希望给与公众直接打交道的零售商的销售代表提供培训或支持。这种协助大多出现在一些较复杂的高价产品中，顾客在购买这些产品时在销售点需要相当多的协助。汽车、高保真设备和较大的厨房器具等具有较多技术性、需要进行解释的产品都是明显的例子。

各种各样的奖励，如现金、实物或假期，都可以用在销售竞赛中提升产品形象，创造一种短期的刺激。不幸的是，如果想让所有售货员真正卖力地销售的话，奖品通常要有意义、并且在他们够得到的范围内。尤其是当其他竞争对手也采用类似的方法时。

除已经提到的以外，其他更直接的刺激也是可行的。额外的红利，即奖金，可以提供给完成目标的售货员。在个人销售努力对销售能否实现具有重要意义的情况下，这些方法是很有用的。然而，制造商需要确定的是由此激发的额外的销售收入要超过成本。

B2B 市场的销售促销

正如本章导言所指明的那样，销售促销从严格意义上说对许多 B2B 市场是不合适的。折扣和刺激适用于买卖双方直接接触，并有余地对供应条件进行协商的场合。当然，B2B 营销也开始像消费者营销了，例如，在小企业从批发商那里购买一系列标准供给品的情况下，只需对已经谈及的制造商—消费者或者零售商—消费者销售促销应用稍作修改就可以了。

直接营销

直接营销的快速增长有很多原因，它与顾客善变的本性、营销环境，特别是技术的发展有关。直接营销正日益广泛地用于消费者市场和 B2B 市场。即使是相对保守的金融服务行业，许多理财设施和保险的直接销售和直接营销也明显增加了。因此，本章的下一部分进一步探讨了什么是直接营销，以及它如何作为整合营销传播的一部分而被使用。

定义、作用、目标和运用

美国直接营销协会（The US Direct Marketing Association）把直接营销定义为：

一种营销互动系统，它使用一种或多种广告媒介来影响任何地方的可测量的反应。

这是一个非常宽泛的定义，但它抓住了直接营销的某些基本特征。"互动"是指买卖双方之间的双向沟通，而"影响可测量的反应"是指活动的量化目标，"任何地方"是指直接营销的灵活性和渗透性，因为它不一定要和任何一种传播形式结合在一起，而是可以利用任何东西（邮件、电话、互联网、广播或者平面广告）触及任何地方的任何人。然而，该定义没有强调的是直接营销作为一种构建和维持长期买卖关系的基本手段的潜力。

因此，建议对该定义进行扩展，形成本部分其余内容的基础：

营销是一种互动系统，它使用一种或多种广告媒介来影响任何地方的可测量的反应，为创造和进一步发展组织和顾客之间持续的、直接的关系打下基础。

这个定义的关键增值在于持续的、直接的关系，它是指连续性，似乎与大众传媒广告通常所提供的非人员方式相抵触。在大众市场能否用大众传媒来创造与单个顾客的关系？是否真的有可能利用源自一对一对话的人员销售的优点来构建和维持不需要面对面接触的关系？

如果那两个问题的回答都是"可能"，那么问题就变成信息收集和管理中的一个了。为了构建和维持同成百上千、甚至上百万个单独的顾客的优质关系，组织需要尽可能多地了解每个人，还要能获得、处理和分析信息。因此，数据库对关系的构建过程至关重要。我们将在以后细致地讨论构建、维持和利用数据库的问题。

目标

直接营销可以完成很多任务，这取决于它是否被用于直接销售或支持产品促销。这些任务也许涉及同顾客的持续交易和关系。因此，从最基本的方面来说，直接营销能够实现以下目标：

直接订货。直接营销旨在达成直接订货，不管是打电话、写信，或越来越多地使用直接的电脑链接都可以。信用卡、密码和特殊账号的使用都使这成为可能。各种直接营销技巧都可以用来完成直接订货，但在线订购 CD 的例子特别有趣，因为卖方可以在接受订单的同时立即送出产品。

信息发布。直接营销旨在开辟一个传播的渠道，使潜在顾客能够咨询更多的信息。信息可以由销售人员口授，也可以从网上下载，还可以用印刷品发布。

激发参观。直接营销旨在邀请潜在顾客到访和参观商店，参加展示或活动，可以是事先通知的，也可能事先没有通知。例如，日产汽车使用直接邮件锁定车队买家，鼓励他们参观在英国汽车展上的日产汽车展台。

激发试用。直接营销旨在使潜在顾客要求在家、办公室或工厂进行示范或产品试用。

创造忠诚。直接营销为组织提供了创造忠诚顾客的机会。如果顾客已经开始和组织对话，并通过一系列量身打造的产品满足了他们的需求，那么对竞争对手来说，要挖走那些顾客就相当困难了。此外，使用诸如直接邮件等技巧，组织可以从广度上和深度上同它的顾客进行沟通，这种沟通是个人化的和秘密的（当然是较之于广告而言）。

如何以及何时运用直接营销

开始。直接营销的一项重要决策是在与顾客关系的不同阶段如何最好地使用它。最早的阶段——开始阶段，是很困难的，因为它包括创造最初的接触和达成首次销售。例如，可以结合使用引人入胜的广告和销售促销技巧，以克服潜在顾客最初的忧虑和风险反感。因此在推介阶段，一家图书俱乐部可以通过对首份订单的大幅降价（以每本 99 便士的价格购买任意四本书）来降低顾客感觉到的风险，接下来指定一个时期，在该期间顾客可以不承担责任地退还图书或取消会籍。作为选择，赊销或免费试用也可以缓解顾客最初的担心，尽管这种方法有较高的管理成本。这些方法的任何一种都使顾客可以轻松地花钱进行第一次订购，由此为长期的关系带来了机会。

建立关系。大部分直接营销实际上瞄准的是与顾客的关系平台。这是指卖家开始建立购买简况时，辅之以更广泛适用的非采购专用数据。这可以产生稳定的供给流，无论是通过打电话、邮递广告还是目录更新都可以。顾客在这一阶段可能更容易响应，因为他们对产品质量和服务表现已经建立了信心。

整合销售。最后，整合销售源于使用从一个媒介，如贸易展览中所获得的联系，作为直接营销手段的定期联系。这可以是寄送特别优惠、价格表、目录或争取面对面会谈机会的电话拜访等。因此，这种直接营销活动要与其他方式结合使用。

到目前为止，讨论只大概谈及了直接营销的理念，涉及了一些特别领域，如直邮广告和直接反应等。下一部分将进一步探讨这些领域的各个方面以及它们各自的特征。图11.4 给出了直接营销领域的概况。

技巧

直接营销的范围非常广。它利用那些被称为更传统的营销传播方式，如平面和广播广告媒介，但是它也通过邮件、电信和调制解调器开发出了自己的媒介。现在将依次讨论直接营销的主要技巧。

直邮广告

直邮广告是通过邮政服务把材料寄到受众的家庭或者企业地址，从而促销产品或服务。邮递的东西可以是一封介绍公司或产品的简单信函，也可以是综合性的目录或样品。许多邮寄广告公司通过激发好奇心、使用组合方案来提高邮递品被拆阅的几率。

大部分直邮广告是未经请求的。组织汇编或购买姓名和地址清单，然后发出邮递广告。使用的邮件列表可能是陌生的，也就是说，组织和收信人之间之前没有接触，或者根据以前的和现存的消费者数据反映不同的选择标准。

直邮广告有一个问题，就是受到坏的公共关系的影响。作为消费者，我们所有人都可能想出一堆我们收到过的完全不恰当的直接邮件的例子，对直邮广告效力的误解经常是建立在一些收到"垃圾"的个人经验基础上的。从历史上说，一部分是由于数据库缺

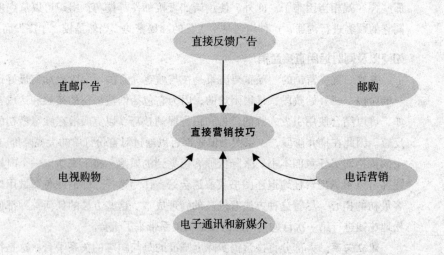

图 11.4 直接营销技巧的种类

乏灵活性和细节，一部分是源于错误的营销理念。虽然营销者正在越来越多地、更加聪明地自行支配信息，邮递给较少的完全确定的预期顾客，使用设计更好的创意资料。他们还保持了数据库更大的实效性，这样住户不会收到寄给已经在一年多以前搬走或死亡的人的直接邮件。从理论上说，个人应该收到较少的直接邮件，他们收到的应该是最有关的和感兴趣的邮件。

　　虽然表 11.1 中的信息是振奋人心的，但也许还不够。想想图 9.5 所示的效果模型的层次，直邮广告怎样与这些层次结合呢？以 AIDA 模型为例子，打开信封开始了认知阶段，阅读内容产生了兴趣和愿望，最后，邮递广告清楚地界定所期待的后续行动。主要的目标是让收件人快速通过从认知到行动的所有阶段。关键不只是打开信封，而是内容能否推动读者完成整个行动。如果收件人阅读了内容但是选择不答复，作为安慰，可能还有一种认知或兴趣的影响可以"软化"顾客对后续邮件的态度，或者在 B2B 市场中，接受一次销售拜访。

表 11.1　英国直邮广告的一些事实

1. 英国平均每户家庭每 4 个星期收到 13.9 份直邮广告（AB 社会经济学组统计为约 20.8 份）。

2. 企业管理人员每周平均发出 13 份直邮广告。

3. 2004 年，54.18 亿份直邮广告被发送。

4. 1994 到 2004 年间，直邮广告支出增长了 118%。

5. 2004 年，直邮广告花费近 24.69 亿英镑。

6. 平均下来，60% 的 B2C 直邮广告被打开，40% 被阅读。13% 被留下来稍后阅读或者传给其他人。

7. B2C 直邮广告每年招徕了几乎 270 亿英镑的生意，其中 110 亿英镑花在衣服上，28 亿英镑花在书籍上，18 亿英镑花在电子产品上。

8. 2004 年平均每位消费者通过直邮广告花了大约 590 英镑。

9. 企业管理人员打开了 70% 的直邮广告，有 9% 被转发给同事，20% 被存档或答复。

10. 平均下来，直邮广告使每个企业管理人员花费 8476 英镑。

资料来源：选自 http://www.dmis.co.uk，直邮信息服务（DMIS）公司。

企业社会责任 进行时

请使用普通的棕色信封

　　性产业在开发邮件列表时有一个特别的问题，因为几乎没有人愿意通过未经请求的方式获得外来的性援助！任何邮件列表都必须是可靠的和小心的。成人用品运营商甚至在分销上都会有困难，例如，一家德国性商店连锁 Beate Uhse 挨户投递它的目录时，就遭到了英国内陆邮政工人的拒绝，即使在邮件列表的开发上已经很小心了。在之前的一个场合，当目录被错误地投递给林肯郡一个四岁的女孩时就遇到了麻烦。列表包含 13 万人，其中 25%~35% 是女性。信封上标明"只给 18 岁以上的人"，并且有这样一个信息"如果你是易怒的，请不要打开"。

　　男性杂志《马克西姆》（Maxim）、《Loaded》和《首映》（Premier）的订阅者为成人用品提供了一份有用的潜在目标名单，特别是如果订阅者邮购杂志之外的物品时。邮购录像带的人和 X 级聊天热线的用户是另外的资源，所以通过各种方法的结合可以建立一个人员数据库，但这些人通常不愿登记他们的详细情况。Adult Contacts 有一份准顾客名单，想要租用名单来营销生活精品和那些销售成人用品的公司经常与它接洽。然而，很难使人相信名单上所列的买家除了成人用品外还会对其他产品感兴趣！

　　一些公司，如安萨默斯（Ann Summers）避免使用直接营销，除非它有高度的针对性并和之前的消费者相关。它们不想因为给不明确的目标消费者发送他们不想要的资料引起冒犯从而损害品牌。安萨默斯在《时尚》杂志投放了一组表现女士内衣的 6 页插页，强调它不仅仅提供性玩具。副刊中的文字和形象都很低调以免激怒读者。使用对特写的反馈，安萨默斯可以进一步巩固感兴趣的

消费者的数据库。然而，公司有个坚定的政策，就是绝不把消费者名单卖给第三方，并且允许消费者随时选择退出。

最后一组公司偏向于根本不使用直接营销。杜蕾斯（Durex）不想引起愤怒，它认为数据库是不可靠的。它不想向没有针对性的消费者宣扬避

孕套的好处。因此，杜蕾斯没有把产品发到不想要的人手中，就像上面引用过的林肯郡女孩儿的案例一样，它认为更好是避免对品牌形象造成重大的损害。

资料来源：Precision Marketing（2004）。

直接反馈广告

直接反馈广告出现在标准广播和平面媒体中。它不同于"普通"广告，因为它是为了激发直接反馈而设计的，无论是一份订单、一次想了解更多信息的咨询还是一次亲自参观都是如此。反馈机制可以是从平面广告上剪下来的优惠券，或者是任何一种广告留下的电话号码。该领域近年来很流行，因为广告主想让越来越贵的广告发挥更大的作用。

范例　　英国 Slendertone 公司在上市后的 3 年内成为美体市场的领导者，其中大部分要归功于它成功地使用了直接反馈媒介。市场份额从 6% 上升到 49%。销售上升 16 倍的同时，仅仅两年内单次销售成本却降低了 40%。它是怎么做到的？构建了目标顾客的轮廓以后，公司可以把它与不同媒介的读者和观众的情况搭配起来。使用了全套直接反馈媒体，包括电视、平面广告和电台，还有直邮广告、目录和精选售点的销售点材料。使用了 40 多种标题，每一种都对反馈的数量和种类进行了跟踪。该活动与强调的创造效果完美结合。在一块广告牌上展示了可能是世界上最大的臀部，标题是"我的屁股看起来有这么大吗？"，该广告牌位于牛津街和托特纳姆法院路的交界处，宣告了 Slendertone Flex 收臀束腿系列的上市。值得去一趟伦敦看看它吧？（http://www.slendertone.com）。

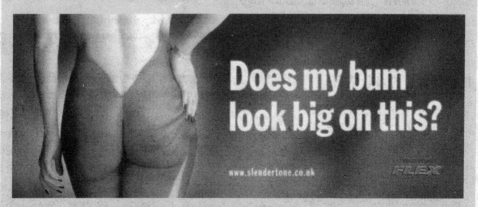

通过使用一个引人注目的巨大臀部，让看到的人考虑一个共同的问题——"我的屁股看起来有这么大吗？"，Slendertone 设法吸引了路人的注意。

资料来源：© Slendertone from Bio-Medical Research Ltd。

有许多种类的直接反馈机制可以运用到广告之中。广告主可以提供通讯地址、填写和寄发的优惠券，以此获得更多的信息、电话号码或网址。可以由广告主或消费者支付邮资或电话费。希望消费者来支付电话费或邮资的人，或者希望消费者写信而不是填写优惠券的人，会立即给反馈设置障碍。为什么应该由消费者来做不当的努力，甚至直接付费，赋予试图销售东西的组织特权呢？按照那样的观点，组织要么就要拥有难以置信的强制性的直接反馈广告，使所有努力和支出都变得值得，要么更实际一些，他们要使对准顾客的努力和付出最小化。斯科菲尔德（Schofield，1994）证实在 B2B 市场上的反馈应该尽可能简便。反馈越容易，咨询的数量就越多，转化率和单次咨询的收入就越高。

范例

　　Lunn Poly 是英国最大的旅行社，它决定开办自己的电视频道，目标是一年销售 10 万个新假期。由旅游频道（Travel Channel）制作的节目每天播放 18 个小时，所有英国 TUI 集团的假期，包括汤姆森巡游（Thomson Cruises）和短暂的休憩在内，都在频道上提供。可以通过电话、电视机上的互动按钮、互联网或对商业区店铺的老式造访来进行直接反馈，这就提供了多渠道的方式（Grimshaw，2004）。然而在荷兰，直接反馈广告的声誉却不佳，因为它被廉价的贷款公司支配了，用来鼓励债务合并服务。在荷兰的所有个人债务中，大约一半是通过公司在 DRTV 的广告招徕的（Precision Marketing，2003）。

麦卡尔维（McAlevey，2001）列出了许多需要遵循的原则，它可以使直接反馈更为有效。虽然是在北美文化背景下产生的，但其中许多原则与追求更大影响和更高反馈率的欧洲直销用户有关。这些原则如下：

- 焦点要始终放在出售的东西上；
- 在设计活动时不要总是另起炉灶；
- 让"供给"成为创意执行的中心主题；
- 如果读者感兴趣的话，长期重复也能卖出东西；
- 选择销售有创意的而不只是看上去好的商品；
- 经常测试和测量反馈；
- 不按受欢迎程度而是按销售能力来选择和保留媒介；
- 总是要求订货和进一步的行动，它必须引人注目、清晰、易于理解、易于执行。

对麦卡尔维而言，成功是 40% 的产品、40% 的媒介 / 清单应用和 20% 的信息创意。也许这就是为什么一些双层玻璃（没有名字的！）一个劲儿地直接反馈电视广告如此让人厌烦的原因吧。

电话营销

　　直接反馈广告和直邮广告都意味着借助某种书面或视觉材料来使用非人员的初始方法，而电话营销则采用了与潜在顾客的直接的、人员化的、口头的方法。然而，虽然这带来了直接的互动沟通的好处，但某些人认为它非常烦人。如果电话铃响起来，人们会觉得要被迫当时当场接听，如果电话是销售促销而不是朋友的闲聊，人们就会觉得很讨厌和失望。亨里中心（The Henley Centre）发现仅有 16% 的消费者确实欢迎电话，其他的人基本上不感兴趣（McLuhan，2001）。

因此，电话营销可以被定义为任何运用电话进行的有计划和受控制的行为，它创造和开发了顾客和卖家之间的一种直接关系。

范例　　赫茨租赁（Hertz Lease）在英国和欧洲的 B2B 市场上是一家一流的汽车租赁和管理服务提供商。赫茨租赁不希望销售人员使用突然拜访和展望技巧，他们更希望销售人员通过跟进合格的销售领导来有效地利用自己的时间。在 5 年多的时间里，HSM（一家电话营销公司）被指派每月安排 200 次左右的销售约会以便销售人员跟进。作为任务的一部分，HSM 签约建立一个有关公司和车队信息的数据库作为研究之用，并指导电话营销活动的策划。随着时间的流逝，电话营销的作用发生了变化，由于内部员工得到了更好的培训并有足够的经验来与买方组织的高级员工进行更深入的对话，现在所有被动咨询都由 HSM 团队来处理。

赫茨租赁和 HSM 的关系有许多好处，不仅产生了销售领导和数据库，还帮助提高了销售人员的生产力。他们现在可以把注意力集中在最热门的客户上，通过与他们的接触，他们高水平的销售和谈判技巧得以最大限度地发挥。此外，通过使用直邮广告、电话营销和电子邮件接触，形成了目标准顾客基础，与他们的定期接触得以维持下来。如果顾客认真考虑改变或者更新他的车辆管理系统的话，这可以进行更及时的反馈。销售团队不可能经济地维持这样一种状态（http://www.hsm.co.uk）。

赫茨租赁是一个呼出电话营销的例子，通过这种方法组织与潜在顾客进行联系。呼入电话营销也很普遍，该种方法是潜在顾客被鼓励着与组织联系。这不仅用于直接反馈广告，也用于顾客服务热线、竞争和其他销售促销。

整个欧洲的电话租赁或拥有量非常高，家庭平均电话租赁或拥有量超出了 80%，因此在有计划的促销组合中如果能恰当地应用电话营销，它将是一种强大的传播工具。与人员销售一样，这里面有直接接触，所以要强调对话的问题。同样，顾客决定采取行动的准备状态可以通过个人劝说进行评估并得到改善，可以努力产生积极的结果。电话营销也可以用来支持顾客服务的主动性。一次精心设计和控制的呼入电话营销活动能够为顾客提供一个重要的、有时是 24 小时的联系点。这是维持同顾客的持续关系的重要组成部分。

不过，呼出电话营销还没有被消费者广泛接受，它经常被视作是侵犯性的。但在顾客与组织之间已经存在关系，并且电话的目的不是强行推销的情况下，它们就不那么可疑了。根据伯德（Bird）的报道（1998），数据监控公司（Datamonitor）的调查发现 75% 的电话接听者愿意接到那些检查产品或服务满意度、或者仅仅是感谢他们购买的电话。如果电话与收集信息和促销有关，那么该数字就会降至一半以下。呼出电话文化公司（Outbound Teleculture）调查显示，如果呼出电话处理不当，70% 的顾客会感到很厌烦，在某些情况下会损害公司的声誉和未来的前景。

范例　　　PPP 保健公司（PPP Healthcare）使用呼入电话营销来提高它对会员的关注水平。最初，这个构想是以消费者热线服务电话的方式开始的，由有资质的专家，如药剂师、助产士和护士充当职员，他们给焦虑的来电者提供建议。服务不仅针对那些想要一吐为快的人，也可以处理一些投保人的日常来电，如怎样治疗胃部不适或晒伤。在健康信息服务中心"健康就在手中"（Health at Hand）工作的职员可以进入一个大型的电子图书馆，为它的会员提供最新的健康信息。服务已经发展为不仅提供医学方面的建议，还提供可以帮忙的机构、健康恐慌以及哪里可以找到上门的医生、午夜提供服务的药剂师和其他在上班时间以外的支持的信息。然而，PPP 不遗余力地告诉来电者"健康就在手中"不是家庭医生的代替品，它不会提供诊断，它提供的信息，无论是口头的还是情况说明书都不能用于自我诊断（http://www.ppphealthcare.co.uk）。服务是如此的成功以至于一些制药公司与其签订了该项服务为它们自己的客户提供保健建议，作为提高它们服务水平的一部分。制药公司是想确保遵守药品的用法说明，达到疗效，强化品牌忠诚，并避免诉讼。通过瓶子或包装上印刷的热线电话号码，消费者可以免费打进电话，找出使用中的问题，如药物副作用和复方制剂（Bashford，2004）。

邮购、电子通讯和电视购物

电子通讯。 迅速发展的电子通讯和新媒介领域将在 14 章深入探讨。也许全面认识近来一些发展的潜在影响还为时过早，但网络和在线营销、短信和电子营销的发展赋予了营销人员经济地触及大量受众的能力，同时又能保留直接营销锁定目标的效力。策划一次整合营销传播项目的挑战在于了解这些较新的、快速变化的领域的潜力，思考它们如何与营销组合相适应，并有效地实施。无论是网络、WAP、SMS（以及日益增长的 EMS），还是电子邮件通讯，每种信息的传递通路都要考虑到并且开发出它的全部优势。在本章的前面部分，我们已经看到了一些这样的工具是如何被使用的。现在，它们很大程度上是其他传播要素的补充，但就像在 easyJet 案例中提到的那样，随着时间的推移取代是不可避免的。但可以肯定的是，随着宽带速度的飞速发展，3G 技术会被普遍接受，用户会完全适应新的媒体，会有更多有创意的机会向营销者敞开。

邮购。 如其名称所显示的那样，邮购是指购买广告中宣传的产品或从目录中选出的产品。在订购之前货物未经检验，因此广告或目录必须起到良好的销售作用。邮购公司通过所有媒介推销自己，通过邮件、电话或者代理商接受订货。通过一次性的、针对产品特制的广告进行的直接销售在直接反馈广告中已经谈到了很多。因此本部分将集中在邮购目录方面。

家庭购物市场在 20 世纪 90 年代后期经历了一个快速成长的阶段，但现在有迹象表明未来的发展主要是有针对性的直接目录，而不是 GUS 和 Littlewoods 运营的那些大型代理型目录。随着信用卡和在线购物使用的增多以及商业区多样性的增加，社会在发生变化。互联网和电子邮件也为留住消费者和激发重复销售提供了一个可供选择的方式。有一些例外。约翰·刘易斯（John Lewis）在投放一本巨大的 230 页的家居用品目录前用小目录和在线活动来测试市场。难点是为恰当的目标群量身打造产品。除了在商店分发目录，约翰·刘易斯还监测在线活动和分析商店卡数据，以便借助直邮广告细分和锁定有利可图的消费者。并非所有的零售商都那么成功。Debenhams 削减了它亏损的目录，将精力集中在它的在线运营上（Wilkinson，2004）。数据库构建技巧、顾客问询、促销、执行、邮递服务和物流方面的发展都促进了向更专业的目录销售的转变。

范例

Lands'End 是一家国际性的邮购目录卖家。虽然它在美国有 16 家商店，在英国有 2 个工厂店，在日本有 1 家商店，但它的大宗业务还是邮购和在线销售。2001 年它在美国分发了 2.69 亿份目录，在它的网站上它宣称通常一天接到 4 万 ~5 万个电话，在圣诞节期间 1 100 部电话一天会接到 10 万个电话。虽然欧洲的目录选择很有限，但还是有 8 份目录可供选择。去年有 670 万顾客至少进行了一次购买。它在美国的邮件列表有 3 100 万个姓名。

目录出现在英国是 1991 年，以 24×7×52 的方式运作，有精心挑选的商品、任何时间任何理由都可退货的承诺，这种运作使 Lands'End 成为邮购市场的主导者之一。虽然电话订购仍占绝大多数，但网上订购设施迅速普及开来。此外，随着网站被广泛接受，比起每件事都要靠目录的时代来，可以更轻松地进入市场。

网站提升了速度，利用它，可以在一个新的市场中开发数据库。从网络的注册情况看，现在更容易确保目录能触及那些感兴趣的人，而不必租用姓名清单。当 Lands'End 进入法国市场时，它仅仅使用了公关和一些有限的媒介广告就将顾客吸引到了它的网站。随着清单的建立，它计划引入纸制目录（Sliwa，2001；http://www.landsend.co.uk）。

这类目录确实是一种分销渠道形式，通过它经营者完成了集中商品、营销和顾客服务的任务。重要的是发现了适合利基市场的商品选择，并且设计了一种吸引人的服务组合（在订购机制、交货和退货等方面）。

表 11.2 展示了从消费者的角度所感受到的邮购和零售的优缺点。

电视购物。电话、有线及卫星电视等通讯技术的发展使在家购物或电视购物有了巨大的发展，之后才考虑到互联网的影响。通过这些媒介的直接营销可以包括普通商业广告时段播放的、相当标准的一次性广告到专门的家庭购物节目或频道，通常包括产品演

表 11.2　邮购和零售点的典型优缺点对比

商店超过邮购的优势	邮购超过商店的优势
可以看见/触摸商品	延迟付款
可以试用/测试商品	从容地选择
购买无延迟	便利地选择
轻松退货	轻松退货
容易比较价格	节省时间
更便宜	不被纠缠
购物是种享受	购物不是享受
可获得建议/服务	送货上门

示，往往还是现场演示给观众看。这个领域发展的主要问题不是技术能力，而是消费者的参与意愿。数字电视为诸如 QVC（专门通过电视销售，有 1 万种产品出售）之类的公司开辟了更多的销售渠道。对旅行社和其他零售商来说也有新的商机，这是一种可能会持续下去的趋势。

数据库创建和管理

任何一个打算认真利用直接营销的组织都需要非常仔细地考虑怎样才能最好地存储、分析和使用所获得的顾客数据。这意味着根据人口地理学、生活习惯、购买频率和消费模式尽可能详细地提供每个顾客的情况，开发出数据库。在 B2B 市场上，也可能要掌握有关决策者和购买中心的信息。无论是哪种市场，对顾客的了解越深入，就越容易创造有效的信息和产品。然而，如果数据库使用错误的话，会导致一些不幸的错误，例如，提供孕妇装或婴儿车给退休的人。数据库运行良好时，它可以帮助提供对目标受众有吸引力的产品并激发反馈，使关系得以建立和发展。

本部分关注与数据库创建和管理有关的一些问题，如图 11.5 所总结的那样。注意：在第一个循环结束的地方，顾客招募和保持，是更强劲的第二个循环的开始，它建立在更好的、有记录的信息和随后的目标锁定基础上。

顾客信息

顾客和销售数据库是关系管理和活动策划信息最宝贵的来源。使用软件来编辑、分类、筛选和恢复数据是至关重要的（Lewis，1999）。数据库所包含的典型信息描述了顾客的情况。通过分析和建立模型可以开发它的预期潜能。

保留顾客和再次销售

如同任何营销努力一样，交易的持续取决于需求的满足程度、提供的服务和价值。然而，直接营销真正的挑战在于积极保持同顾客的沟通，在初次接触后赢得更多订单。

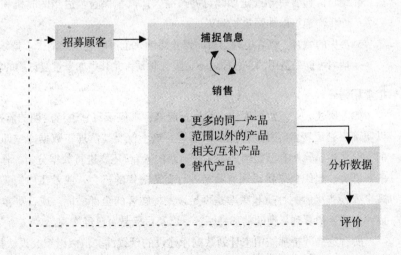

图 11.5　数据库创建和管理

保留顾客总比争取新顾客更为划算，因此小心地运用直接营销可以协助整个促销程序。

范例　　如案例分析 11 所展示的那样，常客对航空公司来说是一个有吸引力的生意来源。借助积累常客里程（Frequent flyer miles）换取免费航班的机会，拥有 170 万乘客的英国航空公司（BA）行政人员俱乐部（Executive Club）和新加坡航空公司的 Kris 计划已经被证明非常受频繁出行者的欢迎。至 2004 年底，大约累积了 14 万亿常客里程，潜在价值 7000 亿美元，比所有流通中的美元还多。多数航空公司俱乐部整合了线下和线上活动，消费者似乎愿意提供电子邮件地址并选择加入。英国航空公司使用电子邮件不断告知消费者特别的活动和相关的最新信息。结合实际的旅程信息、旅行级别等内容，已经开发出了一个非常有用而恰当的数据库来帮助英国航空公司培育有价值的顾客（Clark，2005b）。

在一个保留和顾客发展计划中有 5 个阶段。它们依次是：

1. 欢迎。显然，第一个阶段在顾客活跃起来以后要立即启动。早期接触可以令人安心，并帮助促成接受进一步的沟通。当 Next Directory 打电话给它的新顾客对他们的第一次订购表示欢迎时，更高比例的新顾客被挽留住了，而且他们比那些"没有得到欢迎的"顾客多消费了 30%。

2. 追加销售。除了普通的重复业务，如图书俱乐部顾客所出现的那样，组织应该鼓励顾客采用更好的或更贵的模式。此方法广泛适用于产品和服务，包括汽车、相机和信用卡在内。例如，美国运通公司（American Express）使用直邮广告鼓励绿色运通卡（green Amex）持有者换取金卡。接触的时机取决于预计的产品更换期。

3. 交叉销售。销售交叉或交叉销售阶段是指组织试图销售更多品种的产品，这些产品超出了该领域原来选定的产品范围。例如，从某个公司购买了汽车保险的顾客也许随后会收到有关房屋保险或个人健康保险的邮件。

4. 续订。包含每年或定期续订的产品，如汽车保险。适当的时机和续订期前后的个性化沟通可以加强重复购买。

5. 流失的顾客。顾客也许会暂时停止活动，也可能会永远消失。持续的沟通在一段时期内可能是适用的，这样就不会失去联系，尤其是如果重复订购的频率较高的话。

检查和循环

如上所述，一旦数据库建立和运行起来，就应该对它进行定期的监控、检查和评估，以便确保它运转良好并发挥全部的潜能。这不仅要"清理"数据库（即，确保它是最新的，要从中删除所有已经消失、无法追踪的人），还要进行数据分析。作为战略策划过程的一部分，组织要寻找对现有顾客进行交叉销售的机会，或者让他们买更贵的东西。经理也要检查接触的性质和频率是否足以发挥顾客的全部潜能。或许更重要的是，他们可以评估是否招募到了预期的那种顾客，以及目标是否已经实现。

所有这些分析都能用来计划数据库建设的延续性。虽然组织会设法抓住已有的顾客，还是难免会有一些损耗，如：顾客失去兴趣，或者他们的品味和渴望发生了变化，或者他们搬家了却没有告诉任何人。那些损耗和组织自身成长的渴望，意味着要寻找新的顾客。从第一个循环的实施情况来看，经理可以评价是否采用了"恰当的"媒介来吸引"恰当的"、有愿望的顾客。他们可以改进他们的剖析和目标锁定，从而提高反馈率，甚至还能吸引更有利可图的顾客。他们可以检查哪一种促销优惠或哪种方法最成功，并且在新顾客身上重复使用，或再试用类似的活动。

贸易展示和展览

　　B2B 和消费者卖家都会在促销组合中引入贸易展示和展览。这些活动从小规模的地区性参与，如一个专业书商在一个现代铁路展上占一个展位，到每年举行的、服务于特殊产业的全国性贸易展，例如 DIY 和家用品展览会（Home Improvement Show）和 Pakex 包装展。在两种情况下，展览都会成为当年营销活动的重要部分，就像本部分将要展示的那样。即使是那些专门组织和支持展览的公司也有它们自己的展览！

> **范例**　　自从 1971 年在英国低调开展以来，伦敦书展（London Book Fair）已经成长为图书贸易中一个重要的国际活动。它现在有 1500 家展览公司，吸引了超过 15000 名贸易参观者，包括来自伦敦和东南地区的 6500 多名参观者和 6000 名国际参观者。它为印刷商、图书销售商、图书馆馆长以及印刷物流供应商提供了一个接触网络的机会并催生了业务。作出购买决定、下订单、买卖版权、调查新的题材。它使行业参与者能够跟上该行业的活动和趋势，至少看看竞争者们在做什么！98% 以上的参展商对该活动感到满意，78% 的参展商重视它在产生新导向中的作用，74% 的参展商指出它对他们保持在市场中的地位和生存很重要（http://www.libf.com）。

　　展览和展示对小企业来说尤为重要，它们可能没有资源来投资一个昂贵的营销传播项目。展览可以作为一种经济的、建立更大的行业"势力"和声誉的手段，并激发潜在的销售领导。

　　对任何规模的组织来说，国际展览可能特别有价值，因为它们集中了全世界的参与者，没有展览他们可能从不会见面，因此展览能够带来出口交易。例如，纽伦堡国际玩具交易会（The Nuremberg International Toy Fair）已经举办了 50 年。它意味着贸易机会，可以向全欧洲的零售买家展示新产品。新产品的上市计划往往与交易一致，以便使对参观者的影响和随后的贸易和新闻报道最大化。

　　对制造商来说，参展提供了一个正式的机会来展示产品的范围，并且与准顾客在一个中立的环境下讨论应用和需求。依靠展示的类型和组织对展示计划的关注，展览提供了一个有效的、经济的方法来传递信息，并进行新的接触，这随后可能会转化为销售。

> **范例**　　Sharwoods 是一家印度、泰国、中国食品制造商，它向零售和批发渠道销售产品，并将展览作为它战略的一个构成部分。对每一场展示，它都设置了明确的、可测量的目标，主要目的是鼓励零售商和消费者尝试一种通过其他媒介难以实现的体验。

厨师的演示是非常有效的，可以将观众吸引到展台，因为是免费品尝。它参加精美食品和民族风味食品展以及消费者活动，其目的是展示新产品，并通过新的贸易接触激发新的销售（http://www.exhibitionswork.co.uk）。

公共关系

定义

斯坦利（Stanley，1982，第 40 页）把公共关系定义为：

决定组织公众的态度和主张的一项管理职能，明确符合公众利益的方针，阐述和执行行动计划以争取公众的理解和善意。

公共关系学院（IPR）的定义更简洁：

为创立和维持组织与其公众之间相互了解而进行的有意识、有计划和持续的努力。

不过，后者是一个更有用的定义，它更接近公共关系的核心，即相互了解。它的含义是组织需要了解外界是怎样想的，而后通过公关来努力确保那些感知与它所渴望的形象相一致。双向沟通对此过程来说至关重要。此定义的另一个有趣的元素是它明确使用了"公众"这个词。在广告中，它最常见的用法通常是指顾客和潜在顾客。公共关系定义了一个更广泛的目标受众，他们中的一些人与组织没有直接的贸易关系，因此公共关系包含的是更宽泛的传播需求和目标，它不一定指向最终的销售。最后，该定义强调了公共关系是有意识、有计划和持续的。这之所以重要有两个原因。第一，它指出公共关系和其他任何一种营销活动一样是一种战略构思和长期承诺；第二，它反驳了一些有关公共关系的偏见，认为公共关系只是特别抓住偶尔出现的免费宣传机会。

范例　无论是受轰炸、战争还是自然灾害的影响，旅游业都必须熟练于卷土重来和重建品牌信心。恢复的方式更多地取决于公共关系。首先，向读者和观众展示问题已经被处理是很重要的。宣传要放在恐怖分子被捕、旅馆重建和安全措施改进上，这对于重建信心至关重要。

伦敦曾遇到过一个难题。恐怖分子在 2005 年 7 月 7 日对其进行了袭击，尽管很悲惨，但仍发表了"生意照常"和"坚定沉着"的声明。然而，7 月 21 日的未遂袭击却造成了一场恐怖分子活动而不是一次孤立事件的印象，这更难用积极的信息来对抗。尽管预订没有取消，但预付订单却比上年下降了 20%，长期的影响也仍在被提及。旅馆入住率降到 10 年的最低点，CHH/Times 的调查显示英国、法国和德国 25% 的成年人不愿到访首都。有趣的是，上年纪的人和妇女对风险最为敏感（Skidmore 和 Demetriou，2005）。游览伦敦（Visit London）为秋天将在伦敦举办的活动设计了一次大型促销活动，以此重建游客数量。总之，灾害后不久，公共关系策略在恢复过程中能以直接营销无法做到的方式发挥重要作用（Benady，2005）。

　　公众可以是有某些共同特点的任何群体，组织需要同它们进行沟通。每种公众都会引起不同的沟通问题，因为每种公众都会有不同的信息需求和与组织的不同关系，它们一开始对组织可能会有不同的感知（Marston，1979）。

范例

　　大学必须发展同各种公众的关系。显然，有学生或准学生，还有提供学生的学校和学院，既有国内的，也有国际的。大学还必须考虑它的员工和更广泛的学术团体。然后还有资金来源，如地方监管部门、政府、欧盟和研究机构。企业也可以是一种潜在的研究经费来源，还可能委托培训课程和为毕业生提供就业机会。对大学来说，培养良好的媒体关系也是很重要的。地方媒体可以帮助大学成为紧邻社区的一部分，全国性媒体可以帮助宣传它更多的情况，而专业性刊物，如《时代高等教育增刊》（Times Higher Education Supplement），则可以触及那些有专业兴趣的人，甚至是部门决策者。

　　图 11.6 展示了许多不同的公众，他们通常涉及所有类型的组织。然而，有一点很重要，要记住任何个人都可能是一个以上公众的成员。这意味着虽然公众与公众之间的信息倾向和重点不同，但基本内容和理念应该一致。与不同的公众进行沟通的恰当的公关技巧将在以后讨论。

　　组织不会把所有公众看得同等重要。有些会被视作是关键的，在有针对性的公关活动中会优先考虑，而其他的则暂时不予考虑。随着组织情况的变化，将会重新评估赋予各种公众的优先权（Wilmshurst，1993）。

　　就算在最平静和最稳定的产业，每种公众的成员也会随时变化，他们的需求和优先权也会发展。这种变化过程强调了不断监控态度和观点的必要性，这样可以识别当前和未来的压力点，以便及早防御和控制。

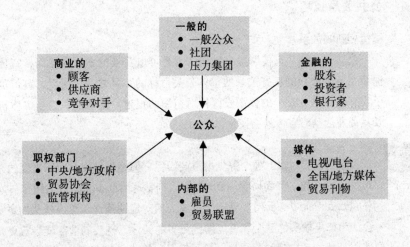

图 11.6　公众

公共关系的作用

同其他营销活动一样，管理人员必须确保公关和组织的其他促销努力相结合，确保它和公司更大的目标明显相关。卡特利普（Cutlip）等人（1985）对营销公关和企业公关进行了区分，虽然二者相互并不排斥，但它们在范围和目标上存在差异。

营销公关

营销公关可以用于构建长期战略形象、发展可信度和提升组织形象，从而增强其他营销活动的效果。当用于这些用途时，它就成为广义促销组合中一项有计划的要素，与其他要素协同生效。例如，新产品上市，或者推出大型的创新广告活动，都可以从针对特别受众的有计划的公关中获益，这些公关活动通过特别的媒介激发起了兴趣和认知。

企业公关

企业公关可以用于构建与不同公众长期关系战略的一部分，也可以作为对不可预见的危机的短期战术性回应。从定义来看，短期环境在某种程度上是不可预见的，因此组织需要准备紧急预案，这样一来，训练有素的危机管理小组才能在灾难侵袭时尽快采取行动。这意味着每个人都应该知道由谁负责核对信息并提供给媒体，高级管理人员要经过适当的指导和培训以面对媒体的询问。这些措施将使组织有力、有效地处理危机，也减少了不同的发言人在不知道的情况下自相矛盾的机会，或是因为人人都以为别人会应付而致使媒体得不到信息的机会。虽然危机的持续期可能很短，公关活动的实施从技术上说只是使组织渡过难关的短期战术，但它后面的紧急预案则涉及长期的管理思想。长远来看，企业公关在激发与关键受众（其中的某些有一天会成为顾客）的友好关系和积极协作方面会发挥有用的作用。

既然企业公关有许多潜在的用途，那么重要的就是对不同受众想要什么，以及如何最好地接近每个目标团体要有一个清楚的想法。没有这样一个行动的基本原理，就难以评估已经获得了什么结果和成绩（Stone，1991）。

公共关系技巧

宣传和新闻关系

公共关系和"宣传"经常被误认为是可以互换的术语。然而，宣传只是实现创造和保持与各种公众的良好关系的整体公关目标的工具之一。所以，宣传是公共关系的一个子集，重点是花最少的钱激发媒体对组织的报道。换句话说，当媒体自愿决定谈论组织及其商业活动时宣传就会发生。

范例　　尽管枕头对晚上睡个好觉很重要，但它们经常被视为理所当然的东西。为了激起对枕头的兴趣，家纺协会（Duvet and Pillow Association）组织了一次"全国枕头周（National Pillow Week）"活动以提高人们对定期清洗和更换枕头的重要性的认识。协会认为如果枕头的卫生和性能得到更多的关注，枕头制造商就会有更多的销量。协会使用公共关系来帮助推广这一周的活动，但必须说服媒体报道事件让其余的人知道。

专门为商业、家庭、妇女和大众媒体量身定做了四条新闻，包含了睡眠习惯和枕头的有用信息。一个引人注意的事实可能会让你战栗——18 个月以后，一个枕头重量的 10% 是由灰尘、螨虫、汗、真菌和霉菌构成的。

　　有专家给出的枕头小提示以及良好睡眠与枕头舒适性之间的联系的案例分析。当然，没有一次枕头大战，营销活动就是不完整的，还有戴着托尼·布莱尔和迈克尔·霍华德面具（当时是选举期）、身穿小号比基尼的一位著名摔跤明星和一位前英国小姐适时地帮忙，以防媒体失去兴趣。该活动在地区和全国新闻上获得了许多报道，触及 2500 万人。太阳报在它的在线版上放了一张图片。活动结束后的一段期间枕头的销售比上年增加了 5%，但没有枕头大战失控的记录（PR Week，2005）。

　　大众传媒的所有领域都可用于宣传目的。在广播媒体中，除了新闻和时事节目之外，大量宣传是通过访谈节目（如作者宣传他们的新书）、消费者展示（如描述危险产品或宣传公司有问题的人员销售做法）和特别兴趣节目（汽车、书、服装等）发布的。平面媒体也为宣传提供了广泛的选择。全国性和地方性报纸报道普遍感兴趣的故事和具有特别影响的事情，贸易和专业出版物会广泛报道对特别公众来说具有特别意义的事情。要记住，媒体各部门互相提供素材。全国性报纸和电视台可以从地方媒体或专业媒体选取素材，并把它们呈现给更多的受众。

　　宣传可以是不请自到的，当媒体嗅到丑闻或不法行为的味道时就会进行宣传，而这种宣传也许是组织不愿公开的。为了降低负面宣传的风险，大多数组织与新闻界培养了良好的关系，并且尽力用"好新闻"满足媒体贪婪的胃口以便从中受益。这可以通过书面的新闻通稿或口头新闻发布会或短会进行。

　　媒体显然是很强大的，不仅是因为它们本来就是一种公众，还因为它们是对其他公众进行传播的第三方渠道。有人可能会认为广告在向大众受众传播好消息方面也做了很好的传播工作，但宣传有一些优势。广告是要付费的，因此公众对信息的偏向就会持一定的讥讽态度。而另一方面，宣传似乎是免费的，又来自一个中立的第三方，所以更可信。此外，一个能引发想象力的好的公关故事在平面和广播媒体上都能获得大量报道，达到惊人的到达率水平，而只花了少部分钱，甚至还会影响那些通常不看或不相信广告的受众。

　　然而，这些优点必须与最大的缺点——不可控制性相权衡。广告赋予了广告主完全的控制权，它们可以控制说什么、什么时候说、怎样说和在哪儿说，而宣传的控制权在媒体手中。组织可以提供素材给媒体，但不能保证媒体会采用该故事，也不能影响他们怎样报道（Fill，2002）。最坏的结果可能是根本没有报道，或者只有补丁大的版面，也许无法到达想要的目标公众。另一个潜在的风险是歪曲事实。

范例　　在印第安纳波利斯举行的美国国际汽车大奖赛（US Grand Prix）遭到了惨败出于对米其林轮胎安全性的考虑，7 个参赛队在绕行一圈后退出了比赛，而这应归于恶劣的天气条件。普利司通轮胎被认为适合于这样的条件，因此使用它们轮胎的队可以比赛，但留给观众的只有比赛的阴影。这不仅对 F1 爱好者是坏消息，也使米其林在美国市场上处于一个困难的、消极的境地，美国市场占其全球销售额的 30%。为了使损害最小化，它提出退还 12 万张票，但对参赛者、广告商、赞助商和媒体公司的赔偿金可达 2800 万英镑。决定承担问题的责任以使后续的品牌损害最小化总是很难，而且公司将面临大型的赔偿诉讼（Steiner, 2005b）。

不能说没有发生过这种负面宣传的事情。然而，负面报道的风险可以通过持续的维护、良好的新闻关系和建立危机管理计划降到最低，这样，如果灾难来袭，负面宣传的损害可以得到限制，甚至转化为优势。

其他外部传播

公共关系也可以采用其他形式的外部传播。广告可以用作一种公关工具，虽然它多少是一个灰色区域。我们这里所指的不是销售或促销某种特殊产品或系列产品的广告，而是那种集中在组织名称和特点上的广告。如前所述，虽然这种广告缺乏宣传的公正性，但它弥补了控制性的不足。作为帮助建立和强化企业形象的一种手段，它肯定是有效的，作为大众传媒它可以触及大多数公众成员。

一个组织可以主办或者参与各种各样以公关为目的的活动。除了前面提到的新闻发布会，组织还可以主办其他的社交活动。例如，如果它只是开了一家新厂，它可以以主要股东、雇员、顾客和供应商为前提举办一次聚会。这种一次性的活动当然也可以吸引媒体的关注。

一种重要的公众是与组织有财务利益的公众。组织的年会是股东和金融媒体的一次重要论坛。有效的管理和自信的陈述可以帮助增加可信度（虽然它们无法掩盖糟糕的财务状况）。

一份完美呈现的年度报告主要是分发给股东和金融中介的，但也经常发给对机构表现出兴趣的人。和年会一样，这是一次以尽可能积极的方式展示组织的机会，可以使组织公开陈述组织的成绩和未来的方向。

游说是一个非常专业的领域，它是为了发展和影响同"职权部门"的关系，尤其是与国内和欧盟政府机构的关系而设计的。游说是让决策者知晓组织的观点，并设法影响政策的制定与实施的一种方法。

内部传播

虽然雇员和其他内部公众也面临着大部分指向外部世界的公共关系的影响，但他们确实需要自己的专门的传播，这样他们可以知道正在进行的事情的更多细节，并且在广大媒体之前知道（Bailey, 1991）。这强调了要让人们知道而不是蒙在鼓里，这反映了雇主对雇员态度的重大转变。这对激发员工很重要，同时也是使员工对改变和加强企业文化有所准备的一种方法。

两种主要的传播方式是书面方式（内部期刊、内部网页或时事通讯）和口头方式（如管理层简报会）。几乎没有人想读管理总监写的有关质量管理或生产目标的长篇大论，但大部分人至少愿意浏览一下配有精美图释的、简短的、清楚的书面要点总结。简报会为管理层和员工之间的面对面接触提供了一种良好的机制，有助于提高员工的参与和授权。通常，定期的部门或处内会议可以用来研究解决操作问题，向下传达组织情况。频率更低一些的，或许每年一次，更高级的管理层可以向员工发表讲话、介绍结果和战略计划、直接回答问题。

赞助

定义和作用

BDS 赞助公司（http://www.sponsorship.co.uk）将赞助定义为：

……资金、资源或者服务提供者与个人、活动或组织之间的一种商业关系，后者以提供一些可以用作商业利益的权利和联合作为回报。

尽管某些赞助确实有一定的利他动机，但它主要的目的还是通过将组织的名称与体育、艺术、慈善企业或其他活动拉上关系来激发积极的态度。那就是为什么这么多公司采用赞助方式的原因，其中包括知名公司，如可口可乐、JVC、McEwan's larger、嘉士伯、欧宝、劳埃德信托储蓄银行和全国建房互助协会（National Building Society）。

> **范例**
>
> 沃达丰非常慎重地对待赞助。它每年在全球范围内花费 2.5 亿英镑做广告、花 1 亿英镑做赞助，如给曼联、F1 沃达丰迈凯伦车队、英国板球队和英国大赛马会（Epsom Derby）的赞助。到 2005 年，作为与曼联交易的一部分，它还赞助了大卫·贝克汉姆来代言它的产品，但在他转会皇家马德里队后，决定就错了。他扮演了全球品牌大使的角色，更显著地出现在当地广告上。英国板球队在世界排名的上升证明对沃达丰是有利的（Marketing Week，2005a，2005f；Steiner，2005a）。
>
> 然而，有迹象表明足球赞助可能正在开始失去它对赞助者的吸引力，因为它曝光过度，并且为了任何赚钱的机会大吵大闹（Carter，2004b）。这对手机公司来说是坏消息，因为它们一直都很积极地签署赞助协议。Orange、沃达丰和 T-mobile 与半数以上英超俱乐部签订了巨额交易。交易是建立在收入分享的基础上的，俱乐部收取与俱乐部相关内容、铃声、壁纸、进球短信提示和服务的佣金，而运营商则有大量的在地面、网站上冠名的机会和独家手机业务、电话费。当 3G 被广泛接受，在赛后可以接收进球视频时，这将得到扩展（Hemsley，2004）。然而，沃达丰于 2005 年 11 月结束了价值 3600 万英镑的与曼联为期 4 年的合作，使用了合同中半途解约的条款。双方都没有进行说明，但据说沃达丰是想更专注于它对欧洲联赛冠军杯（Champions League）为期 3 年的赞助（Cohn，2005）。就算是曼联这样的大俱乐部也不能承受失去每年 900 万英镑赞助的损失，所以它正积极寻找替代的赞助商，阿联酋航空公司、谷歌、雅虎、索尼和 LG 都传闻有兴趣每年支付近 1200 万英镑获得赞助俱乐部的特权（雅各布等人，2005）。
>
> 沃达丰和其他的手机品牌想与消费者的热情联系起来，并利用那些热情转变消费者对品牌的想法和做法。当然，最终是为了产品的销售，传播的重点是吸引所有的移动运营商，不管市场有多拥挤。

　　赞助在 20 世纪 80 年代流行开来，一部分是因为它作为促销组合的一种支持因素所具有的吸引力，一部分是因为与各种体育和艺术活动潜在的更大的报道量相比，媒体广告成本在增加（Meenaghan，1998）。赞助也变得更加全球化，很好地适应了品牌全球化的增长趋势（Grimes 和 Meenaghan，1998）。它的成长也得益于烟草公司，它们把它作为了一种实现曝光的手段，抛开了电视广告的限制。

赞助的类型

体育

　　鉴于体育跨越年龄、地域和生活方式的普遍吸引力，体育赞助的普及就不足为奇了。当它同赛事转播联系起来时就更是如此。大众可以通过电视，甚至是一些少数人感兴趣的体育节目，使赞助商的名字得到广泛展示。

> **范例**　　Flora 从 20 世纪 90 年代中期就一直赞助伦敦马拉松赛，据它所说，这是它所承诺的更健康的英国的一部分。在品牌价值和赛事性质之间有着清晰的联系。作为奖励，电视收视人数常常在 600 万以上，有一个网站干脆把赛事和 Flora 链接起来，结果自发的认知增长超过了 50%。通过赞助赛事，32 000 名赛跑者因此成为 Flora 增值器的一小部分。
>
> 　　2005 年，它决定通过吸引那些对参与马拉松跑步本身感到沮丧的人来扩展赞助的影响力。它开发了一个 Flora 家庭马拉松网站，鼓励家庭和 2~6 个朋友组成的群体在 5 周内协力合作跑 26.2 英里，但他们所有人都得在马拉松开始的早晨跑一英里。锁定家庭被认为适合于该品牌，赠品包括个人训练计划、一个测程器、一个计步器和棒球帽。当他们完成赛跑时，这个家庭就会收到一条马拉松的终点线和一块 Flora 家

打扮成 Flora 生产的太阳花，这名赛跑者保证了观众和媒体的关注。

资料来源：© Dominic Burke/Alamy http://www.alamy.com。

庭马拉松的奖牌。有 2 万人在网上注册，网页浏览次数达 10 万次。在活动期间，品牌健康级别显著提高，显示了精心策划的赞助活动与独特的品牌价值相结合的威力（Rigby，2005b；http://www.london-marathon.co.uk）。

众多体育吸引着大量的电视报道，因此尽管通常的赞助成本与直接电视广告成本相比会比较高，但这种赞助实际上还是非常划算的。体育赞助有附带的好处，尽管观众会忽略广告时段，但播放"真正的"节目时他们确实会注意，因此就更可能记住赞助商的名字。

足球是吸引赞助的重要体育运动之一，因为它在所有媒体中都有大规模的报道。这就吸引了全世界对运动员、俱乐部、国家联赛和国际赛事的赞助。

由于俱乐部拥有遍及全球的大量拥护者，曼联一直对赞助商很有吸引力。耐克有一份 13 年的衬衫和装备合同，对曼联来说，6 年价值 1.3 亿英镑，而对耐克则价值 3.03 亿英镑。无数的其他官方合作伙伴也与俱乐部有联系，如奥迪的汽车、亚洲航空（Air Asia）的经济航线、百事的饮料、百威的啤酒。所有人都希望通过网站、实况比赛等与俱乐部产生联系（Klinger，2005）。

在联赛的层面上，巴克莱银行（Barclays）投入 5700 万英镑成为英格兰超级联赛

营销 进行时

赞助贯穿艾伦的高峰期！

当她 1998 年提议翠丰集团（Kingfisher group）支持她参加环球单人帆船赛时，几乎没有人去估计来自内陆德贝郡的艾伦·麦克阿瑟（Ellen MacArthur）成功的机会。她不为人知，比赛也很少有人知晓，那时的翠丰集团是零售贸易巨头之一，它与英国的超级药房（Superdrug）、Woolworths 和百安居（B&Q）以及法国的 Castorama 等家喻户晓的企业有利益关系。对艾伦来说幸运的是，当时的董事会主席是一位热心的水手，给建造翠丰 1 号的 5 万英镑的回报就是在艾伦的三体船上有最好的冠名位置。很快她就开始回馈了，在早期的比赛中取得了强势的位置，成为环航世界单人比赛中最快的女性和最年轻的人。

2005 年，艾伦作出了另一个"报答"，她打破了不间断环球单人航行 71 天 14 小时 18 分 33 秒的最快纪录，提前了 1 天 8 小时 35 分 49 秒！对翠丰以及它更知名的品牌百安居和 Castorama 来说，赞助取得了巨大的成功。自 2002 年签署了一份 5 年协议以来，翠丰为赞助艾伦已经花费了 1000 万～1200 万英镑。翠丰得到什么作为回报呢？

明显的答案是遍布三体船的公司颜色和标识，被摄影师和照相机所环绕。估计在她成功返回海港的早晨，假设有大量电视报道的话，会有价值 200 万英镑的免费广告。在返回海港的 4 天里，媒体买家估计平面和电视报道价值 7500 万英镑，整个 71 天的航程会超过 1 亿英镑。据翠丰集团说，1998—2001 年间，因为与艾伦的联系，它被 23 个国家的 8000 篇报纸文章提及近 1 万次。购买报纸版面触及同样的受众，约 48.5 亿人的

成本应该是 1540 万英镑。这是体育赞助在宣传副产品和创造长期关系方面最大的优势。成本是每年的赞助费和三体船建造费及支持费用。

另一个重要的利益更微妙。翠丰集团与麦克阿瑟的决心、技巧、职业水准、勇气和成功相联系，没有一项会让公司的声誉受到损害。百安居的主题是"你做得到"。艾伦用她的成绩诠释了那个主题，从而强化了品牌价值。她在商店开业时会定期出现，表现优异的员工将获得同她航行一天的奖励，她还经常出现在百安居为员工举办的公司活动中。艾伦的下一次冒险配合了百安居在亚洲的市场进入和开发策略。驾驶游艇不太普及，所以她参加了始于上海终于伦敦的快速帆船挑战赛。

资料来源：Milmo（2005）；Rigby（2005a）；Wheatley（2002）。

2004—2007 赛季的赞助者。它 2001 年取代了赞助联赛长达 9 年的卡林（Carling）。一开始叫做巴克莱卡超级联赛（Barclaycard Premiership），2004 年重签合同后改为巴克莱超级联赛（Barclay's Premiership）（Davies，2003；Szczepannik，2003）。巴克莱被赞助交易所吸引是因为超级联赛不仅在英国而且在全世界都有大量拥护者。当英格兰足球超级联赛获得商业收入时，它成为欧洲最成功的联赛，单英国以外的电视转播权一项就有 3 亿英镑的收入。超级联赛目前每年有 152 亿电视观众，3 年里上升近 20 亿。赞助使比赛因最好的球员、最好的俱乐部和最好的联赛而繁荣（Barrand，2004、2005；Britcher，2004；Gillis，2004a，2004b，2004c，2005）。

　　国际足球赞助对于单独的组织来说常常是一项过大的挑战，不管这个组织有多大。即使它是一个协会的成员，也无法保证有一个成功的结果。《营销周刊》（Marketing Week，2004b）的一项调查显示半数以上的英国成年人不认识 2004 欧洲杯 8 个官方赞助商中的任何一个，只有可口可乐和麦当劳基本获得了合理回报。佳能和 JVC 尽管也是赞助商，但它们几乎没有被记住，因为许多其他品牌成功地伏击了锦标赛——Nationwide、巴克莱、卡林、圣斯伯里和富士都被公众错误地看成官方赞助商。被遗忘的赞助商唯一的希望是电视收视率和使品牌获得更多的品牌知名度，那是赞助首要的意图。考虑到混乱的场面，这也许并不令人惊讶。周围的广告牌、衬衫赞助、大屏幕商业广告和节目广告都在竭力赢取球迷的关注。

　　如果锦标赛的赞助没有吸引力的话，那总会选择赞助单个运动员或者选手，或者赞助球队或联赛。一些运动员的要价很高。一名奥运会奖牌获得者在体育支持和赞助上应该能净得 100 万英镑。在更有限的基础上，公司可以赞助比赛节目、比赛用球甚至角旗。较小的，或非联盟俱乐部对本地的企业有吸引力，这些企业想强化它们在社区的作用，甚至大型组织也可能会看重这一点。

　　只要体育和独立的俱乐部继续保持"干净的"形象，所有这些都会奏效。看台骚乱或板球场上打群架都会引发"比赛堕落到什么程度了？"之类的宣传和新闻报道，这都是赞助商不想与之发生联系的。每一次因为暴力行为被罚下场的运动员身上都有赞助商的名字，一辆 F1 赛车抛锚，一名选手陷入私生活丑闻，对于赞助组织来说都有风险。据说赞助商变得越来越关注与道德问题相联的商业风险，诸如在某些高调案例中介绍过的药物测试（O'Sullivan，2001）。

广播赞助

　　广播赞助，赞助电视或电台的节目或连续剧，这在英国是一个相对新的领域。电视赞助构成了广播赞助的绝大部分，但较之广告收入，它在频道的商业收入中仍然只占一小部分。

> **范例**　利洁时（Reckitt Benckiser）决定跟随吉百利引领的和肥皂剧"加冕街"的长期合作，它同意赞助 Emmerdale，这项为期一年的交易被认为价值 1000 万英镑。计划是滚动地展示品牌，就像吉百利做过的一样，那么 Sheen 先生、Finish 先生、滴露（Dettol）先生和 Lemsip 先生都会获得播出时间。利洁时取代了亨氏，亨氏曾经用

Emmerdale 赞助权来支持沙拉酱和番茄酱品牌。赞助协议涵盖了 Emmerdale 在 ITV 全部三个频道和在线的所有情节。它还延伸到了特许促销和不播出的促销，并将提供互动电视选择。肥皂剧吸引了 1000 万人每周观看六次，为利洁时产品到达目标受众提供了理想的平台（Marketing Week，2005g）。

　　电视广播商已经开始开发获得对重要体育报道的赞助的潜力，如足球世界杯、联赛和其他重要赛事。广播商获得了许多必要的额外收入，赞助商显然将所有屏幕上放映的内容和相关的促销报道挂上了钩。即使是在当前相当严格的规章框架内，广播赞助还是有许多东西可以提供。当然，和广告一样，它也可能到达大量的受众，并且创造产品知名度。然而，更深层次的是，通过联系它还可能帮助强化产品形象和信息。嘴唇防护和防晒品牌 Soft Lips 赞助了略嫌粗俗的 ITV 戏剧《球员之妻》（Footballers Wives）以及衍生戏剧《球员之妻的额外时间》（Footballers Wives Extra Time）。据预测，赞助花费近 50 万英镑，Soft Lips 决策的主要原因是它觉得品牌的主题和节目是一样的——"让成百上千的年轻女士们满足"！它平均有大约 700 万的观众（Marketing Week，2005b）。然而，要使广播赞助达到最好的效果，它应该与更广泛的营销组合和促销活动相结合。

艺术

　　艺术赞助是一个发展中的领域，根据价值来看，它在英国仅次于体育赞助，2000 年英国的艺术赞助价值 1.5 亿英镑左右，是 5 年前价值的两倍多（Carter，2004a）。然而，一半以上的资金是用在伦敦的项目上。艺术形式广泛涵盖了音乐（包括摇滚、古典和歌剧）、戏剧节、剧院、电影和文学等内容。

　　对于艺术组织来说，在国家资助减少的时候，私人赞助对于它们的生存来说就变得尤为重要了。在整个欧洲，政府对艺术的补助都削减了。剧院、歌剧院、管弦乐团和画廊都不能坐等赞助蜂拥而来。为了钱，它们必须积极地接近潜在的赞助商和捐赠者。

　　艺术赞助不仅仅是通过歌剧、芭蕾和精美的艺术展览设法触及比典型的体育观众更年长、更富裕和受教育程度更高的观众。更广泛的是，或许多少有些没品味，可以通过摇滚乐来触及年轻观众。各种各样的公司已经参与到赞助摇滚和流行音乐中去，如劳埃德信托储蓄银行现场巡回演出和雅芳妆品赞助的席琳·迪翁巡回演出（Finch，2002；Kleinman，2002）。

范例　　惹人注目的活动仍然吸引许多注意力。2005 年为非洲举办的各种 Live8 音乐会获得了相当可观的赞助支持，舞台由 AOL 和诺基亚冠名。两家赞助商都很高兴通过 BBC 的深入报道，成功地触及了全球 16~34 岁的消费者。据说 AOL 支付了 500 万英镑、诺基亚支付了 300 万英镑获得特权。据认为 BBC 自身从播放权中分得了 200 万英镑。与诺基亚的吻合是显而易见的，因为音乐会是关于全世界的人们为了一个美好的目标而沟通、合作的（Marketing Week，2005e）。Egg 在泰特现代美术馆（Tate Modern gallery）赞助了八场"现场"艺术活动，冠名长达一年，名为"泰特和 Egg 现场"。展览是一次音乐节、戏剧和视觉艺术相结合的现场会演。作为一家在商业繁华区没有本地机构来传播其标识的网络银行，与泰特现代的联系似乎是 Egg 进入年轻的目标市场、让媒体知晓的一个完美方法。零售商 French Connection 在支持吉尔伯特＆乔治的一场展览时也采用了文化策略，展览融合了誓言涂鸦和城市生活图像。因不逊的 FCUK 活动而声名狼藉的零售商赞助了艺术家在海德公园蛇湖画廊 (Serpentine Gallery) 举办的 "脏话图片" 展 (Singh，2004)。

对营销人员来说，决定是否赞助这些活动的重要考虑是了解产品和音乐之间的联系。为了获得最大价值，有必要确保活动在传播组合的所有方面都得到了突出介绍，包括包装、广告和销售促销在内。这意味着开发音乐活动前、中、后期的联系。

借助艺术赞助有许多机会来展现赞助组织，包括舞台上、节目中，通过包括录像和 CD 在内的相关商品、周边会场，甚至入场券。在高层次的活动中招待关键顾客和供应商也是有好处的，可以给他们提供最好的位置，或许还可以在表演间歇或之后举行一次招待会。

善因行销

组织与慈善团体之间的联系使双方受益。例如，如果一家公司运作了一次销售促销，同时有这样的口号："你每花一块钱，我们将捐 10 便士给这个慈善团体"，那么慈善团体获得了募集的现金，提升了公众形象。消费者觉得他们的购买行为比单纯的自我满足要有意义得多，并且对 "给予" 感觉良好，而公司从促销所激发的销售增长中获益，同时从把自己的品牌与一次善举相联系而获得的额外商誉中获益。墨菲 (Murphy，1999) 指出，公司正在以长远的观点看待善因营销，因为与良好的、人道的公益事业相联带来了积极的形象。

范例　　来自拜尔斯道夫 (Beiersdorf) 的护肤产品妮维雅认为它可以开拓一种与英国癌症研究会 (Cancer Research UK) 紧密的协作来为品牌注入一些生命力。特别吸引它的是赞助每年一次的 "生命赛跑" (Race for Life)，因为它为双方都传达了一种完整、健康的信息。资金筹集来自由他们的社团支持的跑步者。设计了相关的营销措施来扩展关系的全部价值，并且通过一系列电台访谈组织了联合宣传。妮维雅与一本全国性的健康、健身杂志 《Top Sante》 合作，强调了癌症研究会需要更多资金的事实，告诉人们通过参与 "生命赛跑" 和筹集资金，妇女们可以尽绵薄之力。妮维雅计划成为长期的赞助商以建立消费者心目中的关系。

然而，关系并非没有问题。2004 年，双方对妮维雅的防晒系列发生了争吵。防晒产品的竞争对手博资开始赞助每年的 Sun Smart 活动，癌症研究会对于它的标志被在产品上，为了让人们花更多的时间做太阳浴而感到焦虑。于是，一个独立的研究团体检测了许多领先的品牌，包括妮维雅，并指出受测试的全部产品中有三分之一包含致癌成分，有 70% 可能被有毒的杂质污染。研究结果备受争议，但这个案例表明了当善因遇上商业时会出现的挑战（Edwards，2005；Marketing Week，2004a；Mortished，2005）。

　　然而，并非所有善因营销都是与销售促销相联系的。许多大型组织建立慈善基金或者直接捐赠现金给社团或慈善事业。其他的可能会为慈善团体支付广告空间，无论是电视、电台、平面媒体还是海报。当消费者对他们所惠顾的公司的道德和"企业公民"记录变得更加关心时，这就很重要了。

　　组织对他们的慈善活动显然不只持一种利他的观点。就像使用其他营销活动一样，它的计划也应该有明确的目标和预期成果。

　　将一个品牌与善因联系起来是有好处的，特别是当价值和目标之间有直接的协同作用时，但如果消费者觉得它只是另一种赚钱的方式，它就会对双方造成相反的结果（Brennan，2005）。善因营销现在是营销组合确定的部分，比起更传统的促销营销策略来能在更高水平上展现品牌价值。因此，在决定最适合的慈善团体之前小心谨慎是很重要的，最好避免与有争议的社会议题相联系。

小结

- 销售促销是有计划的整合营销传播战略的一部分，它主要用作短期战术，但某种程度上也有助于长期战略和形象构建目标。销售促销提供超出普通产品的某些东西，可以作为刺激目标受众以某种方式行动的诱因。制造商使用促销来刺激中间商和他们的销售员工，制造商和零售商都使用促销来刺激个体消费者，而制造商可能会用它来刺激其他的制造商。销售促销的方法多种多样。在消费者市场，它们可以被分为货币化、产品化、礼品化、奖品化或商品化促销。顾客忠诚计划在零售贸易和服务业内变得越来越普遍。制造商在其他方式中通过提供现金返还、折扣、免费商品和"销售或退货"计划等来刺激零售商和其他中间商。他们还提供销售人员奖励鼓励中间商员工更投入的销售努力。

- 直接营销是一种创造和维持组织与消费者之间一对一、人性化、高品质关系的方式。与直接订购商品一样，直销可以用信息活动和售后服务来配合销售努力，从而帮助形成长期忠诚度。它也可以通过邀请准顾客试用产品或预约会见销售代表来为销售铺路。直邮广告在刺激严格定义的目标受众（不论是现有顾客还是新顾客）反馈方面可能会非常有效。直接反馈广告采用广播和平面媒体，旨在刺激目标受众的某种回应。电话营销特指用电话作为创建组织与消费者之间关系的方式。邮购、电子通讯和电视购物同样创造了销售机会和构建直接关系的方式。

- 当组织使用反馈来构建数据库时，它们从直接营销中获得了最佳利益，这样任何一项活动或优惠都变成了一系列关系构建对话的一部分。然而，重要的是要创建和维护一个数据库，该数据库可以处理每个消费者的详细特征和他们的购买习惯和记录。

- 展览和贸易展示可以包括小型的地方活动和重要的全国性或世界级展示。它们把各种各样的关键人物聚到了同一地点、同一时间，从而经济地激发了许多潜在销售领导。

- 公共关系与组织与各种利益公众之间关系的品质和本质有关。公共关系起到了重要的支持作用，提供了一个商誉和信誉的平台，通过它其他营销活动可以发展和扩大。当危机袭击组织时，公共关系对于控制损失和修复信任度尤其重要。宣传和新闻关系是公共关系的重要领域。媒体在向所有受众传播信息、甚至影响观点方面是很有价值的。然而，也有更可控的公关方式。广告可以用于构建企业形象和态度，特别活动和出版物也可以锁定关键的公众。

- 许多组织把赞助作为一种激发公共关系、扩展形象和其他营销传播活动的方法。赞助也许意味着参与体育、艺术、广播媒体、慈善组织或其他公益事业。双方都会有所收获。赞助商受益于活动派生的公共关系以及所赞助的组织或活动的公众形象，而那些接受赞助者则可获得现金之类的东西。赞助可以针对企业或品牌，赞助商的参与可以是大张旗鼓的或者是很低调的。

- 善因营销与公共关系、赞助和以提供资源或宣传慈善组织和／或其他非营利性组织为目的的销售促销活动相联系。当消费者对"道德"和他们所惠顾的公司的"企业公民"记录变得越来越关注的时候会很重要。

复习讨论题

11.1 观察一个制造商最近在消费者市场上市的新产品。销售促销在上市中起到了什么作用？

11.2 解释直接营销在创造和维持顾客方面所能起到的作用。

11.3 收集三份直邮广告，对每一份作出评价：

(a) 你认为它想达到什么目的；

(b) 信息是如何传播的；

(c) 使用了什么手段让收件人阅读邮寄广告；

(d) 收件人按规定方式反馈的难易程度如何。

11.4 什么是公共关系？它在哪些方面有别于促销组合的其他因素？

11.5 寻找最近报道的一次公司事件。例如，可以是一次"危机"、一次收购战、失业或创业、新产品或大合同。从各种各样的媒体中收集该故事的报道和新闻剪报并比较内容。你思考：

(a) 媒体在多大程度上使用了组织自身提供的素材？

(b) 故事发展在多大程度上超出了组织的控制？

(c) 想象你自己是组织的公关经理。写一份简短的报告给管理总监，概括组织得到的报道中你认为有利的和不利的方面，以及你认为针对这个事件下一步该做什么？

11.6 尽可能找出三种不同的艺术赞助项目。你认为赞助在赞助商的营销战略中起到了什么作用？你认为他们从中获得了什么？

案例分析 11

无论 1 英镑还是 1000 英镑，都需要你的忠诚

顾客保留和忠诚在许多部门都被认为是值得的，特别是超市零售和航空业。没有人想要一次性的消费者，而想要多次返回的顾客。销售促销在通过为返回者提供持续激励鼓励更高的忠诚度和重复业务方面发挥着重要作用。

常客里程卡是航空公司最重要的营销武器之一，多数

航空公司都有此类计划，里程意味着点数，点数意味着免费里程和升舱。虽然折扣航空公司，如 easyJet 和瑞安（Ryanair）避开了忠诚计划，让常规价格说话，但大多数大型承运商都有它们的常客俱乐部，像英国航空的行政人员俱乐部就有三个级别的会员，新加坡航空也有它的 Kris 飞行计划。

常客计划 1981 年被广泛使用，当时美国航空推出了首个以里程为基础的忠诚计划 AA 优（AA Advantage）。现在，1.2 亿归属于各家航空公司的计划，有一名个人持卡人实际上拥有了 2300 万英里（Clark, 2005a）！讽刺性的是，你累积的里程越多，你越不想兑换，因为对更远的长途旅行的期盼可能没那么吸引人！一个标准的英航持卡人要赚取到巴黎的免费单程票需要搭乘两次到纽约的经济航班。挣得约 8 万英里，你才能得到赴澳大利亚的免费旅行。然而，有人警告说这样的"替代现金"正在失控：加入计划的会员越多，航空公司要给出的里程就越多，当他们要求兑换时航空公司的灵活性就越低（Taylor, 2004）。

不过，对常客来说优势是明显的，它不仅仅是免费航班。使用机场的贵宾候机室、较快的登记、提前登机以及一个更好的升舱机会都是多数频繁出行者看重的。每一级忠诚计划赋予乘坐更高级别舱位的频繁乘客不同的特权。如果计划管理得当，航空公司还是会有所得。它有重复的业务，如果能累积里程，一些乘客还会尽可能故意选择一条稍长的路线。其他人则预定喜欢的而不是最便宜的航线（Taylor, 2004）。它还可以进行关系营销和数据库营销从而跟踪乘客的行为，如他们如何买票、旅行的频率和团体的规模。它还可以和联系计划挂钩来，例如那些由旅馆和汽车租赁公司所提供的计划。这些都帮助航空公司来决定航线时间表和服务。最后，随着国际航空联盟的形成，对非联盟成员和较小的航空公司来说，挑战大型航空公司对远程航线的统治变得更加困难了（Whyte, 2004）。

新型的常客计划正在出现。一些航空公司锁定了企业而不是单个的公务旅行者；例如，北欧航空公司（SAS）推出了回馈计划，给那些每年花费超过 1 万英镑的中小企业奖励多达 20 张的经济舱返程票，相当于 15% 的现金返还。同样，有代码分享和航线分享安排的航空公司联盟计划也出现了。例如，一位到香港的旅行者可以使用英航行政人员俱乐部做远程旅行并累积国泰航空（Cathay Pacific）的里程作为"一个世界联盟"（OneWorld Alliance）的一部分，以便获取以后的航班，如到河内或马尼拉等英航到不了的目的地。"一个世界联盟"包括英航、美国航空、澳洲航空（Qantas）和国泰航空，它是世界上最强的联盟之一，覆盖了 135 个国家（Bold, 2004）。它的对手是"星空联盟"（Star Alliance），它包括了汉莎航空公司（Lufthansa）、联合航空公司（United Airlines）、加拿大航空公司（Air Canada）和新加坡航空公司。由于远程航行的价格和座位的不可储存性（见第 13 章），建立在会员制基础上的航空里程忠诚计划成为营销者的重要工具就不足为奇了。这同样适用于欧洲超市零售。主要的英国超市长期以来一直采用销售促销技巧来相互竞争，如短期价格优惠、买一赠一和店内获得的免费烹饪卡片。然而，自从特易购的会员卡计划推出以来，永久忠诚计划有了改变。

永久忠诚计划使零售商可以在动态基础上捕捉和分析顾客数据，它于 1995 年开始出现在英国的超市中。处理大量的顾客数据和他们日常购物习惯详情的技术是有的，特易购，首家制订此类计划的重要连锁店决定是时候行动了。要参与这项活动，消费者必须登记，填写一张简短的表格，提供他们自身的详细情况和家庭情况。然后，他们会收到一张"会员卡"，每次购物结账时刷一下，分数就会自动累积，每花一英镑就奖一分。每个季度，消费者会收到一份账单，显示积了多少分，并根据一分兑一便士的原则换为代金券。

自从推出以来，特易购的计划得到了进一步的扩张和发展。例如，1996 年 6 月，特易购推出了联名卡。它把忠诚度和信用卡结合起来，这样持有者每个月支付固定金额到他们的联名卡账户上，就可以使用会员卡购物，甚至在收银台提现。作为信用工具，会员卡还可以获得最高与通常月支付额持平的赊账额。然而，只要消费者的联名卡账户处于赊账期，都要根据差额支付利息。

兑换点数的方法也发展了，以便设法保持消费者对会员卡计划的兴趣和新鲜感。代金券可以在店内使用，获得购物折扣，也可以用来"购买"航空里程或获得会员卡待遇。会员卡待遇是商品和服务，如全家在旅游景区度假、电影票、甚至是特别的婚礼。据特易购称，它们有 1100 万活跃的持卡人，通过邮件他们收到 8 万种不同的供应组合。每个季度大约要提供 5000 万英镑的代金券，兑换率高达 90%。它宣称会员卡激发了每年 1 亿英镑的额外销售，该计划被看成是从特易购推出会员卡以来 10 年里它迅猛发展的核心。它使特易购能够贴近消费者的购买趋势。因为特易购在新产品线上进行了多样化，如个人理财、保险和电信，建立在忠诚基础上的常规顾客数据库使有效的直接营销活动得以实施（Mistry, 2005）。

这样，计划提供了一种灵活的机制，通过它可以进行其他的促销活动。例如，零售商可以和一个品牌联合，非常快速地提供一次双倍或三倍的积分促销。通过随代金券定期邮寄给消费者的特易购会员卡杂志，可以根据收件人的购物习惯量身打造优惠。这样，与特定品牌或产品种类有关的代金券就能用来强化品牌忠诚度或增加采购量或频率。

然而，忠诚卡最大的好处是它产生的消费者购买偏好和习惯数据的数量和质量，由此提供了测量不同种类促销优惠的基础，从而将来可以制订出更好的目标锁定和促销方案。数据的用途远不止于此，从一开始的一种低层次的促销工具开始向在零售战略、甚至制造商战略中扮演关键角色发展。特易购使用会员卡数据来决定单个商店实施的布局和产品分类。公司把这视为一种以消费者作为基本驱动决策的"拉动"战略。特易购正在将这种对分销渠道的"拉动"拓展到制造商，与它们共享知识、开展联合促销交易，并向它们出售会员卡杂志邮件上的广告版面。

尽管忠诚计划有影响，但它们未来的成功却不能想当然。首先，危险是它们实际上可能会减损忠诚，这是与重复购买行为相反的。大约 86% 的消费者属于一个超市忠诚计划，但他们中的许多人属于一个以上的超市，所以会在超市间转来转去。同样，怀特（Whyte，2004）发现就信任和承诺之间的联系而言，常客计划能否确实地引发持续的忠诚值得怀疑。航空公司基础会员层次的忠诚度往往很低，许多旅行者是被回报吸引而不是被航空公司吸引。许多旅行者是几种计划的会员，会根据所提供的回报转换。常客计划也许会限制选择，但不总能激起乘坐一家公司飞机的真正承诺。

忠诚计划的另一个问题是进入容易退出难。一些航空公司担心未兑换点数的迅速扩大，它们意味着可能发生的义务，数量的增长使管理计划的成本也在上涨。无论成本和风险如何，决定退出常客计划的公司一定是一个非常勇敢的航空公司。

最后，忠诚计划背后的数据库威力是与消费者数量的增长相关的。你买什么、什么时候买、怎么买都是要检查的项目；一个人和家庭的生活方式可以用于有针对性的强有力的营销。所拥有的个人信息的水平增加、创造数据被用于意图之外的目的的风险，导致了更具侵略性的营销。特易购保卫着它的数据，从不卖给合伙人和第三方机构，这是一项被其他大规模忠诚计划操作者所奉行的政策（Mistry，2005）。然而，随着零售业所提供的计划的不断增多，消费者也许并不那么幸运，一旦信任受到冲击，对这种数据追踪的抵抗就会增加（Marketing Week，

特易购会员卡提供给所有顾客，鼓励他们在每次购物时出示。他们从有针对性的邮件、优惠、代金券和航空里程节约机会中获益。

资料来源：© Sue Williams。

2005h）。

资料来源：Bold（2004）；Clark（2005a）；Hemsley（2002）；Marketing Week,（2005h）；Mistry（2005）；Taylor（2004）；Tomlinson（2001）；Whyte（2004）。

问题：

1. 什么原因导致超市实施这些忠诚度计划？它们希望从中获得什么？
2. 什么是建立、管理和维持这类促销的实际问题？
3. 你认为供应商以哪种方式可以从忠诚卡计划中受益？
4. 从长远来说，你认为像 ASDA 和 Morrisons 这样的零售商拒绝忠诚卡理念是对的吗？

第5个P：计划（Planning）

Marketing planning, management and control

学习目标

本章将帮助你：

1. 定义营销计划以及影响它的内、外部因素；

2. 了解组织中所发现的不同类型的计划和正规计划程序的重要性；

3. 明确营销计划过程的阶段和它们对完善的综合计划的贡献；

4. 列出构建营销部门的备选方法和它们的优缺点；

5. 理解评价和控制营销计划及其实施的必要性，以及实现这一目的的方法。

导言

迄今为止，本书已经探讨了全部营销实际操作方面的内容，从辨别消费者的需求到设计和传递旨在满足那些需求的产品组合，再到克服竞争对手的努力，维持消费者忠诚。当然构成营销组合的工具对于贯彻营销理念是很重要的，但到目前为止，营销组合要素的重点主要放在操作上，并且是以短期为导向。然而，管理人员必须在更广泛、更战略性的问题上考虑他们的操作性营销组合，如：

- 我们要进入哪个市场？

- 我们组织具有什么可以带来竞争优势的东西？（这不一定直接来自营销。）

- 我们组织里有资源、技巧和资产来使计划目标得以实现吗？

- 在未来5年甚至25年里我们想到达哪个位置？

- 我们的竞争对手在3年或5年的时间里会做什么？

- 我们能够想象现在惯用的伎俩在未来都管用吗？

这些担心都是战略性的，不是操作性的，因为它们影响着整个组织，为随后的操作决策提供了一个框架。重点放在将来，让整个组织面临变化的营销环境下（如第2章所讨论的那样）新的机遇和挑战。上面提到的问题似乎是虚拟的，但事实上要找到它们的答案是一项高技巧的艰巨任务。整个组织未来的福祉都取决于找到"正确的"答案。

范例

对营销战略性展望的需求从不会嫌多。各行各业正随着快速转变的消费者态度和价值观、随着分裂性技术以及新的强势经济体（如中国和印度）的出现而改变。中国技术型产业制造能力的大规模提高与更有效的品牌化方式的结合可能在未来 5~10 年里在许多部门扮演主要角色。一份对受影响的主要部门的简单分析显现出中国的影响有多大：

- 汽车：到 2008 年，汽车制造业的生产能力将接近每年 900 万辆，是中国国内预期购买者数量的两倍。本田已经从它的广州工厂出口汽车，并发现其质量优于美国生产的汽车。

- 钢铁：2004 年中国在钢铁产业成为净出口商。虽然随着大量建筑项目的动工，需求趋于上升，但外国进口钢铁的市场却在下降。

- 化工：本地生产能力有一个快速的增长，这将使中国在 2008 年以前的进口需求从50% 降到三分之一。正在进行的 50 个项目涉及 10 亿美元的投资。最终，中国可能会在某些专业领域成为净出口商。

- 半导体：该领域还需更大的发展。虽然许多工厂已经上线，可以生产电器和消费品的基础芯片，但高级产品还不行。

- 数字电器：中国在该领域已经是一个巨头，而且还会更强。它支配着彩电、手机、台式电脑和 DVD 播放机的制造。该产业现正向高端市场进发。凭借许多此类产品潜在市场的规模，中国将不断开发它自己的品牌产品并制定世界规格和标准。

所有这些部门都多少脱离了中国作为世界鞋类和衣服廉价制造商的陈规模式。借助更精密的技术、更大的国内需求潜力，经济规模将使成本优势更明显。中国正在学习品牌化的威力以及如何将其运用于国内市场和出口市场。中国产品品牌的知名度在中国和美国消费者中很不一致，美国消费者除了青岛啤酒以外，对大部分产品都一无所知。关税和进口控制也提供了一些短期保护。韩国花了 20 年来建立它们的国际品牌，如三星、LG 和现代，中国可以从那些例子中学习，在从强大的国内市场获得的经验和收益的推动下，它可以更快地发展。TCL、海尔和 SVA（上广电）也许是明天的品牌，特别是它们中的大多数从合资公司获得了经验，从而首先帮助它们建立了恰当的品质标准。

那么，西方的品牌制造商如何在这场潜在的冲击中生存呢？许多品牌将被迫在设计、技术和材料上更进一步，否则它们也许要面临灭绝（Bremner，Engardio，2005；Roberts，等，2004）。

本章首先介绍战略营销问题，定义一些普遍使用的术语，展示它们如何相互配合。分析某些与设计营销计划系统相关的问题，以及它如何适应于组织计划过程。然后详细讨论营销计划过程的不同阶段。虽然计划过程的实施可能因环境而有所不同，但这里列出的至少显示了许多计划决策的相关本质。

然后本章将转向分析与管理营销有关的其他管理问题。例如，确定组织的营销功能结构对实现计划的特定任务是恰当而必要的。营销的控制和分析问题也会被考虑到，因为没有足够而及时的控制系统，就算最周密的计划也会因为管理人员没有意识到事态的严重性而告吹，等到弥补时已为时已晚。

营销计划和战略

计划可以定义为一种预测未来业务环境，然后决定该环境最适于开发的目标、对象和定位的系统过程。所有组织都需要计划，否则往最好的方面说，无论是战略性的还是操作性的活动都会杂乱无章、定位不准、执行不善；往最坏的方面说，组织会毫无目的地胡乱应付一个又一个危机，直到最后竞争对手占据优势，需求达到一个无法持续的低水平。营销计划提供了关于将要实施的战略和行动的清晰而明确的阐述，指明了由谁实施、什么时候实施和实施的结果。

营销战略不能孤立地表述。它必须反映组织目标并与组织的其他部门所追求的战略相一致。这意味着营销人员在制定他们自己的战略前必须参照公司的目标和对象，以确保持续性、一致性和相关性。营销和公司战略的双向过程如图 12.1 所示。

为了帮助阐明双向互动，本章的余下部分将分成两块。首先，我们概述某些不同的、经常重叠的内部战略观点，包括针对公司和营销的，营销人员必须以战略思维来思考它们。其次，我们会分析一些影响实际营销战略制定的更宽泛的因素。

定义

本节列出了组织的一些战略观点，从公司战略要求的主要构想开始，然后逐渐深入到营销方案非常明确的细节。

公司战略

公司战略关注组织内的资源分配，以便实现公司目标所明确的业务方向和范围。虽

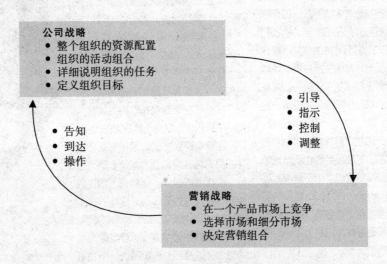

图 12.1　营销和公司战略之间的双向互动

然营销部门基本上只负责对察觉到的营销机会和有利的竞争环境作出反应，但没有组织其他部门的参与它就无法运作。因此，公司战略有助于控制和协调组织的不同部门——财务、营销、生产、研发，等等，以确保它们都朝着同一目标努力，并且确保那些目标与

营销　进行时

一项声音战略

莲（Linn）产品公司是苏格兰一家优质高保真设备制造商，它针对的是欧洲高性能和顶级产品市场。1972年，它将商标用于它的首件产品上，Linn Sondek LP12，一种转录转盘，成为评判其他所有产品的基准。公司把同样的标准和定位用到了莲扬声器和第一台固态间距精准的扩音器上。莲现在有 50 多种产品，包括 CD 播放机、调谐器、扩音器和扬声器，在30 个国家销售。在仅仅 30 多年的时间里，莲已经成为一个在声音技术、创新设计和精密工程方面的世界领导者。它执行不断改进的方针以确保自己处于该利基市场的尖端地位。

莲的宗旨是"使想要从音乐、信息和娱乐系统中获得生活的最大享受的顾客感到兴奋，这些系统得益于共同创造的高品质声音，在顾客需要的时候提供他们想要的东西"。每件产品都有产品制造者的签名。一位产品制造者负责整件产品的组装、测试和包装。老式的对细节的关注并不意味着过时的、无效率的生产过程。莲宣称拥有世界上最小的工厂之一，就在组装点就配有自动原料处理设备。在那样的工厂里，实行"实时"生产，意思是每天的生产是根据特定顾客的订单进行的。产品设计者也要贴近顾客并负责持续的改进。由于难以屡获奖项的 Sondek CD12CD 播放机买到最好的零部件，莲宣布宁愿尽早退出生产也不愿在性能规格上妥协。这就是对品质的负责。

莲的关注消费者理念从制造过程延伸到了分销渠道。公司对于经销商的指定是有选择性的，因为它把零售商的专业知识和演示视为销售产品的关键。莲寻找的是那些在他们的领域内最好，并具有与莲相当的优良声誉的零售商。它需要愿意销售优质产品，并准备花时间为消费者演示和安装的零售商。零售商应该能够：

- 与顾客配合，发现他们的音乐期待和声音需求类型
- 如果要与竞争对手比较时，要理解莲系统内在的成本—价值关系
- 向顾客展示如何最好地使用和调试设备
- 帮助顾客考虑系统的延展性

莲非常不愿意为那些未经培训、不能或不愿以演示为目的而购买产品的零售商供货。

然而，莲产品公司在一个竞争激烈的市场上经营，到 2005 年收入下降了。它的所有者认为该产业正变得商品化，换句话说，对价格的过分关注使它越来越难以维持赢利性（Rogerson，2005）。从技术角度上说，该市场仍然非常有动力，但对价格的关注要求莲产品花更多的精力提供"杰出的性能给有鉴赏力的顾客"。那在未来几年将是具有竞争力的挑战。

尽管有这些挑战，莲在把商业领导的眼光和价值转变为营销战略方面是一个优秀的榜样。虽然有人也许会期望顾客成为业务核心，这样，一个CD 播放机可能会花掉你 12000 英镑，而一个摇滚歌星会花 20 万英镑为他的每个房间都装上音响系统，所有者蒂芬布龙（Tiefenbrun）先生说了一句有争议的话："顾客是第三位的，供应商第一，雇员第二。只有同供应商协作，公司才能获得以顾客想要的方式运转的零配件。满意的顾客来自满意的供应商和雇员。"（Murden 引，2001）

资料来源：Murden（2001），Rogerson（2005）；http://www.linn.co.uk。

莲牌扬声器是有专业知识的零售商花时间讨论个人需求后卖给顾客的优质产品。

资料来源：© Linn Products Limited，http://www.linn.co.uk。

企业整体期望的方向一致。因此，公司计划人员特别关注的问题可能是市场扩张、产品开发优先权、收购、拆分、多元化和保持竞争优势。

为了帮助使公司计划过程更易管理，大型组织经常把它们的活动划分为战略业务单元（SBU）。一个战略业务单元就是组织的一部分，虽然仍然处于整个公司构想范围之内，对组织制定自己的战略和计划具有重要意义。战略业务单元可以根据产品、市场或自主营利的营运部门来划分。

竞争战略

竞争战略决定了一个组织如何选择在市场中竞争，特别是与竞争对手竞争相关的定位。除非一个组织可以创造和保持竞争优势，否则它不可能获得牢固的市场地位。在任何市场上，都会有支配者或领导者，还有越来越多的、大量的小从业者追随，其中某些可能足以形成严峻的挑战。然而，其他从业者会满足于追随或找到自己的利基市场（即，支配一个小的、专业性的市场角落）。

营销战略

营销战略明确了目标市场、需要采取的方向和为了创造与整个公司战略相一致的防御性竞争地位所要进行的更广泛的工作。然后设计营销组合过程，通过锁定目标市场最好地配合组织能力。

营销计划

操作细节、把战略转化为实施行动是在营销计划中制订的。营销计划是一份详细的书面陈述，它在既定的预算内明确了目标市场、营销方案、责任、时限和所要用到的资源。多数营销计划都是年度的，但它们的数字和关注点随组织的类型而变化。计划可以建立在地理位置基础上、产品基础上、商业单位基础上或指向特定细分市场。因此，大型组织的一份完整的企业营销计划可能汇集和整合了许多针对单独的战略业务单元的计划。在战略业务单元层面进行计划，然后将所有计划合并起来，这确保公司的蓝图足够详细，可以掌握整体实施和控制。

营销方案

营销方案是指行动，它们通常具有战术性质，包括使用营销组合变量来获取目标市场上的优势。这些项目通常在年度营销计划里详列，是实施选中的营销战略的手段。本章前面提及的莲高保真系统发现，一次耗资25万英镑的广告活动对于刺激试用和维护顾客关系是恰当的，广告使用了高品质的杂志、一个直邮广告项目、一本年度手册和一份一年两期的杂志。方案提供了清晰的指导方针、时间表和完成全部目标所要采取的各种行动的预算。这些都要在整体营销计划框架内确定，以保证活动能恰当地整合，并且给它们配置了合适的资源。

影响计划和战略的因素

有各种各样的因素影响着组织的营销战略，现在我们就来依次讨论。

组织的目标和资源

营销战略需要以组织在总体上争取的东西作为引导，即它的目标是什么，以及它拥有什么样的资源来实施目标。一些组织可能会有颇具野心的成长计划，而其他的可能只追求较为稳定的发展，甚至根本不发展，即巩固。显然，每种选择都预示着不同的营销方法。

资源不仅仅是财政方面的。它们也包括技术和专业知识，换言之，包括任何能帮助组织增值和占据竞争优势的方面。通过营销开发组织擅长的事情，如：制造、技术创新、产品开发和顾客服务，可以帮助创造非金融资产，如声誉和形象，这是竞争对手很难仿效的。

如霍西姆的例子所示，营销战略确实需要与公司的目标相一致并利用所能获得的资源。

范例

瑞士霍西姆（Holcim）公司是世界最大的水泥、集料和混凝土供应商之一，2005 年销售额为 78.7 亿瑞士法郎。对于任何想要生存的公司而言，必须在生产、原材料的持续供应和低成本运输方面形成规模经济。霍西姆确立了三项基本战略原则来引导它的竞争立场：在它众多的海外市场上以成本领先；为了实现批量销售而以市场领先；对核心战略持强硬态度，进行严格控制，但也允许地方自治。

当经营利润下降到大约 25％ 时，相对无差别的产品价格竞争就会很剧烈，关注效率和保持低成本对生存来说是必要的。为了实现成本领先，霍西姆大量投资技术以降低单位成本，经常在接近原材料或顾客的地方设厂。通过收购和开办新厂，它现在在 70 个国家的水泥厂都有股份，使公司拥有了 630 多个预制混凝土厂，其中许多是用不同的名字经营的。无论霍西姆决定在哪里扩张，很大程度上都是受建筑机会驱使的，因为人口的发展或基础设施的更新规则都是一样的：大批量、高效运作和本地服务。战略的风险在扩张，因为它参与了许多不同的市场，而且每个市场都处于不同的发展阶段，衰退期和成熟期并存，这使它必须把精力集中在核心业务上，剥离更多的边缘活动。

尽管欧洲仍是它最强劲的市场，但也是最艰难的市场之一，因为霍西姆要与法国拉法基（Lafarge）争夺领导权。然而，最激烈的竞争出现在新兴市场上。亚洲和拉丁美洲对未来的发展特别重要。例如，在印度，对安比嘉水泥东方股份有限公司（Ambuja Cement Eastern）的收购和对市场领导印度联合水泥公司（Associated Cement Commpanies）持股的增加有望增强其远期的竞争地位。霍西姆的远期战略是建立一个真正的全球品牌（Financial Times，2001；Simonian，2005）。

对改变和风险的态度

公司对改变和风险的看法通常取决于高级管理层的方法。抗风险能力因个人、管理团队而截然不同。当然，管理者也要受组织性质和他们对商业环境的解读的引导。一个小企业的总监可能不愿意实施高风险项目，因为缺乏资源，他认为公司的规模使它更容易遭受失败。一家大企业也许能够消化任何损失，因此就会觉得风险是值得冒的。

范例

生物技术产业很好地证明了管理科学领域的风险和革新的难度。在英国大学工作的英国科学家提供了该行业的智力源泉，但却是美国集团，如美国基因科技公司（Amgen）和基因技术公司（Genentech）走在了革新和商业化而不是发明的最前沿。每项革新的价值都差不多是英国部门总和的 4 倍。许多英国理科大学的学院文化喜欢来自实验室的副产品，但这却是战略问题的开始。

因此，说英国的生物技术部门缺乏革新观念是不对的，事实上一直有稳定的技术突破，许多来自于小型公司。作为一家较小的组织可以帮助创造一种鼓励灵活性和独创性的文化，只要它有充足的资本度过收益较差的开始阶段。投机资本家出于对未来回报的希望确实吸收了一些早期风险。这在英国太平常了，一旦产品看上去有前途，大型的、资金雄厚的组织，如 Amgen 就会收购较小的公司。Celltech 是英国最有希望成为市场领导者对抗美国的公司之一，但它却被一家美国公司买下了，这说明它缺乏建立持续的长期生物技术业务、在全球范围内正面竞争的能力。

生物技术公司中最重要的因素是管理风险的能力。发展早期关心的是产品上市前维持业务的风险。然后是与商业化有关的风险，尤其是在一个全球性产业里，因为它不仅要消耗更多的资源，而且新产品开发的前置时间也是既定的，还常常意味着资金需要转移到下一代产品上。当股东准备冒险时，这对资源匮乏的小型组织来说就太危险了，当出现收购报价时，机构投资者宁愿屈服于早期回报的诱惑。

对任何一种新产品而言，还有产品失败的风险。英国生物科技公司（British Biotech）开发的抗癌药物失败了，Scotia Holdings 的糖尿病药物被健康标准制订者拒绝。在一个以高风险、长期项目为特点，有时会惨败的行业里，所有策略营销计划都以愿意冒险作为重要前提就不足为奇了。一切都是用产品开发风险和成本来交换成功且持续的市场进入回报。听起来很容易，但对许多小型生物技术公司来说，当有巨头显示出收购兴趣时，合作更为容易。

制药巨头的投资要大得多，比较下来，也许是小生物技术公司的 2~3 倍，因为它们需要数以十亿计而不是百万计的全球销量纪录来维持发展。这有时会延长开发期、抑制某些不达标的发明。大制药公司常常可以向企业学习并受小型生物技术公司的驱动，同时小公司也可以学习大制造商的专业知识，成功地从市场中获得创意。这些组织中有许多积极地寻找小型生物技术公司进行收购，Amgen 在美国和欧洲周边的城市举办了一系列的接待日来展示它的业务和项目，邀请潜在的生物技术伙伴聚在一起探讨合作问题，包括收购在内。所有这些都显示了一条"给养链"，在这条链条中大学发明、小企业上市、大型生物技术企业商业化，然后是大型制药企业通过联合和并购进行资本化。然而，在每个阶段如果想要获得成功，文化必须是充满野心和接受风险的（Dyer, 2001；Jack, 2005）。

市场结构和机会

市场在它们的结构和动态上区别相当大。一些是相当稳定的，除非一个重要的从业者决定主动出击，设法提高它的竞争地位，否则不会有太大的变化。一些市场是非常自满的。一个很好的例子是荷兰的农业部门，它一直都被指责无法跟上市场变化的步伐、不能提高欧洲竞争力水平。虽然维持了鲜切花和种子方面的竞争力，但乳制品、蔬菜和猪肉方面的市场却丧失了。真正的问题源于市场环境的变化，因为顾客想要更多种类的产品和更高的产品规格，而欧洲超市买家则追求更高的效率。

范例　　Mothercare（http://www.mothercare.com）是一家提供婴儿和直到 8 岁的儿童小配件和服装的专业零售商。它宣称在英国超过 90% 的孕妇在分娩之前都会去逛它的 245 家商店中的一家，它所产生的营业额超过了 3 亿英镑。自从 1961 年上市以来，Mothercare 努力建立一种优质、自有品牌、有吸引力的零售环境和包括孕妇装在内的全系列的声誉。1984 年以来，出口销售通过直销店和特许经营得到发展，结果在 30 多个国家都有经营。

尽管有强劲的市场表现，但近年来它的业绩还是没有达到预期，市场份额下降了，在 4 岁到 8 岁的细分市场尤其困难，因为孩子们从较小的年龄就有了时尚的概念。但即使撇开这个不提，Mothercare 在所有细分市场都受到了攻击。怀孕不再是从衣橱里拿走时尚服装的借口，Mothercare 和更时尚的商店相比在提供一个可以接受的时尚孕妇装种类方面确实有一些困难。儿童服装的流行市场已经受到了对 Baby Gap 和 Higswa Junior 的喜爱的驱动，而市场的价值一端已经被 ASDA、特易购和 Hennes & Mauritz 严重冲击。甚至更高级的利基市场也已经被 Gap、Next 以及汤姆和黛丝（Tom and Daisy）等零售商锁定了（Bashford，2002；Kleinman，2002）。Boots 侵略性地挺进了婴儿服装市场，所以在所有领域战斗都在继续。

因此，Mothercare 的挑战是策划它未来的合作和营销战略。是否应该把精力放在利润较高、仍有较强知名度和市场渗透率的孕妇、婴儿和学步儿童身上，而不是包括 4~8 岁儿童在内的细分市场上？Mothercare 还是一个值得尊敬和有价值的品牌，但在孩子已经成为时尚宣言的社会中，它的一些服装已经没有什么影响了。为了保住它的地位，Mothercare 2002 年开始了一个恢复计划来复兴业务。它把重点放在儿童服装上，决定接纳定位更时尚的竞争对手。孕妇装进行了修改，偶尔购买的东西，如婴儿床和折叠式婴儿车不再受重视，但引入了新的产品线，如节约空间的托儿所设备和早熟婴儿系列产品。通过新的仓库运营，分销成本降低了，店铺整修计划正在进行之中，还在进行进一步的店铺扩张，特别是在城镇以外的地点。这是必要的战略复兴的全部内容，以此回应变化的市场机会（Buckley，2005a，2005b；Urquhart，2004）。

竞争对手战略

不同产品市场的竞争结构会创造出不同的强势或者弱势竞争条件。在诸如电脑芯片之类的市场上，起支配作用的竞争对手对竞争的水平和性质有重要影响。挑战会升级，不过，在政府竞争政策和公众压力的约束下，一个支配性的竞争对手能有效地决定何时竞争、怎样竞争。支配性竞争对手很可能相信通过它在市场上的地位、销量，它可以具备充分的实力，因此也许可以通过它的成本基础来成功地迎接任何强大的挑战者。

计划类型

区分计划、计划过程的成果、计划制订，计划的产生过程是很重要的。虽然计划过程是相当标准的，能够在职能部门和组织内转移，但实际运用计划来指导战略和操作时，还是会有非常大的差别。这一部分是因为一种计划过程可以产生几种不同类型的计划。计划可以依据许多特性来区分，有以下几种：

组织层级型计划

管理人员参与组织所有层级的计划。然而，管理人员的关注点在组织的高层会发生变化，影响计划的复杂性也会变化。管理人员职位越高，关注点就越长远、越具战略性。在最高层次，关注的是整个组织以及如何将资源配置到所有职能部门或单元。在较低层级，焦点是短期实施，以及在明确指定的参数范围内的操作。因此，营销总监也许会特别关注创新产品的开发和定位，以及新细分市场的开辟，而销售代表也许就不得不关注销售区域的规划，以实现预定的销售和拜访目标。

时限型计划

计划的焦点可以是短期、中期或长期的。短期一般是指适合组织操作的最短时限。一般是一年，在某些产业，如时尚业，是一季。中期计划更可能包括 1~3 年。焦点不会像从头开始那样更多地放在日常经营和详细的战术成绩上。这可能包括开拓一个新市场、开始一次产品创新，或者为了提高市场地位而进行的一次战略联盟。长期计划可以是 3~20 年，时限通常受资本投资期的支配。长期计划几乎总是战略性的，关注的是资源配置和回报。

规律型计划

大多数长期计划都有年度总结来监督进展。短期计划经常是连接战略和操作层级的一部分。然而，有些计划不是作为年度周期性计划的一部分来制订的，而是针对活动、项目或形势制订的。一个活动计划，例如为了专门的广告活动作的计划，也许有规定的期限来实现既定的目标。项目计划针对的则是特别的活动，也许是新产品上市、分销渠道的调整，或者包装的更新。这些活动有固定的期限，不一定会重复。

焦点计划

计划因组织的焦点而不同。公司计划是指组织的长期计划，明确了企业想得到的业务范围的种类和在所有业务领域实现这一目标的战略。焦点放在界定框架的技术、产品、市场和资源上，在这个框架下组织的各个部门可以制定更详细的战略和计划。因此，职能或操作计划是在组织的团体计划内制订的，但焦点放在组织各部门日常或年度活动的实施上。

组织焦点计划

根据组织本身的性质，计划也会有所不同。大量可供选择的组织营销方法后面将会讨论。如果组织的焦点在产品上，那么计划也要把这作为焦点，但如果强调的是市场或职能领域的话，计划就要反应那种结构。例如，一份职能型组织营销计划会有清楚的定价、广告、分销等要素。如果形成了战略业务单元，那就马上需要一个两层的计划结构：
(a) 考虑公司层面的战略业务单元组合；(b) 对各战略业务单元来说，要关注更详细的组织设计。不同情况下，也许会使用同样的处室、区域、分公司或公司计划。

采取更有组织的营销活动计划方式有几个好处。概括来说，好处可以根据营销活动的制定、协调或对营销活动的控制来分类，如图 12.2 所示。

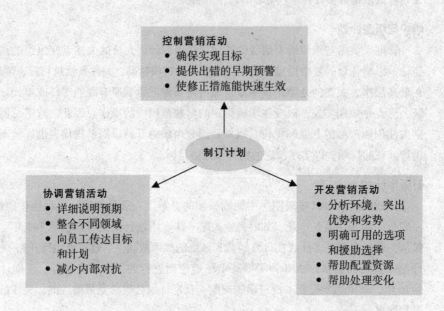

图 12.2　制订计划的好处

除了明显的好处之外，我们不能假设所有组织都实施计划，即便如此，也不一定能获得它们预期的所有结果。制订计划本身不能保证成功。更多的要取决于计划的质量、它作为一种基本驱动力在组织内的接受程度，以及最后形成的计划的相关性。

链条不能出现薄弱环节，即使计划像制订它们的过程那么完美，但如果过程没有产生可以接受的、能够实施的计划，它就是没有意义的。

营销计划过程

营销计划的目的被定义为：

寻找一个系统的方法来确定一系列选项，从中选出一个或多个，然后制订进度并算出要实现目标必须要做的事情的成本。（McDonald, 1989, 13 页）

虽然营销计划的结构因组织的复杂性和差异性有所不同，而且重点也会因环境的动荡和组织面临的最终挑战而有所不同，但计划过程的许多主要阶段却可以在任何情况下操作。计划过程的主要阶段如图 12.3 所示，每个阶段将依次进行讨论。

范例

　　皮尔金顿玻璃公司（Pilkington Glass）是世界最大的玻璃和玻璃装配产品制造商之一，它制定了长期公司战略，旨在使它成为选定的地域市场上数一数二的供应商。实现目标的要点在于详细的检查和营销定位、营销活动的重组。因此，战略计划明确了三个部门，在这些部门要寻求并维持领导地位：建筑、汽车和相关技术市场。它也列出了实现目标的策略，包括产品开发和提高市场覆盖率，同时操作性的营销计划把焦点放在所有价格促销／变化、通过汽车部门的在线订购改进服务的计划和开发中国、印度、中东及俄国市场以对抗更传统市场上的缓慢成长。这帮助经理们把战略付诸实践，无论他们离公司总部有多远。

　　当一个组织在世界范围内雇佣了 27 000 多人，在 25 个国家制造，在 130 个国家销售时，任何操作性营销计划的作用都是很重要的。在艰难的经济条件下，当住房供给、建筑和汽车市场在全球范围内不看涨时，超出公司整体政策和方向以外的不协调的地方行为，如降价或以一种不恰当的方式定位产品，会对整个公司产生影响（Foley，2002）。对新产品开发采用一种统一的方法也是很重要的。皮尔金顿（Pilkington）在"附加值"方面是一个市场领导者，如自我清洗的双层玻璃。当它推出一种新产品时，几乎不会采用一国接一国的方式，而是一次在一组国家同时进行（http://www.pilkington.com）。

无论在波兰还是其他地方生产，皮尔金顿都是生产满足消费者最新需求的玻璃。
资料来源： © Sue Cunningham Photographic/ Alamy，http://www.alamy.com。

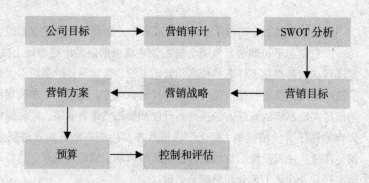

图 12.3　计划过程的阶段

公司目标和价值

公司目标是计划过程的核心，因为它们描述了方向、优先秩序和组织在市场上的相关定位。一些目标，如市场份额（根据价值）、销售额、利润和投资回报是定量的，而其他的如反映在 5 宗旨和价值取向中的理念，从本质上说更多是定性的。

理念目标，通常称为设想和价值取向，近年来发展普及成了一种持久的、无所不包的远景构想，组织想要体验它，并且想用它来引导自己的行为。麦当劳的设想是提供世界上最好的快速服务餐厅体验，为了实现这一目标，它试图提供标准的品质、优质的服务、清洁和重视，使每个在餐厅里的顾客都微笑。相反，威望迪（Vivendi）娱乐公司的设想是成为世界上首选的娱乐、教育和个性化服务的创造者和提供者，它想通过所有分销平台在任何时间为任何地方的顾客提供服务。

定性目标也包括诸如服务水平、创新和范围等。

无论是定量还是定性，这些目标都有助于创立营销计划的指导方针，因为公司计划过程的产出是营销计划过程的投入。所有目标都必须是现实的，在特定时限内能够完成，并且按优先顺序排列。这将导致连环式的目标层级。

企业社会责任 进行时

吉百利史威士：企业社会责任，说到做到

吉百利是从一个建立在贵格会价值观上的家族企业发展起来的国际公司，尽管是一个商业企业，它仍然坚持把社会责任贯穿于工作方方面面的重要性。贵格会具有坚定的信念，它坚持为正义、平等和社会变革而战，这反应在吉百利最初帮助结束英国维多利亚时代的贫困和剥削的理想上。

因此，组织要对全社会负责的基础在 100 年前就已经打下了，并且坚持到了现在，已经具体表现为今天的社会责任项目，尽管公司已经走向多元化和国际化，发生了巨大变化。

最重要的方针陈述凸现了企业社会责任对企业战略的重要意义：

"好的道德和好的企业很自然地结合在了一起。我们坚信我们作为良好的企业公民的责任和信誉在达到为

我们的股东增值的目标中起着重要作用。"

企业和社会责任委员会监管着公司活动的所有方面，它处于董事层，由一名高姿态的、非执行董事——巴伦尼斯·威尔科克斯（Baroness Wilcox）任主席，他曾是国家消费者委员会的前任领导。

吉百利史威士的企业社会责任方针分解为八个方面，包括环境、人

权、企业管理、雇员、供货商和社区参与等。本书不详述全部领域，但每个领域，单独和共同地，都帮助构建了一个强大的声誉、信心和成功记录，这可以视为一种模式。主要领域简要分析如下：

- 企业管理：一个企业的管理政策包括主要的业务交易原则，以及在道德、公开和诚实方面引导吉百利公众的所有原则。这反映了从以前继承下来的持久的价值观。它还有一个董事会通过的行为法规，所有员工都要遵守。该法规包括更实际的问题，如法律和服从问题、利益冲突的处理、赠与、应付竞争、揭发、保密和政治献金。公司向每名员工提供了法规的复印件，遵守法规的要求贯穿于管理过程。对吉百利而言，好道德和好企业是相伴而生的。

- 人权：吉百利对文化操作的危险尤为敏感，其中也许会适用不同的标准和做法。西非可可产业奴役童工的报道备受关注。虽然吉百利辩称它并没有从象牙海岸购买原料，但它还是完全参与了这个产业，它与政府和非政府组织一道确保废止这样的做法。它完全投身到童工做法、独立监控和可可证书的调查中，以确保满足所有条件。在接近家乡的地方，公司也公布了它自己的人权和道德贸易方针，包括劳工权利、工作尊严、健康安全、公平酬劳、多样性、尊重差异和个人发展的需要。由一个工作组来评定各领域的进展，工作组向企业社会责任委员会报告。这也将越来越适用于为公司提供补给的供应链。

它在全球的企业现在正在推进一个教育和实施项目。

- 社区和社会投资：吉百利也认识到它在所经营的社区中的任务和责任。方针与施舍和送礼物无关，而是以一种长期的、整合的方式作为"社区价值管理"项目的一部分。这意味着要认真地选择鼓励措施，并采取一种长期的实现既定目标的方法。它设立了一个基金会，为项目和合作组织提供补助，尤其是教育和就业领域，关注如伯明翰、雪菲尔德、布里斯托尔和伦敦等地方的社会排外和剥削。对肥胖的关注把像吉百利这样的公司放到了媒体批评的最前线，批评有关巧克力的卡路里、对孩子的促销和糖果对所谓"肥胖流行病"的贡献。然而，吉百利同政府和产业一同寻找方法解决问题，以合理的证据为基础，提供信息和教育鼓励消费者明智而适度地食用。在把孩子作为目标时这尤其重要。企业社会责任报告提供了吉百利史威士行动的细节以及与孩子和家长的互动。

- 环境：可持续性是这个领域方针的核心。"环境报告"列出了公司在发展长期可持续性、环保和评价其主要活动对环境的影响方面所实施的项目。方针本身仍在向包括运输、供应链管理和原材料采购等在内的方向发展。报告还考虑了许多领域，如废物管理、水土保持和能源利用，展示了公司改善环境的努力。例如，在西班牙卡卡享提市的饮料厂回收了它的所有有机废物。包装的问题更多，但 PET、玻璃瓶和铝罐都

可以内部再加工或由专业回收人员再加工。就是坏的货盘也可以修好再用。在接近法国第戎（Dijon）的一家工厂，所有固体废弃物的 90% 被回收，只有少量的水被送去进行适当的再循环。全球变暖也在考虑之中，吉百利被认为在减少二氧化碳排放、改变气候方法上名列前茅。

- 雇佣做法：企业社会责任的这个领域涉及各种人力资源问题，如个人发展、工作环境和平等的机会，所有这些都超出了本书的范围。

通过采纳这种全面的企业社会责任方法，吉百利内部的价值观和所采用的业务方针得以付诸实施。但要小心，想在肯尼亚实施善因营销的一次尝试就导致了目标的混乱。Mediae Trust 是一档聚焦社会和环境主题，如动物饲养和虐待孩子等，为农村社区制作的广播节目，在赞助它的时候，教育和广告的区分就成为麻烦。吉百利购买了 Mediae 广播的播出时段，作为回报获得了一些广告时间，因此虽然它帮助销售产品，但它也为宣传农村的社会发展政策作出了贡献。一位听众说道："我喜欢这个节目，因为它教育了我们，像如果你的孩子被虐待该怎么办，它也告诉我们吉百利产品有多有用：它打造了强健的体魄"（Turner，2002）。总之，吉百利说到做到，为其他公司呈现了一个好榜样。

资料来源：Turner（2002），
http://www.cadburyschweppes.com。

营销审计

营销审计系统地清查组织的营销状况，正规的定义为：

（审计）是一种手段，通过它，公司可以了解它与所处的经营环境的关系如何。它是一种公司可以确定自己的优势和劣势的手段，因为它们与外部机遇和威胁有关。因此，它是一种帮助管理层在已知因素的基础上选择在环境中的定位的方法。（McDonald，1989，21 页）

它确实是营销计划的铺垫，因为它促使管理层根据它实际的和计划的能力来系统地思索环境和组织的反馈能力。营销审计是关于开拓市场份额的、一致的和客观的对组织的最初了解。表 12.1 总结了营销审计应该考虑的问题。

审计应该作为计划循环的一部分来进行，通常是以一年为基础，而不是作为对问题孤注一掷的反应。为了推动审计过程，有一个涵盖营销环境、顾客、竞争对手等方面，以及内部组织营销努力各方面细节的全面的营销信息系统是很重要的。为了完成一次审计，管理人员必须关注操作变量（即，内部审计）和环境变量（即，外部审计）。

内部审计

内部审计关注的是第 3~11 章讨论过的许多决策领域，以及它们在实现既定目标中的效力。然而，它不仅仅是一个关于 4P 的问题分析。审计者感兴趣的地方在于：如何将 4P 顺利、协调地组合到一起，以及营销行为、组织和资源配置是否适应环境机遇和约束。

组合分析。 在评估组织的营销健康状况时，只看单个产品的表现是不够的。虽然产品在操作基础上作为一个独立的实体是可以掌控的，但从战略上说，它们应该被看做一个产品组合，就是说，一组产品，每种独立的产品对公司的形象都会作出独特的贡献。战略家需要注意企业形象，并决定是否有足够强势的产品来支撑弱势产品，弱势产品是否有发展潜力，或是否有合适的、开发中的新产品来取代下滑的产品。下面列出的不同的组合模型可以应用于战略业务单元或者单项产品，因此"产品"一词的使用在下面的讨论中有两方面的意思。

BCG 矩阵。 有时称为波士顿盒子，或者 BCG 矩阵，波士顿顾问集团公司（BCG）市场成长—相对市场份额模型，如图 12.4 所示，它从两个方面评估产品。第一个方面是看产品市场的总体成长水平，而第二个方面是衡量与该产业最大的竞争对手相比较的产品市场份额。这类分析提供了关于特别产品可能的机会和问题的有用见解。

市场成长反映了不同市场的机会和增长趋势。它还指明了可能的竞争氛围，因为在

表 12.1　营销审计问题

- 宏观环境：STEP 因素（见第 2 章）
- 任务环境：竞争、渠道、顾客（见第 3~4 章）
- 市场（见第 12 章）
- 战略问题：市场细分、定位、竞争优势（见第 4 章和第 12 章）
- 营销组合（见第 6~11 章）
- 营销的组织结构和组织（见第 12 章）

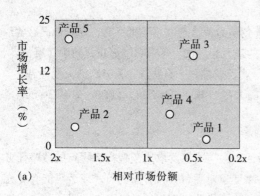

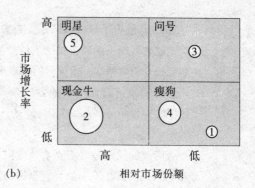

在矩阵中划分每种产品的位置

图 12.4　BCG 矩阵

高速成长的市场中，有足够的扩展空间，所有从业者都能有所收获；而在低速成长的市场上，竞争则会更激烈，因为只有通过抢夺竞争对手的份额才能增长。

市场份额形势是根据与产品最大竞争对手之间的对数尺度来测量的。因此，相对份额数字 0.2 意味着产品只达到市场领导销量的 20％，是相对弱势的竞争形势。同样，份额数字 2 表示产品的市场份额是最接近它的对手的两倍。数字 1 意味着大体相当的份额，两者是共同领导者。

图 12.4（a）列举了对一个组织所有产品进行分析后的最终矩阵。下一阶段是在这个较简单的四格矩阵中划分产品，反映它们不同的竞争形势，如图 12.4（b）所示。每一格提供了不同类型的业务机会，并提出了不同的资源需求。格子大体标记为"高"和"低"，为每种产品的形势提供了一个直观、充分的感觉，圆圈代表每个战略业务单元对组织总体销量的贡献，并进一步显示了不同产品的相对重要性。例如，在图 12.4（b）中可以看到产品 2 对总销量的贡献最大，而产品 1 的贡献则很小。"理想的"模式是指产品组合在现有实力和新兴机会之间保持合理的平衡。现在我们来依次分析矩阵的每个格子。

瘦狗（低份额，低增长）：瘦狗代表在一个低速成长市场上的弱小市场份额，它很可能正在亏损，充其量也是低利润。由于市场增长率低，因此在合理的成本之下，它的份额不可能增加。瘦狗对于管理时间和资源来说都可能是一种消耗。

范例

　　Liptonice 是一种冷的罐装泡沫柠檬茶，其他像它一样的产品已经被证明在内陆欧洲是成功的，它的所有者对它在英国市场上的成功也充满信心。然而，他们没有考虑到的是英国消费者酷爱茶的天性和它在年轻消费者中所占的比例。在英国的观念中，茶要喝热的，并且要加奶——就算是热着喝，只加柠檬的光茶也被认为多少有些粗鲁。"得体的"沏茶礼节也是根深蒂固的文化。加上年轻人认为茶是给奶奶喝的，所以这种罐装的、冷的、泡沫柠檬茶一开始就没有什么前途。600 万英镑的产品上市以及后来重新上市的 400 万英镑的产品，都没能达到年销量 2000 万英镑的产品目标，产品悄悄地从英国的商店消失了。然而，首次的失败并没有阻止进一步的尝试。

2003 年进行了第四次尝试，它决定用有创造力的信息"不要批评它，除非你已经尝试过它"来正面冲击英国人的态度，目的是引起尝试。尽管它的诚意是解除了疑虑，但公众仍需争取。用英国的标准来衡量，产品仍然是一只瘦狗，只有欧洲其他地方上升的销售可以让不断的尝试来改变英国人的口味（Gardner，2003；The Grocer，2002；Marketing，2002）。

因此，问题是要不要杀掉瘦狗，即撤回产品。这主要取决于瘦狗所履行的战略任务和它未来的前景。例如，它也许会阻碍一个竞争对手（一只看家狗？），或者可能会补充公司自己的活动，如引来底层顾客，他们也许会换购组织更好的产品（一只引路犬，还是一只牧羊犬？）。

问号（低份额，高增长）：问号的高市场增长是件好事，但低份额令人担心。为什么相对市场份额那么低？组织做错了什么，还是竞争对手做对了什么？也许问号（有时也称问题小孩或者野猫）只是一种较新的产品，它还处于建立市场地位的过程。如果它不是一种新产品，那么也许只需要更多的工厂、设备和营销上的投资，以便跟上市场增长率。然而也会有风险，问号存在的问题可能是吸收了大量资金后也只能维持现状。

范例　手机市场现在是一个成熟的市场，英国的渗透水平达到了 108%，德国达 111%（Wray，2005）。下一代改变移动市场形态的技术是 3G，因为它能够接收实况传播和广播。借助其增强的能力，3G 可能会是移动技术的下一次革命。为了利用 3G 技术的引入，2003 年推出了手机运营商 3，现在其网络拥有了 320 万名用户，成为市场领导者。然而，就整个移动市场份额来说，它远远落后于 Orange、O2、T-Mobile 和沃达丰，它在努力使消费者转而使用它的技术。虽然 3 花了许多力气来发展品牌个性，但取代大型营运商还是一项挑战，不管 3G 的市场增长率有多大。

这就提出了移动市场问号产品增长的问题。除非转化得到改善，否则 3G 本身也许不会达到最初预期的渗透率，成为一种大众市场服务，并保持一种利基产品。这会随着替代技术，如 VOIP 的推出得到进一步的强化。电信和娱乐之间的界限正在变得模糊，吸引了有线运营商和 Google 这类的公司进入该领域。短期内，很大程度上取决于用户是否把手机上的广告视为垃圾邮件，否则他们反感的话，很快会阻碍 3G 运营商潜在收入的一项主要来源。作为该领域的先驱，3 的地位尤其会受到负面影响，如果市场本身没能按计划启动，就不会有可观的预付投资回报（Marketing Week，2005a）。

问号的某些备选项和瘦狗一样，如：结束或重新定位，但还有一些更具建设性的选择。如果觉得产品还有潜力，那么管理层可以投入巨资建立市场份额，像上面提到的那样。另一个选择是，如果组织现金充裕的话，它可以设法取代竞争对手来巩固它的市场地位，大力购买市场份额。

明星（高份额，高增长）：明星产品是成长市场上的领导者。它需要大量现金来维持它的地位，支持进一步的成长，保持它的领先。然而，它也会产生现金，因为它有实力，因此它可能是自给自足的。明星可能成为未来的现金牛。

> **范例**　　卫星导航系统是汽车附件市场成长最快的领域之一。TomTom 是市场领导者，单 2005 年第一季度的销售就翻了一倍。全年收入预计可翻两倍。不过，竞争越来越激烈，因为要求放宽，卫星导航系统的价格从 1000 英镑跌到 300 英镑。最初，市场被汽车音响制造商，如先锋和建伍统治，但来自新制造商的专业便携系统迅速成长起来。预测显示未来几年每年的增长将为 24%；达到饱和状态还有较长的一段时间，因为欧洲的 2 亿辆车现在只有 6% 有导航系统（Reid，2005）。因此，拥有明星产品使 TomTom 在欧洲市场处于一个强势地位，挑战在于维持那种地位对抗新近的对手（Euroweek，2005；Loudes-Carter 等人；Reid，2005）。

现金牛（**高份额，低增长**）：当市场增长开始放缓时，明星会成为现金牛。这些产品不再需要和从前同等水平的支持，因为没有新的顾客需要争取，竞争压力小。凭借它们的相对市场份额，现金牛享受着规模经济所产生的主导地位。

> **范例**　　绿箭在口香糖市场中占统治地位，单英国一国的年销售额就达 20 亿美元，并且在 180 个国家销售。接近半数的口香糖销售都是打着绿箭的品牌名称。绿箭努力保护它的地位，通过强劲的品牌推广、广告和促销拉动商店的需求，提供了更大的吸引力。由于它的市场领导地位，它可以对其对手进行反促销和反分销，但是因为它的规模，每包销售的成本实际上比竞争者要低得多，这使竞争者更难对抗绿箭。它产生了许多现金，每年 4.05 亿美元或 14% 的销售额，其中一部分被用于更新产品系列和内部创新（http://www.wrigleys.com）。

在这里，管理的重点要放在保持和维持上，而不是追求成长。管理层应该注意保持价格领先，任何投资都要适合降低成本，而不是增加销量。任何额外的现金可以转向需要扶持的新领域，也许有助于瘦狗和问号发展成为明星。

一旦组织制定了 BCG 矩阵，就可以用它来评估公司的优势和产品组合了。从理论上说，现金牛和明星的强势组合是最合心意的，虽然在瘦狗和问号中可能会有胚胎明星。但如果有太多的瘦狗和问号，形势和组合就会失衡，没有足够的现金牛为新的开发提供资金，让它们破茧而出。所有这些都会有风险。如果有过多的未来不确定的产品（问号）的话，组织整体上就是易受攻击的。

然而，埃布尔和哈蒙德（Abell、Hammond，1979）指出了 BCG 模型及其假设的许多缺点，例如，现金流和现金充裕不仅仅受市场份额和产业成长的影响，投资回报（ROI）是比现金流运用更广的投资吸引力标准。虽然它在概念上是精确的，但当存在对资金的竞争时，BCG 矩阵不足以评估备选投资机会，例如当它必须决定支持明星还是问号更好时。

市场吸引力模型：GE 矩阵。由通用电器（GE）首先开发，市场吸引力——业务定位组合评估模型是为克服像 BCG 矩阵等模型的某些问题而设计的。

GE 矩阵添加了更多变量来帮助投资决策评估。它使用两个主要的方面，如图 12.5 所示：产业吸引力（纵轴）和业务实力（横轴）。在矩阵中，圆圈的大小代表市场的规模，阴影部分代表战略业务单元所占有的市场份额。

第一个方面，产业吸引力，是由市场规模、成长率、竞争程度、技术变化速度、新规定、取得的利润率和其他因素决定的复合指数。第二个方面，业务形势，是另一个复合指数，它由一系列因素组成，这些因素有助于建立更强的相对市场份额，如相对产品质量和性能、品牌形象、分销能力、价格竞争、忠诚、产品功效，等等。两个方面需要积极配合，因为在一个没有吸引力的市场上拥有强势地位，或者在强势市场上处于弱势都是没有意义的。

矩阵中有三个区域，每个区域意味着一种不同的营销和管理战略：

1. 区域 1（高吸引力，强势地位）。这里的战略应该是为进一步的增长投资。
2. 区域 2（中等吸引力）。因为在一个方面有弱项，这里的战略应该是有选择的投资，不要过度投入。
3. 区域 3（最低吸引力）。获取短期收益或离开。

此模型主要关注的方面与方法论相关，缺乏清楚的战略实施方针。

壳牌的方向政策矩阵。如图 12.6 所示，壳牌的方向政策矩阵有两个方面，竞争能力和部门盈利预期。矩阵的 9 个格子显示了不同的机会和挑战，所以把每种产品放到合适的格子内可以为它的战略发展提供一个指导。

组合模型回顾。组合模型曾经被批评过，不过，它们在迫使管理人员，特别是大型综合组织中的管理人员更战略性地思考方面是很有用的。模型最大的优势在于它们迫使管理人员反省当前和计划的绩效，并对产品的持续生存能力、它们的战略作用和绩效改善潜力提出重要问题。然而，这些模型没有给出应该采取什么战略的解决方案，它们需要清晰的行动计划来支持。它们的主要问题是过于简单化地使用了组成轴的变量和从模

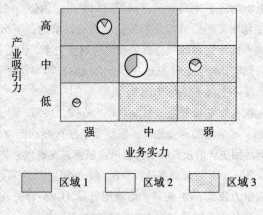

图 12.5 GE 矩阵

	无吸引力	平均	有吸引力
弱	减资？	逐步退出？	冒险？
平均	逐步退出？	维持或者寻求成长？	努力争取！
强	现金发生器！	寻求成长？	保持领先！

竞争能力（纵轴）　部门赢利预期（横轴）

图 12.6　壳牌方向政策矩阵

型中找出的决策规则。对市场份额的沉迷尤其值得关注，因为巩固和改善表现与追求高成长、高份额的业务一样合理。模型也没有考虑业务之间的协同作用，它们可以相互支持。

在某些情况下，聚焦少量领域、在这些领域表现出色可能比通过过分扩张来追求市场份额或市场成长更为恰当。在许多市场上，一些企业的生存与市场份额几乎无关，它们只是作为利基市场的经营者。因此，它们也许会开发有吸引力的回报，但却不必为自己去寻求市场份额或因追求相对销量而担负成本和风险。不容置疑，技术的变化和退步会很快侵蚀掉所有既得的重要优势。

虽然这些模型在教科书中已经司空见惯，但实际上它们的运用却并不广泛。它们理论上容易设计，但却非常难以有效实施。它们需要相当多的管理技巧和判断，因为它们的焦点是在识别变量、权衡决策和将来的变化上，而不只是当前的、切实的、可测量的因素上。

外部审计

外部审计系统地分析第 2 章中广泛论及的 STEP 因素的各种问题。社会文化的变迁，如市场的人口统计构成或公众的关注点或态度，很可能会影响组织未来的战略方向。技术变化的早期识别也会改变战略方向，因为组织可以在竞争之前计划好利用这些变化生产更便宜、更好或不同的产品的方法。经济因素和竞争因素当然都非常重要。目标顾客较低的可支配收入会迫使组织采取更为严格的成本控制，或者改变产品组合，而组织借贷的高利率会延迟多元化或其他扩张计划。最后，外部审计要注意政治和法规框架方面正在发生的事情，无论是本国的还是欧洲的，这都会约束组织。

竞争对手分析。作为外部审计的一部分，必须非常仔细地分析竞争对手营销活动的每个方面，包括它对 STEP 因素的反馈和它对目标市场的选择。竞争对手是一个重要因素，会影响企业在任何市场上的最终成败。忽略竞争，被惊奇的事物取代，或是被一个强大的新产品取代，或是忠诚顾客基础遭受重大打击，这些可能性都是非常大的，会产生严重的问题。

在宏观层面上，波特（Porter，1979）在他的五因素模型中定义了在产业中经营的竞争压力。它们是：

- 供应商的议价能力
- 顾客的议价能力
- 新进入者的威胁
- 替代产品和服务的威胁
- 当前竞争对手的竞争行为

波特的五因素构成了一个实施竞争分析的有用起点，特别是因为它们支持一个相当宽泛的竞争定义。竞争不仅仅是指在最终产品层面确定的直接竞争对手，还指间接的、未来的竞争对手和对供应商的竞争。在英法海底隧道开发以前，跨海摆渡公司认为几乎没有必要在相互间进行主动竞争。然而，一旦隧道的构想成为现实，由于察觉到了竞争的威胁，它们立即采取了行动。

波特模型给出了一个完整的基础，但如果要全面评价竞争对手的话，还有几个方面应该分析。

竞争者识别。像波特模型所显示的那样，竞争对手的识别往往比它一开始所表现的要宽泛。该项任务应该关注潜在竞争对手，把焦点放在市场需求的满足程度上，并注意正在出现的需求，还要评估明显的竞争对手的活动和能力。潜藏的或新的竞争对手会突然占领市场。任何组织都应该用更宽广的眼界观察与它竞争的人。本地的小商店发现它们正处在与多元化超市竞争的困境中。

在一个大市场中，有可能根据它们的关注点和战略把它们组成集群。这对识别机会能够提供一个有用的框架，但要记住：为了实施技术，组织需要详细的竞争对手信息，不仅是财务绩效方面的信息，还有所服务的细分市场和营销战略等方面的信息。

竞争优势和劣势。研究竞争对手的优势和劣势为战略构想和行动提供了一份有价值的观点。一整套领域都应该研究，如：制造、技术和金融实力，与供应商和顾客的关系、所服务的市场和细分市场，以及一般营销活动的全部内容，尤其值得做的是对产品品种进行详细分析，识别销量、利润和现金的来源，竞争对手领先的方面，它的弱点以及它可能的发展方向。

> **范例**　印度在呼叫中心方面已经发展出了竞争优势，这应归功于它相对低的成本、讲英语的劳工和相对成熟的通信技术基础设施。该行业现在雇佣了 35 万人，打算在可预见的未来每年扩张 50%。主要的中心在班加罗尔、德里和孟买，但每个地方都遭遇了相同的问题，首先是从欧洲转移呼叫中心：员工的高变动率，有时每年高达 50%。然而，区别在于在一个国家有大量自愿的后备人员，每年大约有 250 万年轻人毕业。呼叫中心里大约 80% 的雇员是 20~25 岁的人，几乎没有人把它当作一项长期的职业选择。因此，印度呼叫中心的竞争优势也许会被消蚀掉（Luce，2004）。

竞争者的目标和战略。了解竞争对手的驱动力，他们的行事动机很重要。多数公司在单纯的利润理念之外还有多重目标。目标可能关乎现金的产生、市场份额、技术领先、品质识别或许多其他的事情。有时对竞争者产品组合的理解提供了对类似竞争目标的有价值的见解。一旦你了解了他们的目标，对他们在定位、营销组合方面可能会采取的策略，以及他们受易攻击的点或你最佳的防御方式，你就会有充分的线索。

> **范例**
>
> 豆子也许就是亨氏，但第一食品公司（Premier Foods）的博拉斯顿（Branston）品牌打算挑战亨氏的统治地位。为了做到这一点，它必须从亨氏的角度来考虑形势，以便确立最适合的进攻策略。凭借 67% 的市场份额，亨氏的统治地位几乎不曾被第一食品公司自有的 Crosse & Blackwell 品牌和超市的自有品牌所动摇。凭借传统的品牌声誉和价值约 2.22 亿英镑市场上的巨大的消费者忠诚，它的地位似乎坚不可摧。第一食品相信它可以在 2007 年以前建立一个价值 7000 万 ~1 亿英镑的品牌，这将对亨氏的地位造成重大影响。为了它的上市，正在计划一场 1000 万英镑的促销活动，其中将有 500 万英镑用于全国性报纸、电视、广播、样品和公关。计划在超市的停车场举办大约 75 万人的试吃活动，目的是比较博拉斯顿豆子和亨氏的豆子。第一食品认为亨氏地位来得太容易了，它没有任何一个可信的对手，价格就反映了强势的地位。它还认为进攻时机不错，因为亨氏冻结了它的线上营销作为其欧洲组合战略性检查的一部分。如果成功的话，博拉斯顿将把品牌扩展到不加盐的罐装意大利面和通心粉，以进一步挑战亨氏。短期内没有迹象表明亨氏会廉价出售它的 44 便士的烘培豆（The Grocer，2005）。

竞争反应。能够评估竞争对手对营销环境一般变化的反应，并且周旋于市场的重大争夺是非常重要的。这些反应包括竞相降价或增加促销支出，漠视活动或完全转变立场。组织可以从竞争对手可能的行为方式中学到经验。一些竞争对手总是能对看似是威胁的东西作出迅速而果断的反应，而其他的竞争对手也许会依据察觉到的威胁级别更有选择地对待。

> **范例**
>
> 承接前一个例子，第一食品必须考虑当亨氏发现它被攻击时将采取的行动。食品业没有突袭，亨氏应该会有时间考虑是否以及何时应对威胁。报复大概是不可避免的，因为亨氏不会轻易放弃它的统治份额。第一食品也许对报复到来的方式和形式已心中有数。价格是一种显而易见的武器，但风险在于它可能会破坏价值的增长。20世纪 90 年代有过一次豆子价格大战，亨氏在其中的历史和角色值得一学。可能增加品牌的支持促销，贸易促销可能会增加以改变数量。换言之，亨氏会攻击第一食品在其他市场的统治地位以破坏它能给予博拉斯顿豆子的支持。

竞争信息系统。上述竞争对手的分析显示，需要有一套周密组织、全面的竞争对手信息系统。这是第 5 章所讨论的 MIS 的一部分。通常，需要持续地、有意识地收集、分析、发布和讨论数据。这样，所有层级的管理人员才能了解正在发生的事情。他们可以质疑结果，或者数据可以为找寻进一步的观点打下基础。

市场潜力和销售预测

计划成功执行的程度不仅取决于管理人员制定和执行战略的能力，更基础的是他们准确预测市场的能力。这意味着两件事情：首先，评估市场潜力，也就是说算出整个蛋糕有多大；其次，预测销售，就是计算出组织能得到的蛋糕有多大一块。下面的章节分析这两个方面。

市场和销售潜力。 市场潜力的概念非常简单，但在实践中却很难估计。假定竞争性营销活动水平不变，营销环境的条件和趋势不变，市场潜力是在特定时限内整个市场所能获得的最大程度的需求。此定义在计算市场潜力的数字时马上就出问题了，因为它涉及对竞争对手和环境的许多假设，需要一个精确的"市场"定义，以及量化相关变量的方法。

> **范例**
>
> 有一个众所周知的故事，鞋子的销售代表到了一个偏远的亚马逊丛林地区，发现当地没有一个人穿鞋。那是一个毫无希望的、没有潜力的市场，还是一个有待开发的重要市场？当加拿大高适婴儿用品公司（Kooshies Baby Products）想与中国的一家法兰绒棉制品公司合资，在中国上市非一次性尿布时，同样的问题摆到了它的面前。中国与高适其他的国际市场不同，它不习惯使用不可抛弃式的法兰绒尿布，更偏好使用起绒棉布。法兰绒被认为是劣等的，中国对尿布使用的环保问题兴趣不大。仅仅20片高适非一次性尿布就可以取代7000片一次性尿布。其他的产品调整是必需的：联想起葬礼的白色腰带和尿布上的动物图案不被认可。那么，中国的市场潜力是什么呢？中国每年出生2000万婴儿，但其中有多少能代表特定环境下的真正的市场潜力呢？高适的销售潜力是什么呢？值得冒险和需要投资来发展吗（Gamble，2001）？

即使已经估计到了整个市场的潜力，一个组织还需要决定它自己的销售潜力，就是它可以合理地期望获得的市场份额。显然，销售潜力有一部分是组织营销努力以及成功吸引和保持顾客的结果。虽然总体市场潜力水平将为组织单独的销售潜力制造上限，但真正的销售潜力应该建立在对个别组织成功的营销努力的清晰理解基础上。

> **范例**
>
> 冈比亚旅游局（Gambia Tourism Authority，GTA）2002年上市，是一家促进旅游的国有企业。1994年由军队接管之前有一段时间的快速增长，旅游者的人数每年都在10万~12万人，高峰期经常客满。然而，军事接管以后，加上政治上的不稳定，许多西方政府建议它们的国民不要到冈比亚旅游，住房率下滑到20%左右。因为旅游对GDP的贡献约为12%，游客数的减少严重损害了经济。GTA的挑战在于实现它的全部销售潜力，这在冈比亚是由游客数衡量的。预测显示到非洲的旅游2020年以前会翻两番，冈比亚希望它的份额也能同比增长。GTA的任务是帮助实现潜力。它与航空公司、饭店业和旅游运营商合作，以便促销冈比亚，将其作为旺季和5~10月淡季的旅游目的地。游客的数量已经差不多恢复到了1994年之前的水平。目标是

渔民在冈比亚一条河的码头周围
卖刚捕到的鱼。
资料来源：© eyeubiquitous/hutchison；
http://www.eyeubiquitous.com。

在 2020 年以前扩张到 100 万，对 GTA 来说那代表销售的潜力。然而，正在出现的问题可能会延迟进程。除了普遍的世界范围内对旅游业的威胁以外，更多的地方问题包括"乞丐"纠缠游客要钱，恋童癖者的汇集破坏了国家声誉，海岸的侵蚀威胁了一些受欢迎的海滩、甚至饭店。肯定也会遇到营销挑战，尤其是促销一个相对不为人知的目的地给更多的旅行者，而不是只给来自英国、德国和斯堪的纳维亚的旅客时（EIU ViewsWire，2003；Ford，2003；Sonko，2002）。

　　对市场和销售潜力的清晰认识给营销计划过程提供了有用的意见。它对计划销售努力和资源配置尤为重要。例如，销售人员的分配、分销点和服务支持中心的设立可以影响销售潜力，而不是实际销售，从而为扩展留出余地。同样，销售潜力也可用于计划销售辖区、定额、销售人员薪酬和预期目标。

　　销售预测。营销在准备和发布预测中经常扮演重要角色。这也许是它最重要的功能之一，因为所提供的销售和市场预测是组织大部分领域内所有后续计划和决策的基础。如果出错，整个组织就会出现重大的能力或现金流问题。例如，在时装市场上，预测什么款式将卖出多少件是非常困难的，所以才会流行"季末"销售，因为零售商试图低价卖完多余的存货。度假公司也发现很难预测，所以它们也会在接近启程日期的时候会以折扣价卖出剩余的假期。

SWOT 分析

营销审计是一项重要任务，它广泛涉及影响组织营销活动的所有内部和外部因素。因此，产生了大量需要分析和总结的材料，以便筛选出驱动营销计划前进的关键问题。最常见的提供重要分析的结构审计信息机制是 SWOT 分析（优势、劣势、机遇、威胁）。

优势和劣势

优势和劣势倾向于把焦点放在现在和过去，放在内部控制因素，如 4P 和针对目标市场的整体营销组合（包括顾客服务）上。然而，外部环境不能完全忽略，许多优势和劣势只有在竞争背景下才能明确。例如，如果在一个对价格敏感的市场上，如果我们能很好地把价格定得比最接近的竞争对手稍低，那么我们的低价就可以被看成一种优势。然而，如果我们被迫加入它们的价格战而又不能真正维持低价，或者市场对价格不那么敏感，与高价竞争对手相比时，我们的价格又被联想为劣质，那低价也可能成为一种劣势。

> **范例**　　特舒亚（Teuscher）（http://www.teuscher.com）巧克力店宣称要为它的所有参观者提供一次神话般的体验。在全球超过 25 家商店中，顶级巧克力被精美的图案所包围，这使特舒亚明显区别于它的竞争对手。图案有特别的主题，每年同时在所有商店中变化 4~5 次。例如曾经有秋天的雏鸡、粉红的火烈鸟和熊，这仅仅列举了一小部分，所有巧克力都陈列在植物和鲜花中。对细节的关注也会延伸到产品本身。原材料是精心挑选的巧克力糖衣，经过特别的调制，有高浓度可可和低熔点。像香槟酒心巧克力、耐嚼的杏仁巧克力、蜜饯橘子片、心形和鱼形、高尔夫球、火车和钢琴这样的甜点都供应——当然是用巧克力做的。这种对细节的关注、高度的创意和对顶级的强调使特舒亚商店成为非常特别的地方。

机遇和威胁

机遇和威胁倾向于聚焦现在和未来，对可能的发展和选择持一种更外向的战略观点。因此，作为对价格敏感的市场上的价格领导者的组织也许会看到降低成本的机会，甚至进一步把它作为一种保持地位和打压所有挑战者的手段。挑战者的 SWOT 分析则会把同样的情况看做一种威胁，但在开辟一个新的、对价格不敏感的细分市场时则会把它视为一种机会。当考虑到人口统计和文化因素的变化时；当对新兴市场，如中国的发展进行分析时；实际上，当第 2 章的 STEP 因素所包括的所有东西都被考虑到时，许多机会和威胁就从营销环境中产生了。

了解 SWOT 分析

因此，SWOT 分析有助于系统地选择信息和进行分类，但还需要更有创意的分析来搞清它的意义。机遇和威胁的数量，以及它们所预示的潜在行动路线的可行性，只有结合组织的优势和劣势才能理解。如果优势和劣势代表"我们现在在哪儿"，机遇和威胁代表"我们想（不想）到哪儿"或者"我们可以到哪儿"，那么代表"我们必须做什么才能到

如果你寻求的是品质和口味，那要借助最好的
成分，这些巧克力正合要求。
资料来源：© Teuscher Chocolates of Switzerland，
http://www.teuscher.com。

那儿"的缺口就必须用管理的想象力来填平，由营销计划的主体部分来论证和定形。

范例　　冷冻比萨制造商，如 Green Isle（Goodfellas）和 Schwan（芝加哥城），在评估环境变化时必须广泛地反省。根据尺寸、零售商和制造商品牌，比萨市场几乎被平分为冷冻和冷藏两种。为了吃光，就有对比萨调料的选择！对任何营销计划来说，充分理解各领域的趋势和问题是很重要的。虽然整个市场 2004 年价值 7.28 亿英镑，但亚趋势会影响竞争。

评价变化中的消费者口味的一种有用的办法是找出快餐比萨连锁店所提供的新品种，因为那有力地影响了冷冻和冷藏市场的偏好。例如，深平底锅到浅锅的变化反映了向更健康的饮食发展的趋势，刺激了超市里冷冻食品廊和冷藏食品廊的革新。比萨仍然面临挑战，据明特尔调查，它被认为是一种不健康的、使人长胖的垃圾食品。重磅价格促销也要纳入预期考虑。1999—2004 年间，销量上升了 37%，但销售收入只上升了 26%。

消费者变得更有判断力了。为了反击垃圾食品的形象，引入了高价比萨系列。Goodfellas 的 La Bottega 系列建立在米其林星级厨师的食谱基础上，使用在石头上烘培的意大利拖鞋面包（ciabatta）做胚。超市对于广泛、大规模的分销来说至关重要，就像在许多其他食品部门中一样，它们控制着分销，既直接控制它们自有品牌产品的分销，在分配货架空间方面，也稍微间接地控制着不同品牌的分销。圣斯伯里不允许制造商完全按它们的方式开发创新口味，因为它的"尝试不同"品牌已经推出了诸如培根、浇了焦糖的南瓜以及西班牙香肠（chorizo）配樱桃柿子椒口味。

通过评估这些快速的市场机会和威胁，每个品牌制造商都能更好地计划它的产品开发策略、广告推销及促销方式（Bainbridge，2005）。

营销目标

目标对清晰地定义通过营销战略实施必须实现的目的至关重要，也提供了一个衡量成功程度的标尺。但营销目标必须广泛而精确，因为它们要与高层次的公司目标紧密相关，还要向下延伸到最细的产品细节和细分市场等。因此，它们相互之间，以及与公司目标之间必须一致，是可以达到的，能够付诸实施，它们的进展是可以测量的；并与内部和外部实施环境相容，这些标准是普遍适用的，尽管事实上营销目标会因时间和组织的不同而有所区别。

不管目标的基础是什么，它们都不能停留在描述层面。说我们的目标是要提高市场份额是不够的。重要的是量化和清楚地明确想要达到的目标。就算那些问题有了答案，目标还是非常笼统，还应该明确许多详细的次级目标，它们也许与所要达到的主要目标的限制和参数有关。例如，提高市场份额的主要目标也许有涉及定价的次级目标。于是，营销经理必须找到提高市场份额而又不危及组织的溢价定位的办法。

营销战略

营销战略是组织着手实现营销目标的手段。事实上，组织会发现它有许多与确定目标相关的战略选择。一些与增加销量有关，另一些则与提高收益性和坚持组织已有的东西（降低成本、提高价格、改变产品组合、简化操作等）有关。

本部分分析了如果组织优先考虑的是增长的话，它们可能会采纳的许多不同战略。然而，重要的是要记住增长不总是第一位的。例如在许多小公司，生存或维持现状可能是主要的目标。在其他情况下，如果市场开始紧缩，此时保持不动可能才是正确的战略。因此，发展的当务之急不应该假设为与任何组织、任何时候都有关。

安索夫（Ansoff）矩阵

安索夫（1957）提出的产品——市场矩阵为考虑战略方向和营销战略之间的关系提供了一个有用的框架。如图 12.7 所示的四格矩阵考虑了产品——市场选择的不同组合。安索夫矩阵的每一格代表着截然不同的机遇、威胁、资源需求、回报和风险，下面将要进行讨论。

集约增长

安索夫矩阵的中三个格子提出了持续增长的机会，虽然每个格子根据市场环境有不同的潜力。

市场渗透。市场渗透的目的是增加当前市场的销量，通常采用侵略性营销。这意味着充分使用全套营销组合来达到更大的优势。

产品

	当前的	新的
当前的	市场渗透	产品开发
新的	市场开发	多元化

市场

图 12.7　安索夫的增长矩阵

资料来源：经《Harvard Business Review》允许重印。首次出现在安索夫的《Strategies for Diversification》第 114 页，H.I. 出版号 25（5），哈佛商学院印刷公司，1957。

营销　进行时

游戏机之战

到 2006 年，估计索尼的 PlayStation 游戏机已经卖了近 1 亿台，而 Xbox 和 GameCube 各自的销售在 2500 万台~3500 万台，远远落后于 PlayStation，虽然它们试图打垮索尼（Lester，2005）。

为了争夺娱乐我们的机会，一场重要的战斗已经打响了。索尼携 PlayStation 2、微软携 Xbox、任天堂携 GameCube 在全球市场上展开对玩家的肉搏战。这也是一个竞争激烈的世界，全球视频游戏市场据说 2005 年价值 250 亿英镑并且还在增加（Wingfield，2005）。单英国一国，2005 年预计市场价值 16 亿英镑。一家专门研究孩子的市场研究公司 ChildWise 2004 年的一项调查显示，英国 77% 的 5~16 岁的孩子家里接入了游戏机，54% 的孩子有他们自己的游戏机。因此，微软试图进入这个市场一点也不奇怪，虽然是作为一个较晚的进入者来挑战业已确立的市场领导者。

当 Xbox 2001 年在美国上市，2002 年在欧洲借助 5 亿美元的世界性广告活动上市时，它的目标是一年内销售 600 万台，旨在短期内对抗索尼。Xbox 不同于它的竞争者，它被形容为像一台装有强大图形显示芯片的廉价个人电脑，而不是一台传统的游戏机。当时，它是唯一装有内置宽带的游戏机，所以玩家可以下载新的级别、人物和游戏，参与在线的多角色游戏。

在销售游戏机时，游戏的质量和需求度显然有重要的影响。Xbox 上市时有 20 个游戏，每个价值 45 英镑（号称是游戏机上市以来最强的游戏组合），但在上市后的短期内即计划了 60 个游戏。游戏的销售也是很重要的，微软在每个 Xbox 的游戏销售上赢得了约 30% 的忠诚。在美国，几乎每售出四个游戏就有一个是 Xbox，在欧洲则是 2.5 个中就有一个是 Xbox。没有一系列的高品质来支撑游戏，用户不会被游戏机打动（Chandiramani，2003）。

虽然许多人争论说 Xbox 是一个出众的模型，但微软不可能把 PlayStation 2 从第一名的位置上赶下来，它还落后很大一截。Xbox 的价格从 299 英镑下降到 129 英镑，低于索尼 50 英镑。它没有做刺激性销售，这会产生相反的效果，取而代之的是它提出了游戏机和游戏品质与市场领导者相比较的议题。Xbox 真正的优势预计是 2003 年上市的 Play Live，因为它使游戏进入了竞争更强的一个领域；然而，这种占据并没有大到足以严重削弱 PlayStation 2 地位的地步。

据 Screen Digest 的说法，到 2004 年，估计索尼已经在英国销售了 130 万台。这使它远远领先于销售了 64 万台 Xbox 的微软和销售了 25 万台 GameCube 的任天堂（Lester，2005）。Xbox 的引入使任天堂在英国受了打击。然而，这三种游戏机都可以说比前几年成功，虽然微软声称在那之前它在游戏机上亏了 40 亿美元，但它在全世界的市场份额从 0 上升到了 37%（Dipert，2005）。

2005 年，索尼仍然是冠军，微软是强劲的挑战者。地位是否会变化取决于下一代游戏机。索尼即将推出 PlayStation 3。Xbox 360 赶在索尼之前于 2005 年底上市，任天堂将在 2006 年的某个时候推出它的 Revolution。索尼花了 4 年的时间开发 PS3，它的运行速度比家用电脑快 10 倍。用户可以通过无线连接接入互联网，图形显示达到了影院品质。Xbox 360 仍然强调灵活性，用户可以观看电影、收听音乐、查看照片并接入互联网，这使它成为一个真正的娱乐中心。微软计划在上市的头 90 天在世界范围内销售 275 万台 ~300 万台新游戏机（Wingfield，2005）。Xbox 360 有 18 个主题上市，可以玩 Xbox 最初开发的 450-plus 游戏中的约 200 个（Taylor，2005）。PS3 和 Xbox 都有蓝牙控制器和向下兼容性，以前购买的游戏仍然可以使用。

索尼和微软都争着说它们的游戏机更适于游戏者者。PS3 肯定要快一些，凭借它强大的处理器和图形显示功能，可以使游戏更流畅、更先进。然而，微软反驳说 Xbox 360 有三个 3.2GHz 的 PC 内核，这赋予了游戏更

大的灵活性，而 PS3 只有一个。这点很重要，因为 Xbox Live 现在有 200 万全球用户，他们可以在互联网上相互比赛。至 2006 年，微软用户也可以绕开零售商店下载完整的游戏（Nuttall，2005b）。任天堂在掌上机领域有它的优势，并为典型的游戏提供网上接入。

Interband 相信这三种游戏机在成长中的市场上都有空间，因为每种游戏锁定的群体都略有不同（Lester，2005）。只有互联网的使用增长快过了游戏，一项调查显示美国人平均一年花 75 小时来玩游戏。随着新的、更强大的和更写实的游戏被发布出来，这个数字看来开始上升了

（Nuttall，2005b）。虽然 PS3 有最强的处理能力，但图形显示要在高清晰度的等离子电视上才能完美呈现，而 Xbox 360 虽然比第一代有了重大的改进，但还需要更多的革新来缩小与索尼创出的领导地位的距离。总之，至今三方之间也许已经进行了许多战斗，但战争还远远没有结束。那听起来像另一个游戏的线索——但在哪一个游戏机上呢？

资料来源：Brand Strategy (2005); Chandiramani (2003); Dalby (2004); Dipert (2005); Lester (2005); Nuttall (2005b); Taylor (2005); Wingfield (2005); http://www.childwise.co.uk。

> **范例**　UPS 是一家在全球范围内运营的一流的分销和速递公司。它已经获得了大批的顾客，有一个运输和系统基础设施为顾客提供可靠而持续的服务。它通过销售已有的和新的服务给当前的顾客群来寻求竞争力的最大化，它强调技术驱动的运营，几乎连最大的竞争者也发现难以仿效。它试图把技术解决方案同顾客的交易过程结合起来，从而及时提供包裹移动的信息。然而，UPS 没有排除其他的增长路线，包括扩展它在中东和亚洲的市场地位、进行战略收购和全球联盟来建立它的市场势力（http://www.ups.com）。

市场开发。市场开发是指销售更多的现有产品到新的市场，可以以新的地理分区为基础或开辟其他新的细分市场（例如，根据年龄、产品用途、生活方式或其他任何细分变量）。丹麦公司控制了世界风轮机近一半的市场。像维斯塔斯风力系统（Vestas Wind Systems）和 Nordtank 能源系统这样的公司主要依靠开发新市场获得了增长。

> **范例**　维斯塔斯风力系统公司（http://www.vestas.com）是世界一流的风轮制造商。风轮系统的世界市场在未来 10 年内预期将持续发展，因为能源消耗增加、环境意识增强，而随着技术进步使单位成本持续下降，效率得到了提高。从它的发源地斯堪的纳维亚开始，维斯塔斯现在占有了全球风能市场 35% 的份额，是最接近它的竞争者的两倍。欧洲市场已经打开了，特别是德国和西班牙，其他正在开发的市场有日本、美国、中国和澳大利亚。2000 年，它在日本达成了一项新的代理权，组建了维斯泰克日本公司（Vestech Japan Corporation），这是一家由包括丰田和川崎在内的众多日本大公司所有的公司。这使它快速进入了一个以其他方式很难进入的市场。此外，它

第一次在哥斯达黎加和伊朗签署了合同，与此同时，培育得不太好的波兰和葡萄牙市场也显现了积极的信号。通过开辟新市场，维斯塔斯能够维持和确立它的全球地位。

　　市场发展战略的一部分是通过收购或直接投资建立本地生产设施。除了丹麦之外，公司在德国、西班牙和印度也有工厂，还正在开设销售办事处来配合市场的开发，因为它也许要花一些时间来获得监管部门的批准，并与电力供应商谈判。除了覆盖国际范围，维斯塔斯的成功还建立在产品开发、质量、售前售后服务、有效的生产和有竞争力的定价平台上，这个平台占用了 9% 的劳动力。虽然主要还是一个风轮生产者，维斯塔斯 2004 年的销售增加到 26 亿欧元，它所在市场长期的增长受到可再生能源的驱动，预期是每年 10%~20%。然而，随着通用电气对通用能源（GE Energy）发生兴趣以及西门子收购 Danish 来对抗 Bonus，这个市场的竞争更激烈了。

　　维斯塔斯在中国取得了成功，如果中国人非常认真地考虑用可再生能源替代传统能源，这将是一个巨大的市场。有计划开始在中国生产，以便捕捉能源市场中较大的份额（Carey，2004；The Economist，2005；Financial Times，2003；MacCarthy，2005a，2005b）。

产品开发。产品开发是指销售全新的或改良的产品到现有的市场。

范例

　　新柯芬园食品公司（New Covent Garden Food）在批发与众不同的口味的汤品方面已经获得了强大的声誉。一种新型的现成的冷冻麦片粥代表了便利市场的产品发展，它瞄准的是那些想在路上吃早餐的人。上市时，它将是英国第一个有品牌的新鲜麦片粥，有原味、蜂蜜味、糖枫汁味和柑橘味，既可以在微波炉中加热吃，也可以直接吃。虽然它是一种新的食品种类，但它是早餐市场的一种替代选项。根据 Datamonitor 的说法，英国人一年错过了 114 次早餐，这个产品将是寒冷冬天早晨的绝佳选择！（Hu，2005）

多元化

　　多元化，安索夫矩阵的最后一格，它发生在组织决定超越现在的界限去探索新的机会时。它意味着进入不熟悉的产品和市场领域。这种选择的主要吸引力之一是它分散了风险，使组织不会太依赖于一种产品或一个市场。它也使专业知识和资源可以协调分配，例如主题公园多元化为酒店住宿，或者航空公司多元化为代办旅游。当然，危险是组织将精力过广地分散到了不太专业的领域，并试图把自己定位为专业的供应商。

　　多元化有下述两种主要的增长类型。

　　同心多元化。在老的和新的一组活动之间存在技术或商业上的联系时，就会发生同心多元化。因此，从当前活动的协同作用中就可以获得利益。例如，组织可以在自己的产品组合中增加新的、不相关的产品线，但还使用同样的销售和分销网络。

范例　　　移动和固定电话、计算、数字摄影以及互联网的界限正在模糊，这导致了许多并
购和联盟活动。爱立信收购了马可尼的主要业务。爱立信是世界最大的移动网络提供
商，通过购买马可尼获得了进入固话网络，如交换机和光纤多业务平台的路径。这增
加了爱立信在其较弱的领域的能力，为互联网协议技术和宽带传输途径的进步提供了
稳固的基础。随着宽带渗透的持续增加，必须有足够的传输能力，而这就是收购的动
因。其他收获与使用马可尼全球分销网络有关，并在收购中获得了更大的杠杆作用
（Odell，2005）。

跨行业多元化。当组织在一个新市场开展新活动时会采用跨行业多元化路线。这在
产品开发领域和获得市场认可方面都有风险。

范例　　　美国运通决定成为一家多产品企业，这建立在它的形象和通过信用卡所获得的确
定的生活方式细分经验基础上。它不仅在德国试行了直接理财，还考虑了手机服务、
旅游产品和个人健康护理。多元化的共同思路是使用 Amex 的名称。

"不成长"选择

并非所有战略都必须以增长为导向。收获是一种有意识不追求增长而寻求产品最佳
回报的战略，即使采取的行动可能实际上加速了下滑或巩固了不成长的形势。然而，目
标是在可能的情况下获得短期利润。有代表性的是，用作收获的产品可能是在一个稳定
或正在衰退的市场上处于生命周期成熟阶段的现金牛，见后面的分析。收获战略可能包
括促销开支最小化、尽可能的溢价战略、严格减少产品变动和可控成本。实施此类战略
有助于确保在短期内获得最大回报，尽管未来的长远销售可能会有损失。公司依靠顾客
的短期忠诚来缓冲销售下滑的影响。

在更极端的例子中，前景真是糟糕或黯淡，防御或撤退也许是唯一选择。要制定撤
退或关张的时间表，尽其所能维持剩余产品的回报最大化，大家都知道短期销量会受到
伤害。然而，在考虑撤退时要小心，就像前面讨论"瘦狗"时强调的一样。虽然潜在的
利润可能很少，转向成本受到抑制，但系列中一个产品的消失可能会反作用于系列内的
其他产品。所以防御，尽最大努力捍卫产品的地位，不浪费太多的资源在上面，可能是
最恰当的行动。

竞争地位和态势

决定竞争战略的最后一个阶段是决定如何竞争，假定市场是真实的，以及如何捍卫
或扰乱那种形势。这意味着组织必须结合竞争对手的举动来考虑自己的行为，选择能完
成所有目标的最恰当的战略。需要考虑两个方面：竞争地位和竞争态势。竞争地位是指
组织的市场地位对营销战略的影响，而竞争态势是指处于不同地位的组织想打破现状而
实施的战略。

竞争地位。组织的竞争地位通常根据它的相对市场份额分为四种。这四种地位以及
伴随它们的营销战略的种类如图 12.8 所示，现在就依次分析。

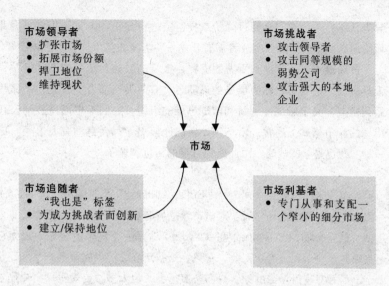

图 12.8　竞争地位和战略

　　市场领导者。在许多产业中，一个组织被公认在市场份额方面领先于其他组织。它的份额也许只有 20%~25%，但那已经赋予了它支配地位。市场领导者往往决定着市场竞争的步调和方法。它制定价格标准、促销密度、产品变化率和分销努力的质量和数量。市场领导者有效地为其他人提供了一个追随或模仿的标准。

　　市场领先可以在公司、产品集团或品牌层面上发生。好乐门占据了英国蛋黄酱市场50% 以上的份额，领先于一系列自有品牌产品。Chivers Hartley 是果酱和橘子酱的市场领导者，奥托（Otto Bersand）邮购公司是德国邮购市场的领导者。在每种情况下都有许多对手，所以领导者的实力也许不一定很强大，特别是市场是从欧洲，而不是国内角度来界定的时候。

　　市场挑战者。市场挑战者是拥有较小的市场份额的组织，但它足以对领导者造成一系列的威胁。然而，进攻性的战略可能会非常费钱，如果挑战者想要攻击那些不一定会取胜的市场的话。因此，在一致努力盗取份额之前，挑战者需要问问自己，市场份额是否真的那么重要，或者从现有的份额中获得一个好的投资回报是否利益更大。

> **范例**　AMD 对英特尔在存储芯片市场上至高地位的不断挑战导致了一场价格战。为了阻碍 AMD 的进程，英特尔主张在闪存领域开始侵略性的降价活动，以赢得更多AMD 的市场份额。闪存被广泛应用于手机和游戏控制台上，所以用量很大，长时间的降价战注定要影响总体收益性。作为侵略性定价的结果，AMD 的市场份额从 28% 降到了 20%。然而整体上，这显示了 AMD 对市场领导者的挑战是严肃进行的（Nuttall，2005a）。

　　假设决定要进攻，那就有两个关键问题：攻击哪里，可能的反应会是什么。攻击领导者从不容易，它们会通过降价或投巨资进行促销等方式来报复。因此，那会是一条高风险但高回报的路线。挑战者需要开发一种清晰的竞争优势来使领导者保持中立。

市场追随者。考虑到所需的资源、报复的威胁和获胜的不确定性，许多组织喜欢不太具进攻性的姿态，作为市场的追随者。有两类追随者。首先，是那些缺乏资源发起一系列挑战，又宁愿维持创新和前进思维的组织，它们不想通过鼓励公开的斗争打破整个市场的竞争格局。通常，市场领导者的任何引导都会自动有人追随。这也许意味着采取一种"我也是"的战略，由此避免直接的对抗和竞争。

> **范例**　英国米德兰航空公司（bmi British Midland）是英国第二大的定期航线航空公司，因此它要在两个战场作战：对抗市场领导者英国航空公司，争夺定期航线市场；对抗低价航空公司，如 Ryanair 和 easyJet。这是一个危险的领域，因为它不能宣称成为其中的一个或另一个。因此，它只能重新定义它提供的服务产品和定价结构。调查显示，尽管它有近半数的乘客是商务旅行者，但大多数在短程飞行中坐经济舱。花费三倍的价格买一张商务舱的票，坐一个小时的飞机越来越受到置疑。因此，它提供了含三种费用类型的一类分类模式：根据所要求的票的机动性和想要的服务水平，如进入机场商务休息室，分为经济型、标准型和高价型。其他的改变包括降低膳食成本、网上登记系统和减少航班上的工作人员，如果乘客数量保持不变的话，bmi 一年可节约近 3000 万英镑。这有力地说明 bmi 正在追求经济市场。bmi 在进入商务旅客的经济型市场时能否保持其核心价值还有待观察。区分它与其成功的分支机构 bmibaby 也是一项挑战，bmibaby 2004 年送了 320 万旅客，比上年上升了 16%，客座率达 78%（Britt, 2005；Jameson, 2005）。

第二种追随者是没有挑战能力，所以只好满足于生存的组织，它们几乎没有竞争优势。通常，小型汽车租赁公司就是以这种方式经营，它们准备提供一个较低的价格，但不提供同等标准的租赁车辆。一次衰退就可以轻易地淘汰这种类型中的弱者。

市场利基者。一些组织，通常很小，专营那些大型组织看来太小、太费钱或太容易受攻击的市场领域。利基不是一个小型组织的专用战略，某些大企业也会有专业部门。利基的关键是市场需求与公司能力和优势的搭配。所提供的专门化可以是指产品类型、顾客群、地理区域或产品／服务方面的差别。

> **范例**　当雷蒙德·康纳（Raymond Connor）组建了自建房服务 Buildstore 时，他发现了一个利基市场。因为英国的房价很高，他发现了一个利基市场来帮助那些想要自建房的人，帮他们寻找小块土地、安排资金、起草计划、获得规划许可，甚至必要时联络施工人员。这建立在雷蒙德做财产转让的背景上。Buildstore 的网站有一个土地搜索工具，公司在利文思顿和斯温顿有两个访客中心，在那里参观者可以看到实施中的自建房工程的各个方面。通过为顾客简化流程，Buildstore 发现了一个主流的法律和建筑公司没有覆盖到的利基市场（Clark, 2005）。

竞争态势。前一部分从组织的相对市场地位角度分析了防守、进攻和忽略市场正在进行的事情的基本原理。这部分将分析如何进攻或者如何防守一种地位以及与竞争对手联手的可能性。

进攻性战略。当市场上有一个或多个从业者决定挑战现状时，就实施进攻性战略。此外，需要仔细回答"谁进攻"、"什么时候进攻"和"进攻哪里"等问题，这要结合所需资源、竞争反应和以什么成本获取回报来考虑。即使是在竞争中，正面进攻的成本也可能很高，并且不一定能成功。

> **范例**
>
> ASDA 想要缩小与特易购的市场份额差距，它不怕使用价格来作为一种进攻武器。凭借沃尔玛的支持和低价零售品牌的声誉，ASDA 许诺要做一个强有力的竞争者。为了成为最低价的购物地点，采购、分销和存储能力都要恰当。ASDA 的市场份额已经降到了 17% 左右，大约是特易购的一半，圣斯伯里也正在努力挑战 ASDA 第二的位置。随着杂货零售的价格加价已经削减在 1%~2% 之间，ASDA 还必须进一步降价以产生真正的影响（Finch, 2005）。

防守战略。受到攻击的市场领导者，或者处于竞争压力之下的市场追随者或利基者可能会采用防守战略。就算是挑战者在采取进攻行动前也需要考虑竞争性报复。一种选择是坚持、捍卫当前的地位。这可能是冒险的，因为这些防御设施也许会被绕开而不是受到直接的攻击。

选择性撤退，拖延甚至抵消攻击力，也是一种防守形式。在商业术语中，这可能意味着从微利细分市场和份额很小、无法防守的领域撤退。这也许意味着在确实存在优势的领域可能会发生更激烈、更集中的战斗。

"进攻是最好的防守"这句话现在被当成了业务策略。如果一个组织感到它也许很快会遭到攻击，与其坐以待毙，不如主动采取进攻行动。这也许意味着一个特殊的营销组合重点，如广告、经销奖品或新产品。作为选择，可以发出信号，说明任何攻击都会遭到有力的抵抗。

合作。假设所有竞争行为都是挑衅性的和对抗性的并不正确。许多情况下具有和平共处的特点，有时竞争对手间还有合作联盟。当组织想要进行项目合作，共享专业知识和资源时就会出现战略联盟。这可能包括研发、合资或特许安排，有时是世界范围的。许多大型建筑项目需要不同的公司共同协作提供一个全包组合。联盟可以是综合性的、多方面的或专门针对某个项目的（Gulati, 1998）。

> **范例**
>
> 飞利浦和戴尔结成了一个战略联盟，促成了包括电脑显示器在内的一系列电子项目的合作。协议包括部件的交叉供应，用于彼此产品的组装，知识共享和构建联合的电脑体系，例如，用于飞利浦医疗系统部门的电脑体系。交易还使飞利浦的产品出现在了戴尔美国的网站上，那曾经是一个难以开发的市场。该交易预期在 5 年内价值将达 50 亿美元（Cramb, 2002）。同时，日本卡车制造商日野汽车和瑞典的同类型公司斯堪尼亚（Scania）也决定组成一个战略性业务联盟。斯堪尼亚为日野提供重型卡

车，用它自己的品牌和经销商网络在日本销售。这不是一个对等的交易，但以合同约定为基础。作为回报，日野提供轻型和中型卡车给斯堪堪尼亚。这使两个公司都得以进入原本在建立品牌认知和经销商网络方面非常困难的市场（Burt 和 Ibison，2002）。

为了双方的利益，可以创造很多形式的联盟。日用消费品领域的大量非竞争性组织正在形成营销联盟以降低成本、提高市场影响。可口可乐使用营销联盟统治了非碳酸果汁饮料市场。它与沃尔特·迪斯尼合作，用迪斯尼品牌销售美汁源（Minute Maid）果汁，使用了以米老鼠和维尼熊等为形象的容器。联盟预期在 4 年内能带来 2 亿美元（Liu，2001）。

最后，共谋是指企业达成如何在市场上竞争的"共识"。立法防止这扩展为有意的限价：零售商或制造商都不能公开串通来制订它们之间的零售或供应价格，当然，它们可以认真地关注彼此的定价政策，如果愿意的话，还可以选择配合它们。

范例　　三家欧洲公司因为交换市场信息和控制用于制造汽车轮胎的橡胶助剂价格而被罚款 7590 万欧元。拜尔 AG、科聚亚（Chemtura）和莱普索尔（Repsol）都被罚了款，但福兰克斯（Flexsys）NV 受到豁免，因为它于 2002 年揭发了这种惯例。通过寻求控制欧洲和全球市场，几家公司被认为违背了反信任规则（Wall Street Journal，2005）。服务部门也不能免于共谋的指控。巴黎的许多顶级酒店被法国竞争委员会（French Competition Council）罚款 70.8 万欧元，因为它们共享住房水平和住宿率信息。交换这样的信息，就算达不到限价的程度，也确实能使计划受益。一家酒店最好的房间的价格是 1 万英镑，酒店辩称说价格比较几乎没有什么意义（Bremner 和 Tourres，2005）。

虽然共谋是合作不可接受的一面，但投资规模和技术变化速度，加上日益发展的全球市场，都可能引发未来更多的联盟和冒险。

营销方案

前一阶段是关于设计营销战略的，这一阶段将是它们的具体实施。营销方案将精确地说明行动、责任和时限。它是详尽的陈述，如果战略要付诸实施的话，管理人员就必须遵循它，因为它列出了市场细分必要的行动、产品和功能领域。在营销方案中，分别考虑了每个组合要素。这与营销战略相反，营销战略强调为达到最佳的协同作用、组合要素之间的互相依赖。现在，组成战略的线索可以单独抽出，对于每个功能领域，如定价，管理人员可以仔细检查计划过程、审计、目标、战略、方案和控制。

在整体营销战略的基础上，管理人员可以强调那些能够获得竞争优势的有比较优势的领域，加强组织和竞争对手相当的那些领域，进一步发展或克服组织更容易受到攻击的那些领域。然而，最终的关键挑战是确保营销组合是负担得起的、可执行的、适合目标细分的。记住那些，并且考虑到大多数市场的动态本质，管理人员还必须定期对组合进行检查，以保证它是新的、仍然能满足预期的目的。

营销预算

营销计划必须明确并制订所有财政和其他资源需求的时间表，否则管理人员也许无法完成设定的任务。这一部分与成本有关，如销售人员的成本，包括他们相关的开销、广告活动、经销商支持、市场调查等；一部分与产品和市场预期收入有关。决定预算时，管理人员需要平衡精确性和灵活性。一项预算应该是足够精确和详细的，能够证明所需资源的合理性、可以进行详细的控制并对不同的营销活动的成本效益进行评估，然而它还要有灵活性，以便对付变化的环境。

范例　当吉百利推出它的价值管理（MFV）方案时，它对营销计划和预算产生了深远影响。MFV 的基本构想是所有现有的和计划的产品为了生存下去，都必须有利可图。这意味着评价一个品牌的影响不仅要依据营销回报，还要根据总的资本投入，诸如生产器械和物流方面的投资。要评估回报，希望营销经理们考虑各种各样的成本方程，以及不同的营销和生产选项的进度。MFV 也将更多的注意力放在营销预算的有效性和它对市场份额、数量和收入增长的贡献上。对《加冕街》的赞助是 MFV 驱动的一个结果，因为它使更多的注意力集中到赞助者的品牌上来。它也使一些独立品牌的广告支出得以削减或从媒体广告中分离出来，尽管这随后会进行修改，让独立品牌在赞助中也被突显出来（Murphy，1999）。吉百利总的营销支出超过了 11 亿英镑，占到了销售收入的近 20%，销售收入是逐年增加的。所以营销计划必须确保开支遵循不同品牌战略的先后顺序，恰当地聚焦市场发展的亮点。

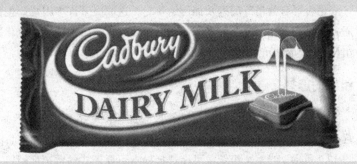

无论你在哪里买到一块吉百利牛奶巧克力，包装都是一样的——只有语言不同。口号"每半磅中有一杯半的纯牛奶"是英国广告中空前的创作之一。
资料来源：© Cadbury Trebor Bassett. http://www.cadbury.co.uk。

我们在第 9 章的营销传播部分讨论了预算编制和围绕它的一些问题。其中许多要点有更广泛的用途，特别是目标的相对优势和劣势，以及与历史表现为基础的方法相比较的任务预算（例如，在去年预算的基础上强制增加 5% 作为今年的预算）。

营销控制和评估

如果管理人员要确保恰当地实施计划、达到预期结果的话，控制和评估就至关重要。尽管确定的营销目标提供了最终的目标，根据它可以测量绩效和成功，但等到计划的最后时期才来评估是否达到了目标将是有风险的。取而代之的是，管理人员应该在整个时期内根据反映到期预期表现的一系列标准来定期评估进展。在那时，管理人员可以决定他们的战略是否如计划那样在朝着实现目标发展，或是否极大地背离了预期的表现以致需要采取其他备选行动。

控制和评估会采取短期或长远观点。在短期内，控制可以通过检查接到的订单、销售额、存货周转或现金流进行日常监测。长期战略控制关注监测更宽泛的问题，如出现的趋势和营销环境中的不确定因素。这同营销审计有很强的关联，评估组织的能力对环境的适应程度以及它实际准确"解读"环境的程度。

整个控制和评估的领域将在后面作更详细的分析。

组织营销活动

有效的营销管理不是自发的。它必须在组织中拥有恰当的基础设施和位置，才能有效而高效地发展和运行。营销理念的核心是关注顾客需求，并且通过了解市场、顾客的需求和他们变化的方式及原因，营销人员可以为计划公司方向和组织其他职能部门的活动提供重要信息。

区分职能型营销部门和作为管理理念的营销导向是很重要的。任何组织都可以有营销部门，但不一定就是以营销为导向了。如果该营销部门孤立于其他职能领域，如果它只是在那儿"作广告"，那么它的潜力就被浪费了。营销导向渗透到整个组织，要求营销参与组织的所有领域。

是否要有营销部门以及如何组建它，这取决于许多因素。也许包括组织的规模、所服务市场的大小和复杂性、产品和流程技术以及营销环境的变化速度。在组织内有许多组合和构建营销的方法，讨论如下。

组织的选择

有四种主要的构建部门营销管理的选择，聚焦于功能、产品、区域和细分市场上。营销部门也可以选择开发一个矩阵结构，例如，给予功能和产品同样的关注。这些都如图 12.9 所示。当然，组织也可以选择根本不要正式的营销部门。下面将对每种选择进行讨论。

职能型组织

一个职能部门是根据特别营销活动构建的。这意味着有专门的任务和责任，独立的管理人员必须建立专门技术。这样的部门也许设有一名市场调查经理、一名广告促销经理和一名新产品开发经理，他们每个人都要向组织的营销总监汇报。

这种系统在各种业务职能集中的组织中运行良好，但它们分散的时候问题就出现了。因此，不同领域的职能性营销任务必须协调，或多或少有一些合作和容忍度。

产品型组织

赋予管理人员负责特别产品、产品品牌或产品品类的责任也许适合于拥有大品牌或

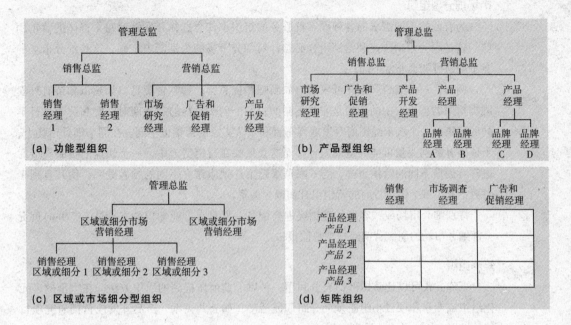

图 12.9　营销组织的形式

多种截然不同的产品兴趣的大公司。管理人员向产品小组经理或营销总监汇报，积累关于产品的专业知识，并负责产品开发、战略和营销组合策划以及日常福利等各项工作。其他的专业员工，如市场调查人员，必要的时候可以参与进来帮助产品经理。

　　产品、品牌或品类管理方式在快速消费品市场是非常流行的。它给出非常清晰的管理责任线路，但还需要一个中心职能部门来协调整个组合。产品型组织的主要问题是与其他职能部门，如生产、财务等部门的合作，以便获得产品所需的资源、关注和人力物力。引进过多的管理层也有风险，因此要转向品类管理（即，负责一组品牌），而不是单独的品牌管理。

区域型组织

　　一个活动遍布广阔地域的组织，或者一个在有明显地区差异的市场运作的组织也许会发现区域型营销责任的吸引力。区域营销经理连同一个支持团队将对涉及辖区规划和经营的所有营销决定作出决定。然后还会有一些国家或国际层面上的机制来协调区域的人力、物力，以确保持续性和战略吻合。随着大型组织更加国际化，这种方式变得愈加普遍。主要的好处是本地管理人员可以积累知识和专业技术来了解对他们的区域来说什么才是最好的。然后他们可以开发最合适的、完全整合的营销组合，还可以明智地促进组织在该领域的整体战略规划。

　　区域型营销部门对于非常重视在需要密切协调和控制的领域进行销售的组织来说尤其有吸引力。对服务业，如食宿行业，也很适合，这些行业中各地条件可能不同，也需要对服务的提供进行密切控制和协调。

市场细分型组织

为有截然不同需求的各种顾客群服务的组织也许会选择开发针对每个群体的营销团队。这是因为营销决定和营销组合必须针对细分市场的个别需求定制，这些细分市场的竞争威胁可能会非常不同。

例如，一个酿酒厂在许可贸易（如酒吧和夜总会）和零售贸易（如超市和持有外卖酒类执照的售点）中的营销是非常不同的；一个创伤敷料的制造商对医院和药商进行不同的营销；一个汽车经销商对家庭驾车者和车队买家的营销也不同。在同一细分市场上，个体顾客的购买量可能会造成差异，而这会反映在营销努力中。一个快速消费品制造商也许会创造不同的营销组合，与 6 家顶级超市连锁店建立不同的顾客关系，使其有别于对数千家小型个体杂货商的营销组合和顾客关系。

特别细分市场或顾客群的营销经理会配备一群具有专业知识的支持员工，并向负责全部细分市场的高级营销经理或总监报告。

矩阵组织

矩阵方式可以让营销部门充分利用一种以上前面所提到的组织方法。在大型的多元化组织或专家和项目小组必须展开跨职能活动，如公共关系、产品开发或营销研究项目等的组织中，这种方法特别有用。

无部门

当然，另一种选择是根本不设置部门。小组织也许养不起专门的营销人员，因此所有者会发现自己扮演了多重角色：销售代表、促销决策者和战略家集于一身。如果一个小型组织确实决定对营销员工进行投资，那么新成员可能会担负以办公室为主的行政支持任务或销售任务。

销售驱动型组织

某些组织仍是由销售驱动的。它们也许有少量非常大型的顾客，销售的是一种复杂的技术。在这种情况下，营销的作用就转为了一种支持作用，主要从事公共关系和低调的促销活动。其他组织，尤其是那些现在或以前在公共部门的组织还处在开发营销部门的过程中。例如，大学正在重新评估营销的作用。尽管它们也许有营销部门，但许多关键变量超出了它们营销经理的控制。从事或不从事市场研究的学院都在开发和推出新的课程，另一方面，国内全日制学生的收费和学生数量是与政府协商确定的。通常，大学把营销部门的角色看做纯职能化的：处理招生事务和简章、学校联络和广告。简而言之，有一个部门不能保证就意味着组织有营销导向性。

控制营销活动

不论在战略上还是操作上，控制都是实施营销计划的重要方面。它帮助确保活动按计划发生，有恰当的管理。它也提供重要的反馈，使管理人员能够判定他们的决定、行动和战略在实践中是否恰当地发挥了作用。

营销控制过程

　　营销控制阶段，如图 12.10 所示，不是一发拴在计划过程最后的马后炮，而应设计为该过程的一个重要部分。在设定营销目标时，重要的是根据可以测量绩效的详细时限目标来确定。这使控制任务更好掌握，因为可以轻松地诊断出那些出现严重背离的领域。这样，管理努力可以集中到急需的领域而不会分散得太稀疏。

　　控制机制一呈现出预期目标和实际成果之间的差距时，管理人员就可以开始查找原因了。有时，原因可能很明显，例如某个区域脱销或者丧失了重要顾客。然而，在其他情况下，也许必须进行进一步的研究来支持对基本原因的深入分析。例如，如果一个品牌尽管已经增加了营销努力，但市场份额还在持续下降，管理人员也许就要开始对顾客反馈和品牌的竞争定位提出重大质疑了。然而，没有实现目标并不意味着对营销计划及其管理人员的自然谴责。考虑到新出现的市场条件，也许目标是不可能乐观的。作为选择，组织的其他部门，如生产或物流，也可能无法实现它们的目标。

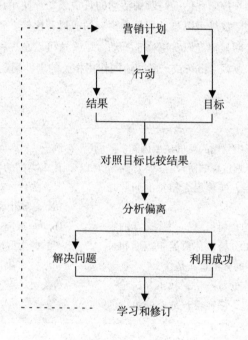

图 12.10　营销控制

小结

- 营销计划是指制订目标、战略和营销组合，使它们能最好地开发组织所获得的机会。计划本身应该是一个计划和管理过程。此过程帮助组织更系统、更诚实地分析它们自身和它们的营销环境。它也帮助组织更有效地协调和控制它们的营销活动。计划应该是一项灵活的、动态的活动，它需要准确、可靠、及时的信息，不能脱离负责日常实施计划的管理人员。营销计划可以是战略性的或操作性的。计划帮助整合活动、配置资源、明确责任和提供测量过程的标准。

- 计划过程有 8 个主要的阶段：公司目标、营销审计、营销分析、设定营销目标、营销战略、营销方案、控制评估及预算。诸如产品组合分析和竞争对手分析的技巧可以用于帮助汇编营销审计，它的要点可以通过 SWOT 分析（一个"我们现在在哪儿？"的简单印象）来概括。在 SWOT 基础上，借助诸如安索夫矩阵（"我们想到哪儿？"和"我们想如何竞争？"）等工具的帮助可以设定目标和明确战略。这些战略通过营销方案（"我们怎样到那里？"）而具有可操作性。控制和评估帮助监控实现目标的过程。

- 为了恰当地履行职能，营销部门应该在组织中发挥核心作用，配备与其他职能领域相同的高级管理人员。然而，将营销理念渗透到整个企业也是很重要的，不管营销部门的规模或形式如何。有几种构建营销部门的方式。它们是功能型、产品型、区域型、细分市场型或矩阵型。

- 实施营销计划时，必须对它们进行监测和控制。战略控制关注的是营销战略的长远方向，而操作控制评估的是营销活动的日常成功。使用在监测过程中收集的信息，营销战略的实际成绩可以与计划的或预期的成果相比较。管理人员可以分析差距，并决定它们是否明显得足以实施修正行动。尽管这可以是一种定量分析，但也应该结合与顾客需求和顾客、市场或产品间协同作用相关的定性问题来进行分析。

复习讨论题

12.1 详细说明影响组织营销战略的主要因素。

12.2 详细说明营销计划过程的阶段。

12.3 什么是产品组合？实施组合模型的问题是什么？

12.4 使用你能找到的任何信息，为你选择的组织做一个 SWOT 分析。你对组织短期和长期优先发展顺序的分析意义是什么？

12.5 针对安索夫矩阵的每一格，找出并讨论一个似乎已经实施了特定增长战略的组织的例子。

12.6 什么类型的营销组织结构适合下列各种情况，为什么？

(a) 一家小型的单一产品工程公司；

(b) 一家向几个不同的欧洲市场销售各种产品的大型快速消费品制造商；

(c) 一家生产处方药和"非处方"药的制药公司。

案例分析 12

你想要一些快速和刺激的东西吗？

你曾经被一些"快速而放纵的"东西的刺激所征服吗？如果是，你也许已经成为了联合利华速食热餐品牌 Pot Noodle 所开展的"快餐中的荡妇"活动的受害者。

借助该标题，Pot Noodle 已经成年了。Pot Noodle 于 1979 年上市，现在是英国第 23 大品牌。在 7 年内销售就已经从 7000 万英镑上升到了 1.2 亿英镑。方便面需求增长背后的吸引力源自对快餐而不是传统饮食的发展趋势，因为消费者寻求快速而简单的满足。另一个有帮助的倾向是对更多样化和民族化烹饪方式的期待。曾经有人认为，英国有欧洲最发达的快餐文化，方便面的销售占到了难以置信的 75%（Benkouider, 2003）。

虽然是亚洲饮食的一个构成部分，但面条在世界其他地方还是一种新的、较不成熟的产品。在主要的欧洲市场，面条市场总体相对较小。例如，在德国，杯装／碗装方便面的销售已经达到一个稳定的水平。作为一种快餐产品，方便面在欧洲面临备选产品的激烈竞争，它们在欧洲更成熟，根本不需准备，可以边走边吃。小吃店、饼干和开胃小吃已经能够在更大程度上利用快餐的趋势，制造商进一步改进产品以便更好地满足顾客的需要，它们或提供迷你的或一口能吞食的产品，或是在包装上进行革新。面条也在挑战干面食在欧洲，尤其是意大利的深厚传统。以干的备餐的形式，干面食有更好的条件来利用任何快餐趋势。

那么为什么当整个西欧在全球面条销售额中只占2%多一点时，面条型快餐在英国会如此成功呢？这主要归功于一个品牌的普及以及它的促销战略，这就是联合利华的Pot Noodle。虽然它最初针对的是10来岁的年轻人（消费者）和他们的妈妈（购买者），但当Pot Noodle寻求更大的吸引力时，它的焦点转移了。该品牌现在锁定了16~24岁的人群，主要是男性受众，它吸引人的地方在于为品牌创立的幽默而恶作剧的个性，并通过一系列有争议的广告活动确立起来。品牌知道它的关键市场不仅仅是希望享受一种略微顽皮的信息，还想被娱乐。

Pot Noodle在英国的杯装／碗装方便面市场上有近90%的份额，因为它非常成功地使用了营销，特别是广告，它已经成为了产品品种变化的驱动者。这包括认真的营销战略阐述以及用一系列战术性的营销计划来整合战略，从而指导增长。虽然任何品牌如果想要吸引重复购买并生存下去，就必须有广告以外的吸引力，但Pot Noodle是一个市场通过创造性的广告融入生活的极佳案例。在一段相当稳定的销售之后，联合利华决定于2002年重新推出该品牌。当目标群体想要某些"快速而放纵"的东西时——在食品方面，它希望强调品牌"颠覆性"的特点。品牌对于它是什么并没有自夸：它是人工的，但是可以提供快速的满足。建立在"快餐中的荡妇"基础上的活动是重新上市和改变品牌特点的重要组成部分。一个典型的例子是广告中20几岁的公司职员之间的对话，"已经看到你盯着我的Pot Noodle的样子"，还有相关的网站上一段戏弄的叙述："你好，我是本，这是我献给茱迪的网站，她是我工作中的'办公室自行车'（办公室荡妇），她太神奇了。我两周前才开始我的工作，但她把我赶走了。我以前从来没有在上班泡过Pot Noodle，但我就是抵抗不了茱迪。我已经和她一起至少泡了8次面了！茱迪说我是她遇到过的最好的泡面伙伴。我已经完全爱上她炫目的罐子了，这个网站就是我表达爱意的方式。茱迪，我爱你！！！"

当然，像"办公室自行车"和"荡妇"这样的词汇必然会遭到批评。2002年，广告标准局支持了对使用"荡妇"字眼的海报活动的400起投诉，因为它的观看不受限制，但广告标准局也裁决"快餐中的荡妇"条幅不可能招致广泛愤怒。然而，制定广播广告标准的ITC却禁止了条幅的使用，因为它使用了荡妇一词，但品牌仍然按计划定位（Rogers，2004）。接下来的电视活动是为了配合Pot Noodle的墨西哥法加它（fajita）口味，它加强了品牌对20几岁年轻男性的吸引力，它使用了半开玩笑地提到了"后街"和肮脏行为。

总之，活动已经起到了作用，它使用了各种各样的媒体，如电视、电影、海报、广播，甚至烤肉串的包装纸，来向家庭传递信息。2004年推出了Pot Noodle网站，以及"办公室自行车"和"自然泡面"的微型网站。网站故意做得很俗气，预算也很低，但在头6个月没有网上广告和其他支持活动的情况下还是有位807 000访问者。整合活动继续取得了成功。一份Milward Brown公司的跟踪调查显示了有力的结果：知名度指数为20（平均数为

对某些人来说，Pot Noodle各种形式的重要性应该被认识到，应该像这样摆放，而不是被心虚地藏在你的食品柜里。

资料来源：© Jeff Morgan /Alamy http://www.alamy.com。

4)，广告识别为 74%——切都建立在有限的 600 万英镑预算基础上（Marketing Week, 2003）。市场份额在活动推出后的 4 个月内上升了 15%，这是 Pot Noodle 作为一个年轻品牌在 10 年里的最高增长率（Marketing, 2003）。最后，信息稍微缓和了一些，为了支持"horn"活动，"荡妇"活动减少了，但新活动也充满了性暗示。

然而，Pot Noodle 并没有完全按自己的方式行事。Pot Noodle 被卷入到了苏丹红 1 号的食品恐慌中，同时，更健康的食品选择也越来越受欢迎。销售开始下降，当新的竞争进入市场时，这没有得到帮助。坎贝尔的 Batchelors 推出了超级面条（Super Noodle）品牌，目标顾客是 20~40 岁的人群。品牌被设计为建立在成熟的快餐食品、汤和膳食品牌名称基础上，并且有一个数百万英镑的活动作为支持，其中包括电视、店内促销和焦点物料以及广播和平面广告。选定的价格类似于 Pot Noodle，在 79 便士左右，提供了四种口味：烤鸡、鸡肉炒面、酸甜和咖喱。作为一家较老的品牌，定位被设计为扩大吸引力，焦点放在比 Pot Noodle 更健康的替代品上。然而，鉴于 Pot Noodle 占据了 90% 的市场份额，任何挑战者如果要抓住目标市场的想象力的话，都得加班工作。

资料来源：Benkouider (2003); Campaign (2004); Charles (2005); Coombs (1998); Marketing (2003); Marketing Week (2003, 2004, 2005b); McAllister(2004), New Media Age(2004); Rogers(2004)。

问题：

1. 什么环境正在影响 Pot Noodle 的业绩？你认为在哪种程度上它们是可预测的？
2. 为什么广告在营销计划中扮演了如此重要的角色？
3. 在制定 Pot Noodle 市场预测和销售预测时什么因素可能被考虑进去？
4. 你认为 Pot Noodle 应该向什么方向转变？在以后几年它应该瞄准什么样的营销目标？

特殊的营销：服务和非营利营销

Services and non-profit marketing

学习目标

本章将帮助你：

1. 明确服务区别于其他产品的特点，概括它们对营销的影响；
2. 开发一个扩展的 7Ps 营销组合，该组合考虑了服务的特点，可为服务制定全面的营销战略；
3. 了解服务品质和生产力问题的重要性和影响；
4. 了解服务行业内非营利性组织的特点，以及它们的营销活动的意义。

导言

本章的焦点放在服务营销上，无论是营利性还是非营利性营销。服务产品涵盖广泛的用途。在营利部门，服务营销包括旅行和旅游、银行和保险，个性化和专业化服务，范围从会计、法律服务和商业咨询，到美发、园林规划和设计。在非营利部门，服务营销应用包括教育、医疗、慈善，以及需要"销售"给公众的政府活动的各个方面。

营销这些服务有些不同于营销有形产品。本书所讨论的主要营销原则——细分市场、研究需求、营销组合的明智设计和创意需求，战略思维和创新——当然都是普遍适用的，不管涉及哪类产品。差别出现在营销组合的细节设计和实施中。有一些特别因素为服务营销人员带来了额外挑战。

因此，本章将探讨服务区别于有形产品的特殊方面。然后关注涉及服务营销组合设计及实施中出现的营销管理挑战。最后，将思考非营利部门的整个营销服务领域。

范例　　在酒店业中，游客的需求正在发生变化。几年前曾被认为是额外物品的东西现在被认为是标准配置。没有比接入 IT 更恰当的例子了。许多商务旅客认为房间是办公室的延伸，期望有完整的网络宽带连接、传真和打印设施。无法提供这些服务标准的酒店将难以留住商务客人。才在拉斯维加斯开张的永利酒店（Wynn hotel）把 IT 的使用更推进了一步。当然，这家 27 亿美元的豪华度假酒店拥有你期望在拉斯维加斯享有的东西：2 700 多间客房、一个 111 000 平方英尺的赌场、22 家食品和饮料店、一个 18 洞的高尔夫球场、76 000 平方英尺的零售店，甚至现场还有一家法拉利

（Ferrari）和玛莎拉蒂（Maserati）的特许经销商。酒店使用最新的技术把服务提升到了新的水平。其核心与是与 USB 打印机相连的 VOIP 电话，这样电话就可以当作传真机使用。电话与客房管理系统相连，一旦客人登记入住，就能开启并定制服务。电话成了接入所有酒店服务的网关。电话的内置浏览器可以显示有关饭店和服务的信息，无需任何语音联系。迷你吧台与 IP 网络连接，30 秒钟以内就能把购买记录添加到账单上。纯平电视提供了流体音乐服务。房间钥匙不仅能用来开门，还能买食物和在投币游戏机上玩。无论是一天中的什么时候，语音和数据网络都能让员工和客人保持联系。员工控制台甚至能显示来电人喜好方面的数据。永利迅速变成了一家完全以 IT 为导向的酒店。

互动数据库的增长意味着已经达到对酒店的限制。随着使用 IT 来加强顾客服务，你偏好的房间温度、知道你喜欢的节目和音乐的电视机、你喜欢的类型和位置的房间、使用你母语的交流方式都成为可能（Bisson，2005）。

服务市场的前景

服务不是一组同类产品。根据所涉及的服务程度和所提供的服务产品的类型，有各种各样的服务类别。不过，有某些特点是许多服务产品共有的，使它们成为有别于有形产品的一种类型。因此，本节将探讨服务产品的分类标准，然后继续关注服务的特点和它们对营销的意义。

服务分类

几乎没有纯粹的服务。实际上，许多产品"组合"都涉及或多或少的服务。可以把产品放到一个光谱中，一头实际上是纯粹的人员服务，不涉及产品，即使有的话，也很少；而另一头是纯粹的产品，它们很少涉及或不涉及服务。大多数产品确实在有形产品和服务之间有一些结合，如图 13.1 所示。例如，购买一块巧克力在牵涉到收银台或收银员之前，很少涉及或不涉及服务。购买燃气设备会涉及专业装配，因此就会有有形产品和服务产品的结合。一套新的办公室电脑系统同样涉及安装和初始培训。一次主题公园

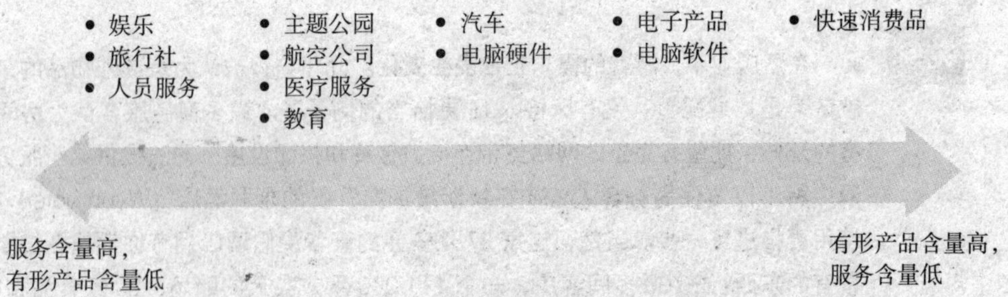

- 娱乐
- 旅行社
- 人员服务

- 主题公园
- 航空公司
- 医疗服务
- 教育

- 汽车
- 电脑硬件

- 电子产品
- 电脑软件

- 快速消费品

服务含量高，
有形产品含量低

有形产品含量高，
服务含量低

图 13.1　产品光谱

或剧院的参观可能包括某些有限的支持产品，如指南和礼品，而主要购买的产品则是体验本身。最后，一次对心理医生或美发师的拜访也许包括一张躺椅、一把椅子和一些次要的辅助道具，如一份访谈表或一个吹风机。然而，这里购买的真正产品是服务提供者，心理医生或美发师，制造的人员服务。

服务市场的特点

有五项主要特征是服务市场独有的（见 Sasser 等人，1978；Cowell，1984）。

没有所有权

也许服务产品最明显的方面是没有物品的转手，这样一来就没有任何所有权的转移。一次合法的交易仍然会发生；保险公司同意提供某种利益，只要支付保费，符合保单条款和条件。汽车租赁公司允许顾客在约定的时限内完全使用一辆汽车，只要指定的驾驶员和用途类型符合规定，但汽车的所有权还是租赁公司的。一段旅程可以预订一个火车座位，但却不能拥有该座位。一次对国民信托（National Trust）的捐助提供了免费使用的权利，但实际上却不能分享它的财产所有权。因此，服务的获得、使用和体验通常是明确了时间和用途的，并要服从合同条款和条件。

没有所有权提出了采购的暂时性问题。大多数服务产品包括某种顾客"体验"。这也许由某些辅助物围绕，例如：一套舞台、灯光和音响系统，一个演讲剧场，一份保单，一辆汽车或一个房间，但这些只是用于扩大或降低服务体验。有缺陷的油表导致所租的汽车在偏远的地方没油抛锚，酒店房间接近施工地点，音乐会上无效的麦克风都会弄糟对所消费的服务的记忆。

无形

造访零售店展示了货物陈列对购买的吸引力。可以对这些货物进行检验、触摸、试用、取样、闻或者听。所有这些都有助于顾客检验所销售的东西，并在竞争品牌中作出选择。顾客通常使用全套感官系统来协助决策。在购买之前这点尤其重要，但即使是售后，也可以根据产品的用途、耐久力，以及它能否实现总体预期来进行评估。如果有形产品有缺陷的话，可以退货或更换。

对于服务产品来说，则很难使用同样的方法用感官来作购买决定，因为实际的服务体验只有在决定作出之后才会发生。服务的核心是为顾客创造的体验，无论是单独的、借助人员的服务，如牙科或美发，还是一种群体体验，如讲座、展览或飞行。在许多情况下，一旦作出采购决定，顾客收到的全部东西就是一张票、一份预定确认或对未来利益的某些承诺。服务体验本身是无形的，只在顾客承诺购买后才会交付。

> **范例**　苏格兰旅游局（The Scottish Tourist Board）运作了一个"重新唤起你的感官"的活动来进行春假促销。活动试图通过把重点放在视觉形象，如鱼、海浪和风景上来抓住游客体验的无形本质。此类促销的问题是它难以把苏格兰的产品同许多提供同样风景点的其他产品区分开来（http://www.visitscotland.com）。

尽管有无形的问题，但潜在顾客可以对服务产品作一些优先评估。顾客可以使用切实的线索来评估特别服务提供者能否提供所要的服务。实际所用的线索和它们的优先次序会根据顾客当时的特殊需要而有所变化。例如，选择酒店时，顾客也许会关注下列事项：

1. 位置。如果顾客是在度假，也许靠近海滩或其他游览胜地的酒店，或在一个非常安静的风景点的酒店会受欢迎。相反，商务旅行者也许会找寻一家便于到机场或靠近所要拜访的客户的酒店。

2. 外观。顾客对酒店的期望可能会受它的外观的影响。它看上去破旧还是保存完好？它太大还是太小？它看上去受欢迎吗？内部和外部装潢如何？房间看起来足够宽敞、布置得好吗？

3. 附加服务。顾客可能会关心所提供服务的外围内容。将在酒店里住两个星期的旅客也许会对所提供的各种酒吧和饭店，美发、洗衣或者托儿设施，购物和邮寄服务，或者夜生活感兴趣。商务旅行者可能更关心停车、到机场的穿梭巴士或传真和电话提供。

4. 顾客接待。如果潜在顾客联系酒店询问更多的信息或进行预订，他们受到的接待质量会影响购买决定。礼貌、友善以及对询问快速而准确的回答会留下一个好印象。这种效率暗示了对员工培训的投入，良好的操作系统能帮助轻松地获得相关信息并快速地处理订房。

营销 **进行时**

综合性影院：奥斯卡赢家还是输家？

上电影院近几年发生了重大变革，还会发生更多的变化，因为还在继续努力提升顾客的体验。不久以前，上电影院不过是意味着选择一部正片和一部"B"级电影，仅此而已。表情严肃的女引座员打着手电筒引你到座位上（通常是你不想要的座位），然后在幕间休息时她们变身为冰淇淋销售员（直到卖完为止）。通常没有停车场，因为电影院位于市中心，排队对热门电影来说是常事，因为不可能提前预订。座位不太舒服，整件事都不太为顾客着想。电影观众多年来一直在减少也就不足为奇了，因为人们转向了新的娱乐追求。20世纪40年代后期，每年大约可以卖出16亿张票，但到1984年缩水到了5400万张（Rushe, 2001）。电视和录像

被认为是巨幅下跌背后的元凶。

自从1985年密尔顿·凯恩斯（Milton Keynes）开办第一家多功能影院以来，下跌停止了，因为营销战略变得更以现代顾客的需求为导向。影院进入了第二个黄金时代，直至今天。只要上一趟电影院就很能说明问题了，这种模式对英国影院观众数量的上升起到了重要影响。一个多功能影院是一幢大型建筑，围绕中央环形区包含许多小的、独立的电影放映厅。一个多功能影院可以同时放映12部或更多不同的电影，同时可以容纳3500名顾客。独立电影放映厅的大小不同，这样一来，热门新片可以在较大的厅放映或同时在两个厅放映，这反映了电影预期的流行度。所有放映厅的座位都是同样的高标准。

尽管多功能影院模式在提供选择和小屏幕无法复制的体验方面取得了不容置疑的成功，但对新场所的迅猛

发展能持续多久的担心还是日益增长。在1988年到1991年间，每年增加大约14个场所，到20世纪90年代初才因衰退而停止。1992年到1995年又再次增长，但保持在每年增加6家的速度上。然而1996年至2001年间，新的多功能影院的数量增加到了每年25家（Dodona, 2001）。电影世界（之前的UGC）、英国影院（Cine UK）和华纳威利（Warner Village）增加得最多，其次是Odeon、UCI和Showcase。现在10个英国城市拥有了50多家多功能影院，它们离市中心只有15~20分钟的车程，尽管一些小城镇还没有这种影院。

多功能影院的影响或许还没有完全见分晓，因为它们已经成为适当发展业务的一部分。这种构想已经扩展到了多元休闲公园（MLPS），它们现在正在占据城镇周边的主要

对许多爱好电影的人来说，多功能影院是他们现在唯一一会去的影院类型。
资料来源： © VIEW Pictures Ltd/Alamy
Http://www.alamy.com。
摄影师： Hufton + Crow

位置，有足够的停车位，有多功能影院作为固定承租人，有保龄球道和饭店等，这使该地成为"一站式购物娱乐体验"。追随美国的潮流，更多的场所还在规划当中。例如，伯明翰城外的卫星城有一家有 36 个放映厅的电影院、12 家饭店和商店。这些地点正在吸引着以前在市中心的休闲产业。城中心可以从夜间经济中吸引到 15%~20% 的收入，所以竞争性的反应可能是通过努力创造一种咖啡厅、酒吧或俱乐部文化把人们拉回来。

然而，有另一种观点认为对多功能影院的巨大需求可能结束了，已经有位置不好的影院关门大吉。影院市场没有衰退，但它可能供过于求了，从而影响了个别场所的生存能力。关于需要多少个座位才能赢利的估计不一样，有些人认为一个座位一年必须被卖出 300~400 次才能赚钱。而一些多功能影院正在争取达到 200 次。当大部分成本被固定后，一个空座位就永远失去了收入，但还得为它支付同样的成本。多多纳（Dodona，2001）估计到 2005 将有近 3400 个放映厅，比 2001 年的水平增加了 1400 个，所以对认为观众会持续增加的多功能影院经营者来说情况危急。然而，真正的受害者是那些保持传统的电影院和那些上座率不高，或没有进一步现代化的多功能影院。

营销因此要回到建立忠诚的议事日程上。2004 年影院观众增加了 5%，票房收入增加了 4%，说明尽管有来自 DVD 和其他娱乐形式的威胁，去看电影仍然是一种流行的消遣追求。2004 年的观影人数为 1.75 亿，预计 2008 年将增加到 2 亿。这也许反映了平均每人每年上三次电影院的英国消费者比欧洲观众上电影院的次数少得多的事实，有迎头赶上的空间。

然而，产业还是要严重依赖票房佳作。2004 年，排名前 10 位的电影占据了票房收入的 40%。需要的是更有创造力的营销管理来建立起一套本质上无差别的观影体验。精确的服务定价系统有所帮助，还可以借鉴其他部门的构思。例如，不同的定价实现不同的体验，较早的放映便宜一些，或者定价以一周、一月中的某天、地点、座位位置、服务内容（包括用餐），甚至是特别的电影为基础。也可以慢慢引入忠诚卡，UGC 为交纳固定月租费的人提供无限制地到它的 43 家电影院看电影的享用权。但这个主意至今还未获得巨大成功。

尽管有这些挑战，但服务的改善已经导致了在许多其他的视觉媒体可供选择时观影人数翻了三倍，表明了在设计和传递服务时强力关注顾客的价值。

资料来源： Cox（2002）；Dodona（2001）；Kalsi 和 Napier（2005）；Marketing Week（2005a）；MacCarthy（2002）；Rushe（2001）；http://www.ukfilmcouncil.org.uk。

从更广的意义上来说，营销和品牌建设当然也很重要。这些帮助提升了对连锁酒店的存在和定位的认知，使它区别于竞争对手。这些传播了供给的关键利益，帮助顾客决定是否这就是他们正在寻找的酒店类型，发展了他们的预期。广告、精美的小册子和其他营销传播技巧可以帮助创造和强化潜在顾客对位置、外观、附加服务、顾客接待，以及品牌形象的感知。强有力的营销和品牌宣传也可以帮助把连锁酒店联系起来，这种链条可能会遍布全球，让顾客放心酒店的一致性和亲切感。一名商务旅行者在一个陌生的城市可能会选择一个知名的酒店名称，如诺富特（Novetel）、假日、喜来登、钟楼（Campanile）或 Formule 1，对于所购的产品他们相当有信心。

范例　必胜客的菜单、装潢、侍者、点菜处理、设备、烹饪过程等都是标准化的（或者允许根据当地情况有些许变化和调整），为全世界的顾客创造了一种一致而熟悉的体验。因此顾客对必胜客的特点，对它的期望是什么、它可以交付什么有一种强烈、切实的印象。

无形的最大问题之一是体验服务前后都很难评估质量。顾客会使用一个综合的标准，有主观的也有客观的，来判断他们的满意水平，尽管这经常建立在印象、记忆和期望基础上。不同顾客关注不同的事情。频繁的商务旅行者也许对入住延误或周五夜晚的爵士表演很恼火，而度假者可能会抱怨到海滩有 20 分钟的路程而不是小册子上说的 5 分钟。记忆随着时间而淡化，但某些不好的记忆，如一次重大的服务故障或与服务员的对抗会保留下来。

不可储存性

服务是在消费的同时制造的。一名讲师在讲堂上的讲授所创造的服务体验不是被立即消费了就是被学生睡过去了。曼联、阿贾克斯或 AC 米兰制造体育娱乐，使他们的球迷在观看现场比赛时不是激动、厌烦就是灰心丧气。同样，科芬园（Covent Garden）或斯考拉歌剧院（La Scala）在上演歌剧时让观众着迷。在体育和娱乐方面，顾客对"产品"的欣赏可能被现场表演的不可预知性和观众自己参与的感情提升了。这突出了服务产品的另外一种不可储存性：顾客经常直接参与生产过程，他们和服务提供者的协作影响着体验的质量。一个朋友也许会告诉你："是的，那是一个很棒的音乐会。乐队处于顶级状态，气氛好极了！"为了创造这样一种完整的体验，乐队和他们的设备必须达到预期水平，灯光和音响师必须在夜间做好工作，场地必须有足够的设施和有效的顾客接待程序。然而，气氛是由表演者和观众的互动创造的，它可以激励表演者传递更好的体验。因此，顾客必须准备好给予和感受，为服务产品的质量作出他们自己的贡献。

不可储存性是指服务在体验前后不能被制造和储存。制造和消费是同时发生的。当然，酒店是永久性建筑，有全职员工，无论一个特定的夜晚有没有顾客它都存在。然而，酒店的服务产品只有在顾客表现出要购买和享受时才能提供。产品不可储存的含义是指如果一间客房在特定的夜晚没有被占用，那么它就完全失去了机会。大部分服务产品都是一样的，例如航空公司的座位、剧院的票、管理顾问或者牙科的预约。如果一个牙医不能在某天履行预约的话，那么赚钱的机会就永远丧失了。在需求相当稳定的情况下，对生产力进行计划，并对组织进行调整以达到预期需求格局相对较为容易。

> **范例** 观看足球比赛是一个典型的不可储存服务。如果错过了，比赛除了在荧幕上看到就再也不能体验了，那场比赛空座位的赚钱能力也永远丧失了。对足球俱乐部制定价格越来越贪婪一直有争议，这导致了许多俱乐部上座率的下降。入场价格如此之高以至于一些传统的球队无人问津；2005 年 8 月切尔西一场联赛最便宜的座位要 48 英镑。这比其他形式的娱乐要高，比一些低成本的航空公司提供的促销价也略高。2003—2004 年，超级联赛的上座水平平均为 94.2%。许多俱乐部根据它们的吸引力制定了各种比赛时间，然后对类别定价，试图避免低上座率（Yorkshire Post, 2005）。

即使需求确实在波动的时候，只要它是能预测的，管理人员就可以计划，相应提高或降低服务能力。可以提供一架更大的飞机或一场额外的演出来迎合短期需求的增长。然而，如果有明显的需求波动可能会导致设施长期闲置或严重过剩时，那就更困难了。

服务于高峰时段运输需求的公司，其收益性会受严重影响，因为车辆和全部运输工具在一天的其他时间没被使用。航空公司也面临着需求的季节性波动。

> **范例**　津巴布韦的王国酒店（Kingdom Hotel）遭受了长期的衰败，尽管它有在维多利亚瀑布的极佳位置吸引着国际旅客。这只是津巴布韦旅游业快速衰退的一部分，主要是由穆加贝政府的政策导致的。津巴布韦旅游收入从 1999 年的 7 亿美元下降到了 2004 年的仅 6000 万美元。同时，房间一直空置，设施未充分利用，收入永远丧失了（Vasagar，2005）。

不可储存概念意味着需要一系列的营销战略来设法平衡需求，并使接待能力与它相一致。这些战略也许包括定价或产品开发，它们是为了在较闲的时期增加需求或从较忙的时期转移需求，或者通过预订系统改善进度的制订和预测。同样，可以对接待能力和服务交付系统进行调整以满足需求的高峰或低谷，可以通过诸如兼职工、提高机械化水平或与其他服务提供者合作等战略来实现。这些稍后将会更详细地探讨。

不可分割性

许多有形产品在购买和消费之前就已经生产出来，生产员工很少直接与顾客接触。通常，生产和消费在空间和时间上都是有距离的，只是通过有形分销系统相连接。销售预测为生产进度提供了重要的方针。如果需求出乎预料地增长了，很可能会有增加生产或减少库存来满足顾客需要的机会。

不管背景有多美，一家酒店为了填满住房并维持收入还是需要向相关的顾客促销自己。
资料来源：ⓒ Kirk Pflaum http://www.sxc.hu。

像已经讲过的那样，对服务产品来说，顾客对服务体验的参与意味着没有优先的生产、没有存货，消费和生产同时发生。因此，服务的交付不能脱离服务的提供者，所以服务产品的第四个特点是不可分割性。这意味着顾客经常直接与服务提供者接触，服务提供者或是独立的，如医生，或是作为提供者团队的一部分，如航空旅行。这种团队包括预订员、换票员、空乘人员，也许还有运输人员。在一条航线上，该员工团队有双重作用。很明显，他们必须有效地交付服务，但他们在交付服务时还必须与顾客互动。一个不合作的换票员可能不会为顾客提供他们想要的座位，但相反，友善而热情的乘务员可以减轻第一次飞行的恐惧。因此，服务提供者影响着所交付服务的质量和交付的方式。

范例　英国航空公司对它的乘务员进行培训，使他们了解其他文化。它运送来自许多不同国家的乘客，相信乘务员考虑这些文化并能灵敏地应对是很重要的。灵敏性显然是汤姆森假期（Thomson holiday）从加那利群岛飞到盖特威克的航班上一名空中小姐考虑的最后一个问题。航班只坐了三分之二的人，并且乘客都坐在飞机后部，机长决定请一些乘客前移，让分布更加平衡。遗憾的是，说让该空中小姐要求八名胖子移到飞机前舱。会有自愿者吗？她正在看你吗？汤姆森否认空姐使用了"胖"一词，并说所有如此的宣称都是编造的（Yaqoob, 2005）。

虽然人员服务的交付是可以控制的，因为很少有外部干扰的机会，但当其他顾客同时也在体验服务时，情况就变得更复杂了。"大众服务体验"意味着其他顾客可能会影响所感受到的体验质量，这种影响是积极的或消极的。像早前提到的那样，体育赛事或音乐会的欣赏气氛取决于大量有相似感受的个人所带来的情感冲动。然而，在其他情况下，许多其他顾客的在场会消极地影响服务体验。如果设施或员工不具备接待能力应付超出预测的数量，排队、过度拥挤和不满意很快就会产生。虽然预订和提前预订可以降低风险，但服务提供商还是会陷入困境。例如，航空公司按惯例有意地超额预订航班，基础是并非所有预订的乘客都会真的出现。然而，有时他们计算错误，结果乘客数超过了航班的实际容纳量，不得不提供免费里程、现金和其他好处来鼓励一些乘客改签晚一些的航班。

其他顾客的情况也影响着体验的质量。这反映了服务提供者的细分政策。如果提供相对无差别的方式，那混合在一起的顾客就可能出现各种各样的冲突（或利益），他们期待的也许是不同的利益。例如，如果带小孩的家庭与要度 50 多天假的客人混在一起，那酒店也许会遇到麻烦。因此，可能的话，营销人员应该仔细地锁定细分市场，以提供匹配的服务产品。

最后，其他顾客的行为可能是积极的，会带来新的朋友、同志关系和令人愉快的社交互动；如果它是粗暴的、破坏性的、甚至是威胁的，就可能是消极的。营销人员当然愿意尝试发展积极的方面。为新包价旅游者提供的社交晚会、巴士之旅中的姓名牌和现场表演中营造气氛的热身活动都有助于打破坚冰。为了阻止破坏性的行为，服务组合必须包括安全措施，并明确"内部规定"，就像足球比赛中可以发现的那些规定一样。

营销战略不可分割性的意义将在后面讨论。

差异性

因为生产和消费的同步性以及服务员和其他顾客的参与，很难按计划使服务体验标准化。多样性意味着每种服务体验很可能是不同的，取决于顾客和其他顾客、服务员之间的互动，以及其他因素，如时间、地点和操作过程。当能力有限和提供的是劳动密集型服务时，要使期待的服务体验标准化更为困难。俗话"心有余而力不足"反映了当需求给系统带来压力时，可能会出现的服务水平下降的风险。这也许意味着火车上没有座位、短程飞行中送餐服务的延迟，或者星期五下午银行门前的排队。

服务的某些差异性无法计划或避免，但质量保证程序可以使服务故障降到最低。这可以通过设计"故障防护"来做到，创建机制来快速发现问题并在它们造成重大服务故障前解决它们。例如，大学有许多质量保证程序，涵盖学院课程、人员配备和包括自我评估、学生评议和外部学科、质量评估在内的支持程序。

范例　秘密购物者被广泛用于监测服务水平和所提供的服务体验。他们在饭店用餐以检查食物、服务和设施，入住酒店、在酒吧喝酒、乘飞机旅行，上电影院、健身俱乐部和修车厂。幸运者甚至能得到昂贵的国外假期的机会。反馈提供了第一手评价，很有启示性，常常为公司指出服务承诺和实际交付服务的差距。大多数时候，焦点集中在整体的体验而不是个别表现上，虽然有时员工也是关注的焦点。通常会给秘密购物者一张需要密切注意的检查表，他们必须能熟练地区分和记忆所传递服务的要素。要有效，秘密购物者就必须是可以信赖的、自然的，因此不能带着夹在纸板夹上的清单到处走（McLuhan, 2002）。所以，下次你在汉堡王或来一客（Pret a Manger）（只列举一二）时，或许就挨着一位正在执行任务的购物者。

因此，管理层必须制定降低差异性影响的方法。为了在过程中有所帮助，他们需要关注操作系统、程序和员工培训以确保连贯性。例如，新来的讲师也许会被要求参加一项特别任职课程来帮助他们学习授课技巧、准备材料和应付捣蛋学生带来的难题。管理人员必须根据期待的服务水平指明他们对员工的期望。这不仅包括遵循和培训一致的程序，而且包括员工接待顾客时的态度和举止。

下一部分将更详细地分析服务产品特点对营销方案设计和实施的影响。

服务营销管理

到目前为止，本章已经以一种非常概括的方法分析了服务产品的特点。本部分进一步从制定战略、开发和测量服务产品质量以及培训和生产力方面分析那些特点对营销人员的意义。

服务营销战略

传统的营销组合，由4P组成，形成了本书结构的基础。然而，对服务产品来说，营销组合的额外因素对于反映服务营销的特点是必要的。如图13.2所示，它们是：

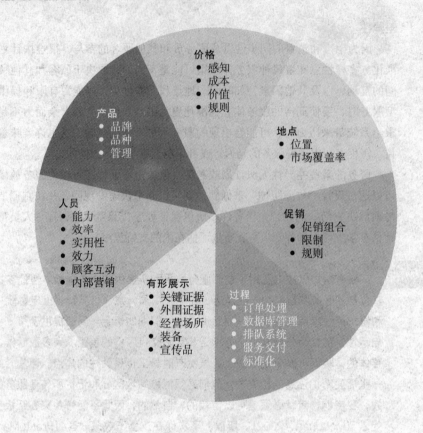

图 13.2　服务营销组合

- 人员：参与服务体验的生产和交付的服务提供者或顾客；
- 有形展示：支撑主要服务产品的有形线索。这些包括设施、基础设施和用于传递服务的产品；
- 过程：营运过程，使顾客完成向制造商订货到交付服务。

　　这些额外的营销组合要素都可以强化或转移顾客在消费服务时的全部体验。然而，尽管有特别的考虑，但设计一个有效营销组合的目的不管对服务还是对有形产品来说都是一样的。营销人员仍是在努力为顾客创造一种不同的、有吸引力的建议，确保所提供的东西能满足他们的需要和预期。

　　现在来依次考虑全部 7 项服务营销组合要素。

产品

　　从供应商的角度来看，许多服务可以像其他有形产品一样用许多方法来对待。供应商开发了一系列产品，每个都代表着赢利的机会。一家酒店公司也许把它的每家酒店都看做一个单独的产品，有它自己独特的产品管理要求，这源于它的位置、建筑和设施状态、当地竞争情况和它与该地区内其他酒店相比的优势和劣势。当然，这些产品可以根据它们之间的相似性和差异性分成产品线和战略业务单元，就像有形产品能做的一样。

威尔士王子、天主教堂和环境保护者的共同点是什么？

答案是：他们一致反对计划在特兰西瓦尼亚兴建吸血鬼主题公园，特兰西瓦尼亚是罗马尼亚一个以其美丽、古橡树森林和文化遗产而闻名的地方。当然，见多识广的读者会知道从来没有吸血鬼，但布拉姆·斯托克（Bram Stoker）塑造的这个角色是以弗拉德·特佩斯（Vlad Tepes）为原型的，他是一个 15 世纪的统治者，因在一次特别卑鄙的战斗后钉死了 1000 多个土耳其人而闻名。他的真实姓名是弗拉德·德拉库（Vlad Dracul），德拉库在罗马尼亚语中的意思是恶魔。"Tepes"（刺穿者）是出于显而易见的原因后来加上去的。好莱坞加入了尖牙、饮血和相关的细节。弗拉德出生在中世纪的要塞城市锡吉什瓦拉（Sighisoara），一个联合国教科文组织的世界遗产地，罗马尼亚政府负责保护它。

最初提议的项目是计划开发 40 公顷土地，第二期扩展到 60 公顷。它将花费大约 3000 万英镑，到 2004 年应该可以接待游客。吸血鬼城堡将是中心建筑，包括法庭、吸血鬼洞穴和魔力实验室。配备带有火刑柱和刀具的模拟拷打室、制作吸血鬼保护盔甲的车间、一间吸血鬼时装屋，参观将带有吸血鬼主题，带来了一种全新的"恐怖屋"含意。饭店会提供"血布丁"和"大脑餐"等给那些足够勇敢的人，还有园内汽车旅馆。和公园相连的是一个高尔夫球场、一块野营地、一家有 700 张床位的酒店、纪念品商店、啤酒屋和一间容纳 2000 名

舞者的舞厅：适合所有人的东西，但不是生态旅游（Moore Ede, 2002）。

公园预计能创造大约 3000 个工作岗位，计划每年从 100 万名参观者身上创收 2100 万美元。它是一个贫穷国家的贫穷地区，生活质量一直被拿来与纳米比亚和利比亚相比较（Douglas-Home, 2001）。该主题公园为一个有 17% 失业率的地区提供了工作岗位，还有以投机方式购买股份的机会，100 股大约花 20 英镑，是月平均工资的三分之一。组建了 Fondul Pentru Dezvoltare Turistica Sighisoara（FPDTS）公司来开发公园，公司 99% 的股份由锡吉什瓦拉市政府拥有，但它想成为一家营利性企业。也有人认为这个城市在被忽略多年后可能会重新复兴。

从政府的角度说，旅游局开始重建罗马尼亚品牌形象的好方法是哪种？哪种方法对许多欧洲人而言是脱离旅游标准的？虽然特兰西瓦尼亚区有许多地方可以开放，加固的教堂、城堡、有图画的修道院和未被破坏的美景，但很难到达，从首都布加勒斯特出发大约有 5 个小时的路程，该地区几乎没有高标准的旅游基础设施，如酒店和餐厅，没有有效的垃圾处理系统，也没有服务传统。然而，吸血鬼可以完全改变这些，虽然直到 1989 年吸血鬼电影才合法化，斯托克的书直到 1992 年才用罗马尼亚语出版。1973 年的"吸血鬼：事实和传奇"之旅使许多外国人失望，因为大部分时间花在追溯弗拉德的生活上，而不是尖牙和斗篷的体验上（George, 2002）。规划的主题公园可能已经强调了许多基础设施问题，

可能会给游客他们真正想要的东西。

西欧有强烈的抗议，甚至罗马尼亚内部也有。罗马尼亚天主教和东正教的主教呼吁放弃公园，因为他们认为它给游客提供了不恰当的象征（Coppen, 2003）。威尔士王子表示了关注（de Quetteville, 2004），生态保护者坚持反对该项目，理由是它会破坏锡吉什瓦拉城，那是一个世界遗址，以及周边的自然环境。各种各样的利益相关者形成了强大而有效的联盟（Jamal and Tanase, 2005）。一根火型柱被从项目的中心移开，它因为备受争议而被抛弃了。

然而，一年内项目又回来了，但这次很古怪地坐落在接近布加勒斯特的一个曾经由行政长官尼古拉·齐奥赛斯库（Nicolae Ceausescu）所有的农场上。在斯纳格夫（Snagov）的新选址和吸血鬼之间的联系是弗拉德·特佩斯被葬在附近。市政厅外面是一尊披着重重的盔甲、留着浓密的小胡子的特佩斯半身像。公园将包括迪斯尼风格的儿童乘坐装置、一块高尔夫球场、一圈赛马道和一片住宅区，这不可能遭到反对。计划是每年吸引 100 万游客，20% 以上来自国外，条件是公园接近国际机场。该项开发会是廉价而俗气的，还是能提供一种真正的度假胜地的体验还有待观察。死亡的罪恶与称颂之间的联系以及欢乐家庭假期看来是相互伴随的！也许吸血鬼终究还是应该留在好莱坞吧！

资料来源：Coppen (2003); de Queteville (2003, 2004); Douglas-Home (2001); George (2002); Jamal 和 Tanase (2005); Marinas (2004); Moore Ede (2002).

许多在第 6 章讨论过的产品概念和产品决策同样适用于服务和有形产品。定位、品牌化、开发组合、设计新服务和管理产品生命周期都是相应的。

产品开发。在某些服务情况下的产品开发可能会很复杂，因为它包括将其他独立的要素"捆绑"到服务产品中来。因此，一家度假公司也许需要同航空公司、酒店和当地旅游公司合作，针对目标细分市场组合报价。从顾客的角度来看，系统任何部分的失败都会被当作对度假公司的批评，即使航空交通延误或有瑕疵的管道工程也许并不由公司直接控制。在区域和国家层面上，政府和私人公司可以合作开发给游客的新景观和基础设施。

> **范例**　香港引进了迪斯尼来努力刺激旅游的增长。虽然是最小的迪斯尼主题公园，香港公园还是配备了 1000 张床位，希望吸引 600 万游客，其中三分之一来自中国内地。如此规模的投资只有通过迪斯尼和香港政府组建的合资公司才可能实现。在基础设施投资以及交通、医院、餐饮和其他相关产业的就业方面，对整体经济也将带来伴生的利益（Steiner，2005）。

价格

因为服务是无形的，所以很难对它们进行定价并证明价格的合理性。顾客接受的不是任何可以触摸的东西或物化的体验，所以他们很难认可作为他们花销的回报所得到的利益。

> **范例**　一份修理账单附带的律师账单或劳务费对顾客来说似乎贵得离谱，因为他们没有停下来考虑提高专业技巧所需要的培训或"恰当"地完成工作所带来的内心的平静。因此，对任何产品来说，顾客感受到的主要是对物有所值的评估。

某些服务的价格是受团体而不是服务提供者控制的。牙医服务收费数额是国家健康中心规定的，药剂师开具处方的收费是由中央政府规定的。同样，BBC 靠许可费支撑也是由政府决定的，并向电视机机主收取。其他服务的价格是根据佣金制定的。例如，一家房地产代理商可能向卖主收取房屋销售价格 2% 的费用，再加上广告等开支。

其他服务提供者完全自由地决定他们自己的价格，但要充分考虑竞争和需求，以及顾客的感受。然而，在制定价格时，服务提供者会发现很难决定供应品的真实成本，也许因为很难计算职业或专业技术的成本，或是因为交付服务给不同的顾客所需的时间和精力也截然不同，但需要一个标准的价格。不可储存性也会影响专业服务的定价。例如，一个培训提供者在几乎没有工作的时候也许会同意按少于平时日常费率的标准来收费，只是为了获得一些即时的收入。

在服务情况下，价格在控制需求方面可以起到重要作用。根据交付服务的时间，通过改变价格，服务提供者可以设法劝阻顾客在繁忙时段购买。顾客也可以把价格作为一种武器。在起飞前不久购买机票的旅客或晚上找酒店的游客也许能协商一个比广告低得多的价格。这是服务不可储存性的结果：航空公司宁愿让一个座位被占用，从中赚点钱，也不愿让飞机空着一个座位起飞，同样，酒店宁愿让房间有人住而不愿让它空着。

> **范例**　英国的铁路定价系统近年来发生了相当大的变化。传统上，旅客买票、走上火车、找到座位，几乎不用操心支付额外费用来订座。现在强调的是鼓励提前预订以便更好地计划接待能力。价格机制被用于实现顾客的分配。然而，现在正在考虑的计划是通过引入"列车高峰价格"使旅客支付额外的钱获得最普遍的服务以对一些过分拥挤的列车征收拥堵费。随着智能卡技术的使用，根据每列火车而不是一般性地根据一天中的某个时间收费成为可能，虽然主要的障碍是乘客们在开始旅程之前难以知晓他们要付什么价格。伦敦周围的一些往返线路还得改进，一方面驾车的乘客由于道路拥堵费的收取而被迫改乘火车，而铁路在增加轨道、改善车厢、改进基础设施上的投资无法跟上。例如，滑铁卢到里丁（Reading）的列车从 8 个车厢增加到 10 个，提高了 25% 的运力。然而，价格是吸引顾客在非高峰期而不是在高峰期旅行的最有力的武器之一，假定工作形式允许的话。例如，Great Anglia 为那些能避免在早上 7:15 到 9:15 到达利物浦街的旅客提供季票早到折扣（Modern Railways，2005；Webster，2005）。

地点

根据考埃尔（Cowell，1984）的说法，服务通常是由提供者直接提供给顾客的，因为生产和消费是同时发生的。直接供给使提供者能够控制正在发生的事情；能够通过人员服务进行区别；能够得到直接的反馈并与顾客互动。直接供给可以发生在营业场所，例如美发师的沙龙、律师的办公室或大学校园。一些服务还可以通过电话提供，例如保险和理财服务。其他的通过服务提供者拜访顾客的家或营业场所来提供，例如清洗、修理大型器具、设备安装和服务，或者家庭美发服务等。

直接供给会给服务提供者带来问题。它限制了服务的顾客数量和服务覆盖的地理范围。对尤其重视与常客建立友好和私人关系的独家经营者或小企业来说，这也许完全能够接受。但想扩张的企业可能会发现原来的业主所从事的直接供给不再可行了。专业的服务企业，如会计或律师，也许会雇佣其他有资质的员工来扩大顾客基础或地理范围。

> **范例**　社会以健康为导向，加之肥胖水平的上升是 20 世纪 90 年代中期以来健身行业快速发展背后的一个主要因素。参与的成年人口从 1996 年的 3.8% 增长到了 2005 年的 8%，预计到 2007 年将增长近 13.5%（Urquhart，2005）。政府对健康和健身，特别是肥胖问题关注的普遍上升进一步鼓励了健身行业。然而，短期内注册新会员的数量 2005 年出现了下降。
>
> 在英国有 2403 家公立的健身俱乐部和 1982 家私立俱乐部（Stevenson，2005）。福尔摩斯广场（Holmes Place）有 76 家俱乐部（在英国有 50 家），会员保持率达 60%，高于该行业的其他从业者。它的对手"健身第一"（Fitness First）在英国有 166 家俱乐部，在欧洲的其他地方还有 173 家，世界范围内共 434 家俱乐部吸引着 120 万会员。戴维·劳埃德（David Lloyd）实际上已经报告 2005 年的会员数比 2004

年减少，因为用户转到了其他中心尝试最新的设施或者只是对踏车失去了兴趣。高级俱乐部特别容易受到攻击，因为它们需要更大的投入和更多元化的设施，如游泳池和室内网球场。预计会发生一些理性行为，因为用户的要求更高了（Stevenson, 2005）。

　　大多数俱乐部发展的主要手段是在新地点开设分支机构，提供相同标准的设施。戴维·劳埃德在削减它的扩张计划，它的新收入将以拍球运动中心为主，而不是传统的体育馆。问题是增长是否可以持续，因为已经有迹象表明目前已经达到了饱和。2004 年有 796 家新的体育馆在计划当中，比 2003 年少了 15%。其他营销活动还包括扩大范围，例如，与地方体育协会、团体会员合作，促进和联合采取行动，如洛杉矶健身（LA Fitness）与"英国有远见者联合会"（BUPA）联合经营的"健康中心"。

　　其他的服务企业，如快餐店、室内清洁或收账公司可能会选择通过特许经营进行扩张，而其他的会决定转向间接供应，通过支付佣金使用中间商。所以，本地药剂师也许充当一家冲印公司的代理，一家乡村小店也许会收集干洗衣物，保险经纪散发保单，旅行社分销度假和商务旅行，旅游信息办事处处理酒店和客房预订。在某些情况下，使用中间商的主要好处是方便顾客和扩大服务范围。其他方面，例如旅行社和保险经纪，服务提供者获得了由与竞争对手相伴的专家销售产品而产生的附加利益。

促销

　　服务的营销传播目标、实施和管理与其他产品大致一样。然而，有少数特别问题需要指出。在定价方面，一些专业服务在道德上有限制，只被允许进行有限的营销传播。例如，英国允许律师使用平面广告，但必须有限制并且真实。广告可以告诉读者他们专门从事的法律领域，但它不能为你获得巨额赔偿作出感情承诺。

　　因为产品的无形性，服务产品面临特别困难的传播任务。它们无法向你展示漂亮的包装照片，它们不能承诺有草莓和巧克力味的不同品种来刺激你的食欲，它们不能向你展示你得到的这份奇妙的产品多么物有所值。然而，它们可以展示有形证据，它们可以展示像你一样的人们明显很享受该项服务，它们可以强调购买该项服务的好处。满意的顾客的陈述会是非常有效的工具，因为它们向潜在顾客再次保证服务会有效，结果是积极的。与此相联，口碑传播是相当重要的，尤其是对于那些在有限地域内经营的小企业来说。

　　最后，必须记住许多服务提供者都是小企业，它们不能负担声势浩大的广告活动投资，即使它们能够看到这种广告的作用。许多企业可以通过口碑相传、网站和黄页广告激发足够的活动来保持知名度。这主要取决于所提供的服务种类在当地市场的竞争和需求水平。如果城市的主要商业区支持 4 家不同的饭店，那么也许集中努力更为合理，例如，包括在当地报纸上打广告、挨户投递传单和价格促销。

范例　　拉马达贾维斯酒店（Ramada Jarvis Hotels）（http://www.ramadaJarvis.co.uk）使用直接营销来促销它在英国的 62 家酒店的会议业务，信息材料针对的是潜在的商务顾客，包括一份完整的位置目录、房间配置、价格，以及众多视觉形象，展示了会议室的标准、饮食服务和雇佣的员工，它们能使会议取得成功。所有信息都在强调质量和可靠性。

然而，重要的是记住顾客可能会使用营销传播信息来构建他们对可能交付的服务的预期。任何产品都是如此，正如将在后面所讨论的那样，但因为无形性，服务质量的判断更为主观。它建立在之前的预期和实际的感知结果相比较的基础上。因此，传播宣传越宽泛，越不真实，不符的机会就越大，最终将导致顾客的不满。当然，服务提供者确实需要构建一个足够吸引人的形象来诱惑顾客，但不是在正在体验服务的顾客开始想知道实际情况是否与广告一致的地方。

范例　　澳大利亚旅游局（Australian Tourist Commission）也大量使用影像来向欧洲受众描绘澳大利亚的自然和文化乐趣。不管是袋鼠、艾雅斯岩、大堡礁还是悉尼歌剧院，视觉信息都是一样的：有活力、令人兴奋和令人惊奇。媒体广告和公关通常强化这些主题，充分利用假日节目、旅游展览和一些日报的以澳大利亚为主题的国别增刊。然而，"品牌澳洲"活动的目标是吸引不同的受众，许多活动是在不同地理市场上同时运作的。

澳大利亚旅游局把到澳大利亚旅游的 1 500 万潜在游客划分为 5 个主要的细分市场：

- 自我挑战者
- 舒适旅行者

穿着传统服饰的土著人形象怂恿游客到澳大利亚内地探寻不一样的文化体验。

资料来源：© eyeubiquitous/hutchison http://www.eyeubiquitous.com。

- 蚕茧旅行者
- 尝试者
- 拓展边界者

　　每个细分市场都根据所追求的旅行体验、对旅行的态度和追求的旅行类别来区分。对每个细分市场都制订了一个媒体计划来开发潜力，传递的信息是根据游客所持的态度和追求的利益量身打造的。然而，有统一的主题，例如克服澳大利亚是一个偏远、辽阔、"一生只去一次"的目的地的观点，把它更多地定位于"自由文明的冒险"目的地。一个由澳大利亚旅游局资助的"访问记者"节目对刺激更多更好的公关报道尤其重要，每年大约有 1000 名平面和广播记者受到邀请。这有助于展示澳大利亚远不止是风景和阳光，还有城市文化、食品、酒、艺术和文化主题。一项综合的活动对克服担忧来说是很重要的，研究证明消费者很乐意把澳大利亚作为目的地，但缺乏深度的了解和访问的迫切性。"品牌澳洲"活动旨在改变这种状况，方式是强化品牌感知，把澳大利亚作为一个体验目的地而不仅是慵懒地躺在海滩上的天堂呈现给精明的旅行者（Moldofsdky, 2005; http://www.atc.australia.com; http://www.austrlia）。

人员

　　服务取决于人，以及包括服务提供者的员工、顾客和其他顾客在内的人与人之间的互动。由于顾客常常是创造和交付服务产品的参与者，对服务产品的质量、生产力和员工培训都有影响。员工应对顾客、按要求标准稳妥地交付服务，以及展示与组织希望的东西一致的能力对服务提供者来说都非常重要。这被称为内部营销。顾客在服务中的作用被称为互动式营销，这些将在后面讨论。

有形展示

　　有形展示由切实的元素组成，这些元素支撑着服务的交付，提供有关服务产品定位的线索，或者给予顾客某些可以带走以象征他们所获得的无形利益的固态的东西。肖斯塔克（Shostack, 1977）区分了关键证据和外围证据。关键证据是服务的核心，对顾客的购买决定起重要作用。这方面的例子有航空公司运行的飞机的种类和新旧程度，或者汽车租赁公司车队所用的汽车种类和新旧程度，超市的布局和设施，或大学的讲堂和设备，以及 IT 和图书馆设施。外围证据对服务的交付不太重要，可能由顾客必须持有或使用的物品构成。

过程

　　服务的创造和消费通常是同步的，服务的生产是其营销的重要组成部分，因为顾客不是见证了它就是直接参与其中。服务提供者需要顺利、有效、方便顾客的程序。一些过程是在幕后发生的，例如行政和数据处理系统、处理文书工作和与服务交付有关的信息以及顾客跟踪。

　　可以让服务提供者寄送明信片提醒顾客下次牙齿检查或汽车服务的系统对于激发重

复业务确有帮助，对加强与顾客的关系也小有帮助。其他过程对顾客来说也是"看不见的"，但形成了服务组合的必要部分。例如，一家快餐店的厨房要确保新鲜烹饪的汉堡包的稳定供应，以便柜台工作人员可以在顾客订购时提供。还需要对过程进行周密设计，因为提供服务是为了确保顾客经历最少的忙乱和耽搁，确保所有服务要素都被恰当地传递。例如，这也许包括所需形式和信息的设计、支付程序、排队系统，甚至任务分配。例如，在美发厅里，在设计师完成前面顾客发型的同时由低级别员工为您洗头，最后由接待员收款。

范例　　智能卡正在通过削减人员介入来改革服务的传递过程，人员介入可能会很慢、不一致、不可靠。智能卡大小和一张信用卡类似，植入了微处理器和存储器，可以被读卡器或信号发射装置激活。智能卡特别受交通供应商的欢迎，它们把它作为一种减少购票处排队和旅行证明的方式。智能卡不像普通的季票和旅行卡那样受旅行区域和时间的限制。站台上的读卡器会自动计算旅行时间和距离，车费从预前充值的卡中扣除。处理速度对于像伦敦地铁（London Underground）这样的公司保持系统运行来说是至关重要的。银禧线（Jubilee Line）每小时的处理能力是 39000 人，高峰期时在它的主要站台上这是很大的流动量。

互动式营销：服务质量

任何服务产品交付的核心都是提供者与顾客之间的服务即遇。这也称为互动式营销。这方面的服务是质量的重要决定因素，因为它把所有服务营销组合要素集中到一起，是创造产品和交付产品的点。对服务营销人员的挑战是把质量、顾客服务和营销汇集到一起，从而建立和维持顾客满意度（Christopher 等人，1994）。质量问题对服务产品的重要性与它们对有形产品的重要性一样，但服务质量更难定义和控制。像洛弗洛克（Lovelock，1999）、德夫林和唐（Devlin、Dong，1994）以及蔡达默（Zeitham，1990）等作者强调顾客感觉的重要性，并用它们作为衡量服务质量的框架基础。

范例　　比萨外卖常常与供应商对超出某个时限送达的披萨免费的保证相联。这有助于强调传递速度，强化了家庭订购服务的便利性。许多像多米诺一样的连锁店增加了在线订购服务，它借助一个中央呼叫中心把订单导向最近的零售店。于是顾客可以自由自在地浏览菜单，该网站根据供应频繁更新。通过推出多米诺"热波"加热袋，这种袋子采用了一种专利电子警示加热机制，它进一步确保了服务的改善。一旦拔去插头，它会在一般的传递时间内保持比萨的热度（http://www.dominos.co.uk）。

衡量服务质量

当然，服务产品的某些方面比另一些方面更能客观地衡量。其中包括有形要素，如有形展示和过程、质量可以更容易地定义和评估。例如，在一家快餐店里，营业场所的洁净程度、队列的长度、一客饭菜的分量和烹饪的一致性，以及储存控制系统的实施和效力都可以被"看到"并进行衡量。顾客是否真正享受汉堡，他们是否觉得他们已经等得太久了，或者他们是否觉得房屋太杂乱、太拥挤或太嘈杂都是很个人化的问题，因此管理人员很难评估。

一个特别的研究小组，贝里（Berry）、帕拉苏拉曼（Parasuraman）和蔡达默，制定了评估服务质量的标准和一个称为 SERVQUAL 的调查机制，它用于收集与顾客感觉相关的数据（见 Parasuraman 等人，1985；Zeitham 等人，1988，1990）。他们引用了 10 项重要标准，其中涵盖了顾客眼中的全部服务体验：

1. 接近性。顾客获得服务的难易程度如何？提供服务的商店向顾客关闭吗？有 24 小时的热线服务电话吗？

2. 可靠性。所有的服务要素都发挥作用了吗？它们是按预期标准交付的吗？修理工在修完洗衣机后清理干净了吗？之后机器正常运转了吗？超市承诺在队列太长的时候开放另一个收银台，实际做到了吗？

3. 信用性。服务提供者值得信赖或可信吗？服务提供者是信誉好的贸易协会的成员吗？对工作做出保证了吗？对待顾客公正吗？

4. 安全性。顾客受到保护免遭风险或怀疑吗？顾客在参观和使用主题公园时安全吗？保单涵盖了所有不测吗？银行会尊重顾客的隐私吗？手机网络提供商能防止黑客窃取顾客的手机号码吗？

5. 理解顾客。服务提供者努力了解和适应顾客的需求吗？修理工给出了明确的抵达时间了吗？财务顾问花时间了解顾客的财务状况和需要，然后制订了完整的计划吗？一线的服务员与常客建立良好关系了吗？

前 5 项标准影响着服务体验结果的质量。下面 5 项则影响着过程投入的质量，这为产出打下了牢固的基础。

6. 回应度。服务提供者快速回应顾客并愿意帮忙吗？修理工能在 24 小时内上门吗？银行经理会详细地解释贷款合同中限制性细则的意思吗？顾客的问题能快速而有效地得到处理吗？

7. 礼貌。服务员工礼貌、友好而周到吗？他们微笑并问候顾客了吗？他们令人愉快吗？他们表现出良好的举止了吗？不得不拜访顾客家庭的服务员给予活动恰当的尊重了吗？有没有把侵入的感觉降到最低？

8. 胜任性。服务员工受过恰当的培训并能恰当地交付服务吗？财务顾问对备选金融产品以及它们对顾客的适用性有广泛的认识吗？图书管理员知道如何进入并使用信息数据库吗？主题公园的员工知道最近的厕所在哪里，紧急医疗情况下该采取什么行动或者遇到一个走失小孩时该做什么吗？

9. 沟通性。服务员工倾听顾客并花时间向他们明白地解释了吗？员工对顾客的问题表示同情并设法建议适当的解决方式了吗？医疗、法律、金融或其他专业人员用通俗易懂的语言解释事情了吗？

10. 有形性。服务有形和看得见的方面能给人留下印象或适合形势吗？员工的外表能激发顾客的信心吗？酒店房间干净、整洁并妥善布置了吗？讲堂有良好的音响和照明吗，有全套视听设备吗，每个座位都看得清楚吗？修理工带了合适的设备能快速、恰当地工作吗？合同和发票易于阅读和理解吗？

很容易理解要创立和维护上述 10 个方面的质量，并把它们整合成一个完整的服务组合有多困难。总之，图 13.3 展示了服务体验和影响顾客对他们将要得到的服务的预期的因素，还展示了影响他们对实际得到的服务的感知标准，以及预期和感受之间会不协调的原因。这对顾客的价值感知和重复购买的意愿会有重要影响（Caruana 等人，2000）。

内部营销：培训和生产力

由于顾客和员工在服务创造和交付时的互动，因此关注员工培养，传递高水平的功能和服务质量尤为重要。使用薪酬奖励系统也有助于激励员工士气，鼓励他们采用积极的方式来交付服务。赫斯克特等人（Heskett，1997）强调了服务过程中雇员与顾客满意之间的联系。"满意镜"能实在地提升顾客的体验，如果服务人员用一种积极的方式提供服务的话。他们认为对工作充满热情的雇员会通过口头或非口头的形式把这种热情传递给顾客，并且更热心于为顾客服务。同样，在工作中长期保持较高能力水平、常常能更好地理解顾客的雇员也能增强顾客的满意度。明确理想状态，为员工制定恰当的薪酬并非易事。

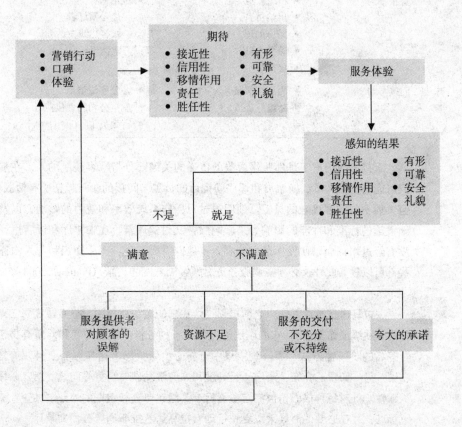

图 13.3　服务质量：期待、感知和差距

范例　　MORI 的研究显示，当顾客购买服务时，员工的态度比质量或价格更能影响顾客的选择。似乎年轻人（年龄在 15~34 岁之间）和较富裕的人特别敏感。无论是糟糕的建议、漠不关心的态度、不遵守承诺还是对细节关注不够，信息对服务提供者来说都很清楚。许多读者几乎都能回想起恶劣的员工态度对体验质量产生影响的情况。这就创造了一种压力来确保员工受到良好的培训，不仅包括产品，还有如何敏锐地和顾客打交道。面对越来越难吸引有适合才干的年轻员工，像圣斯伯里和百安居之类的零售商放弃了对员工年龄上限的限制，积极寻找较年长的员工。Carphone Warehouse 和鹰星保险（Eagle Star）也雇佣了较年长的员工来吸引"灰色市场"（Buckley，2002）。

员工培训

　　许多服务失败事实上确实源于员工的问题。如表 13.1 所示，一些员工直接或间接地参与了服务产品的创造，其中一些是顾客看得见的，而另一些是他们看不见的。

表 13.1　服务职能部门的员工

	顾客看得见的	顾客看不见的
直接参与	• 机组人员 • 出纳员 • 销售助理 • 医务人员 • 接待员	• 电话服务 　- 接受预订者 　- 顾客热线电话 　- 电话银行
间接参与	• 酒店客房服务员 • 超市补货员	• 办公室清洁工 • 航空公司膳食供应者 • 行政员工

　　直接参与的员工是那些作为服务传递的关键部分与顾客接触的人。在航空公司，他们可能是空乘人员、换票员和那些问询台的员工。间接的参与包括所有使服务得以交付，但一般不与顾客接触的员工。他们通过对操作系统效率和效力的影响，以及对设备和基础设施的标准和性能的影响力来影响服务交付的质量。在咖啡厅和饭店里，许多服务员没有经过培训，以便发挥最大的潜力：他们需要技巧、产品知识和与人沟通的技巧。这些都可以教。此外，必须强调服务员对顾客满意度的贡献（Pratten，2004）。

范例　　拉马达贾维斯酒店（之前提到过）在它的促销材料中把重点放在员工培训上。题为"顶级质量签名"，它的小册子列出了各种各样的培训内容和对所有员工授予质量签名的阶段性方法。第一阶段集中于核心价值，思考诸如服务交付、清楚的广告推销、第一印象、介绍、清洁、新鲜度和如何激发额外销售等问题。第二阶段集中于一致性。针对每种核心价值制定质量标准，组织自查和定期的外部"抽查"来确保保持标准，并在必要的时候采取更正行动（拉马达贾维斯酒店公司文献）。

一家酒店是根据员工的素质以及他们所接受到的满足顾客需求的培训来评价的。
资料来源：© eddy buttarelli/Alamy http://www.alamy.com。

看得见的员工（那些直接或间接与顾客打交道的员工）处于交付服务的第一线。他们不仅影响到服务交付的实际方面能否达到要求的标准，他们的外表、与人交往的行为和习气也将给顾客留下印象。例如，航空公司会特别注意空服人员的个人仪表和着装标准，以确保视觉印象的一致。着装经常用于帮助顾客辨别看得见的员工，既有那些直接参与服务的，如飞机乘务员，也有那些间接参与的，如足球比赛工作人员或安保人员。

间接看得见的员工包括像麦当劳里的清洁工、酒店中的客房服务员，或银行收银员等。看不见的员工也许能、也许不能与顾客直接接触。接受电话预订的员工或那些通过电话处理顾客咨询的员工是听得到的，但看不见。在某些情况下，这些员工也许是顾客唯一的重要接触人，因此尽管他们的可见度有限，但他们与顾客良好互动的能力也是非常重要的。

组织内部营销战略会因所雇员工的类型不同而有差别。处于服务交付第一线的员工，与顾客有大量的接触，必须接受培训以达到预期标准。没有直接接触的员工也必须激发他们有力、高效地执行任务。他们必须了解他们所做的事情影响着所提供服务的质量，以及一线员工达到预期标准的能力。然而，所有这些都强有力地说明不同组别的员工必须紧密、有效地配合，为彼此传递优质的服务，这随后会影响到提供给最终顾客的服务质量(Mathew 和 Clark，1996)。

员工生产力

服务行业员工的生产力对管理人员来说也是一个难题。据考埃尔（Cowell，1984）的观点，有几种原因导致服务生产力难以衡量。主要的原因是服务是"执行的"而不是"生产的"，有太多外部因素影响着这种产品的现场创造。服务生产过程不能像机械化工厂流水线那样可靠而稳定地控制和复制。服务生产力尤其受制于顾客的参与。如果顾客没有正确地填写表格，如果他们不熟悉程序或他们真的不知道他们想要什么，如果他们晚于约定时间出现，如果他们想把时间花在闲聊上而不继续手头的业务，那么服务员工会花更长的时间来交付产品。根据处理的交易数量、产生的收益额，或接待的顾客数量来衡量生产力时，这种主要因顾客造成的延误对服务员工来说就是不公平的。然而，这提出了整个问题：什么构成了恰当而公平的服务生产力的测评标准？获得了大量个别帮助或感觉服务员工花时间与他们友好地聊天的顾客很可能觉得他们得到了一次高品质的服务，并且感谢没有被冷淡、拖沓地对待。如果你觉得当你排到前面时会被小心、尊敬、善意地对待，那稍长一点的排队也是值得容忍的。因此，需要灵活而体谅地定义和衡量生产力，在顾客需求和企业要求的工作效率之间达成良好的平衡。

但这并不能使管理人员免除寻找提高服务生产力的办法。有一些方法能够更有效地交付服务而又不必减损太多质量。

员工。通过改进招聘和培训，员工可以具备更好地与顾客打交道的技巧和知识。例如，旅行社的职员可以提高对哪个旅游经营者提供哪种产品的了解，这样就可以立即拿出关键的小册子回答顾客的询问。可以对图书管理员进行数据库的运用和潜能、在线搜索技巧的全面培训，这样顾客的问题可以马上得到解决，而不必等"专家"午休回来。提高员工的地位也可以允许一线员工有更多的委托或授权。顾客不想被告知"我要同我的主管协商后才能做"，然后不得不等着协商。应该赋予员工责任和灵活性来对待顾客提出的真正需要。

> **范例**　　诺丁汉市议会为建筑部门的一线建筑工人引入了一项服务培训课程。该课程使日常按时完成的修理数目增加了 7%，顾客满意度上升了 2%，一线员工身上种族主义或大男子主义言论的数量降到了零。诺丁汉现在没有了人们熟悉的向过路女子吹口哨的建筑工人，至少公共部门的雇员不这样（Aaron, 2005）！

系统和技术。服务过程的设计和更先进的技术的引入都能帮助改善服务生产力和顾客的服务体验（Bitner 等人，2000）。

当买卖双方之间不需要人员接触时，技术与周密设计的系统的结合能非常有力地创造市场交易（Rayport 和 Sviokla，1994）。例如，图书馆用技术提高了它们的生产力。比起老式手工验票系统，书中的激光扫描条形码使书籍的发出或收回更加快捷。这也使他们改善了服务质量。例如，图书管理员可以立即告诉你你还借着哪本书、是否有其他读者预订了你持有的书、哪位读者借走了你想要的书。一些技术意味着服务提供者根本不需要提供人员互动。在金融领域，"安在墙上的"提款机使顾客天天 24 小时都能进入银行账户，通常还不用排长队，因为这些机器采用了联网方式，它们可以提供数百个便利的网点。

降低服务水平。降低服务水平来提高生产力会是危险的，如果它致使顾客认为降低了质量的话，尤其是如果顾客已经习惯了高水平的服务时。减少传递服务的员工数量可能会导致更长的排队或不当地迫使顾客更快地通过系统。

营销 进行时

UPS：传递服务包

在高峰期，服务的效率和响应度要一致，这样才能应付 180 万名顾客，发送 1290 万份包裹和文件给 600 万名收件人。把这加到全球范围内的专业运输和物流管理上，包括 1713 台操作设施、149 000 辆车辆和 500 多架飞机，其复杂性使人畏惧。这就是 UPS 这家快递承运人和包裹传递公司所面临的挑战（Alghalith, 2005）。UPS 必须最大限度地使用系统和技术来确保物品能够被及时追踪和处理，并投递到正确的地方。这种技术成为了它所提供的服务竞争力的一个重要部分。

为了管理所有这些活动，UPS 开发了一套综合的全球 IT 网络，可以协调物品、信息和资金的流动。每件包裹必须随时被收集、装船、追踪和定位，以便为顾客提供有关他们发运物品下落的额外信息。UPS 的数据仓库里有世界上最大的甲骨文数据库之一，在提供的服务方面和它的有形物品仓库一样重要。驾驶员具有易携式无线计算机来捕捉传递信息，包括签名。这些装置也日益包括了互联网接入和 GPS。

在这个竞争激烈的部门，顾客要求高水平的表现，UPS 是首批接受电子商务理念来发送物品的公司之一，这样它的顾客可以快速、可靠、安全地在线定购。它提供所有实时账户和装船信息，为顾客提供了有价值的服务利益。顾客可以使用 UPS 的"传送时间"服务来计划装船、确定发送日期和时间，而不需要直接与 UPS 的员工联系。提供这样的服务是维持顾客关系和建立忠诚的一个重要部分。

资料来源：Alghalith（2005）; Traffic World（2005）; Taylor（2005）。

范例　　如果一间繁忙的医生诊室引入了一套系统，它可以将预约间隔安排为 5 分钟，那可能会发生两种情况。想要保持进度的医生也许会在诊断过程中催促病人，而没有适当地听他们讲述或给他们时间足够放松，从而说出他们真正担忧的事情。病人也许会觉得他们没有达到来的目的，医生实际上并不关心他们。另一种可能，医生也许会首先考虑病人，不顾 5 分钟的规定，用必要的时间来检查个别病人。病人会很满意，但那些还在候诊室，他们的约见时间已经晚了半个小时的人就会觉得相当不高兴。

降低服务水平也为竞争对手创造了一个开发差别优势的机会。像阿尔迪（Aldi）、耐图（Netto）和利多（Lidl）之类的折扣超市保持低价的一部分就是通过减少服务。所以只有少量收银员，没有问询台，没有人帮顾客打包。更主流的超市一直把这个作为提升服务质量的方法，有意地投资于高水平服务，以进一步区分自己。例如，特易购向它的顾客承诺如果一个收银台有 3 个以上的人排队，就会尽可能开放另一个收银台。特易购还宣布在它的大部分店中雇佣了额外的员工，只是为了帮助顾客。这些员工可以帮你把推车里的东西卸到传送带上，或是为你打包，或者如果你到收银台时发现忘了买牛奶，他们会去帮你拿来。

顾客互动。通过改变顾客与服务提供者及其员工互动的方式可以提高生产力。它也许还意味着发展或改变顾客在服务交付中的作用。技术通过提现机协助自助服务的作用已经提到过了。超市的整体理念是建立在通过自助服务增加顾客在购物过程中的参与基础上的。

顾客也许不得不习惯于和各种各样的员工打交道，这取决于他们的需要或给服务提供者的压力。例如，现在的医疗做法普遍是在团队基础上操作，病人也许会被要求去看三四个医生中的任何一个。如果病人只想要一张重复的处方，那么接待员就可以处理，或者如果必须进行一项常规程序，如验血或宫颈涂片，那么实习护士就可以做。

如果采取的任何措施都与顾客参与和互动的性质有关，那么服务提供者在使顾客相信这些都是为他们的利益考虑、他们应该配合方面可能会有问题。需要小心地使用营销传播，通过人员或非人员媒介告诉顾客他们的利益，劝说他们所做的事情的价值，再次向他们保证他们的合作不会太过为难他们。

减少供求失谐。有时会供不应求。生产力很可能会很高，但如果超额需求可以承受的话，它还可以更高一些。某些顾客不想等，也许会决定要不就把业务转向其他服务供应商，要不就根本不买。其他时候，会供过于求，生产力就会下降，因为资源是闲置的。如果服务提供者能平衡某些波动的话，那么或许可以提高整体生产力。

服务提供者能够通过相当简单的措施来控制供求。例如，定价可以帮助转移繁忙时期的需求或者在淡季创造额外的需求。预订系统也许也有助于确保在适合服务提供者的时候让顾客细水长流。危险的是，如果顾客不能得到他们想要的约见时段，他们可能根本不来。找到闲时员工和设施的替代用途也可以创造更多的需求并提高生产力。例如，大学长期以来都有周末或假期设施闲置的问题。但通过在假期把宿舍改为会议住房或便宜而愉快的假日出租屋，或者在周末出租它们更有吸引力和历史性的建筑举行婚礼和其他活动、提供饮食服务等方式，他们解决了这些问题。

如果服务提供者不能或不希望转移繁忙时段的需求，那必须检验为尽可能多的顾客提供服务的能力。如果需求的高峰可以预测，那么许多服务提供者会招兼职员工来增加供给。然而，他们这样做的能力可能是有限的，受物理空间和设施的限制。超市只有那么多收银台，银行只有那么多柜台，理发店只有那么多椅子，饭店只有那么多桌子。不过，兼职员工在幕后也还是有用的，他们减轻了一线员工的负担，加快了顾客的吞吐量。

非营利营销

本部分的要点是非营利营销的慈善问题，反映了善因营销的增长和慈善团体激发收入的方式的巨大变化，它们对自身"企业"的态度以及它们越来越专业的营销方式。善因组织构成了非营利部门的一个重要部分。据慈善协会称，2005 年英国的 19 万多家慈善团体取得了 320 多亿英镑的收入（Opinion Leader Research，2005）。明特尔（2003）指出许多组织相对较小，它们中的 88% 每年的收入不到 10 万英镑。421 家慈善团体占据了总收入的 44%。慈善团体正在日益成为有特征、感情诉求和价值取向的品牌，旨在吸引感兴趣的大众。它成功了：Opinion Leader Research（2005）发现 85% 的调查对象在上一年给慈善团体捐过款，30% 以上的人说他们捐的钱超过 100 英镑。

像许多其他的组织一样，慈善团体发现它们运作的环境改变了。有更多的慈善团体在竞争注意力和捐赠，个人和公司捐赠者的态度也发生了改变。所以所有传统上没把自己视为"在做生意"的组织不得不变得更商业化，为证明资源和资金的合理性而战。

因此，本部分讨论的是区分非营利与营利组织的特点。然后将探讨营销的意义。

范例

全英失踪人口求助协会（NMPH）1993 年在英国注册成为一个慈善团体。它的成立是因为英国"失踪"人口达 25 万，但却没有主要机构为失踪人员的家庭提供建议和帮助，整理失踪人员信息，或为失踪人员提供联系帮助。虽然许多人是有意"失踪"的，并不想被找到，但其他失踪者是因为他们痛苦、患病或烦恼，需要帮助和安慰来解决他们的问题。少数失踪者则是诱拐的受害者。

全英失踪人口求助协会因此提供了大量服务，包括：

- 为失踪人员家庭提供一条全国性的 24 小时热线帮助电话；
- 一条秘密的"免费电话信息收容所"，它是一条 24 小时免费热线帮助电话，不想被"找到"的失踪人员至少可以留一条信息告诉他们的家人他们很好；
- 一个全国性的失踪人员电脑处理数据库；
- 通过与无家可归者接触、广告和宣传寻找失踪人员；
- 一部成像式"年龄推进"电脑，可以制作失踪多年人员现在可能的样子的照片。

该慈善团体的"顾客"不仅是失踪人员和他们的家属。警察发现全英失踪人口求助协会及其数据库在协助辨认尸体和帮助了解失踪人员的总体情况方面是极其有价值的。

在营销方面，全英失踪人口求助协会的主要问题是激发稳定而可靠的收入来源。尽管有 200 名员工是不需支付薪水的，但还有 80 名员工需要支付薪水，每年需要 410 万英镑来进行服务。NMPH 没有对它的服务收取商业费用，甚至是对警察。当然，它希望那些从服务中受益的人会捐赠，但这不可能弥补所有成本。所以它主要依赖现金捐赠、公司实物和服务捐赠、资金募集和促销活动。活动的特点越鲜明，募集现金的机会就越大。2005 年 11 月，许多名流为了全英失踪人口求助协会而变身 DJ 出现在魔力广播（Magic Radio）105.4 频率中。还组织了赞助行走和名人活动。特别欢迎"以货代款的捐赠"，例如电视广告时间或者平面广告版面，这样可以有效地继续开展它的工作。（NMPH 文献；由白金汉郡 Chilterms 大学学院的 Elaine Quigley 简要提供；http://www.missingpersons.org.uk。）

非营利组织分类

如上所述，非营利组织可以存在于公共或私营部门，虽然它们的区别在某些情况下是模糊的。例如，一家治疗国家健康计划病人和私人病人的医院就涉及两个部门。

非营利组织的特点

很明显，所有非营利组织都是在不同类型的市场上运作的，面临着不同的挑战，但它们却有许多共同特点使它们区别于普通的商业企业（Lovelock 和 Winberg，1984；Kotler，1982）。特点如下：

多重公众。 多数营利组织把注意力集中在它们的目标市场。尽管它们确实依靠股东提供资本，但大部分日常现金流是从销售收入中产生的。因此，事实上产品或服务的接受者和收入来源是一回事。然而，非营利组织必须把它们的注意力非常平均地分配给两

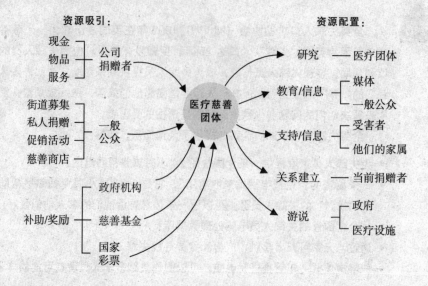

图13.4 非营利组织：多重公众

个重要团体，如图13.4所示。首先，是接受产品或服务的顾客或客户。他们不一定支付了全部的成本。例如，一个慈善团体可能会为那些需要帮助的人免费提供建议或帮助，而一个博物馆会象征性地收取门票，主要的资助来自其他来源。因此客户或顾客很大程度上是从资源配置的观点来关注非营利组织的。第二个重要的群体是资助者，他们提供收入让组织可以开展它们的工作。例如，一个慈善团体可能主要依靠个人捐赠和公司赞助，医疗机构依靠政府资助，博物馆依靠政府补贴、彩票金、个人捐赠、公司赞助和门票。所以，资助者是从资源吸引的角度关注组织的。

范例　　大奥文街儿童医院（Great Ormond Street Children's Hospital）（http://www.gosh.org.uk）有英国最多种类的儿科专家，每年接待2.2万名住院病人和7.8万名门诊病人，其中50%不到两岁。为了提供护理、保持它在医疗研究方面的领先位置并提高它先锋外科的声誉，它需要补充通过国家健康中心（National Health Service）从政府获得的收入。大奥文街儿童医院计划在未来5年内从个人或组织募集1.5亿英镑资助儿童疾病的开拓性研究，购买必需的新型医疗设备，为家庭提供改进的支持服务。这对盖建一所新医院，补贴国家健康中心已经承诺的7500万英镑来说很重要。2004年至2005年，它通过捐赠和遗赠筹集了2600万英镑，包括从泽西岛和根西岛的峡岛（Channel Island）呼吁中筹集的150万英镑。

　　因此，医院要达到目标就必须与大量公众打交道。它的核心活动意味着与病人、父母、地方医院顾问和医生一起配合。每种人对医院的儿童护理工作都有利益关系，鉴于它的任务、特点，当然还有它主要的资金来源，政府和国家健康中心也和医院有利益关系。然而，捐赠公众对大奥文街儿童医院的未来至关重要，因此医院有一个通过大奥文街儿童医院慈善委员会积极募集资金的计划。计划包括募集资金的活动、赞助、网站广告、私人捐赠、薪酬约定和遗赠、公司赠予和联合销售促销，例如：与 Baby Bio 联合实施的一次活动募集了 2 万英镑。Zoom.com 从它网站发出的头 5 万张电子卡中每张卡贡献了 5 便士支持大奥文街儿童医院慈善委员会。这既有利于 Zoom，也有利于大奥文街儿童医院慈善委员会。雇员资金的募集通过大奥文街儿童医院慈善委员会一个月、一年或一次特别的活动提供了更好的资金来源，也提升了形象。

福特的雇员进行了一个为期两年的资金募集项目来募集 10 万英镑。活动包括一个 12 人自行车小组进行的大奥文街儿童医院慈善委员会环英国一意大利挑战；18 名雇员参加了伦敦马拉松；另一个团组则参加了约克郡的铁人三项赛。所有这些活动和项目意味着大奥文街儿童医院慈善委员会必须认真地计划它的活动以维持与个人和组织的良好关系，从而吸引资源，作为回报它要确保把康复病人的感激和友善反馈给支持者。

通过鼓励年轻人参加 Flora Light 的 5 公里赛跑，大奥文街儿童医院慈善委员会在早些时候组织了慈善活动，活动有望继续开展。
资料来源：ⓒ GOSHCC http://www.gosh.org。

多重目标。本书早先提到的营销的一种定义是为了赢利而创造并维持顾客。正如我们已经看到的那样，达到这个目的有许多不同的方法，在过程中还可能会有许多次级目标，但对多数组织来说归根结底都是为了利润。所以，成功的标准很容易定义和衡量。然而，在非营利部门，可能会有多重目标，其中一些是很难定义和量化的。它们也许涉及资金的募集、扩大宣传、联系顾客或客户（或让他们拜访你）、发布建议、扩大地理覆盖面或给贫困客户提供补助。

以服务而不是有形产品为导向。大多数非营利组织是传递某种服务产品而不是生产和销售有形产品。因此本章所涉及的许多服务营销理念也适用于此。在一些非营利机构中，重点是激发对善因的认知，或许是激发资助，并发布信息让人们来帮助它们解决问题。尤其是当慈善团体关心的是激发资金，捐赠者作为目标受众不能直接从他们对服务生产的参与中获益，只能满足他们的社会道德热情。这与更加商业化的部门相反，在那个领域付款的顾客得到了特定的服务，实现了他们的利益（理发、修理洗衣机、银行账户管理等）。

范例
　　国际乐施会（Oxfam International）不仅传递服务产品，还经常指导几千公里外的受益者。它有许多项目，包括非常高调的活动，如处理苏丹和克什米尔的人道主义危机，或者处理 2004 年海啸的后果，还参与持续多年的长期项目。江河流域项目（The River Basin Programme）是乐施会最大的项目之一，旨在帮助恒河和雅鲁藏布江以及它们在孟加拉国和印度境内的数百条支流沿岸的贫困人民。超过 1000 公里的领域可能会遭受严重的洪灾，乐施会从社会和环境方面来帮助减轻最坏的后果。
　　乐施会需要高调的媒体报道来使人们的苦难和哪怕是微小捐赠的效果更加真切。为乐施会所做的媒体报道大部分与自然灾害有关，焦点是引导善意和同情以便于捐赠。海啸期间筹集公司捐赠和广泛的公众捐款特别有效（Woodward, 2005）。它的替代圣诞礼物活动也很有效，鼓励人们为发展中国家的朋友和家人买一只山羊、一个马桶、干净的水、教育或医疗服务以及公共设施，而不是花钱买只有短暂价值的卡片和礼物（Harvey, 2005）。
　　其他情况下，需要更巧妙的游说和影响力来完成"拯救生命重建希望"的使命。例如，报道强调世界上有 8.7 亿文盲，其中 70% 是妇女，1.25 亿儿童还没有上学，另外 1.5 亿在 4 年后辍学，这些报道是为了引发争论。报道和简报被出版出来送给政治家，同时为了改变还开展了游说。一项活动关注的是公平贸易，它试图帮助贫困的生产者进入国际出口市场，并在交易中提供一个受保护的、公平的贸易市场，同时他们可以获得新的技术和能力。过去 20 年里，虽然国际贸易翻了 3 倍，拥有世界人口10% 的 48 个最不发达国家在此期间所占的世界出口份额却跌至了 0.4%。乐施会的核心活动是告知消费者与贸易有关的贫困原因，推广有利于公平和道德贸易的消费者运动，游说改变世界贸易系统，是它们导致了贫困。宣传得越多，问题越真切，帮助号召就越有力。然而，乐施会要注意如何管理它的广告和宣传。新闻中出现过一则报道，宣称一次富有创意的工作被搁置，其直接营销和广告活动耗资 24 万英镑，但内部的分歧推迟了该活动的开展（Marketing Week, 2005b; http://www.oxfam.org）。

　　公众监督和义务。 在涉及公众钱财或组织依赖于捐赠的地方，公众对组织活动和效率的兴趣会很大。为了维持捐赠的来源，慈善团体必须被看到是明显诚实的、值得信赖的和有成效的。公众想知道有多少钱进入了管理成本，有多少钱用于了真正的慈善工作。

　　　绿色和平组织（http://www.greenpeace.org）只依靠个人和基金的支持。它有一个故意的宣传点：强调它没有从政府、公司或政治团体寻求资金，如果要在行动的独立性上妥协的话，它们也不会接受个人的捐赠。它骄傲地申明它没有永久的盟友和敌人。这种原则性立场意味着如果绿色和平组织要避免来自在它的直接行动中受到过损失的当事方的批评，或者甚至是支持它善举的广大公众的批评的话，它就必须是完全透明的。

　　为了实现公开的方针，绿色和平组织必须公开它的活动、它的管理安排和它的财务事务。年度报告公开了所有领域的详细信息。在气候、霉素、核能、海洋、森林、海洋倾弃和遗传工程方面的活动都是详细而精确的，每个领域的主要成绩都提供了细节。本书中已经提过两个例子：亚马逊的森林采伐和过度捕鱼的问题。保持公众支持的一个重要部分是突出成就。例如，2005 年它突出了在阻止施乐（Xerox）使用芬兰北部的 Sami Reindeer 森林纤维制品方面的成功，那是欧洲最古老的森林之一。在欧洲范围内，它成功地游说欧洲议会禁止使用六种有毒化学品，其中一些被用在流行玩具，如芭比娃娃和天线宝宝中。绿色和平组织还为所有工业停止使用危险化学品，用安全物质代替而战。这些例子只是同时进行的许多活动中的两个，需要公众的支持。

　　财务明细以及资金的使用和来源都在绿色和平组织的年度报告中列明了，可靠地表明所有捐赠中约有一半流向了一线活动。所有这些是为了保持 280 万成员的支持，并展示了绿色和平组织对外部团体的可信度。

营销的意义

　　总体上说，适用于任何纯商业性组织的一些营销原则也同样适用于非营利组织（Sargeant，1999）。然而，有几个特殊要点需要注意。如果把集资人和顾客或客户的需求考虑进去的话，一个非营利组织也许有相当广泛的产品组合。例如，它们的产品范围也许从信息、担保、建议到医学研究和其他实际的帮助，如现金补助或设备。捐赠者也许会"购买"与高调善举的联系，或让人知道他们已经通过赠予做了好事。因为产品变化很大，从极端无形的到极端有形，并且因为有这么多不同的公众要服务，一种强大的团体形象和良好的营销传播对于把整个组织拉到一起来就特别重要。

　　如果发布信息和建议或提升善举的形象是非营利组织的中心目标的话，那么营销传播就是一种重要工具。这也许意味着使用传统广告媒体，尽管那对像小型慈善团体之类的组织来说费用不菲，除非广告公司和媒体所有者能被说服便宜或免费地提供它们的服务，以此作为一种捐赠。

　　宣传对非营利组织来说也是一种宝贵的工具，不仅因为它划算，还因为它到达各种受众的能力。宣传可以促进资金的募集、帮助教育人们或激发客户或顾客。与高调的商业赞助商的联合同样可以通过宣传帮助散布信息，赞助募集资金活动或者联合或赞助性促销。

　　当行业中的非营利性组织提供更明确定义的产品给竞争市场中的特定目标细分市场时，可以使用更标准的营销传播方法。例如，一所大学为潜在的学生提供学位课程。如本书所讨论过的那样,它可以使用广告媒体告诉潜在的学生为什么这是最好的学习地;简章、小册子和传单等印刷材料提供了关于学院、学院位置和所提供课程的更多细节;学校参观和教育博览会可以与潜在的新成员面对面地接触;提高认知和改善它的团体形象的宣传。

定价在非营利部门的应用与商业世界有所不同。像早先提到的那样,那些提供收入的人可能与那些接受产品的人完全不同。非营利部门的大部分领域都认为接受者也许不必承担所提供服务或产品的全部成本。换句话说,首要的是接受者的需要,而不是支付能力。在营利部门,更可能是另一条相反的路线:如果你买得起,你就能得到它。因此,非营利定价可以是非常灵活和多变的。一些顾客根本不用付钱,另一些人对于他们所接受的服务能付多少付多少,还有一些人将会按市场价被全额收取费用。

分销、过程和有形展示问题,只要适用,对非营利组织和那些其他类型的组织来说都是类似的。组织必须确保顾客或客户在方便的时间和地点获得产品或服务。这也许涉及、也许不涉及有形的经营场所。显然,非营利性机构,如大学、医院、博物馆和类似的组织是依靠建筑物运营的。它们面临与任何其他服务提供者一样的问题,就是确保那些建筑物有足够的配置,可以进行服务的交付并处理可能的需求。它们也必须认识到建筑物是营销努力的一部分,可以促进顾客和客户的质量感受。在开放日参观大学的准学生也许不能很好地判断课程的质量,但他们肯定能辨别校园是否适于他们居住和工作,教室是否舒适且配置完好,图书馆和 IT 设施看起来配置如何。

当然,一些主要集中于通过邮递和电话提供信息和建议的非营利组织不需要投资在漂亮的建筑上。它们首要的是确保顾客或客户知道怎样获得服务,确保快速、体贴而有效地处理咨询。

> **范例**　撒马利坦会（http://www.samaritans.org.uk）的存在是为那些处于绝望情绪中企图自杀的人提供保密咨询服务。该服务的 203 个分支组织由志愿者充当工作人员,全天 24 小时接听电话并募集当地捐赠。没有发展中央呼叫中心的趋势,因为那将会破坏服务的整个结构。志愿者经过认真挑选并在当地接受培训,他们付出时间是没有费用的。2003 年,全英有 17 600 名志愿者轮不同的班,通常每人每年不超过 180 小时。虽然来电者也许并不关心撒马利坦会坐落在哪里,组织还是坚持它的志愿者到办公室不应超过 60 英里。2003 年英国有 480 万个电话,运作必须能够应付那种需求,特别是在晚上 10 点到凌晨 2 点之间的公认高峰期。每个志愿者每年要接听 250 个电话,一些电话会持续很长的时间,这取决于呼叫者的需要。每个分支组织自主运作,募集它自己的资金用于弥补每条电话线 17 000 英镑的成本和办公开支。

非营利领域的营销正在快速发展,用于商业环境的技术正在被转变、测试和发展以更好地应付各种环境下复杂的动机、观念和态度的变化。营销思维正被用来鼓励更多的"用户"和"顾客"自愿帮助处于危险中的人或孩子,并从中受益,如撒马利坦会和反对虐待儿童协会(NSPCC)所做的那样。它也会反过来用于给慈善组织吸引资源,这些组织通常依赖于志愿工作人员以及个人和公司的慷慨捐赠。

另外，团体赞助和附属的计划一直在快速发展，因为上面列举的许多动机对公司声誉基本没有伤害。例如特易购、绿旗（Green Flag）和林特（Lindt）都为了共同利益同英国皇家防止虐待动物协会（RSPCA）合作。无论它们采取联合促销、赞助广告还是赞助项目和活动的形式，合作的机会都是相当多的。

小结

- 尽管服务产品的种类非常多，但它们都有一些区别于其他类型产品的共同特性。例如，服务产品通常没有任何所有权的转移，因为服务是无形的。服务也是无法储存的，因为它们通常是在特定时间实施，在生产的同时就被消费了。这意味着它们不能在需要之前储存，也不能保存到顾客到来的时候。顾客经常直接参与服务产品的生产，因此产品的制造和交付不能分离。它还意味着顾客和服务提供者的员工之间有广泛的互动。最后，因为服务体验的"现场"性和人员互动的核心作用，很难使服务体验标准化。

- 一个由 4P 组成的营销组合普通模型是有用的，但不足以描述服务，为了解决服务特有的额外因素，增加了另外的 3P——人员、过程和有形展示。人员考虑了涉及服务产品的人员互动；有形展示着眼于直接或间接推动服务的创造、传递、质量或定位的有形要素；过程明确了有效、可靠、经济地创造和传递服务的系统。

- 服务质量很难定义和衡量。质量的判断很大程度上源自顾客对服务各个方面的预期与他们认为实际接受到的服务的比较。管理能够确保服务产品按顾客意识中的真正需要和想法设计；确保它有足够的资源；确保它能适当地交付；它们能设法不引起顾客头脑中不切实际的预期，但最终，质量是一个主观问题。员工是服务及服务传递的重要组成部分，必须有完全的资格并接受培训，从而应对顾客和他们的需要，并且可靠而持续地提供服务。重点的变化取决于员工是否直接或间接参与了顾客的活动，顾客能否见到他们。和质量一样，生产力是一个艰巨的管理问题，因为服务的现场性和顾客对过程的参与。管理人员不得不对员工招聘和培训、系统和技术、所提供的服务水平和顾客参与服务的方式进行认真的思考和计划，并设法在服务传递系统中保持控制和效率。设法控制供给和需求也有助于提高生产力。

- 可能存在于公共或私营部门的非营利组织形成了服务营销的一个特别领域。它们不同是因为它们可能服务于多重公众；它们有常常难以量化的多重目标；它们提供服务，但服务的资助者可能与接受者不同；最后，它们要遭受比许多其他组织更密切的监督和更严格的责任。非营利组织也可能接受政府资助，或者它们的存在或运作可能要受规定的限制，它们在按意愿自由使用营销组合方面会有限制。例如，定价或促销也许会在严格的限制下实施或制定。

复习讨论题

13.1 服务区别于有形产品的主要特点是什么？

13.2 影响顾客对服务质量感知的 10 项标准是什么？

13.3 设计一张简短的问卷来评估一个当地牙科诊所提供的服务的质量。

13.4 下述服务组织可以用什么方法来定义和提高它们的生产力：

　　(a) 主题公园；

　　(b) 大学；

　　(c) 快餐店？

13.5 非营利组织在哪些方面不同于其他类型的企业？

13.6 你认为下列类型的非营利组织的主要收入来源是什么？你认为它们分别面临怎样的吸引收入的问题？

　　(a) 小型的地方慈善团体；

　　(b) 国家健康中心医院；

　　(c) 公共博物馆？

案例分析 13

句点活动

反对虐待儿童协会只有一个目的：确保孩子不受虐待。然而，为了实现它的目的，它必须决定许多不同的、有时是冲突的目标。挑战在于确保公众知道问题的严重程度，有时想到现代社会还有这样的暴行发生是很不舒服的。信息必须发布出去，例如，每个星期英国就有一个孩子死在父母或监护人手上，有 600 个孩子被加到儿童保护名单中。

该慈善团体的主要目标是完全结束对孩子的虐待，但如上面的数字所显示的那样，距那个目标还有很长的路要走。它开展了一系列项目和活动来对付儿童虐待，在家中、在工作时、在学校、在社区和社会。自从活动开始，反对虐待儿童协会一直能够处理打到它的全国儿童保护求助热线的众多电话，扩展它的学校服务，生产育儿包裹，并直接对 1 万多个孩子展开工作。为了实现它的主要目标，它必须直接通过个人资金募集和公司捐献直接募集捐赠。这些资源占它收入的 86%。它需要志愿者来募集资金、开展活动和帮助做某些核心服务。所有捐助者都必须相信他们支持反对虐待儿童协会而不是其他慈善团体是一件值得的事。因此反对虐待儿童协会在儿童福利问题上是一个主要的游说和压力团体。已经开展了活动来影响政府把此类问题列入政治议程、政府优先开支项目和法律政策制定中。

反对虐待儿童协会实际上已经陷入了麻烦，作为"句点活动"的一部分，它过度播放了一些广告。总体而言，该活动旨在使读者从心安理得中惊醒，改变公众的态度以征集更多的支持。活动的第一步旨在通过一系列广告来提高对野蛮行为和正在发生的儿童虐待类型的认识，系列广告还在伊万·麦克格雷戈和麦当娜的支持下举办了高调的首映式。首相在首映式上说："我们对自己孩子的私人感情应该变为对所有孩子的公共感情。我相信结束暴行是在正确时间的正确决定。"（Gray 引，2001）广告影像是非常强烈而令人不安的："住手，爸爸，住手"。广告由名人出演，如流行团组辣妹、卡通人物鲁珀特熊和足球运动员阿兰·希勒，他们的眼睛被蒙住，而背景声音聚焦正在进行肉体虐待或是将要侵犯孩子的成年人。这种方式被认为肯定震撼了读者并使人们认识到了少数孩子悲惨遭遇的真相。活动的第一阶段非常成功，2001 年的独立调查证实反对虐待儿童协会激发了英国所有慈善团体中最高的自发意识，活动后的自发意识比活动前增长了 12%。它也帮助从捐赠中募集了 9000 多万英镑。

接下来是"真正的孩子不可能康复"活动中同样强烈的影像。它以一个卡通男孩为主角，他正在被一个真人父亲痛打，背景是喝醉了的笑声。它以卡通男孩摔下楼梯结束，变成了一个真实的、但不省人事的——也许是死了的——孩子躺在楼梯角。电视广告引发了对 ITC 的 100 多次投诉，但反对虐待儿童协会的意图是让人们认识到虐待的真相，这个真相我们有时候会想忽视。该广告说服别人同意了它的观点：打到儿童保护热线的电话翻了一倍，进一步提升了公众认知；同时传递了这样的信息，不管父母的情感压力是什么，都不应该转向暴力和儿童虐待。电视活动只在晚上 9 点以后的时段播出，旨在使观众相信"我们可以一起停止虐待"，任何怀疑有儿童虐待的人都可以拨打热线电话。在同一个总的"句点"旗帜下，更多的活动聚焦于不同的目标群体。2004 年"求助于某人"的国家平面广告活动描绘了 10 岁的女孩儿，她们被虐待但不知道怎样寻求帮助。句点活动证明了用同样的信息来适应不同的优先群体的灵活性。

反对虐待儿童协会还与公司建立合作伙伴关系，提供公司支持和协助募集资金。玛氏食品（Masterfoods）用三场重要的善因营销促进活动来支持反对虐待儿童协会。最近的活动集中在 Kidsmix 的上市上，每销售一包，玛氏便捐赠 10 便士给反对虐待儿童协会。玛氏通过各种营销和雇员的主动捐助已经为反对虐待儿童协会筹集了 10 多万英镑。House of Fraser 每销售一个 Fraser 熊和 Fraser 兔系列玩具就捐 2 英镑给反对虐待儿童协会。约克郡建筑协会（Yorkshire Building Society）开设了一个"快乐小孩救助者账户（Happy Kids Saver Account）"，瞄准的是想要为他们的孩子开立一个存款账户的父母或监护人。每开立一个账户约克郡建筑协会便给反对虐待儿童协会 1 英镑，还有每月累积账户总额的 10%。这次促销为反对虐待儿童协会筹集了 40 万英镑。微软多年来一直给予反对虐待儿童协会特别的支持。它赞助了网站——there4me 的设计，针对的是 12~16 岁可能遭受虐待并能上网的孩子。私人的"收件箱"设施、密码和与真正的咨询者聊天的热线提供了大量信息，使年轻人可以在恰当的时候采取进一步的措施。它还赞助了一个教育顾问小组，他们与老师、学校和地方教育主管单位合作，促进儿童保护。

反对虐待儿童协会运作了其他许多更有针对性的活动。2006 年 1 月 3 日在伦敦 Savoy 酒店组织了 2006 首场迪斯科体验。这个每年一次的活动 2004 年筹集了 15000 英镑，针对的是 11~14 岁的孩子。每张票价值 35 英镑。2006 年反对虐待儿童协会的下威新顿马展（Lower Withington Horse Show）计划在切姆斯福德（Chelford）举办，整个活动将捐助反对虐待儿童协会柴郡儿童保护小组（Cheshire Child Protection Team）开展有关儿童的工作。众多活动，如伦敦马拉松，都鼓励反对虐待儿童协会的支持者参与筹集资金。

管理媒体和公共关系是营销努力的一个重要部分。反对虐待儿童协会积极游说威斯敏斯特，如"收紧网络"活动，该活动说服内政部投资 150 万英镑用于一项公众认知活动，通过热线电话和互联网展示对孩子的危害。它还成功地成为英国指定的第一个儿童专员，由威尔士议会批准通过。在英国的游说还在继续，以改善对儿童性侵犯者的监督和管理，并防止他们过早地被释放。然而，对反对虐待儿童协会用于教育公众某些孩子所处困境的方式也一直有一些批评。尽管没有人对儿童虐待态度温和，但有人认为反对虐待儿童协会进行的多数活动对少数严重的暴力虐待和杀害儿童案件根本没有影响。相反，它们散布了一种不信任的信息，特别是当对 25 万监管学校用餐的女士和管理操场的人进行培训让他们注意虐待儿童的信号时（Hume，2005）。

句点活动的目标是终止虐待儿童，但也有财政目标：在它推出后筹集 2.5 亿英镑。通过普通的资金筹集已经筹到 1.33 亿英镑。反对虐待儿童协会相信它有时必须采用震撼的促销技巧来使人们不再心安理得。像凯瑟琳·泽塔·琼斯、凯莉·米洛和琼尼·威尔金森等名人都宣布通过公开的签名和支持来拥护反对虐待儿童协会。通过各种促销方式和坚定的行动，对反对虐待儿童协会来说，结果证明了方式的正确，一个更安全、得到支援的没有残酷事件的环境是值得为之战斗的，不管方法有多震撼！

资料来源：Chandiramani（2002）；Gray（2001）；Hume（2005）；http://www.nspcc.org。

问题：

1. 服务的特点和服务营销组合的 7P 在哪些方面适用于慈善团体？

2. 列出像反对虐待儿童协会这样的组织会锁定的用于吸引资源和分配资源的多重公众。你认为这样多元化的目标受众会出现什么问题？

3. 慈善团体从促销联合，如反对虐待儿童协会和约克郡建筑协会之间的联系中得到了什么好处？

4. 像那些反对虐待儿童协会开展的"震撼性"活动的在多大程度上可以被证明是合理的？这种活动的潜在优点和缺点是什么？

创新：电子营销和新媒体

E-marketing and new media

学习目标

本章将帮助你：

1. 理解互联网营销的性质；

2. 了解消费者和 B2B 市场上互联网渗透和使用的主要趋向；

3. 了解互联网的营销用途和它未来的发展；

4. 理解新媒介的三个主要因素（电子邮件营销、无线营销和互动式电视营销）的性质和用途。

导言

借助网络，获得了一种新的开展业务的方法，但它不会改变商业规律或真正构成竞争优势的大多数东西。竞争的基本原理是不变的。

麦克尔·波特（Michael Porter）教授（Newing 引，2002）

波特绝对是正确的：互联网没有改变做"好业务"或"好营销"的任何基本原理。了解目标顾客的需求并设计一个整合营销组合，交付产品给他们才是最重要的，不管公司是网络公司还是"传统"组织。波特还说将获得成功并从互联网获益的公司是那些继续关注核心战略目标，然后想出如何整合、使用和构造互联网，以便帮助它们实现那些目标并创造和保持竞争优势的公司。那些失败的公司将是那些采取"我也是"态度，因为"我们的竞争对手正在做"而投身互联网流行潮流的公司，或者把互联网应用看做是一种多元化，与它们的核心传统业务平行和几乎完全分离的公司。

在较低程度上，新的营销传播媒介也是如此，例如：病毒营销、短信服务和互动电视，它们都出自技术创新。一些公司采用它们，是因为能看出它们如何能在更广泛整合的传播战略下补充传统媒介的使用，它们还明确了媒体、信息和目标市场之间的明显"吻合"（例如，"嘿，真性感！"Kiss100 的营销行动故事）。然而，其他公司采用它们似乎是因为它们是最近最吸引人的事情，似乎每个人都在做。猜中哪种公司最可能成功并不难！

　　说到收入，切尔西足球俱乐部已经成为居 AC 米兰、皇马和曼联之后的世界第四大足球俱乐部。它的计划是成为最大的。新媒介有望在为俱乐部带来收入和会员方面发挥作用。它已经同天空传媒组建了一家合资公司经营电视和互动服务，以便球迷可以发展与俱乐部的持续关系。网站、切尔西数字电视频道和"切尔西移动"服务都提供了额外的收入来源，并帮助保持球迷与俱乐部的联系。俱乐部现在每月有 100 万在线用户，更多的订户正在加入电视频道和移动服务。预计不久的将来，切尔西能够提供在线实时游戏，也许会使用切尔西的宽带，这是与通讯公司 Viatel 合作的。它现在已经可以提供实况音频，但通过网络或 3G 移动设备看到进球的能力为不能及时看到比赛的球迷增加了新的途径。这也为三星之类的赞助者增加了更大的价值，因为衬衫上的标识可以在数字和在线环境中看到。重点不仅仅放在英国，切尔西优先考虑的事情之一是扩大对海外球迷的吸引力。因此，每个地方都将会有一个当地语言的网站，因为海外球迷与切尔西的主要联系方法就是网站 (Brooks，2005b)。

　　本章的目的是研究互联网和新媒介为营销人员提供新机会让他们更好地了解顾客并更有效地，在某些情况下，更吸引人地满足他们需求的方法。我们将通篇提供成功运用互联网和新媒介的组织的范例和插图，它们有与创造竞争优势相关的清晰的战略目的。

　　本章的第一部分关注的是相对成熟的工具：互联网。我们分析了它对消费者和 B2B 市场的日益渗透以及市场正在使用和将来也许会使用的方法。然后本章将转向不太熟悉的新媒介世界，特别聚焦电子邮件营销（包括病毒营销）、无线营销和互动式电视。我们还将思考这些技巧的使用方式以及它们未来的潜力。

互联网营销

互联网营销的性质

　　随着越来越多的家庭和企业接入互联网或开发它们自己的网站，互联网已经成为一种越来越重要的营销工具。史密斯和查菲（Smith、Chaffey，2001）以及史密斯和泰勒（Smith、Taylor，2002）把投资电子营销的主要益处总结为 5S：

- 销售（Sell）。在线销售产品和服务，可能面对全球市场。
- 服务（Serve）。将网站作为一种提供额外顾客服务或简化服务交付的方法。
- 节约（Save）。在传统业务形式所产生的企业一般管理费用方面省了钱。
- 交谈（Speak）。网站为公司提供了一个比以前更容易的与顾客一对一对话的机会。同时借助良好的数据库管理提供的宝贵反馈，那种对话可以为卓有成效的顾客关系管理打下基础。
- 兴奋（Sizzle）。在内容和视觉效果上都进行了精心设计的网站可以通过吸引、引导或娱乐网站的访客来为品牌或企业形象增添额外的"东西"。组织日益在网站中引入了趣味元素，以此吸引和保持注意力。引入了互动式游戏、网络摄影、视频上传、卡通、免费下载和轻松的形式，从而保持了受众的注意力，使公司和产品信息更加有趣。

不管它的目的是什么，也不管在它上面花了多少钱，一个网站应该提供一种强有力的营销补充工具。它应该具有广告的所有创意才能、公司手册的风格和信息、面对面互动的人员接触和量身打造的介绍，至少，要让访客清楚下一步将采取什么行动。

> **范例**
>
> 诺丁汉的 Selectadisc 致力于独立的音乐场景，销售 CD、DVD 和胶木唱片，也卖书。它的焦点不仅在大销售商，如商业繁华区的商店身上，还在储存大量难找的、已被删除的曲目上。该网站提供了完整的搜索能力以及顾客愿望清单、员工推荐和最近新闻。员工推荐的详尽的唱片分类可以固定上传。最初，商店有一个纸质的存货控制系统，但它现在都是电子化控制了，与在线购物目录相链接。采购专业的硬件不仅是为了粘贴在线目录中的唱片试听片断，更是为了从 CD 和胶木唱片中选择和编辑音乐。引入了系统来上传产品到网站，开发了一个完全的在线网络型电子邮件订购系统来过滤订单到恰当的部门，以便它们能够快速执行。虽然 Selectadisc 只是一个小企业，但它已经充分利用互联网来创造了一个赢利的利基市场（http://www.senior.co.uk）。

网络公司的繁荣和萧条

当传统公司大量追求整合并在现有业务背景下使用互联网和 5S 时，20 世纪 90 年代后期也出现了许多所谓的网络公司的迅速崛起和同样迅速的衰落。这些企业专门使用互联网作为平台来以创新方式传递产品和 / 或服务。许多潜在投资者被网络企业的热情和巨额利润的承诺冲昏了头脑，把大把的钱投到了这些企业。然而，很快许多网络公司就陷入了困境。某些遇到了技术问题，这使它们很难履行承诺，而另一些却发现付费的顾客比预想的要少得多。

> **范例**
>
> OnSpeed 才运行了 18 个月，但从网络业务中它每个月收入 50 万英镑。它提供软件下载，使用户可以体验宽带的速度而无需为宽带连接付费。它只在线销售它的产品，所以没有包装或投递的问题。它的营销开支集中在拉动有兴趣的顾客到网站以获得更多的信息并购买产品。它选择了恰当的杂志与目标受众交流，当它发现 50 多岁的人想要上网冲浪却不愿意支付宽带服务费用时，它甚至使用了《传奇》（Saga）杂志。它宣称在那本刊物中仅一次广告就吸引了 4500 名顾客。它也做了相当多的努力在 IT 和技术消费新闻上吸引正面的社论报道。
>
> 宽带巨头 BT 和 Wanadoo 等没有打击 OnSpeed，看起来还很欢迎它。它们已经达成一个协议，为窄带用户提供 OnSpeed 连接，OnSpeed 通过与 Staples、PC 世界和 WHSmith 的交易进一步扩展了它的分销。现在业务的确发展得很好，但很大程度上要取决于宽带的持续使用和窄带用户数量的收缩（Carter，2005）。
>
> 然而，早期的增长不能保证任何事。体育网站 Sportal 仅仅设法在 20 世纪 90 年代后期网络公司萧条中存活了下来。Sportal 成立于 1998 年 7 月，它提供活动、信

息，并与体育俱乐部和赛事合作，其使命是"创造 21 世纪最重要的体育品牌"。它签约获得了顶级欧洲足球俱乐部的互联网权利，可以在互联网上播放任何与那些俱乐部有关的赛事。Sportal 从播放足球赛事中赚取收入，通过经营俱乐部网站赚取广告收入。然而，到 2000 年显然只有少量的收入流入。没有足够的人愿意为它提供的精彩场面付钱，有大量可供选择的竞争服务可以使用。Sportal 从顶峰期价值 2.7 亿英镑的公司跌了下来，2001 年 11 月被以 1 英镑出售（是的，公司本身确实是 1 英镑，虽然它的硬件卖了 19 万英镑）（Barr，2002）。品牌名称作为 Teamtalk 传媒集团的一部分被保留了下来，该集团提供多平台的体育内容传送，特别是网络、音频、互动式电视和移动技术。集团跟随一系列的体育活动，提供到达 600 万订户的广告机会，也提供在线打赌服务（http://www.sportal.com）。

　　紧随网络公司繁荣之后的是它们的萧条，因为业务垮了或者被更精明的竞争对手接管了。那些生存下来，并在市场上成为领导者的公司，如 lastminute.com、易趣和亚马逊做到这一点不仅是通过精明的营销和为人们提供他们想要的、准备出钱购买的物品和服务，还是通过认真地阐述和培育它们的竞争优势，以及审慎的金融管理。然而，投资者必须有耐心。在亚马逊 2002 年 1 月份报告它的首次微小赢利之前，它用了 8 年时间。

网站

　　美国一项对 300 名日常互联网用户的调查发现，三分之二的人说如果网站不能达到他们的预期，他们永远都不会再登陆。根据调查，"好"网站的四项基本特征是它必须

营销 进行时

在我们生命中最美好的日子兑现

　　"故友重逢"（Friends Reunited）是一家与众不同的网络公司。它毫无顾忌地从事怀旧业务，用户数量高速增长，以至于保持必要的电脑能力来运转都成问题。该网站旨在联系老校友和同事，不仅负责重聚，如果媒体所说属实的话，还负责结婚、离婚，甚至是所谓的被中伤老师的诉讼。以美国一个类似创意为基础（http://www.classmates.com），从 2000 年 10 月故友重逢推出以来，已注册了 1200 万会员，无数所学校、大学和办公场所，共记录了 65 亿次网页曝光次数，它自豪地宣布这

相当于《指环王》三部曲阅读数的 420 万倍！它也宣布每天有 5000 名新会员注册。网站的受欢迎程度已经在英国排名第八（http://www.friendsreunited.co.uk）。

　　令人吃惊的是，业务没有经过媒体广告就建立了起来。人们的兴趣角度意味着有稳定的重逢故事来源维持大量的新闻报道，它也许会很快被看做是促销史上最好的口碑活动之一。在一个案例中，一名曾经把儿子交给别人收养，并找了他 30 年的妇女很快在澳大利亚找到了他（Pankhurst，2005）。虽然进入该网站是免费的，但成为注册会员要花 7.5 英镑，这样你才能使用电子邮件服务。另一个主要的收入来源是网站上的横幅广告。

服务扩展到了澳大利亚和新西兰，虽然有趣的是该创意在欧洲没有那么流行，欧洲的社团组织联系更紧密一些。凭借如此高的流量水平和最少的运营成本（因为内容大多数是由订阅者提供的），它的利润是销售收入的近 60% 就不足为奇了（Marketing Week，2004）。销售额预计在 2005 年达到 1200 万英镑，2006 年达到 1800 万英镑（http://www.friendsreunited.co.uk）。

　　在大型数据库和"无顾客开发"核心理念的基础上，品牌延伸已经发生了。新网站包括基因（Genes）、约会（Dating）和工作（Jobs），以和主站故友重逢一样的方法运营。公司从来没有从它的任何网站卖过

顾客数据给营销机构，对允许的横幅广告和弹出广告的类型是有选择的。然而，这个观点可以被重新考虑。2005 年，ITV 以超过 1.2 亿英镑的价钱买下了故友重逢，以创建英国最大的在线社区之一（White, 2005）。对 ITV 而言，此次接手提供了通向更多英国互联网广告的途径，提供了丰富的节目资源，至少使它收购了英国收入和增长最大的独立在线公司（Edgecliffe–Johnson, 2005）。故友重逢顾客数据对互联网广告商来说很有吸引力，有 53% 属于 ABC1 社会人口统计群体，40% 属于 16~34 岁人群。进一步的品牌扩展有望促成 ITV.com、ITV Local（宽带）和故友重逢之间的交叉促销。

资 料 来 源：Edgecliffe – Johnson（2005）; Marketing Week（2004）; Pankhurst（2005）; White（2005）; http://www.friendsreunited.co.uk。

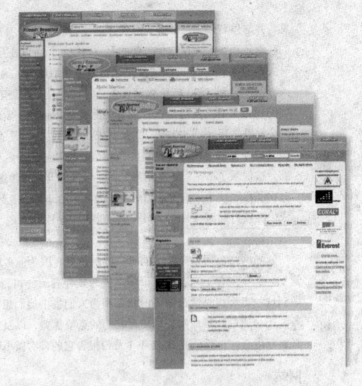

希望重拾自己过去的黄金岁月已经证明是故友重逢网站的沃土，该网站现在有各种各样不同延伸来鼓励你注册。

资料来源：© Friends Reunited http://www.friendsreunited.co.uk。

持续更新、易于浏览、对于主题要有深度的信息，并能提供快速的加载和反应时间（Gaudin, 2002）。

因为技术驱动着网站的运用，对快速加载和反应时间的要求对营销人员来说还是一个难题。一旦在线，观看的质量会下降，如果图片要花很长的时间来加载，愤怒的水平就会提高，在有些情况下，如果超负荷的话，还会死机。更好的视频插件和更精密的浏览器提高了质量，减少了加载时间，但至今对一般的互联网用户来说，体验还是令人灰心的。

设计精良、用户界面友好的网站对捕捉用户的注意力非常重要。然而，用户不是非常有耐心。尼尔森 //NetRatings 2005 年 12 月对互联网使用的回顾（http://www.netratings.com）显示，英国人在一个单独的页面上平均只花 40 秒钟。一个月内他们平均浏览 69 个领域，共在线 25 个小时，除非有快速的映象，否则浏览者会很快离开。如果图像或页面下载慢，或者校验的过程冗长而复杂，就总是会有顾客放弃虚拟购物车、在交易结束之前跑开的风险。

范例　《服饰业杂志》（Apparel Industry Magazine）（2000）设立了一个焦点小组来探究和评估四个时尚电子零售网站。结果给出了人们在网站设计和所提供的设施 / 服务方面所寻求的东西的有趣观点。导航的复杂性成为一个问题。在一个网站上，用户发现他们不得不自学如何使用网站并购买。即便那样还是很容易出错。用户一次可以打开多达 10 个窗口，关闭一个错误的窗口意味着退出整个网站，不得不重新开始。正如科尔萨和加尔布雷斯（Kolesar、Galbraith，2000）所说的那样，顾客是电子零售体验的有机组成部分，他们扮演的角色要与他们的知识、能力和自我形象一致。

用户的确喜欢有工具来装扮一个虚拟的模特，并让她"转个圈"，这样他们可以看到穿着不同服装的整体效果。他们还喜欢能够要求推荐，例如找到与已选服装相配的鞋子。详细的产品描述，包括织物保养和放大衣物以便查看织物和式样细节的功能也是受欢迎的，但图片的质量和色彩还原通常被认为差强人意，与实物不符。整齐的网页比那些试图在每页展示 9 件和更多服装的网页更受欢迎。用户对产品图片的缺失和诸如"没有所需尺寸 / 颜色"等信息很是沮丧。当网站提供非常多种类的物品时，用户希望能够用菜单或搜索工具来明确产品种类、尺寸大小或价格范围，以便他们能够关注数量精简后的产品。

所检测的全部网站都是电子零售商店，在一个网站上汇聚了大量的品牌名称和设计师商标。焦点小组最喜欢那些给他们提供"成批购物车"的网站，这样他们能够选择不同商标的产品，然后一次性付费完成交易。焦点小组对只作为门户网站的时尚电子零售商印象不深，只用点击一个商标，然后就可进入该品牌自己的网站。这意味着购物者没有工具来查看一种品牌的毛衣与另一品牌的牛仔搭配起来效果如何。它还意味着必须在不同的网站上分别完成交易的不便。在程序方面，用户想要关于购物费用和时间，以及退货政策的清楚信息。

有趣的是，调查者也发现想要打造好网站的产业是那些面对网络公司激烈竞争的产业。例如，亚马逊在顾客期待的网站质量方面给所有在线图书销售商设置了标准。凯捷安永集团（CGE&Y）为了找出在线购物者认为对于和他们打交道的电子零售商来说最重要的东西，在 9 个欧洲国家访问了 6 000 名顾客，发现诚实、尊敬和可靠远远重于优质的商品或最低的价格。不一定有简单的优点来传播或"证明"，公司面临着艰巨的任务来赢得基本上持怀疑态度的公众的信任。

范例　　繁华街区的连锁药店博资开发了一个网站（http://www.boots.com），它有双重目的。一个目的是通过简化产品目录搜索，提供促销优惠鼓励访问者采取行动、简化订购和支付，然后提供设施在交货前追踪订单，来鼓励访问者在线购买。Boots.com 的销量超过繁华街区的许多商店，特别是在一年中繁忙的时候；尽管一家商店可以传送 15 000 件系列商品，但网站可以提供 5 万多件（Buxton，2005）。然而，博资也逐渐探求使用网站带动顾客到繁华街区的商店。英国互动媒介零售集团（IMRG）预测到 2010 年在线购物将占销售的 20%，还有 40% 的销售将在购买前经过在线调查（Revolution 报道，2005）。那么挑战就是在调查和店铺到访之间搭一座桥。通过公关和广告，这种整合方法会逐渐吸引潜在的购买者。他们会上线使用搜索引擎来对各种网站进行调查，在途中观察某些横幅广告，浏览网站或者加入链接用于比较，最后前往选定的零售店作最终的确认和购买。博资希望通过其网站在两方面都做到最好（Revolution，2005）。

消费者互联网渗透和支出

很明显，互联网营销的机会是与目标市场进入互联网的能力紧密相关的。互联网渗透还在发展和成长。在许多欧盟国家里，互联网用户的数量在 2000—2004 年间翻了一倍多，在一些最近加入欧盟的国家里，如捷克共和国和波兰，互联网用户的数量增加了四倍（Euromonitor，2006）。随着如此多的人在家、学校、学院或大学，在工作中，在公共图书馆和网吧接入了互联网，它作为一种传播、销售和其他交易的媒介对营销人员的吸引力是显而易见的。

不过，营销人员需要谨慎行事。据欧洲透视（Euromonitor，2006）说，在一些欧盟国家，真正使用互联网购物的在线用户不到一半。就算最好的数字，如德国的 63.4% 也显示出要完全发挥互联网作为一种零售渠道的潜力，营销人员还有很长的路要走。当然，互联网不仅是电子零售，但对许多日用消费品公司来说，它是它们业务的一个自然延伸，对它们来说，看到顾客变得自信和习惯于在线购物很重要，这给了它们一个机会来扩展顾客基础并激发额外的收入和规模经济。

范例　　不仅仅是年轻的专业群体采用互联网。在线旅行已经急速发展起来，无论是航空旅行、酒店预订还是成套服务。是 50 岁以上的人群带来了这个增长。在上一年，超过 86% 的 50 岁以上的在线人群访问过一个旅行网站，一个月内他们中的 150 万人在线预订了假期，Expedia 是最受欢迎的网站。旅行是在线浏览中特别有吸引力的一个主题，调查显示，英国每个月访问一个旅行网站的人高达 1400 万，他们每个月平均花 40 分钟来看 70 多个网页（Demetriou，2005）。

在互联网上预订假期或短暂的休息是各年龄段越来越多的人选择的一个方案。

资料来源：Image courtesy of the Advertising Archives.

总体上对营销人员来说，好消息是随着在线渗透的增加和熟悉度的提高，在线购物者的数量和他们的平均花费都有望增加。的确，英国购物者的平均花费比其他任何地区的人都多，大概是因为英国消费者在线杂货采购的花费远远高于欧洲其他地方的消费者。这反映了占优势的连锁超市在在线杂货采购方面所采取的主动的、积极竞争的方式，它们投资了大量资金来建立和提升基础设施，以便实施在线采购和家庭送货；它们在营销努力上进行了投资，以便开发在线顾客数据库。

B2B 互联网支出

根据国际数据公司的报道，在线 B2B 电子商务预计到 2005 年将价值 4.3 万亿美元，并且还在增长（http://www.idc.com）。大部分增长是由于公司认识到了转向 B2B 电子商务解决方案的优点，如便利、成本节约（在某些供应链中达 22%）、顾客和竞争对手压力以及产生新收入的机会。

由大型的全球性组织开创的在线采购占据了 B2B 在线商务的一大部分。一项美国的调查发现 90% 被调查的购买者定期上线查找商品信息，有 50% 每周花 5 个多小时来查找。约有 70% 的人用雅虎之类的引擎开始他们的搜索，因为使用目录获得在线信息已经不太流行了（Burns，2005）。另一项美国的调查显示，73% 的组织使用互联网进行间接采购，54% 的组织使用互联网采购直接原料，有大笔采购预算的组织报告了最大的参与度（Faloon，2001）。这可能意味着大量的业务。例如，BA 已经使用电子采购作为两年内降低 3 亿英镑累积运营成本的核心内容（http://www.freemarkets.com）。

> **范例**　惠普使用互联网来开展针对小型企业的 B2B 营销。它的研究显示，当 IT 专业人员评价 IT 卖家时，他们使用互联网来研究规格和使用信息，哪怕他们是在线下购买。他们广泛地研究，被卖家们积极锁定，所以对卖家来说，重要的是从人群中脱颖而出。于是，惠普使用技术的联合来制造影响，包括使用当地语言的在线横幅广告，进行搜索引擎营销来确保关键词能链接到惠普。它也为 Kelkoo 之类的价格比较引擎提供数据供给，浏览者通过价格比较引擎常常可以从卖家网站找到最优的在线购买价格。惠普也创建了它自己的价格比较应用程序，潜在买家不用离开惠普的品牌网络空间就能通过中介比较惠普的产品价格（Gates，2005）。

独立的和社团所有的在线"市场"或"交易所"的出现促进了某些 B2B 在线贸易，这些市场或交易所把买卖双方聚到一起，促进了交易。它们为买方提供进入供应商全球网络的途径和它们的程序、做法、设施和营销重点等方面的全方位信息。作为中间商，市场帮助准买家准备他们的"报价要求"，把他们的需求告诉潜在的供应商，帮助准供应商准备他们的报价。"自由市场"（FreeMarkets）是领先的在线交易所之一，通过它做的任何报价都包括成本细分，这样买方可以评估它的真实性。"自由市场"估计通过使用它的服务，它的客户在采购中节约了 2%~25%。

当在线反向拍卖也许被视为是对以前对抗性买卖关系的回归时，一些公司和企业已经考虑通过"电子联合"共享信息、数据和资源，往往是与直接竞争对手联合，简化和整合人员、数据和过程（Hewson，2000）。2000 年 10 月，Covisint，一家为汽车行业服务的"电子市场"或"B2B 交易所"开始营业。Covisint 由通用汽车、福特、戴姆勒克莱斯勒、雷诺和尼桑联合开设，花费了 2.7 亿美元，旨在成为全球汽车行业的互联网焦点，各

企业社会责任 进行时

大棒下的买卖关系

通过像易趣这样的网站，互联网拍卖的观念已经在消费者市场完全建立起来了。卖家宣传产品，准买家出价。拍卖截止时间前的最高出价者购得商品。在 B2B 市场上，在线反向拍卖已经开始变得更加普及。买家公布他们想要购买的产品的规格和起价，然后准供应商低于起价投标。所有投标者都可以看到别人的出价，然后相应地设计他们的出价。通常，但不总是，拍卖结束前的最低出价"胜出"。但最低价格不是总能起作用，除非供应商已经根据品质进行了预选（Carbone，2005）。

可以理解，买家和供应商对反向拍卖的优点和效力，以及潜在的道德性有着非常不同的看法。有人把它看做一种威胁现有供应商降价的讽刺性的方式。他们发现自己陷入了与著名竞争对手和少数不知名的公司竞争的拍卖中，虽然他们在拍卖中没有出到最低价，但他们还是保住了业务——但是以一个比以前低的价格。一个现有的供应商发现他输给了一个不知名的竞争对手，但稍后却接到一个电话请求它暂时继续供应（当然是按新价格），因为拍卖获胜者没有生产该种产品的经验，不能达到要求的供货量。供应商认为如果买家对所有实际上都能按规定规格供应所需数量产品的投标者都满意的话，那么最低价总是会赢的——但实际上没有。"拍卖实际上并不是想获得最低价，而是获得每个供应商的最低价"，一名制造

商如是说（Watson 引，2002b）。实际上，有时压价产生的价格并不比更传统的谈判所获得的价格便宜（Carbone，2005）。

供应商也觉得它是一个非常不人性化的过程，没有过去面对面谈判的空间。过分强调了价格，没有就有益于双方的合作和长期业务发展进行充分讨论。供应商觉得买家为了节省短期成本伤害了多年来建立的关系，而这种节余往往没有反映在给终端消费者的零售价格中。一些买家，如 Cisco 和戴尔同意这个观点，说它们不会让它们的供应商遭遇这种过程。

然而，使用拍卖的大部分买家不这么看。它们把它看做一个更加透明的过程，它的实施有利于供应商，因为它们可以真切地看到对手的报价并决定是否降价，降多少，而不是对所有物品都报一个他们能控制的尽可能低的价。然而，某些供应商对一些投标的真实性表示怀疑。一名宣称在他的领域是第一名的供应商说在一次相关拍卖中，公开的价格比它的最低价格低了 25%。但就像一个买家所说（Watson 引，2002b）"在最后，要改变供应商是一件麻烦事。除非有大幅降价的机会，否则我们是不会举办拍卖的。如果我们设定了一个荒唐的开价，我们只会砸了自己的脚。毕竟，没有人会来出价。"那很可能是对的，但如果有谁联合抵制拍卖或者赌一赌哪个对手的出价会被认真采纳，哪个会被忽略的话，那它将是一个勇敢的供应商。

一些大的服装零售商对它们的供

应商引入了反向互联网拍卖，经常是在寻找大批量熟悉而规格单一的标准产品时。对衬衫等服装产品来说，材料成本占总成本的 60%~70%，所以节约 5% 是很重要的。反向拍卖还被发现能减少与制造商的谈判次数，但要点是服装制造商和他的供应商之间是战略伙伴关系，以保证整个供应链是竞争性的。在一次典型的拍卖中，开场报价通常在 30 分钟内设置，整个拍卖经常在两个小时内结束（Hirsch，2005）。

买家还宣称他们在与供应商有战略关系的产品领域不会使用拍卖，因为他们不希望破坏那些关系，但供应商却称买家实行的原则是"只要你能详细说明产品，并有一个以上供应商可以生产，你就能拍卖"（Watson 引，2002a）。

总之，在线反向拍卖的恰当性和它们对长期买卖质量的影响是有争议的。看似清楚的是它们在行业的运用似乎取决于各方之间相对实力的平衡，以及交易物品和服务的性质。高科技公司，如 Cisco 和戴尔所经营的行业几乎没有备选供应商，供应商拥有议价权，其中长期创新和协作是至关重要的，为了节省短期成本而冒损害关系的风险是没有必要的。在买家少且强大的地方、转换成本相对低的领域，以及有许多备选供应商的领域，似乎就可以进行反向拍卖了。

资料来源：Anderson and Patel（2001）；Carbone（2005）；Hirsch（2005）；Rosenthal（2002）；Watson（2002a，2002b）。

买家和供应商寻找和达成业务的门户网站。Covisint 可以实施拍卖，也可以用于帮助实施联合产品开发项目，把产品从制图板上带入开发、实验和生产阶段。

很遗憾，似乎这种特殊的电子合作是一个乌托邦式的梦想，汽车制造商低估了 7000 个参与其中的供应商的不诚信和玩世不恭的水平。在上面的"企业社会责任进行时"中列出的异议开始出现。供应商觉得它只是一种压价机制，它们不喜欢这种敏感定价信息的主意，他们的业务会轻易地被竞争对手所了解（Grant，2002）。

网站的营销用途

组织考虑使用互联网有许多原因，但它们往往分为三大类：作为一种研究和计划的工具；作为一种分销渠道；用于传播和促销，见表 14.1。

研究和计划工具

互联网提供了通往大量二级营销信息的途径。一些资源是免费的，但许多只能通过订阅方式获得。上图书馆或购买大量目录和报告的需求日益减少，因为在线搜索的威力、

表 14.1　**互联网的营销用途**

研究和计划工具
- 获得市场信息
- 实施基础研究
- 分析顾客反馈和反应

分销和顾客服务
- 接受订单
- 经常更新产品供给
- 帮助顾客在线购买
- 安全地处理支付
- 提升顾客服务水平
- 降低营销和分销成本
- 分销数字产品

传播和促销
- 激发咨询
- 让低成本得以直接传播
- 强化公司识别
- 制造和展示产品目录
- 娱乐、消遣和建立商誉
- 告知投资者
- 发布详细的当前及过去的新闻
- 提供基础产品和位置信息
- 从一个有利的角度展示公司——历史、使命、成就、观点等
- 为顾客提供产品、过程等信息
- 告知供应商进展情况
- 与雇员沟通
- 吸引新员工
- 回答关于公司及其产品的问题

便利性和灵活性得到了更好的认可。多数组织提供订阅服务，如明特尔、金融时代和国际数据公司会经常更新它们的网站，加入最近、最新的信息和报告。在第 5 章讨论过的许多二级数据源也可以在线购买。

随着互联网使用的增加，基础调查的可能性也在增加。通过在线访客名录、使用标准化问卷或电子邮件的反馈、网络讨论小组，以及分析访客和在线订购流量，可以为营销计划收集有用的信息。研究网站本身的影响也是很重要的：在在线环境中品牌如何被认知，互动如何进行，网站如何被用于创造想要的浏览者体验（Taylor，2005）。

分销渠道

亚马逊作为在线零售商的成长显示了互联网对传统分销渠道的影响。随着消费者对在线采购信心的增强，这种影响将来还会增加。在线分销有几项优点：

- 浏览者在主动搜寻产品和服务，因此如果能吸引兴趣的话，每次网站浏览都能赢得一个潜在顾客。经常性的和忠实的顾客可以走捷径，跳过所有一般性的背景信息。"购物篮"帮助顾客明了他们此次访问已经购买的东西，帮助顾客对和其他商店类似的店铺留下印象。图书、音乐、DVD、杂货、衣服和电子产品，包括个人电脑，都对电子零售经济作出了巨大贡献。这也许是一个标志，标志着顾客正在获得对在线购物的足够信心，开始从事更冒险的采购，或是金融方面的冒险（例如，购买一台昂贵的个人电脑，甚至是一辆汽车，他们充分相信在线销售者会首先交付货物，然后做好准备解决任何售后服务问题）或是心理方面的冒险（例如，根据口头描述和二维图片购买衣服）。

- 因为每季不必制造和分发目录，印刷和邮递成本被消除了。尽管在开发和维护有趣味的网站时会产生成本，但它们仍然意味着一种节约，特别是因为网站提升了卖方的灵活性，它可以比印刷品更加容易地即时更新价格、产品供应和特别优惠。亚马逊有 800 多万名用户，但它们的传播成本只是直邮广告或媒体广告成本的一小部分。

范例　　　Confetti.co.uk 支配着在线婚礼市场。它集合了信息、建议、计划工具和购买机会（通过它的目录范围可以在线或离线获得），使婚礼和其他的特别场合的组织对顾客来说更加容易、更有趣。网站为每个用户提供个性化的机会，无论他们是新娘、新郎、伴郎、伴娘、家庭、客人还是参与特殊场合的任何其他人。有 12 个专业频道：婚礼、庆典、礼物清单、购物、时尚、会场、婚礼客人、咖啡馆、供应商目录、旅行、邀请以及健康和美容（http://www.confetti.co.uk）。

它被证明非常受欢迎，已经成为一流的 18~24 岁妇女网站之一。网站服务的核心，因为它的内容和在线计划工具使婚礼策划更加容易、更加井井有条、更加有趣。预计 90% 的准新娘在大喜之日之前都会上网研究婚礼细节，而 Confetti 使这变得更加容易。

它婚礼业务的自然延伸是进入了周年庆和特别生日领域，这建立在奏效的模式基础上，有一部分还建立在与之前顾客的关系基础上。Confetti 使用了口碑营销来锁定现有顾客的家人和朋友，它使用了电子邮件时事通讯，还正在考虑设立自己的电视频道，因为它所销售的产品和服务是有高度参与性的，并能从展示中获益（Hargrave，2005）。

- 订单的处理和操作成本随在线订购而减少，因为每件事都已经有电子表格，顾客不需要协助就可以处理所有订购。而麦克纳特（McNutt，1998）却认为，对组织来说重要的是意识到用一个具有订购能力的网站为顾客打开前门意味着它们要保证所有"幕后"物流操作能够应对订购模式的变化。如果要维持顾客服务水平，与组织库存控制和订购执行系统挂钩是非常重要的。

- IT系统必须能够提供顾客、顾客支持、分销和供应链之间的实时信息流。只有那样才能宣称做到了经济而有效的顾客服务，无论是传送一个小包裹到米兰还是米德尔斯布勒。联邦快递利用了它整合系统的优点，使顾客可以在因特网上追踪特定包裹的确切行踪，以此作为一种让人放心的手段。它还把这种服务转化成了一种有效的销售工具，使自己区别于竞争对手。

- 在线可以提供更好的售后服务，不仅是因为传播更便宜、更容易，还可以通过反馈联系、使用信息、任何产品变化的简明新闻和缺陷报道机制来实现。

- 杂志、音乐和影碟形式的数字产品都可以通过互联网分销，甚至不需要通过邮局寄送包裹。可以下载到电脑的音乐产品的分销正在引起CD制造商对版权和盗版的关注。

范例　苹果的iTunes网站和下载应用程序2005年增长了241%，这要感谢2000多万特别的访问者。在可能访问iTunes网站的人中，12~17岁的青少年几乎是一般互联网用户的两倍，54%的访问者是男性。尽管在线文件共享和个人下载音乐建立音乐库很流行性，但CD的购买却没有受到严重影响，因为下载材料经常被艺术家用作购买完整CD之前的试听片断。CD本身既可以通过下载购买，也可以通过上网购买（http://www.nielsen//netratings.com）。

- 制造商可以更接近顾客，通过减少中间商降低成本，这只是意味着从分销渠道中削减一个或多个中间商（Rowley，2002）。所以在线直接销售产品给消费者而不是通过旅行社的包价度假公司是绕开了中间商，就像设计师品牌服装制造商直接进行销售，而不通过流行的牛津街零售商一样。这样存在风险（除了放弃正在丧失业务的传统型中间商以外）。中间商的作用之一是对产品进行集中分类，使一个地方的目标市场能看得见它们。制造商的在线直销丧失了这种优势，主要依靠消费者的能力来发现制造商的网站。为了克服这个问题，一种新的中间商——网络中间商（Sarkar等人，1996）发展了起来，它们不仅包括像亚马逊这样的电子零售商店，还包括实际的大型购物中心。另外，在线目录和搜索引擎也帮助引导顾客到达相关的网站，或像零售商一样将产品销售给他们。

- 然而，强大的网络服务提供商的成长，以及完全控制他们搜索和采购决定的顾客的出现意味着 21 世纪最强大的中间商将是网络服务提供商和搜索引擎提供商，它们根据个别顾客的偏好和要求构建了大量信息（Mitchell，1999）。

传播和促销

互联网现在和其他与顾客和目标受众进行沟通的工具一样好。第 9~11 章讨论过的许多原则同样适用于互联网。除了运营专用的网站，公司还在其他公司的网站上占用广告位置进行联合或付费促销。从表 14.1 可以看出，互联网广泛用于传播目的。许多条目是不言自明的。主要用途如下：

作为广告媒介。表 14.2 显示了将互联网作为广告媒介的优点和缺点（Pickton 和 Broderick，2001）。

表 14.2 显示互联网无论如何也不是一种完美的广告媒介。然而，它的局限性和缺点也不比其他任何媒介更"致命"，它只是强调了把互联网活动完全合并到广义营销计划中并在一个连贯的整合传播战略中使用该媒介的重要性。就像我们将在这个部分看到的几个例子一样，了解目标市场和它们的互联网使用模式，从而识别最恰当的互联网用途也是很重要的。伯恩斯（Burns，2006）认为强烈的视觉设计和认真的网页建设是相当重要的。浏览的轻松性、直接退出程序和有帮助的产品介绍是轻松作出在线购买决定的重要因素。根据调查，她指出购物者离开网站的主要原因是：他们不想在该网站注册（29%）；他们发现难以查找产品（22%）；他们到了其他电子零售商那儿，因为他们不相信该网站是值得信赖或安全的（17%）。

在互联网做广告与在其他媒介上类似。信息的传播应该简单、明了，通过创造兴趣使浏览者进一步行动，无论是一次咨询、一份订单或只是想更好地了解所供应的东西。许多免费的互联网接入提供商充分开发了这一领域，它们使用全面的、有时是侵入式的显示和横幅广告讯息。这些讯息大多与广告商的网站相链接，以便提供更多的信息和活动。随着网络用户信息质量的提高，许多网络服务提供商开始把广告瞄准它们的用户，例如，一个对体育感兴趣的用户也许会收到关于体育赛事和装备的横幅广告。亚马逊通过与一些搜索设施进行链接更进了一步，所以如果你想更多地了解组织或市场，你会受

表 14.2　互联网作为广告媒介的基本特点	
优点	**缺点**
• 信息能快速、容易地改变	• 有限的视觉呈现
• 使互动成为可能	• 受众得不到保证
• 能够便宜地创建自己的网页	• "点击"也许不代表兴趣——偶然的浏览者
• 可以在其他人的网页上做广告	• 依赖浏览器发现网页
• 使非常低的成本成为可能	• 会造成愤怒
• 非常大的潜在受众	• 大量的目标群体也许还没有使用互联网
• 使直接销售成为可能	• 创造力局限
• 可以使自己网页上拥有庞大的信息内容	

资料来源：改编自 Integrated Marketing Communications, Pickton, D and Broderick, A., © 2001, David Pickton and Amanda Broderick.

邀使用亚马逊来搜索与那个主题相关的标题。

范例

　　选择恰当的网站做广告显然是一项重要决策，在品牌目标受众和网站所传递的受众剖析之间要能很好地搭配。许多针对 5~16 岁人群的品牌发现 CiTV 网站（http://www.citv.co.uk）是一个做广告和开发联合促销活动的成功媒介。该网站与儿童 ITV 相连，借助游戏、竞赛、笑话、讯息板、音频采访等提供一个有趣的互动环境。孩子们被吸引不仅是因为它杂志式的内容，还因为它在 ITV 频道儿童节目中的曝光，他们愿意跟进与某些节目相连的链接。例如，庞廷家庭假日公园（Pontin's family holiday parks）有一个与鳄鱼游戏的链接，还引领浏览者再点击一次了解公园产品的全部细节。时尚零售商鳄鱼（Lacoste）为它的限量版香水 Pop 推出了一个数据捕捉和试用网站。在该网站，访问者可以索要四种香水的样品，他们给出的详细情况可以用来进行更多的营销活动。针对年轻人市场，此次在线活动想要通过该建议把这种香水带到生活中（Precision Marketing，2005b）。

　　横幅广告仍然是互联网广告的主要形式，通常与搜索引擎一起在顾客登录互联网时出现在网络服务提供商的页面上，或者作为联合促销的一部分出现在另一组织的网站上。大部分横幅和其他显示广告能使浏览者通过点击获得主要信息或预订产品或公司的页面。尽管它们有效力，并且很方便，但美国的一些证据显示横幅广告正在被浏览者忽视，因为桌面或背景太杂乱了，所以它们的效果逐渐减弱，尽管它们有侵入能力。而 BMRB 的互联网监测器发现，尽管事实上半数以上的互联网用户同意"所有网络广告都使我厌烦"，但 40%的人在此前的一个月点击了横幅。只有 20% 的互联网用户赞同积极的表述，如"我发现网络广告很有趣"和"我发现网络广告是令人愉快的"（BMRB，2000）。不管对在线广告的评论是什么，它还是在持续增长。2006 年头 6 个月，英国一国的在线广告就价值 4.9 亿英镑（Tiltman，2005），比 2003 年的总和还多。在整个西欧，在线广告价值 32 亿欧元，预计到 2010 年会翻一番（Glover，2005）。

　　强化忠诚度。组织网站本身也是一种提高顾客和品牌互动水平、强化忠诚度的强有力工具。如果浏览者能够获得娱乐和信息，愿意回到网站，那么品牌价值和形象就会提升。

范例

　　特易购对在线购物已经感兴趣许多年了，但当它想要进一步促销它的服装系列时，它开发了一个专门的网站来向现有的 Tesco.com 顾客展示这一系列。它为注册者提供 25 英镑的服装折扣，并为参与抽奖活动的人提供返现优惠券。一旦注册到 www.clothingattesco.com，顾客就会收到定期的、有关新服装产品、竞争细节和其他促销的电子邮件通讯。网站的一个重要的部分是商店探测器告诉顾客可以在哪里找到衣服，因为当前在网上不可能购买衣服。网站主要的作用是建立与商店的交易，让顾客了解新的系列（Precision Marketing，2005a）。

　　对于试图激发重复业务的电子零售商网站来说，忠诚度显然也是一个大问题。与其他营销形式一样，向现有的在线顾客进行销售比创造新用户更便宜、而且更容易。通过提供可信的优质产品和服务组合，可以形成忠诚，这对电子零售商来说也很重要，因为它有助于转移顾客对价格的关注。网络公司繁荣所导致的问题之一是许多电子零售商强调以低价而不是服务、产品品种或便利性等为购买的首要原因。这就在顾客心目中建立了一种不切实际的预期：互联网上的价格应该比其他地方低 10%~15%。这是一种危险的战略，因为如果电子零售商不能提供低价，那么消费者就不会从他们那里购买；如果电子零售商提供了低价，就很容易造成损失，或被更精益、档次更低、可以降价的竞争对手抢去业务。因此随着网络公司的淘汰，公司也许会采取一种更明智的方式来定价，设法开发和强调不太明确和不太容易受到攻击的竞争优势和顾客忠诚。

公司传播。互联网已经被组织广泛用于创造商誉、加深了解和为股东及类似社团提供重要信息。许多组织在网上详细叙述它们的财务报告，并经常提供它们的大量社区关系项目方面的报道。

新闻发布经常自动地被放在网上，所以必须定期更新。这种服务不仅有助于媒体，而且可以使组织以更直接的方式传播给更多的受众。通常几年前的新闻发布档案文件都能被找到。就算不能提供全文，也可以提供详细的联系方式供新闻办公室进一步问询。

> **范例**
>
> 一些网页旨在反击非官方或反游说团体网站所发表的消极报道和观点。壳牌不得不反击一个对于它的环境记录，特别是对它的布兰特史帕尔（Brent Spar）石油钻井的处理和它在尼日利亚的活动大加批评的网站主办者。例如，布鲁诺和卡林纳（Bruno、Karliner，2002）进行了对比，他们认为壳牌一方面似乎有意地追求一种环保和人权的策略，另一方面却仍然致力于破坏性的活动。面对这样的攻击，壳牌现在既使用特殊的网络讨论热线和活动，又使用免费的信息流来反击一些无法控告的荒谬的说法。
>
> 在它的 http://www.shell.com 主页上，访客可以点击进入"告诉壳牌"，这是一系列开放的未经审查的论坛，不一定合法。发表最新评论时，重要的主题是"我们怎样使交通系统更具可持续性"，这对"地球之友"的评论是一个挑战；还有"我们怎样应对世界能源问题"。任何人都可以贡献意见，不管是不是批判壳牌的。壳牌也会加上自己的观点，随情况发展参与讨论。鲍恩（Bowen，2002）形容它是"一种聪明的做到透明的方式，同时还可以发布自己的观点"。

销售促销。因为更新网页相对容易，以及它所提供的灵活性，有可能锁定各种产品或特定期间的优惠。优惠可以按小时和所评估顾客的反馈变化（Wilson，1999）。使用价格促销、礼品和奖励都有助于提高短期销售。

人性化销售。从根本上说，网络是非人性化的，互联网的设计更多是为了作为销售支持，激发咨询而不是直接销售。每次潜在顾客点击的成本可能非常低，因为访问网站的人可能会对它提供的东西感兴趣，随着网络使用的扩张，很可能会提高问询水平。即使是在非常常规的收取订单的作用方面，互联网也可以做得更有互动性，如果顾客数据库能够人性化沟通，并根据顾客之前的咨询和销售记录将数据库与可能有吸引力的产品联系起来。

总之，组织应该认真规划互联网的使用，确信它整合了营销组合的其余要素。萨姆纳（Sumner，1999）认为网站离线使用的考虑应该与在线使用一样多。通过在其他广告和促销媒介中突出网址，提高总的网站能见度，可以产生额外的网站流量。扫一眼多数海报、平面广告和电视广告，经常可以看见提到了供联系的互联网地址。有一点也很重要，即互联网的所有预算不应该只花在高度互动的、有趣的网站上，而损害到更平凡，但却至关重要的答复电子邮件询问的工作。

宽带

与当前窄带占据优势相反，宽带链接的广泛采用可能会从根本上改变互联网使用的潜力。西欧住宅区的宽带使用冲在了前面，英国的渗透率5年内肯定会翻倍。福里斯特研究（Forrester Research）（2004）预测41%的欧洲家庭，即约7200万户到2010年将接入宽带，英国宽带渗透最终将达到所有家庭的42%。2005年英国只有三分之一的互联网用户有宽带，但价格竞争力和对更快的传输速度的要求有望使这个数字在5年内上升到三分之二。尽管有快速的增长，英国在宽带密度上仅居第四位，在加拿大、日本和法国之后（Judge，2005），但随着整个西欧宽带的使用增长超过60%，变革还是在发生（Macklin，2005）。

宽带不仅意味着更快的互联网连接，而且因为带宽更大，它使视频和音频更加通畅，而不会有平常线路使用中的"不平稳的"缓冲和缓慢的连接。这意味着现场新闻和娱乐成为一种真正可能的补充，而不是电视的替补。宽带使用的增长率取决于供求互动。目前，没有太多的流式应用有益于额外的投资——毕竟有了高品质、高清晰度的数字电视，为什么还要在个人电脑上看电影呢？除非收入和渗透加速，广播公司不值得考虑为宽带制作专门的内容。这很快就会成为一种恶性循环，降低增长的速度。

所需要的是能与电视抗衡的新用途。在工作时或移动中观看体育节目或业务精选节目，获取专业资料，如DIY或园艺信息，或者浏览度假手册都可以通过宽带得到加强。这类节目不太可能成为主要的广播内容，哪怕是对专业卫星和有线电视公司来说。营销人员的挑战是认真考虑宽带的用途，思考实时视频或音频可以在哪些地方强化主张或对顾客的支持。

坦纳（Tanner，2002）已经指出人们使用宽带时每周在网上的时间（每周25小时）是使用窄带时的3倍。随着在线时间的增加，宽带用户更可能在线购物或储蓄，更积极地参与到互联网服务中（Financial Times，2005）。据估计，高速用户每个月平均看1144个页面，是窄带用户的三倍还多（克劳森，2005）。

范例　　因为ISP提供商为宽带服务增加了带宽，像视频点播、网络电话和网络上高清晰度电视等新服务都成为可能。这意味着视频可以更多地用于网络广告，从而产生影响（New Media Age，2005a）。宝马在互联网短片使用上是一个先驱，它在2001年到2005年间连续播放了"盲雇用（The Hire）"系列片，专门提供高视觉品质的汽车追逐娱乐和高性能的汽车。这期间，该影片获得了1亿次的观看记录（http://www.bmwfilms.com）。

随着宽带速度的加快，广告商逐渐认为互联网不仅等同于，而且超越了电视。AOL 已经认为上网的人超过了看电视的人，当你承认那些上网的人是主动的而不是被动的观众时，凭借即的时直接反馈机制来提供一种丰富的互动体验的机会对营销人员来说就具有强大的吸引力。这都帮助建立了与品牌的有力互动，可以导致订购和采购的完成 (Clawson，2005)。

宽带要实现它的全部潜力，技术、营销和内容就需要一致。任何一个环节的失败都会导致耽搁和失望。随着更多视频格式的素材被压缩、新的营销用途被发现，以及宽带的安装，互联网将展示出比第一波革命大得多的威力。

互联网营销的未来?

那么互联网营销的未来是什么呢？每个专家的答案都不一样。可以肯定的是互联网将会吸引越来越多的用户；带宽的增加将促成更强大的应用和实时传播；最后，技术会变得更综合，不管它们是电视技术、个人电脑技术还是移动技术，甚至可以整合某些其他的家庭管理系统，如高保真、安保和气温控制。对某些人来说，互联网将成为电视娱乐的一部分，另一些人则认为会有更多的移动媒介，从 3G 甚至到 4G，但大部分人认为相比之下，个人电脑未来在互联网接入中的作用会很有限。

对营销人员来说，这不仅意味着有更多提供服务的机会，还意味着一种更强大的接触消费者的媒介。它意味着使用聊天型焦点小组、电子邮件和互联网调查进行更多的在线调查，意味着更安全的在线购买，中间商在搜索、选择和推荐采购选项中更大的作用，因为大多数组织都可以提供某种形式的电子交易工具。

最后，在一个动态的、随时变化的社会里，无线网络接入将为吸引短暂贸易提供重要机遇。费瑟 (Feather，2002) 相信 "www" 将转变成 "mmm" (移动媒体模式)，这反映了移动设备接入用途的增加。本章稍后会讨论这个问题。对费瑟来说，mmm 的应用范围确实很大：

> 当需要补充食物储备时，器具会有感应，订购的补给品将自动送到家中。汽车会打电话回家，打开器具、设置房间温度、给按摩浴缸放水，并开始做饭。甚至身体健康也会被自动监测并替你采取恰当措施。费瑟 (2002)

他还继续提出，至 2010 年，互联网占到所有零售开支的 31%，多数传统零售商如果没有利用电子零售的话，将会遇到麻烦，这主要归于互联网的运用已经完全融入了个人生活方式之中。

然而，所有这些振奋人心的发展对技术的依赖却比较少，实际上在许多情况下，已经有技术了。它们将取决于顾客信任和参与电子活动的意愿以及信息和商业服务的提供者。当完全意识到实际上互联网的每次点击都能被记录和分析时，随服务而来的将是隐私的丧失。所以权力转向了消费者，因为只有消费者愿意充分利用转换和搜索所带来的低成本。从某种意义上说，那与本书早先提到的品牌、公司忠诚、购买惯性和某些采购的风险是背道而驰的。

营销和新媒介

　　数字化创造了新的媒介机会来改善有针对性的讯息，促成了一种更有效的、个性化的争取和维持顾客的方式。电子邮件、无线营销和互动式电视（iTV）的出现在一定程度上为整合营销传播和分裂媒介的使用增加了一个新的方向，这直到几年前才被认为是可能的（Barwise，2002）。这些新的媒介机会并没有取代更传统的平面和广播媒介，而是作为它们的一种补充。随着资源的重新配置，大众广告、品牌建设和更直接的顾客接触得以实施，它们可能会使用新媒介。

　　本部分探讨了新媒介三大要素的影响：电子邮件营销、无线营销和互动电视营销。

电子邮件营销

　　越来越多的人经常性地使用电子邮件。"净价值"（Net Value）的一项调查估计，在任何一个月，通过 1300 万台家庭电脑，我们每个人平均要发出 12.3 封电子邮件，接收 39.1 封。然而，电子邮件营销人员必须应付一种潜在的怀疑论，它质疑电子邮件是一种媒介载体。据报道，2004 年 20 封电子邮件中有 19 封是垃圾邮件；10% 的邮件含有病毒，36% 是钓鱼陷阱（Precision Marketing，2005c）。布鲁克斯（Brooks）报道 63% 的人根本不看就删除电子邮件广告，56% 的人认为他们收到了太多的电子邮件促销。尽管有这些困难，电子邮件还是会成为一种强有力的传播手段，营销人员越来越把它作为促销活动的一部分。我们一般用电子邮件来保持与朋友、同事和熟人的联系，偶尔，我们会用它来搜索信息或进行在线订购。我们甚至会欢迎来自以前打过交道的公司，或我们对其产品表现出过兴趣的公司的电子邮件。我们不希望的是被廉价的理财业务、特别旅行折扣、迅速致富计划、伟哥或色情文学轰炸。许多收件人很担心通过不认识的来源发来的电子邮件收到病毒，因此为了安全，往往会不打开就删除"不速之客"的电子邮件。电子邮件营销人员认为只有 60% 的顾客会拒绝接收不想要的电子邮件，但事实上 80% 的顾客都说他们会拒绝（Precision Marketing，2005c）。近有半数根本不想被联系，而营销人员认为不

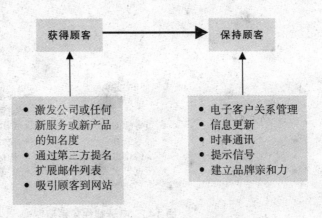

图 14.1　电子邮件营销的典型运用

会超过 20%。也许要好好地给那些未经请求的电子邮件营销者敲敲钟了。

　　营销人员被电子邮件营销作为传播工具的潜力所吸引，比起大众传媒方式，它可以瞄准个人。精心设计的电子邮件营销可以帮助创建初次接触，并且一旦交易发生，它能帮助发展一种在线联系。从营销角度来说，目标主要是鼓励读者关注网站、获得寄送更多信息给收件人或第三方的许可。电子邮件营销活动的典型运用如图 14.1 所示。

> **范例**　不管是爱它还是恨它，切尔西足球俱乐部（Chelsea FC）拥有一群忠实的球迷，包括 3 万名很高兴足球俱乐部与之联系的人。当切尔西决定与天空传媒联合推出一个电视频道时，它把那些球迷作为了电子邮件活动的目标。研究显示，56% 的球迷每天都会进入俱乐部的网站，大部分人很乐意接受直接优惠。作为更大的促销活动的一部分，该活动以 3 封突出切尔西电视的电子邮件为主打，给出了订阅热线的细节，提供竞争奖励，以及更多的信息。该活动取得了巨大成功。切尔西电视呼叫中心在电子邮件发出之后马上接到了 3 倍的电话量，91% 的订阅者在电视频道推出之前熟悉了该项活动（http://www.edesigns.co.uk）。

　　里奇（Rizzi，2001）认为，自 1971 年通过网际空间发出第一条信息以来，电子邮件营销已经经历了 3 个显著的阶段，如图 14.2 所示。首先是"广播 / 垃圾邮件时代"，当时电子邮件被无差别地寄出，几乎没有针对收件人量身打造信息的意图。设想发一封关于切尔西电视的电子邮件信息给一名阿森纳的支持者，不仅反馈率会很低，而且可能激起（甚至更多！）对发件人的敌意。但一些公司还在这样做，尽管考虑到人们不想收到他们没有明确要求的邮件。欧洲的法规威胁要通过将"选择退出"转为"选择加入"计划限制垃圾邮件的发送。某些垃圾邮件的扰民性和可疑内容推动了法规的制定。

　　第二代电子邮件营销代表了目前的大部分电子邮件营销人员。许可营销为顾客提供了自愿接受特别优惠或新产品定期讯息的机会（Dawe，2002）。它是一种有效的选择加入系统，但还是受到了一些滥用，因为电子邮件的低成本和较高的反馈率被一些发件人理解为可以大量发送电子邮件，而不是选择与认可的顾客需求和兴趣相关的信息（Rizzi，

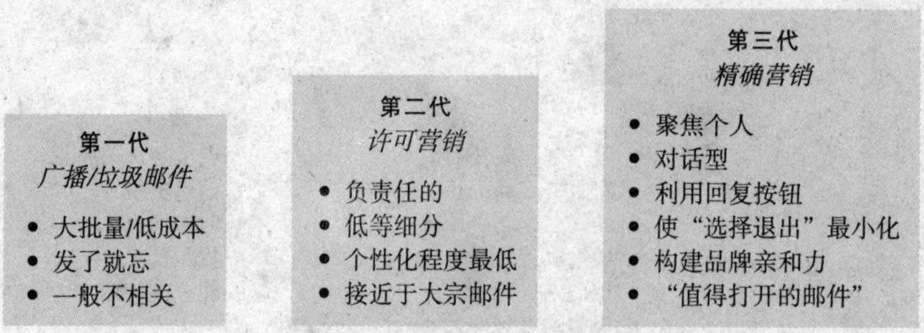

第一代 *广播/垃圾邮件*	第二代 *许可营销*	第三代 *精确营销*
• 大批量/低成本 • 发了就忘 • 一般不相关	• 负责任的 • 低等细分 • 个性化程度最低 • 接近于大宗邮件	• 聚焦个人 • 对话型 • 利用回复按钮 • 使"选择退出"最小化 • 构建品牌亲和力 • "值得打开的邮件"

图 14.2　电子邮件营销演变

资料来源：Rizzi（2001）。Copyright © 2002 e-Dialog Inc.。

2001）。许可是电子邮件活动的起点而不是目标，因此电子邮件营销进入第三阶段——"精确营销"就不足为奇了。这一阶段将电子邮件和 IT 的威力结合起来，对反馈进行记录和分析，确保更大的针对性和单独的顾客关系管理。从理论上说，每个顾客都会收到稍有不同的邮件。

病毒营销

病毒营销，或"发送电子邮件给朋友"，是电子邮件的口碑传播。它经常是由营销人员有意识地刺激，通过使用转发工具轻松地完成（"把这网页用电子邮件发给朋友"）。作为选择，顾客可以选择提供朋友的详细情况，他们可能愿意直接从营销人员处收到信息。如第 10 章讨论的那样，口碑促销和推荐在可信度和信誉方面往往是最有效的传播形式。

起初，病毒营销与年轻的品牌相联系，以此制造一些兴奋度。如果资料或附件是与众不同、令人愉快的，那么它就有更多的机会被传递。Lastminute.com、百威和李维斯都使用过病毒营销。然而，病毒活动并不是年轻人的专利。Age Concern 设计了一份电子邮件测验来测试对历史事件的总体了解时使用了病毒活动。测验要被评分，参与者被要求把它转发给一个朋友，那样他们就能比较分数。因为有一个有趣的主题，人们乐意遵从。善因活动，如"喜剧调剂"（Comic Relief）和"让贫穷成为历史"（Make Poverty History）也使用了病毒营销来索取捐赠者信息（Reed，2005）。

> **范例**　当微软为 Xbox 360 的游戏《完美黑暗》（Perfect Dark）推出病毒活动时，它认为它有一个创新的主题。到相关游戏网站的美国访问者被邀请提供一位朋友的姓名和电子邮件地址，游戏中的女刺客乔安娜·达克会"关照"他。然后这个朋友就会收到一封电子邮件，附带的视频显出一具放在太平间停尸台上的尸体，还有一个戴着标有他们名字的标签的脚趾（Marketing Week，2005b）！奥迪在推出 A3 Sportback 时也使用了病毒活动。它想激发试驾的申请并强化品牌价值。它发送了一封电子邮件给 5 万名可能的顾客，附带的影片讲述了一个故事，把汽车的 DNA 与人类的 DAN 联系了起来，暗示"完美的般配"。部分应答机制允许接收者发送一个视频片段给一个朋友，朋友的名字会出现在里面。因为个性化水平和影片的创意，它吸引了大量的点击率和转发（Rigby，2005）。

然而，使用这种方式存在风险。如果信息是过于激进、未经请求的不速邮件，并且被滥发的话，营销人员也许就要冒失去顾客的风险，或者顾客就要冒失去朋友的风险。据卡特（Carter，2002a）说，这促使营销人员设法为他们的病毒活动增加更多的价值，如果让顾客听进去都变得更加困难，就更别说行动了。活动必须有足够的吸引力和相关性，收信人才会不讨厌活动。病毒营销有两个主线：最初的主线想让顾客介绍他们的朋友去一个网站，然后搜寻更多的信息，但最近，病毒活动更侧重于通过创新激发兴趣和参与（Reed，2005）。病毒活动越震撼、越幽默或有趣，想法就越能传播，越有可能被理解（Cridge，2005）。

顾客获得

病毒营销是构建电子邮件目录的方法之一，或者可以购买目录。目录不管是买的还是租的，必须建立在许可基础上，即通过选择加入机制认可接收邮件的意愿。使用大量廉价的人员名单是有风险的，你传播的对象也许会非常讨厌你。一些名单的所有者尤其关注他们名单的用途，以避免不当使用或过度使用。生活方式数据收集者，如 Claritas 和 Consodata 经常记录电子邮件地址；在线目录创立者，如销售经过许可的目录的 Bananalotto 和 My Offers 也是如此。一些网站运营商现在把提供名单作为一种副业，收集它们网站用户的信息。例如，TheMutual.net 和 Another.com 开发了较富裕的年轻用户名单，他们对电子邮件来说，也许是富有吸引力的目标。尽管这些名单有吸引力，但点击率也许会很低，对不认识的人发的邮件的点击率几乎不会超过 10%（http://www.emailvision.com）。

在线名单主要取决于发件人追踪网站联系的能力。资源可以包括在线调查、网站注册、竞争反馈和网站优惠。网站形式在超出电子邮件细节以外的所需信息程度上是不相同的。有人寻找数据进行顾客分析，并在收集点击或订购所产生的明确信息之前，改善将要发送的针对性信息。向所有经过的人寻求有限的信息是明智之举，也许用三四个问题，而不是让网站访客觉得他们在被审问和无谓地耽搁时间。如果发生这种情况的话，访客也许会失去耐心或者不愿意提供个人信息，不完成完整的注册程序。

> **范例**　当沃达丰决定采用电子邮件营销活动来促销 B2B 市场上的移动业务时，它建立了一个现有顾客和准顾客的名单，然后根据预先的资质标准来对他们进行评估，以确定他们是恰当的决策者。在那个阶段，沃达丰收集了恰当的选择加入许可，使它可以安心地发送电子邮件给自愿收件人。

顾客保持

电子邮件营销的最大好处之一是它能够在个人基础上创造和构建与顾客的关系。因此，它在任何顾客关系（CRM）项目中都可以起到重要作用。这就需要一个"许可中心"（http://www.emailvision.com），它由一张选择加入的调查对象的名单组成。一旦名单被制定出来，反馈机制跟踪就可以总结出有用的和有效的顾客情况。可以追踪电子邮件的打开、点击和购买情况，因此很快就能建立相当详尽的历史，这远远超过任何直邮广告所能达到的程度。数据库的设计越强大、越仔细，就越容易定义小的、全面关注的目标细分市场。现在的趋势是向着越来越小的细分市场发展，微观细分市场，也许只包括一份 100 人的名单（Trollinger，2002）。

虽然使用网站来记录顾客是锁定供给和信息的一种重要工具，但一些组织现在使用电子邮件时事通讯来保持与当前和以前的顾客的联系。这些时事通讯在更综合性的顾客关系管理计划中发挥着重要作用。

范例　　　Flybe 使用电子邮件时事通讯作为它营销的一个组成部分。它通过发送 11 封不同的电子时事通讯来锁定电子邮件内容，每封时事通讯包含离收信人最近的机场服务的目的地的详细情况（Precision Marketing，2005c）。来自格恩西岛的彩虹花（Rainbow Flowers）使用电子邮件时事通讯向它的订户促销它的鲜花、礼品和巧克力，这也被作为一种有用的与现在和以前的顾客保持联系的方法。

个性化是多数营销人员在建立顾客关系时的目标。它将人员销售的所有优点与技术驱动型营销的经济性相结合，从而获得了成功。个性化可以采取许多形式，包括：

- 内容
- 提出建议
- 偏好的联系频率
- 传送格式（文本、flash 等）
- 兴趣主题
- 按开支、产品或兴趣进行个性化。

电子邮件营销人员的挑战是确保数据库能够促进数据的收集和提取，从而适应活动的特别目的。

创造性信息设计

许多有创意的直接邮件的原则也适用于电子邮件信息。需要提供恰当的有强烈反馈导向的版本（Friesen，2002）。这意味着仔细地锁定目标、全面了解顾客的点击行为，可能的话，进行个性化和定制，而不是使用用于大众电子邮件的乏味信息。讯息类型取决于电子邮件格式，纯文本、带图的超文本链接或者丰富的媒介。考虑到对活动的反馈速度，有 90% 的回答是在 48 小时之内，在测试之后可以进行调整（Rizzi，2001）。

范例　　　Viewlondon.co.uk 是一份网站指南，它介绍了伦敦的 11500 家饭店、酒吧、酒馆和俱乐部。为了提高网站的点击率，鉴于它最终的成功取决于它作为广告媒介的效力，它开展了一项题为"你是伦敦人还是假伦敦佬?"的活动来测试访客对伦敦的了解。尽管任何人都可以参加，并有机会赢取奖品，如 CD、免费饮料和免费门票，但要求完整注册后才能参加。活动期间，有 50 多万次页面点击，游戏被玩了 9.8 万次，对 Viewlondon 来说，最重要的是获得了 2500 名新注册者。为了保持人们的兴趣，每个月都会有新的游戏和测验（Murphy，2002）。所以如果你知道在巴黎的是泰姬陵、艾菲尔铁塔还是自由女神像的话，只需要输入你的姓名、邮编和电子邮件地址即可。所有这些流量营造器都是为了配合它成为伦敦人在伦敦寻找娱乐项目的第一参考点的目的。

即使是小型组织也可以借助有创意的设计，有效地使用电子邮件营销。考虑到它们只有很少的资源可用于促销，因此对它们来说，电子邮件营销可以成为一种非常有力的促销工具，但重点必须放在创造力、革新和好的执行力上（Sheehan，2005）。

范例　　来自牛津附近的 Witney 的 Fabulous Bakin' Boys 采用了电子邮件营销。它创建了一个笑话数据库，注册用户可以通过它的网站下载。注册过程提出了基本的问题，如性别、年龄、你在哪里见过公司销售的小松饼，以及你什么时候吃小松饼。还提到有获得免费样品的机会。后来它还引入了在线游戏，并定期向以前的网站调查对象发送放肆的广告（http://www.bakinboys.co.uk）。像嚼松糕和蛋糕侵略者等游戏旨在吸引重复流量，作为病毒活动的一部分，每个游戏都可以被"发送给伙伴"。也可以进行在线订购，留心看高尔夫游戏和游戏墓地。你也可以选择发送一张怀旧的贺卡，上面有一对身着泳装的夫妻坐在海滩上，标题是"珀西担心范妮的小松糕现在吃起来太沙了"。松糕嚼起来永远不会是同一个感觉。

Fabulous Bakin' Boys 针对的是年轻的成年人，他们想要送上门的或在本地店铺的优质快餐。网站提供了有趣的信息以减少任何可能的抱怨。

资料来源：© The Fabulous Bakin' Boys. http://www.bakinboys.co.uk。

　　随着越来越多的组织开始了解互联网的用途不仅仅是作为手册的补充，小型企业对电子邮件结合网站活动的运用也增加了。高成本、全国性媒体和小企业营销预算范围内可以承受的目标媒体的分裂，意味着在将来几年电子邮件营销可能会得到更多的应用。

反馈和回顾

　　电子邮件活动主要的优点之一是反馈速度。雷（Ray，2001）描述了一家度假拍卖公司的情况，在下午 4 点和下午 5 点 50 之间发行的时事通讯到下午 6 点 30 分就会引来显著的反馈数量，接下来两天都会有大量的反馈。这意味着必须花费相当多的精力来配备系统，处理所产生的反馈流量。在某种程度上，技术设施可以帮助处理"返回的"电子邮件、不能发出的电子邮件和日常问询，但在某些情况下，也许有必要安排一项进入邮件的应答服务。

在之前提到的沃达丰案例中，使用了一种实时报告和跟踪引擎，它可以列出发送了多少电子邮件，有多少邮件被打开，以及有多少邮件被点击。通常，一次只能跟踪50 封发出的邮件，主要是在 6 个小时的时限内。在所发出的电子邮件中，有 50% 以上的邮件被打开并阅读，21% 的点击进入了网站相应的部分。后者中有许多后来被电话营销团队转化成了线索（http://www.inbox.co.uk）。

总之，有针对性的经过许可的邮件活动产生了 10%~15% 的平均反馈率，但对于购买的准邮件地址，这个比率可能会降至 2%（Murphy，2002）。当收到所有反馈之后，就可以开始对活动效力进行分析了。这通常要求认真的预先计划来排除未订阅者，为不同的目标细分市场或不同的信息种类分配代码，并记录所产生的反馈类型，包括发生了点击但随后却没有正式反馈的情况。可以根据活动、顾客或产品打开和点击的数量、未订阅率、退信率和反应测量收集数据。这对更新记录和进一步的活动计划是一种重要帮助。

无线营销

如果你是一名 Cahoot 的顾客，当你快要透支时，你会收到一条警示短信；如果你在蓝箭（Blue Arrow）临时注册的话，当它们有空缺时你会收到短信。短信正在成为一种很流行的无线营销形式。无线营销，有时称为 M—营销或移动营销，已经开始成为另一种更近距离地瞄准顾客的重要机会，与电子邮件营销一起，它的应用在未来几年有望显著增长。全世界有 20 亿部以上的手机（Brodsky，2005），欧洲人口中有 76% 订购了移动服务，营销人员对短信可在人们想要的时候和地点接触到顾客的可能性感兴趣也就不足为奇了（http://www.flytxt.com）。预计欧洲在移动营销上的花费将从 2005 年的 7500 万英镑增长到 2010 年的 4.7 亿英镑（Brodsky，2005）。

M—营销提供了传递语音讯息的手段，但主要用于随时发送短信给锁定的个人。由于它的侵入性，也因为不同的顾客在一天的不同时段会更接受短信，M—营销人员必须完全了解顾客的生活方式并认真地使用恰当的传播口气，以免破坏对发送者品牌的信任（Carter，2002b）。例如，设想一下当你赶赴一个重要会议时收到短信的感受与在轻松的午餐时间收到短信时的感受有何不同。

在进行电子营销时，汇编目标名单和简况是一个重要的起点。顾客必须能够选择他们是否想收到信息，有责任确保所有信息都是相关的。如果抵押事务的信息被连续发送给正在苦苦寻找下周房租的学生的话，很快就会招致愤怒。还要注意必须能轻松地从接收的信息中选择退出。因此，像电子营销一样，内容的选择应该根据顾客的情况，但因为媒介的缘故，大多数短信必须简短，提醒个人特别优惠或促销，或者让他们参加一个互动游戏，那可以引导他们到网站。

和路雪使用短信服务营销来推出它可爱多品牌的 6 种 Love Potion 口味。每购买一份 Love Potion，就免费送出一张"玩笑卡"；它鼓励消费者通过短信服务发送信息给朋友，信息带有九个"玩笑图像"中的一个。如果信息被提交，最先的发送者就会赢得一份价值 1000 英镑的梦幻约会。针对的群体是 18~24 岁的人群，他们有较大的可能使用短信（Rogers，2004）。Comic Relief 也使用了移动链接来进行投票、竞赛和许多节目提醒，如《名人驾校》、《名人学院》等。手机主导着反馈，1 英镑收费中的 70 便士属于 Comic Relief（http://www.flytext.com）。

目前多数短信是 SMS（短信服务 short messaging service），如其名称所示，通常意味着短的、迅速的提示性或通知讯息。例如，玛莎百货使用电子邮件和短信优惠券激励购物者造访伦敦的一家新店，提供一次免费午餐的优惠，而帝亚吉欧用 SMS 短信来锁定 16~24 岁的人群进行测试，如果他们进入一些购物中心时提供移动号码的话，将给他们现金抵扣券（Carter，2002b）。然而，许多公司倾向于单向的交流，未能激发或鼓励互动。下一阶段的发展可能会见证语音和文本、游戏、图像和声音的结合，可以更好地娱乐和吸引接收者（http://www.wirelessmarketing.org.uk）。

范例　　Gossard 想消除与 G-strings 的性感联系，把它们重新定位为现代女性舒适的贴身内衣。它想要推动产品试用并为它的顾客建立一个选择加入的数据库。主要的活动包括电视和平面媒体，接下来是邀请发送一条 G4me 短信，以便接收一条 G-strings 系列的 1 英镑优惠券。提交最初的信息后，公司会联系应答者询问他们的姓名、地址和邮编，这样可以向他们发送这张 1 英镑的优惠券。它也寻求为持续的沟通建立一个选择加入的手机数据库。活动获得了巨大成功。在 8 个星期内就达到了 8 个月的销售价值；1.5% 的电视观众作出了回应，70% 的人提交了他们的姓名和住址以便收取优惠券。通过数据库，Gossard 可以定期和顾客联系，他们占到了销售额的 20%（http://www.flytxt.com）。

随着越来越多的营销人员注意到这种新媒介，SMS 的优势很快会变成它的弱势。开发短信的一个潜在障碍是持续发送未经请求的短信的不良做法，以及此前对电子垃圾邮件的评价。一个肯定会成为典型的例子是，一个人接到让他在 2001 年 9 月 11 日以后到当地征兵中心报到的短信后很惊恐，后来却发现那只是一个电脑战争游戏的广告。其他的一些活动是为了鼓励拨打高价电话的诡计。电脑程序会随机产生移动号码并给它们发送 SMS 信息，不管它们是否选择了加入，因此服务提供商需要持续的警惕。

必须根据欢迎提醒或者相关更新信息的人对所有内容进行测量。有多少修车厂联系它们的顾客，提醒他们车辆需要年度服务了？短信可以发送低成本的提醒信息，同时配合一个让人马上采取预订行动的电话。

用户

无线营销活动的目标市场倾向于更年轻、更愿意尝试新传播方式的人。无线营销实际上触及了 100% 的年轻人市场，虽然在短信细分市场有一些饱和的情况（http://www.flytxt.com）。手机的使用已经成为我们生活方式的一个重要部分；所有大街上，或者更烦人的是在拥挤的通勤列车上都可以见到这种情景。它从一种地位符号变为了一种必要的沟通装置，很适合许多年轻人匆忙、紧张和突发性的生活方式，他们把决定留到最后一分钟，经常让自己"忙忙碌碌"。它对 M—营销人员来说是有利的。

"快乐狗"（Happy Dog）是一家无线营销咨询公司，它在它的 Moby 研究中提出了三大类需要瞄准的基本顾客（Carter 报道，2002b）：

- 游民。通常在 18~24 岁之间，几乎没有责任，大多生活在家中，倾向于最后一分钟决策而不是预先计划。
- 收集者。通常在 25~40 来岁，担负着家庭责任和职业期许。手机作为一种常规配置被用作家庭电话的自然延伸。
- 猎人。也许在 20~35 岁之间，几乎没有家庭责任，但享受职业所能带来的完全稳定和生活方式。

这三组人也许不能代表全部手机用户，但这些特点确实显示出不同组群间的反馈倾向和信息搜寻有相当大的差别。这再次突出了在决定特别活动时考虑生活方式和实际产品使用行为的重要性。

系统和过程

任何成功的无线营销活动都需要技术设施的支撑，无论是组织内部的还是使用专门的代理机构。技术设施使报告、跟踪、个性化和互动界面成为可能，它必须能够处理大量的进出讯息而又不毁坏系统。许多组织宁愿使用专业代理机构的成熟技术。例如，Inbox（http://www.inbox.co.uk）有一套反应管理系统，它可以接收进入的信息，给销售人员发送短信，通过一个第三方履约商订购发给发件人的手册，发送电子邮件给呼叫中心的代理。因此首要的是将专业代理机构提供的精密技术和独立的营销人员所操作的系统整合起来。例如，MindMatics 提供一个"无线互动工具包"，它可以让公司通过标准的应用程序开始移动营销，而不需要任何额外的设施。它使用一个以 Windows 为基础的应用程序直接连接 MindMatics 的 SMS 网关进行发送和接收。

这些系统的整合强调了在损害能够使应用程序首先被采用并有效发挥作用的基础设施情况下，过度关注创意和营销应用程序是很危险的。

下一代

SMS 有局限性，它只能发送较简单的短信。已经有人提出到下一代文本服务开始广泛运用时，短信数量很快会开始停滞（Wray，2002）。下一次的创新可能会结合 EMS（增强短信服务）的广泛运用，使小的标识和图标可以通过空中传播。然而，许多运营者推迟了重要投资，直到 MMS（多媒体信息服务）被引入。MMS 可以进行全彩色图片的空中传播，它与视频结合能够给手机带来新生。这将使讯息的设计可以完全利用图片、旋律、动画和独特文本。这将使手机成为各种娱乐、新闻和信息服务的接入点，以及占优势的电子商务平台（Brodsky，2005）。

对于消费者对新技术的接受程度和花更多的钱获得增强服务的意愿还有争议，因为它超过了预计的手机成本。多数短信是在朋友间发生的，如果增强的 MMS 被采用的话，尽管对营销人员来说可能是便利，但给顾客的附加值却很少，除非对移动中接入信息和娱乐的期待有重大改变。它可以是最新的温布尔登或世界杯比分，或者股票市场价格，可以是与某些东西相关的信息，但却不得不和租金或服务费用的增加相联系。营销人员和顾客必须确信那些额外收费所产生的财务回报。MMS 营销价格可能是 SMS 的四倍，但现在还没有足够支持 MMS 的手机产生对额外成本的回报（New Media Age，2005c）。因此 SMS 仍然垄断着移动媒体的预算就不令人吃惊了，但随着 MMS、视频和以 WAP 为基础的内容的性能更为人们所了解，这种情况将会发生改变（Marketing Week，2005a）。

营销 进行时

嗨，真性感！

Kiss 100 是伦敦年轻人的广播电台。它一开始是一个非法盗播电台，但 1990 年合法化了。它的成功来自它在普及舞曲音乐和引领浩室（House）、车库（Garage）、嘻哈丛林（Hip Hop Jungle）、氛围（Ambient）和碎拍（Breakbeat）等音乐类型发展方面所发挥的核心作用。它被认为处于舞曲音乐的最前沿，因此吸引了一群忠实的听众。它试图通过它的相关俱乐部在白天产生

收听率，在夜晚赢得"热辣而性感"的名声。每个星期，它的听众有 150 万，其中触及伦敦大约一半的 15~24 岁青年。它在天空数字电视的 24 小时音乐频道吸引了另外 200 万观众，该品牌已经扩展到了度假、俱乐部和网络舞蹈秀。它的 Kiss CD 已经售出了 200 万张。

Kiss 是一个体验品牌，它迎合了那些享受乐趣而又性感的年轻人，并已吸引了近乎疯狂的拥趸。因此，Kiss 想使用新的媒介来创造牢固的顾客关系管理（CRM）计划，该计划

针对的是那些不愿理会直接邮件和普通大众传媒广告的一代人。Kiss 100 在它具有创意的代理——Angel Uplifting Marketing 和无线营销专家 Flytxt 的帮助下，已经有效地使用 SMS 在它最忠实的听众中促成了更大的收听和品牌忠诚。

作为之前促销的一部分，创建了一个有 56000 个手机号码的数据库，称为"嗨，真性感"俱乐部。它采用选择加入方式来接收更多的信息，它创造了一个宝贵的营销工具，可以保持与有意愿的受众的定期联系，但需

Kiss 100 的"嗨！真性感"活动在触及它的目标市场方面是一次绝对的成功。

资料来源：© Flytxt Ltd http://www.flytxt.com。

要有创意、有价值的点子来把他们留在名单里，并参与活动。听众一开始通过短信、网络或 0700 "嗨，真性感"电话专线注册。收集的数据包括注册媒介、生日、性别，以及明显的个人细节。两个代理机构，Flytxt（一个移动营销专家）和 Angel Uplifting Marketing 才能设计活动通过游戏、比赛和针对俱乐部成员的促销来提升忠诚度。

共设计了 20 多种不同的活动来保持顾客兴趣。它们包括：

- 免费提供 "Bamster" 语音信箱，通过它听众可以拨打 IVR 专线，为 他 们 的 手 机 下 载 免 费 的 Bamster 语音邮件。
- "短信赢奖"比赛邀请听众在播放特别录音时发短信到电台，录音一天重播几次。获胜者可获得 100 英镑的奖品，事实证明听众为了

参加这个比赛延长了收听时间。

- "生日祝福"。每个"嗨！真性感"的成员在他们生日时都会收到 Kiss 电台 DJ 的祝福，通常是在会员早晨醒来的时候。信息一开始是："嗨！真性感！我是巴姆巴姆。我及 Kiss 100 的每个人祝你生日快乐——戴上眼罩继续听哦！发送 STP2 退订。"
- "匿名情人卡服务"。听众可以通过将匿名情人卡信息连同爱人的移动号码用短信发给 Kiss 100，由它重发。
- "蜜桃聚会（The Peach Party）促销"使顾客能够通过短信报名获得"蜜桃聚会"客人名单的 7 英镑折扣，"蜜桃聚会"是 Kiss 在卡姆登舞厅的一个俱乐部。

SMS 的一系列促销取得了巨大的成功，不仅"嗨！真性感"的名单

人数增加了，而且活动通常可以达到 13% 的平均反馈率，远远超出了预期。免费 Bamster 的语音信箱的反馈率超过了 18%。"蜜桃聚会"的客人名单占到了全部数据库成员的 16% 以上。

这个案例突出了 SMS 在维持忠诚度和发展顾客关系管理活动方面的价值，这种活动使用了特定年龄组非常熟悉并与其生活方式和语言相关的媒介。创造和维持这样的顾客忠诚对 Kiss 100 来说是非常重要的，因为它试图冲击首都调频（Capital FM）在伦敦 15~24 岁听众中的支配地位（Marketing, 2001）。

资料来源：Marketing (2001), http://www.kiss100.com; 非常感谢 Lars Becker and Annabel Knight, Flytext。

互动式电视营销

互动式电视（iTV）营销仍处于婴儿期，但确实有可能从根本上改变营销传播，它可以让用户而不是广告主根据个人需要定制信息内容和活动。互动式电视是一种顾客和服务提供者之间的双向沟通，服务提供者负责通过卫星、电缆或天线把信息传送到电视机顶盒，然后创造一种"反向服务"技术使用户能够互动。通常反向服务是通过一条普通的电话线、无线或像 NTL/Telewest 那样通过特殊电缆提供的。

互动式电视营销的发展问题与数字电视的全面取代有关，这种情况由于英国数字互动电视（ITV Digital）的结束而更加恶化。根据电子营销人员的说法（2006），英国有 1650 万家庭拥有数字电视，超过法国、西班牙和德国的总和。然而，主要应用与直播电视形式有关，如问答比赛、投票、体育活动（例如天空体育频道的选手营）上，只有很少部分是互动式广告。据双向电视（Two Way TV）（http://www.twowaytv.com）所说，游戏仍然是主要的用途。它发现：

- 每个月有 10% 的家庭玩双向电视的游戏。
- 每个月有 30% 的家庭至少玩一个游戏。
- 每个月有 150 万个游戏被玩。
- 每个玩家每个月的开支超过 7.5 英镑，重度用户每个月花 30 英镑。

挑战是让广告公司和营销人员确信互动式电视提供了一种重要的媒体组合补充。自

从 2000 年天空传媒播放互动电视以来，大约为 200 个客户开展了 670 次活动。花了近三年的时间达到 200 个客户，又花了两年到达约 500 个，表明这种媒体仍然处于婴儿期（Bonello，2005）。

> **范例**　当福特推出福特福克斯时，它设计了一个直播"娱乐广告"竞赛，在 ITV 1 频道的高峰时期播放。观众有机会赢得一辆福特福克斯，他们可以通过拨打电话、发短信或按红色键回答。目的是吸引反馈，发起顾客联系，并建立一个数据库。活动产生了 5 万个反馈，三分之一是互动和电话参加者，他们同意接收新产品信息。宝路（Pedigree）宠物食品在与"今早（This Morning)"节目联系时也使用了互动式电视。该互动部分使狗主人可以获得与节目的某个细节相关的更多编辑内容，以及进入一个测验的机会。品牌和节目之间的联系经过了认真的研究，以展示与狗主人的相关性，大概是在早晨散步后在电视前休息的时候（Fry，2005）！

从营销人员的角度看，互动式电视广告和营销的主要好处被认为是（重要的是）瞄准了利基受众；个性化和一对一对话；提供新的市场渠道；深化品牌和产生收入（http://www.emarketer.com）。

> **范例**　诺基亚赞助了非常成功的才艺秀"X 元素（The X Factor)"。尽管它对在广播中的曝光和与其微型网站链接的节目的专门网站很感兴趣，但它也对节目将互动电视用于特别内容、投票和竞赛的方式感兴趣。在一场典型的表演中有 150 万次互动投票，凭借如此高的知名度，诺基亚能够在节目的后段推出一些新手机。通过提供互动设施，雪铁龙利用它的非常成功的"欢乐日（Happy Days)"活动重新推出了 C3。它使观众可以参与到电视活动的幕后，促进了 30 秒商业广告的收视，并使观众可以索要小册子或试驾。互动式电视的使用进一步扩展到使手机用户可以下载"欢乐日"的铃声并参与赢取自动点唱机的竞赛（Fry，2005；New Media Age，2005b）。

目标锁定和个性化先于其他被认可的好处。机顶盒是给服务提供者大量信息的来源，使它能够像其他任何媒体发行人一样建立用户档案。就出现在电视屏幕上的互动式活动来说，越来越多的专业电视频道涉及了方方面面，从度假到音乐，从体育到驾车，可以通过机顶盒进行仔细的目标锁定并对随后的反应进行分析。有些人担心机顶盒的追踪能力可能会引发隐私问题。一旦这个问题引起了注意，就会减少某些跟踪（http://www.broadbandbananas.com）。

然而，互动式广告的知名度增长得很慢，许多人承认看过互动广告，但却没有参与互动。天空传媒的观众中约 60% 声称不了解互动广告（Gleave，2005）。也有对互动广告如何运作的困惑。即使观众不愿意尝试，但在该媒介被认为是促销组合的一个强有力的部分之前，广告商还是有路可走。虽然 BBC、天空传媒和其他公司已经开展了活动来介绍互动如何进行，但互动广告产业却几乎没有做什么来推广其广泛用途。因此，互动活动的平均反馈率在 0.5%~7% 之间波动就不足为奇了（New Media Age，2005d）。

尽管互动式电视的运用取得了一些成功，但更广泛的采用还为时过早。甚至现有的数字用户也把电视看做娱乐工具，把互联网看做信息搜索工具。就当前的采用者来说，全面的互动式服务也很少发生。服务提供者必须更积极地推广更广泛的服务好处，而不是聚焦于目前能产生直接收入的服务。例如，一个广告系统能够播放标准的汽车广告，按"i 键"能够提供进一步信息的菜单，播放更多的镜头，展示指定颜色的汽车，甚至还能安排一次试驾，所有这些都是坐在舒适的扶手椅里完成的，具有比要求电话和邮件反馈的传统媒体更多的优势。它在高参与度、高价格、非经常采购物品中的作用比更常规的快速消费品采购更大。

这三种新媒介形式都还在发展当中，反映了像宽带、MMS 信息和双向电视等技术的进步。营销人员看到了发送个性化讯息或者让顾客定制他们接收的信息的机会，这是一个媒介分裂的时代，传播信息的难度增大了。例如，可口可乐把它在电视广告上的一些开支转向了新媒介，从中它可以通过现场音乐、体育和病毒营销锁定年轻人（Day，2002）。随着技术的进步，将会有更多的机会创造更复杂的活动来吸引和保持注意，但只有通过鼓励互动，新媒介真正的威力才能被看到。

在所有领域都还有重要问题需要克服，特别是涉及隐私和数据保护方面。虽然隐私不总是成为消费者的主要话题，但它也许会反映公司对收集和管理个人数据认识的低水平（Barwise，2002）。随着立法趋势的发展和产业标准的强制实行，该问题还是存在，控制垃圾邮件和胡乱锁定目标的影响能否尽快防止顾客因被一系列不想要的信息轰击所造成的愤怒。诚挚的营销人员最不想做的一件事是让他们的品牌贬值，被认为是"爱出风头"或与垃圾邮件发送者扯上关系。

小结

- 互联网营销在组织内有广泛的应用，包括信息传播、公共关系、销售、客户关系管理和市场搜索，以组织网站为中心，网站必须精心设计，以一种有吸引力和便于使用的形式为用户提供他们想要的东西。互联网营销在任何规模和类型的组织都是有用的，当与更传统的营销工具和方法结合时，可以非常经济地实现营销目标。网络公司的失败证明了顾客导向的"传统营销价值"，明显的差别优势、严格控制的营销计划、管理和控制对完全在网上开展贸易的公司来说仍然至关重要。吸引和维持顾客信任也被视为互联网营销成功的主要因素。

- 随着互联网在普通大众中的渗透的增加，互联网营销的重要性也与日俱增。随着个人获得使用互联网的经验以及他们对互联网信任的增长，他们可能会开始通过这个渠道把钱花在更多的产品和服务上。通过互联网购物的人数和他们的平均开支也在迅速增长。企业也增加了在电子采购上的开支。已经出现了独立组织运作的 B2B 交易所或电子市场，它们有助于快速、经济地匹配买家和卖家。由大买家主导的特别产业的交易所，如 Covisint，也开始出现，它们简化了分销链条，使它们变得更加经济。主要项目的电子合作正在试验之中，但至今还是令人失望的。

- 组织对互联网的三种主要运用类型是：用于研究和计划、作为分销渠道，以及作为传播媒介。互联网开辟了广阔的信息来源，既有免费的也有付费的，提供了一种新的开展各种市场研究的方法。随着电子零售商和网络中间商的出现，它还成为另一个经济的分销渠道，同时传统的公司将它与"普通"零售渠道并行使用。互联网凭借自身的特性还成为一种广告媒介，用来补充其他媒介。它还是一种传递形象的销售促进和其他刺激的手段。它能为顾客服务和顾客关系项目增加许多价值。在将来，随着技术支撑下互联网的发展（例如宽带的出现），它的营销用途可能会变得更加成熟，顾客和企业都会把它视为一种主流营销工具。

- 所谓的"新媒介"的三项主要因素是电子邮件营销、无线营销和互动式电视。电子邮件营销主要用作一种顾客关系管理手段，通过定期的、有针对性的和有关的联系创造和培育与顾客的关系。有想象力的和精心设计的信息可以用在病毒营销活动中，利用口碑优势鼓励收件人把信息传递给朋友。无线营销（M—营销或移动营销）利用了手机的威力，主要是把短信作为一种营销传播形式。借助互联网，技术的进步可能会为无线营销开辟新的用途。互动式电视营销通过电视机为营销人员和个人提供了双向沟通的机会。顾客可以使用遥控的互动工具索要有关产品的更多信息，或者像在互联网上一样，用多种方式互动。然而，主要的问题是创建必要的数字网络来传递互动式电视服务的成本、消费者的接受力和互动式电视全部能力的采用。

复习讨论题

14.1 从 B2B 供应商的观点看，反向拍卖的主要优点、缺点是什么？

14.2 列出企业网站用途的三个主要种类。

14.3 什么是病毒营销？为什么它对营销人员那么有用？

14.4 汇编一份可以用于评估一个时尚电子零售网站的标准清单。访问三个有类似目标受众的电子零售服装网站。根据那些标准比较和对比这些网站的表现。每个网站可以如何改善供给？

14.5 讨论"新媒介并没有提供比传统营销传播形式更多的东西给营销人员。"

14.6 画一张表，列出电子邮件营销与更传统的直接营销方式相比较的优点、缺点。你认为在哪种情况下电子邮件营销可以最好地发挥作用？

案例分析 14

网络情缘

西尔维亚·罗根

1970 年，第二十部《继续》（Carry On）电影上映了，当然是以锡德·詹姆士（Sid James）和哈蒂·雅克（Hattie Jacques）为主角。在《继续爱》（Carry On Loving）一片中，锡德和哈蒂开了一家名为"婚姻幸福介绍所"（The Wedded Bliss Agency）的婚介所，想用一台计算机把众多血气方刚的单身人士聚集在一起，这完全

是假的。为了给婚介所打广告，所有者锡德制作了一本名为《求婚秘籍》（The Wit to Woo）的小册子，这种对浪漫极度渴望的人的奇怪聚集合导致了一些匪夷所思的配对和大量的混乱。

技术也许已经发展了，营销变得更精确，但单身人士的需要和担心还是和以前一样。因为有了"婚姻幸福介绍所"的先例，我们如何能确信目前正在做广告的所有机构的真实性呢？英国网上约会公司和聊天室增长迅猛，因为它们容易设立，对维护或人力的要求很少。不需要有专门

知识、经验，甚至是对约会领域的兴趣，而且设立起来很便宜，因为办公、设备和人员方面的管理费用非常低。对那些几乎没有计算机知识的人，有现成的软件可以购买。

五频道播放了一部纪录片（五频道，2005），审视了英国婚介公司的异常增长。它报道在过去的 50 年里，约有 1000 万人利用过这些机构，每 5 个单身人士中有 2 个相信它们能帮助找到完美的伴侣。第一家计算机婚介公司 Dateline 成立于 1966 年。浪漫科学的应用许诺真正的爱情，将有类似喜好的男女配对的计算机约会立即获得了成功。到 20 世纪 70 年代，Dateline 的流行退潮了，因为它发现它难以履行它的承诺（记住"婚姻幸福介绍所"！）。计算机约会尽管还在继续，但 20 世纪 80 年代被对电视约会的狂热超过了，接下来是 20 世纪 90 年代的互联网约会和国际约会公司，最后是速配。

在过去几年里，寻找配偶和求爱因为网上约会服务已经呈现出了进一步的变化。通过个人计算机和互联网的使用，这些服务帮助个人、两个人和一群人在网上相会，并且可能发展到社交性的、浪漫的或性方面的关系。在以增加财富为特点的欧洲社会文化环境中，有一种趋势是先立业后成家，因此出现了晚婚。随着离婚倾向的增加，以及随着掌握互联网知识和在地域上经常流动的年轻单身者人数的增加，这些服务也许真能满足市场的需要。加上许多传统的寻找配偶的社会网络，如教堂、紧密结合的大家庭和社区舞会的缺失，据罗恩（Rowan，2006）所引用的调查显示，单英国就有 800 多个约会网站，欧洲市场的整体价值预计会从 2005 年的 1.15 亿英镑增加到 2010 年的 2.6 亿英镑，这就不足为奇了。霍伊尔（Hoyle，2006）指出 2005 年 540 万英国人中有 65% 使用网上约会。

通过使用心理测验，nomorefrogs 帮助人们发现他们的完美伴侣，而不用亲吻太多的青蛙，就像小孩儿的童话故事中说的那样。

资料来源：nomorefrogs Ltd. http://www.nomorefrogs.com.

会服务寻找伴侣。正如网上约会公司"爱与朋友"（Love and Friends）的创始人玛丽·鲍尔弗（Mary Balfour）所说："人们更努力地工作，更晚结婚，过着更加孤单的生活。他们更可能用一台 DVD 和一罐啤酒来结束一天，而不是去参加乡村舞会。"（Hoyle 引，2006）

开办一家网上约会公司非常容易。英国的约会服务公司 Dating Direct.com 花了 250 英镑，使用现成的软件就成立了，现在是最大的英国公司，有 320 万英国会员，营业额超过 1000 万英镑，但只有 13 名雇员。欧洲约会公司 meetic.com 的创始人马克·西蒙茨尼（Marc Simoncini）说："随着商业模式的运行，在线约会网站趋于完善。我们需要的全部就是两个月的免费服务，然后就由口碑传播接手。现在我们的顾客就是我们的产品，他们互相交付自己。"（Tiplady 引，2005）

开办的容易和行业规范的缺失导致了约会网站的繁殖，现在的问题是网站开始用更精细的方法让自己与众不同，以便吸引顾客。一些通过它们使用的剖析方法的程度和质量来吸引顾客，以便使准伴侣搭配得更合适。许多通过聚焦非常特殊的利基市场来吸引顾客，于是就有了为各种宗教信仰服务的约会机构，有为高个子、矮个子、吸烟者、素食者、父母亲和同性恋服务的约会公司；还有聚焦各种活动和运动、文化或性兴趣的网站。于是就有了 http://www.seventy-thirty.com，它的"高净值"个人会费每年起价为 1 万英镑。专业机构的目的是吸引志趣相投的人，这样顾客能够确信他们的"关键性格"被接受了，不会害怕因为它而被拒绝。顾客对公司以及它的其他客户习惯于那种性格所产生的社会和文化后果也更有信心。例如，一家专业的印度人公司就能够处理印度世袭阶级的不同，而这会困扰非印度人；而一家素食机构会了解严肃的素食主义对生活方式的广泛含意。

一个专业网站的例子是 BeautifulPeople.net，它的前提是"美丽的人愿意与其他美丽的人约会。这就是为什么好莱坞的明星只会相约外出。每个人都知道，但多数人不敢大声说出来。我们只想把美丽的人联合起来。我们对政治的正确性不感兴趣"（创始人 Greg Hodge，Chaudhuri 引，2005）。潜在客户必须提交一张照片和详细的个人资料，这些会被已有的会员审视，由他们决定是否接受或拒绝申请。一些人花了许多钱在专业化妆和照相上，只为了进去！一旦进入，对于访问公司的所有设备会有一个变化的收费范围，从两天 5 英镑到一年 69.99 英镑。当我们访问英国网站的时候，有 32722 份申请在处理当中，7822 名会员进行了注册（所有数字截至 2006 年 1 月 28 日）。

从字面上看，http://www.nomorefrogs.com 的前提是在你找到你的王子之前，你只用亲吻很少的青蛙，这看上去与 Beautiful People 的核心理念是一致的。然而，它没有聚焦于"相貌"之类的浅显的东西，而是试图通过详细的心理剖析根据人们个性的兼容性来配对。

在该网站注册是免费的，但成为完全的会员则要花钱，两个月 38 英镑，三个月 49 英镑，六个月 72 英镑。之后的续费是两个月 29 英镑，三个月 40 英镑（2006 年 1 月 28 日的价格）。让我们祝福它能帮助公主找到合适的青蛙！

对于你们当中孤单的摩托车手，bikerdating.co.uk 力劝你"今天加入，找到其他正在寻找爱、寻找友谊的志同道合的摩托车手，扩展你的社交生活"。通过摩托车手聊天室或公告牌与世界各地的摩托车手即时聊天。遇到适合的伴侣的重要部分是有共同的兴趣，"摩托车手的约会"（Biker Dating）旨在为世界各地骑摩托车的人提供一个聊天、相会的网上论坛，与他们认识的人联谊，分享他们对热门摩托车的激情"（http://www.bikerdating.co.uk）。提交简要材料不要钱，但必须订阅才能获得全部服务和设施。

因此，去一家专业机构确实能让你相信能够找到某个和你有共同点的人，但还有一些基本的信任问题需要强调，特别是要求你考虑准伴侣的诚实问题。有许多关于约会的故事，有的有趣，有的吓人，总有一些东西不像他们在网上档案里声称的那样。高个儿、黑发、英俊的 35 岁脑外科医生结果是一个矮个儿、秃头、40 几岁的公共汽车司机，这可能会被看成一次令人沮丧的、恼人的浪费时间之举（或者一旦你克服了最初的震撼，那确实是非常好的伴侣）。欺骗可能标志着更阴暗的倾向。不幸的是加入一家收费较高的公司并不能保证它们会提供较好的服务，或者会对准客户进行安全审查。多数网站在限制细则上明确附有免责条款，说它们不保证所有客户都是诚实可信的，实际上，许多公司指出除非它们可以接入警察记录，否则他们永远无法完全确定客户的背景。当使用约会公司或进行相亲时是不可能排除所有风险的，但知名公司会给出与准伴侣联系和会面的常识性安全规则建议，它们绝不会提供诸如姓氏或地址这样的详细情况，会在接受客户之前进行详细的电子或亲自面试以证实潜在客户的身份和动机。

然而，并非所有公司都像它们可能的那么有名。公司肆意开展"婚托"并非不为人知，即当名册中没有合适的、"真正的"、可能的约会对象时就派雇员去约会，以保持客户对服务的积极和兴趣。同样，一些机构发送假的浪漫电子邮件给那些减少服务使用的客户，以重燃他们的兴趣。如果客户资源看上去有点匮乏或有限，那么为什么不创造一些令人感兴趣的新会员呢（但是是编造的）？因此必须小心。虽然多数公司是诚实的，真心地想为他们的会员找到伴侣，但某些公司纯粹是作为一个有利可图的副业，或作为一个轻松赚钱的方式而成立的，对使用它们的人只有最少的责任感。

那么网上约会产业的未来是怎样的呢？一些公司正在发展成为"社交网络"网站，如 http://www.friendster.com，在那里你可以追踪你已经认识的人的亲戚，从而认识朋友的朋友的朋友。这种方式的进一步延伸"mblogs"，移动社区网站，在那里，会员通过电话或互联网把伙伴推荐到一个朋友网络。也许以这种通过个人介绍的方式进行会面会比挑选相对陌生的人要安全一些。Dateline 另一项有趣的革新是使用 3G 技术提供"移动的约会"服务。如果你有一个 3G 手机，你可以给自己录一个一分钟的视频短片并提交给网站。然后，当有准伴侣时，Dateline 会发一条短信给你，你可以看那个人的视频介绍，由此决定你是否喜欢他。如果喜欢，你可以在系统（当然是设计成保护个人隐私和安全的）上开始交换并提取信息。

所以，未来似乎要仰仗 SMS、MMS、摄像手机和网络摄像了。然而，不管是什么技术，都是有关好的、老式的营销价值的，提供便利、服务并给消费者他们想要的东西。但没有机构能保证你能找到生命中的爱情，甚至不能清除所有并不是王子的青蛙伪装，如果证明书和主页广告可信的话，许多孤独的单身者确实能在互联网上找到真爱。

资料来源：Channel five（2005）；Chaudhuri（2005）；Hoyle（2006）；Hunt（2004）；Marsh（2005）；Rowan（2006）；Sabbagh 和 Kirkham（2005）；Tiplady（2005）；http://www.dating-agencies-uk.co.uk；http://theanswerback.co.uk。

问题：

1. 总结对网上约会的成功作出贡献的社会文化趋势，以及网上约会服务对那些趋势作出反馈的方式。

2. 访问四个不同的在线约会公司网站。指出它们明显的目标市场，比较和对照它们的营销组合方法，评估它们的定位。

3. 除了明显使用了互联网以外，其他的新媒介对约会公司的营销和服务交付可以作出什么贡献？

参考资料

第1课 动态化的市场营销

Alderson, W.(1957), *Marketing Behaviour and Executive Action: A Functionalist Approach to Marketing*, Homewood, IL: Irwin.

AMA(1985), 'AMA Board Approves New Marketing Definition', *Marketing News*, 1 March, p. 1.

Avlonitis, G. et al. (1997), 'Marketing Orientation and Company Performance: Industrial vs Consumer Goods Companies', *Industrial Marketing Management*, 26 (5), pp. 385–402.

Babakus, E., Cornwell, T., Mitchell, V., and Schlegelmilch, B. (2004), 'Reactions to Unethical Consumer Behaviour Across Six Countries', *Journal of Consumer Marketing*, 21 (4), pp. 254–63.

Balestrini, P. (2001), 'Amidst the Digital Economy, Philanthropy in Business as a Source of Competitive Advantage', *Journal of International Marketing and Marketing Research*, 26 (1), pp. 13–34.

Berry, L.L. (1983), 'Relationship Marketing', in L.L. Berry *et al.* (eds), *Emerging Perspectives of Services Marketing*, Chicago: American Marketing Association.

Booms, B.H. and Bitner, M.J. (1981), 'Marketing Strategies and Organisation Structures for Service Firms', in J. Donnlly and W. R. George (eds), *Marketing of Services*, Chicago: American Marketing Association.

Borden, N. (1964), 'The Concept of the Marketing Mix', *Journal of Advertising Research*, June, pp. 2–7.

Brand Strategy (2004), 'Barbie: Barhie's Mid–life Crisis', *Brand Strategy*, May, p. 20.

Burrows, P. (2004), 'Can the iPod Keep Leading the Band?', *Business Week*, 8 November, p. 54.

Burrows, P. and Lowry, T. (2004), 'Rock On, iPod', *Business Week*, 7 June, p. 130.

Burrows, P. and Park, A. (2005), 'Apple's Bold Swim Downstream', *Business Week*, 24 January, p. 32.

Carroll, A. (1991), 'The Pyramid of Corporate Social Responsibility: Toward the Moral Management of Organizational Stakeholders', *Business Horizons*, 34 (July/August), pp. 39–48,

Carroll, A. (1999), 'Corporate Social Responsibility', *Business and Society*, 38 (3), pp. 268–95.

Challener, C. (2001), 'Sustainable Development at a Cross-roads', *Chemical Market Reporter*, 16 July, pp. 3–4.

Christopher, M., Payne, A. and Ballantyne, D. (1991), *Relationship Marketing: Bringing Quality, Customer Service and Marketing Together*, London: Butterworth.

CIM (2001), accessed via http://www.cim.co.uk.

Clarke, P.D. et al. (1988), 'The Genesis of Strategic Marketing Control in British Retail Banking', *International Journal of Bank Marketing*, 6 (2), pp. 5–19.

CSR Forum (2001), 'The Responsible Century?', accessed via http://www.csrforum.com, August 2001.

Deng, S. and Dart, J. (1999), 'The Market Orientation of Chinese Enterprises During a Time of Transition', *European Journal of Marketing*, 33 (5), pp. 631–54.

Durman, P. (2005), 'Hunt for Easy Profits Hits the Wrong Note', *Sunday Times*, 20 February, p. 9.

Dwyer, E., Shurr, P. and Oh, S. (1987), 'Developing Buyer and Seller Relationships', *Journal of Marketing*, 51 (2), pp. 11–27.

The Economist (2005), 'Crunch Time for Apple: Consumer Electronics', *The Economist*, 15 January, p. 60.

Fenton, B. (2004), 'Brash Bratz Gang Leave Barbie Feeling Her Age', *Daily Telegraph*, 7 October, p. 11.

Foster, L. (2005), 'Mattel Hit as Barbie Loses out to Bratz', *Financial Times*, 16 April, p. 6.

Fuller, D. (1999), *Sustainable Marketing: Managerial–Ecological Issues*, Sage Publications.

Furman, P. (2005), 'Bratz/Barbie in Dolls Duel', *New York Daily News*, 18 April.

Gordon, M. (1991), *Market Socialism in China*, Working Paper, University of Toronto.

Green, D. (1995), 'Healthcare Vies with Research', *Financial Times*, 25 April 1995, p. 34.

Griffiths, K. (2004), 'Battle of the Barbies Knocks Stuffing out of Mattel', *The Independent*, 19 October, p. 44.

The Grocer (2004), 'The Grocer Fact File: Italian Foods', *The Grocer*, 13 November.

Grönroos, C. (1997), 'From Marketing Mix to Relationship Marketing–Towards a Paradigm Shift in Marketing', *Management Decision*, 35 (4), pp. 322–39.

Gummesson, E. (1987), 'The New Marketing: Developing Long term Interactive Relationships', *Long Range Planning*, 20 (4), pp. 10–20.

Hartman, C. and Beck–Dudley, C. (1999), 'Marketing Strategies and the Search for Virtue: a Case Analysis of the Body Shop International', *Journal of Business Ethics*, 20 (3), pp. 249–63.

Henderson, S. (1998), 'No Such Thing as Market Orientation – A

Call for No More Papers', *Management Decision*, 36 (9), pp. 598–609.

Johnson, B. (2003), 'Berth of Success?', *Marketing Week*, 13 November, p. 28.

King, S. and Kelly, K. (2005), 'Doll Face Off' *Wall Street* Journal, 17 February, p. B1.

Knights, D. et al. (1994), 'The Consumer Rules? An Examination of the Rhetoric and "Reality" of Marketing in Financial Services', *European Journal of Marketing*, 28 (3), pp.42 54.

Levitt, T. (1960), 'Marketing Myopia', *Harvard Business Review*, July/August, pp. 45–56.

Mans, J. (2000), 'The European View of Future Packaging', *Dairy Foods*, 101 (6), pp. 42–3.

Marketing Week (2005), 'MediaVest Manchester Scoops Bratz Launch', *Marketing Week*, 14 July, p. 17.

Marsh, S. (2004), 'Barbie Left on the Shelf by Younger Sexier Challenger', *The Times*, 24 April. p. 15.

McCarthy, E. (1960), *Basic Marketing*, Homewood, IL: Irwin. Mintel (2003), 'Health and Fitness Clubs', *Mintel UK Horizons*, May, accessed via http://www.mintel.com.

Morrison, S. (2004). 'Apple Leaps on Strong iPod Sales', *Financial Times*, 13 October. p. 1.

Murphy, C. (2004), 'Bratz', *Marketing*. 22 September, p. 29.

Narver, J. and Slater. S. (1990), 'The Effect of a Market Orientation on Business Profitability', *Journal of Marketing*, 54 (4), pp. 20–35.

OECD Observer (2001), 'Rising to the Global Development Challenges', *OECD Observer*, Issue 226/7 (Summer), p. 41.

Piercy, N. (1992). *Marketing–led Strategic Change*, Oxford: Butterworth–Heinemann.

Poulter, S. (2005), 'We Had to Pay £2 500 Because our Children Are Music Pirates', *Daily Mail*, 8 June. p. 7.

Precision Marketing (2004). 'Fitness Clubs Flex their Marketing Muscles', *Precision Marketing*, 16 January, p. 11.

Prystay, C. (2003), 'Made, and Branded, in China: Chinese Manufacturers Move to Market Under Their Own Names', Wall Street Journal, 22 August, p. A7.

Rigby, R. (2004). 'The iPod and its Ilk Will Not Stop at Music', *Financial Times*, 17 August, p. 1.

Rowan, D. (2004), 'Valley of the Dolls', *The Times*, 4 December, p. 21.

Schultz. R. and Good, D (2000), 'Impact of the Consideration of Future Sales Consequences and Customer –oriented Selling on Long–term Buyer–Seller Relationships', *Journal of Business and Industrial Marketing*, 15 (4), pp. 200–15.

Severn Trent (2004), 'Corporate Responsibility Report: Stewardship 2004', accessed via http://www.severntrent.com, July 2005.

Sheth, J., Gardner, D. and Garrett. D. (1988), *Marketing Theory: Evolution and Evaluation*, New York: Wiley.

Smith, W. and Higgins, M. (2000), 'Cause–related Marketing: Ethics and the Ecstatic', Business and Society, 39 (3), pp. 304–22.

Sook Kim, Q. (2004), 'Toy Makers Outgrow Toys', *Wall Street Journal*, 19 October, p. B1.

Stones, J. (2004), 'Putting the Bite Back On', *Marketing Week*, 7 October. pp. 26–9.

Turnbull, P.W. and Valla, J.P. (1986), *Strategies for International Industrial Marketing*, Croom Helm.

WCED (1987), *Our Common Future*, Oxford: Oxford University Press.

Wray, R. (2005), 'Bratz Pack Dolls up Eggs for Easter', *The Guardian*, 26 March, p. 24.

Zhuang, S. and Whitehill, A. (1989), 'Will China Adopt Western Management Practices?', *Business Horizons*, 32 (2), pp. 58–64.

第2课　环境决定市场营销？

Aguilar, F.J. (1967), *Scanning the Business Environment*, Macmillan.

Ashworth, J. (2003), 'The Saga that Became a Success Story', *The Times*, 27 November, p. 37.

Barber, T., Benoit, B., Guthrie, J., Johnson, J., Levitt, J. and Nicholson, M. (2003), 'Wish You Were Here', *Financial Times*, 9 August, p. 5.

Barnes, R. (2004a), 'Supermarkets Spy Local Attraction', *Marketing*, 5 February, p. 15.

Barnes, R. (2004b), 'Unilever Leads Freezer Fightback' *Marketing*, 28 April, p. 15.

Barr, D. (2004), 'A Green Piece of Furniture', *The Times*, 30 April, p. 15.

Bedington, E. (2001), 'The Regeneration Game', *The Grocer*, 19 May, pp. 36–8.

Benady, D. (2004), 'McCain Thaws Heart with Frozen Comfort', *Marketing Week*, 23 September, p. 25.

Bremner, C. (1997), 'All Because the Belgians Do Not Like Milk Tray', *The Times*, 24 October, p. 5.

Brown–Humes, C. and MacCarthy, C. (2004), 'EU Calls Time on

Nordic Nations' Long Battle Against Alcohol', *Financial Times*, 10 January, p. 6.

Chesshyre, T. (2001), 'Over 50 But Not up the Creek', *The Times*, 5 May.

Coleclough, S. (2003), 'The Future of VAT in Europe', *International Tax Review*, July, p. 1.

Daneshkhu, S. (2005), 'Archbishop Criticises Cost of Free Trade to Poor Countries', *Financial Times*, 27 April, p. 4.

Dittmar, H. and Pepper, L (1994), 'To Have is to Be: Materialism and Person Perception in Working Class and Middle Class British Adolescents', *Journal of Economic Psychology*, 15 (2), pp. 233–51

Doult, B. (2004), 'Johnson Calls for Labelling Flexibility', *The Grocer*, 15 May.

Dowdy, C. (2004), 'A Fresh Look Inside the Shop Freezer', *Financial Times*, 25 March, p. 13.

The Economist (2000), 'Europe: Sweden Brittles Up', *The Economist*, 26 February, p. 62.

The Economist (2005), 'Europe: the End of Enlargement?', *The Economist*, 16 July, p. 38.

Elkes, N. (2005), 'Hands Off our Playing Fields', *Evening Mail*, 16 July, p. 4.

Euromonitor (2005), *European Marketing Data and Statistics*, 40th edn, Euromonitor Publications.

Fitzgerald, M. (2005), 'Research in Development', *Technology Review*, May, pp. 32–5.

Garten, J. (2005), 'Don't Just Throw Money at the World's Poor', *Business Week*, 7 March, p. 30.

George, N. (2004), 'Sweden is Advised to Cut Taxes on Alcohol', *Financial Times*, 10 January, p. 8.

Gillman, S. (2005), 'Darfford Renewal Faces Inquiry Test', *Planning*, 10 June, p. 5.

The Grocer (2000), 'Corned Beef Boosts Your Sperm Count', *The Grocer*, 9 September.

The Grocer (2001), 'Reassuring Consumers', *The Grocer*, 5 May, p. 23.

The Grocer (2004a), 'Children's Sun Creams', *The Grocer*, 23 June.

The Grocer (2004b), 'Kellogg Aims to Boost Health Credibility with Fact Panel', *The Grocer*, 17 July.

The Grocer (2004c), 'French Fight GM Vine', *The Grocer*, 17 July.

The Grocer (2004d), 'Tosco Running Trials to See if Customers Will Go for a Grab and Go Deli Operation', *The Grocer*, 7 August.

The Grocer (2004e), 'When Canned Tuna is Consumed', *The Grocer*, 21 August.

Hardeastle, S. (2001), 'Deli and Food to Go', *The Grocer*, 26 May, pp. 49–50.

Harrison, E. (2004), 'Greens Mean Heinz', *The Grocer*, 19 June.

Ivinson, J. (2003), 'Why the EU VAT and E-commerce Directive Does Not Work', *International Tax Review*, October, p.1.

Laschefski, K. and Preris, N. (2001), 'Saving the Wood', *The Ecologist*, July/August, pp. 40–3.

Marketing Week (2004), 'McCain in Major Extension with Deserts', *Marketing Week*, 16 September, p. 7.

McGregor, D. (2005), 'Glimmer of Hope for New Global Trade Deal', *Financial Times*, 14 July, p. 8.

Miller, S. (2004), 'Why Not to Cut Farm Aid', *Wall Street Journal*, 16 December, p. Al4.

Milne, R. (2003), 'Saga Buys Last Ship Built on Tyne from Cunard', *Financial Times*, 28 May, p. 6.

Mintel (2004), 'Frozen Ready Meals', *Mintel Market Intelligence*: UK, March, accessed via http://www.mintel.com.

Montgomery, D. (2003), 'Eco Fashion: Precious Wood', *In Business*, May/June, p. 30.

Morley, C. (2003), 'Choc Horror!', *Evening Mail*, 6 August, p. 13.

Mortisbed, C. (2005a), 'Why Europe Need Not Get Shirty', *The Times*, 27 April, p. 57.

Mortisbed, C. (2005b), 'Nothing Fair in War of Poor v Poorest', *The Times*, 25 May, p. 48.

Munk, D. (2004), 'Forces of Nature', *The Guardian*, 17 March, p. 12.

O'Connell, D. (2005), 'As We Hail Trafalgar, French Will Build Our Ships', *Sunday Times*, 26 June, p. 7.

Pitcher, G. (2004), 'Travel Industry Prepares to Count Cost of Iraq War', *Marketing Week*, 27 May, p. 25.

Precision Marketing (2003), 'Saga Holidays Builds Insight through Behavlour Analysis', *Precision Marketing*, 15 August, p. 6.

Sabbagh, D. (2005), 'EU Seeks to Regulate Television on the Net', *The Times*, 12 July, p. 36.

Sapsford, J. (2005), 'Dealing with the Dollar', *Wall Street Journal*, 1 March, p. Al6.

Shannon, J. (1998), 'Seniors Convert to Consumerism', *Marketing Week*, 10 September, p. 22.

Simms, J. (2001), 'EU Rules, OK?', *Marketing*, 25 January, pp. 23–5.

Smith, C. (2001), 'Think Long Term or be Left Behind by EU Legislation', *Marketing*, 25 January, p. 19.

Stevenson, R. (2005), 'Excise', *The Independent*, 17 March, p. 6.

Thornton, P. (2004), 'Deal to Slash Farm Subsidies', *The Independent*, 30 July, p. 34.

The Times (2003), 'Restrictive "Chocolate" Law Breaches EU Free Trade', *The Times*, 21 January, p. 33.

Townsend, A. (2005), 'Duty Calls for Tobacco Giants', *The Independent on Sunday*, 26 June, p. 4.

Tucker, E. (1997), 'MEPs Reject Chocolate Compromise', *Financial Times*, 24 October, p. 20.

Urquhart, L. (2004), 'Smuggled Tobacco Makes Smoking More Dangerous', *Financial Times*, 16 December, p. 5.

Usborne, D. (2005), 'Brazil Arrests Civil Servants in Crackdown on Amazonian Logging', *The Independent*, 4 June, p. 26.

Wall Street Journal (2005), 'The Tax that France Built', *Wall Street Journal*, 4 March, p. A14.

Watson, E. (2001), 'Blind Tasting, *The Grocer*, 9 June, pp. 38–9.

Watson, R. (2005), 'Turkey Faces Fresh Obstacle on Rocky Road to Joining EU', *The Times*, 30 June, p. 40.

第 3 课 谁影响了购买行为？

Anderson, J.C. and Narus, J.A. (1986), 'Towards a Better Understanding of Distribution Channel Working Relationships', in K. Backhaus and D. Wilson (eds), *Industrial Marketing: A German-American Perspective*, Springer-Verlag.

Arminas, D. (2005), 'BA Goes Online to Net 25% Saving on PR Contracts', *Supply Management*, 26 May, p. 8.

Brand Strategy (2003), 'Kids Need to Eat their Greens', *Brand Strategy*, October, p. 26.

Brand Strategy (2004), 'Happy Families', *Brand Strategy*, October, p. 36.

Broadbent, G. (2001), 'Design Choice: FCUK', *Marketing*, 10 Max, p. 15.

Bruce, A. (2001), 'Connex Stations Set for 40 Stores', *The Grocer*, 11 August, p. 5.

Brunet, G.C. and Pomazal, R.J. (1988), 'Problem Recognition: the Crucial First Stage of the Consumer Decision Process', *Journal of Consumer Marketing*, 5 (1), pp. 53–63.

Buss, D. (2004), 'Can Harley Ride the New Wave?', *Brandweek*, 25 October, pp. 20–2.

Carruthers, R. (2003), 'Rapid Response Retail', *Marketing*, 3 April, pp. 20–1.

Carty, S. (2004), 'Michelin Sets Pitch for New Technology', *Wall Street Journal*, 29 September, p. 1.

Chisnall, P.M. (1985), *Marketing: A Behavioural Analysis*, McGraw-Hill.

Dowdy, C. (2004), 'Sex Shops Set to Move Out of UK Side Streets', *Financial Times*, 29 September, p. 1.

The Economist (2005), 'The Future of Fast Fashion: Inditex', *The Economist*, 18 June, p. 63.

Engel, J.E, Blackwell, R.D. and Miniard, P.W. (1990), *Consumer Behaviour*, Dryden.

Festinger, L. (1957), *A Theory of Cognitive Dissonance*, Stanford University Press.

Fishbein, M. (1975), 'Attitude, Attitude Change and Behaviour: a Theoretical Overview', in P. Levine (ed.), *Attitude Research*

Bridges the Atlantic, Chicago: American Marketing Association.

Fleming, N. (2004), '90-second Pizza from a Vending Machine', *The Daily Telegraph*, 14 April, p. 9.

Godson, S. (2004), 'Let's Go Sex Shopping', *The Times*, 13 March, p. 6.

Grande, C. (2005), 'FCUK in Search of a New Style', *Financial Times*, 2 July, p. 2.

Grimshaw, C. (2004), 'Wotsits Defended in "Pester Power" Spat', *Marketing*, 3 June, P. 10.

The Grocer (2005), 'Baby Love's a Branded Thing', *The Grocer*, 5 February, p. 21.

Hall, J. (2004), 'The Gentrification of Sex Toys', *The Sunday Telegraph*, 21 November, p. 10.

Hauser, J. *et al.* (1993), 'How Consumers Allocate their Time when Searching for Information' *Journal of Marketing Research*, November, pp. 452–66.

Hilgard, E.R. and Marquis, D.G. (1961), *Conditioning and Learning*, Appleton Century Crofts.

Hilgard, E.R. *et al.* (1975), Introduction to Psychology, 6th edn, Harcourt Brace Jovanovich.

Hill, R.W. and Hillier, T.J. (1977), *Organisational Buying Behaviour*, Macmillan.

Howard, J.A. and Sheth, J.N. (1969), *The Theory of Buyer Behaviour*, Wiley.

In-Store (2003), 'Hey Big Vendor', *In-Store*, October, p. 21. *In-Store* (2005), 'Ann Summers Enjoys £60mn Sales Rise', *In-Store*, 14 March, p. 19.

Johnson, W.J. and Bonoma, T.V. (1981), 'The Buying Centre: Structure and Interaction Patterns', *Journal of Marketing*, 45 (Summer), pp. 143–56.

Keller, K.L and Staehn, R. (1987), 'Effects of Quality and Quantity of Information on Decision Effectiveness', *Journal of Consumer Research*, 14 (September), pp. 200–13.

Lightfoot, L. and Wavell, S. (1995), 'Mum's Not the Word', *Sunday Times*, 16 April.

Malkani, G. (2004), 'Industry Served Up with an Image Problem', *Financial Times*, 28 May, p. 4.

Marketing (2004), 'Almost Rich', *Marketing* (Toronto), 26 April, pp. 9–10.

Marketing (2005), 'Ann Summers to Redesign Stores', *Marketing*, 16 March, p. 3.

Marketing Week (2004), 'Marketers Must Mine the Rich Seam of Our Affluence', *Marketing Week*, 8 July, p. 32.

Maslow, A.H. (1954), *Motivation and Personality*, Harper and Row.
Matilla, A. and Wirtz, J. (2001), 'Congruency of Scent and Music as a Driver of In–store Evaluaftons and Behaviour', *Journal of RetaiEng*, 77 (2), PP. 278–89.

Mesure, S. (2005), 'Fresh Crisis Hits French Connection', *The Independent*, 2 July, p. 42.

Mound, H. (2002), 'The Smarter Cur Could Save Your Life', *Sunday Times*, 20 October, p. 6.

New Media Age (2005a), 'Adult Retailers Enjoy Limitless Possibilities by Being Online', *New Media Age*, 20 January, p. 15.

New Media Age (2005b), 'Ann Summers Launches Own Independent WAP Presence', *New Media Age*, 28 April, p. 2.

O'Connell, S. (2003), 'Parents Have Fat Chance as Pester Power Adds Up', *The Sunday Times*, 9 February, P. 17.

Powers, T.L (1991), *Modern Business Marketing: A Strategic Planning Approach to Business and Industrial Markets*, St Paul, MN:West.

Rice, C. (1993), *Consumer Behaviour: Behavioural Aspects of Marketing*, Oxford: Butterworth–Heinemann.

Roberts, Y, (2004), 'Junk the Food Ads', *The Observer*, 2 May, p. 29,

Robinson, P.J. *et al*. (1967), *Industrial Buying and Creative Marketing*, Allyn and Baron.

Saini, A, (2005), 'New Kids on the High Street Cut a Dash with Fast Fashions', The Observer, 5 June, p. 6,

Sheth, J, (1973), 'A Model of Industrial Buying Behaviour', *Journal of Marketing*, 37 (October), pp. 50–6.

Silverman, G. (2004), 'The Standard Bearer', *Financial Times*, 14 December, p. 2.

Small, J. (2005), 'Tabooboo', *Marketing*, 2 February, p. 23.

Speros, J. (2004), 'Why the Harley Brand's So Hot', *Advertising Age*, 15 March, p. 26.

Stewart, T. (2005), 'The Tyres of Tomorrow', *The Independent*, 14 June, p, l0,

Websler, F.E. and Wind, Y. (1972), *Organisatlonal Buyer Behaviour*, Prentice–Hall.

Wells, W.D. and Gubar, R.G, (1966), 'Life Cycle Concepts in Marketing Research', *Journal of Marketing Research*, 3 (November), pp. 355–63.

Williams, K.C. (1981), *Behavioural Aspects of Marketing*, Heincmann Professional Publishing.

第 4 课 一定要有市场细分!

Abratt, R. (1993), 'Market Segmentation Practices of Industrial Marketers', *Industrial Marketing Management*, 22, pp. 79–84.

Baker, L. (2004), 'Size Does Matter', *The Guardian*, 6 August, p. 6.

Bale, J. (2001), 'Seats Built for Those that Travel Light', *The Times*, 15 February.

Berno, T. (2004), *2004 World Legacy Awards: On–site Evaluation of Turtle Island, Yasawas, Fiji*, accessed via http:www.turtlefiji.com.

Broadhead, S. (1995), 'European Cup Winners', *Sunday Express*, 7 May, p. 31.

Campaign (2005), 'Quorn Awards Farm £8m Strategic Ad Brief', *Campaign*, 14 lanuary, p. 8.

Chesshyre, T. (2000), 'Gay Can Be Green in Fiji', *The Times*, 19 February.

Douglas, S.P. and Craig, C.S. (1983), *International Marketing Research*, Prentice–Halk.

Evanson, R. (1999), 'A Global Icon in Sustainable Tourism', paper presented at the *2nd Annual Samoan Tourism Convention*, 24–25 February 1999.

Finn, C. (2005), 'Trends in the Consumption of Strawberries in the Home', *The Grocer*, 19 March, p. 55.

Fry, A. (1998), 'Reaching the Pink Pound', *Marketing*, 4 September, pp. 23–6.

Fry, A. (2000), 'Profits in the Pink', *Marketing*, 23 November, pp. 41–2.

Garrahan, M. (2004), 'Why Executives Will Always Be on the Move', *Financial Times*, 15 November, p. 1.

The Grocer (2005), 'Naked Gets its Kit on for the Chillers', *The Grocer*, 22 January, p. 64.

Hlavacek, J.D. and Ames, B.C. (1986), 'Segmenting Industrial and High Tech Markets', *Journal of Business Strategy*, 7 (2), pp. 39–50.

Jamieson, A. (2004), 'Death, Gambling and the Pink Pound: Is this Tourism's Future?', *The Scotsman*, 25 August, p. 19.

Jenkins, M. and McDonald, M. (1997), 'Market Segmentation: Organizational Archetypes and Research Ag endas', *European Journal of Marketing*, 31 (1), pp. 17–32.

Johnson, K. (2005), Now Boarding: All Business–Class Flights', *Wall Street Journal*, 14 January, p. B1.

Lillington, K. (2003), 'Dream Ticket', *The Guardian*, 16 October, p. 25.

Machauer, A. and Morgner, S. (2001), 'Segmentation of Bank Customers by Expected Benefits and Attitudes', *International Journal of Bank Marketing*, 19 (1), pp. 6–18.

Marketing Week (2004a), 'Can Beattie Bring Subtlety to Gossard?', *Marketing Week*, 22 July, p. 25.

Marketing Week (2004b), 'Playtex Reveals Wonderbra Range Designed for Risqué Tops', *Marketing Week*, 5 August, p. 10.

Marketing Week (2005), 'Meat–free Food: the Pleasure Without the Flesh', *Marketing Week*, 26 May, p. 38.

Mazzoli, R. (2004), 'Les Jeunes, Leurs Tribus et Lears Marques', *Marketing Magazine*, December, pp. 58–9.

McGill, A. (2004), Luxury Air Service Ready for Take–off', *The Belfast Newsletter*, 26 January, p. 5.

Mintel (2000a), 'The Gay Holiday Market, 8/11/00', accessed via http://sinatra2/mintel.com, October 2001.

Mintel (2000b), 'The Gay Entertainment Market, 12/12/00', accessed via http://sinatra2/mintel.com, October, 2001.

Mitchell, A. (1983), The Nine American Lifestyles: *Who Are We and Where Are We Going?*, Macmillan.

Moriarty, R. and Reibstein, D. (1986), 'Benefit Segmentation in Industrial Markets', *Journal of Business Research*, 14 (6), pp. 463–86.

Muir, H. (2003), 'Tube Bans "Anti–gay" Holiday Firm Adverts', *The Guardian*, 5 June, p. 13.

Piercy, N. and Morgan, N. (1993), 'Strategic and Operational Market Segmentation: a Managerial Analysis', *Journal of Strategic Marketing*, 1, pp. 123–40.

Plummer, J.T. (1974), 'The Concept and Application of Lifestyle Segmentation', *Journal of Marketing*, 38 (January), pp. 33–7.

Sarsfield, K. (2004), 'PrimeFlight Suspends its Belfast Operations', Flight International, 21 September.

Schoenwald, M. (2001), 'Psychographic Segmentation: Used or Abused', *Brandweek*, 22 January, pp. 34–8.

Sleight, P. (1997), *Targeting Customers: How to Use Geodemographic and Lifestyle Data in Your Business*, 2nd edn, NTC Publicaions.

Smith, W.R. (1957), 'Product Differentiation and Market Segmentation as Alternative Marketing Strategies', *Journal of Marketing*, 21 (July).

Smorszczewski, C. (2001), 'Corporate Banking', *Euromoncy: The 2001 Guide to Poland*, May, pp. 4–5.

Stuttaford, T. (2001), 'The Heart Bears the Ultimate Burden', *The Times*, 15 February.

Turtle Island (2003),'The Value Proposition of a Commitment to Environmental and Social Sustainability in Tourism', paper presented at the Small Luxury Hotels Annual Conference, Barbados, 27 May, accessed via http://www.turtlefiji.com.

Wedel, M. and Kamakura, W. (1999), *Market Segmentation: Conceptual and Methodological Foundations*, Dordrecht: Kluwer Academic Publishes.

Wind, Y. (1978), 'Issues and Advances in Segmentation Research', *Journal of Marketing Research*, 15 (3), pp. 317–37.

Wind, Y. (1982), *Product Policy and Concepts*, Methods and Strategy, Addison–Wesley.

Wind, Y. and Caedozo, R. (1974), 'Industrial Marketing Segmentation', *Industrial Marketing Management*, 3 (March), pp. 155–66.

第 5 课 营销以信息和调查为基础!

Alderson, T. (2005), 'Target Practice', *Research*, June.

Anstead. M. (2000), 'Taking a Tough Line on Privacy', *Marketing*, 13 April, p. 31

Billings, C. (2001), 'Researchers Try Electronic Route', *Marketing*, 29 March, pp. 27–8,

BMRA (1998), 'BMRA – What Does BMRA Stand For?', advertisement in *Marketing Week*, 25 June, p. 50.

Bolden, R., Moscarola, J. and Baulac, Y. (2000), 'Interactive Research: How Internet Technology Could Revolutionise *the Survey and Analysis Process*', *paper presented at The Honeymoon is Over! Survey Research on the Internet* Conference, Imperial College, London, September 2000.

Boyd, H.W. *et al.* (1977), *Marketing Research*, 4th edn, Irwin.

Brennan, M. *et al.* (1991), 'The Effects of Monetary Incentives on the Response Rate and Cost Effectiveness of a Mail Survey', *Journal of the Market Research Society*, 33 (3), pp. 229–41.

Bromage, N. (2000), 'Mystery Shopping', *Management Accounting*, April, p. 30.

Chisnall, P.M. (1986), *Marketing Research*, 3rd edn, McGraw–Hill.

Choueke, M. (2005), 'Growing Up and Out', *Marketing Week*, 4 August, p. 27.

Clegg, A. (2001), 'Talk Among Yourselves', *Marketing Week*, 6 December, pp. 41–2.

Clegg, A. (2005), 'Out of the Mouths of Babes', *Marketing Week*, 23 June, p. 43.

Cornish, C. (2001), 'Experiences of Qualitative Research on the Internet', in Westlake, A., Sykes, W., Manners, T. and Rigg, M. (eds), *The Challenge of the Internet*, proceedings of the second ASC International Conference on Survey Research Methods.

Donald, H. (2005), 'Find Ont What's in Store', *Marketing Week*, 24 February, pp, 41-2.

Duan, Y. and Burrell, P. (1997), 'Some Issues in Developing Expert Marketing Systems', *Journal of Business and Industrial Marketing*, 12 (2), pp. 149-62.

E-consultancy (2005), Intemet Statistics Compendium, March, accessed via http://www.e-consuhancy.com/publications.

Gander, P. (1998), 'Just the Job', *Marketing Week*, 25 June, pp, 5l-4.

Gray, R. (2000a), 'How Research Has Narrowed Targets', *Marketing*, 10 February, pp. 31-2.

Gray, R. (2000b), 'The Relentless Rise of Online Research', *Marketing*, 18 May, p. 41.

Haggett, S. and Mitchell V.W. (1994), 'Effect of Industrial Prenotification on Response Rate, Speed, Quality, Bias and Cost', *Industrial Marketing Managemeng*, 23 (2), pp. 101-10.

Hague, R (1992), *The Industrial Market Research Handbook*, 3rd edn, Kogan Page.

James, D. (2001), 'Quantitative Research', *Marketing News*, 1 January, p. 13.

Landy, L. and Gale, S. (2003), 'Measuring Ambient Media in Pubs and Clubs', paper presented at the ESOMAR Conference, June.

Lindstrom, M. and Seybold, P. (2004), BRANDchild: *Remarkable Insights into the Minds of Today's Global Kids and their Relationship with Brands*, Kogan Page Business Books.

Mariano, F., Susskind, R., Torres, H., Gotelli Varoli, A., Maciel, D. and Cunha, R. (2003), 'Living 24/7: A Week with Consumers in Search of the Objective Truth', paper presented at the ESOMAR *Congress 2003 - Management, Accountability and Research.*

Marketing Week (2005), 'UCAS Relaunches Student Loyalty Card with 15 Brands', *Marketing Week*, 3 March, p. 9.

Marshall, J. (2000), 'Monitoring Market Research Online', *Information World Review*, October, p. 31.

McDaniel, C, and Gates, R. (1996), *Contemporary Marketing Research*, 3rd edn, West.

McDaniel, S. *et al.* (1985), 'The Threats to Marketing Research: an Empirical Reappraisal', *Journal of Marketing Research*, 22 (February), pp. 74-80.

Mcluhan, R. (2001a), 'How to A id Clients Using Technology' *Marketing*, 30 August, p. 48.

McLuhan, R. (2001b), 'How Data Can Help Target Customers', *Marketing*, 27 September, p. 25.

New Media Age (2004), 'Online Increasingly Popular for Research', *New Media Age*, 13 August.

Palmer, S and Kaminow, D. (2005), 'Kerpow! Kerching! Undemanding and Positioning the Spiderman Brand', paper presented at the Market Research Society Conference.

Pollitt, H. (2005), 'Obesity Through the Eyes of the Obese', *State of the Nation*, Association of Qualitative Researchers, May.

Poynter, R. and Quigley, P. (2001), 'Qualitative Research and the Internet', paper presented at the ESOMAR Conference, October

Rao, S. (2000), 'A Marketing Decision Support System for Pricing New Pharmaceutical Products', *Marketing Research*, 12 (4), pp. 22-9.

Schafer, M. (2003) 'An Informal Guide to Probing', November, accessed via http://www.research-live.com.

Schmalensee, D. (2001), 'Rules of Thumb for B2B Research', *Marketing Research*, 13 (3), pp. 28-33,

Smith, D. and Fletcher, J. (1999), 'Fitting Market and Competitive Intelligence into the Knowledge Management Jigsaw', *Marketing and Researcb Today*, 28 (3), pp. 128-37.

Sneader, K., Sibony, O. and Haden, P (2005), 'New Directions for Consumer Goods', *Market Leader*, Spring, pp. 32-7.

Tull. D.S. and Hawkins, D.T. (1990), *Marketing Research: Measurement and Method*, Macmillan.

Von Krogh. G., Ichijo, K. and Nonaka, I. (2000), *Enabling Knowledge Creation: How to Unlock the Mystery of Tacit Knowledge and Release the Power of Innovation*, New York: OUP.

Wilson, R. (2001), 'Search Engines', *Marketing Week*, 5 July, pp, 534.

Witthaus, M. (1999), 'Group Therapy', *Marketing Week*, 28 January. pp. 43-7,

Wolfman. A. (2005), 'Kids Research Meets Reality TV', *Young Consumers*, 6(2).

Zikmund, W.G. and d'Amico, M. (1993), *Marketing*, West.

第6课 4P：产品（Product）

Adwan, L. (2003), 'The Role of Contectionery Brand Extensions', *Euromonitor Arckive*, 17 March, accessed via http://www.euromonitor,com.

Bainbridge, J. and Green, L. (2004), 'The Coca-Cola Challenge', *Campaign*, 22 October, pp. 28-9.

Barrett, L. (2001), 'The Baby Beamer', *Marketing Week*, 21 June, pp. 24-5.

Black, E. (2005), 'Scotch Under Threat from Japan's New Generation', The Scotsman, 23 April, p. 8.

Blackell, T. (1985), 'Brand Name Research-Getting it Right', *Marketing and Research Today*, May, pp. 89-93.

Bowker, J (2005), 'Pernod Can Toast Success of Whiskies', *The Scotsman*, 4 February, p. 51.

Brand Strategy (2003), 'No Magic Formula for Valuation', *Brand Strategy*, August, p. 3.

Brand Strategy (2004), 'Brand MOT: Coca-Cola', *Brand Strategy*, 6 December, p. 10.

Bridge, R. (2003), 'Seal of Success for inventor', *Sunday Times*, 18 May, p. 15.

Bridgett, D. (2001), 'Now Europe Forces Colman's to Cut the French Mustard', *Mail on Sunday*, 15 April, p. 41.

Bunting, M. (2001), 'The New Gods', *The Guardian*, 8 July, p. 2.4.

Carlyle, R. (2004), 'Dualit Toaster', *Daily Telegraph*, 4 December, p. 3.

China Law and Practice (2004), 'Foreign Trademark Protection in China: Case Studies from 2003', *China Law and Practice*, July, p. 1.

Chittenden, M. (2001), 'Mini Comes Back as a Trendy Teuton', *Sunday Times*, 8 July, p. 8.

Cienski, J. (2005), 'Poles Vault into Europe's Big League', *Financial Times*, 5 January, p. 11.

Connolly, A. and Davidson, L. (1996), 'How Does Design Affect Decisions at the Point of Sele?', *Jonrnal of Brand Management*, 4 (2), pp. 100-7.

Cookson, C. (2005), 'Silent Aircraft is More than a Flight of Fancy', *Financial Times*, 10 September, p. 4.

Cravens, D., Piercy, N. and Prentice, A. (2000), 'Developing Market-driven Product Strategies', *Journal of Product and Brand Management*, 9 (6), pp. 369-88.

Davis, E.J. (1984), 'Managing Marketing', in N.A. Hart (ed.), *The Marketing of Industrial Products*, McGraw-Hill.

DelVecchio, D. (2000), 'Moving Beyond Fit: The Role of Brand Portfolio Characteristics in Consumer Evaluations of Brand Relia-

bility', *Journal of Product and Brand Management*, 9 (7), pp. 457-71.

Edwards, O. (2001), 'The Big Hydrogen Gamble', *Eurobusiness*, September, pp, 36-40.

Gapper, J. (2004), 'Microsoft is Starting to Feel its Age', *Financial Times*, 2 September, p. 17.

Golding, R. (2001), 'The Mini is Back but What's the Return?', *The Independent*, 2 May, p. 4.

Grande, C. (2003), 'Stepping Out, but Oh So Discreetly; *Financial Times*, 29 July, p. 8.

Green, P.E. and Garmone, F.J. (1970), *Multidimensional Scaling and Related Techniques in Marketing Analysis*, Allyn and Bacon.

Griffiths, J. (2004), 'BMW Struggling to Get Max out of Mini', *Financial Times*, 26 August, p. 4.

The Grocer (2005), 'Focus on Active Health Drinks', supplement to *The Grocer*, May, p. 4.

Halliburton, C. and Hunerberg, R. (1987), 'The Globalisation Dispute in Marketing', *European Management Journal*, 4 (Winter), pp. 243-9.

Harrington, S. (2005), 'Innovation in Packaging', *The Grocer*, 5 February, pp. 38-40.

Hawkes, N. (2005), 'Aircraft of Future Promised Passengers the Space of a Ferry and a Quiet Life for Those Down Below', *The Times*, 10 September, p, 30.

Hiam, A. (1990), 'Exposing Four Myths of Strategic Planning', *Journal of Business Strategy*, September/October, pp, 23-8.

John, D., Loken, B. and Joiner, C. (1998), 'The Negative Impact of Extensions: Can Flagship Products be Diluted?', *Journal of Marketing*, 62 (1), pp. 19-32.

Lindemann, J. (2004), 'Brand Valuation; in *The Economist* (ed.), *Brands and Branding*, Economist Eooks.

Lister, S. (2001), 'Sixties Throwback is Instant 21st-century Hit', *The Times*, 12 July, p. 11.

Lynch, R, (1994), *European Business Strategies: The European and Global Strategies of Europe's Top Companies*, Kogan Page.

Lyons, W. (2004), 'Chinese Sales of Scotch Whisky Soar 170%', *The Scotsman*, 27 October, p. 47.

Mackintosh, J. (2005), 'Production of Off-road Cars Halted by Protest', *Financial Times*, 17 May, p. 3.

Marketing Week (2004), 'Driving SUVs Off the Road', *Marketing Week*, 9 September, p. 24.

Marketing Week (2005), 'Plenty of Off-roaders on the Street', *Marketing Week*, 3 February, p. 34.

McKenzie, S. (19 97), 'Package Deal', *Marketing Week*, 11

September, pp. 67-9.

Mintel (2004), 'Nappies and Baby Wipes', *UK Market Intelligence*, April, accessed via http://www.mintel.com.

Mitchell, A. (2004), 'Lessons in Successfully Using a Master Brand', *Marketing Week*, 27 May, p. 28.

Moyes, S, (2003), 'How Austin Powered a Mini Craze', *Daily Mirror*, 9 January, p. 31.

Murray, I. (2004), 'Will the Whisky Mallopops Marketers Get Hammered?', *Marketing Week*, 29 July, p. 74.

O'Connell D. (2004), 'Cheaper Mini Heads for Cowley', *Sunday Times*, 30 May, p. 3.

Olsen, J. (2000), 'Disharmony in Europe Puts Brand Owners at Risk', *Managing Intellectual Property*, December/January, pp. 52-63.

Park, A. (2004), 'PCs Have Barely Changed Styles Since their Birth', *Business Week*, 21 June, p. 86.

Pavitt, J. (2001), 'Branded: A Brief History of Brands 1: Coca-Cola', *The Guardian*, 9 July, p. 2.4.

Pearman, H. (2001), 'Dualit Toaster', *Sunday Times*, 4 Nnvember, p. 6.

Peters. M. (1994), 'Good Packaging Gets Through to the Fickle Buyer', *Marketing*, 20 January, p. 10.

Pieters, R. and Warlops, L. (1999), 'Visual Attention During Brand Choice: The Impact of Time Pressure and Task Motivation', *International Journal of Research in Marketing*, 16, pp. 1-16.

Professional Engineering (2004), 'Bulky, Thirsty image "May Harm SUV Sales"', *Professional Engineering*, 8 September, p. 5.

Reibstein, D.J. *et al*. (1998), 'Mastering Marketing. Part Pour: Brand Strategy', *Financial Times Supplement*, pp. 7-8.

Rijkens, R. (1992), *European Advertising Strategies: The Profiles and Policies of Multinational Companies Operating in Europe*, Cassell.

Rogers, E.M. (1962), *Diffusion of Innovation*, The Free Press. Ruelas-Gossi, A. and Sull, D. (2004), 'The Art of Innovating on a Shoestring', *Financial Times*, 24 September, p. 3.

Saigol, L. (2004), 'For Sale Sign on Jimmy Choo', *Financial Times*, 1 November, p. 22.

Solley, S. (2004), 'Famous Grouse Bids for Younger Market', *Marketing*, 18 August, p. 5.

Tollington, T. (1998), 'Brands: The Asset Definifon and Recognition Test', *Journal of Product and Brand Management*, 7 (3), pp. 180-92.

Underwood, R., Klein, N, and Burke, R. (2001), 'Packaging Communication: Attentional Effects of Product Imagery', *Journal of Product and Brand Managentent*, 10 (7), pp. 403-22.

Waters, R. (2005), 'Gates to Reveal Office Target', *Financial Times*, 19 May, p. 19.

White, J. (2004), 'Challenges Rise Mr BMW's Mini in US Market', Wall Street Journal, 24 March, p. 1.

Wood, L. (1990), 'The End of thc Product Life Cycle? Education Says Goodbye to an Old Friend', *Journal of Marketing Management*, 6 (2), pp. 145-55.

Wu, Y. (2003), 'China's Refrigerator Magnate', *McKinsey Quarterly*, 3, pp. 340-2.

第 7 课 4P：价格 (Price)

Arkell, H. (2001), 'Raid on Replica Soccer Kit Companies as "Price-Fixing" is Probed', *Evening Standard*, 6 September, p. 18.

Arnold, M. (2003), 'Aeris Files for Bankruptcy', *Financial Times*, 23 September, p. 1.

Bashford, S. (2004), 'Price Promotion: The Brand Killer', *Marketing*, 30 June, p. 42.

Baumol, W.J. (1965), *Economic Theory and Operations Analysis*, Prentice Hall.

Black, D. (2003), 'Man United Fined over Football Kit Price-fixing Cartel', *The Guardian*, 2 August, p. 7.

Blois, K. (1994), 'Discounts in Business Marketing Management', *Industrial Marketing Management*, 23 (2), pp. 93-100.

Boles, T (2005), 'EU Laws Will Drive Car Prices Up by € 6,000', *Sunday Business*, 17 April, p. C3.

Bowers, S. (2005), 'JJB Fights On Despite Cut in Replica Fine', *The Guardian*, 20 May, p. 20.

Business Europe (2004), 'Web Bookings Fuel Budget Hotel Growth', *Business Europe*, 23 November, accessed via http://www.businesseurope.com.

Butler, S. (2004), 'Retailer Fights Price-fix Finding', *The Times*, 2 October, p. 58.

Chambers, S. and Johnston, R. (2000), 'Experience Curves in Services: Macro and Micro Level Approaches', *International Journal of Operations and Production Managenlent*, 20 (7), pp. 842-59.

Chaudhary, V. (2000), 'Greedy Clubs are Called to Account: Premier Fans Promised New Deal over Tickel Prices and Replica Kits', *The Guardian*, 17 August, p, 1.32.

Davies. C. (2004), 'Cutting-edge Logistics: Factory Gate Pricing', *Supply Chain Europe*, July/August, pp. 15-17.

Dean, J. (1950), 'Pricing Policies for New Products', *Harmed Business Review*, 28 (November), pp. 45–53.

Diamantopoulos, A. and Mathews, B. (1995), *Making Pricing Decisions: A Study of Managerial Practice*, Chapman & Hall.

The Economist (2004), 'Turbulent Skies', *The Economist*, 10 July, p. 68.

Erickson, G.M. and Johansson, J.K. (1985), 'The Role of Price in Multi-attribute Product Evaluations', *Journal of Consumer Research*, 12, pp. 195–9.

Farrell, S. (1998), 'Clubs Accused of Fixing Replica Soccer Kit Prices', *The Times*, 24 February, p. 6.

Foster, L. (2004), 'Cut-throat Pricing is Driving Speciality Toy Shops Out of Business and Squeezing Manufacturers', *Fiuancial Times*, 17 September, p. 17.

Fresco, A. (2001), 'Football Club Profits Hit as Fans Rip Off Replica Shirts', *The Times*, 3 April, p. 9.

Garner, E. (2004), 'A Promo Too Far', *Brand Strategy*, April, p. 35.

Glasgow, F. (2004). 'Ditch the Doilies, Darling', *Financial Times*, 11 December, p. 15.

The Grocer (2005a), 'Tsunami Hits Fishing', *The Grocer*, 8 January, p, 54.

The Grocer (2005b), 'Oils Buoyed by Natural Infusiasm', *The Grocer*, 23 July, p. 44.

Hodgson, J. (2004), 'Bidders Circle European Stores of Toys R Us', *Sunday Business*, 7 November, p. C1.

Howard, C. and Herbig, P. (1996), 'Japanese Pricing Policies', *Journal of Consumer Marketing*, 13 (4), pp. 5–17.

Jack, S. (2004), 'FGP Grows its Supporters', *Motor Transport*, 4 January, p. 16.

Lambin, J.J. (1993), *Strategic Marketing: A European Approach*, McGraw-Hill.

Levy, D.T. (1994), 'Guaranteed Pricing in Industrial Purchases: Making Use of Markets in Contractual Relations', *Industrial Marketing Management*, 23(4), pp. 307–13.

Marketing Week (2001), 'Andrex Ads to Pocus on Price Cuts', *Marketing Week*, 9 August, p. 7.

Marketing Week (2003), 'Frills-seeking Antics of the Budget Hotels', *Marketing Week*, 25 September, p. 19.

Marketing Week (2005), 'Budget Hotels Battle to Get Brits into Bed', *Marketing Week*, 17 March, p. 25.

Mintel (2000), 'The Football Business', 8 November, accessed via http://www.mintel.com.

Mitchell, A. (1998), 'Sky's the limit for New Breed of Passion Brands', *Marketing Week*, 17 Septcmher, pp, 44–5.

Monroe, K. and Cox, J. (2001), 'Pricing Practices that Endanger Profits', *Marketing Management*, September/October, pp. 42–6.

Monroe, K. and Della Bitta, A. (1978), 'Models for Pricing Decisions', *Journal of Marketing Research*, 15 (August), pp. 413–28.

Montgomery, S.L. (1988), *Profitable Pricing Strategies*, McGraw-Hill.

Nagle, T.T. (1987), *The Strategy and Tactics of Priting*, Prentice Hall.

Narain, J. (2001), 'United are Beaten at Home by Tesco Bonanza for Families as Supermarket Sells Replica Kit at Half Price', *Daily Mail*, 30 April, p. 23.

Nimer, D. (1975), 'Pricing the Profitable Sale Has a Lot to Do with Perception', *Sales Management*, 114 (19), pp. 13–14.

Pendrous, R. (2004), 'Asda Presses Ahead with Factory Gate Pricing', *Food Manufacture*, October, p. 21.

Perks, R. (1993), 'How to Win a Price War', *Investor's Chronicle*, 22 October, pp. 14–15.

Porter, A. (2004), 'English Teams Top Euro Ticket Price League', *Sunday Times*, 15 August, p. 11.

Potter, A., Lalwani, C., Disney, S. and Velho, H (2003), 'Modelling the Impact of Factory Gate Pricing on transport and Logistics', *proccedings of 8th International Symposium of Logistics*, Seville, 6–8 July, pp. 625–31.

Rowling, M. (2003), 'French Airlines Struggle to Go Low-cosl', *BBC News*, 18 September, accessed via http://www.bbc.co.uk.

Schmenner, R. (1990), *Production/Operations Management*, New York: Macmillan.

Singh, S. (2001), 'The Move to Cheaper Sleeping', *Marketing Week*, 14 June, pp. 38–9.

Stevenson, R. (2005), 'Budget Hotel Boom Creates 4,500 Jobs', *The Independent*, 15 March, p. 38.

Taylor, P. (2005), 'A Snapshot of the SLR Market', *Financial Times*, 6 May, p. 16.

Thompson, K. and Coe, B. (1997), 'Gaining Sustainable Competitive Advantage Through Strategic Pricing: Selecting a Perceived Value Price', *Pricing Strategy and Practice*, 5 (2), pp. 70–9.

Upton, G. (2001), 'Budget Hotels, But They Have All the Frills', *Evening Standard*, 19 February, p. 72.

Wyman, V. (2004), 'He Who Pays the Piper ...', *Food Manufacture*, January, pp. 35–6.

Zeithaml, V.A. (1988), 'Consumer Perceptions of Price, Quality and Value', *Journal of Marketing*, 52 (July), pp. 2–22.

第 8 课　4P：销售店铺和渠道（Place）

Auchan (2001), 'Hypermarkcts Won't Be Built Without Prior Employment Forecast', *Polish News Bulletin*, 14 December, accessed via http:/www.auchan.com.

Bainbridge, J. and Gladding, N. (2005), 'Net Gains' *Marketing*, 25 May, pp. 38–9.

Barnes, R. (2005a), 'Can Non-specialists Survive?', *Marketing*, 26 January, p. 13.

Barnes, R. (2005b), 'Appealing to the Masses', *Marketing*, 2 March, p. 26.

Birchall J. (2005a), Costco Sets Out Plan for Expansion', *Financial Times*, 27 May, p. 27.

Birchall, J. (2005b), 'Pile High, Sell Cheap and Pay Well', *Financial Times*, 11 July, p. 12.

Butaney, G. and Wortzel, L. (1988), 'Distribution Power Versus Manufacturer Power: The Custonler Role', *Journal of Marketing*, 52 (January), pp. 52–63.

Davidson, H. (1993), 'Bubbling Benetton Beats Recession', *Sunday Times*, 4 April, pp. 3–11.

Dickinson, H. (2005), 'Online Grocers Must Keep Delivering', *Marketing*, 17 August, p. 10.

Doward, J. and Wander, A. (2005), 'If You Buy "Organic Produce", Can You Trust What You Get?', *The Observer*, 21 August, p. 8.

FDA Consumer (2005), 'Update on Counterfeit Drugs', *FDA Consumer*, September/Oclober pp. 6–7.

Financial Times (2004), 'Hennes & Mauritz', *Financial Times*, 16 December, p. 24.

Frazier, G. (1999), 'Organizing and Managing Channels of Distribution', *Journal of the Academy of Marketing Science*, 27 (2), pp. 226–40.

Prazier, G. and Lassar, W. (1996), 'Determinants of Distribution Intensity', *Journal of Marketing*, 60 (Octnber), pp. 39–51.

Godson, S. (2004), 'Let's Go Sex Shopping', *The Times*, 13 March, p. 6.

Goldman, A. (2001), 'The Transfor of Retail Formats into Developing Economies: The Example of China', *Jnurual of Retailing*, 77 (2), pp. 221–42.

Gregory, H. (2001a), 'Country Ways', *The Grocer*, 31 March, pp. 36–8,

Gregory, H. (2001b), 'What it Takes', *The Grocer*, 24 November, pp. 26–8.

Gregory, H. (2004), 'The Price of Convenience', *Marketing*, 22 September, pp. 32–4.

The Grocer (2001), 'Costco Total is Now 13', *The Grocer*, 1 September, p. 8.

The Grocer (2005), 'Suppliers Refuse Nisa–Today Demands for Price Cuts', *The Grocer*, 2 April, p. 8.

Hall, W. (2004), 'How Superstore Chain Became a UK "Calegory Killer"', *Financial Times*, 8 June, p. 13.

Hamson, L. (2005a), 'Out of Town Restriction Stays Says Government', *The Grocer*, 26 March, p. 8.

Hamson, L. (2005b), 'Hans Kr isfians Hands Are On', *The Grneer*, 2 April, pp. 30–1.

Harrington, S. (2004), 'They Stock Everything Except Humble Pie', *Financial Times*, 22 June, p. 6.

Hegarty, R. (2005), 'Sainsbury Stumbling Online', *The Grocer*, 2 April, p. 8.

Hollinger, P. (2005), 'Hypermarket Hell: a Price War Forces Carrefour to Defend the Home Front', *Finaucial Times*, 25 January, p. 15.

Howe, W. (1992), *Retailing Management*, Macmillan.

Huber, G. (1990), 'A Theory of the Effects of Advanced Information Technologies on Organizational Design, Intelligence, and Decision Making', *Academy of Management Review*, 15 (1), pp. 47–72.

Humble, C. (2005), 'Inside the Fake Viagra Factory', *Sunday Telegraph*, 21 August, p. 011.

Hunt, J. (2001), 'Orient Express', *The Grocer*, 12 May, pp. 36–7.

IGD (2005), *Convenience Retailing Market Overview*, 4 May, accessed via http://www.igd.org.uk.

Jackson, A. (2005), 'Maintaining the Safety of EU Drugs', *Pharmaceutical Technology Europe*, April, p. 74.

Jardine, A. (2001), 'Argos Diversifies to Update Image', *Marketing*, 5 August, p. 4.

Johnstone, H. (2004), 'Shoppers Cash in on Store's Website Error', *Daily Telegraph*, 4 November, p. 9.

Kleinman, M. (2001), 'Can Argos Hold on to a Position of Strenglh?', *Marketing*, 27 September, p. 13.

Lantin, B. (2004), 'The Danger of Drugs on the Net', *Daily Telegraph*, 22 November, p. 18.

La Trobe, H. (2001), 'Farmers' Markets: Local Rural Produce', *Internatioual Journal of Consumer Studies*, 25(3), pp. 181–92.

Longo, D. (2004), 'In China, Local and Multinational Retailers Share Similar Problems', *Progressive Grocer*, 1 December, pp. 8–9.

Lyons, W. (2004), H&M's Fast Lane Fashions Leave M&S Behind Times', *The Scotsman*, 18 November. p. 8.

Marketing (2004), 'Argos', *Marketing*, 6 October, p. 87.

Marketing Week (2004a), 'Sainsbury's in 1hr Pledge on Deliveries', *Marketing Week*, 9 September, p. 7.

Marketing Week (2004b), 'Days Numbered for Retail Giants?', *Marketing Week*, 14 October, p. 5.

Marketing Week (2005), 'Will a Change of Agency Help Put Argos Back on Track?', *Marketing Week*, 25 August, p. 7.

McArthur, A. (2005), 'Thorntons Wraps Up a Tasty Year Despite Drop in Sales', *Evening News*, 19 July, p. 2.

Mintel (2005), 'Pre−packed and Dressed Salads', *Mintel Market Intelligence*, August, accessed via http://www.mintel.com

Mohr, J. and Nevin, J. (1990), 'Communication Strategies in Marketing Channels: a Theoretical Perspective', *Journal of Marketing*, 54 (October), pp. 36–51.

Mohr, J., Fisher, R. and Nevin, J. (1999), 'Communicating for Better Channel Relationships', *Marketing Management*, 8 (2), pp. 38–45,

Muddyman, G. (2005), 'What You Can Learn from a Pharmaceutical Supply Chain', World Trade, September, pp. 54–7.

New Media Age (2004), 'Strategic Play – Bang & Olufsen: Can Online be a Sound Choice?', *New Media Age*, 24 June, p. 18.

O'Grady, S. (2001), 'Sweet Smell May Be Thornton's Success', *The Independent*, 8 December, p. 5.

Paché G. (1998), 'Logistics Outsourcing in Grocery Distribution: a European Perspective', *Logistics Information Management*, 11 (5), pp. 301–8.

Packaging Magazine (2005), Taking on Counterfeiters', *Packaging Magazine*, 16 June, p. 25.

Palamountain, J. (1955), *The Politics of Distribution*, Harvard University Press.

Palmer. M. (2005), 'Farmers' Markets – a Rural Idyll in the City', *Evening Standard*, 4 November, p. 51.

Parry, C. and Cogswell, J. (2005), 'To the Checkout Without Go-

ing Out', *Marketing Week*, 6 January, pp. 26–7.

Quilter, J. (2005), 'Argos', *Marketing*, 22 June, p. 22.

Rosenbloom, B. (1987), *Marketing Channels: A Management View*, Dryden.

Ryle, S. (2001), '@ business: Delivering the Goods Brings Net Success', *The Observer*, 12 August, p. 6.

Ryle, S. (2004), 'Mammon: Sticking Her Neck Out', *The Observer*, 25 April, p. 16.

Scardino, E. (2001), 'H&M: Can it Adapt to America's Landscape?', *DSN Retailing Today*, 17 September, pp. A10–A11.

Scheraga, D. (2005), 'Balancing Act at IKEA', *Chain Store Age*, June, pp. 45–6.

Shapley, D. (1998), 'The Cape Crusaders', *The Grocer*, 20 June, pp. 59–63.

Sharma, A. and Dominguez, L. (1992), 'Channel Evolution: a Framework for Analysis', *Journal of the Academy of Marketing Science*, 20 (Winter), pp. 1–16.

Stern, L., El−Ansary, A, and Coughlan, A. (1996), *Marketing Channels* (5th adn), Prentice Hall.

Stewart−Allen, A. (2001), 'Ikea Service Worst in its Own Backyard', *Marketing News*, 23 April, p. 11.

Teather, D. (2001), 'H&M Plans to Open 50 Fashion Stores', *The Guardian*, 22 June, p. 1.23.

URPI (1988), *List of UK Hypermarkets and Superstores*, Unit for Retail Planning Information.

Webster, F. (1979), *Industrial Marketing Strategy*, John Wiley & Sons.

Woolf, M. (2005), 'Producc Better Value at Farmers' Markets than Superstores', *The Independent on Sunday*, 6 November, p. 31.

第 9 课 4P：促销，整合营销传播

Armitt, C. (2005) 'Food for Thought', *New Media Age*, 11 August pp. 16–17.

BBC (2005), Inside Saatchi & Saatchi, broadcast on BBC2, 15 February.

Brough, C. (2005), 'Last Orders', *Brand Strategy*, July/August pp. 32–3.

Burrell, I. (2005), 'No Such Thing as Bad Publicity – The 10 Most Controversial Billboards', *The Independent*, 27 July, pp. 12–13.

Butcher, J. (2005), 'New Alcohol Ad Rules Launch Today', 9 June, accessed via http://www.mad.co.uk.

Daily Mail (2005), 'Ill−fated Aurora Cruise Clocks up £30 Minion Bill', *Daily Mail*, 15 February.

DeLozier, M. (1975), *The Marketing Communications Process*, McGraw−Hill.

Design News (2005), 'Wallpaper Express, Salone', *Design News*, April, accessed via http://www.wallpaper.com.

Elms, S. and Svendsen, J. (2005), 'The Mind, the Brain and the Media', *Admap*, April, pp. 28–31.

Fill, C. (2002), Marketing Commnunications: Contexts, Strategies and Applications (3rd edn) Financial Times Prentice Hall.

Harwood, S. (2005), 'Consumer Brands Give Web a Key Role',

New Media Age, 4 (August), p. 10.

Hirschman, E. (1987), People as Products: Analysis of a Complex Marketing Exchange', *Journal of Marketing*, 51 (1), pp. 98–108,

Hooley, G. and Lynch, J. (1985). 'How UK Advertisers Set Badgets', *International Journal of Advertising*, 3, pp. 223–31.

Johnson, B. (2005), 'No More Heroes', *Marketing Week*, 12 May, pp. 26–9.

Jones, J. (1991), 'Over Promise and Under Delivery', *Marketing and Research Today*, 19 (November), pp. 195–203.

Malvern, J. (2005), 'Graffiti Artists Pour Scorn on Saatchi Street Art Campaign', *The Times*, 23 May, p. 26.

Marketing Week (2005), 'P&O Diverts Ad Spend to Boost Troubled Aurora', *Marketing Week*, 27 January, p. 11.

Mintel (2004), 'Chicken and Burger Bars', *Mintel Leisure Intelligence UK*, March, accessed via http://www. mintel,com.

Mintel (2005), 'Clothes Washing Detergents and Laundry Aids', *Mintel Market Intelligence UK*, January, accessed via http://www. mintel.com.

Mitchell, L. (1993), 'All Examination of Methods of Setting Advertising Budgets: Practice and Literature', *European Journal of Advertising*, 27 (5), pp. 5–21.

Mitchell, V. (2005), 'An Aurora of Bad PR Around P&O', *Marketing Week*, 27 January, p. 29.

Murray, I. (2005), ' Men Fight Back as Battle of the Sexes Hits Adland', *Marketing Week*, 10 February, p. 78.

Oliver, J. and Farris, P. (1989), 'Push and Pull: A One–Two Punch for Packaged Products', *Sloan Management Review*, 31 (Fall), pp. 53–61.

Parry, C. (2005), 'Snacks Under Attack', *Marketing Week*, 21 July, p. 31.

Pickton, D. and Broderick, A. (2001), *Integrated Marketing Communications*, Financial Times Prentice Hall.

Porter, N. (2004), 'Ofcom Unveils New Rules on Alcohol Ads', 1 November, accessed via http://www.mad.co.uk.

Rilles, S. (2004), 'Wayne Wonder', 6 September, accessed via http://www.mad.co.uk.

Rothschild, M. (1987), *Marketing Communications: From Fundamentals to Strategies*, Heath.

Saunders, S. (2005), 'Rights and Wrongs' *Creative Review*, June, pp. 58–9.

Singh, S. (2004), 'Will TV be Teetotal if Ofcom Gets Its Way?', *Marketing Week*, 30 5eplclnber, pp. 22–3.

Strong, E. (1925), *The Psychology of Selling*, McGraw–Hill.

Wilkinson, A. (2004), 'It's Hard Work to Fill a Prior Sponsor's Shoes', *Marketing Week*, 4 November, pp. 17–18.

第 10 课 4P：促销，广告和人员销售

Abberton Associates (1997), *Balancing the Selling Eqnation: Revisited*, accessed via http://www.cpm–int.com.

Abbott, G. (2005), 'Promises, Promises, ... 'Take to PoP Instead', *Marketing Week*, 15 September, p. 30.

Benady, D. (2005), 'Marketing to Look Down On', *Marketing Week*, 14 July, pp. 39–40.

Berkowitz, E.N. *et al*. (1992), *Marketing*, Irwin.

Big Communications (2004), 'Rugby Seats', The Communication Agencies Association of New Zealand Pap er.

Brand Republic (2005), 'Superbran d Case Studies: Doritos', *Brand Republic*, 8 August.

Churchill, G., Ford, N., Walker, O., Johnston, M. and Tanner, J. (2000), *Sales Force Management*, 6th edn, Irwin.

Cravens, D. and LaForge, R. (1983), 'Salesforce Deployment Analysis', *Industrial Marketing Management*, July, pp. 179–92.

Creative Review (2005), 'The Serious Business of Comedy', *Creative Review*, January, p. 16.

Cron, W. *et al*. (1988), 'The Influence of Career Stages on Components of Salesperson Motivation', Journal of Marketing, 52 (July), pp. 179–92.

Davidson, D. (20 04), 'Wella's Hair Raising Campaign', 23 February.

EuroRSCG (2004), 'Evian: We Will Rock You', *Euro –Effie Awards Paper*.

Fenn, N. (2004), 'Listerine: How Advertising Gave People an Imperative to Pick Up a Bottle', *IPA Advertising Effectiveness Paper*, sourced via http://www.warc.com.

Fill, C. (2002), Marketing Communications: Contexts, *Strategies and Applications*, 3rd edn, Financial Times Prentice Hall.

FritoLay/AMV (2003), 'Friendchips', Euro–Effies Award Papear. Gofton, K. (2002), 'Field Marketing Grows Up', Campaign, 25 January, p. 22.

Good, D. and Stone, R. (1991), 'How Sales Quotas are Developed', *Industrial Marketing Management*, 20 (1), pp. 51–6.

Gray, R. (2001), 'Fighting Talk', *Marketing*, 20 September, pp. 26–7.

Homes and Gardens (2005), advertisement featured in *Homes and Gardens*, October, p. 98.

Johanson. J. and Vahlne, J. (1977), 'The Internationalisation Process of the Firm: A Model of Knowledge Development and Increasing Foreign Market Commitment', *Journal of International Business Studies*, 8 (1), pp. 23–32.

Jones, G. (2005), 'GMG Transposes Jazz FM into Standalone Online Radio Station', *New Media Age*, 2 June, p. 5.

Lambert, D. *et al.* (1990), 'Industrial Salespeople as a Source of Market Information', *Industrial Marketing Management*, 19, pp. 141–5.

Management Services (2002), 'Sales People Spend Just Seven Percent of their Time – Selling', *Management Services*, August, p. 7.

Marketing (1999), 'Reading Between the Linea', *Marketing*, 21 January, pp. 21–2.

Marketing Week (2004), 'Forces on the Ground', *Marketing Week*, 18 November, p. 37.

Marketing Week (2005a), 'Wake Up to an Early Start', *Marketing Week*, 4 August, p. 37.

Marketing Week (2005b). 'Brother Signs £2m Sponsor Deal with C4 Business Show', *Marketing Week*, 8 September, p. 18.

Marketing Week (2005c), 'Brands Sign Up to London Recycle Push', *Marketing Week*, 15 September, p. 9.

Mason, J. (2000), 'Judge Throws Out BA Attack on Ryanair', *Financial Times*, 6 December, p. 4.

McDonald, J. (2004), 'A Ding Dong Battle to Keep Ahead of the Pack', *Daily Telegraph*, 2 December, p. 6.

McDonald, M. (1984), *Marketing Plans*, Butterworth–Heinemann.

McLuhan, R. (2001a), 'Food Remains Top for Field Activities', *Marketing*, 30 August, p. 37.

McLuhan, R. (2001b), 'UK Agencies Focus on European Arena', *Marketing*, 30 August, p. 42.

Middleton, T. (2001), 'Field Questions', *Marketing Week*, 22 November, pp. 51–3.

Miles, L. (1998), 'Discipline on the Doorstep', *Marketing*, 19 November, pp. 37–40.

Miller, R. and Heinman, S. (1991), *Successful Large Account Management*, Holt.

Muehling, D. *et al.* (1990), 'The Impact of Comparative Advertising on Levels of Message Involvement', *Journal of Advertising*, 19 (4), pp. 41–50.

Mueller–Heumann, G. (1992), 'Markets and Technology Shifts in the 1990s: Market Fragmentation and Mass Customisation', *Journal of Marketing Management*, 8(4), pp. 303–14.

Newman, A. (2005), 'Death of the Salesman?', *Insurance Brokers' Monthly and Insurance Adviser*, July, pp. 4–5.

New Media Age (2005) 'Vogue.com in Deal with Sony Ericsson', *New Media Age*, 14 July, p. 3.

Payne, S. (2002), 'Shopper at Garden Centre Died after Testing Spa Bath', *Daily Telegraph*, 15 February, p. 8.

Pedersen, C. *et al.* (1986), *Selling: Principles and Methods*, Irwin.

Pickton, D. and Broderick, A. (2001), *Integrated Marketing Communications*, Financial Times Prentice Hall.

Polak, E. (2005), 'Going Global: How Local Origin Affects Brand Strategy', *Admap*, May.

Pollitt, D. (2004), 'Eli Lilly Gets Ihe Right Prescription for Training Cialis Sales Representatives', *Human Resource Management Inernational Digest*, 12 (5), p. 11.

Precision Marketing (2005a), 'Doorstep Firms Seal OFT Approval', *Precision Marketing*, 4 March, p. 2.

Precision Marketing (2005b), 'Playing the Field', *Precision Marketing*, 25 March, p. 15.

Ray, A. (2002), 'Using Outdoor to Target the Young', *Marketing*, 31 January, p. 25.

Russell, F. *et al.* (1977), 'Textbook of Salesmanship, 10th edn, McGraw-Hill.

Shannon, J. (1999), 'Comparalive Ads Call for Prudence', *Marketing Week*, 6 May, p. 32,

Singh, S. (2001), 'Avon Plans Global Teen Assault', *Marketing Week*, 16 August, p. 5.

Sissors, J. and Bumba, L. (1989), *Advertising Media Planning*, 3rd edn, NTC Business Books.

Smith, P. and Taylor, J. (2002), *Marketing Communicatious: An Integrated Approach*, 3 rd edn, Kogan Page.

Staheli, P. (2000), 'We're the Best but We're Not Allowed to Tell You', *Evening Standard*, 26 April, p. 59.

Stewart, P. (2002), 'Cold Comfort for Those Cold Callers', *The Times*, 26 January, p. 8.

Storey, R. (2001), 'COI – Police, When Respect is Due', *Account Planning Group Creative Planning Awards Paper*.

Turnbull, P. and Cunningham, M, (1981), *International Marketing and Purchasing: A Survey Amomg Marketing and Purchasing Executives in Five European Countries*, Macmillan.

Wall Street Journal (2005), 'China, in Boon to Firnls lake Amway, to Ease Ban on Direct Sales', *Wall Street Journal*, 18 August, p. A9.

White, R. (1988), *Advertising: What It Is and How To Do It*, McGraw-Hill.

Williams, A. (2001), 'Don't Drink and Drive, and Don't Preach', *Daily Telegraph Motoring Section*, 12 December.

Wood, J. (2 003), 'Does Negative and Comparative Advertising Work?', *Admap*, January, pp. 37–8.

Yelkur, R., Tomkovick, C. and Traczyk, E (2004), 'Super Bowl Advertising Effectiveness', *Journal of Advertising Research*, 44 (1), pp. 143–59.

第 11 课 4P：促销，其他营销传播工具

Bailey, J. (1991), 'Employee Publications', in P. Lesly (ed.), *The Handbook of Public Relations and Communication*, 4th edn, Mc-Graw-Hill.

Barrand, D. (2004), 'Playing in the Major League', *Marketing*, 11 August, p. 18.

Barrand, D. (2005), 'Sponsorship Leagues', *Marketing*, 15 June, pp. 37-9.

Bashford, S. (2004), 'Customers Calling', *Marketing*, 8 September, pp. 42-3.

Benady, D. (2005), 'Wish You Were Still Here', *Marketing Week*, 4 August, p. 20.

Bird, J. (1998), 'Dial 0 for Opportunity', *Marketing*, 29 October, pp. 31-3.

Bold, B. (2004), 'OneWorld Goes After Star Alliance Flyers', *Marketing*, 15 September, p. 12.

Brabbs, C. (2000), 'Texaco Entombs Cars for Treasure Hunt Promotion', *Marketing*, 6 July, p. 4.

Brennan, J. (2005), 'Marketers Learn the Laws of Good Cause and Effect', *Sunday Times*, 3 April p. 10.

Britcher, C. (2004), 'Football Risks Sponsor Overkill', *Marketing*, 22 September, p. 18.

Carter, B. (2004a), 'O₂ Sponsors Live Music to Boost Appeal to Youth', *Marketing*, 8 April, p. 1.

Carter, B. (2004b), 'Mobile Brands Flay Tactical Game', *Marketing*, 10 November, p. 16.

Chesshyre, T. and Bryan-Brown, C. (2004), 'Eurotunnel Abandons its Loyalty Scheme', *The Times*, 20 November, p. 19.

Clark, A. (2005a), 'Redeeming Points' *The Guardian*, 8 January, p. 2.

Clark, A. (2005b), 'Which is the Wodd's Favourite Currency?', *The Guardian*, 8 January, p. 2.

Cohn, L. (2005), 'You Wanted Manchester United, Malcolm. Did You Know How Much It Would Cost?', *The Independent on Sunday*, 4 December, p. 13.

Cutlip, S. *et al.* (1985), *Effective Public Relations*, Prentice Hall.

Dail Record (2000), 'Buried Merc Found by trio', *Daily Record*, 18 July, p. 13.

Davies, C. (2003), 'Premier League Nets £57m Deal', *The Daily Telegraph*, 4 October, p. 3.

Davies, M. (1992), 'Sales Promotion as a Competilive Strategy', *Management Decision*, 30 (7), pp. 5-10.

Derrick, S. (2002), 'Making Money from Movies', accessed via http://www.pandionline.com.

Edwards, J. (2005), 'Caring Culture Comles to Fore', *Birmingham Post*, 13 June, p. 29.

Fill, C. (2002), *Marketing Communications: Contexts, Strategies and Application*, 3rd edn, Financial Times Prentice Hall.

Finch, J. (2002), 'Trade off: Carling Takes its Brand to the Music Industry', *The Guardian*, 9 January, p. 1.20.

Fletcher, K. (1999), 'Getting the Most out of Mailshots', *Marketing*, 13 May, pp. 38-9.

Gander, P. (2005), 'See Me, Feel Me, Touch Me', *Marketing Week*, 10 November, pp. 39-40.

Gillis, R. (2004a), 'Cricket Moves up the Order', *Marketing*, 20 July, pp. 30-2.

Gillis, R. (2004b), 'Global Deal, Local Glory', *Marketing*, 11 August, pp. 36-7.

Gillis, R. (2004c), 'Giving Something Back', *Marketing*, 22 September, pp. 38-9.

Gillis, R. (2005), 'FIFA Turns the Screw', *Marketing*, 20 April, p. 17.

Gray, R. (1999), 'Targeting Results', *Marketing*, 13 May, p. 37.

Grimes, E. and Meenaghan, T. (1998), 'Focusing Commercial Sponsorship on the Internal Corporate Audience', International, Journal of Advertising, 17(1), pp. 51-74.

Grimshaw, C. (2004), 'Lunn Poly Introduces TV Shopping Challnel', *Marketing*, 19 May, p. 9.

The Grocer (2002a), 'Bendicks Offers Savings to Retailers', *The Grocer*, 19 January, p. 65.

The Grocer (2002b), 'Robinsons Aims to Clock Up Monster Sales with Disney', *The Grocer*, 26 January, p. 64.

Gupta, S. and Cooper, L. (1992), 'The Discounting of Discount and Promotion Brands', *Journal of Consumer Research*, 19 (December), pp. 401-11.

Hemsley, S. (2002), 'Loyalty in the Aisles', *Promotions and Incentives* supplement to *Marketing Week*, 21 February, pp. 9-10.

Hemsley, S. (2004), 'You've Got to Know What the Goal Is', *Financial Times*, 29 June, p. 10.

Hornby, M. (2005), 'Fury at "Gory" Knives as Toys', *Liverpool Echo*, 17 November, p. 11.

Jacob, G., O'Connor, A. and Ducker, J. (2005), 'United Backers Line Up but Will the Price be Right?' *The Times*, 16 December, p. 90.

Jones, P. (1990), 'The Double Jeopardy of Sales Promotions', *Harvard Business Review*, September/October, pp. 141-52.

Kleinman, M. (2002), 'Safeway in Major Pop Concert Tie-up', *Marketing*, 31 January, p. 3.

Klinger, P. (2005), 'Man Utd Sponsors Lend Support from Touch-line', *The Times*, 30 May, p. 41.

Lewis, M. (1999), 'Counting On It', *Database Marketing*, May, pp. 34–7.

Marketing (2001), 'Public Relations Agency of the Year: Cohn & Wolfe', *Marketing*, 13 December, pp. 17–18.

Marketing Week (2004a), 'Nivea Severs "Sun" Link with Cancer Charity', *Marketing Week*, 8 January, p. 5.

Marketing Week (2004b), 'Euro 2004's Sponsorship Own Goal', *Marketing Week*, 1 July. p. 10.

Marketing Week (2005a), 'Vodafone Boss Puts Emphasis on Brand Experience, Not Advertising', *Marketing Week*, 3 February, p. 7.

Marketing Week (2005b), 'Soft Lips Signs as Sponsor of New Footballers' Wives Series', *Marketing Week*, 24 March, p. 6.

Marketing Week (2005c), 'Vouchers: Coupons Can be Cutting-edge', *Marketing Week*, 23 June, p. 45.

Marketing Week (2005d), 'Trojan Plans Brighton Cabs Sampling Drive', *Marketing Week*, 30 June, p. 6.

Marketing Week (2005e), 'Analysis: Look Who Else has Benefited from the Concerts for Africa', *Marketing Week*, 7 July, p. 15.

Marketing Week (2005f), 'Vodafone Calls Off Beckham Deal', *Marketing Week*, 28 July, p. 6.

Marketing Week (2005g), 'Reckitt to Sponsor Emmerdale', *Marketing Week*, 28 luly, p. 15.

Marketing Week (2005h), 'Ministering to the Faithful', *Marketing Week*, 4 August, p. 33.

Marketing Week (2005i), 'Taste of the Unexpected', *Marketing Week*, 22 September, p. 43.

Marketing Week (2005j), 'Scots Pubs Mull Action Over Happy Hour Ban', *Marketing Week*, 6 October, p. 9.

Marston, J. (1979), *Modern Public Relations*, McGraw–Hill.

McAlevey, T. (2001), 'The Principles of Effective Direct Response', *Direct Marketing*, April, pp. 44–7.

Mcluhan, R. (2000), 'Promoting Sales in Departure Lounges', *Marketing*, 7 December, pp. 39–40.

Mcluhan, R. (2001), 'How DM Can Build Consumer Loyalty', *Marketing*, 3 May, pp. 45–6.

Meenaghan, T. (1998), 'Current Developments and Future Directions in Sponsorship', *Internation Journal of Advertising*, 17(1), pp. 3–28.

Middleton, T. (2002), 'A Winning Formula', *Promotions and Incentives* supplement to *Marketing Week*, 21 February, pp. 3–6.

Miller, R. (2001), 'Marketers Pinpoint their Targets', *Marketing*, 18 January, pp. 40–1.

Milmo, C. (2005), 'Sail of the Century', The Independent, 9 February, p. 12.

Mistry, B. (2005), 'A Question of Loyalty', *Marketing*, 2 March, pp. 41–2.

Mortished, C. (2005), 'Cosmetics Firms Fear Crackdown on Safety of Products', *The Times*, 22 March, p. 40.

Murphy, C. (1999), 'Brand Values Can Build on Charity Ties', *Marketing*, 25 March, p. 41.

O'Sullivan, T. (2001), 'A Leap in the Dark for Spnsors Facing Drugs Tests', *Matketing Week*, 30 August, p. 25.

Precision Marketing (2003), 'outch Loan Firms Destroying DR-TY', *Precision Marketing*, 22 August, p. 9.

Precision Marketing (2004), 'Is the Sex Industry Too Bashful to Go Direct?', *Precision Marketing*, 22 October, p. 11.

Precision Marketing (2005a), 'Orbis Eyes Over–55 Women in Mail Offensive', *Precision Marketing*, 15 April, p. 6.

Precision Marketing (2005b), 'Diabetes UK in Drive for Member Recruits', *Precision Marketing*, 1 July, p. 5.

Promotions and Incetives (2002), 'Hellmann's Runs Free Cook Book Recipe Incentive', accessed via http://www.pandionline.com.

Promotions and Incentives (2005), 'Promotion Works: Müllerlight', *Promotions and Incentives*, March, p. 6.

PR Week (2005), 'Research and Girls Give Pillow Sales a Boost', *PR Week*, 19 August, p. 23.

Rigby, E. (2005a), 'MacArthur Sponsorship Deal Proves Plain Sailing', *Financial Times*, 9 February, p. 3.

Rigby, E. (2005b), Campaign of the Month', Revdution, June, p. 69.

Schofield, A. (1994), 'Alternative Reply Vehicles in Direct Response Advertising', *Journal of Advertising Research*, 34 (5), pp. 28–34.

Singh, S. (2004), 'The Art of Sponsorship', *Marketing Week*, 24 June, p. 28.

Skidmore, J. and Demetriou, D. (2005), 'London Hotels Slash Room Rates', *Daily Telegraph*, 13 August, p. 4.

Sliwa, C. (2001), 'Clothing Retailer Finds World wide Business on the Web', *Computerworld*, 30 April, p. 40.

Stanley, R. (1982), *Promotion: Advertising, Publicity, Personal Selling, Sales Promtion*, Prentice Hall.

Steiner, R. (2005a), 'Owzat! England Clinch New £16m Vodafone Deal', *Sunday Business*, 3 July, p. C3.

Steiner, R. (2005b), 'FL Steers Tyre Fiasco Bill at Michelin', *Sunday Business*, 3 July, p. C13.

Stone, N. (1991), *How to Manage Public Relations*, McGraw–Hill.

Szczepanik, N. (2003), 'Barclays Deal Means Small Change to

Premiership Title', *The Times*, 4 October, p. 34.

Taylor, R. (2004), 'Business Solutions: Travel: Divided Loyalties', *The Guardian*, 25 March, p. 14.

Tomlinson, H. (2001), 'Yes, I Do Have a Gard, But is There a Loo?', *The Indeperndent*, 25 March, p. 5.

Wheatley, K. (2002), 'MacArthur on Speed Mission', *Finanial Times*, 4 January, p. 11.

Whyte, R. (2004), 'Frequent Flyer Programmes: Is it a Relationship, or Do the Schemes Create Spurious Loyalty?', *Journal of*

Targeting, Measurement and Analysis for Marketing, 12 (3), pp. 269–80.

Wilkinson, A. (2004), 'Mail Order Industry's Catalogue of Erromrs', *Marketing Week*, 15 April, p. 18.

Wilmsnurst, J. (1993), *Below–the–line Promotion*, Buterworth–Heinemann.

Wilson, R. (2001), 'Tried and Tested', *Promotions and Incentives supplement to Marketing Week*, 6 September, pp. 15–18.

第 12 课　第 5 个 P：计划 (Planning)

Abell, D. and Hammond, J. (1979), *Strategic Market Planning*, Prentice Hall.

Ansoff, H.I. (1957), 'Strategies for Diversification', *Harvard Business Review*, 25 (5), pp. 113–25.

Bainbridge, J. (2005), 'King of Convenience', *Marketing*, 18 May, pp. 38–9.

Bashford, S. (2002), 'Why Are Modern Mums Deserting Mothercare?', *Marketing*, 24 January, p. 11.

Benkouider, C. (2003), 'Can Noodles Compete in Europe's Snack Food Market?', 8 May, accessed via http://www.euromonitor.com.

Brand Strategy (2005), 'Cyberspace Invaders', *Brand Strategy*, 5 December, p. 28.

Bremner, B. and Engardio, P. (2005), 'China Ramps Up', *Business Week*, 22 August, p. 118.

Bremner, C. and Tourres, M. (2005), 'Grandest of thc Grand Paris Hotels Fined for Price-fixing', *The Times*, 30 November, p. 37.

Britt, B. (2005), 'bmi', *Marketing*, 2 June, p. 22.

Buckley, S. (2005a), 'Dividend Up and Focus Now on Growth', *Financial Times*, 20 May, p. 25.

Buckley, S. (2005b), 'Mothercare Looks Abroad for Growth', *Financial Times*, 18 November, p. 26.

Burt, T. and Ibison, D. (2002), 'Hino Motors Set for Alliance with Sweden's Scania', *Financial Times*, 19 March, p. 17.

Campaign (2004), 'Pot Noodle Unveils New Press Ad', *Campaign*, 23 April, p. 6.

Carey, J. (2004), 'Alternative Energy Gets Real', *Business Week*, 27 December, p. 106.

Chandiramani, R. (2003), 'Can Xbox Prevail Over Power of PlayStation?', *Marketing*, 15 May, p. 17.

Charles, G. (2005), 'Pot Noodle', *Marketing*, 24 August, p, 18.

Clark, M. (2005), 'Buildstore', *Marketing*, 20 April, p. 23.

Coombs, G. (1998), 'Reinforcing a Brand Ad Value: Pot Noodle', *Marketing Week*, 5 February, pp. 40–1.

Cramb, G. (2002), 'Philips and Dell Agree on Global Alliance', *Financial Times*, 28 March, p. 32.

Dalby, D. (2004), 'Console Giants Line Up to Win the Games War', *Sunday Times*, 14 November, p. 10.

Dipert, B. (2005), 'Got Game?', *EDN*, 16 December, pp. 51–8.

Dyer, G. (2001), 'The Power Shifts to Industry's Wunderkinds', *Financial Times*, 27 November, p. 5.

Dyer, G. (2004), 'Does the UK Biotech Sector Have the Culture to Make Science Pay?', *Financial Times*, 22 May, p. 11.

The Economist (2005), 'Business: Blowing a Big Opportunity?', *The Economist*, 9 April, p. 59.

EIU ViewsWire (2003), 'The Gambia: Tourism', *EIU ViewsWire*, 2 October.

Euroweek (2005), 'TomTom Satellite Navigation IPO to Fly on Growth Forecast', *Euroweek*, 20 May, p. 1.

Financial Times (2001), 'Holderbank Lays New Foundations', *Financial Times*, 30 March, p. 20.

Financial Times (2003), 'Wind Power', *Financial Times*, 13 December, p. 16.

Finch, J. (2005), 'Asda Chief Threatens New Price War in Move to Catch up Tesco', *The Guardian*, 14 December, p. 22.

Foley, S. (2002), 'Pilkington's Glass Markets Losing Shine', *The Independent*, 11 April, p. 25.

Ford, N. (2003), 'The Gambia: Reforms Reap Strong Growth', *African Business*, December, p. 50.

Gamble, J. (2001), 'The Struggle to Get Nappies off the Ground', *Financial Times*, 31 May, p. 14.

Gardner, R. (2003), Strategy of the Week: Lipton Ice Tea', *Campaign*, 13 June, p. 12.

Gardner, R. (2004), 'Lipton Continues "Don't Knock It" Idea', *Campaign*, 18 June, p. 10.

The Grocer (2002), 'An Ice Cuppa Tea is Tickling the Tastebuds of the Iced Beverage Sector', *The Grocer*, 4 May, p. 64.

The Grocer (2005), 'Is Heinz in a Pickle?', *The Grocer*, 29 October, p. 31.

Gulati, R. (1998), 'Alliances and Networks', *Strategic Management Journal*, 19 (4), pp. 293–317.

Hu, C. (2005), 'Time for Brits to Sow Oats', *The Grocer*, 29 October.

Jack, A. (2005), 'Amgen Works on the Formula for Profitable Science', *Financial Times*, 4 November, p. 11.

Jameson, A. (2005), 'BMI Returns Io Profit on Success of Budget Baby', *The Times*, 3 March, p. 56.

Kleinman, M. (2002), 'Mothercare Aims for Warmer Look in Stores Revamp', *Marketing*, 4 April, p. 1.

Lester, R. (2005), 'Games Consoles: Real Fight for Virtual Victory', *Marketing Week*, 26 May, p. 26.

Liu, B. (2001), 'Coca-Cola and Disney Plan Drinks Venture', *Financial Times*, 1 March, p. 30.

Loadcs-Carter, J., Bickerton, I. and Leitner, S. (2005), 'TomTom Sets IPO Price at Top End of Range', *Financial Times*, 27 May, p. 1.

Luce, E. (2004), 'Call Centres Ring the Changes', *Financial Times*, 27 Seplember, p. 4.

MacCarthy, C. (2005a), 'Vestas Profits Drive Calms Fears', *Financial Times*, 27 May, p. 26.

MacCarthy, C. (2005b), 'Ill Winds Blow Vestas to Forecast € 100mn Loss', *Financial Times*, 25 November, p. 26.

Marketing (2002), 'Unilever Mms to Revamp Lipton Ice Tea for UK Market', *Marketing*, 14 March, p. 3.

Marketing (2003), 'Marketing Communications', The Marketing Society Awards supplement to *Marketing*, June, p. 16.

Marketing Week (2003), 'Effectiveness Awards 03: Campaign Of The Year Winner', *Marketing Week*, 16 October, p. S57.

Marketing Week (2004), 'Campbell's Launches Pot N oodle Challenge', *Marketing Week*, 24 June, p. 27.

Marketing Week (2005a), '3 Sets Sights on Big Four', *Marketing Week*, 27 October, p. 26.

Marketing Week (2005b), 'Unilever Approaches Agencies over £10mn Pot Noodle Campaign', *Marketing Week*, 24 November, p. 11.

McAllister, S. (2004), 'Super Noodles Takes Pot Shot', *The Grocer*, 24 July.

McDonald, M. (1989), *Marketing Plans*, Butterworth Heinemann.

Murden, T. (2001), 'Hi-fi Boss Who Strikes a Very Different Note', *Sunday Times*, 17 June, p. 7.

Murphy, C. (1999), 'Cadbury's Quiet Revolution', *Marketing*, 11 February, pp. 24–5.

New Media Age (2004), 'New Media Goes to Pot', *New Media Age*, 2 December, p. 18.

Nuttall, C. (2005a), 'AMD Warns as Price War with Intel Takes Toll', *Financial Times*, 12 January, p. 24.

Nuttall. C. (2005b), 'Microsoft to Launch Online Downloads for Xbox', *Financial Times*, 15 November, p. 21.

Odell, M. (2005), 'Convergence is the Key to Ericsson's Marconi Move', *Financial Times*, 26 October, p. 23.

Porter, M. (1979), 'How Competitive Forces Shape Strategy', *Havard Business Review*, 57 (2), pp. 137–45.

Reid, S. (2005), 'Sony Follows TomTom's Lead on the Road to Riches', *Evening News*, 28 July, p. 6.

Roberts, D., Balfour, F., Einhorn, B. and Arndt, M. (2004), 'China's Power Brands', *Business Week*, 8 November, p. 50.

Rogers, E. (2004), 'Pot Noodle Moves to Calm Obesity Critics', *Marketing*, 4 August, p. 12.

Rogerson, P. (2005), 'Linn Sales Volume is Turned Down as Income Falls 8 Per Cent', *The Herald*, 3 September, p. 20.

Simonian, H. (2005), 'Holcim Expects Another Record Year', *Financial Times*, 26 August, p. 23.

Sonko, K. (2002),' "Bumsters" to Get the Bum Rush', *African Business*, April, pp. 46–7.

Taylor, P. (2005), 'The Xbox 360 is Ahead of the Game', *Financial Times*, 23 December, p. 12.

Turner, M. (2002), 'Cadbury's Clean Conscience', *Financial Times*, 18 February, p. 18.

Urquhart, L. (2004), 'Mothercare's Sales Uplift "Sustainable"', *Financial Times*, 16 July, p. 22.

Wall Street Journal (2005), 'Bayer AG: EU Regulators Issue Fines in Chemicals Price-Fixing Case', *Wall Street Journal*, 22 December, p. 1.

Wingfield, N. (2005), 'Xbox 360 Rollout from Microsoft Rattles Industry', *Wall Street Journal*, 24 December, p. Al.

Wray, R. (2005), 'Vodafone Shares Slide on Warning of Slow Sales', *The Guardian*, 16 November, p. 26.

第 13 课 特殊的营销：服务和非赢利营销

Aaron, C. (2005), 'Nottingham City Council Builds the Skills of its Front-line Construction Workers', *Training & Management Development Methods*, 19 (1), pp. 307–12.

Alghalith, N. (2005), 'Competing with IT: The UPS Case', *Journal of the American Academy of Business*, 7 (2), pp. 7–16.

Bisson, B. (2005), 'Hotel with a Heart of IT', *The Guardian*, 26 May, p. 16.

Bitner, M., Brown, S. and Meuter, M. (2000), 'Technology Infusion in Service Encounters', *Journal of the Academy of Marketing Science*, 28 (1), pp. 138–49.

Buckley, C. (2002), 'Will Retirement Become a Thing of the Past?', *The Times*, 18 January, p. 26.

Caruana, A., Money, A. and Berthon, P. (2000), 'Service Quality and Satisfaction – The Moderating Role of Value', *European Journal of Marketing*, 34 (11/12), pp. 1338–53.

Chandiramani, R. (2002), 'Call to Action', *Marketing*, 28 March, p. 18.

Christopher, M. *et al.* (1994), *Relationship Marketing: Bringing Quality, Customer Service and Marketing Together* (2nd edn), Butterworth–Heinemann.

Coppen, L. (2003), 'Dracula Theme Park', *The Times*, 1 March, p. 50.

Coweu, D. (1984), *The Marketing of Services*, Butterworth Heinemann.

Cox, J. (2002), 'Leisure Property Trends: Is It the End for Multiplex Anchors?', *Journal of Leisure Property*, 2 (1), pp. 83–93.

de Quetteville, H. (2003), 'Ihe Dracula Project Lives Again', *Daily Telegraph*, 20 November, p. 18.

de Quetteville, H. (2004), 'Prince Joins Fight to Save Dracula's Old Villages', Daily Telegraph, 27 May, p. 16.

Devlin, S. and Dong, H. (1994), 'Service Quality from the Customers' Perspective', *Marketing Research*, 6 (1), pp. 5–13.

Dodona (2001), 'Cinemagoing 9', *Dodona Research*, Leicester.

Douglas–Home, J. (2001), 'Dracula Goes Disney', *The Times*, 6 November, p. 2.5.

George, R. (2002), 'Mickey Mouse with Fangs', *The Independent*, 27 Jauuary, pp. 18–21.

Gray, R. (2001), 'Partnerships for a Wider Awareness', *Marketing*, 3 May, pp. 31–2.

Harvey, F. (2005), 'Cha rities Afford Philanthropists Greater Respite from the Materialist World', *Financial Times*, 26 November, p. 4.

Heskett, *et al.* (1997), *The Service Profit Chain*, The Free Press.

Hume, M. (2005), 'Beyond Innocent Playground Chatter Lurks the Whisper of Propaganda', *The Times*, 7 October, p. 23.

Jamal, T. and Tanase, A. (2005), 'Impacts and Conflicts Surrounding Dracula Park, Romania: The Role of Sustainable Tourism Principles', *Journal of Sustainable Tourism*, 13 (5), pp. 440 *et seq.*

Kalsi, B. and Napier, D. (2005), 'Cinema Needs to Get the Marketing Picture', *Sunday Business*, 9 January, p. C12.

Kotler, P. (1982), *Marketing for Non-Profit Organisations* (2nd edn), Prentice Hall.

Lovelock, C. and weinberg, C. (1984), *Marketing for Public and Non-Profit Managers*, John Wiley and Sons.

Lovelock, C., Vandermerwe, S. and Lewis, B. (1999), *Services Marketing*, Financial Times Prentice Hall.

Marinas, R. (2004), 'Banking on Count Dracula', *Amusement Business*, 29 March, p. 7.

Marketing Week (2005a), 'New Owner Rebrands UGC as Cineworld', *Marketing Week*, 10 February, p. 7.

Marketing Week (2005b), 'Oxfam "Will Still Use" Aborted Ad Campaign', *Marketing Week*, 10 November, p. 9.

Mathews, B. and Clark, M. (1996), 'Comparahgity of Quality Determinants in Internal and External Service Encounters', in *Proceedings: Workshop on Quality Management in Services VI*, Universidad Callos III de Madrid: 15–16 April.

McCarthy, M. (2002), 'Multiplex Cinemas Pose Threat to Town Centres', *The Independent*, 5 January, p. 8.

McLuhan, R. (2002), 'Brands Put Service under the Spotlight', *Marketing*, 21 February, p. 33.

Mintel (2003), 'Charities UK', *Market Intelligese Essentials*, August, accessed via http://www.mintel.com.

Modern Railways (2005), 'Winning Capacity on the South Western', Modern Railways, December, pp. 56–9.

Moldofsdky, L. (2005), 'The Challenge is to Convert Enthusiasm into Increased Spending', *Financial Times*, 29 Novemher, p. 4.

Moore Ede, P. (2002), 'Bloody Hell', *The Ecologist*, March, p. 47.

Opinion Leader Research (2005), *Report of Findings of a Survey of Public Trust and Confidence in Charities*, accessed via http://www.charity-commission.gov.uk/Library/spr/pdfs/surveytrustrpt.pdf.

Parasuraman, A. *et al.* (1985), 'A Conceptual Model of Service Quality and Its Implications for Future Research', *Journal of Marketing*, 49(Fall), pp.41–50.

Pratten, J. (2004), 'Customer Satisfaction and Waiting Staff', *International Journal of Contemporary Hospitality Management*, 16 (6), pp. 385 *et seq.*

Rayport, J. and Sviokla, J. (1994), 'Managing in the Marketspace', Harvard Business Review, 72 (November/December), pp. 2–11.

Rushe, D. (2001), 'Multiplex Cinemas Close Their Doors', Sunday Times, 25 March, p. 6.

Sargeant, A. (1999), Marketing Management for Nonprofit Organizations, Oxford Univer sity Press.

Sasser, W. et al. (1978), Management of Service Operations: Text, Cases and Readings, Allyn & Bacon.

Shostack, L. (1977), 'Breaking Free from Product Marketing', Journal of Marketing, 41 (April), pp. 73–80.

Steiner, R. (2005), 'Year of the Mouse Begins in Hong Kong', Sunday Business, 18 September, p. 1.

Stevenson, B. (2005), 'Gym U sers Opt to Fight Their Debts Rather than the Flab', The Independent, 27 April, p. 63.

Traffic World (2005), 'UPS Drivers Receiving New Wireless Computers', Traffic World, 9 May.

Tyler, R. (2005), 'UPS Thinks Outside the Delivery Sox', Daily Telegraph, 20 October, p. 3.

Urquhart, L. (2005), 'Pain Amid the Gain for Private Health Club', Financial Times, 19 July, p. 22.

Vasagar, J. (2005), 'Crocodiles Move In as the Tourists Move On', The Guardian, 29 March, p. 3.

Websten B. (2005), 'Rail Commuters Face Congestion Charges', The Times, 21 June, p. 1.

Woodward, D. (2005), 'The Tsunami Effect', Director, March, pp. 45–6.

Yaqoob, T. (2005), 'Farties to the Front', Daily Mail, 20 October, p. 33.

Yorkshire Post (2005), 'Price Hikes am Just the Ticket if You Want Empty Stadiums', Yorkshire Post, 25 August, p. 1.

Zeithaml, V. et al. (1988), 'SERVQUAL: A Muhiple Item Scale for Measuring Consnmer Perceptions of Service Quality', Journal of Retailing, 64 (1), pp. 13–37.

Zeithaml, V. et al. (1990), Delivering Quality Service: Balancing Customer Perceptions and Expectations, The Free Press.

第 14 课 创新：电子营销和新媒体

Anderson, I. and Patel, P. (2001), 'B2B Makes Seller Suffer', The Times, 12 July, p. 2.9.

Apparel Industry Magazine (2000), 'Who Will E-tall Your Products Best?', Apparel Industry Magazine, February, pp. 40–1.

Barr, D. (2002), 'Whatever Happened to These Likely Fads?', Evening Standard, 11 June, p. 14.

Barwise, P. (2002), 'Great Ideas. Now Make Them Work', Financial Times, 28 May, p. 4.

BMRB (2000),'Users Ignore Banners, but Off-line Makes Up the Difference', accessed via http://www.bmrb.co.uk.

Bonello, D. (2005), 'The State of iTV', Revolution, September, pp. 50–2.

Bowen, D. (2002), 'Handling the Bad News', Financial Times, 25 January, p. 11.

Brodsky, I. (2005), 'Get Ready for Mobile Marketing', Network World, 7 November, p. 45.

Brooks, G. (2005a),'Overcrowded Inbox', Marketing, 13 July, p. 13.

Brooks, G. (2005b),'Strategic Play Chelsea FC: Winning Streak', New Media Age, 28 July, p. 18.

Bruno, K. and Karliner, J. (2002), 'Shell Games at the Earth Summit, CorpWatch, 15 August, accessed via http://www.corp-watch.org.

Burns, E. (2005), 'IT Marketers Best Served by Being Straightforward', 19 September, accessed via http://www.clickz.com.

Burns, E. (2006), 'Web Design Key for Online Shoppers', 18 January, accessed via http://www.clickz.com.

Buxton, P. (2005), 'Web Helps Fuel Boots' Recovery', Revoluion, September, pp. 30–2.

Carbone, J. (2005), 'Reverse Auctions Become More Strategic for Buyers', Purchasing, 8 December, pp. 42–3.

Carter, B. (2005), 'Onspeed', Marketing, 8 June, p. 25.

Carter, M. (2002a). 'Branded "Viruses" Mu tate to Entice Consumers', Financial Times, 7 January, p. 14.

Carter, M. (2002b), 'How to Hit a Moving Target', The Guardian, 27 May, p. 42.

Channel five (2005), Secrets of the Dating Agency, broadcast December, Channel five television.

Chaudhuri, A. (2005), 'Beautiful People Only', The Sunday Times, 17 April p. 28.

Clawson, T. (2005), 'High-speed Shift', Revolution, July/August, pp. 48–50.

Cridge, M. (2005), Wirtues of Viral', Campaign, 29 April, p. 13.

Dawe, A. (2002),'Hitting the Target', Director, February, p. 17.

Day, J. (2002), 'Hard Sell in Your Hand', The Guardian, 19 March, p. 50.

Demetriou, D. (2005), 'Over-50s Log On Most', Daily Telegraph,

26 November, p. 4.

e-marketer (2006), 'UK TV Goes Digital', 4 January, accessed via http://www.e-marketer.com.

Edgecliffe-Johnson, A. (2005), 'Friends Are Not All ITV May Hope Them to Be', *Financial Times*, 8 November, p. 23.

Euromonitor (2006), *European Marketing Data and Statistics 2006*, Euromonitor (41st edn).

Faloon, K. (2001), 'B2B Adoption of Online Activities Expanding', *Supply House Times*, September, p. 30.

Feather, F. (2002), FutureConsumer. Com: The Webolution of Shopping to 2010, Warwick Publicattions.

Financial Times (2005), 'Broadband Surges Ahead', *Financial Times*, 20 April, p. 6.

Forrester Research (2004), *European Residential Broadband Forecast: 2004 to 2010*, Forrester Research, Decemher 2004.

Friesen, P. (2002), 'How to Develop an Effective E-mail Creative Strategy: *Target Marketing*, February, pp. 46–50.

Fry, A, (2005), 'Interactive Opportunities', *Marketing*, 21 September, pp. 21–4.

Gates, D. (2005), 'Netting B2B Customers', *Brand Strategy*, 8 September, p. 54.

Gaudin, S. (2002), 'The Site of No Return', 28 May, accessed via http://cyberatlas.internet.com.

Gleave, S. (2005), 'iTV Data', *New Media Age*, 28 July. p. 28.

Glover, T. (2005), 'Google Sets Sights on Europe for Growth', *Sunday Business*, 13 November, p. 1.

Grant, J. (2002), 'Covisint Fails to Move Up into the Fast Lane', *Financial Times*, 4 July, p. 23.

Hargrave, S. (2005), 'Confeffi.co.uk: Party Planners' *New Media Age*, 14 July, p. 18.

Hewson, D. (2000), 'Firms Reap Net Profits by Learning to Work Together', *e-business* supplement to *Sunday Times*, 26 November, p, 2.

Hirsch, S. (2005), 'Reverse Auctions Sharpen Comptition', International Trade Forum, 3, pp. 14–15.

Hoyle, B. (2006), 'Why Today's Singles are Logging On in the search for Love at First Byte', *The Times*, 5 January, p. 6.

Hunt, J. (2004), 'Making the Perfect Match', New Media Age, 25 March, pp. 257.

Judge, E. (2005), 'Broadband Use in UK Surpasses US Levels', *The Times*, 22 September, p. 54.

Kolesar. M. and Galbraith, W, (2000), 'A Services Marketing Perspective on E-retailing: Implications for E-retailers and Directions for Further Research', *Internet Research*, 10(5), pp. 424–38.

Macklin, B. (2005), 'European Broadband Take-up Picks up

Pace', *New Media Age*, 14 April, p. 7.

Marketing (2001), 'Best Use of Technology: Customer Loyalty', *The Marketing Awards: Connections 2001 supplement to Marketing*, November 2001.

Marketing Week (2004), 'Friends Extends its Circle of Reuniteds', *Marketing Week*, 18 November, p. 25.

Marketing Week (2005a), 'To Boldly Go Fully Mobile', *Marketing Week*, 8 September, p. 34.

Marketing Week (2005b), 'Microsoft Courts Trouble with Viral Marketing Push', *Marketing Week*, 20 October, p. 19.

Marsh, S. (2005), 'Wanted: Women Willing to Go Ont with Strangers Who lie …', *The Times*, 4 August, p. 6.

McNutt, B. (1998), 'A Matter of Priority', *Precision Marketing*, 21 December, p. 16.

Mitchell, A. (1999), 'Online Markets Could See Brands Lose Control', *Marketing Week*, 15 April, pp. 24–5.

Murphy, D. (2002), 'Marketers Put E-mall to the Test', *Marketing*, 6 June, pp. 19–20.

New Media Age (2005a), 'Now Broadband's a Success, What Do We Do with It?', *New Media Age*', 25 August, p. 12.

New Media Age (2005b), 'Citroën Takes iTV Viewers Behind Happy Days Ad', *New Media Age*, 6 October, p. 2.

New Media Age (2005c), 'Why is Mo bile Marketing Struggling to Get Beyond SMS?', *New Media Age*, 6 October, p. 28.

New Media Age (2005d), 'Will Viewers Buy into Shopping Via iTV Ads?', *New Media Age*, 13 October, p. 10.

Newing, B. (2002). 'Crucial Importance of Clear Business Goals', *Financial Times*, 5 June, p. 4.

Pankhurst, S. (2005), 'How We're Staying Connected in this Disconnected World', Revolution, September, p. 13.

Pickton, D. and Broderick, A. (2001), *Integrated Marketing Communications*, Financial Times Prentice Hall.

Precision Marketing (2005a), 'Tesco Launches Site to Promote Clothing Range', *Precision Marketing*, 1 July, p. 2.

Precision Marketing (2005b), 'Lacoste Offers Pop Perfume Samples Online', *Precision Marketing*, 1 July, p. 6.

Precision Marketing (2005c), 'A Sure Thing', *Precision Marketing*, 7 October, p. 17.

Ray, A. (2001), 'Profiting from the E-mail Grapevine', *Marketing*, 11 October, p. 27.

Reed, D. (2005), 'Too Much Information', *Precision Marketing*, 3 June, p. 25.

Revolution (2005), 'Time to Take the Web Out of its Box', *Revolution*, September, p. 25.

Rigby, E. (2005), 'Campaign of the Month', Revolution, April, p.

87.

Rizzi, D. (2001), 'Precision E-mail Markeling', *Direct Marketing*, November, pp. 56–60.

Rogers, E. (2004), 'Cornetto Backs Love Potions Line with SMS Push', *Marketing*, 19 May, p. 4.

Rosenthal, R. (2002), *Worldwide B2B Dynamic Pricing Fowrast, 2002–2006: 'What Am I Bid for This...'*, March, Doc #26801 accessed via http://www.idc.com.

Rowan, D. (2006), 'Downloading Mr Right', *Sunday Times*, 8 January, p. 15.

Rowley, J. (2002), *E-business: Principles and Practice*, Palgrave.

Sabbagh, D. and Kirkham, S. (2005), 'Now Video Phone Answers Love's Call', The Times, 18 March, p. 16.

Sarkar, M., Butler, B. and Steinfield, C. (1996), Intermediaries and Cybermediaries: A Continuing Role for Mediating Players in the Electronic Marketplace', *Journal of Computer Mediated Communication*, 1(3).

Sheehan, D. (2005), 'Good Ideas Need Great Execution', Revolution, April, p. 73.

Smith P. and Chaffey, D. (2001), *eMarketing eXcellence: At the Heart of e-Business*, Butterworth-Heinemann.

Smith, P. and Taylor, J. (2002), Marketing Communications: An Integrated Approach (3rd edn), Kogan Page.

Sumner, I. (1999), 'Web Site Novelties Can Bring PR Opportunities', *Marketing*, 17 June, p. 31.

Tanner, J. (2002), 'Broadband Vision', *America's Network*, 1 May.

Taylor, R. (2005), 'Time Spent on Site Design is Wasted Without User Research', *New Media Age*, 21 July, p. 17.

Tiltman, D. (2005), 'Digital Leagues', *Marketing*, 26 October, pp. 37–42.

Tiplady, R. (2005), 'Europe Falls in Love with e-dating', *Business Week Online*, 8 February.

Trollinger, S. (2002), 'The Role of E-mail in Micro-segmentation', *Target Marketing*, May, pp. 28–30.

Watson, E. (2002a), 'Online Auctions Come Under Fire', *The Grocer*, 29 July, p. 4.

Watson, E. (2002b), 'Hitting the Floor', *The Grocer*, 6 July, pp. 34–5.

White, D. (2005), 'ITV Chief Seeks Board's Blessing to Unite with Friends', *Daily Telegraph*, 3 December, p. 30.

Wilson, R. (1999), 'Discerning Habits', Marketing Week, 1 July, pp. 45–7.

Wray, R. (2002), 'Mobile Chiels Get the Message', *The Guardian*, 14 May, p. 20.

关于作者

斯蒂芬·佩蒂特 (Stephen Pettitt) 是卢顿大学副校长，之前他曾任卢顿商学院 (Luton Business School) 副院长及系主任，在此之前，他是提兹赛德大学 (University of Teesside) 企业事务总监。因此，在作为一名市场营销教育家的同时，他还有机会进行市场营销实践和策划。他还曾在爱尔兰列默瑞克大学 (University of Limerick) 做过 4 年的市场营销学讲师，并曾是小企业营销中心 (Marketing Centre for Small Business) 的管理总监，该中心是一家专门从事小企业研究和咨询的校园企业。

在开始高等教育生涯之前，斯蒂芬·佩蒂特曾供职于 Olivetti、普利西 (Plessey) 和 SKF 等多家企业，从事各种销售和营销管理工作。他在克兰菲尔德大学 (Cranfield) 先后获得地理学学士学位、工商管理硕士学位和博士学位。除了具备丰富的各种程度的市场营销教学经验以外，他还承担了大量的企业内部培训、调研和咨询工作。他曾在法国、波兰、保加利亚、斯洛伐克、南非、瑞士、美国、肯尼亚进行过市场营销教学，发表了 30 多篇论文和文章，主要研究旅游创新战略、大买家—小企业卖家关系和小企业发展。

弗朗西丝·布拉辛顿 (Frances Brassington) 是牛津布鲁克斯大学 (Oxford Brookes University) 零售管理和市场营销学高级讲师，毕业于布拉德福德大学管理中心 (University of Bradford Mangement Centre)，获商务学荣誉学士学位及博士学位。她的首份教职是在提兹赛德大学教授各种程度的市场营销以及一系列的大学市场营销模块和程序，同时还指导了大量的博士研究生。研究方向包括国际服务与零售管理、市场营销教学中以项目为基础的知识的运用。她还曾为波兰和保加利亚的管理人员及学者策划过营销方案，并曾在中国和南非进行过访问讲学。

致谢

本书是第二版，在它的出版过程中有许多人给予了直接或间接的帮助。没有他们，本书不可能完成。

洛娜·扬 (LornaYoung) 在第 5、第 9 和第 11 章范例、案例和图表上所做的工作对本书的价值无可估量。作为一名市场调查和咨询行业的实践者和顾问，她拥有丰富的资历和教学经验，为本书作出了卓越而重要的贡献。洛娜，我要再次向您致以衷心的感谢。

要特别感谢苏·威廉姆斯 (Sue Williams) 辛勤的工作，她再次想方设法地找到了如此多的新图片。她的外交技巧和耐心经受了极度的考验，但她再次以出色的成绩通过了考验。苏，非常感谢您对我们的容忍。

西尔维亚·罗根 (Sylvia Rogan) 和凯瑟琳·罗根 (Kathleen Rogan) 合写的关于 BRATZ 品牌的案例，以及网上约会的案例为本书增添了生动而典型的素材。BRATZ 案例已经被用作某些富有吸引力的讨论课的议题，似乎要成为导师和学生们最喜欢的企业了。谢谢西尔维亚和凯瑟琳。

没有来自同事们的支持、谅解和建设性的意见的话，本书是不可能取得进步的。他们从各个方面给本书提供了富有建设性的意见和建议，并不断地提供咖啡、友谊和恰当的安慰。

因此，要向他们致以衷心的感谢。

我们还要感谢以下人员，感谢他们允许我们接近他们的品牌和企业，获取案例分析材料和图表，有些案例还占用了他们大量的宝贵时间进行深度的访谈：

马特·艾伦（Matt Allen）：伏都调查公司（Voodoo Research）

拉斯·贝克（Lars Becker）、安娜贝尔·奈特（Annabel Knight）：飞文公司（Flytxt）

尼尔·道森（Neil Dawson）：伦敦 TBWA 公司策划总监

比利·弗兰克斯（Billy Franks）："adhead"

朱莉·欣德马迟（Julie Hindmarch）：利普佛格调查策划公司（Leapforg Research and Planning）调查总监

菲奥纳·杰克（Fiona Jack）：绿光国际调研公司（Green Light Research International）管理总监

尼娜·贾辛斯基（Nina Jasinski）：安德鲁斯和奥尔德里奇合伙人公司（Partners Andrews Aldridge）

杰拉尔丁·詹宁斯（Geraldine Jennings）：AC尼尔森公司（ACNielsen）

罗杰·莫里斯（Roger Morris）：安德鲁斯和奥尔德里奇合伙人公司

迪尔德丽·范齐尔（Deirdre Vanzyl）：惠氏公司（Wyeth）

我们还要向直接或间接帮助创作范例、案例分析和"市场营销进行时"故事的个人和组织表示感谢。

我们还要向皮尔森教育出版社的所有团队成员表示感谢，在他们的帮助下第二版得以完成。我们要特别感谢大卫·考克斯（David Cox）（组稿编辑）、玛丽·林斯（Mary Lince）（编辑部编辑）和马吉·威尔斯（Maggie Wells）（设计师）。他们不断的鼓励、支持和偶尔的唠叨对于本书的完成至关重要。我们还要感谢幕后的无名英雄们：帕特里克·博纳姆（Patrick Bonham）（自由文件编辑）、埃伦·克拉克（Ellen Clarke）（自由许可编辑）詹妮·奥茨（Jenny Oates）和布赖恩·伯格（Brian Burge）（自由校对员）、大卫·巴勒克拉夫（Dvid Barqraclough）（自由索引员）、苏·威廉姆斯（自由图片编辑）以及所有参与本书设计、制作、营销和销售的人员，是他们把此书包装得如此精美和专业。他们显然已经读过它了！

我们被第一版获得的热情所鼓舞，感谢所有接受它并使用它的人们。我们希望你们能享受这份体验，你们将在第二版中找到更多的激励。感谢来自教师和同学们的正式或非正式的意见和反馈，希望你们能通过我们的网站 www.pearsoned.co.uk/brassington 继续与我们保持联系。

精品管理图书推荐

全球商学院权威管理教程，国际商业管理人士成功指南

商学院高级管理丛书

《用设计再造企业》

[英] 玛格丽特·布鲁斯 著
约翰·贝萨特
宋光兴 杨萍芳 译
出版：中国市场出版社
定价：68.00 元

企业全面提升的必由之路

◆ 设计是企业战略化资源
◆ 设计比价格更具有关键性
◆ 设计是企业的核心业务过程
◆ 设计是企业创新的关键因素
◆ 设计是企业产品与服务差异化的根本方式

- 设计是核心业务过程，是所有企业、服务、制造和零售的主要特征。
- 设计不仅与产品相联系，而且是传递思想、态度和价值的有效方式。
- 未来的企业必须进行创新，否则就会衰退，必须进行设计，否则就会消亡。
- 设计是企业保持竞争力、活力和效力的重要因素。

《用数字管理公司》

[英] 理查德·斯塔特利 著
李宪一 等 译
出版：中国市场出版社
定价：68.00 元

清华大学客座教授、量化管理专家、夸克顾问公司总裁王磊推荐

◆ 《金融时报》权威出版机构推荐授权
◆ 中国企业全面提升的必由之路
◆ 精细化管理的有效保证

- 战略需要数字作依据
- 细节需要数字作说明
- 经营需要数字作评估
- 管理需要数字作指南

《关键管理比率》

[英] 夏兰·沃尔什 著
吴雅辉 译
出版：中国市场出版社
定价：80.00 元

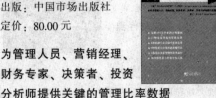

为管理人员、营销经理、财务专家、决策者、投资分析师提供关键的管理比率数据

◆ 全球 200 家企业的分析数据
◆ 27 种企业常用的管理比率
◆ 4 种影响企业价值平衡的变量
◆ 9 种衡量企业绩效的关键指标
◆ 3 条现金流量管理的财务准则

- 管理比率是管理工具，也是衡量业绩的标准。
- 管理比率可相互作用，驱动企业实现价值。
- 促使管理者掌握决定企业经营绩效的核心比率。
- 有助于管理者快速制定战略决策和掌握管理手段。

《关键管理模型》

[英] 史蒂文·坦恩·哈韦 等著
李志宏 译
出版：中国市场出版社
定价：60.00 元

◆ 全球 70 位顶级管理咨询师的核心理念
◆ 最具影响力的 56 个关键的管理模型
◆ 企业管理思想和管理实务的核心
◆ 提升企业绩效的管理工具与实践

　　56 个经典的管理模型，从作业成本会计法到价值链分析，从持续改善、管理费用价值分析、标杆分析等重要管理工具，到贝尔宾、汉迪、科特、明茨伯格等管理大师提出的经典模型

　　5 大类模型，包括战略管理模型、组织管理模型、基本流程管理模型、职能流程管理模型以及人员管理模型，帮助管理者理解不同模型的真谛

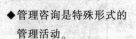